CLR

B. J. Hoff

AUCH WENN MEIN HERZ ZERBRICHT

B. J. Hoff

Auch wenn mein Herz zerbricht

Irland-Saga – Band 2

francke

Über die Autorin:
B. J. Hoff hat irische Vorfahren, die vor dem Unabhängigkeitskrieg nach Amerika kamen. Neben exakter historischer Forschung prägt deshalb persönliches Engagement ihr Werk. Ihre Liebe zum irischen Volk und seinen Kämpfen, seiner Musik und seinem unbeugsamen Willen verleiht ihrem Werk die Leidenschaft ihres gälischen Erbes.

Bibliografische Information Der Deutschen Bibliothek
Die Deutsche Bibliothek verzeichnet diese Publikation in der Deutschen Nationalbibliografie; detaillierte bibliografische Daten sind im Internet über http://dnb.ddb.de abrufbar.

ISBN 978-3-86122-727-4

Originaltitel: Heart of the Lonely Exile

Published by Bethany House Publishers, Minnesota, USA

35037 Marburg an der Lahn
Deutsch von Agentur Lardon/Roselinde Päßler
Umschlaggestaltung: Henri Oetjen, Design Studio Lemgo
Satz: Verlag der Francke-Buchhandlung GmbH
Druck und Druck: CPI Moravia Books, Korneuburg

www.francke-buch.de

Inhaltsverzeichnis

Von dem Leid und der Armut
der alten Welt
zu der Hoffnung und den
Herausforderungen einer neuen ...

Wie könnten wir des Herrn Lied singen
in fremdem Lande?

Psalm 137,4

Prolog

Donal, Sohn des Eoin Kavanagh

Als die Nacht des Schreckens
– lang und grausam –
über unsre Insel brach herein,
entzündeten diese mutigen Männer
des Glaubens Feuer,
entfachten sie der Hoffnung Schein.
Seumas MacManus (1869–1960)

Ballina (Westirland)
1705

Es war noch vor Tagesanbruch, als sich Donal, der Zwilling, Sohn des Eoin Kavanagh, an einem Sonntagmorgen aus der Hütte seines Neffen davonstahl.

Er hatte nichts bei sich außer der Harfe der Kavanaghs, die über seinem Rücken hing, und ein paar dürftigen Kleidungsstücken, an einem Stock befestigt wie das Bündel eines Hausierers. Seine Schuhe – hauchdünn wie Papier – hatte er sich um den Hals gebunden; er wollte sie aufheben für später, wenn der Schnee kam.

Halb rutschend, stolperte er den mit Büschen bewachsenen Abhang hinunter. Völlig außer Atem hielt er erst einen Augenblick inne, bevor er wieder aufstehen konnte. Er wandte sich um und rieb seine geprellten Rippen, als er sich einen letzten Blick hinauf zu der Hütte im Dunkel des Berghangs gestattete, die ihm in den letzten Wochen zur Zuflucht geworden war.

Obgleich es ihn schmerzte, Taber und Ellen ohne einen Abschiedsgruß zu verlassen, wusste er, es war besser, so von ihnen zu gehen – unbemerkt. Nun konnte sein Neffe mit seiner Familie ehrlich beteuern, dass er nichts von Donals Verbleib wusste, wenn die britischen Soldaten kamen.

Aber wie würde er sie vermissen – das Lachen der Kinder am frühen Morgen und ihre Abendgebete, wenn die Sonne sich neigte! Es war so schön, wieder zu einer Familie zu gehören, wenn auch nur für eine kurze Frist.

Donal musste gegen ein plötzliches Brennen in seinen Augen ankämpfen. Er stieß einen matten Seufzer aus und wandte sich in Richtung Norden um. Seit Monaten schon hatten ihn Familien, die in und um Killala lebten, inständig darum gebeten, ihren Kindern heimlich Unterricht zu erteilen. Vielleicht wollte Gott ihm durch die Ereignisse des gestrigen Abends sagen, dass es Zeit für ihn war, die Sicherheit und Bequemlichkeit von Tabers Hütte aufzugeben und sich auf den Weg zu machen.

Und trotzdem war es schwer, schwerer als je zuvor, denn Donal wusste, dass es diesmal keine Rückkehr geben würde. Von jetzt an würde er als Geächteter in der Wildnis von Mayo leben und weder Heim noch Zuflucht haben.

Es gab schon noch gute Menschen, die einen abtrünnigen Lehrer oder Priester aufnahmen – die freundlichen Browns beispielsweise und die Elliots hatten ihn, obwohl sie Protestanten waren, mehr als einmal versteckt. Doch es wurde immer schwerer für Leute, die einen geächteten katholischen Lehrer aufnahmen. Donal ertrug es nicht mehr länger, dass er andere – und besonders seinen eigenen Neffen – ständiger Gefahr aussetzte.

In dieser Stunde vor dem Morgengrauen brachte der Wind bereits einen Hauch des nahenden Winters mit sich. Donal spürte die Kälte an seinem Kopf, und er schlang seinen Mantel fester um sich, bevor er sich auf den Weg in Richtung Norden machte. Selbst in der Dunkelheit war etwas von der düsteren

Einöde der ersten Novembertage zu spüren. Knorrige, kahle Zweige zeichneten sich gespensterhaft im wolkenverhangenen Licht des Neumondes ab. Trist und trostlos lag das Moor vor ihm, und die Hügelketten von Mayo in der Ferne erschienen nicht weniger unwirtlich, verlassen, Furcht einflößend.

Eine Welle von Melancholie erfasste Donal in seinem Innersten und ließ ihn erschaudern.

Er näherte sich der weiß getünchten Hütte von Bran O'Gara, seinem besten Freund – um die Wahrheit zu sagen, seinem *einzigen* Freund. Plötzlich blieb er stehen, erschrocken über den Anblick von Brans schmächtiger, vogelähnlicher Gestalt, die aus der Tür stürzte. Nur dürftig mit einer abgetragenen Jacke bekleidet, fuchtelte Bran mit den Armen, als er, eine Laterne in der Hand, auf die Straße zu Donal rannte.

„Sag, Bran, was in aller Welt machst du hier um diese Zeit?"

„Was sollte ich anderes tun, als Ausschau zu halten nach dir, Donal Kavanagh? Wusste ich es nicht, dass du dich nach dem Ärger von gestern Abend noch vor Tagesanbruch aus Tabers Haus davonstehlen würdest?"

In seiner rechten Hand hielt Bran ein kleines Säckchen, das er Donal zuwarf. „Mary hat ein paar Bissen zusammengepackt, die dich über Wasser halten sollen, bis du dein Ziel erreicht hast."

Donal war Mary und Bran von ganzem Herzen dankbar und zugleich beschämt. Seine Freunde hatten selbst so wenig, und doch beschenkten sie ihn großzügig. „Das ist sehr nett von dir, Bran, aber ich erwarte es nicht. Die Zeiten sind hart."

„Ach, das ist nur ein wenig Gebäck, ein paar Kleinigkeiten. Wir geben es dir wirklich gern, Donal."

„Dann herzlichen Dank, du bist ein netter Mensch."

Bran hielt seine Laterne höher, so dass sein schmales Gesicht noch deutlicher hervortrat, und kniff die Augen zusammen, während er Donal forschend ansah. „Ich bin ein Mensch, der meint, dass es ein Verbrechen ist, wenn man einem Lehrer nachstellt, als sei er ein Schwerverbrecher!", brach es aus ihm heraus, während er voller Empörung den Kopf schüttelte. „Es ist grauenhaft, wenn Menschen ihr Leben aufs Spiel setzen müssen, nur um ihre Kinder unterrichten zu können!"

Donal nickte und ihre Augen trafen sich im Schein der Laterne. „Ja, es ist in der Tat bitter, wenn Wissen geächtet wird in einem Land, wo das Lernen so wertgeschätzt ist."

„Nicht das *Wissen* verbieten die Briten!" Bran spie die Worte förmlich aus. „Irisch haben sie zu einem Verbrechen gemacht!"

Und wieder nickte Donal traurig als Zeichen seiner Zustimmung. „Ja, das scheint in der Tat so zu sein."

Er fasste seinen Freund am Arm und versuchte zu lächeln. „Vielen herzlichen Dank, Bran. Ich werde eure Freundlichkeit nie vergessen, aber jetzt, fürchte ich, muss ich gehen."

Im Schein der Laterne spiegelten sich auf Brans Gesicht Ärger und Verzweiflung wider. „Ja, es wird schon hell. Geh, Donal, und – Gott steh dir bei!"

Mit aller Kraft zwang sich Donal, sich nicht nach seinem Freund umzuschauen, der allein auf der Straße stand. Ja, er würde Bran beinahe so sehr vermissen wie seinen Neffen Taber und seine Familie. Gott sei gedankt für sie alle; sie hatten viel aufs Spiel gesetzt für sein Wohlergehen.

Aber es wäre töricht, das Unheil noch einmal heraufzubeschwören, nachdem er ihm gerade entronnen war. Deshalb hatte er beschlossen, Tabers Hütte vor Tagesanbruch zu verlassen. Wenn die Soldaten einmal erkannt hatten, dass ihre Beute entkommen war, würden sie gewiss aufhören, Taber und seine Familie zu schikanieren.

Das Blut gefror fast in seinen Adern, als er daran dachte, wie knapp er ihnen gestern Abend entronnen war. Das hätte für seinen Neffen Gefängnis bedeutet – oder Schlimmeres. Die Soldaten hatten den Hügel schon halb erklommen, als die kleine Mary die Warnung ertönen ließ.

Donal hatte schon seit einiger Zeit bemerkt, dass sie hinter ihm her waren. Erst letzte Woche war er nur knapp einer Gefangennahme entgangen, während er eine Gruppe von Schülern, hinter Hecken und Büschen versteckt, in Griechisch und Latein unterrichtete. Obwohl er noch rechtzeitig entkommen konnte, wusste er, dass man ihn entdeckt hatte. Sein rotes Haar war kaum zu übersehen.

Seit jenem Tag waren täglich Soldaten erschienen; sie lauerten am Fuße des Berges, spionierten die Hütte aus und kamen schließlich gestern Abend bis an die Haustür.

Nur der Geistesgegenwart seines Neffen hatte Donal es zu verdanken, dass er noch entrinnen konnte. Mit einem kurzen Wort der Erklärung hatte Taber seine Kinder von der Haustür weg in den Hof gejagt. Dabei schrien sie wie am Spieß; mit wehendem Rock jagte ihre Mutter hinter ihnen her. Sie schimpfte so laut, dass man glauben konnte, sie wollte beide für das Vergehen umbringen, das sie gerade begangen hatten.

Durch diese Ablenkung hatte Donal genug Zeit gewonnen, um in den Bergen zu verschwinden. Glücklicherweise hatten die Soldaten keine Hunde dabeigehabt!

Als er nach langer Zeit in die Hütte zurückkehrte, musste Donal erfahren, dass die Soldaten der Familie zugesetzt und Taber beinahe zu einem Zornesausbruch gereizt hatten. Nun wusste Donal, dass er gehen musste.

Und so zog er wieder durch das Land, wie schon so oft, und sein Verbrechen bestand einzig und allein darin, dass er Irlands Kinder unterrichtete.

Sein nackter Zeh stieß gegen einen Stein. Donal schrie auf und wartete, bis der Schmerz nachließ, bevor er weiterging. Er schleppte sich auf der holprigen Straße voran, die Zähne zusammengebissen vor Schmerz, und die Kälte der Erde stach in seine Fußsohlen.

„Was ist das für ein Land“, grübelte er voller Sorge, „in dem es gesetzwidrig ist, ein Kind zu unterrichten, und sei es das eigene?"

Seit Jahren war für Katholiken jegliche Bildung verboten, und sie hatten auch nicht das Recht, einen katholischen Lehrer anzustellen oder ihre Kinder zu Hause zu unterrichten. Es war ihm sogar verboten, die Kinder seiner eigenen Verwandten zu hüten!

Die Liste der Verbote war endlos. Als Katholik hatte er kein Wahlrecht, durfte keine Waffe tragen, keinen akademischen Beruf ausüben und kein Büro eröffnen. Er durfte kein Land kaufen und es galt als Verbrechen, die Messe zu besuchen. Die Priester wurden mit Bluthunden gehetzt, genauso wie die Lehrer. Um die Ungerechtigkeit perfekt zu machen, sahen sich jene Protestanten – und es gab viele von ihnen, die sich gegen diese schändlichen Gesetze auflehnten, indem sie einem katholischen Freund oder Nachbarn halfen –, bald den gleichen Verfolgungen ausgesetzt.

Es war eine Zeit furchtbarer Schmach für Irland. Lehrer und Priester mussten heimlich auf dem Kontinent ausgebildet werden. Zwar kamen einige von ihnen nie wieder zurück, doch eine überraschend große Zahl kehrte wieder heim nach Irland – wie Donal –, verbarg sich wie Verbrecher in den Bergen und unterrichtete im Schutz der Felsen ihre Schüler, während Wachen sich ablösten, um nach umherstreifenden Soldaten Ausschau zu halten. Etliche wurden an Ort und Stelle niedergemetzelt, wenn sie von den Briten überrascht wurden.

Um der Verfolgung zu entgehen – und ihr Land zu behalten –, wechselten viele Iren zum Protestantismus über und heirateten, wenn möglich, sogar Töchter britischer Grundbesitzer. Diesen Weg hatte Donals Zwillingsbruder eingeschlagen. Fergus schien tatsächlich nicht nur seinem Glauben, sondern auch seiner Familie den Rücken gekehrt zu haben. Zweimal hatte er den Soldaten Hinweise über Donals Aufenthalt gegeben, und einmal hatte er sogar versucht, sie zu dem Ort zu führen, wo Donal heimlich unterrichtete. Nur durch die Warnung eines aufmerksamen Schülers war Donal der Festnahme entgangen.

Für seinen Verrat erbte Fergus die bescheidene Hütte ihres Vaters und seine wenigen Habseligkeiten, obwohl Donal einige Minuten früher geboren worden war. Das Einzige, was Donal blieb, war die Harfe der Kavanaghs – und das auch nur, weil Fergus sie nicht wollte.

Taber, Fergus' Sohn, war zu einem feinen jungen Menschen herangewachsen, der sich zu allen jenen Werten bekannte, die sein Vater verworfen hatte. Im Laufe der Jahre war der junge Mann beinahe wie ein Sohn für Donal geworden, dessen Frau und kleiner Sohn an Typhus gestorben waren. Ja, nur weil er Taber und seine Familie so innig liebte, zwang er sich dazu, sie zu verlassen.

Doch eines Tages ... eines Tages würden sie wieder vereint sein, und wenn nicht auf dieser Seite des Himmels, dann auf der anderen. Dann würde er nicht länger ein Geächteter sein in seinem Heimatland, würde nicht länger einsam und allein durch die Berge streifen müssen. Eines Tages würden sich alle Verbannten wiedersehen: vereint bei ihrem Herrn.

Und so konnte Donal, trotz des Schmerzes, seine Lieben verlassen zu müssen, trotz der Einsamkeit und Entbehrungen, die ihn erwarteten, durch seine Tränen hindurch ein klein wenig lächeln. Er blieb kurz stehen, um Brans Geschenk in das Bündel zu seinen wenigen Habseligkeiten zu stecken, und rückte dann seine Harfe wieder zurecht. Als er das alte Instrument fester um seine Schulter schnallte, wandte er sein Gesicht zum Horizont.

Auf der Straße, die hinunter nach Killala führte, wanderte Donal Kavanagh in der Kälte des Morgengrauens seinem Schicksal entgegen. Und während er lief, zupfte er auf seiner kleinen Spielmannsharfe die uralten unerschütterlichen Verheißungen Gottes:

„So werden die Erlösten des Herrn heimkehren und nach Zion kommen mit Jauchzen, ewige Freude wird auf ihrem Haupte sein. Wonne und Freude werden sie ergreifen, aber Trauern und Seufzen wird von ihnen fliehen ...“

Teil eins

Das Lied des Sommers

Neue Horizonte

Sei uns gnädig Herr, sei uns gnädig ...
Allzu sehr litt unsere Seele den Spott
der Stolzen und die Verachtung der Hoffärtigen.
Psalm 123,3-4

1. Neue und alte Freunde

Die Jugend vergeht ...
wie auch die Schönheit verweht ...
Schlösser fallen im Krieg ...
den Mächtigen wird geraubt ihr Sieg ...
Die Wahrheit bleibt und leuchtet
wie ein Stern aus dieser Zeit,
hinüber bis in alle Ewigkeit.

Aus „Aileen Aroon“
Gerald Griffin (1803–1840)

New York City
August 1847

Ein schöner Sommerabend lag über der Stadt; einer jener lauen Abende, an denen sich die jungen Menschen an ihrer Jugend freuen und die Älteren zufrieden sind mit ihrem Los.

An diesem Abend gaben sich Daniel Kavanagh und Tierney Burke einer ihrer Lieblingsbeschäftigungen hin: Sie stopften sich mit allerlei Köstlichkeiten aus Kruegers Bäckerei voll, während sie an der Glasfront des Gebäudes lehnten. Wie gewöhnlich hatte Tierney bezahlt. Daniel hatte noch keine Arbeit und deshalb auch noch kein Geld. Tierney jedoch verfügte über einen Wochenlohn von seinem Job in einem Hotel und einen Monatslohn von seiner Teilzeitbeschäftigung auf Patrick Walshs Anwesen und war der Meinung, unbedingt etwas von seinem Geld ausgeben zu müssen.

Es war ein schöner Tag, sagte Daniel zu sich selbst, nachdem er das letzte Stück Zuckerkuchen verspeist hatte. Seine Mutter war zu Besuch gewesen wie an jedem zweiten Sonnabend, und wie immer hatte sie ein Wagen der Farmingtons gebracht. Jeden Sonnabend brachte sie ein Wagen entweder zu den Burkes, oder er holte Daniel zu einem Besuch in die Villa Farmington ab, wo seine Mutter arbeitete.

Daniel zog auf jeden Fall die Samstage bei den Farmingtons vor, denn dort konnte er außer seiner Mutter auch seinen Freund Evan Whittacker und die Fitzgerald-Kinder besuchen. Es gefiel ihm, vorläufig bei Onkel Michael und Tierney zu wohnen, und doch vermisste er den täglichen Kontakt zu seiner Mutter und den Fitzgeralds – besonders zu Katie.

Bei dem Gedanken an Katie huschte ein Lächeln über sein Gesicht, doch gleichzeitig verdunkelten Sorgen seine Stirn. Katie war sowohl seine Freundin als auch seine große Liebe. Wenn sie alt genug sind, würden sie heiraten – das war schon lange beschlossene Sache.

Daniel war so sehr mit seinen Zukunftsplänen beschäftigt, dass er kaum darauf achtete, wie Tierney ihn fortwährend mit seinem „Schätzchen" neckte. Tatsache war, dass Katie schon sein Mädchen war, als sie noch als kleine Kinder zu Hause in ihrem Dorf gespielt hatten, und es war ihm egal, wer das wusste. Katie war jedoch schon immer sehr zart, und die Hungersnot und die lange, schreckliche Überfahrt hatten ihren Tribut von ihr gefordert.

Ihre Gesundheit bereitete Daniel tatsächlich Sorgen. Er war der Meinung, dass sie bei dem reichlichen, guten Essen und der medizinischen Betreuung, die sie bei den Farmingtons erhielt, eigentlich langsam wieder kräftiger sein müsste. Stattdessen schien es ihr kaum besser zu gehen.

Drei Monate waren jedoch, wie ihm auch seine Mutter erst heute wieder gesagt hatte, keine allzu lange Zeit nach alldem, was Katie durchgemacht hatte. „Du musst Geduld haben, Daniel John", hatte sie ihn ermahnt. „Geduldig musst du sein und treu im Gebet."

Er versuchte beides, und doch war es nicht leicht, sich nicht trotzdem zu sorgen.

Indem er von einem Fuß auf den anderen trat, wandte Daniel seine Aufmerksamkeit der Pearl Street zu. Obwohl es schon dunkelte, schien niemand Eile zu haben, in die engen Wohnungen zurückzukehren. Die schwüle Augustluft war erfüllt vom Spiel der Kinder, dem Schelten der Mütter, dem Gebell der Hunde, und schließlich mischten sich noch streitende Männerstimmen darunter. Die meisten Stimmen hatten einen unverkennbaren irischen Akzent, obwohl auch Deutsch und zuweilen Italienisch zu hören waren.

Genauso stark wie der Missklang im Stimmengewirr der Einwanderer waren auch die Gerüche, die sich mit der Abendluft vermischten. Der stets gegenwärtige Gestank des Abfalls, der sich auf den Straßen türmte, war durch den Temperaturanstieg nicht geringer geworden, und der Dunst von Abwässern und Tiermist war widerlicher denn je.

Dennoch, an einem solchen Abend konnte nichts seine Freude verderben, und außerdem gewöhnte sich Daniel immer mehr an die Luft von New York. Der Geruch hatte ihm in all diesen Tagen nichts ausgemacht, und er war tatsächlich unbedeutend im Vergleich zu dem Gestank der verfaulten Kartoffelfelder und der zahllosen Toten, die die Straßen Irlands säumten.

„Also“, sagte Tierney, nachdem er ein Nusstörtchen mit einem Biss verschlungen und seinen Mund mit dem Handrücken abgewischt hatte, „meinst du, sie werden bald im Hafen der Ehe landen, deine Mutter und mein Vater?“

Diese Frage stellte Tierney mindestens jede Woche einmal, und Daniel fühlte sich zunehmend unbehaglich dabei, so, als sei seine Mutter in gewisser Weise verpflichtet, Onkel Michael zu heiraten. Je häufiger Tierney fragte, umso mehr hatte Daniel das Gefühl, seine Mutter beschützen zu müssen – obwohl er sich insgeheim dieselbe Frage stellte.

„Das wird wohl keiner von uns entscheiden“, murmelte er als Antwort. „Gewiss, Onkel Michael bedeutet meiner Mutter sehr viel.“

Tierney schüttelte zweifelnd den Kopf und fixierte Daniel mit seinen stahlblauen Augen, so dass dieser seinem lauernden Blick nicht ausweichen konnte. „Wenn das so ist“, sagte er, „warum widersetzt sie sich dann noch?“

Daniel wurde wütend. „Es stimmt nicht, dass sie sich *widersetzt*“, protestierte er. „Sie braucht einfach noch Zeit, verstehst du das nicht? Schließlich haben sie sich mehr als siebzehn Jahre nicht gesehen! Man kann nicht erwarten, dass sie überstürzt heiratet!“

Tierney betrachtete ihn mit einem prüfenden Blick, dann zuckte er die Achseln. „Natürlich hast du Recht“, sagte er fröhlich, während er die Hände in den Hosentaschen vergrub. Als ob nichts zwischen ihnen gewesen wäre, lächelte er Daniel verschmitzt an. „Ich glaube, ich bin nur ungeduldig, weil ich sie so gerne verheiratet sehen möchte.“

Nicht zum ersten Mal fühlte sich Daniel von seinem lebhaften Freund völlig überrumpelt. Der Ältere konnte bissige Bemerkungen machen und im nächsten Augenblick schon wieder einlenken, als würde er Daniels Unbehagen spüren.

Tierney hatte eine unglaubliche Energie, und manchmal meinte man, er würde im nächsten Augenblick abheben. Er war ungeduldig und direkt, entschlossen und eigensinnig. Und doch hatte er auch eine freundliche, zuweilen sogar liebenswürdige Art, die oft gerade dann zutage trat, wenn man es am wenigsten erwartete.

Mit ihm zu leben war beinahe so, als wäre man ständig in der Nähe eines Orkans. Während er in dem einen Moment ungeduldig und ungestüm war, konnte er im nächsten schon wieder versöhnlich und hilfsbereit sein. Er war einfach unberechenbar – und Daniel hatte noch mit keinem anderen Jungen so viel Spaß gehabt wie mit ihm.

Er mochte Tierney wirklich sehr. Ja, eigentlich wünschte er sich, seine Mutter würde Onkel Michael heiraten, damit sie eine richtige Familie wären.

„Und wenn sie doch heiraten", sagte Tierney mit einem Grinsen, „dann wären wir beide Brüder. Was meinst du dazu, Danny-Boy?"

Daniel rollte mit den Augen, sein freudiges Lächeln war nicht zu übersehen. „Ja, wäre ich dann nicht glücklich dran?"

Tierney zog seine dunklen Augenbrauen hoch. „Gewiss, und möchtest du das nicht auch?", gab er zurück und imitierte dabei perfekt Daniels irischen Akzent.

* * *

Nora starrte in die Kerze, die mitten auf dem Tisch flackerte, und vermied es, Michael in die Augen zu sehen.

Das Schweigen, das den Raum erfüllte, war – gelinde gesagt – unbehaglich. Nora hatte Michaels Ungeduld gleich zu Beginn ihres Besuches gespürt. Sie glaubte ihn zu verstehen. Natürlich konnte sie es ihm nicht übel nehmen, dass er mehr Verbindlichkeit suchte, als sie ihm bisher zu geben vermochte.

Auf der anderen Seite wusste sie nicht, was sie hätte anders machen sollen. Vom Tag ihres Wiedersehens an – das heißt, seit Noras Ankunft in New York City – hatte sie stets ihr Bestes getan, um Michael gegenüber völlig ehrlich zu sein. Damals hatte sie ihm gesagt – wie auch später zu anderen Gelegenheiten –, dass er ihr sehr viel bedeutete, dass sie ihn aber, wenn überhaupt, zumindest jetzt noch nicht heiraten konnte.

In den Wochen und Monaten, die hinter Nora lagen, hatte sich ihr Leben grundlegend verändert. Alles, was ihr einst teuer und vertraut war, wurde ihr gnadenlos entrissen. Sie hatte ihr Heim und bis auf Daniel John ihre gesamte Familie verloren. Aber sie war auch wieder beschenkt worden.

Gott war gnädig – und treu. Daniel John hatte bei Michael und Tierney Aufnahme gefunden, und sie selbst, gemeinsam mit den verwaisten Fitzgerald-Kindern, ein neues, gemütliches Zuhause bei den Farmingtons. Nora war fest davon überzeugt, dass Lewis Farmington und seine Tochter Sara die freundlichsten Menschen waren, die Gott je geschaffen hatte.

Ja, sie hatte eine schöne Unterkunft, sogar eine Anstellung – und sie hatte Freunde: Michael, Evan Whittacker, Sara und Lewis Farmington und Ginger, die nette Haushälterin der Farmingtons. Sie hatte mehr zu essen, als sie überhaupt zu sich nehmen konnte, und auch die Kälte des Winters brauchte sie nicht zu fürchten. Welcher anderen mittellosen Witwe ging es so gut?

Was Michael betraf, so glaubte sie stets eine Stimme zu hören, die sie mahnte, vorsichtig zu sein. Es gab Zeiten, in denen sie sich nichts mehr wünschte, als in den starken Armen dieses Mannes Schutz zu finden und die Sicherheit anzunehmen, die er ihr zu bieten schien – die Sicherheit einer Freundschaft, die bis in ihre Kindheit zurückreichte, die Sicherheit einer Ehe und eines eigenen Heims. Im nächsten Augenblick bereits schien sie jedoch vor dem Gedanken zurückzuscheuen, dass *Michael* die Lösung ihrer Probleme war.

Sie brauchte *Zeit,* vielleicht sehr viel Zeit; Zeit, um die Wunden heilen zu lassen und den Weg für ihr Leben zu erkennen – *Gottes* Weg.

Und Zeit, um Morgan Fitzgerald zu vergessen ...

„Die Farmingtons scheinen mit deiner Arbeit mehr als zufrieden zu sein“, sagte Michael, der das Schweigen brach und Nora in die Wirklichkeit zurückholte. „Sie können nicht genug Gutes über dich erzählen.“

Nora versuchte, die Melancholie, die sich ihrer bemächtigt hatte, abzuschütteln und lächelte, wobei sie mit ihrer Hand eine leicht abweisende Bewegung machte. „Das sagen sie nur aus Freundlichkeit“, sagte sie, „so wenig, wie sie mich arbeiten lassen. Ich habe den Eindruck, sie glauben, ich sei immer noch krank, dabei fühle ich mich wirklich schon viel stärker."

„Ich glaube es dir", sagte Michael, während er sie nicht ohne offenkundige Genugtuung musterte. „Du siehst jeden Tag besser aus. Ich denke, du hast sogar ein bisschen zugenommen."

Überrascht schaute Nora an sich herab. Sie fühlte sich tatsächlich körperlich stärker; so stark wie schon seit Monaten nicht mehr. „Tatsächlich, vielleicht werde ich bei dem guten amerikanischen Essen noch so dick wie die Kürbis-Emmie", entgegnete sie und versuchte mit der Anspielung auf die alte Emmie Fahey, einem Schrecken ihrer Kindheit, die Spannung etwas abzubauen.

„Du könntest es schaffen", antwortete Michael und erwiderte ihr Lächeln. „Aber du siehst dir selbst wieder ähnlicher, Schatz, das ist die Wahrheit."

Verwirrt über die Art und Weise, wie er sie musterte, schaute Nora weg. „Unsere Söhne scheinen auf dem besten Weg zu sein, gute Freunde zu werden."

Auch Michael schien erleichtert, sich wieder auf neutralerem Boden zu befinden. „Das stimmt", bejahte er Noras Frage eifrig. „Und ich bin so froh darüber. Dein Daniel ist ein feiner Junge – ein guter Einfluss für einen Spitzbuben wie meinen Tierney!"

„Aber Michael", protestierte Nora, „du urteilst bestimmt zu hart. Tierney scheint nicht halb so schlimm zu sein wie das Bild, das du von ihm zeichnest."

Michael erhob sich mit einem Seufzer, um den Teekessel aufzusetzen. „Ich bin der Letzte, der nicht zugibt, dass Tierney kein schlechter Junge ist, trotzdem hält er einen ständig auf Trab und ist unberechenbar ..." Kopfschüttelnd ging er zum Herd. „Manchmal weiß ich von einer Minute zur anderen nicht, was ich von dem Burschen halten soll, das ist es."

„Das ist auch für ihn kein leichtes Alter, Michael. Weißt du nicht mehr, wie es war, kein Kind mehr zu sein und doch noch nicht ganz erwachsen?"

Nora hätte sich die Frage selbst beantworten können. Michael schien schon immer ein erwachsener Mann gewesen zu sein, als hätte er nie erfahren, was Kindsein oder Unsicherheit bedeutete, zumindest seitdem sie ihn kannte.

Er kam mit dem Kessel zurück und bot Nora noch eine Tasse Tee an. Als sie ablehnte, schenkte er sich selbst eine Tasse ein. „Woran ich mich hauptsächlich erinnere aus der Zeit, als ich ein Junge war", sagte er mit einem kaum wahrnehmbaren Lächeln, „ist, dass ich ständig versuchte, dir und unserem Freund Morgan aus der Patsche zu helfen."

Nora blickte schnell weg. „O ja, du warst immer wie ein Bruder zu uns beiden", sagte sie leise.

„Für *dich* wollte ich kein Bruder sein, Nora", sagte er spitz, während er den Kessel über seine Tasse hielt. „Das war deine Entscheidung, nicht meine."

„Michael ..."

Er sah sie an, während er den Kessel zwischen ihnen abstellte. „Es ist also immer noch wegen Morgan?" Um seine Mundwinkel zuckte es. „Ist *er* der Grund, warum du mich nicht heiraten kannst?"

„Nein! Nein, Michael, es ist nicht wegen Morgan! Ich habe dir doch alles schon zu erklären versucht. Ich dachte, du hättest mich verstanden."

Er wandte seinen Blick nicht von ihr ab. „Nora, ich habe es versucht. Aber ich bin nicht blind, Liebling. Ich sehe die Dinge so, wie sie sind."

Nora schaute weg, spürte jedoch, wie seine Augen weiter auf ihr ruhten. „Was willst du damit sagen?"

„Ich will damit sagen, dass Morgan Fitzgerald immer noch sehr viel Raum in deinem Herzen einnimmt – vielleicht so viel, dass nie Platz sein wird für einen anderen."

„Michael …“

Er ließ ihren Einspruch nicht gelten und schwieg stattdessen, mit dem Rücken zu ihr am Fenster stehend. Lange Zeit stand er schweigend so da, bis er sich schließlich mit einem tiefen Seufzer umdrehte und leise zu ihr sagte: „Ich glaube, es ginge gut mit uns beiden. Wir könnten uns ein gemeinsames Leben aufbauen, ein schönes Heim. Wir würden erleben, wie aus unseren Jungs Männer werden.“ Er machte eine kurze Pause und sah ihr wieder in die Augen. „Vielleicht würden wir sogar noch mehr Kinder haben …“

Er ließ seine Worte verwehen, unvollendet. Der Ärger, der seine Züge hart gemacht hatte, war verschwunden und hatte einer Zärtlichkeit Raum gemacht, wie man sie selten bei ihm sah. Die grimmigen Falten um seinen Mund schienen zu verschwinden und seine Augen leuchteten mild.

„Wir beide, du und ich, kennen uns schon so lange“, sagte er sanft. „Und unsere Söhne, sie sind bereits auf dem besten Weg, Brüder zu werden. Es würde bestimmt gut gehen, Nora, sieh das doch ein!“ Er vergrub die Hände noch tiefer in seinen Taschen und schaute sie an. „Ich weiß, ich kann dir in materieller Hinsicht noch nicht sehr viel bieten, aber wir hätten genug, genug für uns alle. Und die Lage wird sich bestimmt verbessern, ich habe die Aussicht auf …“

„Oh, Michael, du weißt doch, dass diese Dinge für mich nicht wichtig sind!“

Mit drei großen Schritten ging er auf sie zu. Er stützte beide Hände auf die Tischplatte; mit brennenden Augen näherte er sein Gesicht dem ihren. „Was dann, Nora? Was in aller Welt ist wichtig für dich? Sag es mir, Liebling, und ich werde alles dafür tun, ich schwöre es! Sag mir, was ich tun kann, um dich zu überzeugen, dass du mich heiratest.“

Nora fühlte sich elend; sie musste daran denken, wie er ihr die gleiche Frage schon einmal gestellt hatte, bevor er als junger

Mann nach Amerika ging. Schon damals hatte er alles getan, damit sie seine Frau würde.

Das war vor siebzehn Jahren gewesen. Siebzehn Jahre, und ihre Antwort war immer noch so, wie sie ihm nicht gefiel.

„Michael, du weißt, du ... warst ... du hast mir immer sehr viel bedeutet."

Er sagte nichts und forschte stattdessen nur weiter in ihren Augen, seine großen Hände inzwischen zur Faust geballt.

„Du bedeutest mir wirklich viel ..." Das stimmte. Sie war nicht immun gegenüber seinem Charme, der stolzen, stattlichen Erscheinung, die so viel Kraft auszuströmen schien. Aber noch mehr als das, auf einer viel tieferen Ebene, verbanden sie gemeinsame Erinnerungen, ihre alte Freundschaft, in der auch heute noch ihre gegenseitige Zuneigung ankerte. So brachte sie es weder über sich, ihn zu verletzen noch ihn zu belügen.

Sie war wie benommen, als er sie plötzlich an beiden Händen fasste und sie von ihrem Stuhl hochzog. Er hielt ihre Hände fest umklammert, als er sie zu sich heranzog. „Weißt du, wie sehr ich dich mag, Nora?", fragte er mit belegter Stimme. Mit einer Hand hob er ihr Kinn hoch und zwang sie, seinem schonungslosen Blick zu begegnen. „Ich habe dich immer geliebt, Mädchen, das ist die Wahrheit."

Zitternd hielt Nora den Atem an, als er sich über sie beugte, um seine Lippen auf die ihren zu pressen. Sie wünschte sich, Michaels Kuss würde sie verzaubern, ein Feuer der Liebe für ihn entzünden, das ihren ganzen Körper erwärmte. Stattdessen spürte sie nur jene sanfte Wärme, die gleiche süße, traurige Zuneigung wie vor so vielen Jahren, als er sie mit Tränen in den Augen zum Abschied geküsst hatte, bevor er nach Amerika gesegelt war.

Er wusste es. Er sagte nichts, aber sie spürte, dass er wusste, was sie empfand, als sie vor ihm stand, elend unter diesen dunklen Augen, die das Innerste ihrer Seele zu erforschen schienen.

Allmählich ließ er sie mit einem traurigen Lächeln aus seiner Umarmung frei.

„Du hast sehr viel durchgemacht", sagte er heiser. „Ich fordere zu viel von dir und zu schnell. Es tut mir Leid, Liebes. Vielleicht möchte ich nur, dass du ganz bestimmt weißt, dass ich da sein werde, wenn du mit dir selbst ins Reine gekommen bist – ich werde warten."

„Oh, Michael, bitte, sei nicht ..."

Er legte einen Finger auf ihre Lippen, um sie zum Schweigen zu bringen. „Für heute haben wir genug geredet. Wollen wir nicht noch einen Spaziergang machen und gleichzeitig nach den Jungs Ausschau halten?"

Erleichtert nickte Nora und brachte es sogar fertig, zu lächeln. „Ja, das wäre schön."

Auch Michael lächelte, als er sie mit unendlicher Zärtlichkeit anschaute. Er schloss ihr Gesicht in seine Hände und berührte mit seinen Lippen ihre Stirn. „Vergiss nicht, dass ich noch immer dein Freund bin, Nora Ellen. Ganz gleich, was zwischen uns geschieht – oder nicht geschieht –, ich werde immer dein Freund sein."

Nora hätte vor Dankbarkeit weinen können für sein Verstehen, für seine Freundlichkeit. „Danke, Michael", flüsterte sie. „Danke, dass es dich gibt, so wie du bist. Und vielen Dank", fügte sie inbrünstig hinzu, „dass du mein *Freund* bist."

2. Bevor die Nacht hereinbricht

Es war die Zeit, da die Veilchen blühen
und Gedanken sich emporschwingen in den
blauen Himmel, die Zeit der lauen Lüfte.
James Clarence Mangan (1803–1849)

Die Abenddämmerung brach bereits herein, und doch war die Luft noch warm und voll süßer Düfte.

Nora spürte genau die verschiedenen Blicke, die auf sie gerichtet waren, während sie mit Michael spazieren ging. Die meisten waren freundlich. Ein paar Frauen betrachteten sie neidisch, und ein oder zwei verschlagen dreinblickende Männer liefen schneller, um Michaels Blicken zu entgehen. Jugendliche, die einen rauen Eindruck machten, gingen ihm aus dem Weg, jedoch darauf bedacht, zu demonstrieren, dass Michaels prüfender Blick ihnen nichts ausmachte. Eine junge Frau, die Nora sofort einzuordnen wusste, lächelte Michael so dreist an, dass dieser voll Unmut das Gesicht verzog und rot wurde.

Zum größten Teil schienen sie jedoch eine gutmütige Gesellschaft zu sein, die ihre Zuneigung für Wachtmeister Burke und seine Begleiterin offen bekundeten.

Michael schien sie alle zu kennen und erkundigte sich eifrig nach „der Gesundheit der Frau“ und „dem Ergehen der Sprösslinge“. Sie blieben einen Augenblick stehen, um sich mit Cooley Breen zu unterhalten. Cooley, der ein Holzbein hatte, schenkte ihnen ein herzliches Lächeln und warme Esskastanien.

Plötzlich schrie auf der Terrasse eines nahe gelegenen Mietshauses ein kleines Mädchen laut auf. Als Nora sich umwandte, sah sie, wie eines der unzähligen Schweine, die New Yorks Straßen bevölkerten, auf sie zurannte. Ärgerlich und voll Abscheu bedeutete Michael Nora, hinter ihm zu bleiben. Er bückte sich und brüllte das Schwein wie wild an. Dann sprang er wie zu einem Angriff nach vorn.

Das Schwein blieb stehen und musterte Michael abschätzend. Es hielt noch einen Augenblick inne, als wolle es prüfen, ob der Mann es wirklich ernst meinte, bevor es sich schließlich auf die andere Straßenseite trollte.

Bei ihrer Ankunft hatte Nora äußerst überrascht zur Kenntnis genommen, dass durch die Straßen New Yorks Schweine wie wild gewordene Hyänen rannten. Und die Schweine waren nicht die einzigen „Aasgeier", die sich frei auf den Straßen bewegten. Überall sah man große Ratten herumhuschen; ganze Rudel wilder Hunde pendelten zwischen dem Villenviertel Murray Hill und den Slums von Five Points und fraßen nach Belieben von den Abfällen, die auf fast allen Straßen der Stadt herumlagen. Gelegentlich tauchte auch eine Kuh oder ein Pferd auf der Straße auf, die dann – oft vom Gelächter der Passanten begleitet – von den Polizisten davongejagt wurden.

Michael nahm wieder Noras Arm und sie gingen weiter. Als sie in die Pearl Street einbogen, erspähten sie sofort Daniel John und Tierney vor Kruegers Bäckerei. Nora lächelte beim Anblick der beiden, und sie verlangsamten ihren Schritt.

Gegen die Ladenwand gelehnt, schienen die Jungs ins Gespräch vertieft zu sein. Tierney, in seiner eigenen Rede gefangen, gestikulierte wie wild mit seinen Händen, um die Bedeutung seiner Worte noch zu unterstreichen, während Daniel lächelnd zuhörte und nickte.

Als sie die beiden beobachtete, fiel Nora zu ihrer eigenen Überraschung auf, dass man sie tatsächlich für leibliche Brüder halten könnte. Obwohl Tierney, der Ältere, nicht ganz so groß war wie Daniel John, sah man schon jetzt, dass sie beide zu großen Männern heranwachsen würden. Beide hatten blaue Augen, obgleich Tierneys heller leuchteten, während Daniels tiefblaue Augen verträumter erschienen. Tierneys starkes Haar war glatt und dunkel, mit einem seidigen Mahagoniglanz. Daniel dagegen hatte schwarze Locken, vielleicht etwas ungezähmt. Beide Jungs hatten ein langes, schmales Gesicht, doch während Daniels mit seinen hohlen Wangen eher melancholisch wirkte, war Tierneys spitzbübisches Gesicht oft rot vor Ärger und Entrüstung.

„Sie sind stattliche Burschen, das kann man wirklich nicht anders sagen", meinte Nora mit zärtlichem Stolz.

Sie waren stehen geblieben und Michael lächelte schwach, den Blick auf seinen Sohn und auf Daniel John gerichtet. „Ja, das sind sie, und unverkennbar irisch."

„Wir sind reich gesegnet. Gott war uns trotz allem gnädig, auch wenn wir sehr viel verloren haben."

Er schaute sie an. „Meinst du das ehrlich, Nora? Nach all dem, was du durchlitten hast, ist es nicht selbstverständlich, so zu reden."

Einen Augenblick drohten die alten, qualvollen Erinnerungen Nora erneut das Herz zu zerreißen. Ihr Körper zitterte, als sie vor ihrem inneren Auge noch einmal sah, wie der leblose Körper ihres Mannes über die Schwelle ihrer Hütte getragen wurde; sie sah die wilden Augen von Tahg, ihrem ältesten Sohn, in seinem fieberroten Gesicht und auch ihre schwarzhaarige Ellie, das arme kleine Mädchen, das schon sterben musste, noch ehe es sieben Jahre alt wurde.

Um gegen den Schmerz anzukämpfen, musste Nora einen Augenblick die Augen schließen. „Sie sind in Gottes Armen", flüsterte sie mehr zu sich selbst als zu Michael. „Es hilft mir, daran zu denken, dass Gott sie alle an seinem Herzen hält."

Schließlich gingen sie weiter. Als sie die Jungs erreicht hatten, fiel Nora sofort auf, wie Tierney sie eingehend musterte, beinahe auf eine Erklärung zu warten schien. Auch Daniel John begrüßte sie mit fragenden Augen. Sobald Nora seinem Blick begegnete, schaute er weg, doch der Funke der Enttäuschung, der sich in seinen Augen widerspiegelte, war ihr nicht entgangen.

Die Jungs warteten offensichtlich auf ihre Heirat. Vielleicht war es absurd, aber Nora fühlte sich plötzlich schuldig. War es möglich, dass sie mit ihrer Unsicherheit ihren eigenen Sohn im Stich ließ – und Michaels ebenso?

Einen Augenblick lang fragte sie sich, ob sie ihren Stolz und ihre Zweifel nicht einfach in den Wind schlagen und nachgeben sollte, um den Jungs das geben zu können, was sie sich so sehnlich wünschten. Dicht auf den Fuß folgte diesen Gedanken jedoch wieder die alte Zurückhaltung, die leise, unerklärliche Warnung, zu warten.

Um der Jungs willen zwang sie sich zu einem Lächeln und sagte schelmisch: „Ist das nicht Zucker, was ich auf deiner Oberlippe sehe, Daniel John?"

Die Spannung war verflogen, und Daniel leckte sich den Zucker vom Mund. „Tierney hat mich eingeladen", sagte er freudig und stieß seinen Freund in die Seite, während sie vor Nora und Michael hergingen.

Nora entging es nicht, dass Tierney auf dem gesamten Rückweg schwieg. Obwohl sie seine Ablehnung zu ignorieren versuchte, empfand sie seinen Groll wie einen Schlag.

Als sich die vier Michaels Wohnung näherten, wartete bereits der Wagen der Farmingtons auf sie. „Uria kommt heute zeitig", bemerkte Michael, als er Nora behutsam um eine Schar kleiner Jungen herumführte, die auf der Straße mit Murmeln spielten. „Ich hatte gehofft, du könntest noch ein bisschen bleiben."

Sobald sie der ältere schwarze Fahrer kommen sah, lehnte er sich aus dem Wagen. Sein gewöhnlich heiteres Gesicht war voller Sorge, und Nora wusste sofort, dass etwas nicht stimmte.

„Miss Nora, ich soll Sie sofort zurückbringen!" Seine Stimme zitterte vor Dringlichkeit. „Es ist wegen der kleinen Miss Katie."

Nora presste eine Hand gegen ihren Hals. „Katie? Was ist mit Katie, Uria? Was ist passiert?"

„Es wurde schlimmer mit ihr heute Nachmittag. Sie konnte

kaum noch atmen. Miss Sara sagt, sie ist sehr krank. Sie haben Dr. Grafton gerufen, aber Miss Sara sagte, Sie möchten so schnell wie möglich kommen!"

Nora hörte, wie Daniel nach Atem rang. Als sie seine erschrockenen Augen sah, versuchte sie, ihre eigene Furcht zu verbergen.

„Ich komme mit", sagte er und war bereits am Wagen.

Nora sah Michael an, der nickte und dann sagte: „Gebt Bescheid, wenn ihr mich braucht."

3. Im Tal der Schatten

Man hatte sie in die Stadt gebracht,
wo sie langsam verwelkte.
Richard d'Alton Williams (1822–1862)

Nora saß starr in dem düsteren Halbschatten vor Katies Zimmer. Ihr gegenüber hockte Daniel John auf einem Stuhl, den Sara aus einem der Schlafzimmer in den Flur gebracht hatte. Er hatte den Kopf gesenkt und die Hände gefaltet; Nora wusste, dass er betete.

Der Doktor war schon seit mehr als einer Stunde bei Katie – ein schlechtes Zeichen, fürchtete Nora. Und die Tatsache, dass die Fitzgeralds, die der römisch-katholischen Kirche angehörten, auch nach dem Priester geschickt hatten, war ein noch beunruhigenderer Hinweis auf Katies schlimmen Zustand.

Während sie so unruhig auf ihrem Stuhl hin und her rutschte, wanderten Noras Gedanken zurück zu der Nacht, in der Katie geboren worden war. Es war eine schwierige Geburt für Catherine, Katies Mutter. Nora hatte der Freundin während dieser langen, schweren Stunden beigestanden, und als sie dann endlich das winzige, rothaarige Baby in den Armen hielten, hatten sie zuerst über die lustigen Runzeln in ihrem Gesicht gelacht und dann vor Freude geweint, weil die Kleine gesund und munter war.

Lieber Gott, war das wirklich vor elf Jahren? Sie sah Katies Gesichtchen vor sich, als wäre es erst gestern gewesen. Armes, winziges Ding, das nie wirklich stark war. Sie war immer dünn wie ein Strich und blühte niemals richtig auf in all den Jahren ihrer Kindheit, die sie still und unauffällig durchwanderte. Dann kam die Hungersnot und zehrte noch mehr an dem zerbrechlichen Körper. Katie wurde immer dünner, bis sie am Ende nur noch ein Schatten ihrer selbst war.

Sogar jetzt, bei all der liebevollen Pflege und Fürsorge der Farmingtons, hatte sich der Gesundheitszustand des Mädchens weiter verschlechtert. In den letzten Wochen atmete sie schwer und stocherte gleichgültig in ihrem Essen herum, wenn sie überhaupt etwas zu sich nahm. Seit kurzem blieb sie morgens immer länger im Bett, und keine der ärztlichen Maßnahmen schien Erfolg zu haben.

Wir werden sie verlieren. Tief betrübt nahm Nora alle ihre Kraft zusammen, um sich der Wahrheit zu stellen, damit sie dann stark genug war, ihrem Sohn zu helfen, der Wirklichkeit ins Auge zu sehen.

Armer Daniel John. Was würde er ohne seine Katie machen? Die beiden waren beinahe unzertrennlich aufgewachsen, der eine ständig der Schatten des anderen in ihrer gesamten Kindheit. Ihre gegenseitige Zuneigung war zart, kindgemäß, und doch hätte im Laufe der Jahre mehr daraus werden können. Jetzt, als Nora vor Katies Zimmer wartend ihren Sohn betrachtete, wurde es ihr zur furchtbaren Gewissheit, dass es keine Zeit mehr geben würde für Daniel John und seine Katie.

Barmherziger Gott, er hat bereits so viel verloren ... seinen Vater, seinen Bruder, seine kleine Schwester, sein Zuhause. Wie viel muss er noch leiden?

Sie schaute auf, als Stimmen zu hören waren, und sah, dass Sara Farmington die Wendeltreppe heraufkam. Dicht hinter ihr folgte einer der stattlichsten Männer, die Nora je gesehen hatte, fast so groß wie Morgan Fitzgerald. Sara Farmington war eine groß gewachsene junge Frau, aber dieser Mann überragte sie weit. In seinem makellosen, maßgeschneiderten Anzug machte er trotz seiner enormen Schulterbreite und des dichten schwarzen Bartes einen vornehmen Eindruck. Er hatte volle schwarze Locken, in denen es hier und da silbrig glänzte. Als er näher kam, sah Nora jedoch, dass er jünger war, als sie zunächst angenommen hatte.

Sie wusste sofort, wer er war: Pastor Jess Dalton. Sara erzählte oft mit großer Begeisterung von dem Abolitionist (Anhänger einer 1774 in Nordamerika gegründeten Bewegung zur Abschaffung der Sklaverei) und Prediger, der die kürzlich vakant gewordene Predigtstelle in der Gemeinde der Farmingtons übernehmen sollte. Außerdem war mit dem Frauenmissionsbund vereinbart worden, dass er in Five Points, einem der schlimmsten und berüchtigtsten Elendsviertel der Stadt, eine Missionsstation einrichten sollte.

Als ehemaliger Kaplan der Militärakademie in West Point hatte Pastor Dalton zuletzt in einer wohlhabenden und einflussreichen Gemeinde in Washington D.C. gearbeitet, wo sich seine abolitionistischen Ansichten jedoch als äußerst unbeliebt erwiesen hatten. Seine Ankunft in New York fiel mit der eines anderen umstrittenen Predigers zusammen, dem Pfarrer der neu gegründeten Plymouth-Gemeinde in Brooklyn. Der neue Pfarrer von Brooklyn, Henry Ward, war obendrein ein Freund von Pastor Dalton, der seinerzeit eigens von seiner vorigen Pfarrstelle in Indiana nach West Point gereist war, um die Daltons zu trauen. Und jetzt waren sie beide zur gleichen Zeit nach New York gekommen.

Der Pfarrer blieb stehen, um vorgestellt zu werden, bevor er in Katies Zimmer ging. Trotz seiner einschüchternden Größe spürte Nora sofort sein freundliches Wesen. Seine Worte klangen ruhig und warm, und aus seinen Augen sprach Mitgefühl, als er sich vor Nora verbeugte und ernst Daniel Johns Hand schüttelte.

„Es ist nett von ihm, dass er gekommen ist“, sagte Nora, nachdem er die Tür zu Katies Schlafzimmer hinter sich geschlossen hatte. „Wir sind ja nur Fremde, und Katie ist katholisch.“

„Ich glaube nicht, dass für Pastor Dalton diese Dinge eine

Rolle spielen“, entgegnete Sara. „Er scheint zu den Menschen zu gehören, denen *alle* am Herzen liegen, nicht nur seine eigene Gemeinde. Oh – und habe ich dir schon gesagt, dass seine Frau auch aus Irland kommt? Sie ist einfach reizend, du magst sie bestimmt! Sie scheint ein ganzes Stück jünger zu sein als Pastor Dalton“, fuhr Sara fort, „aber sie lieben sich sehr. Du wirst sie bald treffen, wenn du wirklich vorhast, im Missionshaus auszuhelfen.“

„Doch, natürlich habe ich das vor“, antwortete Nora zerstreut. „Auch Daniel John würde gern helfen, nicht wahr, mein Sohn?“

Sie musste die Frage noch einmal stellen, bevor der Junge antwortete. Er blickte von seinen Händen auf, schaute sie einen Moment verdutzt an und nickte dann. Über die Dunkelheit in seinen Augen erschrocken, war Nora froh, dass er auf Saras Vorschlag einging, sie in die Küche zu begleiten, wo Katies kleinere Geschwister auf Nachricht von ihrer Schwester warteten.

Auf der Treppe wandte sich Sara noch einmal um. „Ich habe Uria geschickt, um Vater und Evan aus der Werft zu holen, Nora. Ich weiß, dass Evan jetzt hier bei dir und den Kindern sein möchte.“

Nora fühlte Dankbarkeit und Erleichterung aufsteigen. Zwischen ihr und Evan Whittacker hatte sich seit ihrer Ankunft in New York eine enge Freundschaft entwickelt, eine Freundschaft, die bereits während ihrer Überfahrt auf dem Atlantik begonnen hatte und sich weiter vertiefte, seitdem sie bei den Farmingtons ein neues Leben begonnen hatten.

Evan war als Privatsekretär von Lewis Farmington angestellt und bewohnte das kleine Häuschen, das sich hinter der Villa der Farmingtons befand. Fast jeden Abend aß er gemeinsam mit Nora und den Kindern; außerdem hatten sie begonnen, ihre Sonntagnachmittage gemeinsam zu verbringen.

Nora wusste, dass manchen ihre Freundschaft mit dem schlanken zurückhaltenden Engländer etwas sonderbar anmutete. Mit seinem silberblonden Haar und der Brille mit Drahtgestell wirkte er scheu und bescheiden, ein Eindruck, der durch sein häufiges Stottern nur noch verstärkt wurde. Aber Nora hatte sein Herz kennen gelernt und hinter seiner Schüchternheit und Zurückhaltung einen guten, freundlichen Menschen mit unverkennbarer Charakterstärke und Opferbereitschaft entdeckt. War sein leerer linker Ärmel nicht Beweis genug für seinen Mut und seine Selbstlosigkeit? Der Mann hatte sein Leben aufs Spiel gesetzt – und seinen Arm verloren – in dem Bestreben, einer Gruppe irischer Auswanderer, zu denen auch sie gehört hatte, zu helfen.

Die Zeit und ihre enge Freundschaft hatte aus Noras Bewunderung eine echte Zuneigung werden lassen. Sie dankte Gott täglich für Evan Whittacker und war außerdem dankbar, dass auch Daniel John so viel von diesem Mann hielt. Gewiss würde er, noch bevor die Nacht hereinbrach, den Trost der Gegenwart Evans bitter nötig haben.

* * *

In dem Schlafzimmer auf der anderen Seite des Flurs führte Dominic Carroll, der Priester, seine Amtshandlungen zu Ende, bevor er Jess Dalton ans Bett winkte.

Das fiebrige Gesicht des kleinen Mädchens wirkte verloren zwischen den Kissen und Betten, die sich um sie herum auftürmten. Ihre dünnen Finger umklammerten die Decke und der kleine Mund war halb geöffnet, während sie schwer atmete. Sie war nicht mehr bei Bewusstsein.

Jess Dalton hatte schon an vielen Betten gebetet und oft bei Schwerkranken gestanden. Er hatte schon sehr viel Leid und Tod gesehen, und doch erfüllte ihn der Anblick eines sterbenden Kindes stets mit neuem Schmerz.

Nachdem er dem Priester, dem er schon einige Male begegnet war, zugenickt hatte, blickte Jess zu dem Arzt hinüber, der am anderen Ende des Bettes stand. Das Gesicht vor Erschöpfung grau, schüttelte dieser traurig den Kopf. „Ich fürchte, sie ist schon beinahe tot."

Während der Priester die Hand des kleinen Mädchens hielt und den letzten Segen sprach, fiel Jess Dalton neben dem Bett auf die Knie. Er schloss die Augen und flehte um Gottes Gnade für Katie Fitzgerald, ein kleines Mädchen, das in seinem kurzen Leben mehr als genug hatte leiden müssen.

Natürlich kannte er die Geschichte der Fitzgeralds; Sara Farmington hatte ihm vom Tod der Mutter erzählt, wie der Vater vor der Überfahrt ermordet worden war und von dem unsagbaren Leiden der Familie, während sie noch in Irland lebten. Er wusste von der Hungersnot, die die Gesundheit des Kindes gefordert hatte, und von der qualvollen Fahrt über den Atlantik, die ihre letzten Kräfte geraubt hatte.

„Oh Gott, durch deine Barmherzigkeit mach es Katie Fitzgerald leicht, hinüberzuschreiten. Lass deine Engel sie aufheben und schnell und sicher hinübertragen in deine Gegenwart ..."

Der Pfarrer hatte kaum zu beten begonnen, als aus dem Mund des kleinen Mädchens ein röchelnder Seufzer zu hören war, gefolgt von dem unterdrückten Verzweiflungsschrei des Arztes. Jess Dalton presste seine großen Hände noch fester zusammen und wartete.

Als er schließlich aufschaute, schüttelte der Doktor wiederum den Kopf, diesmal mit trauriger Endgültigkeit. Der Priester hielt die Hand des Kindes weiter umfasst. Jess Daltons breiter Rücken sank zusammen, und seine Augen brannten, als er wieder zu beten begann.

„Möge dieses Kind, das so lange Krankheit und Hunger leiden musste, sich jetzt in deinem Reich erfreuen und an deiner Tafel speisen bis in alle Ewigkeit. Jesus, du guter Hirte unserer Seelen, nimm dieses kleine Lämmchen auf in deine sicheren Arme und schenke ihm Frieden, ewigen Frieden bei dir."

4. Ewige Hoffnung

Die Hoffnung will uns Begleiter sein,
schmücken und erleuchten unsern Pfad,
immer nur heller wird ihr Schein,
je dunkler die Nacht, je schmaler der Grat.
Oliver Goldsmith (1728–1774)

In den folgenden Tagen nahm Daniel – geistesabwesend – die Vorbereitungen für Katies Begräbnis nur verschwommen war.

Er wusste, dass seine Mutter, Sara Farmington und Ginger, die Haushälterin, umhereilten, um alles Notwendige zu erledigen – aber er selbst hatte nur eine ungefähre Ahnung von dem, was eigentlich geschah.

Ein Teil von ihm – der Teil, der irgendwie losgelöst war von dem Mantel der Trauer, der ihn umgab –, nahm die Tatsache zur Kenntnis, dass das Zimmer, in dem Katie gestorben war, fast völlig in Weiß gehüllt war. Auf dem kleinen Tisch am Fenster lag eine weiße Satindecke, darauf stand als einziger Schmuck eine Vase mit weißen Rosen und Farn. Weiße Servietten verdeckten Bilder und Spiegel; Körbe voll weißer Blumen hatten den Platz der Toilettenartikel auf der Frisierkommode eingenommen.

Auf dem Bett, das mit weißem Leinen und seidenen Schleifen behängt war, lag Katie. Sie trug ein einfaches, weißes Kleid, und allein ihr rötlich blondes Haar und die goldroten Wimpern hoben sich von dem Weiß ab. Wären nicht das Kruzifix und der Palmenzweig auf ihrer Brust gewesen, hätte man meinen können, sie schliefe nur.

Da die Fitzgeralds und die Kavanaghs kaum bekannt und ihr Status im Haushalt der Farmingtons nicht klar umrissen waren, kamen nur enge Freunde der Farmingtons, um ihr Beileid auszusprechen. Gelegentlich hörte Daniel gedämpfte Stimmen und leise Schritte im Flur, wenn seine Mutter und Sara Farmington Fremde grüßten, die kamen und gingen, aber meistens herrschte Stille im Haus – Totenstille.

* * *

Sara Farmington hatte für Katies Trauergottesdienst, der in der kleinen Kapelle im Anwesen der Farmingtons stattfand, alles mit Liebe und Sorgfalt vorbereitet. Doch jetzt, als der Gottesdienst seinem Ende zuging, konnte Daniel es kaum erwarten, dass er vorüber war. Der Raum war warm und mit Blumen übersät, von deren süßlichem Geruch ihm beinahe übel wurde.

Er hatte nur wenig gegessen und noch weniger geschlafen, seitdem Katie gestorben war, und das machte ihn, gemeinsam mit der Schwüle, die in dem Raum herrschte, schwach und benommen.

Der Priester hatte den Gottesdienst gehalten, aber offenbar hatte Sara auch Pfarrer Dalton eingeladen. Als die Trauerfeier sich ihrem Ende näherte, ging der große, schwarz gelockte Pfarrer nach vorn, um einen Abschnitt aus der Bibel zu lesen und zu beten.

Daniel nahm leises Weinen wahr, das hauptsächlich von seiner Mutter kam, die neben ihm saß, und von dem kleinen Tom auf seinem Schoß. Sogar die stumme Johanna weinte und brachte ihre Trauer um die Schwester in erstickten Seufzern zum Ausdruck, die auch Daniel die Kehle zuschnürten.

Er weinte nicht, zumindest nicht laut. Als er den kleinen Tom näher an sich heranzog, weinte still sein Herz. Sein Geist war tief betrübt, aber er vergoss keine Tränen für Katie.

Es war nicht so, dass er bewusst versuchte, nicht zu weinen. Er verstand es vielmehr selbst nicht, dass seine Augen trocken waren. War er denn so gefühllos, dass er nicht eine Träne vergießen konnte für seine Katie, die seit frühester Kindheit stets seine beste Freundin gewesen war? Schuldbewusst hatte er unzählige Male versucht, sich zum Weinen zu zwingen, aber vergebens.

War sein Herz hart geworden von all dem Leid, versteinert durch die unerbittlichen Wogen des Todes, die immer wieder neu über ihm zusammenschlugen? Wie war es möglich, dass er *nicht* um Katie weinen konnte? Katie, deren grüne Augen beim Anblick eines Regenbogens an einem Frühlingsmorgen funkelten wie Edelsteine; Katie, die seinen Daumen verbunden hatte, als er mit seinem Schnitzmesser ausgerutscht war, und ihn dann geküsst hatte, damit er auch richtig heilte; Katie, die ihn ihren Helden nannte und stets darauf vertraute, dass er Böses zum Guten wenden und aus Wolken Sonnenschein machen konnte; Katie, seine Katie, lag kalt und steif und leblos in dem kleinen weißen Sarg.

Er hatte sie im Stich gelassen. Zuletzt konnte er nichts mehr tun, um ihr zu helfen, nichts, absolut nichts. Er war nicht bei ihr gewesen, als sie ihren letzten Atemzug tat. Und nun hatte sie ihn für immer verlassen, und es war ihm, als hätte sie ein Stück von ihm mitgenommen. Etwas in seinem Inneren war verdorrt, zerbrochen und hatte alle seine Gefühle, Hoffnungen ... und auch seine Tränen zunichte gemacht.

* * *

Als der Trauergottesdienst sich seinem Ende näherte, sah Evan Whittacker zu Daniel. Dieser Blick in Daniels Gesicht genügte dem Mann, um zu wissen, dass in diesem jungen Herzen ein heftiger Kampf tobte.

Auch sein Herz blutete für den Jungen, für Nora und für die anderen beiden Kinder. Der Kummer und der Schmerz, der diesen Raum erfüllte, würde nicht so schnell zu stillen sein. Zu viel mussten sie schon leiden, zu viel hatten sie verloren, als dass ihr Leben jemals wieder sorglos sein könnte.

Und doch, sie hatten überlebt. Obgleich allein schon die Tatsache, dass sie überlebt hatten, Beweis genug für Gottes Macht und Barmherzigkeit war, hatte er noch viel mehr für sie getan. Er war ihnen gnädiger gewesen, als sie je zu hoffen gewagt hatten, hatte ihnen Unterkunft und Nahrung geschenkt und Freunde, die ihnen halfen – wie die Farmingtons, Michael Burke, Pastor Dalton. Diese Freunde waren Boten Gottes, die ihnen den Anfang in diesem neuen Land erleichtern sollten.

Evans Blick wanderte weiter zu Nora, die direkt vor ihm saß. Ihr kleiner Körper wirkte winzig und verloren zwischen ihrem großen Sohn Daniel auf der einen und der muskulösen Gestalt Michael Burkes auf der anderen Seite. Über dem Ärmel eines schwarzen Kleides – eines der Kleider von Sara Farmington – trug sie eine schwarze Krepparmbinde. Evan sah, wie sie nervös und voller Verzweiflung immer wieder über das dünne Kreppgewebe strich. Sergeant Burke legte schützend seinen Arm um sie; stirnrunzelnd blickte er zu ihr herunter, als müsse er befürchten, sie könne jeden Augenblick in Ohnmacht fallen.

Evan teilte Michael Burkes Sorge um Nora. Ihm war jedoch auch aufgefallen, dass sie längst nicht mehr das scheue, hilflose, unglückselige Geschöpf war, für das er sie einst gehalten hatte. Er sah, wie sie immer mehr Verantwortung für ihre Umgebung übernahm. Sowohl Sara Farmington als auch Ginger, die Haushälterin, lobten sie oft wegen ihrer Tüchtigkeit, mit der sie still und unauffällig Dinge erledigte und das Haus in Ordnung hielt. Außerdem behaupteten die Farmingtons, dass Nora ausgezeichnet in der Missionsarbeit half.

In den letzten Tagen hatte Evan bei Nora eine neue Tatkraft verspürt, eine Entschlossenheit, sich jeder Aufgabe, die ihr entgegentrat, zu stellen. Zweifellos war sie weitaus stärker und mutiger, als er geglaubt hatte – und offenbar nahm ihre Kraft von Tag zu Tag zu.

Als sein Blick auf Michael Burke fiel, stieg einen Augenblick lang Groll in ihm auf, weil der breitschultrige Polizist absolut nichts von Noras neuer Kraft wahrzunehmen und sie stattdessen wie eine zerbrechliche Porzellanfigur zu behandeln schien, die zu zerbrechen drohte, wenn er sie nicht auf Händen trug.

Einen Moment lang dachte Evan ärgerlich, dass dieser irische Polizist Nora dadurch überzeugen wollte, ihn zu heiraten, indem er ihr bewies, dass sie ihn *brauchte.* Genauso schnell wie er gekommen war, stieß Evan diesen Gedanken von sich. Er war ungerecht. Burke war ein guter und tüchtiger Mann – ein zuverlässiger Bursche, das war er auf jeden Fall –, und er wollte bestimmt nur das Beste für Nora.

Michael Burke liebte sie abgöttisch, das stand fest, was jedoch Noras Haltung gegenüber dem Sergeanten betraf, war sich Evan noch nicht ganz im Klaren. Einmal schien es, als schaute sie Burke mit echter Zuneigung an und im nächsten Augenblick, als wollte sie ihm am liebsten ausweichen.

Mit einem unterdrückten Seufzer riss Evan seine Blicke von Noras gebeugtem Haupt los. Er durfte einfach nicht so ... *vertraulich* über sie nachdenken und über ihr Verhältnis zu Michael Burke spekulieren. Er und Nora waren Freunde, gute Freunde, und diese Freundschaft wollte er nicht aufs Spiel setzen für ein hoffnungsloses, törichtes Verlangen, das sie gewiss als anmaßend empfinden würde. Wenn sie jemals herausfinden sollte, wie tief die Gefühle waren, die er für sie hegte, wäre ihr Vertrauen gebrochen, ihre Freundschaft für immer zerstört.

Evan mochte sich das nicht einmal vorstellen. Schon lange hatte er sich mit einem Leben ohne Noras Liebe abgefunden, aber ein Leben ohne ihre Gegenwart glaubte er nicht ertragen zu können.

* * *

Katie wurde auf einem kleinen katholischen Friedhof begraben. Ein sanfter Sommerregen fiel, als sie von Katies Grab zurückkamen. Nora war es nur recht; ein wolkenloser Himmel war kein gutes Omen für eine Beerdigung. Sofort schalt Nora sich selbst für diesen Aberglauben. Sie war Christ und kein Heide und sollte deshalb nicht auf diese alten Märchen achten.

Das war jedoch leichter gesagt als getan, denn war sie nicht auch eine Irin? Michael behauptete, die Iren seien nie völlig frei von den alten, dunklen Ängsten, dem Schatten des Schicksals, ganz gleich in welchem Land sie lebten. Als Nora Michael betrachtete, während er ihr in den Wagen der Farmingtons half, dachte sie leicht gereizt, dass Michael einer der Iren war, die entschlossen schienen, sich radikal von ihrer Vergangenheit zu lösen.

Ihre Gedanken wanderten ziellos umher, als ihr Wagen über die unbefestigte Straße zurück zur Stadt holperte. Michael war schon sehr amerikanisiert, dachte sie, und das schien zuweilen die Hauptursache der Auseinandersetzungen zwischen ihm und seinem Sohn zu sein.

Seltsam, wie Tierney, der in Amerika geboren war, sein irisches Erbe so weit wie möglich ausleben wollte, während Michael, Ire durch und durch, seiner Herkunft gegenüber gleichgültig zu sein schien. Nora glaubte zuweilen, dass ihr Verhältnis tatsächlich sehr viel besser werden könnte, wenn jeder der beiden, Vater und Sohn, nur ein kleines Stück auf den anderen zugehen würde. Aber Michael war ein eigenwilliger Mensch, und Tierney war nicht weniger starrköpfig veranlagt. Niemand wusste, ob sie sich mit ihren unterschiedlichen Ansichten jemals gegenseitig akzeptieren würden.

„Nora? Ist alles in Ordnung, Liebes?“ Michael saß im Wagen dicht neben ihr und nahm ihre Hand, während er sie ernst betrachtete.

Sie nickte. „Ich bin einfach nur erschöpft, das ist alles. Ich glaube, wir sind alle völlig am Ende. Ich verstehe nicht, warum

Daniel John um jeden Preis vom Friedhof nach Hause laufen wollte oder warum Evan meinte, ihn unbedingt begleiten zu müssen. Gewiss werden sich beide erkälten, besonders Evan, dem es selbst noch an Kraft mangelt."

„Du machst dir Sorgen um diesen Engländer, als würde er zur Familie gehören", brummte Michael.

Auf Noras scharfen Blick hin wurde er rot. „Es tut mir Leid", sagte er missmutig. „Ich weiß, er ist dir ein guter Freund gewesen, aber du hast schon genug Sorgen, auch ohne ihn."

„Ach, er war mir ein guter Freund, Michael – uns allen war er ein treuer Freund!", antwortete Nora ungehalten. Michael schien sich ständig über Evan Whittaker zu ärgern, und sie konnte um alles in der Welt nicht begreifen, warum.

„Ich wüsste nicht, wo wir jetzt alle wären", sagte sie unverblümt, „wenn dieser *Engländer* nicht sein Leben für uns aufs Spiel gesetzt hätte!"

Michael schwieg, was Nora nur noch mehr in Aufregung versetzte. Wenn er so darauf bedacht war, mehr Amerikaner als Ire zu sein, dann sollte er ebenso seinen irischen Hass auf alles Englische begraben.

„Nora?"

Sie schaute ihn streng an.

„Vielleicht möchtest du, dass ich heute Nachmittag bei dir bleibe?"

Nora zögerte, sie sehnte sich nur danach, allein zu sein. „Nein danke, Michael", entgegnete sie. „Ich habe viel zu tun. Im Haus herrscht ein einziges Durcheinander nach all der Aufregung der letzten Tage."

„Niemand wird von dir erwarten, dass du *heute* im Haus arbeitest", beharrte er. „Bestimmt nicht, und du darfst nicht vergessen, dass du für die Farmingtons mehr bist als nur eine Angestellte. Sara betrachtet dich als eine Freundin. Sie wird es verstehen, wenn du ein wenig Zeit für dich brauchst."

Nora nickte schnell. „Ja, Sara ist mehr als freundlich zu mir. Ihr Vater ebenso. Aber ich brauche Beschäftigung, Michael, verstehst du das nicht? Das hilft mir. Ich kann nicht dasitzen und über Katie nachgrübeln." Sie machte eine Pause und schaute weg. „Es ist nicht so, dass ich nicht um das Mädchen trauern würde, das tue ich ganz bestimmt", erklärte sie weiter. „Katie war mir so teuer, als wären wir blutsverwandt, aber jetzt ist ihr Leiden vorüber, und sie ist zu Hause beim Herrn."

Traurigkeit übermannte Nora, ein Schmerz, der sich durch die Erinnerung an all das brutale Sterben, das sie in den letzten Monaten hatte erleben müssen, nur noch vervielfachte. Das Leben musste weitergehen, gewiss, aber ihr Leben – und Daniel Johns – würde nie mehr so sein wie früher. Katie, die liebe Katie, war tot und begraben, und Nora blieb leer und benommen zurück, erschöpft bis zum Letzten. Sie musste sich fragen, ob ihre Trauer nun nicht aufgebraucht, das Letzte ihrer Gefühle begraben war mit all denen, die sie in diesem Leben so sehr geliebt hatte.

Michael hatte das alles nicht gesehen – die hohlen Augen des Hungers, das Fieber, die Verzweiflung und Hoffnungslosigkeit. Vielleicht würde er es nie verstehen, und sie hatte keine Kraft, es ihm zu erklären. So sagte sie einfach: „Die Zeit der Trauer ist vorbei, Michael. Ich muss zurück an meine Arbeit."

Michael betrachtete sie aufmerksam. „Ich möchte dir nur helfen, Nora."

Sofort bereute sie, so hart gegen ihn gewesen zu sein. „Ja, Michael, das weiß ich", sagte sie schnell und drückte seine Hand. „Du bist ein großartiger Freund, und ich wüsste nicht, was ich ohne dich tun würde!"

Unerklärlicherweise verdüsterte sich seine Miene, er drehte sich weg und ließ Nora allein mit der Frage, womit sie ihn verstimmt hatte.

* * *

Sowohl Evan als auch Daniel sprachen auf dem Rückweg zu den Farmingtons lange Zeit kaum ein Wort. Während sie schweigend nebeneinander herliefen, genoss Evan den warmen Regen, der eingesetzt hatte, und berührte mit seiner Hand die Feuchtigkeit in seinem Gesicht. Der Tag war schwül und drückend gewesen, und so war diese kleine Erfrischung mehr als willkommen.

Aus Sorge um Daniel, der offensichtlich furchtbare Qualen durchlitt, versuchte Evan, das Schweigen zwischen ihnen zu brechen. „D-Daniel – ich weiß, Katie hat dir ... sehr viel bedeutet. V-vielleicht würde es dir helfen", schlug er behutsam vor, „wenn wir über d-das, was geschehen ist, ... sprechen."

Der Junge schüttelte nur seinen Kopf und antwortete nichts, als sie weitergingen.

Nach den rechten Worten ringend, blieb Evan stehen und legte seine Hand auf Daniels Arm. Als der Junge sich umwandte, um Evan anzuschauen, zerriss ihm die Qual, die aus den Augen des Jungen sprach, fast das Herz.

„Daniel", versuchte er es noch einmal und ließ seine Hand sinken, „Daniel, ich möchte dir gern etwas sagen."

Der Junge blieb unbeweglich stehen, sein schmerzerfüllter Blick höflich, aber weit entfernt. Mit seinen fast vierzehn Jahren war Daniel schon einige Zentimeter größer als Evan. Zutiefst erschüttert von dem unsagbaren Leid, das von dem jungen Menschen ausging, zögerte Evan und schaute in der Gegend umher.

Es war still auf dieser einsamen Straße, die so nahe bei der Stadt und doch so entfernt von ihrem Lärm lag. Während der Regen sacht die Blätter der Bäume bewegte und die Geräusche von New York nur noch wie ein Flüstern zu hören waren, wurden sie beide, Evan und der Junge, von einem tröstlichen Frieden umhüllt.

„Du h-hast wahrlich schon m-mehr als genug gelitten, Daniel", sagte er schließlich. „Und vielleicht erscheint es dir im Augenblick so, als würde es in deinem Leben nichts anderes mehr geben als nur Leid."

Evan machte eine Pause und fühlte auch in seiner Brust Verzweiflung aufsteigen, als er in die verwundeten Augen des Jungen sah. Und doch fühlte er sich gedrängt, hinter Daniels Schmerz vorzudringen, hinter die dünne Maske, die seine Fassung wahrte. „Ich glaube auch, mein Junge, dass du dich vielleicht irgendwie ... sch-schuldig fühlst, weil ... w-weil du nichts tun konntest, um deine Freundin zu retten."

Daniel zwinkerte und schien sich zu straffen.

Als er merkte, dass er den richtigen Ton angeschlagen hatte, fuhr Evan fort. „Daniel, Katie zu verlieren, b-bedeutet für dich einen f-furchtbaren Verlust, und d-du musst trauern. Das ist in Ordnung, mein Junge, die Trauer muss sein", sagte er sanft. „Du brauchst dich deiner Trauer nicht zu schämen. Aber mitten in allem Schmerz musst du auch akzeptieren, dass du w-wirklich nichts tun konntest für deine Freundin Katie, wirklich *nichts*", wiederholte Evan.

Eine alte Wunde war neu aufgebrochen, und Evan zuckte zusammen, als er die Qual sah, die sich in den Augen des Jungen widerspiegelte.

„Sie hat sich immer auf mich verlassen", stieß Daniel hervor. „Sie dachte, ich kann alles, alles wieder in Ordnung bringen ..."

Wieder ergriff Evan den Arm des Jungen. „Ja, ich weiß. Und sie h-hatte allen Grund dazu. Du warst ein großartiger Freund für sie, D-Daniel. Deine Mutter hat mir viel über Katie und dich erzählt."

Daniel zwinkerte erneut, bevor er das Gesicht abwandte. „Wir wollten ... eines Tages heiraten", sagte er leise. „Wir hatten uns einander bereits versprochen."

Evan ließ den Arm des Jungen los, aber seine Augen ruhten

weiter auf ihm, während er um Weisheit rang, um ein helfendes Wort. Wieder spürte er die Qual dieses jungen Menschen, hörte in seiner Stimme den Schmerz.

„Daniel“, sagte er belegt, „du bist noch sehr jung. Zu jung vielleicht, um auf den Himmel zu h-hoffen, und doch meine ich zu wissen, dass d-du genau das tun m-musst.“

„Wie meinen Sie das?“

Evan gelang ein schwaches Lächeln, als er sanft Daniels Schulter berührte. „Der Himmel scheint ... so fern, wenn man j-jung ist; fast wie ein Traum. Aber so jung, wie du auch bist, Daniel John, du *musst* die Hoffnung auf den Himmel in deinem Herzen halten, um dich gegen Verzweiflung und Hoffnungslosigkeit zu wappnen.“

Daniel runzelte noch mehr die Stirn. „Ich verstehe das nicht. Ich möchte es gern verstehen“, fügte er hinzu, „aber ich kann es nicht.“

„Gott hat dir ei-eine Seele gegeben, die auf Wanderschaft ist, auf dem Weg in die Ewigkeit“, sagte Evan behutsam, während sein Griff für einen Augenblick fester wurde. „Gegenwärtig fühlst du dich wie ein Fremder in diesem n-neuen Land. Vielleicht wirst du eines Tages zurückkehren und Irland wiedersehen können, aber ich fürchte, dann wird es dir noch deutlicher werden, dass du ein Fremdling bist. Auch Irland wird n-nicht mehr deine Heimat, d-deine richtige Heimat sein.“

Gott hatte ihm die rechten Worte geschenkt, und so fuhr er fort: „Oh Daniel, ich b-bete darum, dass du – und ich – dieses neue Land, dieses Amerika lieben lernen! Und doch weiß ich in meinem Herzen, dass w-weder Amerika n-noch dein Irland oder m-mein England uns jemals eine wahre Heimat sein werden. Wir sind Fremdlinge und Pilger, Daniel, du und ich. Wir *alle* sind Pilger, die ihr Land verlassen, Ozeane überqueren, von Kontinent zu Kontinent wandern auf dem Weg zu unserer wahren Heimat im Himmel. Verstehst du jetzt besser, mein Junge, was mit Katie geschehen ist? Sie ist *zu Hause* – in der *wahren* Heimat. Katies Pilgerfahrt ist nun endgültig vorüber. Sie ist zu Hause bei ihrem Heiland. Bestimmt ist sie schon in ihrer Wohnung, die der Herr, wie er es in seinem Wort verspricht, für sie bereitet hat.

Und eines Tages, Daniel, w-werden wir – du und ich – auch zu Hause sein. Obwohl es in deinem Alter noch nicht so scheinen mag, mein Junge, vergeht die Zeit sehr schnell, viel schneller, als wir es uns überhaupt vorstellen können. Dieses Leben ist – ist nicht mehr als ein flüchtiger Hauch, verglichen mit der Ewigkeit. So halte die Hoffnung auf die Ewigkeit fest, Junge. Vergiss nie, dass wir hier nur Pilger sind, auf dem Weg in die Ewigkeit. Katie ist heimgegangen, und w-wir beide – du und ich – sind auch auf dem Weg nach Hause."

Einen Augenblick herrschte Schweigen. Dann tat Daniel schmerzvoll schluchzend einen Schritt auf Evan zu. Eine Träne quoll aus seinem Auge, dann noch eine, bis schließlich der ganze Strom aufgestauter Tränen ungehindert die Wangen des Jungen überströmte.

Mit seinem einen Arm zog Evan den Jungen an sich heran und spürte, wie die schmalen Schultern erst zitterten und sich dann zu heben und senken begannen.

„So ist es richtig, mein Junge", beruhigte er ihn, und in seinen Augen brannten ebenfalls unvergossene Tränen, als er den Jungen festhielt. „Weine weiter, mein Junge. Weine jetzt um deine Katie, aber nur eine Zeit lang. Eines T-Tages, bald, werdet ihr wieder gemeinsam lachen und euch freuen."

Nun konnte auch Evan seine Tränen nicht länger zurückhalten. Er weinte mit Daniel Kavanagh um alle, die sie verloren hatten ... und die sie eines Tages wiedersehen würden, bei Gott.

5. Ein Plan und ein Gebet

Gefallen sind deine Bäume, die stolz
einst ragten zum Himmel empor.
Verstummt ist das Lied der Sänger,
ihr fröhlicher, lieblicher Chor.
Oh Schicksal, so hart und so kalt –
wann lässt du ab von dieser gemarterten Insel
– nun bald?!

John Swanwick Drennan (1809–1893)

Dublin
Oktober

William Smith O'Briens Ankunft in Nelson Hall war der einzige Lichtblick für Morgan Fitzgerald in dem sonst trostlosen Monat. In der geräumigen Bibliothek seines Großvaters begrüßte er seinen alten Freund mit einer Begeisterung, wie er sie nur wenigen entgegenbrachte.

Wie immer sah der stattliche, elegant gekleidete O'Brien aus, als wäre er gerade den Blättern von Burkes *Landadel* entstiegen. Als Mittvierziger war der Führer der *Young-Ireland-Bewegung* eine sehr flotte Erscheinung und sah unglaublich jugendlich aus.

Smith O'Brien war ein protestantischer Großgrundbesitzer, der fünfzehn Jahre lang im Parlament die Sache Irlands vertreten hatte. Als zweiter Sohn des wohlhabenden Sir Edward O'Brien stammte er von den alten Stammesfürsten ab, zum Beispiel von Brian Boru, unter dessen Herrschaft es zu Beginn des elften Jahrhunderts kurzzeitig ein vereinigtes Irland gegeben hatte. In England ausgebildet, war O'Brien ein Gentleman, Aristokrat und Patriot.

Viele von O'Briens Kritikern hielten ihn für kalt und arrogant, doch Morgan Fitzgerald wusste es besser. Ja, der Mann war gewiss eitel und zuweilen starrsinnig in seinem Verhalten. Doch Morgan sah das als einen geringen Makel an bei einem Mann, der sich so brennend aufopferte für seine Familie, für seine Freunde und für sein Land. Obgleich es stimmte, dass seine Persönlichkeit eher Respekt als Zuneigung einflößte, war seine Freundschaft mit Morgan von Anfang an herzlich, gleich bleibend und frei von Forderungen.

Etwas musste ihm jeder zugute halten: William Smith O'Brien hatte den Mut, für seine Überzeugung einzutreten. Erst im letzten Jahr hatte ihm seine Ablehnung, einem Komitee beizutreten, für das er bestimmt worden war, einen Monat Gefängnis in einem Keller unter dem Uhrenturm von Westminster eingebracht – sowie die zweifelhafte Ehre, seit mehr als zweihundert Jahren der erste Parlamentsabgeordnete zu sein, der durch das Unterhaus gefangen gesetzt wurde. Die Loyalität dieses Mannes war durch nichts mehr zu überbieten; er war dem Wohl Irlands und der Befreiung des Landes von der britischen Herrschaft in unerschütterlicher Treue ergeben.

„Fitzgerald, ich muss zugeben, dass ich es bis jetzt nahezu unmöglich fand, dich mir in einer solchen feudalen Umgebung vorzustellen. Wenn ich dich jedoch hier so sehe", anerkennend ließ er seinen Blick durch den Raum schweifen, „dann muss ich sagen, du siehst beinahe so aus, als wärst du auf einem Herrensitz geboren."

Morgan schürzte seine Lippen und wartete, bis Smith O'Brien Platz genommen hatte, bevor er seine eigene große Gestalt in einem Stuhl ihm gegenüber niederließ. „Entsetzlich, nicht wahr", sagte er, während er abschätzig die Hand hob. „Dies hier ist der einzige Raum in dem gesamten Mausoleum, in dem ich nicht am liebsten aufbegehren und laut protestieren möchte."

O'Brien lächelte. „Du vermisst nur die Landstraße, du alter Vagabund." Er strich seine Weste glatt, während er es sich in seinem Stuhl bequem machte. „Wie geht es deinem Großvater, Morgan? Ich habe ihn schon seit Wochen nicht mehr zu Gesicht bekommen."

„Er ist gegenwärtig in London, um, wie er sich ausdrückt, seinen ‚letzten Besuch' zu machen."

O'Brien runzelte die Stirn. „Ist er denn so gebrechlich geworden?"

„Ja, er ist in der letzten Zeit beängstigend schwach geworden", antwortete Morgan. Er machte sich tatsächlich große Sorgen um seinen englischen Großvater – der alte Mann hatte bleich und mitgenommen, vielleicht sogar krank ausgesehen, bevor er nach London aufbrach. „Ich habe mein Bestes getan, um ihn von der Reise abzubringen, aber er bestand darauf, dass er bestimmte Angelegenheiten regeln müsste."

„Falls meine Frage nicht zu indiskret ist: Wie kommt ihr beide inzwischen miteinander aus?"

Morgan wartete mit seiner Antwort, bis der ältere Diener, der den Tee servierte, den Raum wieder verlassen hatte. „Der alte Mann ist sehr tolerant", sagte er. „Ich bin sicher, dass ich seine Geduld mit meiner Ruhelosigkeit bis aufs Äußerste strapaziere, und doch drängt er mich, weiter hier zu bleiben. Das war *seine* Idee, wie du weißt", fügte er leicht gereizt hinzu, „nicht meine. Ich muss jedoch zugeben, dass ich ihn mittlerweile lieb gewonnen habe und ihn wirklich vermisse – eine Tatsache, die ihn sicher sehr überraschen würde."

„Es muss Sir Richard sehr viel bedeuten, dass du hier bist", antwortete O'Brien. Nachdenklich schweigend rührte er in seinem Tee und warf Morgan einen flüchtigen Blick zu. „Es tut mir Leid, vom Tod deiner Nichte hören zu müssen, eine wahrhaft traurige Geschichte."

Morgan nickte flüchtig, während er gegen den Knoten ankämpfte, der sich in seinem Hals zu bilden begann.

Erst vor wenigen Wochen hatte er Daniel Johns Brief erhalten, in dem er ihm mitteilte, dass Katie in New York gestorben war. Morgan hatte dieses kleine, schwächliche Mädchen immer besonders gern gehabt, und ihr Tod schmerzte ihn immer noch.

„Du hast in den letzten Monaten viel leiden und verlieren müssen", bemerkte O'Brien ernst.

Morgan wandte seinen Blick ab. „Nicht mehr als andere in Irland", entgegnete er, „weniger als viele andere. Es war ein Jahr schrecklichen Leidens für das gesamte Land."

O'Brien nickte, den Blick ins Feuer gerichtet. „Und nur Gott weiß, wann dieses Leiden aufhören oder – ob es jemals aufhören wird."

Lange Zeit tranken sie schweigend ihren Tee und beobachteten die Flammen, die über die Holzscheite tanzten und sprangen, bis O'Brien schließlich das Schweigen brach. „Ich bin überzeugt, du hast beim Schreiben weiterhin Erfolg", sagte er, während er Morgan zuschaute, als dieser ihnen erneut Tee einschenkte. „Dein letzter Beitrag in *The Nation* war ausgezeichnet."

Morgan lachte kurz und nahm sich einen Keks. „Mitchel hat er überhaupt nicht gefallen. Ich glaube, er fürchtet, ich bin ein Verräter geworden, weil ich in letzter Zeit zur Vorsicht mahne."

O'Briens Mund verzog sich. „Mitchel macht sich selbst kaputt mit der Art und Weise, wie er diesem Lalor und seiner irrigen Vorstellung verfallen ist, England auszuradieren."

Morgan zuckte mit den Achseln, während er die letzten Krümel hinunterschluckte. „Mitchel ist davon überzeugt, dass das Land sich erheben muss. Einige hören auf seine Stimme, und es gibt nicht wenige, die ihn bewundern. Er handelt in guter Absicht, das ist unbestritten. Mitchel ist ein Patriot bis aufs Blut."

„Es mangelt ihm einfach an Sinn für die Realität", bemerkte O'Brien betont, indem er seine Tasse behutsam auf dem Tisch abstellte. „Er ist fanatisch geworden, und wir wissen beide, wohin das führen kann."

Wieder schwiegen sie. Morgan wollte das Gespräch nicht

weiter in dieser Richtung verfolgen. Immer deutlicher hatte er in letzter Zeit gespürt, dass eine weitere Katastrophe Irland zu überrollen drohte. Das Land starb langsam dahin, sein Volk starb zu Tausenden den Hungertod, und inmitten dieses Grauens gab es Stimmen, die zum Aufstand riefen. *„Das Volk muss sich erheben"*, sagten sie. *„Es muss den englischen Großgrundbesitzern entgegentreten und die Ländereien für Irland zurückfordern."*

Nach Morgans Überzeugung bestand die wichtigste Aufgabe für sein Volk jetzt darin, erst einmal zu überleben. In der gegenwärtigen Phase der Tragödie, die Irland heimgesucht hatte, war das Beste, worauf sie hoffen konnten, das Leben selbst. Nahrung war weitaus wichtiger für ein verhungerndes Volk als Ideologie, Arbeitsplätze und Bildung; Brot war viel nötiger als politische Reden. Vielleicht würden sie eines Tages wieder frei sein von Englands eisernem Joch, aber das war im Augenblick kaum mehr als der kühne Traum eines feurigen Patrioten.

Er schaute zu O'Brien hinüber. „Du hast noch die Absicht, nach Belfast zu gehen, nehme ich an?", fragte er direkt, obgleich er die Antwort ohnehin kannte.

Smith O'Brien nickte, er schien sich dabei leicht unbehaglich zu fühlen. „Und du?"

Morgan zuckte mit den Achseln. „Ich habe dir gesagt, dass ich gehen werde. Ich halte es zwar für eine verrückte Idee, aber ich werde gehen."

„Du hasst Belfast, nicht wahr?", bemerkte O'Brien trocken.

Morgan lehnte sich in seinem Stuhl zurück. „Du musst zugeben, dass es eine schreckliche, grauenhafte Stadt ist."

„Morgan, ich weiß, dass du nur mitkommst, um zu sehen, wie ich ..."

„Ja, genau."

O'Brien warf Morgan einen raschen Blick zu. „Ich bin der Meinung, dass diese Treffen für die Bewegung wichtig sind, und ich glaube, dass du – trotz deiner Vorbehalte – diese Meinung teilen wirst, wenn wir einmal dort sind. Ich wünschte sehr, du würdest auch sprechen wie wir anderen."

Niemand in Belfast wird auf einen Gentleman wie O'Brien hören wollen, dachte Morgan gereizt. Noch viel weniger würden sie auf die Bitten eines rothaarigen Dichters hören, der zu Frieden und Besonnenheit mahnte. Er war sich bereits darüber im Klaren, dass er in Belfast seinen Mund nicht auftun würde, da aber O'Brien so viel daran lag, dass er mitkam, sagte er nur: „Wir werden es entscheiden, wenn wir dort sind."

Als wüsste er, dass Morgan dieses Thema verabscheute, versuchte O'Brien, die Spannung zu lösen. „Das soll genügen", sagte er lächelnd, während er auf seinem Stuhl hin und her rutschte. „Sag, hast du schon einmal darüber nachgedacht, was du tun wirst, wenn dein Großvater nicht mehr am Leben ist? Wirst du hier bleiben, in Nelson Hall?"

Morgan schaute auf. „Hier bleiben?" Er schüttelte den Kopf. „Nein, ich werde nicht bleiben, zumindest nicht das ganze Jahr über. Dieser Ort langweilt mich. Ich würde hier schnell faul und verweichlicht werden. Nein", sagte er wieder und diesmal noch entschlossener, „dieses Leben hier ist nichts für mich. Du weißt, ich muss hinaus auf die Straßen, zumindest eine Zeit lang."

„Aber du bist Sir Richards Erbe", beharrte O'Brien. „Sir Richard beabsichtigt doch, dir sein gesamtes Anwesen zu vererben, nicht wahr?"

„Ja, das stimmt, und ich habe auch schon Pläne, was daraus werden soll", entgegnete Morgan, während er die Hände hinter dem Kopf verschränkte. „Ich habe über diese Gedanken noch nicht mit meinem Großvater gesprochen, aber ich glaube, ich sollte es tun, und zwar bald."

Smith O'Brien schaute Morgan interessiert an. „Pläne? Welche Pläne hast du?"

„Ich denke daran, aus Nelson Hall eine Schule zu machen", entgegnete Morgan lächelnd. Allein die Tatsache, seinen Plan auszusprechen, ließ Morgans Herz vor Begeisterung schneller schlagen.

„Eine *Schule*", wiederholte O'Brien und lehnte sich vor. „Aus Nelson Hall?"

„Ja", sagte Morgan, und sein Lächeln wurde noch breiter, als er sich dem Gedanken erneut hingab. „Es ist geradezu ideal dafür, meinst du nicht auch? Alle diese alten vermoderten Räume, die verwinkelten Gänge, die wunderschönen Anlagen – stell dir vor, wie viel Schüler sich hier wohl fühlen könnten!"

„Du denkst also an eine höhere Schule?"

„In gewisser Weise ja. Ich möchte, dass es eine höhere Schule wird, zu der die verschiedensten Altersgruppen Zugang haben", erläuterte Morgan, während er auf seinem Stuhl weiter nach vorn rutschte und mit den Händen die Knie umklammerte.

„Vielleicht sollte die Schule auch denjenigen zugänglich sein, die schon etwas älter sind, aber vorher kaum Bildungsmöglichkeiten hatten. Ich möchte solchen Menschen Türen öffnen, die sich aufrichtig nach Bildung sehnen, aber nicht über die entsprechenden Mittel für den Besuch einer höheren Schule verfügen. Und es wird keinerlei Beschränkungen in Bezug auf Religion geben", fügte er leidenschaftlich hinzu. „Es wird eine Schule sein, in der Katholiken und Protestanten gemeinsam lernen und gemeinsam leben werden."

O'Brien starrte ihn überrascht an. „Was für eine außergewöhnliche Idee! Aber eine wunderbare", fügte er schnell hinzu. „Und du wirst natürlich selbst unterrichten, nicht wahr?"

Morgan ließ nun seiner Begeisterung freien Lauf, als er aufstand und wieder zurückging, mit dem Rücken zum Feuer stehend. „Wenn ich hier bin, ja. Aber ich fühle mich auch dem Schreiben verpflichtet, und dafür brauche ich Freiheit, Freiheit zu reisen, um mit dem Land in Berührung zu bleiben. Ich hoffe, ein oder zwei Lehrer zu finden, die diese Aufgabe übernehmen können, während ich unterwegs bin."

O'Brien verschlang die Finger ineinander und nickte nachdenklich. „In der Tat ein hervorragender Plan! Und du meinst, Sir Richard hat nichts dagegen?"

„Überhaupt nichts", entgegnete Morgan mit einem schwachen Lächeln. „Ich glaube, er wird nicht weniger begeistert sein als ich." Für einen Augenblick löste Nüchternheit seine Begeisterung ab. „Ich habe immer noch gezögert, mit ihm darüber zu sprechen, weißt du, weil dabei ja auch sein Tod erwähnt werden muss."

„Du kannst ja noch warten", sagte O'Brien. „Wenn du jedoch nicht die Absicht hast, vor seinem Abscheiden irgendetwas zu verändern ..."

Morgan schüttelte den Kopf. „Das kann ich nicht machen. Ich weiß, dass er mich als seinen Erben eingesetzt hat, aber nichts von alledem gehört mir, verstehst du? Ich fühle mich gegenüber all dem wie ein Fremdling. Nein", wiederholte er, das Gesicht dem Feuer zugewandt, „ich werde mit ihm über meine Pläne sprechen. Die ganze Sache erscheint mir nur etwas unangenehm, das ist es."

Einen Augenblick stand er da, die wohlige Wärme des Feuers genießend. Zu viele Winter hatte er in den vergangenen Jahren auf der Straße zugebracht, was ihm chronische Schmerzen eingebracht hatte, die gnadenlos seine Beine und Schultern peinigten. Er fürchtete beinahe den Gedanken, dass der November nahte, und genoss es, dass es in jedem Zimmer einen Kamin gab. Das war eines der wenigen Dinge in Nelson Hall, an denen Morgan sich uneingeschränkt freute.

Zu Smith O'Brien gewandt sagte er: „Du wirst doch hoffentlich über Nacht bleiben. Ich habe mich schon auf einen Abend beim Schachspiel mit dir gefreut, seitdem ich erfahren habe, dass du kommst."

„Aber ja, auch ich freue mich darauf!" Smith O'Brien stand auf und gesellte sich zu Morgan an den Kamin. „Wer weiß, wann wir das nächste Mal Zeit finden für einen ruhigen Abend wie diesen?"

Morgan versuchte, den Gesichtsausdruck seines alten Freundes zu ergründen. „Ja, so ist es, William, und nach dem zu urteilen, was ich gehört habe, scheinen die ruhigen Zeiten für dich tatsächlich vorüber zu sein."

O'Brien schaute ihm in die Augen, sagte jedoch nichts. Morgan rätselte über den Ausdruck, der ihm in den Augen des Freundes begegnete, fest davon überzeugt, dass es keine Furcht sein konnte. In all den Jahren, seitdem sie Freunde waren, hatte er in dem festen, durchdringenden Blick O'Briens nie auch nur einen Schimmer von Panik gesehen. Doch heute Abend hätte er schwören können, dass sich hinter dem sorgsam beherrschten Gesichtsausdruck ein unbekannter Zug verbarg, der an Angst erinnerte.

* * *

Smith O'Brien beobachtete Fitzgeralds Gesicht, und plötzlich war er versucht, ihm seinen Traum zu offenbaren, verwarf diesen Gedanken jedoch sofort wieder. Er und sein alter Freund hatten sich monatelang nicht gesehen, hatten keine Zeit gehabt, einfach beisammen zu sein und ihre Freundschaft zu genießen. Er wollte die gemeinsame Freude an diesem Abend nicht verderben. Nur Gott wusste, wann eine solche Gelegenheit wiederkommen würde.

Außerdem war es nur ein Traum. Er hatte nie etwas von irrigen Vorstellungen oder irgendwelchen Spekulationen über solche Dinge gehalten und schreckte allein schon vor dem Gedanken zurück, der große, unnachgiebige Fitzgerald könnte meinen, er sei Altweiberfabeln zum Opfer gefallen, wenn er ihm von seiner Besorgnis berichtete. Nein, er würde schweigen.

Aber es schien immer so real zu sein – furchtbare, eiskalte Wirklichkeit. Und in letzter Zeit überkam ihn der Traum immer häufiger. Mehr als ein Dutzend Mal war er in den vergangenen Monaten in seinen Schlaf eingedrungen.

Zuerst war da immer der Nebel, dicht, kalt und dunkel. Dann erschien, wie aus dem Erdboden erstanden, ein Kreis von Frauen und jungen Leuten, in schwarze Tücher gehüllt, als würden sie in ihrer Mitte um etwas trauern, etwas, das sich den Blicken des Träumenden entzog. Ihr Flüstern wurde immer lauter, bis es zu einem Schreien und Kreischen wurde, das sich am Rande des Wahnsinns bewegte.

Dann ging er auf sie zu. Langsam, ganz langsam näherte er sich dem äußeren Rand ihres Kreises. Er wollte nicht sehen, was sie so betrübte, war aber unfähig, nicht hinzuschauen. Sobald er den Kreis der schemenhaften, gesichtslosen Frauen erreicht hatte, drehte sich die Frau, die ihm an nächsten stand, um und trat heraus, ihm entgegen.

Immer war es dieselbe Frau. Sie kam so nahe, dass er ihren Atem in seinem Gesicht spürte, einen kalten, abscheulichen Atem, der nach Verwesung roch, und sie fixierte ihn mit ihren vom Wahnsinn gezeichneten Augen, bevor sie mit dumpfer, heiserer Stimme mehr krächzte als sang: „Hast du schon gehört, Fitzgerald ist gefallen ... gefallen ist er. Fitzgerald ist gefallen ..."

Plötzlich, im nächsten Augenblick, beendete eine andere in Schwarz gehüllte Frau ihre Klage, um sich O'Brien zuzuwenden. Sie starrte ihn an mit Augen, aus denen Grauen und Entsetzen sprachen. Eine nach der anderen nahmen die Frauen das Lied auf, erst flüsternd, dann heulend, erfüllten sie die Nacht mit einem nahezu betäubendem Wahnsinn, der in O'Briens Kopf ein gefährliches Dröhnen hinterließ.

„Hast du schon gehört, Fitzgerald ist gefallen ... gefallen ist er. Fitzgerald ist gefallen ..."

Erschaudernd ging O'Brien zum Tisch zurück, und seine Hand zitterte, als er versuchte, sich noch eine Tasse Tee einzuschenken. Er fühlte Fitzgeralds Blick in seinem Rücken. Er schluckte und wartete, bis er seine Fassung wiedergewonnen hatte, bevor er sich seinem Freund erneut zuwandte.

* * *

Killala

In seinem Zimmer schrieb Joseph Mahon die letzten Worte seines heutigen Tagebucheintrags.

Seine Hand war steif, die Knöchel knotig geworden in den langen Jahren, in denen sie dem kalten, feuchten Wind des Atlantiks ausgesetzt waren. Wie viele seiner Priesterkollegen hatte er jahrelang Tagebuch geführt. Vor der Hungersnot hatte er es mit den Eintragungen nicht so genau genommen, doch jetzt versuchte er, jeden Tag in sein Tagebuch zu schreiben.

Er spürte, dass ihm nur noch wenig Zeit bleiben würde, um die Ereignisse während der Hungersnot aufzuzeichnen. In den letzten Tagen hatte ihn eine Schwäche befallen, die ihn nahezu handlungsunfähig machte. Als einer der wenigen im Dorf, die lesen und schreiben konnten, fühlte er sich jedoch dafür verantwortlich, das Grauen in seiner Gemeinde so lange aufzuzeichnen, wie er noch so viel Kraft besaß, um eine Feder zu halten.

Vor einiger Zeit hatte er Morgan Fitzgerald in einem Brief gebeten, das Tagebuch abzuholen, wenn er nicht mehr am Leben war. Morgan hatte versprochen, dafür Sorge zu tragen, dass die Tragödie von Killala der Nachwelt erhalten blieb, zumindest so weit, wie Joseph in der Lage gewesen war, sie festzuhalten. Fitzgerald hatte außerdem versprochen, eigene Erinnerungen aus seiner Zeit in Mayo hinzuzufügen.

Die furchtbare Hungersnot mit all den Krankheiten, die damit einhergingen, hatte in diesem entfernten Winkel im Westen Irlands besonders stark gewütet. *Was hier geschehen ist, darf nicht in Vergessenheit geraten.* Wie unzählige Priester die Stunden kostbaren Schlafs opferten, um das Leid, das ihre Gemeinden heimgesucht hatte, zu beschreiben, schilderte auch Joseph Mahon die Situation so, wie sie sich in seinen Augen darstellte.

Heute habe ich drei Kindern den letzten Segen erteilt. Der Junge von Hagens starb an Schwindsucht; Mary Stevens und Liam Connors sind buchstäblich vor Hunger gestorben. Morgen wird auch Connors Baby tot sein.

Die Situation im Dorf hat ihren schlimmsten Stand seit zwei Jahren erreicht. Es gab in diesem Sommer zwar keine Braunfäule, aber weil es zu wenig Saatkartoffeln gab, ist der Anteil der bestellten Fläche so gering, dass es für die armen Leuten kaum eine Hilfe bedeutet. Außerdem sind sie viel zu schwach und krank, um auch nur die geringste Ernte einbringen zu können. Alle Hilfswerke und Suppenküchen haben aufgehört zu existieren. Den Menschen bleibt keine andere Wahl, als zu verhungern.

Und selbst jetzt noch behauptet Trevelyan – der faktisch alle Hilfsmaßnahmen zum Erliegen gebracht hat –, dass die Ernte in diesem Jahr „wunderbar" ist, und, wie er es immer getan hat, dass die Exporte von Korn und anderem Getreide wie gewöhnlich weiterlaufen. Der Rest des Getreides wird natürlich von den Grundbesitzern als Pacht gefordert.

Da O'Connel tot und Smith O'Brien erst dabei ist, sich Autorität in der *Young-Ireland-Bewegung* zu erwerben, gibt es niemanden, der sich für das Volk einsetzt; mit Ausnahme von Morgan Fitzgerald natürlich. Zum Unglück für das Volk sind sein gesunder Menschenverstand und seine Mahnungen zur Vorsicht nicht das, was die so genannten Führer hören möchten. Sie ziehen Lalor vor, mit seinen absonderlichen Lehren, und Mitchel, mit seinen Vorstellungen von einem Aufstand ...

Joseph unterbrach seine Aufzeichnungen, die Feder zitterte, als er von einer furchtbaren, sündhaften Woge der Hoffnungslosigkeit heimgesucht wurde. Sein ganzer Körper bebte, als er die für diesen Tag letzten Zeilen schrieb:

> Möge Gott sich unserer Seelen erbarmen, denn wir sind von einem Unheil verfolgt, das zu grauenhaft ist, um es sich vorzustellen. Unser ganzes Land scheint einem Feind Raum zu geben, der noch viel unmenschlicher ist als die Engländer, noch viel brutaler als der verhasste Cromwell. Wir sind von dem Erzfeind gefangen.
>
> Gott helfe uns, denn die Hölle hat ihre Dämonen über ganz Irland losgelassen.

6. Gottesdienst auf dem Paradise Square

Es ist leicht, zu beten,
wenn kein Schmerz und keine Sorge
uns bedrückt –
dann ist es leicht zu sagen:
„Danke, Gott, für deinen Segen,
ich bin hochbeglückt.“
Sei zu beten und zu lieben
jedoch auch bereit,
wenn Schmerz dich quält
und tief betrübt die Seele in dir schreit.
Gott, der Herr, wird richten allen Hass
zu seiner Zeit, nach seinem Maß.

Mary Kelly (1825–1910)

Seit kurzem verbrachte Sara Farmington zwei Abende im Monat in einem Zeltgottesdienst. Die meisten Mitglieder ihrer Gemeinde oben in der Stadt hätten zweifellos mit Erstaunen gehört, wie lieb und wertvoll ihr diese zwanglosen Gottesdienste in den Slums von Five Points waren.

Jess Dalton hatte keine Zeit dabei vergeudet, das Wort Gottes in die Elendsviertel von New York zu bringen, und sich dabei Five Points als sein erstes und wichtigstes Ziel ausgesucht. Eilig hatte man ein großes, robustes Zelt in der Mitte des Paradise Square, des „Paradiesplatzes“, aufgestellt. Hinter diesem unglaublichen Namen verbarg sich ein dreieckiger Platz, auf dem alle fünf Hauptstraßen von Five Points zusammenliefen. Außer Pastor Dalton boten auch zwei katholische Priester und ein Baptistenpfarrer abwechselnd sonntagabends Gottesdienste im Freien an.

Die von den Bewohnern bereits als das „Große Zelt“ bezeichnete Unterkunft war nur eine vorübergehende Lösung, bis sich ein entsprechendes Gebäude gefunden hatte, das man erwerben konnte. Mittlerweile kamen immer mehr Menschen zu den Gottesdiensten.

Der heutige Sonntag bildete keine Ausnahme. Das „Große Zelt" war mit Zuhörern überfüllt. Und weil nach den Gottesdiensten immer mehr Menschen zurückblieben – arme Bewohner der Slums, die um Nahrung oder Kleidung baten und in manchen Fällen auch nur menschliche Wärme und Zuwendung suchten –, hatte es sich Sara zur Gewohnheit werden lassen, die Daltons sonntagabends zu begleiten. Meistens waren auch Nora und Evan Whittacker dabei, aber heute hatte sie Saras Vater gemeinsam mit den Fitzgerald-Kindern zu einer Kahnfahrt und einem Ausflug nach Staten Island eingeladen.

Nicht jeder, der in das Zelt kam, wollte einen Gottesdienst erleben, und so war es auch heute Abend. Wie gewöhnlich spazierten einige herein und wieder hinaus, um entweder ihre Neugier zu befriedigen oder aus purer Langeweile. Wieder andere kamen angetrunken in das Zelt, doch ganz gleich, in welchem Zustand sie sich befanden oder aus welchen Gründen sie kamen, keiner wurde abgewiesen.

Inzwischen wusste Sara, was sie zu erwarten hatte. Wenn jemand den Gottesdienst mutwillig störte, unterbrach Pastor Dalton einfach seine Predigt und wartete, bis ein Polizist, der sich in der Nähe aufhielt, den Störenfried aus dem Zelt entfernte. Wenn der Gottesdienst vorüber war, versuchte Pastor Dalton jedoch stets, mit den „Übeltätern" persönlich ins Gespräch zu kommen. Obwohl niemand zu wissen schien, worum sich diese Gespräche drehten, geschah es sehr häufig, dass der „Störenfried" am darauf folgenden Sonntag reumütig und respektvoll zum Gottesdienst erschien.

Mit Jess Dalton hatte sich das Leben in Five Points zu ändern begonnen. Indem er manche Herzen erreichte, hatte er angefangen, das Leben dort zum Besseren zu wenden. Sara hatte noch nie jemanden so predigen hören wie den großen Pfarrer mit dem dichten Lockenkopf und den mitfühlenden Augen. Der Mann verstand es, mit Menschen verschiedenster Art umzugehen. Ob er auf der Kanzel einer wohlhabenden Gemeinde in der Fifth Avenue stand oder in einem Zelt, umgeben von den Ärmsten der Armen. Er fand immer einen Weg, die Liebe Gottes einfach und zwingend weiterzusagen. Obwohl Pastor Dalton nicht zu den Predigern gehörte, die mit „Höllenqual und Fegefeuer" drohten, verstand er es, mit seiner ruhigen und festen Stimme so zu lehren und zu überführen, dass jedem die vergebende Liebe von Jesus vor Augen gestellt wurde.

Sara konnte sich nicht vorstellen, wie jemand seinen Gottesdienst wieder so verlassen konnte, wie er gekommen war. Auch bei ihr hatte jeder Gottesdienst von Pastor Dalton ein Nachdenken über ihr Leben bewirkt. Die heutige Predigt in der Gemeinde in der Fifth Avenue hatte den Finger auf eine Seite ihres Wesens gelegt, die sie lieber ignoriert hätte. Vielleicht weil es an Heuchelei grenzte – eine Sünde, von der Sara frei zu sein geglaubt hatte und der sie sich deswegen bisher nie gestellt hatte.

Nicht nur, dass sie sich gelegentlich dabei ertappte, selbstgefällig zu sein wie der scheinheilige Pharisäer, der sich für besser hielt als andere Sünder. Nein, da war noch etwas, dessen Natur noch heimtückischer, komplizierter war als bloße Selbstgefälligkeit.

Pastor Daltons Predigt hatte sie kompromisslos ihrer eigenen Sündhaftigkeit überführt. Erschüttert hatte sie es zunächst zu leugnen versucht. Nachdem sie Stunden im Gebet gerungen und ihr Herz zu erforschen gesucht hatte, konnte sie zugeben, dass ihre kritische, verurteilende Haltung gegenüber Menschen ihrer Umgebung – einschließlich Mitgliedern ihrer Gemeinde – ebenso sündhaft war wie das Verhalten, das sie bei anderen verurteilte.

Sara wusste, dass sie bei ihren Freunden als „guter Christ" galt: gerecht, großzügig und unbeirrbar zu Wohltätigkeit und jedem guten Werk bereit. Sie war in einer Familie aufgewachsen, in der das Prinzip hochgehalten wurde, dass „ein guter Christ" in einem angemessenen Verhältnis zu seinem eigenen Wohlstand geben und dienen sollte. Je wohlhabender man war, umso mehr sollte man versuchen, das Los der weniger Begüterten zu mildern.

Ihr Vater, auf der einen Seite so unkonventionell, dass er über diejenigen seiner Klasse, die starr an der Tradition festhielten, die Stirn runzeln konnte, hielt auf der anderen Seite unermüdlich am Dienst christlicher Nächstenliebe fest. Ihre reizende, vornehme Mutter war gestorben, als Sara erst fünf Jahre alt war, aber die Freundlichkeit und der Großmut Clarissa Farmingtons waren legendär, nicht nur unter den eigenen Hausangestellten, sondern auch unter den Bewohnern der Mietskasernen und christlichen Arbeiter in der ganzen Stadt.

Obgleich sich Sara nur noch vage an die sanfte Stimme und das liebevolle Lächeln ihrer Mutter erinnerte, war sie jedoch stets darauf bedacht, ihr Vermächtnis in Ehren zu halten. Auf Clarissa Farmingtons Grabstein und in das Herz der Tochter waren folgende Worte eingemeißelt:

Viele Frauen haben Ausgezeichnetes geleistet.
Du aber übertriffst sie alle.

Sara unternahm alle Anstrengungen, in die Fußstapfen ihrer Mutter zu treten, wenn sie auf ihre Weise versuchte, den verlorenen und verarmten Seelen in den Elendsvierteln der Stadt zu dienen. Neben ihrer Arbeit im Frauenmissionsbund ihrer Gemeinde half sie zusätzlich jeden Monat einige Stunden in einem Kinderkrankenhaus.

Sie scheute nicht davor zurück, sich unter den Elendsten von Five Points zu bewegen, sie kannte keine Furcht vor den Betrunkenen, die am helllichten Tage die Straßenränder säumten und bettelten. Sie ließ sich weder von den miserablen hygienischen Bedingungen noch von den entsetzlichen körperlichen Gebrechen abhalten, die ihr in den Mietskasernen entgegentraten. Für sie waren Armut, Krankheit, ja selbst Entstellung und Erniederung nicht halb so abstoßend wie die Gleichgültigkeit und Verachtung, die sie bei vielen ihrer Zeitgenossen beobachtete.

Wie ihre Mutter kümmerte sie sich mit Fleiß und echter Zuneigung um ihre Hausangestellten. Ginger, ihre Haushälterin von den Westindischen Inseln, bekam ein ansehnliches Gehalt und hatte so viel freie Zeit wie sonst kein Bediensteter in der Fifth Avenue. Wie auch die anderen Angestellten der Farmingtons erhielt sie das ganze Jahr über großzügige Geschenke und Aufmerksamkeiten.

In all den Jahren war Sara der Meinung gewesen, sie führe ein selbstloses und menschenfreundliches Leben. Sie distanzierte sich von der Diskriminierung und Grausamkeit, mit der viele ihrer Zeitgenossen den Einwanderern begegneten, die zu Tausenden in die Stadt strömten. Wo andere zurückwichen und in keiner Weise etwas mit diesen „unerwünschten Personen" zu tun haben wollten, nahm sie Sara mit offenen Armen auf. Sie verstand tatsächlich die Abneigung der Gesellschaft gegenüber den Armen und Unterdrückten nicht und war stattdessen ständig darauf bedacht, mit ihren Mitteln anderen zu helfen. Es widersprach zutiefst ihrem Wesen, jemandem, der in Not war, den Rücken zuzukehren.

Aber Pastor Daltons Predigt von heute Abend hatte in ihr eine vernichtende Erkenntnis gewirkt: Ich bin nicht das, was ich zu sein geglaubt hatte, und meine Motive sind bestimmt nicht so rein, wie der Herr es wollte.

Die Botschaft hatte sie mit solcher Kraft getroffen, dass sie den Schluss der Predigt aufgeschrieben hatte:

„Nächstenliebe besteht nicht nur im Geben. Sie ist eine Haltung. Sie fordert nicht und stellt keine Bedingungen. Auch erwartet sie nichts. Wahre christliche Nächstenliebe wird aus einem Geist geboren, der groß genug und mächtig genug ist, um hinter den Schwächen und Gebrechen, dem Kleinmut und der Sündighaftigkeit des menschlichen Herzens die Liebe unseres Herrn und Heilandes Jesu Christi zu erkennen, die er allen Menschen anbietet, unabhängig von äußeren Umständen."

An diesem Abend, als die Predigt ihrem Ende zuging, wurde Sara ein weiteres Mal von der Überzeugung erschüttert, dass der Herr unmissverständlich zu ihr gesprochen und eine schlimme Sünde in ihrem Leben aufgedeckt hatte – eine Sünde, die sie jahrelang bewusst ignoriert hatte. Jess Daltons Schlusswort traf sie mitten ins Herz:

„Christliche Nächstenliebe entscheidet sich am Kreuz, dort, wo alle Menschen gleich sind, waren und sein werden. Als Jesus vom Kreuz herabblickte, sah er nicht Reiche oder Arme, Narren oder Heilige, Sklaven oder Sklavenhalter, Bankiers oder Bettler. Er sah Sünder – Sünder, die einen Heiland brauchten. Er hat seine Liebe und seine Vergebung nicht eingeschränkt, und so haben wir auch nicht das Recht, sie an Bedingungen zu knüpfen. Er liebt den schwierigen Nachbarn, den verwahrlosten Opiumsüchtigen, den aufgeblasenen, scheinheiligen Ratsherrn mit seiner dicken Zigarre, er liebt sie alle – genauso wie er dich und mich liebt. Und er fordert uns auf, mit der gleichen bedingungslosen Liebe zu lieben!"

Das Blut hämmerte wie wild in Saras Ohren, während sie versuchte, den Kloß hinunterzuschlucken, der sich in ihrem Hals gebildet hatte. Wie oft schon hatte sie im Stillen Mitglieder ihrer Gemeinde verurteilt, weil sie sich *ihrer* Meinung nach wie Pharisäer verhalten hatten, voller Vorurteile oder Gleichgültigkeit waren!

Wie viele von ihren Bekannten und Freunden hatte sie als herzlos abgetan und ihnen ihre Achtung, Aufmerksamkeit und

Zuneigung entzogen! Ja, sie hatte Beziehungen zerbrochen – alte Familienbande –, weil sie die andere Seite als selbstsüchtig betrachtete, ohne Gewissen für ihre Umgebung.

„Er liebt sie so, wie sie sind, und wir sollten ihm mit jedem Atemzug danken, dass er es tut! Wo wäre ein jeder von uns, wenn Gott nur makellose, sündlose Seelen lieben würde, die seinen Erwartungen gerecht werden können?"

Ihr richtender Geist hatte insgeheim gefordert, dass ihre Freunde und Bekannten Sara Farmingtons Erwartungen entsprachen, bevor sie ihrer Zuneigung wertgeachtet wurden. *Gott, vergib mir, ich habe andere gerichtet, als hätte ich das Recht, ihre Herzen zu verurteilen. Indem ich jedoch denjenigen, die meinen Erwartungen nicht entsprachen, meine Liebe und mein Verständnis entzogen habe, bin ich genauso schuldig geworden wie diejenigen, die ich verurteilt habe!*

In fassungsloses Schweigen gehüllt saß Sara auf ihrem Platz und nahm nichts von der Bewegung wahr, die um sie herum eingesetzt hatte. Der Gottesdienst war vorüber, und noch immer saß sie versonnen da, gefangen in ihren Betrachtungen. Plötzlich sprang sie hoch und holte tief Luft, als eine breite Schulter sich neben sie drängte.

Michael Burke lächelte fragend zu ihr herunter. „Miss Farmington, es tut mir Leid, habe ich Sie erschreckt?"

Sara schloss einen Augenblick die Augen, um ihre Fassung zurückzugewinnen. „Sergeant Burke – ich – nein! Nein, es ist alles in Ordnung. Ich muss ... in Gedanken noch bei der Predigt gewesen sein."

„Ja, seine Botschaft ist überzeugend, nicht wahr?", entgegnete der Sergeant. „Leider konnte ich heute Abend kaum zuhören – wir mussten uns mit einer ganzen Gruppe von Unruhestiftern befassen, bevor der Gottesdienst überhaupt beginnen konnte." Burke bot ihr seinen Arm und führte sie aus der Menge heraus. „Diese Sonntagabendversammlungen wachsen ungeheuer schnell“, bemerkte er, „wir müssen jede Woche ein oder zwei Mann extra einsetzen.“

„Sie sagten, es gab Probleme vor dem Gottesdienst – was war los?“

Voll Abscheu verzog er den Mund. „Eine Gruppe angetrunkener Iren, die gerade in der Stimmung waren, die Massen aufzuwiegeln. Das passiert hier häufig.“

„Aber bestimmt sind nicht alle Unruhestifter Iren?“

Er schaute sie an, sein Blick war immer noch hart. „Leider ist es gewöhnlich so“, sagte er bitter. „Unsere Jungen und Mädchen von der Grünen Insel machen den Hauptanteil der Insassen des städtischen Gefängnisses – The Tombs – aus. Die Zellen reichen schon jetzt nicht aus, und die Probleme verschärfen sich noch.“

Die schonungslose Offenheit, mit der er über sein eigenes Volk sprach, berührte Sara unangenehm. „Viele von ihnen befinden sich gewiss in einer verzweifelten Lage ...“

„Verzeihen Sie, Miss Farmington“, unterbrach er sie, „aber ich höre diese Entschuldigung viel zu oft. Es stimmt, zweifellos befinden sich viele Iren in dieser Stadt in einer schlimmen Notlage, aber eine ganze Reihe von ihnen verursacht ihren Kummer einfach dadurch – oder macht ihn zumindest noch schlimmer –, weil sie nicht von der Flasche lassen können.“

Sara spürte förmlich den Zorn des Mannes, als die bitteren Worte aus ihm heraussprudelten. „Sie trinken, weil sie keine Arbeit finden können“, fuhr er fort. „Sie trinken, weil sie die ‚alte Heimat‘ vermissen. Sie trinken, weil sie sich benachteiligt und unterdrückt fühlen. Sie trinken aus vielerlei Gründen, aber viele, fürchte ich, trinken nur, weil sie gern trinken!“

Seine Bitterkeit schnitt Sara ins Herz. Sie spürte, dass Michael Burkes Zorn der Scham und dem Kummer für sein Volk entsprang.

„Wir sind wahrscheinlich immer härter gegen unseresgleichen,

Sergeant", sagte sie sanft. „Ich musste mich auch erst kürzlich mit diesem ... Problem ... auseinander setzen."

Er kniff das linke Auge zusammen, eine Angewohnheit, die, wie Sara herausgefunden hatte, Skepsis oder Verwunderung verriet.

Ihr gelang ein reumütiges Lächeln. „Genau deswegen habe ich mich selbst erst vor wenigen Augenblicken gestraft. Zu schnell kritisierte ich immer meinesgleichen. Ich glaube, wir erwarten – oder *fordern* einfach mehr von denjenigen, die wir als ‚unseresgleichen' betrachten. Und wenn sie unseren Erwartungen nicht gerecht werden, neigen wir dazu, gegen sie auszuholen. Ich fange gerade erst damit an, zu begreifen, dass ich völlig fremden Menschen viel mehr Vergebung und Verständnis entgegenbringe als denjenigen, die ich als meine Freunde bezeichne."

Der Sergeant forschte in ihrem Gesicht und zog die dunklen Augenbrauen nach oben. „Sie sind furchtbar ehrlich, junge Frau, Sara Farmington – *Miss* Farmington", korrigierte er sich schnell.

Plötzlich verwirrt, schaute Sara weg. „Sara genügt, Sergeant", versicherte sie ihm. „Ich glaube, wir kennen uns lange genug, um auf diese Förmlichkeiten verzichten zu können."

„Das ist tatsächlich so", entgegnete er grinsend, „vielleicht interessiert es Sie auch, dass ich nicht Sergeant, sondern Michael heiße."

„O ... ja. Ja, natürlich", stammelte Sara und kam sich unter seinen amüsierten Blicken lächerlich jung und unbeholfen vor.

„Wie geht es Nora und den Kindern?", fragte er.

„Oh, es geht ihnen gut", antwortete Sara, über den Themenwechsel mehr als erleichtert. „Vater hat sie und Evan Whittaker heute Nachmittag zu einer Kahnfahrt mit einem Ausflug nach Staten Island eingeladen. Den Kindern wird es bestimmt gefallen, aber offen gestanden schien Nora nicht allzu begeistert bei dem Gedanken, so kurz nach ihrer Reise über den Ozean wieder auf dem Wasser zu sein."

Einen Augenblick lang antwortete der Sergeant nichts. Als er schließlich zu sprechen begann, wunderte sich Sara über die Schärfe in seinem Ton. „Whittaker war auch dabei, sagten Sie?"

„Whittaker?" Sara starrte ihn verdutzt an. „Oh ... ja! Ja, Evan Whittaker ist auch mitgefahren."

Seine Augen verdunkelten sich, und an seinem Mund war wieder jener bittere Zug zu erkennen. „Sie scheinen gute Freunde geworden zu sein, Nora und Whittaker." Und wieder klang in seiner Stimme jener unangenehme, scharfe Ton mit.

„Hm ... ja, ich glaube, sie sind gute Freunde."

„Das ist nicht unbedingt die Regel zwischen Iren und Briten, aber nach dem zu urteilen, was mir Nora erzählt hat, ist Whittaker kein gewöhnlicher Engländer."

Du meine Güte, das klang ja fast ... eifersüchtig! Eifersüchtig auf Evan Whittaker? Dieser Gedanke nahm Sara einen Augenblick gefangen. Könnte Nora möglicherweise Interesse an dem Engländer haben – Interesse romantischer Art? In der Villa Farmington war es kein Geheimnis, dass Evan eine Schwäche für Nora hatte – und Ginger bekundete mindestens einmal pro Tag ihr Mitgefühl für den „Ärmsten". Weil jedoch der gut aussehende, stattliche Michael Burke nur darauf wartete, dass sie seinen Antrag annahm, war noch keinem von ihnen auch im Entferntesten der Gedanke gekommen, dass Noras Interesse möglicherweise woanders lag.

Sara fühlte eine leise Hoffnung in sich aufsteigen, die sie jedoch sofort wieder abschüttelte. Natürlich mochte Nora Evan nicht auf diese Weise!

Und ob sie ihn nun so oder so mochte, Sara sollte sich auf keinen Fall irrigen Vorstellungen über Michael Burke hingeben! Und selbst *falls* Nora irgendwie ausscheiden würde, warum sollte der Sergeant einer „alten Jungfer von oben aus der Stadt", wie sie es war, irgendwelche Aufmerksamkeit schenken? In New York wimmelte es von jüngeren – und schöneren – irischen Mädchen.

Der Mann war ein irischer Polizist, du meine Güte! Und sie war immer noch Lewis Farmingtons Tochter; und Farmingtons flirteten nicht mit irischen Polizisten, nicht einmal eine verrückte alte Farmington-Jungfer wie sie!

„Miss Farmington? Sara?"

Sara kniff die Augen zusammen. Michael Burke betrachtete sie mit unverhohlener Neugier. „Ja bitte?"

„Ich fragte, wie Sie hergekommen sind. Wartet Uria auf Sie?"

„O nein – nein, ich bin mit den Daltons gekommen."

„Gut, möchten Sie dann vielleicht einen kleinen Spaziergang machen, bis die Daltons zurückfahren?"

Als Sara zögerte, fügte er schnell hinzu: „Nicht in Five Points, ich dachte, wir gehen ein Stück in Richtung Broadway."

„Ich – äh, ich sollte hier bleiben und helfen, ... der Pastor und Kerry brauchen vielleicht Hilfe." Warum hatte sie das gesagt? Sie wollte mitkommen, wollte mit ihm zusammen sein.

Er wartete, während er sie mit seinem Lächeln mehr als verwirrte.

„Gut, vielleicht können wir einen kurzen Spaziergang machen", sagte sie unsicher und musterte mit vorgetäuschtem Interesse den Abendhimmel. „Aber ich muss den Daltons Bescheid sagen."

Er nickte zufrieden lächelnd.

Mit einem Ruck wandte sie sich ab und ging zu den Daltons, die immer noch von einigen Besuchern des Abendgottesdienstes umringt waren. Sie war über sich selbst empört. Was war an diesem Michael Burke, das sie so ins Wanken brachte? Er hatte eine Art, sie aus dem Gleichgewicht zu bringen, dass sie sich wie ein kleines, dummes Schulmädchen vorkam!

* * *

Während er zuschaute, wie Sara Farmington und Michael Burke den Paradise Square verließen, versuchte Jess Dalton, ein Gespräch mit seiner Frau fortzusetzen. Noch immer wurden sie von Gottesdienstbesuchern unterbrochen, die nach und nach gingen, aber Kerry und er hatten sich in der Zwischenzeit erstaunliche Fähigkeiten angeeignet, in Bruchstücken zu kommunizieren.

„Was hältst du von Sara und dem Polizisten?", fragte er leise. Jess hatte die beiden schon bei anderen Gelegenheiten erlebt, wie sie sich unterhielten und sich irgendwie steif zu benehmen schienen.

„Meiner Meinung nach versuchen die beiden krampfhaft, ihre Gefühle füreinander zu ignorieren", antwortete Kerry und lächelte fröhlich, als sie die Witwe Ransom grüßte.

Überrascht lächelte Jess weiter, als er sich von Willie Toothman und seiner schönen Frau Sally, die hochschwanger war, verabschiedete. „Du bist also der Meinung, dass Gefühle da sind?"

„Glaub mir, Jess, nur ein Blinder sieht die Funken nicht, die zwischen den beiden hin und her fliegen!" Kerry unterbrach sich, um die arme Vida Ransom herzlich zu umarmen. „Und warum schaust du so amüsiert drein?", fragte sie, als die Witwe und ihre Tochter gegangen waren.

„Ich habe mir gerade die Verwicklungen vorgestellt, die die Verbindung einer Millionärstochter mit einem irischen Polizisten mit sich bringen würden", murmelte Jess. Er wandte sich wieder den Gottesdienstbesuchern zu und drückte die trockene, knochige Hand von Cletus Denvers, der wie immer angetrunken war. Während er dem Mann eine Hand auf die Schulter legte, sagte er: „Ich freue mich, Sie hier zu sehen, Cletus. Sie kommen doch hoffentlich nächsten Sonntag wieder!"

Kerry schaute zu ihm auf. „Sara ist wirklich nicht sehr geschickt darin, ihre Gefühle zu verbergen, nicht wahr?"

Jess schüttelte den Kopf, sowohl als Antwort auf ihre Frage als auch gegenüber der jungen Frau, die seinem Blick auswich. Das Gesicht grell geschminkt, das Haar kraus, war sie Jess schon mehr als einmal in der Menge aufgefallen. „Schön, dass Sie gekommen sind. Bitte, kommen Sie wieder“, sagte er mit einem herzlichen Händedruck. Sie eilte aus dem Zelt und vermied es weiter, ihm in die Augen zu sehen.

Voller Anteilnahme sah Kerry der Frau nach, die aus dem Zelt huschte. „Meinst du, der Sergeant weiß etwas von Saras ... Interesse?“

„Ich glaube nicht“, antwortete Jess mit einem müden Seufzer, als er sah, dass sich immer noch einige Leute im Zelt aufhielten. „Ich glaube, der Sergeant ist zu sehr mit seinen eigenen Gefühlen beschäftigt, als dass er auf Saras achten könnte.“

„Meinst du wirklich, Jess?“

Ihm entging nicht die Hoffnung, die in ihrer Stimme mitschwang.

„Ich erkenne die Anzeichen wieder“, sagte er ernst, „ich war vor einigen Jahren selbst so vernarrt.“

Ihr spitzes, kleines Kinn schob sich nach vorn. „Das klingt ja, als sprächest du von einer Krankheit!“

Er gab vor, auf ihre Antwort einzugehen. „Einige der Symptome gleichen sich tatsächlich.“

„Und so muss ich aus Ihrer Bemerkung schließen, dass Sie nicht mehr vernarrt sind, Mr Dalton.“

Er grinste sie an. „Keineswegs, Mrs Dalton, für meinen Zustand sind keinerlei Heilungsmöglichkeiten bekannt.“

Sie versuchte, eine strenge Miene aufzusetzen, und erinnerte ihn: „Wir haben über Sergeant Burke und Sara Farmington gesprochen.“

„*Du* hast über Sergeant Burke und Sara Farmington gesprochen, *ich* habe die Kleeblätter in deinen Augen gezählt.“

„Du bist verrückt.“

„Daran bist allein du schuld.“

„Wir sollten nach Hause gehen", sagte sie und ignorierte seinen festen Händedruck. „Wo mag unser Sohn wohl abgeblieben sein?"

„Nach den bisherigen Erfahrungen zu urteilen, dürfte er inzwischen am Esskastanienstand in der Mulberry Street sein."

„Jess", sagte Kerry nachdenklich, „weißt du, wie das gekommen ist, dass Sara Farmington hinkt?"

Jess nickte. „Ihr Vater hat es mir erzählt. Sie wurde mit einer schief stehenden Hüfte geboren, und die Ärzte konnten nichts tun, um den Schaden zu korrigieren."

„Noch etwas, wogegen es kein Heilmittel gibt?"

„Scheinbar, ja", entgegnete er. „Aber ich muss sagen, dass Miss Farmington dadurch kaum beeinträchtigt zu sein scheint."

„Ja, das meine ich auch", grübelte Kerry. „Und es scheint auch Michael Burke nicht im Geringsten zu stören."

Dalton betrachtete seine Frau mit einem zärtlichen Lächeln und zog die Augenbrauen hoch.

„Jess, ich frage mich ..." Sie unterbrach sich, aber er hatte bereits den leicht rollenden irischen Akzent in ihrer Stimme bemerkt, der mit Sicherheit darauf hindeutete, dass sie etwas im Schilde führte.

Er hob den Kopf und wartete; dabei faszinierte ihn ein freches, kupferfarbenes Löckchen, das sich unter ihrer Mütze hervorgewagt hatte.

„Meinst du wirklich, Sergeant Burke könnte sich für Sara interessieren?" Ohne seine Antwort abzuwarten, fuhr sie fort. „Ich habe eine Idee – warum laden wir die beiden nicht zu einem kleinen Imbiss bei uns zu Hause ein? Von Mollys Schokoladenkuchen ist noch mindestens die Hälfte übrig, das würde für uns alle reichen. Sara würde ohnehin mit uns nach Hause fahren; und du weißt, wie gern ich mit ihr zusammen bin ... und du hast mir auch schon erzählt, wie sehr du Sergeant Burke bewunderst ... so wäre das eine gute Gelegenheit, mit ihnen zusammen zu sein und auch für *sie* eine Möglichkeit, gemeinsam etwas zu unternehmen ..."

Als sie endlich aufgehört hatte zu reden, sagte Jess nur: „Könnte das nicht auch peinlich werden?"

Kerrys Mund verzog sich zu dem unduldsamen Schmollmündchen, das er stets so köstlich fand. „Warum sollte das peinlich sein?"

„Nun ..."

„Weil er ein irischer Polizist, und sie Sara Farmington ist", forderte sie ihn kühn heraus.

„Ganz bestimmt nicht deswegen!" Er sah sie stirnrunzelnd an. „Aber laut Sara ist der Sergeant beinahe mit Nora Kavanagh verlobt."

„Beinahe ist noch weit von der Wirklichkeit entfernt", behauptete sie. „Ganz besonders in diesem speziellen Fall. Mir scheint, als sei Nora Kavanagh mehr daran interessiert, Zeit mit Evan Whittaker zu verbringen als mit Michael Burke."

Er starrte sie an. „Erscheint es dir wirklich so?"

„Ja, und der arme Engländer schaut sie an, als würde jeden Tag in ihren Augen die Sonne aufgehen."

Jess seufzte. Hatte er nicht schon lange begriffen, dass es sich mit Iren nicht zu streiten lohnte? „Deine Absichten sind die besten, mein Schatz, aber ich glaube, offen gestanden, wir sind gut beraten, vorerst noch zu warten, nur für eine kleine Weile."

Ihre schöne Stirn in Falten gelegt, dachte Kerry über seine Worte nach.

„Ach ja – aber vielleicht hast du Recht. Für Sara scheint festzustehen, dass Nora und Sergeant Burke heiraten werden."

Er nickte. „Sara ist eine resolute junge Frau."

„Aber noch lange keine Hürde für einen Iren, falls Sergeant Burke die Absicht haben sollte, um sie zu werben."

„Wovon du überzeugt bist."

„Ja ... hm ... ich behaupte nicht, dass er sich dessen im Augenblick schon bewusst ist, aber ich glaube, er wird es bestimmt tun. Ja, das meine ich."

Lachend nahm Jess ihren Arm und steuerte auf den Ausgang zu. „Sie sind unverbesserlich, Mrs Dalton."

„Warte nur ab, Jess", entgegnete sie schelmisch. „Ich habe da so ein Gefühl in Bezug auf Sara und den Sergeant."

Da Jess wusste, dass Kerrys „Gefühle" nicht auf die leichte Schulter zu nehmen waren, schwieg er klugerweise.

7. Konfrontation

So wie die Flut ständig zunimmt,
sollte es auch in unserem Wirken sein.
Dabei ist das Heute der Prüfstein,
der alles bestimmt.
John Boyle O'Reilly (1844–1890)

An einem Samstagabend hatten Daniel und Tierney ihren ersten richtigen Streit.

Weil sie in ihrem Wesen so unterschiedlich waren, war es ganz normal, dass es von Zeit zu Zeit zu Reibereien zwischen ihnen kam. Es hatte schon mehr als eine Auseinandersetzung gegeben, seitdem sie ein Zimmer teilten. Heute Abend jedoch hatte Daniel zum ersten Mal gespürt, dass Tierney ernsthaft böse auf ihn war.

Er hatte gelegentlich schon etwas von dem erbitterten, glühenden Zorn, der tief in Tierneys Innerem zu lauern schien, zu spüren bekommen. Diese Zornesausbrüche waren für Daniel stets wie ein Blitz aus heiterem Himmel gekommen, doch nie hatten sie ihn so intensiv und persönlich getroffen wie heute.

Wäre es nicht schon so spät gewesen, dass sie leise sein mussten, hätte das, was als Streit begann, tatsächlich in einen richtigen Krach ausarten können. Und das alles wegen eines Teilzeitjobs!

Der Abend hatte so schön begonnen. Auf Tierneys Drängen hatte sie Onkel Michael zu einem Treffen mitgenommen, das von einigen Journalisten der Stadt gesponsert worden war – mit dem Ziel, Gelder für Irland zu sammeln. In dem Saal kam viel Patriotismus zum Tragen, sowohl von amerikanischer als auch von irischer Seite. Daniel hatte sich gefreut und war stolz, zu beiden Seiten irgendwie eine Beziehung zu haben.

Als sie später im Bett lagen, Tierney auf seiner durchgelegenen Matratze und Daniel auf dem Bett, das Onkel Michael provisorisch für ihn aufgestellt hatte, sprachen sie noch einmal über die vergangene Woche. Der Streit entbrannte erst, als Tierney auf einen Job in einem Hotel zu sprechen kam, dem Daniel nach der Schule nachgehen konnte.

Für Tierney schien es undenkbar, dass Daniel die Stelle in dem Hotel nicht sofort annahm. „Bist du verrückt? Was heißt das, du glaubst nicht, dass du die Stelle *möchtest?*"

Als Daniel ihn flüsternd zur Ruhe mahnte, sprach er leiser, sein Ton hatte jedoch nichts an Schärfe verloren. „Wochenlang habe ich Walsh in den Ohren gelegen, um etwas Besseres für dich zu finden, als Dreck zu fegen. Und jetzt, wo er eine Stelle im Foyer für dich hat, *möchtest* du sie nicht?"

Von Tierneys plötzlichem Zornesausbruch verletzt und überrascht, beeilte sich Daniel zu erläutern, weshalb er das gesagt hatte. „Es ist nur, weil ich letzte Woche mit Dr. Grafton gesprochen habe, verstehst du das nicht? Er hat mir gesagt, dass er eine Hilfe für seine Praxis braucht, und er würde mich sofort nehmen."

In dem Zimmer war es dunkel, doch an Tierneys schroffen Worten erkannte Daniel sofort, dass sein Freund wirklich sauer war. „Und was machst du dort? Nachttöpfe leeren?"

Warum war es für Tierney so wichtig, wo er arbeitete? Auf einen Ellenbogen gestützt, versuchte Daniel zu erklären: „Dr. Grafton geht es darum, dass ich sein Sprechzimmer in Ordnung halte und mich auch um die Vorräte und das Untersuchungszimmer kümmere und so ..." Als er an das Gespräch mit dem Doktor zurückdachte, überkam ihn die gleiche Woge der Begeisterung, wie sie ihn überrollt hatte, als er mit ihm über eine mögliche Abmachung gesprochen hatte. „Er hat sogar gesagt, dass er mich von Zeit zu Zeit zu Hausbesuchen mitnehmen würde. Natürlich könnte ich dabei nicht viel tun, aber es wäre großartig für mich."

Gedämpft machte Tierney seiner Empörung Luft. „Und was will dir der Doktor für diese feine Stellung bezahlen?"

Daniel kam sich reichlich dumm vor, als ihm einfiel, dass er ja mit dem Doktor noch gar nicht über seinen Lohn gesprochen hatte. „Wir – wir haben das noch nicht genau festgelegt. Ich bin jedoch sicher, dass der Lohn gerecht und angemessen sein wird. Dr. Grafton scheint ein feiner Mensch zu sein, Tierney, und er ist ein ausgezeichneter Arzt. Er war großartig bei Katie."

„Nicht großartig genug, um ihr das Leben zu retten."

Vor Trauer und Entsetzen klappte Daniels Kinnlade nach unten. „Es war zu spät für Katie", murmelte er heiser. „Sie war jahrelang krank. Was hätte ein anderer Arzt noch tun können? Ich bin trotzdem überzeugt, dass ich eine Menge bei ihm lernen kann."

Tierneys Bett knarrte, als er sich mit einem Ruck aufrecht hinsetzte. Daniel konnte zwar das Gesicht seines Freundes nicht sehen, hatte aber trotzdem keine Mühe, sich seine finstere Miene vorzustellen. „Patrick Walsh zahlt seinen Leuten ein mehr als großzügiges Gehalt! Du kannst mir nicht erzählen, dass dir der alte Knochenschinder auch nur annähernd so viel bezahlt, wie du in dem Hotel bekommen würdest!"

Nun war Daniel nicht mehr nur verletzt, sondern wirklich verärgert. „Nenn ihn nicht so!" Er richtete sich auf und schwang seine Füße über die Bettkante. „Das Geld spielt nicht die wichtigste Rolle für mich. Mir geht es um die Erfahrungen, die ich dabei sammeln kann, und darum – dass ich etwas Sinnvolles tue."

Nun folgte ein langes Schweigen. Daniel schmerzte es, dass Tierney so unzugänglich war und nicht einmal versuchte, ihn zu verstehen. Er rang um Geduld. „Tierney, weißt du, so etwas habe ich mir schon immer gewünscht", sagte er mit leiser Stimme. „Ich wollte schon immer Arzt werden."

Tierneys Antwort bestand in einem verächtlichen Grunzen.

Nachdem er tief Luft geholt hatte, fuhr Daniel fort: „Ich dachte, du würdest das verstehen. Ich verdiene lieber weniger Geld und sammle dafür Erfahrungen für später."

Eine Zeit lang entgegnete Tierney nichts. Als er endlich antwortete, spürte Daniel deutlich den Ärger in seiner Stimme. „Ja, ja, für später, aber hier geht es um das *Heute.*" Er machte eine Pause. „Walsh bietet dir eine seltene Chance", fuhr er fort, während sein Ton langsam an Schärfe verlor. „Du weißt ja selbst, wie es für uns hier in New York aussieht: Anständige Stellen gibt es für alle anderen, nur nicht für Iren!"

Das konnte Daniel nicht bestreiten. In keiner Zeitungs- oder Schaufensterannonce schien die feindselige Warnung zu fehlen: „Iren brauchen sich nicht zu bewerben."

Es war von vornherein so gut wie sicher, dass ein irischer Einwanderer für einen annehmbaren Job nicht in Frage kam. War es jemandem dennoch gelungen, eine Stelle mit einer angemessenen Bezahlung zu finden, hielt er sie um jeden Preis fest; wusste man doch zu genau, dass sich eine solche Gelegenheit kaum ein zweites Mal bieten würde.

Dennoch war Daniel der Meinung, dass der Job bei Dr. Grafton eine gute Stelle für ihn war – und noch dazu ideal im Hinblick auf seine Zukunftspläne.

„Du wirst das Geld für deine Ausbildung brauchen, denke ich." Tierneys Ton war immer noch widerwillig, aber nicht mehr böse. „Wenn du bei Patrick Walsh arbeitest, könntest du dir eine Menge mehr beiseite legen als bei diesem alten Doktor."

Daniel wollte, dass sein Freund ihn verstand, aber noch mehr sehnte er sich danach, die Feindseligkeiten zwischen ihnen zu beenden. „Ich kann mir vorstellen, dass du Recht hast", räumte er ein. „Ich werde auf jeden Fall noch einmal mit Dr. Grafton über meinen Lohn sprechen, bevor ich mich für die eine oder die andere Stelle entscheide. Ich werde nicht umsonst arbeiten, das ist klar."

„Das will ich hoffen“, murmelte Tierney und rollte auf den Rücken. „Ich versuche ja nur, dir zu helfen, weißt du?“

„Das weiß ich bestimmt“, versicherte ihm Daniel schnell. „Und ich bin dir echt dankbar dafür. Aber genau wie du tun möchtest, was *dir* wichtig ist, muss ich auch das tun, was *mir* wichtig ist. Das verstehst du doch, Tierney?“

„Ich verstehe, dass für mich Geld wichtig ist“, schoss Tierney zurück. „Und du wirst davon auch deinen Teil brauchen, Danny-Boy. Zumindest so lange, bis du ein alter Knochenschinder bist, der durch all die vornehmen Leichen reich geworden ist ...“

Daniel schüttelte über die Dummheit des anderen den Kopf und lächelte ein wenig. „So, meinst du also, wird es aussehen?“

„Du wirst zweifellos ein aufregendes Leben führen, Junge – wirst von den Fingern der Bankiers Warzen entfernen und Aderlass durchführen mit dem blauen Blut närrischer alter Jungfern wie Sara Farmington.“

Daniel erstarrte. „Sara Farmington ist keine alte Jungfer – und sie ist auch kein bisschen närrisch!“

Tierneys hässliche Bemerkung grenzte an Respektlosigkeit. Seine Derbheit ärgerte Daniel und tat ihm weh. Manchmal schien es ihm, als wäre Tierney nichts heilig – nichts außer Irland.

„Die Farmingtons haben sich als gute Freunde für uns erwiesen“, sagte Daniel, und der Ärger in seiner Stimme war nicht zu überhören.

„Die Farmingtons haben *Mitleid* mit euch“, fauchte Tierney zurück. „Ihr seid für sie nichts anderes als eine weitere Angelegenheit, merkst du das nicht? Ein ‚gutes Werk‘ – das seid ihr für sie.“

Daniel schluckte. „Das stimmt nicht. Miss Sara und meine Mutter sind echte Freunde geworden.“

„Werd’ endlich erwachsen, Junge! Leute wie die Farmingtons schließen keine Freundschaft mit irischen Einwanderern! Miss

Sara und ihre Betriebsamkeit in den Slums – der alte Herr mit seiner Nächstenliebe – sie beruhigen auf diese Weise nur ihr Gewissen. Und genauso verhält es sich mit euch, das solltest du lieber einsehen!"

Daniel spürte, dass er über Tierneys Beschuldigungen ärgerlich sein sollte. Aber hatte er sich selbst nicht auch die Frage nach den Motiven der Farmingtons gestellt, und das mehr als einmal? Hatte sich nicht auch ein leiser Zweifel in sein Denken eingeschlichen, ein Zweifel, der ihn fragen ließ, ob die Kavanaghs und die Fitzgeralds nicht am Ende nur ein „Projekt" waren für Miss Sara und ihren Vater?

„Du hast selbst gesehen, wie nett Miss Sara ist", forderte er Tierney heraus, während er versuchte, seine eigenen Zweifel zu ignorieren. „Und nicht nur zu Mutter. Was ist mit ihrer Fürsorge für Johanna – damit, dass sie einen Lehrer für sie eingestellt hat, mit ihr zu den verschiedensten Ärzten geht? Wie kannst du auch nur denken, das sei nicht ehrlich gemeint?"

„Und wer würde nicht nett zu Johanna sein?", gab Tierney zurück. „Und trotzdem gehört das alles zu ihren Vorstellungen von ‚guten Werken', das sage ich dir. Du willst das bloß nicht einsehen, das ist alles."

Daniel stellte fest, dass Tierneys hartherzige Respektlosigkeit stets vor Johanna Halt machte. Ob es nun die Tatsache war, dass sie nicht sprechen und hören konnte, oder einfach nur ihr scheues, wahrhaft reizendes Wesen, Johanna weckte jedes Mal eine Sanftheit, beinahe eine Zartheit in Tierney, die in offenem Widerspruch zu seinem sonstigen Zynismus zu stehen schien.

Als Tierney wieder zu sprechen begann, war auch der letzte Ärger aus seiner Stimme verflogen. „In unserer Schule war ein Mädchen, das letzte Woche an der gleichen Krankheit gestorben ist, die Johanna taubstumm gemacht hat – Scharlach. Sie war erst dreizehn Jahre alt."

Einen Moment herrschte ein feierliches Schweigen zwischen

den beiden, und dann vollzog sich in Tierney wieder einmal ein abrupter Stimmungswandel. „O ja, wenn der berühmte Dr. Kavanagh hier erst seine Praxis eröffnet, dann wird das alles ein Ende haben. Er kennt zweifellos ein Mittel gegen alles, vom entzündeten Ballen bis zur Kahlköpfigkeit."

Erleichtert darüber, dass der spöttelnde Ton in die Stimme des anderen zurückgekehrt war, zögerte Daniel nur einen Augenblick, bevor er sein Kissen nahm und es Tierney an den Kopf schleuderte. Sofort warf Tierney sein Kissen zurück, und bald flogen die Federn.

Eine unsanfte Ermahnung von Onkel Michael aus dem Nebenzimmer machte ihrem Spaß ein Ende, aber nicht bevor die Kissenschlacht das bewirkt hatte, worauf Daniel gehofft hatte: Tierneys alter Humor war zurückgekehrt.

* * *

Später, als Tierney schon schlief, lag Daniel immer noch wach in der Dunkelheit des Zimmers. Unten auf der Straße bellte ein Hund, dann ein anderer, gefolgt von dem lauten Klirren von Abfallbehältern und dem Grölen Betrunkener. Einen Augenblick später war ein Lachen und das Schlurfen von Füßen zu hören.

Schließlich hatte Daniel es satt, sich in der unangenehmen Wärme des engen Zimmers schlaflos hin und her zu wälzen. Leise stieg er aus seinem Bett und schlich auf Zehenspitzen über den Fußboden. Er warf noch einmal einen Blick auf den schlafenden Tierney, bevor er aus dem Fenster auf den schmalen Streifen ihres Dachs kroch, den Onkel Michael scherzhaft ihren „Balkon" nannte.

Nachts war der Balkon einer von Daniels Lieblingsplätzen. Hier oben, hinter dem niedrigen Geländer, welches das Dach umgab, konnte er dem schlimmsten Straßengeruch und den

Menschen entfliehen. Wenn die Nacht besonders still war, konnte er sich fast einreden, er sei zu Hause in Killala und blickte von einem Hügel auf das Dorf herab, in dem er geboren worden war.

Immer noch ein wenig betrübt, ließ er sich nieder, den Rücken gegen die Wand gelehnt, und umschlang seine Knie mit den Händen. Ihm gefiel es nicht, dass er und Tierney sich gestritten hatten. Trotz ihrer völlig unterschiedlichen Veranlagungen waren sie enge Freunde geworden, und jeder Streit stach Daniel wie ein Dorn in das Herz.

Sie hatten tatsächlich wenig gemeinsam. Während Daniel es genoss, still dazusitzen und auf der Harfe zu klimpern, zog Tierney es vor, in einem Ringkampf Dampf abzulassen. Daniel zog es in die Schule wie einen Hungrigen zu einem Festessen; Tierney ging nur widerwillig und tat nur so viel, um seinen Vater einigermaßen zufrieden zu stellen. Sein einziges Interesse an der Schule schien sich tatsächlich darin zu erschöpfen, sich mit den anderen Jungs zu amüsieren, die ihm auf Schritt und Tritt folgten und jede seiner Bewegungen nachahmten.

Tierney war der geborene Führer, während Daniel die Gesellschaft von zwei oder drei Freunden vorzog. Er war gern unter Menschen, sehnte sich jedoch auch immer wieder nach einsamen Augenblicken. Tierney dagegen schien stets danach zu streben, im Mittelpunkt zu stehen.

Kein Wunder, dachte Daniel mit einem schwachen Lächeln. Wenn Tierney sprach, hörten die anderen zu. Er brauchte nur eine Andeutung zu machen, und schon konnten die anderen Jungs seinen Vorschlag nicht schnell genug in die Tat umsetzen. Und wenn er seinen Zorn oder sein Missfallen zum Ausdruck brachte, hatten die anderen nichts Eiligeres zu tun, als seine Gunst zurückzugewinnen.

Ja, wir sind tatsächlich alle verschieden, dachte Daniel, während er seinen Kopf gegen die Wand lehnte. Tierney war ein

„Mann" der Tat und Daniel eher ein Träumer. Zu seinem Wesen gehörte tatsächlich eine Sanftheit, die ihm zuweilen peinlich war. Es brauchte nicht viel, bis ihm die Tränen in den Augen stiegen oder er einen Kloß im Hals spürte. Tierney war dagegen völlig unberechenbar. In dem einen Moment launisch, ja sogar mürrisch, konnte er im Handumdrehen wieder zu einem liebenswerten ‚Spitzbuben' werden. In dem Wesen des Älteren gab es eine dunkle Seite, die Daniel beinahe erschreckte. Manchmal sah er in der Seele des Freundes eine Härte und Rücksichtslosigkeit aufblitzen, die schnell in Gemeinheit umschlagen könnte, wenn man es provozierte.

Daniel glaubte zu wissen, dass auch Onkel Michael dieses Dunkel bemerkte. Zweifellos war er deswegen so streng gegenüber Tierney.

Daniel war sich jedoch nicht sicher, ob Onkel Michaels unnachgiebiges Regiment Tierney nicht nur noch widerspenstiger machte. Die beiden schienen ständig auf Kriegsfuß zu leben.

Onkel Michael war meistens sehr nett und gutherzig. Wenn es jedoch um seinen Sohn ging, konnte er furchtbar hart und unnachgiebig sein. Daniel war der Meinung, dass sein Fehler darin bestand, Tierney seine Art aufzwingen zu wollen, anstatt mit ein wenig Toleranz die – beträchtlichen – Unterschiede zwischen ihm und seinem Sohn zu respektieren.

Manchmal tat ihm Onkel Michael richtig Leid. Tierney stellte ihn ständig vor neue Rätsel, und diese Verwirrung schien sich als Ärger zu entladen. Aber Daniel hatte nach einer Auseinandersetzung mit seinem Sohn den Schmerz in den Augen des Mannes gesehen, und das tat ihm Leid.

Daniel wusste auch, dass er nur Tierneys Zorn heraufbeschwören würde, wenn er die Sache zur Sprache brachte. So schwieg er; voller Mitgefühl für den Onkel, konnte er aber auch verstehen, dass Tierney frustriert war.

Er stieß einen langen Seufzer aus, reckte sich und kniete sich schließlich hin. Einen Augenblick lang beobachtete er, wie ein spindeldürres kleines Hündchen in dem Abfall, der sich auf der Straße türmte, nach Futter suchte. Dann wandte er sich um und schlich behutsam durch das Fenster zurück.

8. Der Aufstieg des Patrick Walsh

Zuerst kämpfte er mit dem Körper an,
der Körper war stark, er gewann.
Als er im Streit mit dem Herzen zu siegen geglaubt,
waren ihm doch nur Unschuld und Frieden geraubt.
Das Ringen im Geist war voller Schmerz,
zurück ließ er sein stolzes Herz.
Jetzt soll der Kampf mit Gott beginnen;
um Mitternacht wird Gott gewinnen.

W. B. Yeats (1865–1939)

Patrick Walsh lehnte sich in seinem Stuhl zurück und beobachtete zufrieden, wie sich der Rauch seiner Pfeife zur Decke der Bibliothek emporkringelte. Eigentlich rauchte er lieber Zigarre als Pfeife; weil jedoch jeder rotgesichtige irische Politiker, den er kannte, Zigarre rauchte, tat er es aus Prinzip nicht.

Walsh hatte es nach unbedeutenden Anfängen in Irland zu etwas gebracht. Er versuchte, das Beste seiner Herkunft zu behalten, ohne sie gänzlich zu bestreiten, verleugnete aber gleichzeitig die belanglosesten allgemeinen Merkmale, die man mit Iren in Verbindung brachte.

Sein Vater, ein gescheiterter Gastwirt, war schon als junger Mann gestorben und hatte seine Frau mit drei kleinen Töchtern und dem einzigen Sohn zurückgelassen. Aus purer Verzweiflung war Patricks Mutter mit ihren Kindern nach Cork gezogen, wo sie als Näherin und Wäscherin ihren kargen Lebensunterhalt verdiente. Ihr Geld reichte immer gerade zum Überleben; Luxus wie Bildung, schöne Kleider oder Ferien existierte für sie nicht.

Schon als Kind verspürte Patrick eine ausgeprägte Abneigung gegen die Armut und das unerfreuliche Leben, das damit verbunden war. Arm sein bedeutete, unglücklich zu sein, zerlumpt und schmutzig herumzulaufen, hungrig zu sein, und in der Stadt war man außerdem verachtet.

Als er fünfzehn war, stahl Patrick – mit kaum mehr als einem flüchtigen Gedanken an die abgearbeitete Mutter und die kleinen Schwestern – das Geld für die Überfahrt nach Amerika. Als sein Schiff lossegelte, sagte er Irland endgültig Lebewohl. Er hatte nicht die Absicht, jemals zurückzukehren.

Mit großen Hoffnungen und hohen Erwartungen kam er im Hafen von Boston an. Bereits in der ersten Woche wurde er jedoch mit der ernüchternden Tatsache konfrontiert, dass er arbeiten musste, wenn er essen wollte.

Nur einige Monate hielt es ihn im Hafen von Boston beim Beladen von Schiffen. Jeder Augenblick dort war ihm leid, und er betrachtete die Anstrengung bisher unbeanspruchter Muskeln als eine Ungerechtigkeit, die er erdulden musste, weil er arm war und keine Beziehungen hatte. Seine Entschlossenheit, den Stricken der Armut zu entfliehen, wuchs in dem Maße, wie seine Abneigung gegen schwere Arbeit zunahm.

Patricks Schulausbildung war spärlich und sporadisch gewesen. Dank der Hilfe einer Kundin seiner Mutter hatte er ein paar Jahre die Schule besuchen können, doch seine Kenntnisse beschränkten sich auf das Nötigste. Mit seinem wachen und regen Geist hatte er jedoch aus antiquarischen Büchern und weggeworfenen Zeitungen viel über Politik, Wirtschaft und Gesellschaft gelernt. Obgleich er keine Ahnung hatte, wie er eines Tages finanziellen Erfolg erzielen würde, zweifelte er jedoch keinen Augenblick daran, dass er es schaffen würde.

Noch nicht einmal ein Jahr war seit seiner Ankunft in den Vereinigten Staaten vergangen, als sich Patrick auf den Weg nach New York machte. Aufgrund seiner intensiven Lektüre wusste er zwar, dass ihm in New York das gleiche Maß an Verachtung und Vorurteilen gegenüber Iren begegnen würde wie in Boston, spürte aber gleichzeitig, dass das Glück in New York auf ihn wartete. Und er wollte keine Zeit verlieren, sein Glück zu finden.

Patrick glaubte an das Glück und daran, dass es für diejenigen reserviert war, die klug genug waren und zufassten, wenn es ihnen winkte. Fest davon überzeugt, dass das Glück ihm hold war, ließ er den Hafen von New York hinter sich und begab sich auf den Weg hinauf in die Stadt.

Inzwischen besaß er ein paar anständige Hosen und ein sauberes Hemd. Zu einem großen, gut aussehenden jungen Mann herangereift, machte er einen ordentlichen, ja sogar angenehmen Eindruck, als er sich an der Rezeption im Hotel Braun vorstellte. Der Angestellte mit dem Frettchengesicht teilte ihm jedoch mit, dass keine Stelle frei wäre, absolut keine.

Und außerdem, fügte der Angestellte mit einem gehässigen Grinsen hinzu, selbst *wenn* eine Stelle zu besetzen wäre, würde das Hotel niemals einen Iren anstellen, genauso wenig wie jedes andere „anständige“ Unternehmen in der ganzen Stadt.

Patricks erste wirkliche Glückssträhne begann genau dort, im Foyer jenes Hotels, an einem Montagnachmittag im Frühherbst. Zufällig hielt sich John Braun, ein Deutscher mittleren Alters, dem das Hotel gehörte, im Foyer auf, um seine Angestellten möglicherweise bei diesem oder jenem Fehltritt zu überraschen. Als er den Deutschen betrachtete, wusste Patrick sofort, dass dieser gewiss nicht mittellos war. Er brauchte seine Ohren nur ein paar Minuten offen zu halten, um zu wissen, wen er vor sich hatte.

An dieser Stelle hatte er einen jener Geistesblitze, die ihm in den kommenden Jahren noch gute Dienste leisten würden. Aus dem unerfahrenen, irischen Jungen wurde im Handumdrehen ein geistreicher junger Mann, der zu schmeicheln und sich rücksichtslos Vorteile zu verschaffen verstand.

Auf der anderen Seite des Foyers versuchten zwei ältere Portiers, neben einer kleinen Gruppe von Geschäftsleuten mit einem Berg von Gepäck fertig zu werden. Patrick verlor auch nicht einen Augenblick, sprintete zu ihnen hinüber und nahm in jede Hand einen großen Koffer. „Meine Herren, die schweren nehme ich", sagte er fröhlich und warf den älteren Portiers ein ermutigendes Lächeln zu, während er die Treppe hochlief. Die Geschäftsleute nickten zustimmend und folgten ihm.

Kurz darauf kehrte er in das Foyer zurück. Kühn stellte er sich nun John Braun vor. „Ihr Empfangschef hat mir gesagt, Sie würden keine Iren einstellen, Sir, was gewiss ein Fehler ist. Ich würde für weniger Geld arbeiten als Ihre Männer, die schon mehr Erfahrung haben, und für Ihr Geld würde die doppelte Arbeit erledigt. Vielleicht haben Sie für die beiden älteren Herren noch eine leichtere Arbeit in Ihrem Objekt."

Von seiner Verwegenheit eingenommen, betrachtete ihn Braun nur einen Augenblick, bevor er in ein wieherndes Lachen ausbrach und ihn ohne Zögern einstellte. Es kümmerte Patrick nicht im Geringsten, dass seine Dreistigkeit die beiden älteren Portiers am Ende ihre Stellung kostete.

Von jenem Tage an machte er es sich zum Prinzip, sich nicht nur bei John Braun, sondern auch bei dem Empfangschef und selbst bei den Küchenhilfen einzuschmeicheln. Binnen kürzester Zeit wurde er von allen Angestellten als „schnell", „fleißig" und „für einen Iren recht annehmbar" beschrieben.

Den besten Eindruck machte Patrick jedoch auf die Kunden des Hotels. Sein Charme zog sie an wie ein Hund die Flöhe, und sie waren stets beeindruckt von dem gut aussehenden jungen Mann mit den guten Manieren, der eine Antwort auf jede Frage und für jedes Problem eine Lösung wusste. Es dauerte nicht lang, und Patrick Walsh galt als unentbehrlich.

Seine charmante Nützlichkeit entging auch John Braun nicht. Nur wenige Monate nach seiner Einstellung arbeitete Patrick bereits an der Rezeption und dann als stellvertretender Geschäftsführer. Mit achtzehn konnte er in den Augen seines deutschen Arbeitgebers nichts falsch machen, der selbst keinen Sohn hatte und Patrick deshalb mit seinen väterlichen Gefühlen verwöhnen konnte.

Braun hatte jedoch eine Tochter. Alice Braun war klein und rundlich wie ihre Mutter. Sie war eine gute und pflichtbewusste Tochter, die ihre Unansehnlichkeit und mangelnde Attraktivität dadurch anzunehmen schien, dass sie sich ihren Eltern, ihrer Gemeinde und ihren beiden Katzen widmete.

Als Braun Patrick zum Abendessen einlud, erkannte der pfiffige Ire sofort, wie die Dinge lagen. Alice war die einzige Tochter. Beide Eltern liebten sie innig, und – was das Wichtigste war: Alice würde wahrscheinlich von sich aus keinen annehmbaren Freier finden.

Indem er sich bei John Braun weiter gut in Szene setzte und bei Mrs Braun seinen nicht geringen Charme ausspielte, gelang es Patrick, aus seiner ersten Einladung eine allwöchentliche Gewohnheit werden zu lassen. Bei diesen Gelegenheiten war er der Anstand in Person, nur dass er Alice ein klein wenig zu intensiv anschaute und seine Hand einen Augenblick länger als notwendig in der ihren ruhen ließ.

Hauptsächlich konzentrierte er sich auf Alices Mutter, denn er hatte bemerkt, dass sie die eigentliche Triebkraft der Familie war. Binnen kurzer Zeit hatte er sich bei ihr so eingeschmeichelt, dass die „formidable" Maria Braun schon lächelte, wenn er nur über ihre Schwelle trat.

Die arme Alice schien zu nichts weiter fähig zu sein, als Patrick über die Klöße hinweg verstohlen anzuhimmeln, ihre runden Wangen feucht und gerötet. Nach ein paar Wochen trieb Patrick die Sache noch weiter, indem er John Braun um eine private Unterredung bat.

Während dieses Gesprächs bekannte er offen seine Zuneigung gegenüber Miss Alice. Ja, er gab zu, dass er um ein paar Jahre jünger war – aber Miss Alice erschien ihm tatsächlich so jung, sie war so behütet, dass er sich eigentlich um Jahre älter vorkam als sie und nicht jünger. Außerdem hatte ihn die Not, die er in Irland erlitten hatte, schneller reifen lassen. Oh, natürlich war ihm bewusst, dass Miss Alice ihm in allen Dingen haushoch überlegen war – in ganz Irland war ihm keine so feine und tugendsame Frau begegnet. Durfte er dennoch darauf hoffen, dass ihn die Familie als möglichen Freier in Betracht zöge?

Zuerst war Braun verblüfft und dann zu Tränen gerührt. Er versicherte seinem jungen Angestellten, dass die gesellschaftliche Stellung für ihn nie eine große Rolle gespielt habe. Um Alices willen müsse jedoch auch darüber nachgedacht werden, denn sie verdiente wirklich nur das Beste. Trotzdem betrachte er sich als guten Menschenkenner, und Patricks Charakter schätze er nach seinen bisherigen Erfahrungen als vorbildhaft ein. Nichts ging über Bescheidenheit, Redlichkeit und Fleiß, nicht wahr?

Eine Sache allerdings machte ihm tatsächlich Sorge, und das war Patricks römisch-katholische Kirchenzugehörigkeit. Sein Glaube war natürlich seine eigene Angelegenheit, und Braun hatte auch nie negative Erfahrungen mit Katholiken gemacht, doch weil Alice entschiedene Lutheranerin war, spielte diese Frage für ihre Mutter und ihren Vater eine nicht unbedeutende Rolle.

Mit ernster Miene brachte Patrick sein volles Verständnis für diese elterlichen Bedenken zum Ausdruck und versprach, die Sache ernsthaft zu überdenken.

Durfte er in der Zwischenzeit mit ihr ausgehen?

Er fand es unglaublich leicht, Alice zu umwerben. Sie war bereits verrückt auf ihn, das wusste er. Er brauchte nur noch ihre Schale aufzubrechen und sie davon überzeugen, dass auch *er* wild nach ihr war.

Sie machten lange Spaziergänge, und er brachte sie dazu, über sich selbst zu sprechen. Dabei merkte er, dass ihr außer ihren Eltern bisher noch niemand auch nur das geringste Interesse entgegengebracht hatte. Er machte es sich zur Gewohnheit, ihr Komplimente zu machen, und widmete ihr seine Aufmerksamkeit auf eine Art und Weise, die auch einer selbstbewussteren jungen Frau den Kopf verdreht hätte.

Als er zum ersten Mal ihre Hand küsste, wäre das arme Ding beinahe in Ohnmacht gefallen; als er das erste Mal ihre Lippen küsste, dachte er, sie müsse weinen.

Sechs Monate später heirateten sie. Nachdem er ernsthaft über seinen katholischen Glauben nachgedacht und festgestellt hatte, dass er ihn darin hindern könnte, seine Ziele zu erreichen, legte er ihn mit Freuden ab und wurde lutherisch.

John Braun schenkte dem jung vermählten Paar ein Haus auf Staten Island und einen schönen neuen Wagen. Außerdem übergab er Patrick das Hotel, wo er ihn zuerst angestellt hatte, zu seinem völligen Eigentum.

Mit Alice hatte Patrick eine Frau gewonnen, die ihm treu ergeben war und in ihrem Leben nach nichts anderem mehr trachtete, als ihn glücklich zu machen. Und sie machte ihn glücklich. Patrick liebte seine Bequemlichkeit, und Alice sorgte dafür, dass es ihm an nichts mangelte. Ihr Heim war hell und geschmackvoll eingerichtet, die Atmosphäre friedvoll und gemütlich. Seine Kinder waren wohl erzogen, wenn auch recht träge, und Alice tat ihr Bestes, ihr Gewicht unter Kontrolle zu halten. Mit Liebe und Hingabe sorgte sie in jeder Weise für ihren Mann und ihre Familie.

Patrick spielte dafür den liebevollen, wenn auch etwas zerstreuten Ehegatten. Obgleich er zuweilen die Geduld mit ihr verlieren und bissig werden konnte, hütete er sich jedoch stets davor, sie zu verletzen. Er wollte diesem Herzen nicht absichtlich wehtun, dessen innige Liebe sich in ihren großen, runden Augen widerspiegelte.

Seine Zuneigung gegenüber Alice war echt – und entsprach etwa dem Gefühl, das ein Mann für seinen Lieblingshund hegt.

Obgleich er seine Frau ziemlich mittelmäßig fand, hatte er doch eine zärtliche Schwäche für sie, die sich nicht leugnen ließ. In Wahrheit war jedoch seine eigene Bequemlichkeit der tiefste Grund, die eheliche Harmonie aufrechtzuerhalten. So vermied er es, Alice Schmerz zuzufügen, mehr, damit sein wohl geordnetes Leben erhalten bliebe und weniger aus Rücksicht auf ihre Gefühle.

Deshalb beschränkte er seine Untreue weitgehend auf gelegentliche Seitensprünge während seiner Dienstreisen außerhalb der Stadt. Er war klug genug, um zu wissen, dass er die ihn über alles liebende Alice nicht zum Narren halten konnte. Und, was noch wichtiger war, Patrick wusste, dass John Braun nie einem Menschen verzeihen würde, der seine Tochter demütigte. Deshalb achtete Patrick sehr sorgfältig darauf, dass Alice nie einen Grund hatte, an seiner Liebe zu zweifeln.

Es kümmerte ihn nicht im Geringsten, dass seine Gefühle für seine Frau kaum über die Art einer Zuneigung hinausgingen, wie er sie auch einem Haustier entgegengebracht hätte. In Wahrheit war Patrick überhaupt nicht dazu fähig, eine tiefe Beziehung zu einem anderen Menschen aufzubauen, ein anderes menschliches Wesen wirklich innig zu lieben. Seine Beziehungen blieben stets irgendwie auf formaler Ebene stehen.

Er war äußerst egoistisch und gewissenlos. Seine ehrgeizigen Ziele, seine Wünsche und seine Bequemlichkeit bedeuteten ihm weit mehr als seine Frau und seine Kinder. Alice war Mittel zum Zweck. Gewiss, er war nicht undankbar, meist jedoch zu nichts anderem fähig, als sie einfach nur zu dulden.

Was die Kinder betraf, so glich die Älteste, die zwölfjährige Isabel, ihrer Mutter aufs Haar. Nicht gerade eine Schönheit sowie körperlich und geistig plump und träge, war sie keinesfalls der Typ des kleinen Mädchens, den Patrick sich gewünscht hätte. Noch weniger entsprach der achtjährige Henry seinen Vorstellungen und Wünschen, und Patrick hielt ihn für einen kleinen Jungen für unglaublich penibel. Am liebsten ging Patrick beiden Kindern aus dem Weg, denn sie langweilten ihn.

Irgendwie konnte er sich nicht vorstellen, dass einer der beiden die Walsh-Unternehmen, die inzwischen sehr zahlreich geworden waren, erben würde. Außer dem Hotel, wo alles begonnen hatte, besaß Patrick jetzt ein weiteres anspruchsvolles Etablissement oben in der Stadt und daneben noch ein halbes Dutzend Pensionen mittlerer Preisklasse in Manhattan. Ihm gehörten außerdem drei Schnapsläden und eine Reihe von Hafenkneipen, für die er seine Geschäftsführer als Strohmänner benutzte.

Die meisten Besitztümer hatte er jedoch in den Slums von Five Points. Die Mietskasernen waren für Vermieter wie ihn eine wahre Goldgrube und brachten weit mehr Gewinn als angesehenes Eigentum. Dort konnte man bis zu fünf Familien in einem Raum zusammenpferchen. Während besser gestellte Mieter auf Reparaturen bestanden, wagten die Armen es nicht, von den Vermietern irgendetwas zu fordern. Konnte ein Bettler seine Miete nicht bezahlen, wurde er sofort auf die Straße gesetzt und der Wohnraum an den nächsten vergeben.

In dem Elendsviertel wimmelte es von heruntergekommenen Kneipen, und eine ganze Anzahl gehörte Patrick Walsh. Sein gesamtes Eigentum in diesem Gebiet wurde jedoch unter anderen Namen geführt, so dass auch nicht der geringste Hinweis auf einen Skandal oder ein illegales Unternehmen seinen Ruf beschmutzen oder seine Familie in Gefahr bringen würde.

Im vergangenen Jahr hatte er ein neues, äußerst lukratives Geschäft entdeckt. Über Mittelsmänner in England oder Irland kaufte er unter dem Namen eines nicht existierenden Unterhändlers die Passagierlisten des Zwischendecks verschiedener Schiffe mit Auswanderern an Bord. Im Hafen angekommen, trieben zwei oder drei extra für diesen Zweck angeheuerte Laufburschen die verwirrten Immigranten eilig vom Schiff, um sie in verschiedene Mietshäuser am Hafen oder in Five Points zu bringen, die allesamt Patrick Walsh gehörten.

Hatten sie sich einmal dort niedergelassen, verkauften die ahnungslosen Einwanderer die gesamte ihnen noch verbliebene Habe – die sie als „Sicherheit" behalten wollten, bis sie Arbeit fanden –, um die unverschämt hohen Mieten für ihre Unterkünfte zu bestreiten. Es bestand keinerlei Risiko, dass das Geschäft entdeckt würde. Sowohl die Mittelsmänner als auch die Laufburschen hatten nicht die geringste Ahnung, dass sie für Patrick Walsh arbeiteten.

Patrick konnte die Männer an einer Hand abzählen, die auch nur über eine seiner vielfältigen geschäftlichen Unternehmungen die Wahrheit kannten. Diesen wenigen Personen zahlte er ein überaus großzügiges Gehalt als Unterpfand für ihr Schweigen.

Für diejenigen, die Patrick am besten zu kennen glaubten, war er ein Inbegriff der Tugend, ein treu sorgender Familienvater sowie ein kluger, aber ehrlicher Geschäftsmann. Bei den Mitgliedern seiner Kirchengemeinde galt er als gutwilliger, großzügiger Ire, der es zu etwas gebracht hatte – ein Mann, der sich um die Armen, Witwen und Waisen kümmerte. Für seine Verwandten war er ein Fürst, für seine Frau – ein König. Für seine Kinder war er ein manchmal strenger, aber stets fröhlicher Papa, der selten mehr von ihnen erwartete, als ihre schulischen Aufgaben ordentlich zu erledigen und ihn nicht zu ärgern.

Patrick Walsh hielt sich selbst für einen vollen Erfolg, für einen, der sich emporgearbeitet hatte, dem das Glück treu geblieben war und dessen Aussichten mit jedem neuen Morgen heller leuchteten. Es kümmerte ihn nicht im Geringsten, dass ein Großteil seines Reichtums auf Kosten seiner eigenen, armen und geknechteten Landsleute ging.

Hatte Christus nicht selbst gesagt, dass man immer Arme um sich herum haben werde? Patrick glaubte sogar, den armen Geschöpfen noch einen Gefallen zu tun, wenn er ihnen eine Unterkunft bot und Alkohol, um ihre Sorgen darin zu ertränken.

Schließlich würde es immer jemanden geben, der aus der Unwissenheit der Iren Gewinn schlug. Und so konnte auch er das sein.

9. Unnatürliche Feinde

Freiheit – welch wunderbarer Traum –
die Gedanken grenzenlos entfachen,
für unsrer Hände Werk ein weiter Raum!
Doch – welch bitteres Erwachen!
In den Ketten der Armut, gequält und gefangen,
ein ganzes Volk – mit Leib und Leben.
Werden wir jemals Freiheit erlangen?
Aus bodenlosem Abgrund uns erheben?

John de Jean Frazer (1809–1852)

Michael Burke und Denny Price standen mitten auf der Anthony Street und versuchten, einem Mann zu helfen, dessen Wagen mit einer vollen Ladung Mist umgekippt war.

Der Wagen gehörte einem älteren Iren, den Michael nur als Pete kannte. Pete war einer der vielen kleinen Fuhrunternehmer, die ihren Lebensunterhalt damit verdienten, das zu tun, was kein anderer als die Iren zu tun gewillt war, nämlich die Straßen New Yorks von dem Mist zu befreien, den viele tausend Pferde dort fallen ließen.

Der Pferdedung war für die Stadt zu einem noch größeren Problem als der Abfall geworden. Fünfzig- bis sechzigtausend Pferde hielten den privaten und öffentlichen Verkehr in New York aufrecht: Sie transportierten Abfälle, wurden vor Kutschen und Wagen gespannt, zogen Milchkarren und Feuerwehrwagen – und zogen sogar Eisenbahnwagen in die Stadt.

Der dabei tonnenweise anfallende Pferdemist stellte New York vor die scheinbar unlösbare Aufgabe, diesen Dung zu entsorgen. Obwohl das Gebiet zwischen Battery und Canal Street am schlimmsten betroffen war, schienen nur wenige Stadtbezirke davon ausgenommen. Meist waren es Iren, die, verzweifelt auf der Suche nach irgendeinem Job, den Dung aus den Ställen in Behälter luden und diese dann auf Karren zu den Booten transportierten, die auf jeder Seite der Stadt dafür bereitlagen.

Umgekippte Wagen waren an der Tagesordnung. Mit Kisten und Fässern überladen, gerieten die Wagen gefährlich ins Schwanken, und oft genügte ein plötzlicher Ruck oder eine tiefe Rille, den Wagen umkippen zu lassen.

Wenn das geschah, war der Fahrer dafür verantwortlich, die Ladung wegzuräumen und so schnell wie möglich wieder auf den Weg zu kommen, was jedoch leichter gesagt als getan war. Bei all den anderen Wagen und Kutschen, die vorübersausten, war es für den Fahrer schwierig genug, seinen Wagen wieder auf die Räder zu bekommen und die Straße auch nur grob zu säubern.

War gerade ein Polizist in der Nähe, so erwartete man, dass er half; im Stillen setzte man voraus, dass Polizisten ohnehin nicht empfindlich sein durften – und waren außerdem nicht viele von ihnen Iren? Aber selbst die Polizisten versuchten, wenn irgend möglich, dieser widerwärtigen Aufgabe aus dem Weg zu gehen.

Michael Burke bildete keine Ausnahme. Er stöhnte laut, wenn er auf einen umgekippten Wagen stieß, und dachte darüber nach, wie er möglicherweise entkommen könnte. Denny Price benahm sich noch schlimmer; nachdem er seiner Abscheu mit einer Schimpfkanonade Luft gemacht hatte, ging er widerwillig daran, dem Fahrer zu helfen.

Im Augenblick war beiden Männern die Laune verdorben, als sie sahen, wie der ältere Fahrer bei seinen Versuchen, die stinkenden Abfälle wegzuräumen, nur noch mehr Schaden anrichtete. Murrend stemmten sich die beiden Polizisten mit ihren breiten Schultern gegen den Wagen und brachten ihn damit wieder auf die Räder.

Price stand einen Augenblick da und kratzte sich am Kinn. „Du schaufelst den Mist ein und ich lade die Fässer auf“, schlug er vor und schaute an Michael vorbei in die Ferne.

„Wir schaufeln *beide* den Mist ein, und anschließend laden wir *beide* die Fässer auf!“, gab Michael zurück, während er eine Schaufel aus dem Wagen zog und sie Price zuwarf.

„Und was ist mit deinem Rücken?“

„Mit meinem Rücken?“, entgegnete Michael, indem er stehen blieb und Price anschaute.

„Hast du nicht erst letzte Woche über deinen Rücken geklagt?“ Mit einem besorgten Stirnrunzeln, das beinahe echt wirkte, stützte sich Price auf die Schaufel und schaute Michael an. „An dem Tag, als wir den Haushalt unseres Chefs umziehen mussten.“

„Ja, aber das war letzte Woche, oder etwa nicht?“, zischte Michael und nahm sich die andere Schaufel. „Komm, bringen wir es hinter uns – je schneller, umso besser ...“

In dem Augenblick ertönte ein Schrei und man hörte, wie jemand gerannt kam. Beide wirbelten herum, um zu sehen, was los war.

Squire Teffon, der Eigentümer einer Kneipe in Five Points, kam auf sie zugewalzt, so schnell ihn seine kurzen Beine trugen. „Polizei! Polizei! Auf dem Paradise Square gibt es einen Aufruhr!“

Michael und Price reagierten sofort. Nachdem sie über das Fass hinweg, das umgefallen zwischen ihnen lag, einen erleichterten Blick und ein schuldbewusstes Grinsen ausgetauscht hatten, ließen die Polizisten die Schaufeln fallen und rannten davon, den unglückseligen Pete allein zurücklassend, der ihnen nur noch Flüche nachrufen konnte.

Sobald sie den offenen Platz in Five Points erreicht hatten, erblickten sie eine Schar zornig durcheinander schreiender Männer. Es wurden bereits Knüppel geschwenkt und Drohungen ausgestoßen, als Michael und Price sich einen Weg durch die Menge der Schaulustigen bahnten, um schließlich bis in das Zentrum des Tumults vorzudringen.

Einen Augenblick schien es Michael, es wäre besser – und bestimmt sicherer – gewesen, Pferdemist zu schaufeln.

Zu seinem Erstaunen entdeckte er im Brennpunkt der Auseinandersetzungen den großen Prediger mit dem dunklen Lockenkopf, Jess Dalton. Der Pfarrer musste entweder ein Narr oder ein wirklich mutiger Mann sein, sich wie eine Mauer vor vier schwarze Jugendliche zu stellen, die sich offenbar zu Tode ängstigten.

Auch unbewaffnet stellte der Pfarrer eine beachtliche Barriere dar. Den Mantel offen, das dichte Haar von dem rauen Novemberwind zerzaust, breitete er seine kräftigen Arme schützend vor den erschrockenen Jugendlichen aus. Er sah tatsächlich aus wie ein Prophet aus dem Alten Testament, der das Volk Gottes gegen eine angreifende heidnische Armee schützte.

Michael hatte diesen Fels von einem Mann lieben und achten gelernt, und in gewisser Weise überraschte ihn die Szene, die sich hier vor seinen Augen abspielte, nicht. Der Mann strahlte Ruhe und Kraft aus, eine Standfestigkeit, die darauf hindeutete, dass sich hinter seiner wohl tönenden Stimme und seinem Frohsinn ein eiserner Wille verbarg. Michael spürte, hier stand keiner vor ihm, der nur seine Bibel umhertragen konnte. In Five Points ging schon die Rede, dass der Pfarrer nicht dumm war, im Gegenteil, genauso schlau wie groß und nicht minder zäh – und das war kein geringes Lob von den Bewohnern der berüchtigten Slums.

Aus dem Blick, den Dalton jetzt Michael und Price zuwarf, sprach ein Schimmer der Erleichterung, er blieb jedoch unerschütterlich schützend vor den verängstigten Jungs stehen. Dalton und die angsterfüllten Jungs standen allein wenigstens einem Dutzend irischer Arbeiter gegenüber, aber irgendwie hatte Michael den Eindruck, dass die Gegenwart des Pfarrers diesen Unterschied auszugleichen schien.

Hinter den drohenden Iren kam die Menge der Schaulustigen näher. Ein rascher Blick in die Menge bestätigte Michael, dass diese Meute nur darauf wartete, dass Gewalt ausbrach. Aus ihren Augen leuchteten Aufregung und Blutgier, und einige starrten Price und ihn mit unverhülltem Hass an.

„Mir gefällt das überhaupt nicht", murmelte Price. „Wir beide werden diese Schlägerbande nicht aufhalten können."

„Vielleicht können es unsre Revolver", entgegnete Michael und versuchte krampfhaft, die Angst zu ignorieren, die ihm den Magen umzudrehen drohte. „Ich gehe zu dem Pfarrer. Du bleibst hier – und hältst deinen Revolver schussbereit." Entschlossen bahnte er sich seinen Weg zwischen zwei grimmig aussehenden Schlägertypen, die auf den Boden spuckten, als er sich an ihnen vorbei zur Platzmitte vorarbeitete.

„Was ist passiert, Pastor? Was geht hier vor?" Michael sprach leise, den Revolver auf die Gruppe aufgebrachter Männer gerichtet.

„In der Pfeifenfabrik scheint man zu streiken, und diese Jungs wurden anstelle der regulären Arbeiter eingestellt." Daltons Stimme klang heiser. „Sie beschuldigen sie, im Besitz von Waffen zu sein, aber das stimmt nicht. Es sind fast noch Kinder."

Streikbrecher. Michael begriff sofort. Sie waren noch jung, aber nicht mehr zu jung, um nicht eine blutige Schlägerei heraufbeschwören zu können, besonders wenn die streikenden Iren annahmen, sie seien bewaffnet. Schlägereien zwischen Schwarzen und Iren waren leider an der Tagesordnung. Nichts konnte schneller zu einer Auseinandersetzung führen, als wenn ein Schwarzer einen Job übernahm, den ein Ire rechtmäßig als seinen betrachtete.

Seinen Revolver weiter auf den randalierenden Haufen gerichtet, wandte sich Michael an die sich ängstlich duckenden Jugendlichen. „Habt ihr Waffen – irgendjemand von euch? Heraus mit der Wahrheit!"

Alle vier Jungs schüttelten heftig den Kopf.

Jetzt trat einer der Streikenden nach vorn – ein großer, brutaler Kerl mit feindseligem Blick. Michael schwenkte seine Waffe sofort auf diesen Mann: „Bleiben Sie stehen, wo Sie sind!"

„Was soll das?", schnaubte der Arbeiter voller Hohn. „Du bist genauso Ire wie wir alle hier. Und du wirst doch nicht für solche wie *die da* kämpfen?!" Er machte eine Kopfbewegung dorthin, wo die schwarzen Jungs standen.

„Ich möchte für überhaupt *niemanden* kämpfen!", fauchte Michael wütend. „Und ich möchte das hier lieber nicht benutzen", sagte er und hob seinen Revolver ein winziges Stück höher, „um einen solchen Kampf zu verhindern. Warum verschwindest du nicht mit deinen Jungs, bevor ich es mir anders überlege!"

Für einen Augenblick wanderten seine Augen zu Price, der immer noch außerhalb der Gruppe von Männern stand, den Revolver schussbereit.

„Diese schwarzen Affen stehlen deinem eigenen Volk die Arbeit!", brüllte der große Ire. „Möchtest du, dass wir in Amerika genauso verhungern wie in Irland?"

Die roten Augen des Mannes und seine leicht undeutliche Aussprache zeigten Michael an, dass der Angreifer zu viel getrunken hatte, wodurch er noch gefährlicher zu sein schien als im nüchternen Zustand.

„Streitigkeiten um Arbeitsplätze werden nicht auf der Straße ausgetragen. Jetzt geht nach Hause, oder ihr verbringt die kommende Nacht alle im Gefängnis." Michael sprach mit ruhiger Stimme, doch sein Puls dröhnte in seinen Ohren. Natürlich hatten Price und er die Waffen, trotzdem konnte niemand wissen, wie weit die wütenden Arbeiter in ihrem alkoholisierten Zustand gehen würden.

„Dann musst du uns alle einsperren, Bulle!", schrie eine andere Stimme in noch härterem Ton.

Ein kleiner Mann mit abgemagertem Gesicht, schwarzem Haar und schwarzen Augen trat nach vorn, neben den großen Klotz. „Haben Sie das mit uns vor – *Herr Wachtmeister?*"

Der herausfordernde Spott im Gesicht des kleinen Mannes ließ Michaels Blut in seinen Adern kochen. „Ja, ich glaube, ihr habt euch selbst so entschieden", entgegnete er und zwang sich, mit einer Ruhe zu sprechen, von der er selbst nichts mehr spürte. „Allerdings scheint es mir nur eine furchtbare Zeitverschwendung zu sein."

„Wenn dir dein fettes Genick etwas wert ist, dann gehst du lieber beiseite, *Bulle!*", knurrte der kleine, dunkelhaarige Mann bedrohlich. „Captain Rynders wird sich um uns alle zu kümmern wissen."

„Rynders!" Michaels Gesicht straffte sich. „Ich hätte es mir gleich denken sollen, dass ihr zu seinem Gesindel gehört."

Aus dem Murren der Menge wurde ein zorniges Brummen. In diesem Moment hätte Michael ein Monatsgehalt für den Anblick eines mit mehreren Polizisten besetzten Polizeiwagens gegeben.

Das schmale, abgezehrte Gesicht des Mannes verzerrte sich vor Wut. Gleichzeitig tat der große Kerl einen Schritt nach vorn.

Um Michaels Mund zeigte sich ein entschlossener Zug, und seine Hand umfasste seinen Revolver fester. „Bleibt zurück – alle beide!"

Unerwartet ertönte ein Schrei aus der Menge der Schaulustigen, als zwei oder drei der Streikenden nach vorn traten. Instinktiv wich Michael einen Schritt zurück und blieb dann stehen. Wenn er sich von ihnen einschüchtern ließ, wäre er verloren. Sie würden sich die schwarzen Jungs schnappen und wahrscheinlich auch Price und ihn.

„Zurückbleiben, hatte ich gesagt!", brüllte er und streifte sie vorn mit dem Revolver.

Plötzlich erspähte Michael neben den Streikenden einen kleinen Zeitungsjungen, Billy Hogan – ein kleiner netter und mutiger Bursche. Erst letzten Monat hatte Michael ihm geholfen, als eine Reihe von Bandenmitgliedern die Einnahmen des Jungen entwenden und seine Ecke übernehmen wollten.

Die Augen des Jungen waren auf Michael gerichtet; dieser nickte unauffällig in Richtung Mulberry Street. Der Junge hatte verstanden. Er tastete sich behutsam Schritt für Schritt zurück, löste sich flink aus der Menge und jagte davon.

Michael betete, dass der Junge Hilfe bringen möchte, und zwar bald. Aus seinem Augenwinkel beobachtete er, wie der Pfarrer sein Gewicht verlagerte. Instinktiv straffte er sich. Sein Gefühl sagte ihm, dass es sich hier nicht um einen gewöhnlichen Aufruhr handelte. Diese Männer wollten Blut sehen. Selbst ein Geistlicher war in Gefahr bei Schlägern wie diesen.

„Ihr Männer", sagte Dalton plötzlich und streckte sich dabei auf seinen Fußballen zu seiner vollen, nicht unbeträchtlichen Höhe aus, „werft diese Knüppel weg, bevor jemand verletzt wird! Diese Jungs haben nichts Böses getan! Sie wollen nur arbeiten, das ist alles. Das ist keine Sünde!"

Sofort schrie einer der Männer, seinen Knüppel schwenkend, zurück: „Sie wollen *unsere* Arbeit!"

Die Menge brüllte ermutigend und schrie: „Erledigt die Nigger! Zeigt es ihnen!"

Der Pfarrer schaute zu Michael. Michael schaute zu Price.

Plötzlich sprangen der große Arbeiter und sein kleinerer Gefährte nach vorn, die Knüppel kampfbereit erhoben. Michael richtete seinen Revolver in die Luft und drückte ab, was sie jedoch nur für einen Augenblick aufhalten konnte. Der breitschultrige Ire stürzte sich auf den Pastor, während der kleinere auf Michael zuhielt. Michael konnte den Revolver nur noch einmal abdrücken, bevor er von dem dunkelhaarigen Arbeiter niedergeschlagen wurde.

Ein Brüllen entlud sich in der Meute, als Michael am Boden lag. Dreck brannte ihm in den Augen und drang in seine Nasenlöcher ein. Sein Revolver wurde weggeschleudert.

Halb seufzend, stieß Michael mit aller Kraft, die er aufbringen konnte, dem Dunkelhaarigen beide Beine in den Bauch. Der Mann schrie auf und flog rückwärts zu Boden.

Die Menge tobte wie die wilden Tiere. Michael lag auf dem Boden und sah, wie der Pastor den wuchtigen Iren fortschleuderte, als wäre es nur eine lästige Fliege.

Mit brennenden Augen taumelte Michael auf die Füße und suchte den Boden verzweifelt nach seinem Revolver ab.

Denny Price lud seinen Revolver, stützte sich mitten in das Kampfgewühl und feuerte in die Luft. „Noch einmal schieße ich nicht in die Luft, Jungs!", schrie er, als er sich schützend neben Michael stellte. „Das nächste Mal rollen eure Köpfe, ihr Teufelsbrut!"

Der Mob brüllte nur noch lauter. Hinter den Streikenden drängten Schaulustige nach vorn und schrien durcheinander; einige feuerten die Polizisten und den Pastor an, andere stachelten die streikenden Arbeiter zum Angriff an.

Plötzlich ertönte ein Schuss. Michael wirbelte herum. Der dunkelhaarige Ire hielt seinen Revolver genau auf Michaels Kopf gerichtet.

Um den Mund des Arbeiters huschte ein verächtliches Lächeln. „Entweder lässt dein Partner seinen Revolver fallen, oder ich erledige dich."

Neben ihm murmelte Price etwas vor sich hin. „Gewiss, und diesmal sitzen wir in der Patsche." Dann hielt er der kleinen Bestie seinen Revolver hin. „Hier, nimm es dir, du Rattengesicht!"

Plötzlich brach einer der schwarzen Jungs hinter Pastor Dalton aus der Reihe und rannte in die entgegengesetzte Richtung davon, als wollte er fliehen.

Dalton schrie auf und schnellte herum, um den Jungen aufzuhalten, doch es war bereits zu spät. Der dunkelhaarige Arbeiter zielte mit Michaels Waffe auf den Flüchtenden und traf ihn mitten in den Rücken.

Mit einem furchtbaren Aufschrei prallte der Junge dumpf auf

dem Boden auf. Jess Dalton rannte zu ihm und fiel neben ihm auf die Knie.

Nun raste der Mob vor Blutgier, sie brüllten und tobten wie wild. Ohne Vorwarnung sah Michael, wie Price sich den dunkelhaarigen Iren mit dem Revolver vornahm. Der Gangster drückte ab, als er den Polizisten kommen sah, aber Price duckte sich, den Revolver sicher in der Hand. Ein wohl gezielter Schuss in den Arm des Streikenden, der die Waffe hielt, und die Pistole fiel zu Boden.

Michael torkelte vorwärts, um seine Waffe zurückzuholen. Im gleichen Augenblick stürzte sich der große, rotgesichtige Ire, mit dem alles begonnen hatte, auf den Pastor, der immer noch neben dem verwundeten schwarzen Jungen kniete.

Dalton fuhr gerade noch rechtzeitig herum, um sich zur Seite rollen und so dem Schlag des Iren ausweichen zu können. Dann sprang er auf seine Füße und schleuderte den Angreifer mit einem gewaltigen Stoß in die Menge.

Verblüfft torkelte dieser und landete wie benommen mitten unter seinen Kumpanen.

Als ein anderer zorniger Arbeiter aus der Menge auf den Pastor losging, schob Dalton ihn einfach beiseite. Der Arbeiter verlor das Gleichgewicht und fiel zu Boden.

Mit seiner Waffe in der Hand fuhr Michael herum und feuerte einen Warnschuss in die Luft ab. Auch Price gab einen Warnschuss, aber der Mob war wild geworden. Zwei Polizisten konnten nichts mehr ausrichten gegen diese rasende Meute.

Plötzlich ertönte ein Schrei aus Richtung Mulberry Street. Einige in der Menge drehten sich um, um zu sehen, wo der Schrei herkam. Und wieder war ein zorniges Schreien zu hören, bevor sich zwei Polizisten, beide mit Schlagstöcken und Revolvern bewaffnet, einen Weg zur Platzmitte bahnten.

Der Größere der beiden feuerte mit seinem Revolver in die Luft, während er durch die Menge schritt, und sein Kollege, ein kräftiger, kahlköpfiger Mann, brüllte wie ein verwundeter Bär: „Treten Sie zurück – treten Sie sofort zurück, oder Sie werden auf der Stelle erschossen! Lösen Sie die Ansammlung sofort und gehen Sie auseinander – sofort!!"

Der Lärm ebbte langsam ab und verstummte schließlich ganz. Einige schimpften, andere protestierten zornig, doch die Meute zog sich Stück für Stück zurück. Schließlich gingen sie auseinander und verschwanden, murrend, über ihre Schultern zornige Blicke zurückwerfend.

Die anderen beiden Polizisten trieben sie weiter vom Platz, während Michael und Price zu Dalton gingen. Der Pastor kniete bereits wieder neben dem verletzten Jungen, seine Kameraden hockten dicht daneben.

„Ist er tot?"

Dalton schüttelte den Kopf und blickte zu Michael empor. „Nein, aber er ist schwer verletzt. Wir brauchen sofort Hilfe für ihn."

„Doktor Hilman könnte zu Hause sein", sagte Price. „Er wohnt nur ein paar Häuser weiter, in der Mulberry Street."

„Dann hol ihn schnell", gab Michael zurück.

Der Pastor bettete den Kopf des bewusstlosen Jungen behutsam in seinen Schoß und wandte seine Augen nicht von dem Gesicht des Jungen. „Sagen Sie dem Doktor am besten, er möchte so schnell wie möglich kommen", sagte er leise.

10. Der Schrei der Opfer

In den selbstgerechten Worten der Heuchler
ist nur von Frieden die Rede.
Doch die Schreie der Opfer werden niemals verstummen.
John Boyle O'Reily (1844–1890)

Michael und Jess Dalton standen in dem trüben unsauberen Flur, der Doktor Hilman als Warteraum diente, während dieser sich um den verletzten Jungen kümmerte. In den beiden Stühlen, die ihnen gegenüber an der Wand standen, saßen ein älterer Mann und seine schwache, verkrüppelte Frau.

Draußen verschwanden die letzten Sonnenstrahlen dieses Nachmittags, und die Schatten wurden lang und tief. Im Wartezimmer war bereits die feuchte Abendkühle zu spüren.

„Wer ist dieser Captain Rynders?", fragte der Pastor. „Ich höre diesen Namen in Five Points immer wieder."

„Jesaja Rynders", sagte Michael verdrießlich. „Er ist der Chef einer Bande, ebenso ein Glücksspieler und Messerstecher. Ihm gehören einige Kneipen am Paradise Square." Er machte eine Pause und sah Dalton an. „Außerdem ist er ein Anhänger der *Tammany.*"1

„Er ist also gefährlich?"

„Hinterhältig wie eine Schlange – und noch weitaus gefährlicher", entgegnete Michael ohne zu zögern.

Sie schwiegen eine Weile. „Der Junge muss im Krankenhaus behandelt werden, fürchte ich", sagte Dalton schließlich mit leiser Stimme.

Michael sah ihn müde an. „Er ist ein mittelloser Schwarzer,

---

1 Tammany war eine Vereinigung, die für ihren korrupten Einfluss auf die Politik der Stadt New York im 19. Jahrhundert berüchtigt war.

Herr Pfarrer. Ich glaube nicht, dass man ihn im Krankenhaus behandeln wird."

„Er ist noch ein Kind!", protestierte Dalton. „Man würde ihn bestimmt nicht abweisen ..."

„Natürlich wird man ihn abweisen! Schwarze haben in New York keinerlei Rechte – für sie sieht es genauso schlimm aus wie für die Iren, wenn nicht noch schlimmer."

Gegen die verfallene Wand gelehnt, verschränkte der Pastor seine großen Arme und betrachtete Michael einen Augenblick eingehend. „Wenn das so ist, Sergeant, wie kommt dann die Feindschaft zwischen diesen beiden Gruppen zustande?"

Michael runzelte die Stirn. Er hatte Dalton nicht für naiv gehalten, aber vielleicht war er es doch.

„Oh, ich weiß schon, wie die Wirklichkeit hier aussieht", warf der Pastor schnell ein. „Die Hälfte der Schlägereien, die es hier unten gibt, scheinen zwischen Iren und Schwarzen ausgetragen zu werden. Trotzdem finde ich es schwierig, zu verstehen, *warum* das so ist, besonders, weil ich die Geschichte beider Gruppen kenne. Warum beharren zwei verfolgte Volksgruppen darauf, *einander* zu verfolgen?"

Michael dachte über Jess Daltons Worte nach. Dies war eine Angelegenheit, über die er selbst oft grübelte; hatte er doch in all den Jahren zahllose Kämpfe zwischen den beiden rivalisierenden Parteien zu schlichten gehabt.

„Ich verstehe, was Sie sagen wollen, Herr Pastor – es wäre sinnvoller, wenn unsere Schwierigkeiten uns vereinten statt uns zu trennen."

Dalton nickte.

Michael seufzte tief. „Ja, das sollte man meinen. Aber jeder Polizist in dieser Stadt wird bestätigen, dass Verfolgung nur noch mehr Verfolgung hervorbringt, genauso wie ein Verbrechen immer nur weitere Verbrechen gebiert."

Der Pastor sah ihn an und schwieg.

„Ich glaube, dass ein Teil des Problems, zumindest für die Iren, darin besteht", fuhr Michael fort, „dass die Schwarzen mit uns um die Arbeitsplätze wetteifern, die wir so dringend brauchen – und noch dazu um die *gleiche Art* von Arbeitsplätzen. Arbeitsstellen sind ohnehin schon rar für die Iren, außer bei den niedrigsten und verachtetsten Tätigkeiten in dieser Stadt: Hilfsarbeiter, Mistwagenfahrer, Hausmädchen, Waschfrauen. Und den Schwarzen geht es genauso, verstehen Sie das nicht? Beide Gruppen rivalisieren um die gleichen Arbeitsplätze, aber die Schwarzen arbeiten für noch weniger als die Iren. Und sie sind zu allem bereit – zu allem –, um ein paar Pfennige zu verdienen!"

„Streiks brechen, zum Beispiel."

Michael nickte. „Und schlimmer."

Der Pastor strich mit einer Hand über seinen Bart und schaute zur Tür. „Ich glaube, es ist schwierig, nicht auf jemanden böse zu sein, der der eigenen Familie das Essen vor dem Mund wegzunehmen scheint."

„Genau", stimmte Michael zu. „Und das ist nicht der einzige Grund, weshalb die beiden Gruppen ständig im Streit liegen. Manchmal denke ich, wir Iren sind uns selbst der schlimmste Feind."

Stirnrunzelnd lehnte sich Dalton zurück. „Wie das?"

„Nun, Herr Pastor, wir sind meiner Meinung nach ein sehr eigengeprägtes Völkchen. Vielleicht sind auch die vielen Jahre, in denen uns die Engländer mit dem Gesicht in den Dreck getaucht haben, mit dafür verantwortlich, was aus uns geworden ist." Michael zuckte mit den Achseln und lächelte grimmig.

„Es gab keine Möglichkeit, unser Los zu wenden. Alle Dinge, die zu einer Verbesserung beigetragen hätten, wurden uns verweigert: Bildung, politisches Mitspracherecht, Arbeitsplätze – ja, wir wurden sogar gezwungen, unsere Sprache abzulegen, und die Katholiken ihren Glauben! Ich glaube, dass die Zeit, in der man uns wie geistlose Wilde behandelt hat, in vielen von uns eine Art natürliches Misstrauen hervorgebracht hat, uns argwöhnisch werden ließ und neidisch."

Jess Dalton nickte langsam. „Das hat dazu geführt, dass sie sich nach innen gekehrt und auf sich selbst konzentriert haben."

„Ja, ich glaube, genauso ist das – auf uns selbst und auf unser Land – auf Irland. Vielleicht ist das auch zum Teil eine Erklärung für unseren leidenschaftlichen Patriotismus, unsere geheimen Gesellschaften und so weiter. Und deshalb richten wir uns auch gegen jeden, der für uns irgendwie eine Bedrohung darzustellen scheint."

„Aus Verfolgten werden Verfolger."

„Ja, genau. Ich meine nicht, dass das richtig ist; ich versuche nur zu erläutern, wie ich die Dinge sehe."

Der gequälte, sorgenvolle Ausdruck im Gesicht des Pastors weckte Michaels Neugier. Der Mann schien die Menschen wirklich zu *lieben* – die Iren, die Schwarzen, solche, die sich selbst nicht verteidigen konnten. Michael fragte sich, wo Daltons Interesse und Anteilnahme herrührten.

Natürlich hatte er schon von dem Vater des Pastors gehört. Als Rechtsanwalt und Reformer war Andrew Dalton überall im Osten auch als Kämpfer und „Kreuzritter" für die Rechte der Arbeiter bekannt. Offenbar war es in der Familie des Pastors Tradition, sich für die Unterprivilegierten einzusetzen.

Gewiss spielte auch die Tatsache eine Rolle, dass Daltons Frau selbst zu den Einwanderern zählte. Und dann war da noch die Sache mit seinem Namen. „Verzeihen Sie, Herr Pastor", sagte Michael, „aber ich frage mich, ob Sie bei all Ihrem Mitgefühl für die Iren und mit dem Namen ‚Dalton' nicht am Ende selbst irgendwelche Wurzeln in dem alten Heimatland haben?"

Dalton lächelte. „Nicht nur irgendwelche; mein Großvater kam aus Irland. Er war Drucker", erzählte er weiter. „Er war in Schwierigkeiten mit den englischen Behörden geraten, weil er

‚aufrührerisches Material' gedruckt hatte. Ursprünglich wollte er wieder nach Irland zurückkehren, wenn seine ‚Vergehen' vergessen waren, aber dann lernte er meine Großmutter kennen und blieb." Nach einer kurzen Pause fügte er hinzu: „Und natürlich durch meine Frau, die erst vor wenigen Jahren eingewandert ist. Sie sehen, dass mich feste Bande mit Irland und dem irischen Volk verbinden."

Aus den Augen des großen, kräftigen Pastors sprach ein tiefes Bedauern, als er Michael anschaute. „Wie kann man die Dinge ändern? Was kann die Kirche, die Gemeinde tun – für die Iren – oder für die Schwarzen? Manchmal denke ich, die Lösung dieser Probleme sollte in der Gemeinde Gottes beginnen, aber offen gestanden weiß ich manchmal nicht, wo ich anfangen soll."

Michael begegnete seinem Blick. „Ich möchte Sie Folgendes fragen, Herr Pastor: Wo *ist* die Gemeinde Gottes? Wo war sie – mit Ausnahme ein paar Mutiger natürlich –, als die Iren zu Tausenden die Straßenränder säumten, an Hunger und Krankheit starben?"

Michael spürte seinen Zorn und wusste, dass er eigentlich aufhören sollte. Schließlich sprach er mit einem Mann Gottes, einem Mann der Kirche. Der alte Groll, die Enttäuschungen, die in seiner Seele brannten, drängten ihn jedoch dazu, weiterzureden. „Wo ist die Gemeinde, wenn der schwarze Sklave von seiner Frau und seinen kleinen Kindern fortgerissen und in Ketten gelegt oder wenn er blutig zusammengeschlagen wird, nur weil er zufällig einem weißen Mann ins Gesicht geschaut hat?"

Die Augen des Pastors waren ein Meer von Traurigkeit. Er sprach kein Wort, sondern schüttelte nur sein großes Haupt.

Michaels Stimme war heiser geworden von dem brennenden Schmerz der Verbitterung. „Sie fragten mich, was die Kirche *tun* kann, Herr Pastor. Nun frage ich Sie: Was *hat* sie getan? Wo war sie? Wo ist sie jetzt? Jetzt und hier?"

Dalton zögerte mit seiner Antwort und schaute einen Augenblick in die Ferne. Schließlich wandte er sich wieder Michael zu und sagte: „Das ist eine berechtigte Frage, Sergeant, und es ist nicht leicht, darauf eine Antwort zu finden. Eines weiß ich jedoch gewiss: Nicht immer sind es die berühmten Heiligen, die das meiste für Gott tun. Die großartigsten Redner, die feurigsten Prediger, die gewandtesten Autoren – sie leisten eine gute Arbeit, und wir brauchen sie, einen jeden. Mir will es jedoch scheinen, als gebrauchte Gott die geringsten Soldaten, um die größten Siege davonzutragen – einen Sieg nach dem anderen."

Auf dem freundlichen Gesicht des Pastors zeigte sich ein Lächeln, doch in seinen Augen glühte der Glaubenseifer der Erzväter. „Die Realität der Gemeinde Gottes hat wenig gemeinsam mit großen Kathedralen und Gemeindeversammlungen. Ich fürchte, dass ihre Gegenwart in dieser Welt weniger von Chorälen und Predigten abhängt als von Barmherzigkeit und Liebe. Ich werde Ihnen sagen, wo die Gemeinde Gottes ist, Sergeant: Sie ist bei der alten Quäkerwitwe, die für eine endlose Reihe hungernder irischer Bauern Suppe austeilt."

Während der Pastor sprach, beobachtete Michael ihn genau. Michael spürte, wie er ein klein wenig mitgerissen wurde von der Leidenschaft, dem Eifer dieses Mannes. Die Intensität seiner Worte zog Michael in das Zentrum des Feuers, das in Jess Dalton brannte.

Hier ist ein Mann, der brennt ... brennt für Gott.

Michaels Interesse wuchs, und der Pastor nickte, immer noch lächelnd. „Ja, und sie ist bei dem ausgemergelten, kränklichen Priester, der auf seine eigene Mahlzeit verzichtet, um sie den hungernden Kindern in seiner Gemeinde zu geben. Sie ist hinter Gefängnismauern, wo ein Verbrecher, der Buße getan hat, den Rest seines Lebens damit verbringt, seinen Mitgefangenen von der verändernden Liebe Christi zu erzählen. Sie ist bei dem Wanderprediger, der mit seinen abgetragenen Kleidern und mit seinem erschöpften Pferd Stunden, ja Tage opfert, um Negersklaven lesen und schreiben zu lehren. Sie ist bei feinen jungen Frauen wie Sara Farmington, die bereit sind, ihren Luxus in der Fifth Avenue zu verlassen, um sich in von Ratten befallenen Mietshäusern um schmutzige, einsame Kinder zu kümmern."

Der Pastor legte Michael eine Hand auf die Schulter – eine große, kräftige und doch so sanfte Hand. „Und sie ist bei einem ehrlichen, selbstlos gesinnten Polizisten, wie Sie es sind, Michael Burke", sagte er sanft, „der jeden Tag sein Leben dafür einsetzt, damit diese Stadt für anständige Menschen sicherer wird."

Er unterbrach sich und schaute Michael einen Augenblick aufmerksam an, bevor er fortfuhr. „Verstehen Sie, Sergeant, Gemeinde ist dort, wo sie *immer* war! Bei den demütigen und dienstbereiten Herzen all derer, die bereit sind, die helfenden Hände des Heilands zu werden. *Dort* ist die Gemeinde, da ist die Kirche."

Michael kämpfte gegen den Kloß in seinem Hals, während seine Augen dem freundlichen, wissenden Blick des Pastors begegneten. Dieses unausgesprochene Verstehen brachte eine unerwartete Freude in sein Herz.

Ja, dachte er mit wachsender Überzeugung, tatsächlich, dort ist die Gemeinde. Und sie ist auch bei dem breitschultrigen Prediger mit der wohl klingenden Stimme, der bereit ist, inmitten der größten Schande New Yorks sein Leben zu opfern, um vier verängstigte Negerjungen zu schützen.

11. Die Melodie des Herzens

Der Mensch lebt am glücklichsten,
der Gott für jeden neuen Tag danken
und auch die Zukunft in Gottes Hand
legen kann.

John Vance Cheney (1848–1922)

An einem Montagmorgen stand Evan Whittaker an dem großen Fenster von Lewis Farmingtons Büro in Brooklyn und schaute über den East River hinüber bis nach Manhattan.

Wie immer war er im Wagen seines Arbeitgebers mitgefahren, und sie hatten dann gemeinsam die Fähre benutzt, um zu den Werften zu gelangen. Dort angekommen, ging Evan in sein Büro, während Mr Farmington wie an jedem Morgen einen Rundgang durch die Werften machte, um sich umzuschauen und nach dem Rechten zu sehen.

Diese Zeit liebte Evan besonders. Die eigentliche Arbeit würde erst in einer Stunde beginnen, doch auf dem Fluss wimmelte es bereits von Schiffen. Ihre hohen Masten wiegten sich wie weiße Segel, und die Flaggen vieler Nationen flatterten im kalten Novemberwind. Am Ufer fuhren Schoner, Kipper, Kähne und Fährboote auf und ab, um ihre alltäglichen Aufgaben zu verrichten.

So wie der Morgen selbst, frisch und bereit für die Aufgaben an der Schwelle eines neuen Tages, schien auch die Betriebsamkeit auf dem Fluss ein Hinweis auf die Überraschungen zu sein, die die Stadt versprach.

„Dies ist der Tag, den der Herr macht ... Oh, Herr, ich will mich freuen und fröhlich darinnen sein ...“

Evans Lobpreis brach sich in Form eines Liedes Bahn, überrascht legte er jedoch sofort den Finger an den Mund, als er seine eigene Stimme hörte. Wie lange war es her, als er das letzte Mal ein Lied angestimmt hatte, nur weil sein Herz die Freude nicht länger für sich behalten konnte?

Er sang sehr gern – zum einen aus reiner Freude an der Musik und zum anderen, weil seine Worte, wenn er sang, nicht von diesem furchtbaren Stottern unterbrochen wurden, sondern frei und ungehindert über seine Lippen flossen.

Seine kräftige Tenorstimme war tatsächlich eine der Gaben, auf die er ein wenig stolz sein konnte, doch leider hatte er kaum eine andere Gelegenheit, diese Gabe einzusetzen, als zu den Gottesdiensten.

Nora hatte ihn in diesem Sommer einmal dabei überrascht, wie er für sich allein im Garten hinter der Villa in der Fifth Avenue gesungen hatte. Das war an einem jener wundervollen Augusttage gewesen, an denen einfach alles vollkommen erschien, wie von der Hand eines Meisters gemalt – alles, von dem klaren Himmel bis hin zu den kleinen Veilchen, die am Wegesrand blühten. Angetan von der Schönheit, die ihn umgab, und von ganzem Herzen dankbar für seine neu geschenkte Gesundheit, hatte er zu singen begonnen. Ein einfaches, ergreifendes Lied aus seiner Kindheit war aus seinem Herzen hervorgebrochen.

In dem Augenblick war Nora unerwartet aufgetaucht, und er war vor Scham erstarrt. Schnell hatte sie ihn mit der Freundlichkeit, die einen so großen Teil ihres Wesens ausmachte, beruhigt, indem sie ihm, beinahe scheu, sagte, dass „es einfach großartig ist, das Lied seines Herzens zu hören".

Zu seiner Überraschung hatte sie ihn gefragt, ob er ein altes irisches Lied lernen wolle, das zu den Lieblingsliedern ihrer Kindheit gehörte. Die nächste halbe Stunde verbrachte sie damit, ihm ein niedliches, kleines Kinderlied beizubringen – „Hätte ich doch des Hirten Lamm" – und begleitete ihn zuerst auf Englisch und dann in ihrer geheimnisvollen gälischen Sprache.

Während er so dastand und auf seinen Arbeitgeber wartete, ertappte sich Evan dabei, dass er bei diesen Erinnerungen lächelte. Es waren wundervolle Minuten – ein wahres Geschenk –, als Nora dieses fröhliche, kleine Lied mit ihrer sanften, fast wieder kindhaften Stimme sang und als sie lachte bei seinen zaghaften Versuchen, Gälisch zu lernen. Das Meer von Blumen und Blüten, ihr süßer Duft in der milden Nachmittagsluft, der Garten schien wie verzaubert und einen Augenblick lang nur ihnen beiden zu gehören.

„V-vielleicht sollte ich ernsthaft versuchen, dein Gälisch zu lernen", sagte Evan und lachte über sich selbst. „Das würde bestimmt mein elendes Stottern verbergen."

Noras Gesichtsausdruck wurde plötzlich ernst. „Ist es wirklich so schlimm für dich? Das habe ich nicht gewusst."

„Nun, ich denke, ich werde es wohl nie mögen", entgegnete Evan und zuckte missbilligend die Achseln, „aber ich h-habe gelernt, damit leben zu können."

„Weißt du, es ist komisch", antwortete sie nach einer kurzen Pause, „aber oftmals fällt es mir nicht einmal auf. Vielleicht würde ich es überhaupt nicht merken, wenn du mich nicht selbst darauf stößt."

Oh, sie war wunderbar! Sie war einfach ... einzigartig! Sie würde nie erfahren, wie sie ihm Augenblicke wahrer, tiefer, reiner Freude bescherte mit ihrer Annahme, ihrer Geduld, mit den kleinen Worten der Anerkennung und Bestätigung. Ja, sie durfte es natürlich niemals erfahren, denn es könnte sie verletzen, wenn sie jemals von der Tiefe seiner Gefühle erfuhr.

„Sie scheinen heute Morgen sehr glücklich zu sein, Evan. Sie sehen so zufrieden aus wie eine Katze, die sich in der Sonne aalt."

Lewis Farmingtons dröhnende Stimme riss Evan aus seinen Träumen, und er drehte sich um, verlegen wie ein Schuljunge, weil man ihn bei seinen Tagträumereien ertappt hatte.

Der adrette, muntere Mr Farmington ging flotten Schrittes in sein Büro. „Ich dachte, Sie warten bereits auf mich. Wir sollten mit der Arbeit beginnen. Ich sollte einige Notizen zu den Zeichnungen machen, die Cannon letzte Woche gebracht hat."

„Ich werde sie holen", erbot sich Evan. „Ich glaube, sie liegen noch im Büro von Mr Donaldson."

„Gleich." Mr Farmington ließ sich in den großen Ledersessel hinter seinem Schreibtisch fallen. „Eine wunderbare Aussicht, nicht wahr? Ich kann mich nie daran satt sehen. Man hat dabei irgendwie das Gefühl, zu einem wichtigen Ganzen zu gehören."

Evan stand neben dem Schreibtisch. „Ja, das stimmt", sagte er, erleichtert darüber, dass sein Chef seine euphorische Stimmung mit dieser Aussicht in Zusammenhang zu bringen schien. „Das ist tatsächlich so."

„Ich habe etwas für Sie." Auf Lewis Farmingtons sonnengebräuntem Gesicht erschien ein breites, gutherziges Lächeln. „Das heißt, falls es Sie interessiert. Mögen Sie zufällig Opern, Evan?"

„Opern? Ja, s-sehr sogar", antwortete Evan, während er zusah, wie Mr Farmington die Schublade seines Schreibtischs öffnete und einen Umschlag herausnahm.

„Wunderbar! Ich habe Karten für die Eröffnung des neuen *Astor Place Opera House* in der nächsten Woche." Lewis Farmington kramte in dem Umschlag herum. „Wie hieß das doch – ach ja, *Ernani* spielen sie. Von irgendeinem jungen italienischen Komponisten ..."

„V-Verdi", fiel Evan ein. „Giuseppe Verdi."

„Ja, wissen Sie, ich höre gern Musik, aber ich weiß nicht viel über Komponisten. Glauben Sie, dass das Stück gut ist?"

„Vor zwei Jahren habe ich in London die Premiere erlebt", sagte Evan. „Es war ausgezeichnet."

„Oh, Sie haben das Stück schon gesehen. Hat es Ihnen so gut gefallen, dass Sie es noch einmal sehen möchten?"

„Noch einmal? O ja – n-natürlich würde ich es gern noch einmal erleben."

„Prima. Hier sind die Karten für Sie und Nora."

Evan stand da und starrte auf die Eintrittskarten, die sein Chef ihm entgegenhielt. „Für N-Nora? Und für mich?"

Lewis Farmington schaute zu ihm auf. „Ja, selbst wenn Nora nicht opernbegeistert ist, freut sie sich bestimmt, das neue Opernhaus zu sehen. Es wird schon viel über das neue Haus geredet."

Evan starrte ihn an. „I-ich bezweifle, ob N-Nora überhaupt weiß, was eine Oper ist."

Farmington schien einen Augenblick darüber nachzudenken, dann nickte er. „Ja, ich glaube, Sie haben Recht. Das wäre bestimmt ein Erlebnis für sie, meinen Sie nicht auch?" Als sei die Sache schon fest beschlossen, fuhr er fort: „Ich werde Sara begleiten, und Sie dürfen Nora begleiten. Die Damen könnten natürlich nicht ohne uns gehen – Damen haben ohne Begleitung keinen Zutritt. Oh – und noch etwas anderes, Evan, wir müssen alle Glacéhandschuhe tragen – der Eintritt ist nur mit Glacéhandschuhen gestattet."

Evan zwinkerte. „Meinen Sie ... d-das ernst, Mr Farmington?"

Der Chef lehnte sich in seinem Stuhl zurück und lachte leise vor sich hin. „Ist das nicht zum Schießen? Das neue Haus wird bereits überall in der Stadt die ‚Glacéhandschuh-Oper' genannt. Mir scheint, diese Idee stammt von Astor selbst. Er ist ein Kasper, der alte Schurke."

So neu wie Evan auch in der Stadt war, hatte er doch schon eine Menge über John Jacob Astor, den „Herren von New York", gehört. Astor, ein deutscher Einwanderer, hatte einst in New York als Bäckerbursche begonnen und später für einen Quäker und Pelzhändler gearbeitet, wo er die Aufgabe hatte, die Motten von den eingelagerten Fellen zu verscheuchen. Inzwischen war er als der reichste Mann Amerikas bekannt.

„Sie kennen M-Mr Astor, Sir?", fragte Evan beeindruckt.

Lewis Farmingtons Gesicht wurde ernst. „Ja, ich kenne Astor, den armen Schlucker.“

Evan runzelte die Stirn. Ein armer Schlucker? Der Mann, dem Manhattan gehört?

Farmington lächelte, als hätte er Evans Gedanken gelesen.

„Er *ist* tatsächlich ein armer Schlucker, ob Sie es glauben oder nicht. Oh, er ist ein wohlhabender Mann, der sich einen beachtlichen Reichtum erworben hat, wie Sie wissen. Das meiste hat ihm der Pelzhandel eingebracht; und natürlich die Immobilien. Der Mann hat ein Vermögen gescheffelt in der Zeit der Verwirrung an der Börse. Er kaufte Hypotheken auf von Leuten, die ihren Zahlungen nicht nachkommen konnten, und machte dann die Hypothekenforderungen geltend.“

Er runzelte die Stirn. „Man kann immer eine Menge Geld auf Kosten anderer herausschlagen, nicht wahr, Evan? Und der Himmel weiß, dass Astor mehr als genug herausgeschlagen hat.“ Er schüttelte den Kopf und fuhr fort. „Er ist jetzt weit über achtzig, und er hortet immer noch jeden Dollar, als wäre es sein erster. Ich glaube, er hat augenblicklich nicht viel Freude an seinem Geld. Er ist schwach wie ein Kind. Als ich ihn das letzte Mal sah, sabberte er wie ein kleiner Junge und konnte kaum noch sprechen. Er kann keine Minute mehr ohne Aufsicht sein.“

Wie unterschiedlich, dachte Evan, *gehen doch Menschen mit ihrem Geld um.* Einige, wie Lewis Farmington, ließen ihr Geld für sich arbeiten. Andere, und es schien, als gehörte Astor zu ihnen, arbeiteten einfach nur um des Geldes willen und waren von dem Geld beherrscht – oft sogar besessen.

Schon in der kurzen Zeit, die Evan bei dem Mann arbeitete, hatte er bemerkt, dass Lewis Farmington, wenn auch nicht gleichgültig gegenüber seinem Reichtum, so jedoch auch nicht im Geringsten davon beeindruckt war. Zuweilen schien Farmington seinen Wohlstand als eine Herausforderung zu betrachten. Es bereitete ihm offensichtlich Freude, mit seinem Geld anderen zu helfen: in der Stadt, in der Gemeinde, solchen, denen es nicht so gut ging wie ihm.

„Ja, was die Oper betrifft ..." Lewis Farmingtons Stimme riss Evan aus seinen Gedanken.

„O ja, ich fr-frage mich ..."

„Wegen der Glacéhandschuhe brauchen Sie sich gewiss keine Gedanken zu machen. Sara leiht Nora bestimmt gern ein Paar und Sie können ein Paar von mir haben."

Evans blasses Gesicht wurde rot, und er warf einen kurzen Blick auf seinen leeren Ärmel. Lewis Farmingtons Augen folgten diesem Blick, und plötzlich wurde ihm sein Fehler bewusst.

„Es tut mir Leid, mein Sohn", sagte er mit rauer Stimme. „Ich wollte Sie nicht ..."

„D-das ist sch-schon in Ordnung, Mr F-Farmington", stotterte Evan.

„Ich bin ein alter Narr", ärgerte sich Farmington. Er schaute Evan aufmerksam an, und sein Ton wurde sanfter. „Sie wissen, ich würde Sie nie absichtlich ..."

„Das weiß ich, Mr Farmington", entgegnete Evan. „Ich musste mich auch erst a-an den Gedanken ge-gewöhnen. V-Vielleicht k-könnte ich einen Handschuh tragen und den anderen in der Hand h-halten ..." Er machte eine Pause, und in seinen Augen blitzte es. „Astors Leute k-könnten mich v-vielleicht sonst nicht hereinlassen, w-wenn ich nicht beide habe."

„Dann nehmen Sie also mein Angebot an?", strahlte Farmington, offensichtlich erleichtert, dass Evan seine Dummheit nicht übel genommen hatte.

„Nun ... ja, vielen Dank, Mr Farmington." Evan zögerte. „Es ist nur ... ich f-frage mich nur, ob man die Eintrittskarte n-nicht lieber Sergeant Burke anbieten sollte?"

Evan holte tief Luft und schluckte seine Enttäuschung hinunter. Es war ihm nicht leicht gefallen, diesen Vorschlag zu machen, aber es erschien ihm nur gerecht im Hinblick darauf, wie die Dinge zwischen Nora und dem Polizisten lagen.

Lewis Farmington schwieg einen Moment. Seine dunklen Augen forschten in Evans Gesicht, so dass es ihm unbehaglich wurde.

„Evan ...“ Er hörte auf zu reden, räusperte sich, und begann von neuem. „Evan – ich möchte Ihnen etwas sagen. Sollte ich damit völlig schief liegen, dann sagen Sie es mir bitte, und ich werde mich um meine eigenen Angelegenheiten kümmern.“

Erstaunt wollte Evan protestieren, aber Farmington winkte mit einer entschiedenen Handbewegung ab. Er lehnte sich nach vorn, faltete die Hände auf der Schreibtischplatte und sagte bestimmt: „Setzen Sie sich, mein Sohn.“

Mit einem Ruck ließ sich Evan auf dem Stuhl nieder. Er fühlte sich plötzlich unsicher und fragte sich, ob er in seiner Arbeit irgendetwas versäumt hatte.

Er konnte sich das kaum vorstellen. Erst vor zwei Tagen hatte Evan gehört, wie ihn Mr Farmington gegenüber Silas Donaldson, dem stellvertretenden Geschäftsführer der Werft, gelobt hatte.

„Evan, ich bin ein ganzes Stück älter als Sie“, sagte Mr Farmington, „und ich würde mich freuen, wenn Sie mir nach all den Monaten, in denen wir zusammengearbeitet haben, bestätigen könnten, dass ich Ihr Vertrauen genieße.“

Von der direkten Offenheit seines Chefs verblüfft, starrte ihn Evan verwirrt an. „Aber ja ... ja, natürlich haben Sie mein Vertrauen, Mr Farmington!“

„Gut.“ Lewis Farmington faltete und entfaltete seine Hände mehrere Male. „Dann wünschte ich, Sie würden sich mir anvertrauen – von Mann zu Mann.“

Evan starrte ihn fassungslos an. „M-Mich I-Ihnen anvertrauen, Sir?“

„Ja, in Bezug auf Nora. Sie haben eine Schwäche für sie, nicht wahr?“

Von seinen Händen aufschauend, begegnete Lewis Farmington Evans erschrockenem Blick.

„N-Nein, ich ..."

„Wirklich nicht?"

Evan wollte schlucken, biss sich aber stattdessen auf die Lippe. „Ich ... äh ... ich *mag* Nora natürlich sehr. Wir haben gemeinsam grausame Qualen durchlebt ... und wir sind in den letzten Monaten furchtbar gute F-Freunde geworden. Für mich ist unsere Freundschaft schon etwas Besonderes, aber ..."

„Du meine Güte, junger Mann – es ist nichts Schlimmes, in eine schöne junge Frau wie Nora Kavanagh verliebt zu sein! Ich frage mich nur, warum Sie nichts dafür tun, wenn Sie in sie verliebt sind?"

Verblüfft konnte Evan nur dasitzen und seinen Chef mit offenem Mund anstarren. Hatte er sich so unmöglich benommen, dass sogar Lewis Farmington seine Gefühle für Nora bemerken musste?

„Nun?" Sein Chef sah ihn eindringlich fragend an.

Evan kam sich immer dümmer vor und suchte krampfhaft nach einer Antwort. „Ich ... ich b-bin mir nicht sicher, ob ich Sie verstanden habe, Sir."

Lewis Farmington zog seine dunklen Brauen hoch. „Was gibt es da zu verstehen, Junge? Warum machen Sie der Frau nicht einfach den Hof?"

Sein Puls dröhnte in seinen Ohren, Evan befeuchtete seine Lippen mit der Zunge und brachte nur heraus. „Ihr d-den Hof machen? N-Nora?"

„Ja doch, ja, machen Sie ihr den Hof!", sagte Lewis Farmington und nickte ungeduldig. „Haben Sie denn noch nie einer Frau den Hof gemacht, Evan?"

Evans Antwort bestand einzig und allein in seinem beschämten Schweigen.

Lewis Farmington schaute ihm ins Gesicht. „Du meine Güte",

sagte er langsam, „Sie haben wirklich noch keine Frau umworben, nicht wahr?“ Während er sich zurücklehnte und die Arme über seiner Brust verschränkte, versuchte er, Evan zu ergründen. „Ja, vielleicht wird es höchste Zeit. Werben Sie um eine Frau, ja!“

Elend wandte sich Evan ab und schaute zu dem Fenster, dessen Ausblick ihm noch vor wenigen Augenblicken so hoffnungsvoll erschienen war. „Ich ... ich könnte es nicht, Sir.“

Farmington antwortete eine lange Zeit nichts, bis er schließlich fragte: „Wegen Ihres Arms, nehme ich an?“

Evan wandte sich um und schaute dem Älteren in die Augen. „Ja“, schleuderte er aus sich heraus, und glaubte beinahe ersticken zu müssen. „W-Wegen meines Arms.“ Er machte eine Pause und schnappte nach Luft, bevor er weitersprechen konnte. „Und auch w-wegen M-Michael Burke. Selbst wenn ich ... wenn ich gesund wäre, würde ich nie wagen, mir einzubilden, dass N-Nora mich ihm vorziehen könnte. Sie sind Freunde seit ihrer Kindheit, sie sind beide Iren – und Sergeant B-Burke ist ... ein stattlicher Mann. Und au-außerdem“, beeilte er sich hinzuzufügen, „sind sie ... praktisch so gut wie v-verlobt.“

Evan erwähnte nicht – wollte nicht erwähnen –, weshalb Nora vielleicht noch zögerte, Michael Burkes Antrag anzunehmen.

Mr Farmington wusste nichts von dem Band, das offenbar zwischen Nora und Morgan Fitzgerald existierte, dem irischen Patrioten und Dichter, der ihnen allen geholfen hatte, dem sicheren Tod zu entgehen. Aber Evan fragte sich manchmal im Stillen, ob Fitzgerald nicht der Grund war, weshalb Nora noch nicht eingewilligt hatte, Michael Burke zu heiraten.

Lewis Farmington betrachtete ihn mit einem abschätzenden Blick. „Es ist mir bekannt, dass man davon ausging, dass Nora und der Sergeant heiraten würden“, sagte er. „Ich sehe jedoch keinerlei Anzeichen echter Zuneigung zwischen den beiden. Und ich bin keineswegs davon überzeugt, dass es sie jemals geben wird.“

Überrascht fragte Evan: „A-Aber warum? Ich weiß zufällig, dass Sergeant Burke nur darauf wartet, Nora zu heiraten. Sie braucht n-nur noch einzuwilligen."

Mr Farmington nickte zustimmend. „Aber sie *hat nicht* eingewilligt, oder?" Mit einem unergründlichen Gesichtsausdruck versuchte er, Evan weiter zu erforschen. „Ich behaupte nicht, auf diesem Gebiet ein Fachmann zu sein, aber es will mir scheinen, dass Nora, wenn sie für den Sergeanten Gefühle hegen würde, die zu einer Heirat führen, längst danach gehandelt hätte. Oder sie wäre zumindest wesentlich stärker daran interessiert, *Zeit* mit diesem Mann zu verbringen. Nein," sagte er, während er sich aus seinem Sessel erhob, „ich bin vielleicht schon etwas älter und manchmal zerstreut, aber mein Instinkt, meine Gefühle funktionieren noch sehr gut. Und mein Gefühl sagt mir, dass Nora nicht in den Sergeant verliebt ist."

Er hob einen Finger, als wolle er seine Meinung noch unterstreichen. „Und deshalb", sagte er mit einem bedeutungsvollen Blick, „haben Sie ebenso eine Chance wie der nächste Bursche. Und noch etwas: Meiner Meinung nach gehört Nora nicht zu den Frauen, die einem fehlenden Arm eine zu große Bedeutung beimessen. Sicher wissen Sie das in der Zwischenzeit auch schon, mein Sohn!"

Evan wusste nicht, was ihn mehr verwirrte: die Tatsache, dass sein Chef seine wahren Gefühle gegenüber Nora kannte, oder sein freundlicher Blick und dass er *mein Sohn* zu ihm gesagt hatte. „Mr Farmington, ich w-weiß nicht recht, was ich sagen soll", begann er. „Ich bin ..."

„Ah, pst! Es ist Ihnen peinlich, dass ich Ihre Gefühle für Nora entdeckt habe. Das braucht Ihnen nicht peinlich zu sein!" Wieder erhob er seinen Zeigefinger. „Das Einzige, worum Sie sich sorgen sollten, ist die Tatsache, dass Sie nichts unternehmen, um sie zu gewinnen. Glauben Sie mir, wenn ich ein paar Jahre jünger wäre, würde ich selbst um sie werben. Sie ist eine entzückende Frau!"

„O ja, d-das ist sie ... aber ..."

„Sagen Sie mir, Evan – wie sehen Sie sich selbst?"

Verdutzt runzelte Evan die Stirn. „Sir?"

„Wie sehen Sie sich selbst?", wiederholte Farmington. „Als einen *Mann,* der nur einen Arm hat? Oder *nur* als einen Einarmigen? Darin liegt der Unterschied, verstehen Sie? Ich will Ihnen sagen, was ich denke, Evan: Ich meine, Nora sieht Sie als Mann, und die Tatsache, dass Sie nur einen Arm haben, ist für sie nebensächlich. Ich glaube, Nora mag Sie bereits sehr, und Sie sollten Ihre Chance nutzen, solange es Zeit ist!" Er machte eine Pause und lächelte. „Wenn Sie mich fragen, Evan: Wenn Sie eine Frau möchten, dann *werben Sie um sie!"*

Evan starrte ihn sprachlos an.

„Nun, sagen Sie, möchten Sie die Eintrittskarten haben oder nicht?", fragte Mr Farmington und streckte sie ihm noch einmal entgegen.

Wie im Traum nahm Evan die Eintrittskarten und starrte auf sie herab.

Farmington strahlte. „Ich freue mich für Sie! Wenn Sie mir die Zeichnungen von Mr Donaldson holen würden, könnten wir mit der Arbeit beginnen."

Evan gelang es schließlich, zu schlucken, obwohl in seinem Hals immer noch ein Kloß steckte und sein Herz wie wild hämmerte.

Lewis Farmington lächelte spitzbübisch. „Übrigens, falls Sie beschließen sollten, sich näher mit dieser Angelegenheit – des *Umwerbens* – zu befassen, stehe ich Ihnen gern mit meinen Erfahrungen zur Seite. Ich hatte durchaus Erfolg, als ich Saras Mutter den Hof gemacht habe, wie Sie sich gewiss denken können."

Von dem ganzen Gespräch noch wie benommen, konnte Evan ein Lächeln nicht unterdrücken. „V-Vielen Dank, Sir, v-vielleicht komme ich darauf zurück."

* * *

Als sein Assistent das Büro längst verlassen hatte, schaute Farmington immer noch in die Richtung, in die er gegangen war.

In seinen Stuhl zurückgelehnt, strich er sich über das Kinn und dachte über Evan Whittaker nach. Er war Gold wert. Auch wenn ihm ein Arm fehlte und trotz des lästigen Stotterns war der schlanke, blonde Engländer unverkennbar ein ehrbarer Mann mit echter Charakterstärke.

Zu dumm, dass Evan nicht merkte, wie er Nora Kavanagh anzog. Lewis selbst hatte jedenfalls den Zauber bemerkt, der zwischen den beiden lag, aber es war ihm in demselben Moment auch klar geworden, dass keiner von beiden etwas von den Gefühlen des anderen wusste.

Eines wusste er jedoch bestimmt: Falls Nora irgendeine Zuneigung für Michael Burke verspürte, dann war es eine Zuneigung, die zu einer guten Freundschaft führt – nicht zu einer Ehe. Bei Evan hingegen leuchtete sie auf wie eine Sternschnuppe. Ja, ihr gesamter Gesichtsausdruck veränderte sich, wenn der Mann das Zimmer betrat. Dann erschien in jenen großen, traurigen Augen ein sanftes Lächeln, und sie errötete, sobald er in ihrer Nähe war.

Evan war jedoch zu schüchtern, zu bescheiden und zu zurückhaltend, um es überhaupt zu bemerken. *Und selbst wenn er etwas von Noras Interesse spüren sollte,* fragte sich Lewis Farmington, *würde er den Mut haben, darauf einzugeben?*

Und weshalb interessierte ihn das Verhältnis zwischen den beiden? Er mochte sie beide und wünschte sich nichts sehnlicher, als sie vereint zu sehen – wenn Gott es so wollte.

Trotzdem war er sich nicht ganz sicher, ob seine Motive wirklich so rein waren. Da war noch Sara. Seine Tochter hatte mehr als ein flüchtiges Interesse an Michael Burke, das beobachtete er schon seit einigen Monaten. Das Mädchen mochte es abstreiten – und sie bestritt es tatsächlich, wenn er versuchte, das Thema anzuschneiden. Er kannte jedoch seine Tochter, und ihm war ohne jeden Zweifel gewiss, dass sie in den irischen Polizisten verliebt war. Außerdem war er sich nicht ganz sicher, ob der Sergeant nicht auch eine Schwäche für Sara hatte, trotz seiner erklärten Zuneigung für Nora Kavanagh.

Er begab sich ans Fenster und betrachtete die Schiffe, die im Hafen lagen – viele davon waren in den Farmington-Werften gebaut worden. Lewis war sich nicht sicher, ob er sich mit dem Gedanken anfreunden konnte, dass seine einzige Tochter in einen irischen Polizisten verliebt war, obwohl Sergeant Burke ein feiner Mensch zu sein schien. Und er war bestimmt eine stattliche Erscheinung, die jungen Damen den Kopf verdrehen konnte. Außerdem war ihm an dem Polizisten eine unerschütterliche Ehrlichkeit aufgefallen. Michael schien auch klug zu sein – klug und ehrgeizig. Mit den richtigen Kontakten und entsprechenden Möglichkeiten konnte es auch ein irischer Polizist zu etwas bringen.

Lewis Farmington seufzte. Iren blieben Iren – daran gab es keinen Zweifel – und viele in dieser Stadt verachteten sie. Sara würde bei ihren Zeitgenossen auf eine sofortige und totale Ablehnung stoßen, wenn sie sich mit einem irischen Polizisten einließ.

Ja, das käme einem Skandal gleich. Bei diesem Gedanken legte Lewis Farmington die Stirn in Falten, doch schon einen Augenblick später hatten sich seine Züge wieder entspannt, und er lächelte.

Sara würde wegen eines Skandals ihre Meinung nicht ändern. Solange sie sich im Recht glaubte, würde sie nicht nachgeben.

Er wandte sich um und ging zu seinem Schreibtisch zurück. Anstatt in seinem Stuhl Platz zu nehmen, setzte er sich auf die Schreibtischkante. Er musste über seine eigene Dummheit lachen. Da saß er und vergeudete wertvolle Zeit mit Spekulationen über die Romanzen anderer Leute, während ein ganzer Berg Arbeit auf ihn wartete.

Er sollte sich einmal mehr Zeit für sein eigenes Privatleben nehmen. Zuweilen hatte er schon daran gedacht, wieder zu heiraten, aber es war so mühsam, um eine Frau zu werben. Nein, einmal war genug. Er hatte mit Clarissa eine gute Ehe geführt, und manchmal vermisste er sie schrecklich.

Aber noch einmal um eine Frau werben?

Er verzog das Gesicht. Nein, auf keinen Fall. Diese Dinge waren jetzt für Evan an der Reihe – und auch bei seiner Tochter –, aber er war damit fertig. Obgleich er Evan mit solcher Begeisterung ermutigt hatte, Nora den Hof zu machen, fand er die Sache für sich selbst jetzt viel zu mühsam.

Nein, er würde bei seinen Schiffen bleiben. In seinem Alter liebte man Dinge, die berechenbar waren. Und eine Frau zu umwerben war alles andere als berechenbar ...

12. Arthur

Die Kinder, mit denen ich gespielt,
die Männer und Frauen, mit denen ich an einem
Tisch gegessen,
sie alle hatten Herren über sich.
Sie waren alle unter der Knute ihrer Herren ...
Ihre Schande ist meine Schande,
und ich bin dafür errötet.
Errötet, weil sie Not leiden mussten,
während andere die Fülle hatten.
Padraic Pearse (1879–1916)

Arthur Jackson erwachte mitten aus einem Traum.

Er wusste, dass er wach war, denn die unerträglichen Schmerzen, die seinen Körper quälten, konnten nur Wirklichkeit sein. Doch konnte er sich nicht erinnern, das Zimmer, in dem er sich befand, schon jemals gesehen zu haben.

Das Zimmer war groß, die hohe Decke cremefarben gestrichen. Fast eine ganze Zimmerfront bestand aus Glas – hohen Fenstern, die von zurückgezogenen, elfenbeinfarbenen Vorhängen eingerahmt wurden. Das Zimmer musste reichen Leuten gehören, es machte jedoch gleichzeitig einen freundlichen Eindruck. Die Tapete hatte ein zartes Rosenmuster. Am Fenster stand einladend ein großer, gepolsterter Schaukelstuhl, im Kamin brannte sacht ein Feuer, und überall waren Bücher, einige lagen aufgeschlagen im Zimmer verstreut.

Das Bett, in dem Arthur lag, war riesengroß, mit vier hohen Beinen und einem weichen, nach Lavendel duftendem Deckbett. So stellte sich Arthur das Bett eines Königs vor. *Bestimmt,* dachte er, *sind noch nicht viele schwarze Jungen in einem solchen Bett erwacht.*

Es fiel ihm schwer, die Augen offen zu halten, und seine Augenlider flatterten, wenn er sich auf einen bestimmten Punkt konzentrieren wollte. Als es ihm schließlich gelang, in eine bestimmte Richtung zu schauen, fiel sein Blick auf einen rothaarigen Jungen mit einem schmalen Gesicht, der an seinem Bett saß.

Arthur zwinkerte. Der Junge schien höchstens neun oder zehn Jahre alt zu sein. Seine großen grünen Augen blickten jedoch so ernst, dass Arthur sich fragte, ob er vielleicht schon älter war, als er aussah.

Arthur wollte sich hinsetzen, um sich besser umschauen zu können. Das Atmen bereitete ihm jedoch so heftige Schmerzen, dass er glaubte, sterben zu müssen, wenn er sich bewegte.

Der Junge stand auf, kam jedoch nicht näher heran. „Ich werde meine Mutter holen", sagte er. Seine Worte klangen sonderbar, aber er sprach so beruhigend, dass Arthur nicht sagen konnte, was an ihm anders war. „Sie hat mir gesagt, ich soll sie sofort holen, sobald du aufwachst. Versuch nicht, dich zu bewegen – du hast überall einen Verband. Es würde dir bestimmt wehtun." Er holte Luft und schaute Arthur forschend an. „Du – du bleibst ganz still liegen, bis ich meine Mutter geholt habe, ja?"

„Wer bist du?" Arthur war über den Klang seiner eigenen Stimme überrascht. Sie klang schwach und kratzig, wie die Stimme seines Vaters, wenn er den ganzen Tag in der Hitze auf den Feldern gearbeitet hatte.

Der Junge war bereits auf dem Weg zur Tür, blieb aber bei Arthurs Frage stehen und wandte sich um. „Ich bin Casey, Casey-Fitz; ich heiße Casey-Fitz Dalton." Er wandte sich wieder zum Gehen, zögerte aber und fragte: „Und wie heißt du?"

„Arthur, Arthur Jackson." Ein unerwarteter Schmerz erfasste seinen Rücken und breitete sich weiter aus, bis in seine Brust. Arthur biss die Zähne zusammen.

Der rothaarige Junge runzelte die Stirn. „Du solltest nicht

sprechen, wenn es dir Schmerzen bereitet. Der Arzt hat gesagt, dass es möglich ist, dass du einige Tage furchtbare Schmerzen hast. Er hat meiner Mutter Medikamente geschickt, die sie dir geben soll, wenn du sie brauchst."

Der Junge hob die Hand, als wolle er Arthur warnen. „Warte hier, ich hole jetzt lieber meine Mutter. Sie wird böse, wenn sie merkt, dass ich sie nicht sofort geholt habe."

Bevor Arthur noch irgendetwas fragen konnte, flitzte der Junge aus dem Zimmer und ließ die Tür hinter sich zufallen.

Arthur überdachte seine Lage mit zunehmendem Unbehagen. Er hatte in der Stimme des Jungen einen Klang vernommen, den er nicht mochte, eine bestimmte Art, seine Zunge zu gebrauchen, einen singenden Tonfall.

Irisch! Der Junge war Ire! Ire – wie die streikenden Arbeiter in Five Points.

In seinem Kopf wirbelten die Erinnerungen durcheinander, überschlugen sich und stürmten mit betäubender Kraft auf ihn ein. Die Streikenden brüllen. Dann der Aufstand. Knüppel und Schläger. Der große Pfarrer mit den Locken, der zu helfen versucht. Die Polizisten, die angerannt kommen. Und dann ein Schuss.

Der Schmerz war keine Erinnerung. Er brannte noch in ihm – vielleicht nicht mehr so heiß und vernichtend wie in dem Augenblick, als er ihn auf die Straße hinausgeschrien hatte, aber immer noch so stark, dass er kaum zu atmen wagte.

Der Mann, der auf ihn geschossen hatte, war ein Ire. Die Iren schienen alle Schwarzen zu hassen.

Die Iren sagten, die schwarzen Jungs nehmen anständigen Weißen die Arbeitsplätze weg, besonders den Iren.

Arthur verstand davon nichts. Er wollte niemandem die Arbeit wegnehmen, nicht absichtlich. Er versuchte nur, genug Geld zu verdienen, um nicht vor Hunger sterben zu müssen.

Als die Arbeiter in der Pfeifenfabrik für bessere Löhne streikten, gab es genug schwarze Jungs wie ihn, die die Situation für sich nutzten. Alle wollten sie einen Job – *irgendeinen* Job. Einige ältere Schwarze hatten die Jungs gewarnt, sich von der Streikpostenkette fern zu halten. Die meisten Iren, die die Kette bildeten, waren Arthur jedoch so betrunken erschienen, dass er geglaubt hatte, einfach unbemerkt an ihnen vorbeischlüpfen zu können.

Drei Tage lang war ihm das auch geglückt, aber dann hatten sie ihn gefangen, gemeinsam mit drei anderen Jungs. Die streikenden Arbeiter waren betrunken und blutdürstig gewesen. Sogar die Polizisten hatten Mühe gehabt, sie zurückzuhalten.

Er wusste, dass man auf ihn geschossen hatte, und konnte sich erinnern, wie er aufgewacht war, nur einmal und vielleicht für ein oder zwei Minuten. Ein grauhaariger Mann, der ihm sagte, dass er ein Arzt sei, hatte sich über ihn gebeugt.

Aber wie war er hierher gekommen, in ein prachtvolles Schlafzimmer, wie er es noch nie zuvor gesehen hatte, und wo er von einem Jungen angestarrt wurde, der sprach und aussah wie ein Ire?

Noch einmal versuchte er, sich aufzurichten. Dieses Mal schrie er laut auf vor Schmerz. Er schloss die Augen, es wurde ihm übel.

Die Tür öffnete sich. Arthur sah, dass der rothaarige Junge leise das Zimmer betrat, gefolgt von einer Frau, die Arthur für seine Mutter hielt, obwohl sie kaum alt genug zu sein schien, um überhaupt Mutter sein zu können.

Ihr Haar war ebenfalls rot, nur etwas dunkler als das ihres Sohnes. Sie war eine kleine Frau, nicht größer als der Junge, aber gut gekleidet – wie eine Dame.

Als Arthur sah, wie sie die Stirn runzelte, schluckte er. Sein Herz raste, als er sich fragte, was ihn erwartete.

Doch als die Frau das Bett erreicht hatte, lächelte sie ihn an. „Hallo, Arthur, Casey-Fitz hat mir gesagt, wie du heißt. Wie geht es dir? Es ist gut, dass du aufgewacht bist."

Arthur atmete, so tief es ihm möglich war, vor Erleichterung darüber, dass die Frau nicht vorzuhaben schien, ihn aus dem Bett zu werfen. Er war jedoch noch nicht in der Lage, ihr zu antworten.

Ihr Lächeln verschwand, und sie runzelte wieder die Stirn. „Wenn du große Schmerzen hast, Arthur, dann habe ich ein Medikament, das ich dir geben kann."

Arthur *hatte* Schmerzen, im Augenblick war es ihm jedoch wichtiger, herauszufinden, wo er sich befand, wer diese Leute waren – und was er hier zu suchen hatte. „Es geht schon, gnädige Frau", sagte er und beobachtete sie genau.

Neben der Frau stand der irische Junge und starrte Arthur an. Auch er runzelte die Stirn. „Das ist meine Mutter", sagte er, „Mrs Dalton. Sie hat dich versorgt, mit Mollys Hilfe natürlich."

Arthur blickte von dem Jungen zu seiner Mutter.

„Molly ist unsere Haushälterin", sagte sie. „Und auch eine großartige Krankenschwester. Ich bin nicht so gut in der Krankenpflege, fürchte ich, aber Molly ist dafür umso besser! Und sie sagt, dass es dir in der kurzen Zeit schon wieder recht gut geht, Arthur. Du brauchst dir also keine Sorgen zu machen."

„Wo ..." Arthur versuchte, seine Lippen zu befeuchten, „können Sie mir sagen, wo ..."

Mrs Dalton schaute ihn an und hielt sich die Hand vor den Mund. „Du meine Güte! Natürlich, du möchtest wissen, wo du bist! Daran hätte ich als Erstes denken sollen! Nun, kannst du dich an Mr Dalton erinnern, Arthur? Den Pfarrer, der dich zum Arzt gebracht hat, nachdem ..." Sie unterbrach sich. „Nachdem der Schuss gefallen war?"

Arthur nickte und dachte an den großen Pfarrer mit dem schwarzen Mantel, der sich, seinen eigenen Körper als Schild benutzend, inmitten des Aufruhrs schützend vor sie gestellt hatte.

„Das hier ist sein Haus. Ich bin seine Frau, und Casey-Fitz ist sein Sohn. Jess – Mr Dalton – hat dafür gesorgt, dass du bei uns bleiben kannst, bis du wieder gesund bist."

Arthurs Augen weiteten sich. „*Hier* – bleiben?"

Die Frau lächelte. Sie sah ihn an, als spürte sie seinen Argwohn. „Ja, so ist es", sagte sie ruhig. „Erinnerst du dich nicht mehr, dass du dem Arzt gesagt hast, du weißt nicht, wohin du gehen sollst, Arthur?"

Arthur schüttelte den Kopf. „Ich erinnere mich an nichts."

Der fröhliche Gesichtsausdruck der Frau wurde wieder ernst. „Nein, ich nehme an, du wirst dich überhaupt nicht sehr gut erinnern können, was mit dir geschehen ist. Das ist völlig in Ordnung, Arthur. Hier bei uns bist du sicher und herzlich willkommen, so lange zu bleiben, wie es notwendig ist."

Arthur starrte sie an. Jede Antwort, die ihm einfiel, blieb ihm im Hals stecken. Sein Blick wanderte zu dem Jungen, der ihn mit unverhohlener Neugier betrachtete.

War das Wirklichkeit? Arthur konnte sich nicht besinnen, dass schon jemals in seinem Leben jemand so freundlich mit ihm gesprochen hatte wie diese Frau. Natürlich konnte er sich nicht mehr an seine Mutter erinnern, dafür war sie schon zu viele Jahre tot. Er war sich jedoch sicher, dass sein Gedächtnis es irgendwie für ihn gespeichert hätte, wenn sie je so sanft mit ihm gesprochen hätte. Der Vater – ja, sein Vater hatte es immer gut mit ihm gemeint, aber er war ein rauer Mann.

Doch diese Frau, diese Mrs Dalton – gab ihm das Gefühl, als mochte sie ihn, als sei er etwas wert.

Er zwinkerte und merkte, wie sie mit ihm sprach. „Wir dürfen dich nicht länger anstrengen", sagte sie. „Molly wird dir eine warme Brühe machen. Ich werde nach unten gehen, um es ihr zu sagen." Sie wollte sich schon umdrehen, zögerte aber noch. „Du ruhst dich aus, Arthur. Ich werde Mr Dalton sofort zu dir schicken, wenn er nach Hause kommt. Er möchte dir bestimmt guten Tag sagen."

Der Junge blieb noch zurück, als seine Mutter das Zimmer bereits verlassen hatte, obwohl sie ihn rief, ihr zu folgen.

„Sie meint es so, wie sie es gesagt hat“, erklärte er Arthur. „Du kannst so lange bleiben, wie du möchtest. Mein Vater bringt immer Leute mit nach Hause, die über Nacht oder auch für ein paar Tage bleiben. Meine Eltern haben gern Gäste im Haus.“ Er machte eine Pause und neigte seinen Kopf ein wenig zur Seite. „Und ich auch. Ich finde es toll, zur Abwechslung einen Jungen bei mir zu haben.“

Langsam strich sich Arthur mit der Hand durch das Haar. Vor Überraschung musste er zwinkern. Sein Haar fühlte sich so sauber und geschmeidig an. Wie lange war es her, seitdem sein Haar zuletzt sauber gewesen war? Er hatte es nie mehr waschen können, seitdem er den Fluss verlassen musste.

Wer hatte das für ihn getan?

Er starrte den rothaarigen Jungen an. Casey Dalton wollte sich offensichtlich noch weiter mit ihm unterhalten.

„Wie – wie alt bist du?“, fragte Arthur und räusperte sich.

„Neun, fast zehn“, und dann fügte Casey schnell hinzu: „Du bist bestimmt schon älter.“

Arthur nickte. „Fast dreizehn.“

Wieder betrachtete Casey Arthur. „Man sagt mir immer, dass ich älter wirke. Vielleicht könnten wir Freunde werden.“

Arthur starrte ihn an und versuchte nicht, seine Skepsis zu verbergen. „Ich bin ein Schwarzer.“

Der kleinere Junge schaute ihm fest in die Augen. „Ich bin Ire.“

Arthur blickte weg und konzentrierte seine Aufmerksamkeit auf ein gerahmtes Bild an der gegenüberliegenden Wand, auf dem eine bewaldete Hügellandschaft abgebildet war. „Ich glaube, es macht mir nichts aus, dass du Ire bist“, sagte er langsam, während er sich Casey wieder zuwandte.

„Gut, dann ... ich glaube, es macht mir auch nichts aus, dass du ein Schwarzer bist“, entgegnete Casey.

Arthur zögerte immer noch. „Und was ist mit deinen Eltern?"

Der irische Junge dachte nach. „Du liegst in ihrem Bett."

Arthurs Augen flackerten nervös, und sein Kinn klappte nach unten.

„Mutti hat meinem Vati gesagt, dass du die beste Matratze brauchst. Die in unserem besten Gästezimmer hängt leicht durch, und in dem anderen freien Zimmer haben wir noch kein Bett aufgestellt."

Er überlegte einen Augenblick und sagte dann: „Mutter findet fast immer eine Lösung."

* * *

Spät an diesem Abend, als alle im Haus bereits schliefen, lagen Jess und Kerry Dalton in dem Zimmer, das in ihrer Familie als „das beste Gästezimmer" bezeichnet wurde, und unterhielten sich.

„Jetzt, wo wir wissen, dass der Junge auf dem Weg der Besserung ist, meinst du, wir könnten ihn in dieses Zimmer verlegen und wieder unser eigenes Bett beziehen? Diese Matratze ist nicht für einen Mann meiner Größe gedacht."

Den Kopf an die große, starke Schulter ihres Mannes gelehnt, lächelte Kerry zufrieden. Sie war schon beinahe eingeschlafen. „Bald", murmelte sie. Gähnend fügte sie hinzu: „Er hat noch zu viele Schmerzen, um das Bett verlassen zu können."

„Noch einige Nächte auf dieser Matratze, und ich kann mich nicht mehr bewegen."

Kerry lachte besänftigend und vergrub ihr Gesicht an seinem Hals. Plötzlich stützte sie sich auf einem Arm ab und schaute Jess an. „Beinahe hätte ich es vergessen! Erzähl mir doch von deinem Gespräch mit Arthur! Was hast du über den Jungen herausgefunden?"

Jess hob einen Arm und ließ ihn auf seinem Kopf ruhen. „O nein! Doch nicht jetzt!", stöhnte er.

„Doch, jetzt! Ich möchte alles wissen!"

Er lachte sie an. Nachdem er zwei Kissen am Kopfende des Bettes aufgestellt hatte, richtete er sich auf und nahm sie wieder in seine Arme. „Bleib hier bei mir, dann werde ich es dir erzählen."

„Alles", erinnerte sie ihn, bevor sie sich an seinen warmen, starken Körper schmiegte.

„Es gibt eigentlich nicht viel zu erzählen", sagte er leise. „Der Junge ist weggelaufen, wie wir es vermutet haben, allerdings mit dem Segen seines Vaters."

„Wie meinst du das?"

Jess streichelte mit zarter Hand ihr Haar, als er fortfuhr. „Er hat mir erzählt, dass sein Vater und ein Onkel ein paar Dollars extra verdient hatten, indem sie nachts in einer nahe gelegenen Plantage arbeiteten. Vor ungefähr zwei Monaten gaben sie Arthur das Geld und sagten ihm, er solle sich auf den Weg machen in Richtung Norden. Er wollte nicht weggehen – er hatte Angst, allein zu sein. Aber sein Vater kann nicht richtig gehen, und sein Onkel gab nicht nach. Jedenfalls", berichtete er weiter, „ging er schließlich doch und musste schon genug erleben, bevor er nach New York kam."

„Er hat Schlimmes erlebt, nicht wahr, Jess? Was ist ihm passiert?" Kerry reckte sich in seinem Arm, so dass sie ihn sehen konnte. Sein bärtiges Gesicht war in einen blassen Schimmer des Mondlichts getaucht, das durch die Vorhänge drang. Sie lächelte, als sie ihn ansah.

„Nun, er wäre schon beinahe gefangen geworden, bevor er Mississippi überhaupt verlassen hatte. Der Aufseher eines Nachbarn hatte ihn entdeckt und hetzte die Hunde auf ihn. Eine ganze Nacht musste er sich zwischen Baumstämmen in einem Mühlteich verbergen, um nicht gefangen zu werden." Er streichelte ihre Wange und ließ seinen Finger bis zu ihrem Kinn weitergleiten, bevor er fortfuhr. „Mehrere Male wäre er beinahe erschossen worden, bevor er nach Ohio kam. In Cincinnati fand er Leute, die ihm etwas zu essen gaben und ihm über den Fluss halfen."

„Wenn man daran denkt, dass er das alles allein durchstehen musste – er ist noch ein Kind, Jess!"

„Schwarze Kinder werden im Süden schnell erwachsen, Kerry." In seiner Stimme klang Bitterkeit, als er Kerry fester an sich heranzog. „Sie haben gar keine andere Wahl."

Kerry begriff die Wahrheit, die in diesen Worten lag. Sie hatte ein Reihe von Jess' Schriften und auch Darstellungen anderer gelesen, die die Notlage der schwarzen Sklaven in den Südstaaten beschrieben. Diese furchtbaren Geschichten, und besonders die Schrecken, denen die Frauen und Kinder ausgesetzt waren, brachen ihr jedes Mal das Herz, wenn sie daran dachte.

„Was ist mit seiner Mutter?", fragte sie leise. „Musste er auch seine Mutter verlassen?"

„Sie ist tot. Der Junge kann sich nicht mehr an sie erinnern."

„Kein Wunder, dass der arme Junge so einsam und verlassen erscheint! Und obendrein verwundet zu sein und das Bett hüten zu müssen!"

Jess' Stimme klang in der Dunkelheit leise und angestrengt.

„Etwas von dem, was er mir gesagt hat, werde ich nie vergessen."

„Was ist es, Jess?"

„Als ich ihm sagte, dass er so lange bei uns bleiben könne, wie es nötig sei, fragte er mich geradeheraus, warum wir das alles für ihn taten. Ich erklärte ihm, dass wir versuchen, so zu handeln, wie Jesus es tun würde."

Er hielt inne und schwieg einen Augenblick.

„Und", drängte Kerry weiter, „was hat er dazu gesagt?"

„Er hat mich gefragt", fuhr Jess endlich fort, während er tief Luft holte, „ob ich wirklich glaubte, dass Jesus so etwas für einen schwarzen Jungen tun würde."

Kerry kämpfte gegen den Kloß in ihrem Hals an. Eine ganze Weile lag sie schweigend da und dachte nach. Als sie zu sprechen begann, war es kaum mehr als ein Flüstern: „Weißt du, als ich noch in Irland war, habe ich immer gedacht, dass niemand jemals so viel leiden musste wie die Iren. Aber jetzt weiß ich es besser. Manchmal schien es mir, als wären wir Sklaven der Engländer. In Wirklichkeit waren wir aber nur Sklaven ihres politischen Systems. Aber die schwarze Bevölkerung – oh, sie werden ver- und gekauft, als wären sie Tiere!"

„Das wird nicht immer so bleiben, Liebling", sagte Jess leise, und seine Stimme klang immer müder. „Der Tag wird kommen, an dem sie ihre Ketten zerbrechen. Gott hat keinen Menschen dazu bestimmt, versklavt zu sein."

„Und Männer wie du werden ihnen helfen, diese Ketten zu zerbrechen", flüsterte Kerry mehr zu sich selbst. „Dann wird es keine geängstigten Jungs wie Arthur Jackson mehr geben, die davonlaufen müssen, um ihre Freiheit zu finden."

Sein Atem ging flach und gleichmäßig. Er war eingeschlafen. Kerry küsste ihn mit unendlicher Zärtlichkeit auf die Wange und kuschelte sich noch bequemer in seine warmen, schützenden Arme.

In der friedvollen Ruhe des Schlafzimmers flüsterte sie für diesen Tag ihr letztes Gebet für diesen großen, gottesfürchtigen Mann, der sie, fast noch ein Kind, bei sich aufgenommen und ihr eine Heimat geschenkt hatte. Er hatte sie zu seinem rechtmäßigen Mündel gemacht – und schließlich, Gott sei es gedankt, auch zu seiner Frau.

13. Heimliches Seufzen

Zärtliche Liebe, wahre Liebe
schenkte ich dir, und mein heimliches Seufzen ...
Aus WALSH – Irische Volkslieder (1847)

Drei Tage brauchte Evan, bevor er den Mut aufbrachte, mit Nora über die Oper zu sprechen – drei Tage, in denen er sich den Gedanken ein- und ausredete; drei Tage, in denen er sich einzureden versuchte, sie würde den Abend genießen, und sich dann wieder damit quälte, dass sie lieber allein zu Hause bliebe als den Abend mit ihm zu verbringen.

Eines Abends, bevor er in sein Häuschen ging, blieb er in der Bibliothek im ersten Stock stehen. Er war gerade im Begriff, das Zimmer zu verlassen, als Nora im Eingang erschien. „Evan? Du bist heute früh zu Hause. Ist etwas nicht in Ordnung?"

Evan schüttelte den Kopf. „Mr Farmington h-hat eine V-Vorstandssitzung in Manhattan, und er b-bestand darauf, mich hier abzusetzen, bevor er dorthin fuhr. Ich habe n-nur ein paar Zeichnungen auf seinen Tisch gelegt, die er sich heute Abend noch ansehen m-möchte."

Er lächelte sie an. Zweifellos hatte sie keine Ahnung, wie reizend sie aussah. Sie trug das Kleid, das Evan am besten gefiel, ein zartblaues Wollkleid, welches das Grau ihrer Augen noch dunkler erscheinen ließ und den rosa Schimmer auf ihrer zarten Haut unterstrich. Es freute ihn, zu sehen, wie gesund sie aussah! Außer ihrer schlanken Figur und dem Hauch von Zerbrechlichkeit, der stets über ihr zu schweben schien, erinnerte nichts mehr an die schlimmen Zeiten der Hungersnot.

Evan wusste, er sollte diese Gelegenheit nutzen, um Nora wegen der Oper zu fragen. Er spürte die Eintrittskarten in seiner Brusttasche; seit Montag hatte er sie an seinem Herzen getragen. Dennoch konnte er sich nicht überwinden, das Thema anzusprechen. Krampfhaft versuchte er, die Karten zu ignorieren und ein weniger verfängliches Thema anzuschneiden. „Das Haus sch-scheint heute furchtbar still. Wo sind sie alle?"

„Sara ist in die Kirche gegangen, um zu helfen, eine Missionsausstellung vorzubereiten, die am Wochenende stattfinden soll. Und Ginger ist in der Küche und hilft der Köchin."

Evan lachte leise vor sich hin. „Du meinst, sie ärgert die Köchin, nicht wahr?" Die Reibereien zwischen Mrs Buckley, der Köchin der Farmingtons, und Ginger, ihrer westindischen Haushälterin, waren allen im Haus bekannt. Ständig gab es irgendwelche, wenn auch harmlose Streitereien. Evan vermutete, dass das mehr mit dem äußerst unterschiedlichen Wesen der beiden zusammenhing als mit einer echten Feindschaft zwischen ihnen. Die sanfte, selbstbewusste Ginger konnte über vieles hinwegsehen, während die hitzige Mrs Buckley jede Gelegenheit zu einem Disput zu nutzen schien.

Und Gelegenheit würde sie auch bei ihm stets finden, das wusste Evan. Er war bei ihr in dem Augenblick in Ungnade gefallen, als sein britischer Akzent das erste Mal an ihr Ohr gedrungen war. Evan war der Meinung, dass die Haltung der irischen Köchin mehr Ausdruck der fortwährenden englisch-irischen Feindschaft war als eine persönliche Abneigung. Er hatte den Groll der Köchin zu einer amüsanten Herausforderung werden lassen, sie mit den „urenglischsten" Manieren zu necken.

Plötzlich bemerkte er, dass Nora ihn verwundert betrachtete. „Geht es dir gut, Evan?"

Zerstreut strich Evan über seinen Schnurrbart. „Gut? Oh-ja, ja n-natürlich!"

Sollte er sie jetzt fragen? War das der richtige Zeitpunkt? Gab es überhaupt einen richtigen Zeitpunkt? Sollte er sie überhaupt fragen?

„Nora …"

Nora hob den Kopf und wartete, während sie ihn immer noch mit besorgtem Blick musterte.

„Ich … ich wo-wollte …" Evan unterbrach sich und verkrampfte innerlich beim Klang seines elenden Stotterns.

„Was ist, Evan? Dir geht es tatsächlich nicht gut, nicht wahr?", beharrte Nora, und ihre Stirn legte sich noch tiefer in Falten, als sie näher trat.

Ihre Nähe brachte ihn nur noch mehr aus der Fassung.

„Oh, es g-geht mir w-wirklich gut!", versicherte er ihr. „Es ist nur … ich w-wollte dich … e-etwas fragen …" Wie gewöhnlich, wurde das furchtbare Stottern noch viel schlimmer, wenn er sich unter Druck gesetzt fühlte. „E-Es g-geht darum, … dass M-Mr F-Farmington so f-freundlich war, m-mir Eintrittskarten f-für die O-Oper anzubieten, und ich … ich w-wollte dich fragen, o-ob ich … d-dich v-v-vielleicht … b-begleiten d-dürfte!"

Endlich! Nun war es heraus, und wie er befürchtet hatte, schaute sie ihn bestürzt an. Vermutlich war sie über seine Vermessenheit entsetzt und rang darum, wie sie am taktvollsten ablehnen konnte.

„Eintrittskarten für die Oper? Was für Eintrittskarten sind das, Evan?"

„Was für – o … ja, die Oper heißt *Ernani*. Es ist die Eröffnungsveranstaltung für das n-neue Astor-Opernhaus, in zwei Wochen."

„Ach so, und die Karten sind von Mr Farmington, sagtest du?"

Evan nickte nur, um nicht wieder ins Stottern zu geraten.

Nach kurzem Zögern wandte Nora ihr Gesicht ab. „Ich … ich glaube, ich weiß nicht, was eine Oper ist, Evan, das ist es."

Instinktiv legte Evan seine Hand auf ihre Schulter, entsetzt darüber, sie möglicherweise in Verlegenheit gebracht zu haben. „Also, eine Oper ist – ist nichts anderes als ein m-musikalisches Bühnenstück, Nora. Ich denke, es würde dir gefallen. Ich mag Opern sehr."

Nora wandte sich ihm wieder zu. „Ein Theaterstück ist es? Ein musikalisches Theaterstück?"

Evan nickte; nur ungern zog er seine Hand von ihrer Schulter zurück. „Das stimmt. Die Handlung besteht m-meist nur in einer u-unglückli-chen Liebesgeschichte, es wird viel gesungen, aber die Musik ist gewöhnlich s-sehr schön."

„Ja ... ich liebe Musik", sagte Nora unsicher und strich mit einer Hand eine Haarsträhne, die sich selbstständig gemacht hatte, aus dem Gesicht.

Evan folgte der Bewegung ihrer Hand, fasziniert darüber, wie klein diese Hand war. „Mr F-Farmington hat sogar angeboten, uns die Glacéhandschuhe auszuleihen, die man braucht, um eingelassen zu werden", fügte er lächelnd hinzu.

Nora machte große Augen, und Evan erläuterte ihr amüsiert diese eigenartige Vorschrift.

In ihrem Gesicht waren Zweifel zu lesen, und Evan beeilte sich, ihr zu versichern: „Das ist nur Effekthascherei von Seiten der Geschäftsführung. Du darfst dir über solche Torheiten keine Gedanken machen, Nora."

„Aber ich werde kein Kleid haben, das für einen Anlass wie diesen passend und schön genug ist."

„Ganz gleich, was du anhast, du wirst an diesem Abend die reizendste Frau sein, dessen bin ich gewiss!" Über seinen plötzlichen Gefühlsausbruch beschämt, wandte sich Evan abrupt ab.

Nach einem qualvollen Moment des Schweigens, in dem er sich auf Noras Ablehnung gefasst machte, spürte er eine sanfte Berührung an seinem Arm. „Vielen Dank, Evan", sagte Nora mit stiller Feierlichkeit. „Es ist sehr freundlich von dir, dass du mich gefragt hast, und ich – ich würde sehr gern mit dir in die Oper gehen."

Er rang nach Atem, und Nora fügte schnell hinzu: „Das heißt, wenn Sara mir mit einem passenden Kleid aushelfen kann."

Völlig überwältigt versuchte Evan krampfhaft, seine übergroße Erleichterung und Freude zurückzuhalten. „Oh – bestimmt kann Sara dir helfen, Nora! M-Miss Sara bereitet es offensichtlich große Freude, andere Menschen glücklich zu machen, und ganz besonders dich. Ich frage mich tatsächlich manchmal, ob sie jemals auch an sich selbst denkt."

„Ja, da hast du völlig Recht", entgegnete Nora lächelnd. „Aber Evan", sagte sie plötzlich ernst, und in ihrer Stimme klang ein verschwörerischer Unterton, „was die Glacéhandschuhe betrifft; meinst du nicht manchmal auch, dass die Reichen zuweilen die verrücktesten Ideen in Bezug auf die unbedeutendsten Dinge auf der Welt haben?"

Ihre Freimütigkeit beeindruckte ihn, wie immer. „Ja, d-doch", stimmte Evan nüchtern zu, „manchmal erscheint es mir so."

Mit einer weiteren impulsiven Gebärde, die für ihn ungewöhnlich war, gab er dem Verlangen nach, Noras Hand zu ergreifen. Als sie keinerlei Anstrengungen unternahm, sie zurückzuziehen, sondern vielmehr scheu lächelnd vor ihm stand, war es Evan, als sei an einem Hochsommermorgen die Sonne in seinem Herzen aufgegangen. Einen Augenblick fühlte er sich wieder wie ein ganzer Mann – in der Tat fühlte er sich mehr als ganzer Mann als jemals zuvor in seinem Leben, selbst bevor er seinen Arm verloren hatte.

Es war, als würde Nora ihn irgendwie ... ergänzen, die Leere in seinem Herzen ausfüllen, ihn zu einem ganzen Menschen machen. Natürlich konnte sie ihm seinen fehlenden Arm nicht wiedergeben, konnte die Tatsache, dass er verstümmelt war, nicht rückgängig machen. Doch was sie vermochte, ohne es überhaupt zu wissen, war, ihn zu ergänzen – ihn mit etwas Neuem, wunderbar Erfüllendem zu beschenken.

Und dieses Geschenk konnte nur Nora ihm machen.

* * *

Später, als fast alle im Haus schon schliefen, saß Nora in ihrem Zimmer in dem kleinen Schaukelstuhl neben dem Kamin und dachte nach.

Drinnen im Haus war es still, doch draußen fauchte der kalte Novemberwind kräftig um das Haus, pfiff durch den schmiedeeisernen Zaun, der das Grundstück umgab, und rüttelte irgendwo hinten am Haus an einer lockeren Fensterscheibe.

Das Heulen des Windes erinnerte Nora an ihren letzten Winter in Irland – an die erbarmungslosen Stürme vom Atlantik her, an ihre kalte, feuchte Hütte, an den Hunger. Sie erschauderte bei dieser Erinnerung, und ihr Blick glitt über ihr gemütliches kleines Zimmer, das warm und behaglich war mit seinen honigfarbenen Möbeln, der cremefarbenen Seidentapete, dem zartrosa Teppich und dem Kamin aus schwarzem Marmor, in dem stets ein Feuer flackerte.

Wieder einmal konnte sie nur staunen darüber, was in den wenigen Monaten alles geschehen war. Auch jetzt verschlug es ihr den Atem, wenn sie darüber nachdachte, was Gott alles für sie getan hatte.

Von dem Augenblick an, als sie die freundlichen Farmingtons von dem Schiff heruntergeholt hatten, das einigen Passagieren des Zwischendecks den Tod gebracht hatte, war ihr das Leben mehr wie ein Traum denn als Wirklichkeit erschienen. Lewis Farmington und seine Tochter Sara hatten ihr nicht nur eine Stelle in ihren Diensten und den Schutz ihres prachtvollen Hauses geboten, hatten sie ihnen nicht obendrein noch ihre Freundschaft geschenkt?

Diese Tatsache allein überwältigte Nora stets aufs Neue, dass diese beiden Menschen, die in den besten Kreisen von New York verkehrten, sich herabließen, auch einer Gruppe heruntergekommener irischer Einwanderer ihre Freundschaft anzubieten!

Und was taten sie nicht alles für die Fitzgerald-Kinder! Den schwachen kleinen Tom verwöhnten sie, als würde er zur Familie gehören, und für die taubstumme Johanna hatte Sara sogar einen Hauslehrer eingestellt.

Auch um Evan hatten sie sich gekümmert, ihm die beste medizinische Betreuung zuteil werden lassen und ihm dann Arbeit gegeben. Er durfte als persönlicher Mitarbeiter Lewis Farmingtons auf der Werft arbeiten!

Sie lächelte bei dem Gedanken an Evan. In letzter Zeit, so schien es, konnte sie nicht mehr an Evan denken, ohne zu lächeln. Nora fragte sich, ob der Mann auch nur die leiseste Ahnung davon hatte, wie sehr sie seine Freundschaft schätzte, wie viel ihr seine Freundlichkeit ihr und den Kindern gegenüber bedeutete.

Ihr Lächeln verblasste, als sie an Evans zaghaften Versuch dachte, sie in die Oper einzuladen. Sie war eine ungebildete Frau, die nicht einmal wusste, was eine Oper war, und er behandelte sie, als würde sie zur königlichen Familie gehören, als wäre ihre Anwesenheit ein Geschenk, das er niemals verdiente. Dieser liebe Mensch! Lieber, lieber Evan, der ihr so viel gab, ohne es überhaupt zu wissen.

Schuldbewusst fiel ihr auf, dass sie in letzter Zeit mehr an Evan als an Michael dachte. Aber war das nicht ganz natürlich, wenn sie so nahe beieinander wohnten und für die gleiche Familie arbeiteten? Und sie waren Freunde, ganz gewiss gute Freunde.

Michael und du, ihr solltet auch Freunde sein ... mehr als Freunde, um ehrlich zu sein ...

Mit einem Ruck erhob sich Nora aus dem Schaukelstuhl; die Richtung, die ihre Gedanken genommen hatten, war ihr unangenehm. Gewiss, keine anständige Frau – und besonders keine Witwe mit einem fast erwachsenen Sohn – sollte ihre Gedanken auf mehr als einen Mann richten, und doch schienen die ihren in letzter Zeit ständig zwischen drei Männern hin und her zu wandern.

Evan bedeutete ihr mittlerweile mehr, als sie selbst für möglich gehalten hätte. Michael bot ihr weiter seine Freundschaft an – und seinen Namen, falls sie einwilligte, ihn zu heiraten.

Und wie ein Strudel in einem trügerisch ruhigen Gewässer begleitete sie stets die Erinnerung an Morgan Fitzgerald – eine Erinnerung, die, zu Noras großer Überraschung, immer weiter zu entschwinden und zu verblassen schien.

Er musste doch nicht hängen, Gott sei es gedankt. Ja, er war frei und hatte sie mit einem englischen Großvater überrascht, bei dem er jetzt in Dublin lebte – ein Großvater, der Morgan sofort zu seinem alleinigen Erben eingesetzt hatte!

Sie war erleichtert, dass Morgan nun in Sicherheit war, und dankbar, dass sein Leben verschont geblieben war. Auf unerklärliche Weise hatte jedoch die Tatsache, dass er außer Gefahr war, dazu beigetragen, die Erinnerung an ihn in ihrem Gedächtnis zurückzudrängen. Vielleicht, weil sie nicht mehr so viel Kraft investieren und um sein Leben fürchten musste und so viel Energie, wenn sie im Gebet vor Gott um sein Leben rang – vielleicht war sie auf diese Weise endlich von ihrer inneren Bindung an diesen Mann befreit worden.

Als sie den Brief erhielten, der von seiner Begnadigung berichtete, war ihr erster törichter Gedanke gewesen, dass er jetzt ... vielleicht jetzt zu ihr kommen würde. Aber sie hatte diesen verrückten Gedanken ebenso schnell wieder von sich gewiesen. Für Morgan hatte sich nichts geändert, nur dass sich ihm jetzt noch bessere Möglichkeiten boten, sein Leben, seine Leidenschaft für Irland auszuleben. Er hatte seine Wahl getroffen, vor langer Zeit; er hatte eine Insel anstelle einer Frau geheiratet, und niemand würde sie trennen – weder jetzt noch in Zukunft. Morgan gehörte Irland. Immer hatte er Irland gehört und stets würde er Irland gehören.

Sie wollte ihn nicht vergessen. Er war ein Teil ihres Lebens, das zwar nicht mehr existierte, das aber auch nicht einfach beiseite geschoben und vergessen werden konnte. Er war ihre erste Liebe – eine wunderbare, große und unheimlich schmerzliche Liebe –, und sie glaubte, wenn sie an Irland dachte, auch immer an Morgan denken zu müssen. Mehr würde er jedoch auch nie für sie sein – mehr als eine Erinnerung.

Wenn sie an Morgan dachte, tauchte auch Michaels Bild in ihr auf. In vielem waren sie sich ähnlich, diese beiden – die Freunde ihrer Jugendzeit. Morgan, der ungestüme Poet, hatte mit seiner Leidenschaft und seiner Kraft ihr Herz im Sturm erobert. Michael, auf den sie sich stets verlassen konnte, der standhaft war wie ein Fels, hatte immer am Rand gestanden und darauf gewartet, dass sie sich ihm zuwenden würde. Sie liebte sie beide und würde sie immer beide lieben. Aber jetzt, in ihrem gegenwärtigen Leben, war Michael hier, der noch immer darauf wartete, ihr Schutz und Geborgenheit zu spenden.

Ja, und die Versuchung war groß, dass Nora Michaels Heiratsantrag annahm. Michael wollte es; Tierney wollte es; und auch Daniel John wollte es. Die Sicherheit, die ihr Michael anbot, war eine große Verlockung; er würde für sie und für Daniel John sorgen.

Angesichts dieser großen Versuchung, sich versorgen zu lassen, drängte jedoch in Nora etwas an die Oberfläche – die Erinnerung an ein Gebet, das sie kurz vor Ende jener langen und furchtbaren Überfahrt auf der *Green Flag* gebetet hatte. Damals hatte sie Gott gebeten, ihr die Kraft zu schenken, allein von ihm abhängig zu sein und allen Herausforderungen gerecht werden zu können, die ihr begegnen würden.

Und hatte Gott dieses Gebet nicht längst beantwortet? Hatte er nicht die Tür geöffnet zu einem neuen Leben? Ja, Gott hatte ihr eine Möglichkeit gegeben, sich zu bewähren und ihm zu vertrauen, dass er für sie sorgt. Durch Michaels hartnäckiges Werben fühlte sie sich in das alte Leben zurückgeworfen, wie sie es in Irland gelebt hatte. Doch sie wusste, es gab kein Zurück.

Sie konnte nicht mehr das Mädchen Nora sein; Gott hatte sie zu der Frau Nora heranreifen lassen.

Plötzlich verstand Nora, weshalb sie stets gezögert hatte, Michaels Heiratsantrag anzunehmen. Es schien so logisch, ihn zu heiraten, und doch war es nicht recht. Wenn sie Michael heiratete, würde aus ihr wiederum eine abhängige, behütete Frau werden, eingehüllt und überwältigt von seiner Stärke. Instinktiv wusste sie, dass diese Tür hinter ihr zugefallen war, als sie die *Green Flag* betreten hatte, um nach Amerika zu segeln.

Michael liebte sie auf seine Weise – dessen war sich Nora gewiss. Doch sie brauchte mehr als Schutz und Liebe. Sie brauchte ... Achtung, jenen Respekt, den sie in ihrer Freundschaft mit Evan Whittaker gefunden hatte. Er kannte sie nicht als das Mädchen von einst, sondern als die Frau, die sie jetzt war. Und er achtete sie – mochte sie – um ihretwillen. Er behandelte sie nicht wie ein Kind, das man verhätscheln musste, sondern wie einen gleichwertigen Erwachsenen, wie eine Frau, die man ehren musste.

Es war schwer, unheimlich schwer, die Vergangenheit loszulassen. Doch selbst wenn sie allein bleiben würde, durfte sie nur auf das Heute und auf die Zukunft blicken. Gott hatte die Tür geöffnet. Um ihres Sohnes willen ... und um ihres eigenen Lebens willen ... musste sie endgültig mit der Vergangenheit brechen.

* * *

Am späten Abend fand Sara Farmington ihren Vater in seiner Bibliothek, wo er über einem Stapel von Schiffszeichnungen eingenickt war. So vorsichtig wie möglich rückte sie seine Tasse wenige Zentimeter von seinen Händen ab, damit er sie nicht umstieße, wenn er aufwachte.

Sie hätte daran denken sollen, dass er von dem leisesten Geräusch wach wurde – er war ein Mensch, den schon ein kurzer Schlaf belebte, und er wachte bei der geringsten Bewegung auf.

Und so geschah es auch jetzt. Mit einem leisen Stöhnen hob er den Kopf, und seine Augen öffneten sich.

„Nimm meinen Tee nicht weg, Tochter! Ich habe nur einige Augenblicke meine Augen ausgeruht." Er reckte und dehnte sich kräftig, gähnte und nahm, während er Sara über den Rand seiner Tasse anschaute, einen tiefen Schluck von seinem Tee, der bestimmt kalt war.

Er lehnte Saras Angebot, ihm frischen Tee zu kochen, ab und bedeutete ihr stattdessen, ihm gegenüber Platz zu nehmen. „Erzähl mir doch, was du heute Abend gemacht hast, Sara. Du bist gleich nach dem Abendessen verschwunden, und ich habe dich seitdem nicht mehr gesehen."

Sara stellte sich einen Stuhl auf der anderen Seite des Schreibtischs zurecht und schaute ihren Vater belustigt an. „Ich habe mit Nora versucht, ein passendes Kleid für die Oper zu finden", antwortete sie.

Seine dunklen Augen funkelten. „Ha! So hat er sie doch gefragt!"

„O ja, er hat sie gefragt – falls wir von Evan sprechen. Ich habe gleich vermutet, dass es dein Werk war; mir scheint, ich hatte Recht."

Ihr Vater zuckte die Achseln, zog seine Augenbrauen hoch und warf ihr einen unschuldigen Blick zu. „Ich hatte noch zusätzliche Eintrittskarten, und da dachte ich, die beiden würden sich freuen, das neue Opernhaus kennen zu lernen."

„Ja, ganz bestimmt." Sara legte ihre Hände in ihren Schoß.

„Schau, beide tun nichts anderes als arbeiten", argumentierte ihr Vater und hob verteidigend die Hand. „Arbeit und Gottesdienst – daraus besteht ihr Leben. Ich glaube, sie brauchen einfach einmal eine Abwechslung, meinst du nicht auch?"

Sara runzelte die Stirn, sagte jedoch nichts.

Ihr Vater schaute sie einen Moment an und grinste dann schelmisch. „Bestimmt hast du bemerkt, wie vernarrt der Mann in sie ist."

Sara atmete tief und nickte dann zögernd. „Es scheint so."

„Du brauchst nicht so entrüstet zu sein. Ich meine, sie passen ausgezeichnet zusammen."

„Vater ...", unsicher hielt Sara einen Moment inne, „was ist mit Michael Burke?"

„Was mit ihm ist?", schoss ihr Vater zurück, wobei sein Gesicht einen hartnäckigen Ausdruck angenommen hatte.

„Er erwartet, dass Nora *ihn* heiratet!"

„Ach, was!" Lewis Farmington setzte sich in seinem Stuhl zurück und schob sein Kinn verdrießlich nach vorn. „Ich habe es mehr als satt, ständig hören zu müssen, dass Nora und Sergeant Burke eines Tages heiraten werden! Wenn Nora den Mann wollte, hätte sie sein Angebot längst angenommen! Und wenn es ihm so ernst mit ihr wäre, wie er es sich einbildet, wäre er längst mit ihr auf und davon! Lasst uns doch Evan auch eine Chance geben!"

„Du meine Güte, das klingst, als sprächst du von einem Wettlauf!"

Er lächelte vielsagend. „Ein guter Vergleich! Zwei Freier, die um die Hand einer reizenden Dame wetteifern – ja, das trifft es genau!"

Über ihren Vater verärgert, erhob sich Sara von ihrem Stuhl. „Du bist furchtbar! Du musst einer der meistbeschäftigten Männer von ganz New York sein und spielst hier Ehestifter!"

„Ich dachte, du würdest es begrüßen, wenn Evan um Nora wirbt."

Sara schaute weg, sein forschender Blick war ihr unangenehm. „Wie kommst du darauf?"

Sie spürte, wie sein Blick auf ihr ruhte, obgleich sie es weiterhin vermied, ihn anzusehen.

„Nun ... sie scheinen sich offensichtlich zueinander hingezogen zu fühlen. Du scheinst sie beide zu mögen. Und ..."

Als er innehielt, hielt Sara den Atem an in Erwartung dessen, was unausweichlich kommen würde.

„Das würde die Sache zwischen Nora und Sergeant Burke klären. Ich dachte, das wäre auch in deinem Interesse."

Sara schaute ihn an, wobei sie ihr Bestes tat, einen möglichst unbefangenen Eindruck zu erwecken. Seine dunklen Augen schauten sie gütig, aber durchdringend an.

Er weiß es.

Sie stöhnte beinahe hörbar. „Vater ..."

„Es ist in Ordnung, mein Schatz. Du brauchst dich mir gegenüber nicht zu verteidigen und sollst dich auch in keiner Weise gezwungen fühlen, irgendetwas zu verneinen oder zu bestätigen! Ich wüsste selbst auch noch nicht, was ich zu deiner ... Zuneigung gegenüber dem Sergeanten sagen sollte, denn bis jetzt fand ich es aufgrund seiner so genannten Verbindung zu Nora noch nicht nötig, meine diesbezüglichen Gefühle zu überprüfen. Falls Nora jedoch auch nur halb so vernarrt in Evan ist wie er in sie, könnte bald der Tag kommen, an dem wir beide, du und ich, unsere Gefühle gegenüber Sergeant Burke ehrlich einschätzen müssen."

Sara starrte ihn bestürzt an. Sie befeuchtete ihre Lippen mit der Zunge und stellte fest, dass sie trocken und bitter schmeckten. Sie versuchte zu lächeln. „Vater, du machst dir wirklich zu viel ..."

Die Zärtlichkeit in seinem Blick wich dem Ausdruck väterlicher Sorge. „Sara, wir wollen erst einmal abwarten, dann sehen wir weiter, ja? Ich glaube, das ist im Augenblick dran."

Er wusste nur zu gut, was sie dachte und fühlte. Er hatte es immer gewusst. Sie konnte – wollte – ihn nicht belügen.

„Ja, Vater", sagte Sara leise. „Das werden wir tun, zunächst werden wir abwarten."

14. Klage um das Land

Tag um Tag, Stück um Stück
durchstreifte ich ein Land,
aus dem niemals ein Lachen kam zurück.
Aubrey de Vere (1814–1902)

Killala (Westirland)

Joseph Mahon saß mit gesenktem Kopf über sein Tagebuch gebeugt, während seine brennenden Augen ihm immer wieder ihren Dienst versagten.

Seit kurzem hatte sein rechtes Auge zu zucken begonnen, so dass es nahezu unmöglich wurde, bei dem schwachen Schein der Kerze leserlich zu schreiben. Er war erschöpft, vollkommen erschöpft. Nie hatte er einen solchen Zustand völliger Erschöpfung gekannt. Es gab keinen Teil seines Körpers, der nicht von den Schmerzen und der Schwäche betroffen gewesen wäre. Selbst seine Zähne, die wenigen, die ihm noch geblieben waren, schmerzten von morgens bis nachts.

Als die Not im letzten Winter ihren Höhepunkt erreicht hatte, war es ihm meistens noch gelungen, drei oder vier Stunden am Stück zu schlafen. Das hatte ihm gereicht, um sich tagsüber auf den Beinen halten zu können. Seit Wochen war er jedoch nur noch sporadisch zum Schlafen gekommen. Es verging kaum eine Nacht, ohne dass er von einem verzweifelten Gemeindeglied geweckt wurde, das um Nahrung oder den letzten Segen für ein Familienmitglied bat. Joseph konnte sich nicht mehr erinnern, wann er zum letzten Mal länger als ein oder zwei Stunden im Zusammenhang geschlafen hatte.

Die Tage waren hektisch und aufregend, angefüllt mit endlosem Wirken und Herzeleid. Wie die meisten anderen Priester in der Grafschaft nahm sich Joseph irgendwie die Zeit, um zahllose Briefe an die Verantwortlichen der Hilfsorganisationen zu schreiben. Außerdem nahm er, wenn es ihm möglich war, an jeder Versammlung teil und bedrängte erbarmungslos jeden Einzelnen von ihnen, um Unterstützung für seine Leute zu erwirken, und wenn es noch so wenig war.

Diese Bemühungen waren natürlich seine geringsten Pflichten. Über allem anderen stand die endlose Aufgabe, die Leidenden zu trösten und den Sterbenden beizustehen, und dabei versuchte er stets, für die Hungernden – anstelle von Nahrung – irgendeinen Funken Hoffnung zu erwecken.

Seit kurzem hatte Joseph, wie viele andere Geistliche, außerdem die Aufgabe übernommen, die Kranken zu pflegen. Eine Reihe von Ärzten in der Gegend waren selbst Opfer des Hungers oder der ihn begleitenden Krankheiten geworden. Krankheit und Tod hatten eine ausreichende Versorgung durch Ärzte und Geistliche weitgehend unmöglich gemacht. Immer mehr Ärzte, Priester und protestantische Pfarrer erlitten den Tod.

Um ehrlich zu sein, gab es Tage, an denen Joseph den Tod beinahe herbeisehnte, an denen sein geschundener Körper nach Ruhe schrie, nach seliger Ruhe. Doch dann musste er wieder an seine Gemeindeglieder denken und daran, wie sie auf ihn angewiesen waren, und er betete, dass Gott ihm weiter die nötige Kraft schenken möge.

Sein Kopf fiel nach vorn, und er erwachte mit einem Ruck. Er umklammerte die Feder und wartete, bis seine Hand aufhören würde zu zittern. Er spürte einen unwiderstehlichen Drang, sein Tagebuch zu führen, die furchtbaren Zustände in seiner Gemeinde aufzuzeichnen – Zustände, die, wie er wusste, gleichermaßen auf die meisten Gemeinden in der Grafschaft Mayo und viele andere in ganz Irland zutrafen.

Was diesen Leuten widerfuhr, durfte nicht in Vergessenheit

geraten. Die Überlebenden ... die Welt ... mussten irgendwie, irgendwann von diesem Leiden Irlands Kenntnis nehmen.

Seinen Ellbogen auf den Tisch gestützt, nahm er seine ganze Kraft zusammen und begann von neuem zu schreiben:

> ... Jetzt, da es wieder Winter geworden ist, bleibt nur zu erwarten, dass die Lage sich noch weiter verschlimmert. In Killala vergeht kein Tag mehr, an dem niemand stirbt, und überall in der armen Grafschaft Mayo übersteigt das Leid jegliche Vorstellung.
>
> Als ich heute Abend dabei war, einem Gerücht nachzugehen, das über die Hegartys kursierte, erlebte ich Szenen, die man sich nicht vorstellen kann, außer in seinen schlimmsten Alpträumen. Auf den Straßen wimmelt es inzwischen von abgezehrten, verhärmten Menschen, die ziellos umherwandern wie verlorene Seelen in einer endlosen Leere. Heimat- und hoffnungslos und beinahe nackt – am Verhungern, einige im Wahnsinn irre redend, fallen sie gelegentlich über Leute her, denen es besser zu gehen scheint.
>
> Die Kinder und die Alten sind am schlimmsten betroffen. Sie brechen einem das Herz mit ihren jämmerlich aufgeblähten Bäuchen und ihrem ängstlichen, flehenden Blick. Oh Gott, sie können den stärksten Geist, das festeste Herz brechen! Aber ich bin davon abgekommen, über die Hegartys zu schreiben. Ihre armselige Hütte sah noch heruntergekommener aus und schien verlassen zu sein, als ich dort ankam. Überall herrschte Schweigen. Zunächst dachte ich, die ganze Familie sei auch auf die Straßen gegangen, als ich jedoch die Hütte betrat, erkannte ich die Ursache für das geisterhafte Schweigen. Der arme Nessan und die arme Mary waren beide tot, aneinander gelehnt lagen sie beide in der Ecke auf einem schmutzigen Haufen Stroh! Auch das Baby lag tot in Marys Armen. Die anderen drei Kinder – mehr an

Gespenster als an menschliche Wesen erinnernd – drängten sich unter einer schmutzigen Pferdedecke zusammen. Nur eines von ihnen, die kleine Kathleen, hatte noch die Kraft, um wimmern zu können, als sie mich sah. Ich machte mich sofort auf den Weg, um Doktor Browne zu holen, der mir, Gott sei es gedankt, half, Nessan und Mary mit dem Baby zu begraben, bevor er die kranken Kinder mit zu sich nach Hause nahm!

Der freundliche Doktor ist nur noch ein Schatten seiner selbst, und ich fürchte, er wird bald denen nachfolgen, die er mit so viel Barmherzigkeit behandelt hat. Gott helfe uns, wir sterben alle, einige langsamer und qualvoller als andere ... aber alle von uns sterben. Auch das Land selbst stirbt – in der Tat.

Joseph hielt inne und legte die Feder beiseite, um seine Brille abzunehmen und in seinen brennenden Augen zu reiben. Er schüttelte seinen Kopf, um sich wach zu halten, war vor Schwäche jedoch beinahe benommen.

Um seinen Kopf legte sich eine dunkle Hülle, die ihm jegliche Sicht entzog. Er beugte sich über den Tisch und senkte den Kopf auf seine verschränkten Arme. Er würde seine Augen einen Moment ausruhen.

Nur einen Moment ...

* * *

In seinem spartanischen, zugigen Schlafzimmer in Nelson Hall war Morgan Fitzgerald dabei, für eine Reise zu packen, die er nicht machen wollte.

Inzwischen bereute er seine Zusage, Smith O'Brien zu den Versammlungen in Belfast zu begleiten. Das allein war jedoch nicht das Schlimmste, obgleich die Stadt im Norden ihm düster und deprimierend erschien. Es störte ihn mehr, dass auch Meagher, McGee und Mitchel mitkamen. Alle drei waren als militant bekannt und dafür, dass sie das Volk zu einem Aufstand aufwiegelten – und alle drei, dachte Morgan, waren sie verrückt geworden.

Er ging zur Kommode und zog die mittlere Schublade heraus, in der saubere Wäsche gestapelt war, um zu sehen, was er eventuell noch vergessen hatte. Zu dem Koffer zurückgekehrt, der geöffnet auf seinem Bett lag, starrte er auf denselben herab, und seine Stimmung wurde immer trübseliger.

Der eigentliche Grund, weshalb er sein Einverständnis zu der Reise gegeben hatte, war seine Sorge um Smith O'Brien. Der Mann hatte sich in den letzten Monaten einige wirkliche Feinde gemacht, wie die meisten Mitglieder der Young-Ireland-Bewegung, bewusst oder unbewusst.

Eigenartigerweise waren es nicht die Mitglieder der Orange Society – die extrem protestantischen Konservativen des Nordens –, die Morgan am meisten Sorge bereiteten. Er befürchtete, dass O'Briens *wirkliche* Feinde einige Unruhestifter waren, die entschlossen schienen, die gesamte Young-Ireland-Bewegung samt ihrem Führer zu vernichten.

Sie hatten ihr Unwesen bereits seit einiger Zeit hier in Dublin sowie in Limerick und Tipperary getrieben. Mehr als ein Mitglied der Bewegung war auf dem Heimweg von einer Abendversammlung im vergangenen Sommer angegriffen worden, unter anderen Mitchel und Meagher.

Gegenwärtig wurden die Anhänger der Young-Ireland-Bewegung aller möglichen Vergehen und Verbrechen beschuldigt, angefangen vom Tod O'Connells letztes Jahr im Mai über eine Woge von Atheismus und Rassismus bis hin zu politischen Unruhen. Smith O'Brien war in besonderer Weise unter heftige Kritik geraten und wurde sowohl beschuldigt, die „Geheimbünde" zu unterstützen als auch „in adligen Kreisen zu verkehren" und dafür seine Hinwendung zu dem einfachen Volk zu vernachlässigen.

Selbst Protestant, war O'Brien sowohl der Katholischen Assoziation als auch der Repeal-Bewegung beigetreten. Zu Beginn hatte er gut mit Daniel O'Connell, dem beliebtesten Helden Irlands und Begründer der Repeal-Bewegung, zusammengearbeitet, und beide hatten die gleichen Ziele: Hilfe für die Opfer der Hungersnot und Aufhebung der Union zwischen Irland und England.

Als O'Connell jedoch darauf bestand, dass sich alle Mitglieder der Repeal-Bewegung jeglicher Anwendung körperlicher Gewalt und aller bewaffneten Auseinandersetzungen enthalten müssten, war mit einigen Andersdenkenden, in deren vordersten Reihen Männer wie Thomas Davis, ein junger protestantischer Anwalt und Dichter aus Cork, Charles Gavan Duffy und John Blake Dillon standen, die Young-Ireland-Bewegung geboren worden.

Über ihre Zeitschrift, *The Nation,* begann die Bewegung, einige der vornehmsten und edelsten Gemüter Irlands anzuziehen, sowohl aus den Reihen der Protestanten als auch der Katholiken, und der adlige Smith O'Brien wurde langsam zu einer Schlüsselfigur. Mit John Mitchel und John Martin ging jedoch ein zunehmend militanter Ton von *The Nation* aus. Die Sprache wurde derber und der Ruf nach einem Volksaufstand immer lauter.

Nach dem Tod Daniel O'Connells ging die Repeal-Bewegung unter der schwachen und untauglichen Leitung seines Sohnes völlig zugrunde. Nach dieser Schwächung von „Old Ireland" – den Anhängern O'Connells – schlug der radikale und kämpferische John Mitchel einen noch militanteren und schärferen Ton an. Smith O'Brien bestand weiterhin darauf, dass er mit einem Aufstand nichts zu tun haben wollte, aber Morgan spürte, dass er trotz seiner Proteste bereits im Kielwasser eines Aufstands schwamm.

Und wo stehe ich selbst? Morgan stellte sich diese Frage, während er seine Sachen im Koffer neu ordnete, um Platz für seine Schreibutensilien zu finden. Nachdem er jahrelang der Gewalt gefrönt hatte und dem Glauben ablehnend gegenüberstand, war er durch seinen englischen Großvater vor dem Galgen bewahrt worden, einem Großvater, von dessen Existenz er bis vor einigen Monaten noch nichts gewusst hatte.

Dieser unerwarteten Begnadigung unmittelbar auf den Fuß war eine Erneuerung von Morgans Glauben gefolgt, ein geistliches Wiedererwachen, das Morgan für einen Banditen wie ihn für unmöglich gehalten hätte. Indem er sich seinem Heiland zuwandte, erkannte er, dass er nicht verloren war, wie er einst geglaubt hatte. Wie der verlorene Sohn hatte er sich mit all seinen Sünden zu Füßen des vergebenden Vaters geworfen, der ihn angenommen und heil gemacht hatte.

Er wollte nichts tun, was den Herrn betrübte, der ihn so gnädig errettet hatte. Obwohl er immer noch zu Young Ireland gehörte – der Bewegung zumindest im Prinzip noch zugetan war –, fühlte er sich im Angesicht der militanten Ausrichtung in *The Nation* und in der Bewegung selbst immer unbehaglicher.

Davon überzeugt, dass die ernste Notlage des hungernden irischen Volkes jeden Aufstand zum Scheitern verurteilte, missbilligte Morgan die kämpferischen Artikel und aufrührerischen Verse, wie sie von den führenden Kräften in *The Nation* veröffentlicht wurden. Seine Weigerung, auch mit seiner Feder zur Gewalt aufzurufen, hatte Morgan viele Feinde in dem Bündnis eingebracht. Ironischerweise hatte er die gleichen Feinde auch schon außerhalb der Bewegung – in jenen Tagen, als er noch mehr Rebell und Andersdenkender gewesen war.

Er wusste, dass er irgendwie dazwischenstand: Auf der einen Seite konnte er nicht Mitchels Gewalt unterstützen, weil sie die Gefahr nicht erkannte, und auf der anderen Seite war es ihm ebenso unmöglich, die britische Herrschaft über sein Land zu akzeptieren. Irland gehörte den Iren, nicht der Königin, und er wollte alles tun, was in seiner Kraft stand und was er mit seinem Gewissen vereinbaren konnte, damit sein Land vom Joch der Engländer befreit würde.

So schrieb er weiter für *The Nation* und versuchte, sich nicht davon beeindrucken zu lassen, dass seine Beiträge im Augenblick mit wenig Interesse, ja mit einem gewissen Maß an Verachtung aufgenommen wurden. Er wurde nicht mehr als der *Rote Wolf von Mayo* verehrt, als der Rebell und Patriot, der den Herren Furcht und den Bauern Achtung einflößte. Die Mitglieder der Young-Ireland-Bewegung suchten nicht mehr seinen Rat, die meisten mieden sogar jeglichen Umgang mit ihm.

Er war der Enkel eines Engländers, ein Patriot, dessen Stimme nicht mehr gehört wurde hinter Gerüchten und Anspielungen in Bezug auf seine Treue; ein Dichter, dessen Worte das Herz seiner irischen Landsleute nicht mehr berührten oder höchstens zum Zorn reizten – weil er es wagte, zu Vernunft und Brüderlichkeit aufzurufen in einem Land von Kriegern und vertriebenen Stammesführern.

Einige Mitglieder von Young Ireland trieben es sogar so weit, ihn als Verräter der Bewegung abzustempeln, indem sie schlussfolgerten, dass sein irisches Blut durch das Erbe seines Großvaters zu englischem Eis erstarrt sei. Die Verachtung durch ehemalige Kameraden betrübte Morgan mehr, als er zu erkennen gab. Nur O'Brien und zwei oder drei andere aus der Bewegung brachten ihm weiterhin die gleiche Treue und Freundschaft wie in der Vergangenheit entgegen.

Besonders O'Brien stand weiter unerschütterlich hinter ihm. Morgan liebte diesen dem Adel entstammenden Führer der Young-Ireland-Bewegung aufrichtigen Herzens. Er schätzte seine Freundschaft und vertraute auf seine Integrität. Aus diesem Grund wollte er die Reise nach Belfast antreten, obgleich er seine Entscheidung selbst in Frage stellte.

Plötzlich klopfte es an seiner Tür; Morgan richtete sich auf und wandte sich um. Überrascht, die Stimme seines Großvaters zu hören, schritt er durch das Zimmer, um ihn hereinzulassen.

Sobald der alte Mann das Zimmer betreten hatte, sah Morgan, dass er wieder an einem seiner häufigen Rheumaanfälle litt. Er schaffte gerade die wenigen Schritte zu dem Stuhl, der neben dem Bett stand.

Es kam sehr selten vor, dass Richard Nelson in die Privatsphäre des Schlafzimmers seines Enkels eindrang, und so fragte sich Morgan, was ihn wohl zu diesem Besuch bewogen hatte.

Die Augen des alten Mannes wanderten zu den zusammengelegten Kleidungsstücken auf Morgans Bett. „So ...", sagte er und hielt zunächst inne. „Du gehst also doch."

Morgan nickte und kehrte zu seinem Bett zurück, um die letzten Sachen zu ordnen. „Ja", entgegnete er und versuchte, dem forschenden Blick des alten Mannes zu entgehen.

Der Großvater sagte einen Augenblick nichts, sondern stöhnte nur und beobachete Morgan weiter.

„Ich werde nur für ein paar Tage weg sein", sagte Morgan und versuchte, eine Unterhaltung in Gang zu bringen. „Wenn ich zurückkomme, machen wir uns wieder an die Arbeit in der Bibliothek." Vor einigen Wochen hatte er auf die Bitte des alten Mannes mit der gewaltigen Aufgabe begonnen, die umfangreiche, wunderschöne Bibliothek seines Großvaters zu katalogisieren.

„Meine Sorgen betreffen nicht nur die Bibliothek, wie du bestimmt weißt", sagte Richard Nelson, und seine haselnussbraunen Augen in dem bleichen Gesicht betrachteten Morgan besorgt. Nach kurzer Pause fuhr er fort: „In Belfast ist man in diesen Tagen der Young-Ireland-Bewegung nicht gerade freundlich gesinnt, habe ich mir sagen lassen."

Morgan fuhr fort, seine Sachen zu packen. „Das ist man in Dublin übrigens auch nicht."

„Das stimmt, aber in Dublin hast du wenigstens außer deinen Feinden auch noch Freunde."

Morgan erwiderte nichts.

Der alte Mann schwieg eine Weile, bis er schließlich sagte: „Ich hatte gehofft, du würdest dich vollkommen von diesen ... Young-Ireland-Leuten trennen, wie du dich ja bereits von einem Teil ihrer Politik distanziert hast."

Morgan richtete sich auf und wandte sich um. Er schaute den alten Mann an, der sich jetzt nach vorn lehnte, mit den Händen die Stuhllehnen fest umklammernd. „Du hast mir gesagt, dass du vieles von dem respektierst, was O'Brien in der Bewegung zu tun versucht, und ich weiß zufällig auch, dass du ihn als Menschen liebst und bewunderst. Er ist der Grund, weshalb ich nach Belfast gehe."

Richard Nelson verzog missbilligend den Mund. „Du gehst als sein Leibwächter."

Von dem Scharfsinn des alten Mannes überrascht, versuchte Morgan ein trockenes Lachen. „Ich hoffe, du wirst das Smith O'Brien nicht sagen. Er macht sich bereits genug Sorgen, ohne dass ihm jemand sagt, er brauchte einen Leibwächter."

„Der junge Narr braucht gegenwärtig tatsächlich mehr als einen Leibwächter!" Weiß schimmerten die Knöchel an Großvaters Händen auf der Stuhllehne. „Er muss sich seinen Platz suchen und dann dabei bleiben. O'Brien versucht, alles für alle zu sein, und wenn er nicht aufpasst, zersplittert er sich derart, dass er am Ende nichts mehr erreicht."

Morgan gab keine Antwort, fürchtete aber im Stillen, dass der alte Mann Recht haben könnte. Als sich Morgan auf der Bettkante niederließ, versuchte er bewusst, das Thema zu wechseln. „Du hast mir noch nichts von deinem Gespräch mit Clarendon erzählt."

Graf Clarendon, ein alter Freund Richard Nelsons, war im vergangenen Sommer – widerstrebend – Lord-Lieutenant, also der Vertreter der Krone für Irland geworden. Der Großvater machte jedoch kein Geheimnis daraus, dass er daran zweifelte, ob der Freund dem Land wirklich helfen konnte.

„Auf jeden Fall gibt es keine guten Nachrichten, so viel steht fest“, entgegnete der Großvater bitter. „Hätte es keine Schwankungen an der Börse gegeben, wäre die Situation jetzt vielleicht schon besser. Letzten Sommer hatte man eine beträchtliche Summe für Irland bewilligt, weißt du. Unser geschätzter Schatzkanzler behauptet jedoch, dass England aufgrund dieser Kursschwankungen in gefährlichen Geldschwierigkeiten sei, so dass es keinen Hilfsfonds für Irland geben wird.“

Morgan gab einen empörten Laut von sich. „Mir scheint, es wird niemals Geld für Irland da sein. Es wäre genauso gekommen, auch ohne Kursschwankungen an der Börse. Wood und Trevelyan hätten ganz einfach eine andere Ausrede gefunden – irgendetwas, damit den Iren nicht geholfen würde.“

Sein Großvater nickte. „Clarendon ist in Sorge. Er gesteht die verzweifelte Lage der Iren ein und ist der Meinung, dass die Engländer zu weit gegangen sind. In dem Ausmaß, wie Hass und Verzweiflung um sich gegriffen haben, hält er einen Aufstand durchaus für möglich. Er berichtete auch von einer alarmierenden Anzahl von Morden an Großgrundbesitzern und sogar von Verstümmelungen.“

Morgan verzog das Gesicht, sagte aber nichts. Er billigte diese Taten nicht, verstand aber die Verzweiflung allzu gut, die sich dahinter verbarg.

„Clarendon ist überzeugt, dass die Morde bereits Teil eines geplanten Aufstands sind“, fuhr der Großvater fort. „Er ist der Meinung, dass der Grundgedanke darin besteht, die Großgrundbesitzer so weit einzuschüchtern, dass sie ihre Ländereien aufgeben und verlassen und die Pächter auf diese Weise durch Nichterscheinen des Gegners gewinnen. Er ist in größter Sorge und hat sogar den Erlass von Notstandsgesetzen beantragt, die Geldstrafen auferlegen und den Besitz von Waffen verbieten."

Morgan schaute ihn an.

Der Großvater nickte und fuhr fort. „Sein Antrag wurde natürlich abgelehnt. Der Premierminister hatte natürlich nicht die Absicht, dem Lord-Lieutenant von Irland zusätzliche Vollmachten einzuräumen. Clarendon hat übrigens mit seinem Rücktritt gedroht."

Morgan streckte seine beiden langen Arme so weit aus, dass er seine Knie umfassen konnte. „Clarendons Befürchtungen wegen eines geplanten Aufstands entbehren auf jeden Fall jeglicher Grundlage. Die Menschen sind nicht einmal mehr zum Überleben, geschweige denn zu einer nationalen Erhebung fähig."

Sein Großvater betrachtete ihn mit einem abschätzenden Blick. „Clarendon ist der Meinung, dass der Aufstand von der Young-Ireland-Bewegung geplant wird, nicht vom Volk."

Morgan schüttelte den Kopf, dann stand er auf. „O'Brien hat sich von jeglichem Geschwätz über einen Aufstand distanziert."

„Aber Mitchel und die anderen nicht", entgegnete der alte Mann scharf. „Und es scheint, als hören viele auf sie."

Morgan zuckte gleichgültig mit den Achseln.

„Und noch mehr hören auf *dich,* Morgan. Und deine Stimme ist bitter nötig in Irland. Bring dich ... nicht selbst in Gefahr."

Morgan verzog sein Gesicht zu einem schiefen Lächeln. „Ich fürchte, Worte über Bildung und Frieden sind gegenwärtig nicht sehr gefragt. Die Iren haben von jeher eine Vorliebe für aufrührerische Gedichte und provozierende Aufsätze. Und", sagte er reumütig, „ich muss zugeben, auch genug von beiden geschrieben zu haben."

„Die Zeiten sind jetzt anders", beharrte der alte Mann. „Im Augenblick sind Vorsicht und Vernunft gefragt."

Morgan schaute ihn an, während er noch immer lächelte. „Aber den Söhnen Irlands hat beides noch nie gefallen, nicht wahr, Großvater?“

15. Wunden und gebrochene Herzen verbinden

Das Heim der redlich Armen,
die Häuser voll Armut und Not,
bescheiden zum Erbarmen,
sind sie doch geheiligt vor Gott.
Elisabeth Willoughby Varian („Finola") (1830–1903)

New York City

Daniel hatte bereits über einen Monat für Dr. Grafton gearbeitet, aber am Montag begleitete er den Arzt zum ersten Mal nach Five Points.

Mit Hilfe von Pastor Jess Dalton war in den berüchtigten Slums eine wöchentliche Sprechstunde eingerichtet worden.

Nur ungern hatte seine Gemeinde sich entschlossen, zwei Räume über Duke Neesons Kneipe zu mieten, und zwar so lange, bis ein geeignetes, eigenes Gebäude für die Mission gefunden war.

Pastor Dalton musste bei dem Missionskomitee Fürsprache einlegen, doch schließlich hatten sie eingesehen, dass es besser war, zwei Zimmer über einer Kneipe für die medizinische Betreuung der Armen zu nutzen, als keinerlei diesbezügliche Möglichkeiten zu haben. Nun wechselte sich Dr. Grafton mit anderen Ärzten ab, die sich freiwillig für diesen Dienst zur Verfügung gestellt hatten, Patienten ambulant zu behandeln, und wenn es die Zeit erlaubte, auch Hausbesuche bei Patienten zu machen, die das Bett hüten mussten oder die einfach zu schwach waren, um die Sprechstunde aufsuchen zu können.

Daniel hatte sich sofort nach der Schule auf den Weg gemacht und merkte schon bald, dass diese Missionssprechstunde zu seinen turbulentesten – und leidvollsten – Erfahrungen als Gehilfe des Arztes werden würde. Sowohl Onkel Michael als auch Tierney hatten ihn natürlich vor Five Points gewarnt, und auch Pastor Dalton hatte versucht, ihm zu erklären, was ihn erwartete. Doch alle diese Warnungen und Beschreibungen zusammengenommen blieben weit hinter der grausamen Wirklichkeit zurück, die Daniel in diesen furchtbaren Slums begegnete.

Seitdem Daniel die verheerenden Zustände in seinem Heimatland hinter sich gelassen hatte, war er noch nicht wieder mit so furchtbarem Leiden, solch endloser Verzweiflung konfrontiert worden. Die Menschen, die in die Missionssprechstunde kamen, waren nicht nur krank und arm; die meisten von ihnen waren Analphabeten und sahen furchtbar schmutzig aus. Alle schienen sie unsagbar traurig zu sein.

Auf grausame Weise schienen Daniels eigene Erfahrungen mit Leid und Elend in seinem Heimatdorf ihm jetzt zum Vorteil zu gereichen. Die Schrecken, die er in Irland und auf dem Todesschiff, das sie nach Amerika gebracht hatte, erduldet hatte, machten ihn jetzt dazu fähig, der Grausamkeit des Leidens in Five Points ohne Abscheu zu begegnen.

Außerdem trugen das Geschick und die Bereitschaft Dr. Graftons, ihm etwas beizubringen, wesentlich dazu bei, diese Sprechstunde zu einem weitaus positiveren Erlebnis werden zu lassen, als das sonst der Fall gewesen wäre. Daniel hatte bislang in seinem Leben nur zwei Ärzte kennen gelernt: Dr. Browne in seinem Heimatdorf, einen feinen Mann, dem aber aufgrund mangelnder Ausrüstung und fehlender Medikamente enge Grenzen gesetzt waren, und Dr. Leary, den Chirurgen an Bord der *Green Flag,* einen traurigen, oft betrunkenen Menschen, der am Ende der Reise Selbstmord begangen hatte. Trotz dieser geringen Erfahrung wusste Daniel, dass Dr. Grafton ein guter Arzt war – geschickt, gewissenhaft und voller Hingabe für seine Patienten.

Es faszinierte ihn, dem Doktor bei der Arbeit zuzusehen und dabei zu lernen.

Heute schien er dazu bestimmt, mehr aufnehmen zu müssen, als sein Geist überhaupt auf einmal erfassen konnte. In den zwei Stunden seit seiner Ankunft hatte der Doktor drei Furunkel, ein kleines Kind mit einer verbrühten Hand, einen alten Mann mit einem gebrochenen Handgelenk, einen Jungen mit einer Schusswunde und zwei Scharlachfälle behandelt.

Und im Flur wartete immer noch eine lange Reihe von Patienten. Während er einer jungen Mutter, die Geschwülste am Arm hatte, einen Umschlag anlegte, machte Dr. Grafton seiner Sorge über die aussichtslose und unmögliche Situation Luft. „Selbst wenn wir noch an zwei weiteren Tagen Sprechstunde hielten, wäre es nicht möglich, alle zu behandeln, die draußen stehen und warten! Und dann müssen wir auch noch Besuche machen mit Pastor Dalton."

Daniel nickte, nicht weniger überwältigt von der Größe ihrer Aufgabe. Er hatte auch die Scharen der Kranken und Schmerzgequälten gesehen, die sich in dem Flur drängten, und fragte sich, wie so viele Menschen in dem kleinen, düsteren Raum Platz finden konnten.

In dem Augenblick betrat Pastor Dalton das Zimmer und kam auf sie zu. „Du bist doch nicht allein hierher gekommen, mein Junge?", fragte er und legte ihm kurz seine Hand auf die Schulter.

„Nein, Sir, Onkel Michael ließ mich nicht allein gehen. Er und Wachtmeister Price haben mich in einem Polizeiwagen hierher gebracht."

Der Pastor nickte. „Gut, gut. Das ist kein Ort, an den man sich allein wagt – ich erlaube es meinem Sohn auch nicht, allein hierher zu gehen." Nun wandte er sich Dr. Grafton zu. „Ich kann dich zu den Hausbesuchen begleiten, wenn du fertig bist, Nicholas. Es ist schon spät."

Der Arzt blickte zu ihm auf und runzelte frustriert die Stirn. „Ich kann jetzt nicht weg. Du hast doch die Menge der Wartenden im Flur gesehen."

Der Pastor nickte. „Aber du kannst sie unmöglich alle an einem Nachmittag behandeln."

Dr. Grafton nahm einen Moment die Brille ab, um sich die Nase zu reiben. „Wir brauchen einfach mehr Hilfe, Pastor", sagte er müde und setzte seine Brille wieder auf. „Die Situation hier unten gleicht einem Alptraum. Mit ein paar Stunden pro Woche ist noch nicht einmal ein Anfang gemacht, um irgendetwas zu ändern!"

Während er sprach, zog er behutsam den Ärmel über den Arm seiner Patientin und half der blassen jungen Frau aufzustehen. „Und vergessen Sie nicht, Peggy, die Umschläge zweimal täglich zu wechseln." Seine Stimme klang bestimmt, aber freundlich. „Ich werde Ihnen genug Mull mitgeben; Sie machen die Milch-Brot-Umschläge genau, wie ich es Ihnen gezeigt habe, und decken den Brei dann mit Mull ab. Und halten Sie es sauber – das ist wichtig."

Die junge Mutter starrte ihn ungläubig an. „Herr Doktor, wir haben nicht einmal Brot und Milch für die kleinen Kinder, geschweige denn für einen wunden Arm!"

Dr. Grafton starrte zurück, auf seinem müden Gesicht breitete sich Ärger aus. „Ja, ja natürlich. Ich hätte daran denken müssen. Nun, also", murmelte er und kramte in seinem Koffer, „nehmen Sie das." Als er ihren verdutzten Blick sah, erläuterte er ihr: „Das ist eine milde Salpetersäurelösung, mit der die Mullstücke getränkt werden. Sie tränken jedes Stück Mull mit ein wenig Lösung und legen es dann auf Ihren Arm, und dann möchte ich Sie nächste Woche wiedersehen."

„Ich habe kein Geld, das ist es", sagte die Frau leise und blickte auf den Fußboden.

„Machen Sie sich darum keine Sorgen. Kommen Sie einfach

nächste Woche wieder, damit ich sehe, wie es Ihnen geht." Als sie nicht antwortete, näherte er sich ihrem Gesicht und sah ihr in die Augen. „Peggy?"

Die junge Frau nickte. Bevor sie zur Tür hinauseilte, warf sie ihm über ihre Schulter ein schnelles dankbares Lächeln zu.

In dem Flur ertönte ein kollektives Protestgeschrei, als Pastor Dalton den wartenden Patienten mitteilte, dass sie erst in der nächsten Woche behandelt werden könnten. Viele murrten ärgerlich, während andere nur seufzten, als seien sie es schon gewöhnt, abgeschoben zu werden. Binnen weniger Augenblicke begannen sie, sich zu zerstreuen.

Sobald der Flur leer war, verließ Daniel gemeinsam mit Dr. Grafton und Pastor Dalton die Sprechstundenräume, um sich auf die düsteren Straßen von Five Points zu begeben.

„Ist Onkel Michael noch in der Nähe?", fragte der Pastor, als sie draußen waren.

„O nein, Sir, er hat heute Abend einen Sondereinsatz am *Astor Place Opera House,* das heute eröffnet wird."

„Ah ja", sagte der Pastor und nickte. „Das wird ein unvergesslicher Abend für die High-Society von New York."

Daniel wurde unangenehm daran erinnert, dass dieser Abend nicht nur ein besonderes Ereignis für die vornehme Gesellschaft von New York war. Seine Mutter würde auch dort sein, dank Mr Farmington. Er hatte außer den Eintrittskarten für sie und Evan Whittaker auch einen Wagen für die beiden zur Verfügung gestellt!

Daniel hatte es sich nicht anmerken lassen, dass er unangenehm überrascht war, als die Mutter ihm das erste Mal von dem Abend in der Oper berichtet hatte; es war ihm sogar gelungen, eine Freude vorzutäuschen, die er überhaupt nicht spürte. Sein unsicheres Gefühl hatte nichts mit Evan Whittaker zu tun. Daniel mochte ihn wirklich sehr und rechnete ihn in der Tat zu ihren engsten und besten Freunden. Trotzdem hatte die begeisterte Ankündigung seiner Mutter gemischte Gefühle in ihm hervorgerufen.

Auf der einen Seite freute er sich für sie, gönnte es ihr, so eine seltene Chance zu haben. Auf der anderen Seite schien es ihn jedoch irgendwie zu beunruhigen, dass sie den Abend mit einem anderen Mann als Onkel Michael verbrachte. Schließlich war sie schon vergeben.

Vergeben, aber nicht versprochen ...

Warum bereitete ihm diese Tatsache so viel Kummer? Inzwischen regte er sich genauso wie Tierney über die Beziehung zwischen seiner Mutter und Onkel Michael auf. Und war er es nicht, der sie oft genug verteidigte, wenn Tierney seine ungeduldigen Bemerkungen darüber machte, dass sie seinen Vater „auf Sicherheitsabstand hielt"?

Tierney. Würde er sich nicht maßlos aufregen, wenn er von diesem Opernbesuch erfuhr? Und die Wahrscheinlichkeit, dass er davon erfuhr, war leider sehr groß, da Onkel Michael am Opernhaus Dienst hatte. Falls er Mutter und Evan sah, würde es auch Tierney erfahren.

Als sie die dunklen, schmutzigen Straßen entlangstapften, die vom Paradise Square wegführten, sagte sich Daniel, dass er ein Narr war. Selbst wenn Onkel Michael sie heute Abend nicht entdecken sollte, war seine Mutter viel zu begeistert, um nicht über dieses Ereignis zu sprechen. Vielleicht hatte sie es auch bereits getan.

Als Daniel auf der Straße über einen losen Stein stolperte, verrenkte er sich das Fußgelenk, ging jedoch weiter, bevor der Pastor oder Dr. Grafton etwas bemerkten. Er zuckte zusammen, jedoch nicht von dem Schmerz in seinem Fußgelenk, sondern weil er daran gedacht hatte, wie wütend Tierney sein würde, wenn er von dem Besuch in der Oper erfuhr.

Für Tierney stand es fest, dass sein Vater und Daniels Mutter heiraten würden. Ja, er hatte sich das alles schon so vorgestellt, bevor sie überhaupt einen Fuß auf amerikanischen Boden gesetzt hatten!

So war Tierney: Hatte sich in seinem Kopf erst einmal eine Idee festgesetzt, würde er nicht eher ruhen, bis sie in die Tat umgesetzt war. Wenn es Daniel passierte, dass Dinge nicht so liefen wie geplant, schob er den Gedanken einfach beiseite und bemühte sich umso mehr.

Starrköpfigkeit, dachte Daniel, während er den Mund grimmig verzog, gehört zu den wenigen Dingen, die Tierney und sein Vater gemeinsam haben.

* * *

Es war schon beinahe dunkel, als sie das Ziel ihres ersten Hausbesuchs erreichten, ein verkommenes Mietshaus auf der Cross Street. Vor dem verfallenen Gebäude standen einige junge Rowdys mit gemeinen Augen und grausamen Gesichtszügen. Als sie keinerlei Anstalten machten, den Doktor und seine Begleitung vorbeizulassen, bahnte Pastor Dalton mit einer festen Handbewegung und einem herausfordernden Lächeln den Weg.

Oben, im zweiten Stock, führte sie der Pastor einen düsteren Flur entlang, in dem es furchtbar stank. An einer dunklen, verkrusteten Tür, die nur noch an einem Scharnier hing, blieben sie stehen. „Das Mädchen, das wir besuchen wollen, ist fünf Jahre alt", erklärte ihnen der Pastor leise. „Seit Wochen ist sie schlimm krank. Sie heißt Ellie ..."

Daniel hörte kaum noch, was der Pastor weiter erzählte, alle seine Gedanken kreisten um diesen Namen. *Ellie* hatte seine kleine Schwester geheißen. Arme, kleine Ellie, sie war an Hunger und dem Fieber, das er ihr gebracht hatte, gestorben, als sie kaum sechs Jahre alt war.

Schuldbewusst stellte er fest, dass es schon einige Zeit her war, seitdem er zuletzt an sie gedacht hatte. Die Erinnerungen an Ellie und an seinen älteren Bruder Tahg, der gestorben war, unmittelbar bevor sie Irland verlassen hatten, schienen mit jedem Monat, der vorüberging, mehr zu verblassen.

„Sie und ein Bruder leben mit dem Vater zusammen“, erläuterte Pastor Dalton, die großen Arme auf seiner Brust verschränkt. „Die Mutter ist tot, ebenso beide Großeltern. Der Vater war Handlanger, hat aber durch eine Blutvergiftung einen Arm verloren. Das Einzige, was er jetzt noch tun kann, ist, auf den Markt zu gehen und den Käufern die Körbe zu tragen. Er ist ein solider Mann, der sich zur Abstinenz verpflichtet hat, aber er ist auch bitter geworden und mutlos. Bevor sie krank wurde, hat die kleine Ellie um Essen gebettelt. Alles, was sie jetzt noch haben, ist das, was der Junge beim Straßenfegen verdient. Ich dachte, wenn Sie dem kleinen Mädchen helfen könnten, würde das der ganzen Familie nützen.“

Drinnen wurden sie von einem kleinen, spindeldürren Mann empfangen, dem ein Arm fehlte. Offensichtlich ernst und zurückhaltend, machte er jedoch einen sauberen und ordentlichen Eindruck. Er begrüßte sie mit wenig Begeisterung, sein Sohn, der etwa zehn Jahre alt sein mochte, schien jedoch sichtlich erfreut und erleichtert, dass der Arzt gekommen war.

Sie bewohnten nur ein Zimmer, nicht größer als das Schlafzimmer, das Daniel mit Tierney teilte. In dem Zimmer stand ein zerbeulter Ofen, dessen Rohr durch ein zerbrochenes Fenster nach außen führte. Auf der einen Seite des Ofens stand ein kleiner Korb, der Späne anstelle von Holz enthielt, und auf dem Ofen war irgendetwas Essbares in einer Pfanne, das aber eher faul als appetitlich roch.

In einer dunklen Ecke, rechts neben dem Ofen, lag ein kleines Mädchen auf einem Haufen zerlumpter Stofffetzen. Sie lag regungslos da, drehte nicht einmal ihren Kopf, um von ihnen Kenntnis zu nehmen. Als sich Pastor Dalton jedoch neben ihr niederließ und einen Gruß flüsterte, neigte sie ihren Kopf ein wenig in seine Richtung und brachte ein schwaches Lächeln zustande.

„Ich habe Dr. Grafton mitgebracht, Ellie“, sagte der Pastor und legte sanft seine Hand auf ihre zerbrechliche Schulter. „Er weiß, dass du sehr krank warst, und möchte dir helfen.“

Noch immer sprach das Kind kein Wort, und Daniel ertappte sich dabei, wie er dieses bleiche, passive kleine Mädchen mit seiner Schwester Ellie verglich, die zuletzt ähnlich regungslos gewesen war.

Das Kind gab den ersten Ton von sich, als sich Dr. Grafton neben sie gekniet und damit begonnen hatte, ihren Hals zu untersuchen. Als sie vor Schmerz zu wimmern begann, hielt er sofort inne und betrachtete sie nachdenklich.

Neugierig geworden, kam Daniel etwas näher. Er nahm den leicht säuerlichen Geruch wahr, der von ihr ausging, sah, dass ihre Haut von feuchtem Schweiß umgeben war, obgleich es in dem Zimmer so kalt war, dass er unter seiner Jacke fror. Ihre geröteten Wangen und glänzenden Augen zeigten an, dass sie hohes Fieber hatte, und er fragte sich, ob das nicht das Anfangsstadium von Scharlach war, einer Krankheit, die ihnen in letzter Zeit oft in Dr. Graftons Privatpraxis begegnet war.

Als der Doktor die dünne, zerlumpte Decke zurückschlug, sah man, dass die Handgelenke und Ellenbogen des Kindes gerötet und schlimm geschwollen waren, selbst ihre Fußgelenke erschienen ungewöhnlich stark im Vergleich zu ihrem kleinen, dünnen Körper. Äußerst behutsam nahm Dr. Grafton ihre Hand, um ihren Puls zu fühlen.

„Wie lang ist das schon so bei ihr?“, fragte er, indem er zu dem Vater aufschaute, der sich an ihr Lager gestellt hatte.

„Dass es ihr so schlecht geht, meinen Sie?“ Er runzelte die Stirn und dachte nach. „Zwei Wochen vielleicht. Davor hatte sie Fieber und auch schreckliche Halsschmerzen. Seit einigen

Tagen geht es ihr immer schlechter. Ich kann sie nicht mehr anfassen, ohne dass sie schreit."

Der Doktor wandte sich wieder Ellie zu. „Es tut dir überall weh, Kind, stimmt's?"

Sie nickte schwach. „Es tut weh."

„Und es tut noch mehr weh, wenn du versuchst, dich zu bewegen, nicht wahr?"

Wieder nickte sie.

Dr. Grafton betrachtete sie noch einen Augenblick, dann stand er auf. „Akutes Rheuma", sagte er, „einer der schlimmsten Fälle, wie ich es schon lange nicht mehr gesehen habe."

Der Vater räusperte sich. „Ist die Krankheit tödlich, Herr Doktor?"

Dr. Grafton schaute ihn an. „Tödlich? O nein, nein, das muss nicht sein! Aber sie *ist* ernsthaft krank. Ist sie längere Zeit Wind und Wetter ausgesetzt gewesen?"

Der Mann schaute ihn nur verdutzt an.

„War sie für längere Zeit draußen bei Regen und Kälte? Vielleicht, als sie anfing, sich nicht wohl zu fühlen?"

Plötzlich begann der Mann zu verstehen. „O ja", sagte er und nickte, „in dem Schiff, das uns nach Amerika gebracht hat, lagen wir fast die ganze Zeit in eiskaltem Wasser. Wochenlang, verstehen Sie! Wir wären fast erfroren! Ellie scheint es am schlimmsten erwischt zu haben. Sie war noch nie sehr stark."

Daniel sah, wie sich das Gesicht des Arztes anspannte und um seinen Mund ein bitterer Zug erschien, als hätte ihn die Antwort des Vaters nicht überrascht.

„Wir müssen sofort beginnen, etwas für sie zu tun", sagte der Arzt munter. „Und Sie müssen dabei helfen, passen Sie also genau auf."

In den nächsten Minuten zeigte Dr. Grafton Vater und Sohn, wie sie Baumwollstreifen mit einer Mischung aus Wintergrünöl und Laudanum tränken und an den entzündeten Gelenken des kleinen Mädchens anlegen mussten.

„Und das geben Sie ihr alle zwei Stunden, bis das Fieber zurückgeht und sie sich wieder besser fühlt“, erläuterte der Doktor, während er dem Vater eine kleine Flasche mit Salizylsäure überreichte.

Während Dr. Grafton Vater und Sohn Anweisungen gab und Ratschläge erteilte, kniete Pastor Dalton neben dem Lager des kleinen Mädchens. Mit einer sanften, unheimlich liebevollen Stimme, die fast im Gegensatz zu seiner enormen Körpergröße zu stehen schien, sprach der Pastor dem Kind Mut zu und betete dann für die kleine Ellie. Daniel glaubte, noch nie so eine Kraft gespürt zu haben, wie sie aus den ruhigen, aber mutigen Worten sprach, die der Pastor für die kleine Ellie Higgins betete. Ja, der Herr musste das Gebet eines solchen Mannes erhören!

Wieder im Freien, fragte Daniel: „Wird es besser mit ihr werden, Herr Doktor?“

Der Arzt betrachtete ihn mit einem besorgten Blick. „Wir wollen es hoffen, aber sie ist in einem kritischen Stadium. Diese Art Rheuma zieht durch den ganzen Körper, und je nachdem, wo es sich festsetzt, kann es irreparablen Schaden anrichten. Dass das Kind schon offensichtlich schwach war, bevor die Krankheit ausbrach, ist außerdem nicht gerade hilfreich.“

Bevor sie Five Points verließen, besuchten sie noch drei Patienten: eine ältere Frau, die sich die Hüfte gebrochen hatte, als sie alle Stufen einer verkommenen Treppe heruntergefallen war; einen Zeitungsjungen, der beinahe grundlos von seinem betrunkenen Vater geschlagen worden war und der bei einem schwarzen Ehepaar im gleichen Haus Zuflucht gefunden hatte; sowie eine junge Frau, die, selbst fast noch ein Kind, mit Kindbettfieber dem Tod nahe war.

Bei jedem Patienten staunte Daniel von neuem über Dr. Graftons scheinbar endlose Geduld und echte Freundlichkeit. Er behandelte nicht nur jedes Leiden mit großer Fachkenntnis, sondern begegnete auch jedem Patienten als Menschen mit Achtung und Anteilnahme.

Eines Tages, schwor Daniel bei sich selbst, würde er ein Arzt sein wie Nicholas Grafton – ein Arzt, der nicht nur die Bedürfnisse des Körpers sah, sondern auch merkte, was das Herz des Menschen brauchte. Ja, er wollte ein Arzt werden, der den Menschen sah und nicht nur den Patienten.

16. Ein Abend in der Oper

Mitten in der Liebe
verbirgt sich ein Schmerz ohnegleichen.
W. B. Yeats (1865–1939)

Kritisch betrachtete Nora ihr Spiegelbild. Sie hatte geglaubt, sie würde sich großartig – ja elegant – finden nach all den Mühen und dem Aufwand, den Sara Farmington getrieben hatte, um sie für den heutigen Abend zurechtzumachen.

Aber in Wirklichkeit kam sie sich mehr als albern vor.

Man hatte sie eingeschnürt und ausgestopft wie einen Vogel, der gebraten werden sollte. Und ihre Nerven! Ganz bestimmt hatte sie sich noch nie in einem solchen Zustand befunden. Vielleicht wäre es mit einem schlichten Kleid anders gewesen. Das extravagante Kleid, das man eigens für sie geändert hatte, war zumindest teilweise dafür verantwortlich, dass Nora sich nicht wohl fühlte. In diesem Kleid kam sie sich unbeholfen und furchtbar auffällig vor.

Und diese dummen kleinen Seidenstiefel. Nora ging die Treppe hoch, so dass sie die weißen, in Seide gehüllten Zehen sehen konnte. Solch eine Eitelkeit! Wäre dieser ... Tand nicht Sara Farmingtons Idee gewesen, hätte Nora das ganze Theater als äußerst sündhaft betrachtet! Sie hatte jedoch genug Vertrauen in Sara Farmington, um ihr in diesen Dingen das richtige Urteil zu überlassen. Sie konnte nur hoffen, dass diese Extravaganz, dieser Putz für sie nicht zur Sünde wurden.

Nora ließ ihre Augen von der mit Teppich ausgelegten Treppe hinunter in das Foyer gleiten. Dort stand Evan und blickte scheu auf seine glänzenden Schuhe herab. Er sah großartig aus in seinem Abendanzug und der weißen Satinweste. Sein linker Ärmel hing lose an ihm herab, mit seiner rechten Hand spielte er nervös an seinem Schnurrbart.

Schließlich schaute er nach oben und sah sie stehen. Ein heller Schein erfüllte seine Augen, ein Glanz, wie Nora ihn noch nie gesehen hatte. Er musste bestimmt denken, dass sie eine dumme und törichte Frau war, sich wie eine Dame der vornehmen Gesellschaft zu kleiden!

Evan schien jedoch keinerlei derartige Gedanken zu hegen. Er streckte ihr seine Hand entgegen, als sie die Treppe herunterkam und sagte: „Nora, du s-siehst einfach reizend aus!"

Nora spürte, wie sie unter seinen bewundernden Blicken errötete.

„Bist d-du bereit?"

„Ja", sagte sie. Im Zimmer war es plötzlich warm geworden, Evan schien das jedoch nicht zu bemerken. Er nahm ihre Stola und versuchte, sie ihr um die Schulter zu legen.

In dem Moment stürmte Lewis Farmington aus seinem Arbeitszimmer in das Foyer. „Evan, mein Junge!", begann er, hielt aber dann inne, um Nora mit einem langen, anerkennenden Blick zu mustern. „Oh Evan, ich glaube, Sie begleiten heute die schönste Frau in die Oper."

Evan nickte und brachte ein „J-J-Ja, Sir", heraus, während Nora noch mehr errötete.

„Vergessen Sie das hier nicht, mein Sohn", sagte Farmington, während er Evan ein Paar Glacéhandschuhe zuwarf, um sich dann auf seinem Absatz umzudrehen und wieder in seinem Arbeitszimmer zu verschwinden. „Ihr geht schon vor", rief er ihnen noch über die Schulter zu. „Sara und ich kommen auch bald."

* * *

Evan blickte zuerst auf die Handschuhe, dann zu Nora und dann wieder auf die Handschuhe. Verwirrt steckte er beide Handschuhe schnell in seine rechte Manteltasche.

Nora schaute ihm ins Gesicht, und ihre sanften Augen zwangen ihn, ihrem Blick zu begegnen. Langsam und ohne ein Wort zu sagen, griff sie in seine Tasche und nahm die Handschuhe wieder heraus. Sie warf ihm einen schnellen Blick zu und steckte den linken Handschuh behutsam in seine Tasche zurück.

„Gib mir deine Hand", sagte sie einfach.

„Nora, ich –ich ..."

„Gib mir deine Hand, Evan", wiederholte sie. Mit gesenktem Blick streckte er ihr seine Hand entgegen, schweigend und gehorsam, wie ein kleiner Junge.

Mit unendlicher Zärtlichkeit schüttelte Nora den Handschuh auf und streifte ihn über Evans ausgestreckte Hand. Sein ganzer Arm zitterte, als sie das geschmeidige Material vorsichtig über seine Finger streifte. Er spürte ihre Berührung, und als sie sich herabbeugte, um den kleinen Perlenverschluss am Handgelenk zu schließen, schloss er die Augen und wagte nicht zu atmen.

Sie war so nahe, so unendlich nahe. Durfte er zu denken wagen, dass diese kleine Geste des Mitgefühls, dieser Augenblick voller Zärtlichkeit mehr waren als nur eine freundliche Geste einer wohlmeinenden Frau? Hatte sie gespürt, wie sein Herz pochte, wie sein Puls unter ihren zarten Fingern raste?

Schließlich sah Nora ihn an, während sie seine Hand noch immer festhielt. Sie schauten sich in die Augen und einen kurzen Moment glaubte Evan, in ihrem Gesichtsausdruck etwas – *etwas* – zu entdecken.

„Evan ...", begann sie.

„Ja! J-Ja, Nora?"

„Ich – ich möchte, dass ... du weißt ..."

Evans Herz raste. „J-Ja?"

Nora senkte ihren Blick und schlang sich die Stola um die

Schulter. „Ich möchte dir einfach danken … dass du mich heute Abend ausführst. Ich bin sicher, dass es ein schöner, ein sehr schöner Abend wird."

Der Bann war gebrochen. Evan stieß einen tiefen Seufzer aus und lächelte sie an. „Bestimmt ein wunderschöner Abend."

Nora lachte ein wenig über seinen Versuch, den irischen Akzent nachzuahmen. Er reichte ihr den Arm, und dann gingen sie gemeinsam in den kalten Abend hinaus, wo Mr Farmingtons Wagen auf sie wartete.

* * *

Ihre Plätze waren auf dem *ersten Rang*, wie man es nannte. Eigentlich saßen sie mitten in der Luft! Gab es das überhaupt – ein Boden mitten in der Luft, auf dem rote Samtsofas und Sessel standen?

Nora wagte es nicht, sich zu weit nach vorn zu beugen. In der Höhe wurde ihr immer schwindlig. Doch jetzt, fürchtete sie, war nicht nur die Höhe daran schuld, dass ihr schwindlig wurde.

Ihr Plüschsessel war zwischen Evans auf der einen und Sara Farmingtons auf der anderen Seite eingeklemmt. Sie spürte Evans Nähe, obwohl sich ihre Ellbogen nicht berührten. Sie vermied es geflissentlich, ihn anzusehen, und versuchte, nicht an ihn zu denken.

Sie schaute nach oben und studierte ein protziges Gemälde, von dem drei ziemlich herausgeputzte Männer auf die Bühne schauten. „Weißt du zufällig, wer diese Männer da oben an der Decke sind, Evan?", fragte sie, den Blick immer noch auf das Deckengemälde gerichtet.

Evan schaute zu ihr und dann zu dem Gemälde. „O ja, das ist natürlich Mozart und Rossini und … B-Bellini, glaube ich, ja, Bellini."

Nora nickte, als hätten diese Namen tatsächlich eine Bedeutung für sie. Einen Augenblick später fragte sie jedoch: „Und wer sind sie, Evan?“

Evan lächelte sie an. „Es sind Komponisten, recht geniale Komponisten, alle drei.“

Eines der Dinge, die Nora Evan so lieb machten, war seine Art, sie nie als dumm hinzustellen. In keiner Weise. Er nahm jede ihrer Fragen stets ernst und beantwortete sie mit Sorgfalt.

Nora wusste, dass Evan ein ziemlich gebildeter Mann war, dem viele ihrer Fragen sicher dumm oder gar lächerlich vorkommen mussten. Dennoch zeigte er niemals auch nur die geringste Spur von Herablassung ihr gegenüber.

In dieser Hinsicht war er wie die Farmingtons. Obgleich die Farmingtons reich und privilegiert waren, gaben sowohl Lewis Farmington als auch Sara ihr stets das Gefühl, ein wertgeachteter Mensch zu sein. Sie waren stets freundlich, aufmerksam, liebevoll und niemals herablassend ihr oder sonst irgendjemandem gegenüber, der für sie arbeitete.

Doch allein Evan gab ihr wirklich das Gefühl – wertvoll zu sein; wertvoll und ... einzigartig. Evan verstand sie, verstand sie wirklich. Sie konnte es sich nicht erklären, wieso, aber er wusste stets, was ihr Freude machte, und schien auch immer zu verstehen, was sie ärgern oder ihr Schmerz bereiten würde.

Sie warf einen verstohlenen Blick auf sein Profil. Ja, Gott hatte sie durch Evan Whittaker mit weit mehr als einem guten Freund gesegnet; in der Tat, sie waren verwandte Seelen.

* * *

Gewiss, sie hatte keine Ahnung, wie reizend sie war. Aus den Augenwinkeln warf Evan wiederum einen verstohlenen Blick auf Nora, die neben ihm saß. Ihre Lippen waren zu einem leichten Lächeln geformt, und er fragte sich, was sie in diesem Augenblick wohl gerade dachte.

Der erste Akt der Oper war fast vorüber, aber die Bühne hatte nur einen geringen Teil seiner Aufmerksamkeit auf sich gezogen. Es war ihm unmöglich, sich voll auf die Oper zu konzentrieren, wenn Nora so wunderbar nahe war.

Im Theater war es warm, jeder Platz war gefüllt, und der leichte Geruch von Flieder an seiner Schulter machte ihn beinahe benommen. Der Duft war, dessen war er gewiss, Sara Farmingtons Werk. Er zweifelte, ob Nora jemals auf die Idee käme, ein Parfüm zu benutzen. Ihre Schlichtheit gehörte zu den Dingen, die er am meisten an ihr liebte.

Ihre Nähe überwältigte ihn beinahe. Lewis Farmington hatte Recht, sie war die reizendste Frau dieses Abends. Sara Farmington hatte dafür gesorgt, dass an Noras Ausstattung auch nicht das kleinste Detail fehlte. In dem tiefrosa Satinkleid mit dem zarten Volant sah sie bezaubernd aus. Von dem Blumenschmuck in ihrem Haar bis hin zu den kleinen Seidenstiefeln, die sie so zu faszinieren schienen, war sie einfach entzückend.

Ihre dunkelgrauen Augen, die immer groß waren, wirkten heute noch größer. Sie schien sich heute Abend stets von neuem zu wundern. Alles war neu für Nora, natürlich – neu und faszinierend.

Evan musste zugeben, dass das Opernhaus selbst durchaus eine achtbare Leistung darstellte mit seinem prachtvollen Kronleuchter, der Mosaikdecke, den Sesseln und Sofas, die mit purpurrotem Samt überzogen waren.

Für seinen Geschmack war zwar alles etwas überladen, aber die Amerikaner schienen Übertreibungen zu lieben. Was das Stück selbst betraf, so hatte Teresa Truffi, die die traurige Elvira spielte, obwohl sie gewiss keine großartige Sängerin war, doch ein gewisses Etwas in ihrer Stimme, das die Zuschauer, ihn selbst eingeschlossen, einige Male zu Tränen rührte. Der Tenor, der den Part des geächteten Ernani sang, war jedoch bestenfalls mittelmäßig.

Das alles hatte für Nora wenig Bedeutung; sie war völlig hingerissen – und in gewisser Weise überwältigt, spürte Evan – von dem Opernhaus, der Oper, dem ganzen Abend überhaupt.

Ihr Profil war beinahe regungslos, wie vor Ehrfurcht erstarrt vor dem, was auf der Bühne geschah. Eine Welle von Zärtlichkeit, mit Sehnsucht vermischt, schlug über Evan zusammen. Wie sehnte er sich danach, sie zu berühren, aber tief in seinem Unterbewusstsein war die ständig gegenwärtige Warnung, dass Nora, ganz gleich, wie sehr sie seine Freundschaft schätzte, nichts darüber hinaus zulassen würde – obwohl er an diesem Abend etwas anderes zu fühlen geglaubt hatte.

Unerwartet hallten die Worte Lewis Farmingtons in seinen Gedanken wider: ... Ich glaube, Nora mag Sie bereits sehr ... Wenn Sie die Frau wollen, dann machen Sie ihr den Hof!

Evan zwinkerte und zögerte nur noch einen Moment, bevor er Noras Hand in die seine nahm. Unglaublich, sie blickte auf die sich umklammernden Hände, wandte sich ihm zu und schaute ihm zärtlich lächelnd in die Augen.

In diesem Moment erklang in Evans Herzen ein Lied, so laut, dass es sich über die Stimmen der Sänger erhob, die Musik des Orchesters übertönte.

* * *

Sieht er heute Abend nicht hübsch aus?

Überrascht stellte Nora fest, dass sie sich noch nie allzu viele Gedanken über Evans äußere Erscheinung gemacht hatte, weder in der einen noch in der anderen Richtung. Und ganz bestimmt hatte sie noch nie darüber nachgedacht, ob er – attraktiv sei.

Sie war daran gewöhnt, ihn stets tadellos gepflegt in seinem Straßenanzug zu sehen. Es käme Evan nie in den Sinn, sich außerhalb seiner eigenen vier Wände zu zeigen, ohne dass sein Haar sorgfältig gekämmt und seine Brille poliert war. Heute Abend war da aber noch etwas anderes, er wirkte beinahe ... charmant.

Sein Lächeln war es, fuhr es Nora plötzlich durch den Sinn. Der Mann verbreitete so viel Wärme und Herzlichkeit. Bei diesem Gedanken zuckte sie zusammen und unterdrückte ihrerseits ein Lächeln. Wer könnte sich vorstellen, dass sie jemals Wärme und Herzlichkeit in dem Lächeln eines *Engländers* entdecken würde!

Doch das war kein gewöhnlicher Engländer. Das war Evan. Evan, der sein Leben aufs Spiel gesetzt hatte, um sie und ihre Familie zu retten, der ihr auf dem Schiff, selbst von Schmerzen und Fieber gemartert, seinen Schutz angeboten hatte, so lange, wie sie ihn brauchen würde. Evan, der seinen Arm verloren hatte um ihretwillen. Evan mit dem freundlichen Herzen und der guten Seele. Evan, ihr lieber, teurer Freund.

Von diesem Impuls getrieben, drückte sie seine Hand, und die Wärme, die ihr in seinen Augen begegnete, umschloss ihr Herz.

* * *

Nachdem der Vorhang am Ende der Aufführung gefallen war, blieben die Zuschauer zunächst noch applaudierend, dann sich unterhaltend, stehen. Nora war noch von dem tragischen und traurigen Ende gerührt. Das arme Mädchen – Elvira – hatte ihren einzigen, wahren Geliebten verloren; nichts war ihr geblieben außer der Aussicht, Pflichtschuldig einen adligen Herrn im fortgeschrittenen Alter zu heiraten, den sie nie würde lieben können.

Noch immer von dem gewaltigen Drama in Beschlag genommen, schwieg Nora, als sie hinter den Farmingtons das Opernhaus verließen.

„Du bist so furchtbar still, N-Nora“, sagte Evan und musterte sie besorgt.

Obwohl Nora ihren Arm fest in Evans einhakte, fühlte sie sich unsicher auf ihren Beinen. „Es war so traurig", sagte sie ohne jegliche Einleitung. „Ich habe noch nicht gewusst, dass Musik so traurig und gleichzeitig so großartig sein kann."

Die Menge vor ihnen ging langsamer, als sie zum Ausgang des Theaters kamen, und Nora hakte sich noch ein bisschen fester bei Evan ein.

„Ich fürchte, die m-meisten Opern sind traurig", sagte er lächelnd. „Einige wenige enden glücklich, aber die m-meisten traurig. Hat es dir denn gefallen?"

„Aber ja, natürlich!", versicherte sie ihm. „Es war großartig! Und nochmals vielen Dank, dass du mir mit der Handlung geholfen hast. Wo in aller Welt hast du gelernt, Italienisch zu sprechen, Evan?"

Er lachte. „Ich spreche eigentlich nicht Italienisch. Ich kenne nur ein paar Worte, das ist alles – genug, um zu verstehen, w-was auf der Bühne geschieht."

Unmittelbar vor dem Theater kam die Menschenmenge völlig zum Stehen. Es gab kein Vorwärtskommen durch das Getümmel von Menschen, die gleichzeitig auf die Straße drängten. Während sie warteten, schaute Nora Evan an. „Du bist ein unheimlich kluger Mann, Evan. Du scheinst von allem etwas zu verstehen!"

Auf seinen Wangen erschien eine leichte Röte. „Aber von allem nicht sehr viel", protestierte er.

„Aber das stimmt überhaupt nicht!" Nora runzelte die Stirn, dann lächelte sie ihn an. „Du bist der klügste Mann, den ich kenne", beharrte sie und forschte in seinem lieben Gesicht. „Und auch der netteste."

Er ließ seine Augen so zärtlich über ihr Gesicht gleiten, dass Nora beinahe meinte, er habe sie berührt. Einen Augenblick noch standen sie so da, einander voller Fragen in die Augen schauend, zwischen ihnen ein seltsames Wissen.

Plötzlich rief eine schroffe Stimme außerhalb der Menge ihren Namen.

Erschrocken wirbelte Nora herum.

„Nora?“ Michaels Gesicht war hart, und seine Augen funkelten ungläubig, als er sich durch die Menge einen Weg zu ihr bahnte. „Was machst *du* hier?“

Hart und erstarrt wie ein Stein stand er vor ihr, die Lippen zusammengepresst, die Augen funkelnd.

Absurderweise fiel Nora auf, dass er viel größer und breiter war, als sie angenommen hatte. Einen Augenblick lang konnte sie nichts anderes sehen als die Vorderseite seines dunklen Wollmantels und den Kupferstern, der daran geheftet war.

Bevor sie überhaupt den Versuch unternehmen konnte, zu antworten, glitt Michaels Blick von ihr zu Evan und weiter zu den Farmingtons. Sara und ihrem Vater entbot er einen kurzen, aber höflichen Gruß; bei Evan brachte er nur ein Kopfnicken und ein kurz angebundenes, schroffes „Whittaker“ zustande.

Verwirrt von dem Schuldgefühl, das sich ihrer plötzlich bemächtigte, war Nora nicht fähig, Michaels dunklen Augen zu begegnen, und starrte stattdessen auf das kupferne Abzeichen.

„Ich habe dich kaum erkannt in deinem Staat.“ Aus seinen Worten sprach unverkennbarer Sarkasmus.

Langsam wandte Nora ihre Augen von dem Abzeichen ab und zwang sich, seinem Blick zu begegnen. Sie hatte erwartet, die gleiche Kälte, die aus seiner Stimme sprach, auch in seinen Augen zu finden, und rang bestürzt nach Luft, als sie den schmerzerfüllten Ausdruck sah. Ohne eigentlich zu verstehen, warum, kam sie sich plötzlich dumm und furchtbar niederträchtig vor.

17. Ein unerwartetes Zwischenspiel

Gestern Abend sahen wir am Himmelszelt die Sterne aufgehn;
doch bald verdunkelten Wolken den Glanz der Sterne.
Als wir einander dann in die Augen gesehn,
schweifte dein tränengefüllter Blick in endlose Ferne.
George Darley (1795–1846)

Erschüttert und verwirrt versuchte Michael zu verbergen, wie verletzt er war. Und doch wusste er, dass Nora es gesehen hatte, erkannte es daran, wie schnell sie ihren Blick von ihm abgewandt hatte.

Sie sah so ... anders aus. Elegant, das war das einzig passende Wort für sie. Sie sah immer hübsch und adrett aus, in ihren baumwollenen Alltagskleidern und der Frisur, die ihr so gut stand. Aber das hier – das war etwas anderes, etwas, das zu großartig zu sein schien für Nora, zu extravagant.

Als sie so vor ihm stand in ihrer prächtigen Kleidung und den Blumen im Haar, sah sie ungewöhnlich zart und liebreizend aus. Ihre Wangen waren gerötet – vor Scham, das spürte er, und er unternahm absolut nichts, um die Peinlichkeit zwischen ihnen zu beenden, sondern starrte sie nur fordernd an.

Als ihm seine Unhöflichkeit schließlich bewusst wurde, wandte er seinen Blick von ihr ab und musste feststellen, dass Lewis Farmington ihn neugierig und abschätzend musterte. Doch es war Sara, die ihn am Ende um seine Fassung zu bringen drohte. Sie stand da, aufrecht und würdevoll wie immer, und ihr besonnener, wissender Blick schien eine Spur von Mitgefühl widerzuspiegeln.

Michael wäre am liebsten weggelaufen. Sie hatte also gesehen, dass er verletzt war, genauso wie Nora. Zum ersten Mal seit langer Zeit kam er sich wie ein Narr vor, zumindest einer Frau gegenüber.

Verzweifelt suchte er nach Worten und wünschte nichts sehnlicher, als sich nie in die Nähe dieser vier eleganten Menschen begeben zu haben. „Nun, Nora", stieß er mühevoll hervor, „du siehst heute Abend prächtig aus. Ich wusste nicht, dass du Opern magst."

Aus ihren großen grauen Augen sprach eine Bitte, der er nicht nachkommen konnte, nicht nachkommen würde. Er verfolgte die Bewegung ihrer Hand, die sie schnell von Whittakers Arm wegzog, um den Blumenschmuck in ihrem Haar zurechtzurücken. „Ich – Mr Farmington und Sara haben ... uns ... eingeladen." Ihre Stimme versagte, und sie unternahm auch nicht den Versuch, weiterzusprechen.

Lewis Farmington räusperte sich und machte eine nichts sagende Bemerkung über die Menschenmenge. „Ist das heute Abend ein Sondereinsatz für Sie, Sergeant Burke?"

Weiterhin die Unsicherheit in ihren Augen abschätzend, richtete Michael seine Antwort an Nora. „Ich bin jetzt stellvertretender Polizeidirektor, Sir, und ja, ja das ist ... ein besonderer Dienst."

„Oh, Michael!", rief Nora und reichte ihm die Hand, die sie jedoch schnell wieder wegzog, als er nur auf sie herunterstarrte. „Du bist also doch befördert worden! Ich ... ich freue mich ja so für dich", sagte sie schwach.

Ihre Freude schien echt zu sein, doch das berührte Michael wenig. Er war zu betroffen, sie so zu sehen; herausgeputzt wie eine feine Lady stolzierte sie mit den Farmingtons umher – und noch dazu am Arm dieses ... Engländers.

Er hatte gesehen, wie sich die beiden in die Augen schauten. Doch – *was* hatte er denn eigentlich gesehen? Nora konnte unmöglich ... Interesse ... haben an einem Mann wie Whittaker.

Oder vielleicht doch?

Unfähig, noch weiter wie ein Narr dazustehen – und nicht gewillt, Sara Farmington auch nur noch einen Schimmer seines Schmerzes sehen zu lassen –, hob Michael das Kinn und trat einen Schritt zurück. Irgendwie brachte er ein schwaches Lächeln zustande.

„Gut, ich muss nach meinen Männern schauen ... mich vergewissern, dass alles in Ordnung ist", sagte er ernst.

Noch einmal sah er Nora in die Augen und gab sich diesmal alle Mühe, seine gemischten Gefühle zu verbergen. „Ihnen allen noch einen schönen Abend", brachte er mühevoll hervor. Er nickte kurz und steif, um sich dann auf seinem Absatz umzudrehen und davonzueilen.

* * *

Bestürzung überfiel Nora, die sich zu einem Knoten in ihrem Hals formte, als sie beobachtete, wie Michael in die Menge zurücktrottete. Sie sah, wie seine breiten Schultern gebeugt waren, dachte an den tiefen Schmerz, den sie, wenn auch nur einen flüchtigen Augenblick lang, in seinen Augen wahrgenommen hatte, und wusste mit einem furchtbaren Schuldbewusstsein, dass sie ihm Unrecht getan, ihn sehr verletzt hatte.

Mit seinem Ärger wäre sie fertig geworden, aber diesen glühenden Blick, der sie des Verrats beschuldigte, glaubte sie im Augenblick nicht ertragen zu können.

Der Schmerz, den sie gesehen hatte, bevor er ihn verbarg, hatte sie überrascht. Offensichtlich war es nicht so sehr die Tatsache, sie hier zu treffen, sondern sie mit Evan anzutreffen, die ihn aus der Fassung gebracht hatte.

Aber warum? Er hatte trotz allem keinen Grund, auf Evan eifersüchtig zu sein. Das wäre zu töricht!

Plötzlich wusste sie, dass es nicht töricht war. Michael war eifersüchtig auf Evan. Zweifellos hatte er sie aus dem Theater kommen sehen, hatte gesehen, wie sie an Evans Arm gegangen war, wie sie sich unterhalten und zusammen gelacht hatten.

Sie spürte, wie ein Messer ihr eigenes Herz durchstach, wenn sie an den Schmerz dachte, der ihr in Michaels Augen begegnet war. Sie hätte es ihm erzählen müssen, schon längst!

Warum hatte sie das eigentlich nicht getan? Sie hatte ihn zwei- oder dreimal gesehen, seitdem Evan ihr von den Karten berichtet hatte. Sie hätte mit ihm über den Abend in der Oper sprechen, ihm alles erklären können.

Warum habe ich es nicht getan?

„Nora?", sanft rief Evan sie in die Wirklichkeit zurück. Sie zwinkerte, und als sie bemerkte, wie Evan und auch Sara sie mit unsicheren Blicken musterten, zwang sie sich zu einem Lächeln.

Im Augenblick konnte sie keinen der beiden anschauen und blickte stattdessen zu Mr Farmington, der ihr mit einem verständnisvollen Blick und einem sanften, ermutigenden Lächeln begegnete.

„Es ist spät", sagte er forsch, wie es seine Art war. „Ich werde unsere Wagen bringen lassen."

* * *

Warum hat sie es mir nicht erzählt?

Diese Frage peinigte Michael auf dem gesamten Rückweg. Er hatte es abgelehnt, im Polizeiwagen zu fahren. Er ging zu Fuß, gebeugt unter dem kalten Nachtwind, der ihm ins Gesicht schnitt.

Darum bemüht, seinen Zorn und die Demütigung hinter sich zu lassen, versuchte er zunächst, sich selbst davon zu überzeugen, dass er der ganzen Angelegenheit eine zu große Bedeutung beimaß. Auf jeden Fall war klar, dass die Farmingtons diesen Abend arrangiert hatten. Mit Sicherheit konnten sich weder Whittaker noch Nora die Eintrittskarten leisten, von dem Staat, der dazu nötig war, ganz zu schweigen.

Ja, Lewis Farmington wollte einfach zwei Menschen, die für ihn arbeiteten, eine Freundlichkeit erweisen. Das war vermutlich alles.

Warum hat sie es mir dann nicht erzählt?

So sehr er es auch versuchte, er wurde diese Frage nicht los. Wenn die ganze Sache Nora nichts weiter bedeutete, wie er gern glauben wollte, warum hatte sie dann den Opernbesuch nicht wenigstens einmal ihm gegenüber erwähnt?

Die Tatsache, dass Sara Farmington Zeuge seiner Erniedrigung geworden war, schmerzte ihn beinahe ebenso sehr wie Noras Betrug.

Michael spürte, wie das Flüstern seines Stolzes immer lauter wurde, und er konnte nicht leugnen, dass dies ein Grund für seinen Schmerz war. Als er gesehen hatte, wie sich die beiden, fein herausgeputzt, unter die High-Society von New York mengten, war ihm schmerzlich bewusst geworden, wer er war.

Ein irischer Polizist. Plötzlich bedeutete ihm seine Beförderung zum stellvertretenden Polizeidirektor nichts mehr – absolut nichts. Tatsache war, dass er – ganz gleich, wie hart er arbeitete oder welchen Dienstgrad er noch erreichte – ein Einwanderer war – ein irischer Immigrant, der einer Frau wie Nora wenig zu bieten hatte.

Was konnte er ihr denn bieten, was sich auch nur annähernd mit dem vergleichen ließ, was sie bereits hatte? Eine Dreizimmerwohnung in einem Stadtbezirk mit niedrigen Mieten. Das Gehalt eines Polizisten, mit dem man eine Familie ernähren konnte, das aber immer nur für das Nötigste reichen würde. Und ihn selbst – einen rauen Burschen mit einer mittelmäßigen Bildung und Manieren, die bestenfalls derb und ungeschliffen waren.

Michael schüttelte den Kopf und brummte vor sich hin, als er durch die kalte Nacht schritt. Als Nora nach Amerika gekommen war, hatte er geglaubt – wirklich geglaubt –, dass er ein

Leben für sie beide schaffen könne. Morgan war in Irland, und so hatte er gehofft, dass ihre Liebe für diesen Mann verschwinden und sie endlich, nach all den Jahren, einsehen würde, dass sie Michael brauchte. Hatte er nicht außerdem Morgan versprochen, für sie zu sorgen?

Und doch hatte er sie heute Arm in Arm mit Evan Whittaker gesehen. Michael konnte ihre Liebe zu Morgan verstehen. Es war eine alte Zuneigung für einen Mann, der ihm sehr ähnlich war – einen Mann, der stark war und Ziele hatte. Evan Whittaker war – ja, was für ein Mann war Whittaker denn eigentlich? Intelligent – höchstwahrscheinlich; er war gebildet und hatte gute Manieren – ein ganz anderer Mann als Morgan oder er.

Kam es Nora darauf an? War es also das, was sie wollte?

Bitterkeit mischte sich unter seinen verletzten Stolz, und er drohte an dem Klumpen, der sich in seinem Hals gebildet hatte, zu ersticken. Er fühlte sich einfach elend.

Wie weh tat es, seine Torheit einzugestehen – noch dazu einem erwachsenen Mann wie ihm! Ja, er hatte geglaubt, Nora so viel bieten zu können, und in Wahrheit konnte er ihr, selbst wenn er ihr alles gab, was er besaß, nichts bieten, was sie nicht schon hatte!

* * *

Stunden später, als sie schlaflos in ihrem Bett lag, konnte Nora noch immer nicht die Vorstellung von Michaels zornigem, schmerzerfülltem Gesicht abschütteln.

Sie hätte niemals geahnt, dass er so reagieren würde. Er hatte sie völlig aus der Fassung gebracht mit seiner unerwarteten Härte, seiner kalten Verachtung, mit der er ihr das Gefühl gab, ihn – betrogen zu haben.

War es möglich, dass Michael sie mehr liebte, als sie meinte? In den letzten Wochen hatte sie genauso oft über seine Gefühle für *sie* wie über ihre Gefühle für *ihn* gerätselt. Sie zweifelte nicht daran, dass Michael sie liebte, war sich aber stets im Unklaren über die Tiefe seiner Gefühle.

Eine vage Intuition, die ihr keine Ruhe ließ, drängte ihr die Frage auf, ob die Gefühle, die Michael ihr gegenüber hegte, für eine Ehe ausreichten. Nora konnte die Überzeugung nicht abschütteln, dass seine Zuneigung mehr auf Erinnerungen beruhte, der alten Zärtlichkeit ihrer Jugendfreundschaft – sogar auf einer Art Pflichtgefühl – als auf einer echten, tiefen Liebe.

Ganz gleich, was Michael auch immer zu ihr sagte, wie oft er ihr in die Augen sah, wenn sie sich trafen, oder wie zärtlich er ihre Hand berührte; es gab Zeiten, wo Nora beinahe spürte, dass er sich selbst davon überzeugt hatte, dass er sie liebte, dass er sie heiraten wollte, weil er einsam war – oder auch, weil ihre Söhne sich diese Verbindung sehnlichst wünschten!

Instinktiv wusste sie, dass er das alles leugnen würde, wenn sie ihn damit konfrontierte. Es war beinahe so, als würde er, da er einmal beschlossen hatte, sie zu heiraten, sie nun selbst gegen alle Vorbehalte seines Herzens heiraten.

Sie hätte längst – schon längst – mit ihm sprechen sollen über ihr Zögern, den namenlosen Widerstand in ihrem Herzen gegen den Gedanken, ihn zu heiraten. Doch sie hatte ihre Unsicherheit selbst erst kürzlich besser zu begreifen gelernt, und sie zweifelte, ob er es verstehen würde. Michael sah in ihr immer noch das Mädchen aus seiner Jugendzeit – wie sollte er auch die Frau begreifen, die sie geworden war!

Und trotzdem hatte sie ihn in ihrem Bestreben, ihn nicht zu verletzen, nur umso mehr verletzt.

Schlaflos wälzte sie sich umher. Schließlich warf sie das Deckbett zurück und schwang die Füße aus dem Bett. Sie schnappte sich ihren Morgenmantel, kroch hinein und ging ans Fenster.

Lange Zeit stand sie am Fenster und starrte gedankenlos auf die Kiefern am Ende des Geländes. Seufzend berührte sie die kalte Fensterscheibe und malte ein nichts sagendes Muster auf den eisigen Hauch.

Michaels Gefühle für sie zu untersuchen, war die eine Seite. Doch würde sie jemals ihre Gefühle für ihn begreifen? Sie fühlte eine tiefe Zuneigung für ihn – aber liebte sie ihn genug? Ihre Zuneigung für Michael war keine Liebe, die sie zu einer guten Ehefrau für ihn machen würde, zu einer Frau, wie er sie verdiente.

Michael war ein guter Mann. Nora wusste, ohne nachzudenken, dass er ein guter Ehemann sein würde – ein wunderbarer Ehemann.

Er verdiente eine gute Frau, die ihn von ganzem Herzen liebte, die ihm beistand und ihn ergänzte.

Eine Frau mit einer echten Leidenschaft für ihn, einer emotionalen und körperlichen Leidenschaft, wie sie Nora nicht für ihn empfand. Sie liebte ihn wie einen Bruder, schätzte ihn als Freund. Doch in ihrem Herzen brannte weder eine Leidenschaft für ihn noch der Wunsch, das Leben mit ihm zu teilen; in ihrem Fleisch spürte sie kein Verlangen, sein Bett zu dem ihren zu machen.

Ihr wurde heiß. Vielleicht sollte sie nicht einmal so denken. Vielleicht sollte die Frage nach dem körperlichen Verlangen bei ihrer Entscheidung, ganz gleich, wie sie ausfiel, überhaupt keine Rolle spielen.

Aber würde sie ihn nicht betrügen ohne dieses Verlangen? Wäre es nicht eine unverzeihliche Täuschung, ihn zu heiraten und ihn um dieses gemeinsame Verlangen zu betrügen? Wenn sie ihn heiraten würde, gründete sich ihre Entscheidung auf Schwäche und Einsicht in eine Notwendigkeit anstatt auf Stärke und Liebe.

Eine solche Ehe könnte aber dennoch funktionieren! Über Freundschaft als Grundlage einer Ehe gab es bestimmt noch viel zu sagen. War es nicht tatsächlich oft genug Freundschaft, die zu einer tieferen, einer echten Liebe führte?

Plötzlich wünschte sich Nora, mit Evan sprechen zu können. Vielleicht wusste er nicht auf alle Fragen eine Antwort, aber er würde wenigstens zuhören. Er würde Anteil nehmen, würde sie verstehen und ihr zu helfen versuchen.

Bei dem Gedanken an Evan lächelte sie. Sie musste immer lächeln, wenn sie an Evan dachte. Sein sanftes, fürsorgliches und teilnehmendes Wesen gab ihr das Gefühl, geschätzt und wertgeachtet zu sein. Sie dachte an die Wärme seiner Nähe, als sie, ihren Arm in seinem eingehakt, vor dem Opernhaus gestanden hatten. Im Geist sah sie noch einmal seinen Blick vor sich, als sie ihm den Handschuh übergestreift hatte. Was war das für ein Blick – ein Blick der ...

Der Liebe?

Nora lachte laut über diesen absurden Gedanken. Unmöglich – ein gebildeter, englischer Gentleman und eine irische Witwe vom Lande! Ja, das wäre ein ebenso ungleiches Paar, als würde ein irischer Polizist eine Dame der vornehmen Gesellschaft wie Sara Farmington heiraten ...

Wieder seufzte Nora ruhelos und presste ihre Wange gegen das kalte Glas der Fensterscheibe. Die Aufregung und das Durcheinander dieses Abends hatten ihre Spuren hinterlassen. Sie wusste, sie würde noch stundenlang wach liegen. Jeder Nerv in ihrem Körper war angespannt und in ihrem Geist wirbelten die Fragen durcheinander.

Fragen ohne Antworten.

Sie stand da und schaute noch einen Augenblick nach draußen. Plötzlich nahm ihr Auge eine Bewegung wahr – da! Auf der anderen Seite des Rasens, in der Nähe der Bäume, sah sie eine einsame Gestalt. Im Gehen hielt sie mit der einen Hand den Mantel am Kragen umklammert, der andere Arm war leer und wurde vom Winde verweht.

Evan!

Ein Gedanke traf Nora wie ein körperlicher Schlag. Ihr Herz

schlug wild, und ihr Puls raste. Könnte es sein, dass dieser Mann auch keinen Schlaf finden konnte und durch diese bitterkalte Nacht wanderte – und an sie dachte? Sie schaute genau hin, als er stehen blieb, zu ihrem Fenster hinaufschaute, den Blick angestrengt an ihre Fensterscheibe geheftet. Schließlich wandte er sich um und kehrte zu seiner Hütte zurück, gerade als Nora ihm ihre Hand entgegenstreckte, ihre Fingerabdrücke auf der frostigen Fensterscheibe zurücklassend.

18. Fitzgerald ist gefallen

Oh inspirierter Geist, oh starker Held!
Wer ist würdig wohl aus dieser unsrer Zeit,
von deinem Geist zu künden in der Welt –
deine Verse zu erfassen imstande und bereit?
Thomas d'Arcy McGee (1825–1868)

Belfast

Die *Belfast Music Hall* erschien trostlos wie immer. Das Varieté machte einen erbärmlichen Eindruck, und die Atmosphäre in dem lauten, raucherfüllten Raum war feindselig. Zweimal hatte die Polizei innerhalb der letzten Stunde versucht, Ruhe und Ordnung herzustellen, doch ihre Bemühungen waren im Grunde nutzlos.

Zu Morgans Entrüstung hatte die Menge kaum auf O'Briens Rede gehört. Sein vornehmes Benehmen, seine edle Herkunft arbeiteten an einem verkommenen Ort wie diesem gegen ihn.

McGee und Mitchel war es bei dem fortwährenden Gerangel, den Pfiffen und ständigen Drohungen kaum besser ergangen. Allein Meagher war es dank seiner Redegabe und Ausstrahlungskraft gelungen, sich gegen den Widerstand und die Zwischenrufe durchzusetzen, so dass seine Rede wenigstens gehört, wenn auch nicht mit ungeteilter Begeisterung aufgenommen wurde.

In der Music Hall wimmelte es von Anhängern der Old-Ireland-Bewegung; sie schrien, pfiffen, stampften und fluchten in ihrem kaum verständlichen Ulsterakzent. Von allen Teilen Irlands mochte Morgan den Norden am wenigsten, vor allem wegen seiner Trostlosigkeit und der dort herrschenden Intoleranz. Er würde mehr als erleichtert sein, wenn das hier alles vorüber war und sie nach Hause aufbrechen würden. Ebenso sehr wie er von Belfast wegwollte, wünschte er auch, dem Gerede von einem Aufstand ein Ende machen zu können.

Während Smith O'Brien noch von jeglichem geplanten Aufstand der Bauern Abstand nahm, ließ Mitchels Rede keinen Zweifel an seinen Absichten. Nach der Vorstellung dieses Mannes würden sich die Pächter gemeinsam erheben, ihre Fesseln zerreißen, die grüne Flagge hissen und die Engländer schließlich ins Meer werfen.

Diese Vision war kein Ziel, sondern eine Verführung, sagte Morgan zu sich selbst, und O'Brien war die einzige Stimme unter ihnen, die noch zur Vernunft mahnte. Auch diese Stimme wurde immer schwächer, fürchtete Morgan. Smith O'Brien näherte sich immer mehr Mitchels Position, dem bewaffneten Aufstand.

Als man die Versuche, pathetische Reden zu halten, aufgegeben hatte, rief jemand Morgans Namen, und kurz darauf begann ein Sprechchor, der leise am anderen Ende des Saales begonnen hatte, immer mehr anzuschwellen. Entrüstet schüttelte Morgan den Kopf. O'Brien versuchte, ihn zum Reden zu bewegen, doch Morgan fauchte ihn an, in einem Ton, der schärfer war als sonst zwischen ihnen üblich. „Diese Meute hier will niemanden hören, der zur Vernunft aufruft, sie hören nur noch den Wirbel der Trommeln und den Klang der Musketen! Was ich vorhabe, ist, diesen Ort zu verlassen, bevor es uns noch schlimmer ergeht!"

Noch während er sprach, begann Morgan, die anderen aus dem Saal zu drängen. Er hatte schon genug Aufstände erlebt und spürte, dass es nicht mehr lange dauern würde, bis hier einer ausbrach.

Abwehrend hob er seine Hand in Richtung der Gruppe, die seinen Namen skandierte, und versuchte, die Männer von Young Ireland, mit denen er gekommen war, weiter zum Gehen zu bewegen. Doch nur O'Brien schloss sich ihm an. Mitchel und die anderen bestanden darauf, noch zu bleiben, um mit einer Gruppe von Textilarbeitern zu diskutieren.

Draußen auf der Straße ging es genauso laut und wüst zu wie in der *Music Hall.* Gruppen von Männern mit harten Gesichtern drängten sich vor den verfallenen Gebäuden um Feuer, die aus Fässern loderten, wärmten sich die Hände, schimpften und fluchten, im gleichen Atemzug Irland und die Queen verdammend.

Auch Jugendliche lungerten überall herum. Ihre Züge waren verhärtet, sie waren schmutzig, zerlumpt und zum Erbarmen dünn. Die meisten rannten einfach durch die Straßen, andere bettelten Passanten um Nahrung oder Geld an. Wie schon so oft dachte Morgan auch jetzt wieder, dass Belfasts Kinder schon alt, verzweifelt und hart zur Welt kamen.

Vor einem der Gebäude hatte sich eine Gruppe von Frauen versammelt. Vermutlich waren es die Ehefrauen der Männer, die drinnen saßen; Frauen, die um ihre Männer fürchteten und noch mehr um deren Lohn, der, wie sie wussten, in Alkohol umgesetzt würde, wenn der Tumult erst einmal begann.

„Nicht gerade ein überwältigender Triumph, nicht wahr, Fitzgerald?", bemerkte O'Brien, das Gesicht zu einem bitteren Lachen verzogen.

„Hattest du wirklich geglaubt, es würde etwas anderes als eine Niederlage werden?", stieß Morgan hervor, der im Augenblick völlig ungehalten war über O'Brien, Belfast und die Politik.

Smith O'Brien zuckte resigniert mit den Achseln und legte Morgan eine Hand auf die Schulter. „Es tut mir Leid, alter Freund. Ich hätte dich niemals bitten sollen, mitzukommen. Diese Reise war tatsächlich keiner Mühe wert. Ich hatte mich getäuscht, aber trotzdem bin ich dir sehr dankbar für die Treue, die du mir erwiesen hast."

„Nun ist es vorbei, das ist jetzt wichtig", sagte Morgan schon wieder etwas einlenkend. „Und nun müssen wir diesen abscheulichen Ort so schnell wie möglich verlassen. Ich sage dir, kein anderer Ort auf dieser Welt geht mir so an die Nerven wie das alte, verkommene Belfast."

„Ja", stimmte O'Brien seufzend zu, „ich gebe zu, dass Belfast auch nicht gerade eine meiner Lieblingsstädte ist. Wenn wir jedoch irgendetwas erreicht hätten, wäre es vielleicht doch ..."

O'Brien hielt inne, und sowohl er als auch Morgan wirbelten herum, als hinter ihnen jemand eine Warnung ausrief.

Aus dem Nichts, so schien es zumindest, kam plötzlich ein Trupp stämmiger Männer mit gemeinen Gesichtern auf sie zu. Rau gekleidet wie Arbeiter, schwangen sie Knüppel und fluchten lauthals, als sie auf die beiden zugingen.

Morgan fasste O'Brien am Arm und raunte ihm leise zu: „Lauf weg, William! Sofort!"

Einen Augenblick lang schien O'Brien wie gelähmt. Morgan zog ihn weiter, in der Hoffnung, in der Menge untertauchen zu können, bevor die Angreifer sie erreicht hatten.

Doch es war zu spät. Der Schlägertrupp hatte sie bereits erreicht; Fäuste flogen, und Schläge prasselten hart auf sie herab.

„Lauf weg", schrie Morgan O'Brien an, „und hol Hilfe!"

Er konnte nicht einmal mehr seine eigene Stimme hören, so laut dröhnten die Schreie um ihn herum. Die Angreifer brüllten, stießen Flüche und Drohungen aus, während das ständig lauter werdende Geschrei der Schaulustigen auf der Straße die Hilferufe Morgans und O'Briens aussichtslos übertönte.

Morgan ließ seinen großen Körper wie eine Peitsche vor- und zurückschnellen, um einen Angreifer nach dem anderen von O'Brien fern zu halten, der Mühe hatte, sich auf den Beinen zu halten.

Auf der Straße um sie herum tobte der Aufstand nun in voller Stärke; Männer kämpften, Frauen kreischten, Kinder schrien. Morgans Blut raste vor brennendem Zorn, sein Geist war jedoch von einer furchtbaren Kälte gelähmt, die ihn umklammert hielt angesichts der greifbaren Gegenwart des Bösen, das sie spürbar umgab. Der bedrohlich fortschreitende Wahnsinn, der sie einschloss, schien eher dämonischer als menschlicher Natur zu sein.

Er atmete schwer und abgehackt. Vor Schmerz sah er Sterne vor den Augen, aber er grub seine Füße in die Straße und kämpfte weiter. Er spürte die wilden Gesichter um sich herum, die, von Hass verfinstert, nach Blut schrien.

Er merkte, wie sein Blut nach Metall schmeckte, als es an seinen Wangen herunter in seinen Mund lief, und hörte, wie der Stoff seines Hemdes nachgab und zerriss. Seine Beine waren wie Blei, in seiner Brust fühlte er einen rasenden Schmerz. Er spürte, wie seine Kräfte nachließen, und rang darum, auf den Beinen zu bleiben. Er war gefangen, eingeschlossen, er würde sterben.

Plötzlich wurde die Dunkelheit von einer furchtbaren Explosion unterbrochen. In Morgans Rückgrat brach ein Feuer aus, das ihm die Beine wegzog. Ein brennender Schmerz raste durch seinen ganzen Körper, er stürzte und fiel mit einem furchtbaren Aufschrei auf das Pflaster.

„Gott, errette mich!"

Seiner Kehle entrann ein letztes, sich auflehnendes Stöhnen, dann verstummte um ihn herum der Lärm dieser Nacht. Endloses Schweigen umgab ihn.

* * *

Als die anderen drei Mitglieder von Young Ireland die Stelle erreichten, war es der Polizei gelungen, in die Meute der Angreifer vorzudringen. Wer nicht fliehen konnte, wurde festgenommen.

Smith O'Brien sah furchtbar zerkratzt und misshandelt aus, hatte aber keine schweren Verletzungen erlitten.

Morgan Fitzgerald lag regungslos am Boden. Sein Gesicht war zerschlagen und blutete. An seinem rechten Auge verlief ein Schnitt von der Augenbraue bis zum Wangenknochen. Er lag in einer großen Blutlache – seines eigenen Bluts. Denen, die um ihn herumstanden, schien es, als würde das Leben aus diesem großen Körper an der Schusswunde in seinem Kreuz ausströmen. Noch lebte er, doch sein Leben hing an einem seidenen Faden.

* * *

Annie Delaney hatte alles mit angesehen: von dem Tumult in der *Music Hall,* dann, wie die beiden Männer angegriffen wurden, bis hin zu der Schießerei.

Ihre winzige Gestalt hatte es ihr erlaubt, ungesehen schon früher in den Saal zu schlüpfen. Sie hatte große Hoffnungen gehegt, das Mitgefühl besser gestellter Teilnehmer zu erregen, von denen sie aber nur sehr wenige bei dieser Veranstaltung angetroffen hatte.

An einem guten Abend hätte sie genug erbetteln können, um wieder eine Woche durchzukommen, aber es war kein guter Abend gewesen. Beinahe mit leeren Händen hatte sie die *Music Hall* verlassen, als die Sprechchöre für Morgan Fitzgerald eingesetzt und sie in ihrem Vorhaben unterbrochen hatten.

Oh, natürlich wusste Annie, wer Fitzgerald war! Die anderen Straßenkinder mochten spotten, so viel sie wollten, wenn sie behauptete, lesen zu können, denn sie *konnte* lesen. Ja, das stimmte! Sie war zwar nur ein Straßenmädchen und auf sich allein gestellt, aber sie war nicht dumm. Nicht Annie Delaney!

Bevor ihr richtiger Vater gestorben und ihre Mutter sich mit dem alten Frank Tully zusammengetan hatte, hatte er ihr das Lesen beigebracht, zumindest so weit, dass sie den Inhalt der Artikel in *The Nation,* die er herumliegen ließ, erfassen konnte.

Natürlich war es mit dem Unterricht vorbei, seitdem der Vater verstorben war, aber Annie hatte das Lesen nicht aufgegeben. Selbst als sie davonlief und ihre Mutter dem alten Tully überließ, nahm sie ihre Zeitungsausschnitte aus *The Nation* mit.

Wäre Tully nicht gewesen, hätte Annie ihre Mutter niemals verlassen. Der Affe wollte seine schmutzigen Hände nicht von ihr lassen und Mutter schien taub zu sein, wenn Annie ihr zu erklären versuchte, worauf ihr neuer Ehemann eigentlich aus war.

Bis auf den letzten schlimmen Zwischenfall mit dem dreckigen Säufer war es Annie stets gelungen, sich ihn durch einen schnellen Tritt in die Stelle, wo es ihm am meisten wehtat, vom Leibe zu halten, oder sie rannte einfach an ihm vorbei. Schwerfällig und langsam, wie er war, hatte er keine Chance, wenn Annie einmal entkommen war.

An einem Abend jedoch, als ihre Mutter noch in der Textilfabrik arbeitete, kletterte Tully die Leiter zu Annies Bett hoch. Sie lag auf ihrem Bett und las. Zu ihrem Unglück war er diesmal nicht so betrunken, und achtete darauf, den Fluchtweg mit seinem massigen Körper zu versperren. Ihr Versuch, an ihm vorbeizuschlüpfen, scheiterte.

Annie schrie und kämpfte wie wild, krallte ihm in die Augen, trat und biss. Schließlich gelang es ihr, ihm zu entkommen, bevor er seine schändliche Tat an ihr vollbringen konnte – jedoch nicht, bevor sein Jähzorn ausgebrochen war. Er rannte ihr nach wie ein Wahnsinniger, schlug auf sie ein, riss an ihren Kleidern und beschimpfte sie währenddessen mit so viel schmutzigen Ausdrücken, dass Annie meinte, sie würde sich für immer schmutzig und entehrt fühlen.

Schließlich gelang es ihr, einen kräftigen Schlag an seiner Kehle zu landen, so dass er sich lange genug wand, dass sie entkommen und die Leiter hinunterjagen konnte. Inzwischen hatte er sie mit seinen Fäusten so sehr traktiert, dass sie noch wochenlang Schmerzen und blaue Flecke hatte.

Und die grausamen Erinnerungen würden sie noch länger verfolgen, das wusste Annie.

Sie war geradewegs zu der Textilfabrik gelaufen und hatte gewartet, bis die Schicht ihrer Mutter zu Ende war. Als Annie ihr jedoch erzählte, was Tully getan hatte – und obgleich sie selbst sehen konnte, wie er sie geschlagen hatte –, blieb die Mutter kaum einen Augenblick stehen, und auch nur, um Annie die Schuld an dem Geschehen zu geben.

„Siehst du, du wirst nun älter", murmelte sie nervös und sah überall hin, nur nicht zu Annie. „Und Tully ist genau wie alle anderen Männer, wenn sie getrunken haben. Das macht die Männer schwach in ihrem Fleisch. Du gehst ihm einfach aus dem Weg, hörst du! Ich kann kein Wort zu ihm sagen, sonst schlägt er uns beide."

Annie merkte, dass ihre Mutter viel Angst vor Tully hatte und seine Grausamkeit weiter ignorieren würde – ganz gleich, was das für ihre Tochter bedeutete.

In dieser Nacht verließ Annie die Wohnung und kehrte nie mehr zurück. Sie befestigte die wenigen Kleidungsstücke, die sie besaß, an einem Stock und ging auf die Straße. Alle ihre Schätze trug sie in einem kleinen Beutel bei sich – ihre Schätze, das waren die Bücher ihres Vaters und die Gedichte von Morgan Fitzgerald.

Er war der Lieblingsdichter ihres Vaters gewesen, und er hatte sogar einige Schriften von Morgan Fitzgerald benutzt, als er Annie unterrichtete. Allmählich hatte sie seine Gedichte auswendig gelernt und konnte auch ganze Stücke aus seinen Aufsätzen rezitieren. Der Vater hatte immer gesagt, dass Morgan Fitzgerald gewiss ein großes, edles Herz besaß und Irland etwas zu sagen hatte – wenn Irland nur hören wollte!

So war Annie heute Abend aufmerksam geworden, als eine kleine Gruppe hinten in der *Music Hall* Morgan Fitzgerald zum Reden aufforderte. Und es war ihr nicht schwer gefallen, herauszufinden, wer er war, bestimmt nicht! Es gab keinen Zweifel, bei einem Riesen wie ihm!

Da stand er, unmittelbar neben ihr, und versuchte, sich einen Weg nach draußen zu bahnen, gemeinsam mit einem anderen von Young Ireland, der zuerst gesprochen hatte – jenem herausgeputzten Burschen, der wie ein Engländer sprach und den sie *Smith O'Brien* nannten.

Annie hatte den entrüsteten Gesichtsausdruck des großen Fitzgerald gesehen, als sie seinen Namen riefen, hatte gesehen, wie er seinen Kopf mit der kupferfarbenen Mähne ein- oder zweimal schüttelte und dann seine Hand ablehnend gegen die Gruppe erhob, die ihn zum Sprechen aufforderte. Als er den Saal verließ, kam er so dicht an ihr vorbei, dass sie ihn hätte berühren können, wenn sie es gewagt hätte.

Hatte er nicht gewaltig und stark ausgesehen mit seinem dichten, bronzefarbenen Bart und dem feurigen Blick seiner glühenden grünen Augen? Ja, er sah genauso prächtig aus wie einer der alten Stammesfürsten, daran gab es nichts zu rütteln!

Aber was war jetzt mit ihm geschehen? Er lag auf der Straße in einer schmutzigen Blutlache und nur wegen dieser Affen mit ihrem vorgetäuschten irischen Akzent. In ihnen floss genauso wenig irisches Blut wie in der britischen Königin! Annie kannte sie nur zu genau – das alte Schweinegesicht von Johnnie Dorton und seine Kumpane. Sie waren nichts anderes als ein Haufen von Rowdies aus den Textilfabriken, die umherstreiften und für Geld Iren niederschlugen. Erst letzten Monat hatten sie in Belfast zwei katholische junge Männer zusammengeschlagen. Während die Motive, die sich hinter ihrem schmutzigen Geschäft verbargen, stets schleierhaft blieben, war es kein Geheimnis, dass ihr Lohn größtenteils von den Soldaten kam.

Und was hatten sie jetzt bloß angerichtet! In all der Aufregung und dem Lärm auf der Straße schien niemand – einschließlich seiner politischen Kumpane – an den gefallenen Fitzgerald zu denken.

Außer sich vor Zorn drängte Annie ihren schmalen Körper zwischen zwei Frauen hindurch, die in der vordersten Reihe der Menge standen, die Fitzgerald umringte, um Sekunden später bei ihm zu sein.

Die drei Young-Ireland-Anhänger knieten neben ihm und versuchten, ihn wieder zu sich zu bringen, während der Mob sich immer weiter auf die Stelle zubewegte, wo Fitzgerald lag.

Kaum hatte Annie sich zwischen die drei Männer gedrängt, fiel sie auf ihre Knie und lauschte an seiner Brust. Er atmete noch! Sein Atem ging schwer und stoßweise – aber er lebte!

Auf der Straße kniend, außer sich vor Wut über die Menge, die nur durcheinander lief und nichts unternahm, erhob sie ihre Fäuste zornig gen Himmel und schrie:

„Wisst ihr denn nicht, wer das ist, ihr elenden Narren? Das ist Morgan Fitzgerald persönlich, der Dichter unserer Nation! Will niemand einen Arzt holen? Wollt ihr nur weiter herumstehen und gaffen und den Mann wie einen Hund auf der Straße verrecken lassen?"

Eine der Frauen sprang auf und rannte davon. Annie drängte sich noch näher an den verwundeten Fitzgerald heran.

„Du darfst nicht sterben, Fitzgerald!", forderte sie, und ihre Stimme klang heiser und verzweifelt. „Hörst du mich, jetzt? Wo du auch bist, du darfst nicht sterben!"

* * *

William Smith O'Brien kniete auf dem Pflaster neben der großen, bewusstlosen Gestalt Morgan Fitzgeralds.

Nur verschwommen nahm er das Mädchen mit dem schmutzigen Gesicht, dem widerspenstigen, langen, schwarzen Haar und den zerlumpten Kleidern wahr. Er achtete wenig auf das

Schreien des Kindes und sah nur schemenhaft die anderen Männer von Young Ireland, die sich über Fitzgerald beugten.

Außer Trauer und Schmerz kannte O'Brien nur noch Schuld: Schuld, dass er Fitzgerald gebeten hatte, ihn nach Belfast zu begleiten; Schuld, dass sein Freund die Kugel abbekommen hatte, die mit großer Sicherheit für *ihn* bestimmt gewesen war.

Er hätte geweint, wäre seine Seele nicht von einer furchtbaren und lähmenden Kälte gefesselt gewesen.

Das war der Traum ...

Auf unheimlich schaurige Weise erfüllte sich der gespenstische Traum von den weinenden Frauen mit ihrer fürchterlichen Nachricht über Morgan Fitzgerald in seiner vollen Grausamkeit vor seinen Augen.

„Er ist gefallen ... Fitzgerald ist gefallen."

Teil zwei

Winterklage

Zunehmende Dunkelheit

Ich sprach: Mein Ruhm und meine Hoffnung
auf den Herrn sind dahin.
Gedenke doch, wie ich so elend und
verlassen, mit Wermut und Bitterkeit
getränkt bin!
Du wirst ja daran gedenken,
denn meine Seele sagt mir's.

Klagelieder 3,18-20

19. Eine Tasche voll Geld

Glücklichere Tage mögen für uns kommen,
das Aug' an Schönem wieder zu erfreun.
Doch nichts kann uns so richtig frommen,
solange Irlands Schicksal uns noch immer muss gereun.

Aus „Balladen für Patrioten",
herausg. von Samuel B. Oldham, Dublin (1848)

New York City
Dezember

An einem Samstagvormittag saß Patrick Walsh in seinem Arbeitszimmer und schaute aus dem Fenster. Der Burke-Junge schaufelte den Weg auf dieser Seite des Hauses von dem Schnee frei, der über Nacht gefallen war. Mit der Leichtigkeit eines viel größeren Mannes hob der junge Bursche die Schaufel an und warf den Schnee auf die Seite, und seine Bewegungen waren gleichmäßig, beinahe rhythmisch.

Walsh trank den letzten Schluck seines Kaffees. Mit einem schwachen Lächeln fuhr er fort, Tierney Burke zu beobachten.

Rank und schlank wie eine Gerte strotzte er förmlich vor Gesundheit und rastloser Energie. Außerdem war er ein fröhlicher Spitzbube. In gewisser Weise erinnerte er Patrick an seine eigenen Jugendjahre. Klug und scharfsinnig war er, gewandt in Wort und Tat – mit einem Ehrgeiz, der mehr auf Begeisterung und Abenteuer ausgerichtet war als auf ständig hartes Arbeiten.

Tierney Burke ließ bereits die viel sagenden Zeichen einer bestimmten Rücksichtslosigkeit erkennen, die Patrick bewunderte – jene rücksichtslose Entschlossenheit, die man unbedingt brauchte, wenn man als Ire in Amerika Erfolg haben wollte. Natürlich war sein Charakter nicht ohne Schwächen, wovon die schlimmste der nahezu törichte Eifer des Jungen für Irland und alles Irische zu sein schien.

Walsh hatte sie sein Leben lang verabscheut, jene unsinnige Leidenschaft der irischen Patrioten. Er betrachtete sie als eine Art nationalen Wahnsinn, einen Wahnsinn, welcher ein gewöhnliches Leben zu einem romantischen Abenteuer, eine bedeutungslose Aufgabe zu einer heiligen Berufung machte. Das war der Funke, der ihre unzähligen Geheimbünde nährte, in denen aus Landsknechten Helden wurden – Helden, die meist den Märtyrertod starben.

Tausende Einwanderer hatten diesen Wahnsinn mit über den Atlantik gebracht, und seine Wogen schäumten in den Mietskasernen über, bahnten sich ihren Weg bis hinein in bestimmte politische Kreise, in die *Tammany Hall.* Niemals richtig in der Lage, der mystischen Anziehungskraft der alten, irischen Mythen und ihren Helden zu entrinnen, brannten einige jugendliche Hitzköpfe noch immer darauf, für *Eire* – für Irland – zu sterben, sich weiterhin für *die Sache* einzusetzen. Und selbst die wenigen, die es in den Staaten zu etwas gebracht hatten, sandten regelmäßig einen großen Teil ihres Geldes nach Irland – für Patrick Walsh eine törichte und sentimentale Geste.

Er hatte von Anfang an gespürt, dass Tierney Burke alle typischen Merkmale eines künftigen Eiferers, eines jener Rebellen mit feurigen Augen, an sich trug. Er würde jedoch weiter ein wachsames Auge auf den Jungen werfen, denn er könnte sich mit der Zeit und unter der richtigen Anleitung auf verschiedenste Weise als äußerst nützlich erweisen. Ja, es war sogar möglich, dass der irische Eifer dieses Burschen ihm einmal von Nutzen sein könnte.

Nicht zum ersten Mal entdeckte Patrick eine köstliche Ironie in der Tatsache, dass der Sohn eines irischen Polizisten, wenn auch ohne es zu wissen, zu den Walsh-„Unternehmungen" gehörte. Er war dem Vater des Jungen noch nie begegnet, der stattliche Michael Burke war jedoch unter den Kneipenbesitzern und Glücksspielern in Five Points mehr als bekannt – bekannt als nüchterner und unnachgiebiger Bulle, der unbestechlich war. Ehrliche Polizisten zollten ihm große Achtung, während diejenigen, die Bestechungsgelder annahmen, ihn für einen Narren hielten.

Mit anderen Worten, er war nicht käuflich.

Walsh griff nach einem langen, schmalen Umschlag, der eine großzügige Weihnachtsprämie für Tierney Burke enthielt. Sein Lächeln wurde beinahe verächtlich, als er an den sittenstrengen Vater des Jungen dachte. Vielleicht wäre der Wachtmeister dann weniger streng, wenn sein Sohn mit dem Gesetz in Konflikt geraten würde.

Bis jetzt hatte der Junge noch keine Ahnung von gewissen Transaktionen, die an der Rezeption des Hotels getätigt wurden. Die Rolle, die er dabei spielte, war auch völlig unschuldig: Er nahm Umschläge und Postsäcke entgegen, verteilte sie in die entsprechenden Fächer und brachte gelegentlich Sendungen zu Hubert Rossiter oder Charlie Egan.

Rossiter, Buchhalter für zahlreiche „Unternehmungen“ Walshs, rangierte als Mittelsmann zwischen Patrick und den Unterhändlern, die Passagierlisten von Immigrantenschiffen verkauften. Charlie Egan, Nahrungsmittelkontrolleur, arbeitete seit fast vier Jahren für Walsh als Verantwortlicher für die irischen Laufburschen, die die Einwanderer von den Schiffen in ausgewählte Häuser in Five Points trieben, die „zufällig“ Patrick Walsh gehörten.

Das Hotel, ein geachtetes Etablissement der Mittelklasse, erwies sich für Rossiter und Egan nahezu als idealer Ort, die Passagierlisten von den Unterhändlern hin- und zurückzuschleusen. Außerdem diente der Safe im Büro des Hotels zeitweilig als „Bank“ für die Gelder, die bei diesen Operationen ständig als Gewinn anfielen.

Bei einem der lukrativsten Geschäfte Walshs gingen jeden

Monat Tausende von Dollars – unter den nichts ahnenden Augen von Tierney Burke – über den Tisch der Rezeption. Walsh begann sich zu fragen, ob es nicht interessant wäre, den Jungen zu testen, um genau herausfinden, wie er wirklich war und ob es sich lohnte, ihn für größere Geschäfte vorzubereiten.

Patrick warf einen Blick auf den Umschlag in seiner Hand. Einen Augenblick später klopfte er an die Fensterscheibe und winkte den Jungen herein.

* * *

Seine Mütze in der Hand, stand Tierney Burke wartend in dem hellen Licht der Wintersonne, die das Büro seines Arbeitgebers durchflutete.

Walsh nahm sich Zeit, bevor er zur Sache kam. Er saß hinter einem glänzenden, wuchtigen Schreibtisch und sah entspannt und optimistisch aus wie immer. Während er Tierney betrachtete, spielten seine langen, schlanken Finger gedankenverloren mit dem Briefumschlag, der vor ihm lag.

„Ich habe dir bereits gesagt, dass ich mit deiner Arbeit zufrieden bin“, sagte er in sachlichem Ton. „Sowohl im Hotel als auch hier im Haus.“

Im Unklaren darüber, was man von ihm erwartete, neigte Tierney nur den Kopf und entgegnete: „Danke, Sir.“

„Dein Vater muss sehr stolz auf dich sein“, fuhr Walsh fort. Er ließ ein kurzes, flüchtiges Lächeln aufblitzen, das erlosch, bevor es seine Augen erreichte. „Wir Iren halten sehr viel von guten Söhnen.“

Diese Bemerkung überraschte Tierney. Walsh sprach selten über seine irische Herkunft. Die Tatsache, dass er seine irische Abstammung unverhohlen verleugnete, war der Punkt, der den Mann in Tierneys Augen suspekt machte. Immer noch unsicher, wie er sich verhalten sollte, antwortete Tierney mit einem weiteren kurzen Kopfnicken und einem vorsichtigen Lächeln.

„Ich halte darauf, einen Angestellten für gute Arbeit zu belohnen", sagte Walsh und überreichte Tierney den Umschlag. „Du kannst das als Weihnachtsgeschenk betrachten. Um diese Jahreszeit kann ein junger Bursche wie du gewiss etwas Geld zusätzlich gebrauchen, denke ich."

Überrascht starrte Tierney nur einen Augenblick auf den Umschlag, ehe er ihn annahm. „Vielen Dank, Sir! Das ist sehr großzügig von Ihnen."

Walsh winkte ab. „Du hast es dir verdient." Mit dem ausdruckslosen, abschätzenden Blick, an den Tierney sich bereits gewöhnt hatte, setzte er seine Musterung fort.

Walshs Augen waren ausdruckslos, eine besondere Schattierung von Haselnussbraun, die bei Tageslicht ziemlich dunkel wirkte. Seine Oberlippe war ausgeprägt, wie es für die Iren typisch war, aber ansonsten gaben seine Züge keinen weiteren Hinweis auf seine keltische Abstammung. Seine Nase war schmal und gerade, der schmale Mund irgendwie zynisch – den Eindruck fortwährenden Spotts erweckend.

Das flutende Licht in dem Büro wich, als Wolken die Wintersonne verdunkelten. Schatten spielten auf Walshs Gesicht und verwandelten sein Gesicht in eine kalte, unangenehme Maske. Für einem Moment bekam Tierney Gänsehaut, als er die Veränderung wahrnahm. Walsh war ein kalter und harter Mann, das stand für Tierney außer Frage. Tierney hatte schon bald hinter die freundliche, gutmütige Fassade seines Arbeitgebers geblickt. Der Mann war ein Schwindler, und doch konnte Tierney nicht sagen, dass er Patrick Walsh nicht mochte. Während er als Mensch enttäuschte, konnte er als Arbeitgeber tolerant, ja sogar großzügig sein.

Tierney spürte, dass Walsh mehr wollte als ihm nur eine Weihnachtsprämie zu überreichen und versuchte, eine bequemere Haltung einzunehmen, während er dastand und wartete.

„Welche Pläne hast du eigentlich für dein Leben, Junge?", fragte Walsh unvermutet. „Du kommst in das Alter, wo man langsam Pläne macht, würde ich meinen. Wie alt bist du jetzt – sechzehn? Siebzehn?"

„Fünfzehn, Sir."

Walsh zog die Augenbrauen hoch. „Ich hätte dich älter geschätzt. Nun, vielleicht bist du noch zu jung, um konkrete Pläne zu haben."

„Nein, Sir." Tierney steckte den Umschlag in die Tasche und verschränkte die Hände auf dem Rücken. „Ich habe Pläne."

„Berufliche Pläne?"

„Ja, das auch, aber zunächst möchte ich nach Irland, wenn ich das nötige Geld dafür habe."

Walsh beugte sich nach vorn, seine Fingerspitzen berührten sich und formten einen Bogen, während er Tierney mit einem schmalen Lächeln betrachtete. „Um dort zu leben? Oder nur, um deine Herkunft zu erforschen?"

„Beides, Sir."

Walsh wandte seinen Blick ab und betrachtete seine Finger. „Ich nehme an, du wirst einen bestimmten Grund haben. Die meisten Leute sind derzeit daran interessiert, Irland zu verlassen und nicht, sich dort niederzulassen."

„Ja, genau und solange das so ist, wird sich die Lage nicht verbessern." Tierneys Augen blitzten.

Walsh hob das Gesicht, und Tierney nahm einen Schimmer von Belustigung wahr. Zornig blickte der Junge weg.

„Sei nicht zu schnell dabei, alle Iren zu verdammen, die das Land verlassen, Tierney. Es gibt nicht nur einen Weg, wie man dem Land helfen kann, verstehst du."

Tierney sah seinen Arbeitgeber wieder an. Walsh lächelte, aber es war nicht mehr jenes verächtliche Lächeln wie einen Augenblick zuvor.

„Irland zu verlassen muss nicht immer bedeuten, sich völlig von dem Land abzuwenden", sagte Walsh. Er sprach langsam, als wolle er jedes Wort sorgfältig abwägen. „Einige von uns haben sich dafür entschieden, dem Land von hier aus zu helfen. In Amerika können wir viel mehr Geld verdienen als in Irland. Und weil das so ist, können wir auch etwas von dem Geld dafür verwenden, um Irland zu helfen. Einige von uns, wie dein Vater und ich, haben einen anderen Weg gewählt. Das muss nicht unbedingt der falsche sein."

Tierney bemühte sich, seine Unduldsamkeit zu verbergen. „Mein Vater ist Polizist. Da bleibt wenig übrig, was man nach Irland schicken könnte, wenn wir auch leben wollen. Vater gehört zu den Iren, die in Amerika nicht reich werden."

Walsh zog eine Augenbraue nach oben; er lächelte immer noch. „Aber einige von uns werden es", sagte er leise.

Tierney schaute ihn an.

„Ich halte dich von deiner Arbeit ab", sagte Walsh abrupt, während er seinen Stuhl nach hinten schob und aufstand. „Vielleicht sprechen wir nach den Ferien weiter über deine Pläne. Ich kann deinen Ehrgeiz nur bewundern, und wenn du wirklich beschlossen hast, nach Irland zu gehen, wirst du einiges an Geld brauchen. Vielleicht habe ich in ein paar Wochen eine Aufgabe für dich, die mehr – Verantwortung – erfordert. Etwas, wo du mehr verdienst als im Hotel."

Walsh ging um seinen Schreibtisch herum auf die Tür zu und machte deutlich, dass der junge Angestellte nun entlassen war.

Auf dem Weg nach draußen legte er einen Arm um Tierneys Schulter. „Ich möchte, dass du deinem Vater ein schönes Weihnachtsgeschenk machst. Er mag als Polizist nicht viel Lohn erhalten, was aber nicht bedeutet, dass er nicht mehr Geld verdient hätte. Ich für mein Teil bewundere unsere Polizisten sehr."

Zum ersten Mal, seitdem er bei Patrick Walsh arbeitete, fühlte sich Tierney unbehaglich unter der Berührung dieses Mannes.

* * *

Tierney ging um das Haus herum, nahm die Schaufel wieder zur Hand und fuhr fort, den Weg zu räumen. Er spürte den Umschlag in seiner Tasche und es reizte ihn, zu wissen, welchen Betrag er enthielt. Doch Walsh könnte ihn beobachten, und er wollte nicht, dass der Mann sah, wie er es kaum erwarten konnte. Das Geld würde nicht davonlaufen.

Es war das erste Mal, dass Walsh sich so seltsam benommen und ihm persönliche Fragen gestellt hatte, dass er offen über seine eigene irische Herkunft gesprochen und sogar angedeutet hatte, dass er der Meinung war, man könne dem Heimatland mit in Amerika verdientem Geld helfen!

Woher kam dann das Gefühl des Argwohns und Unbehagens in ihm? Warum hatten seine Fragen ihn so unangenehm berührt, ja beinahe verärgert?

Teilweise, vermutete Tierney, weil er nicht an Walshs Aufrichtigkeit glaubte. Seine Gefühle sagten ihm, dass Patrick Walsh sich kaum für etwas anderes als sich selbst interessierte und dafür, wie er noch mehr Geld machen konnte. Auch das lächerliche Gerede darüber, Irland helfen zu wollen, nahm er ihm nicht ab. Walsh war zu sehr darauf bedacht, dass er – und auch die anderen – vergaßen, woher er kam. So ein Ire würde kein Geld in die Heimat schicken.

Doch was ihn am meisten störte, wurde Tierney klar, war die Tatsache, dass er ihn gönnerhaft behandelt hatte. Von dem Moment an, wo das Gespräch auf Tierneys Interesse an Irland gekommen war, hatte er in Walshs Verhalten einen Hauch von Verachtung, einen Anflug von Spott erkannt, der ihn auch jetzt noch nervös machte.

Unruhig stellte er fest, dass das Verhalten seines Arbeitgebers dazu beigetragen hatte, dass ein Misstrauen Wurzeln schlagen konnte, das auch sein Vater bereits gesät hatte. Vater beharrte weiter darauf, dass Patrick Walshs Ruf nicht der war, wie es nach außen hin schien, dass einige seiner „Geschäftsinteressen" mehr als suspekt waren. Er machte kein Geheimnis daraus, dass er den gewaltigen Aufstieg dieses Mannes in einer Stadt, in der Iren in ihrer Karriere selten über die Polizei oder die Feuerwehr hinauskamen, in Frage stellte.

Es war jedoch eine Seltenheit für Tierney, einzugestehen, dass sein Vater möglicherweise Recht haben könnte. Seit kurzem schienen sie in allen Dingen unterschiedlicher Meinung zu sein, angefangen bei dem, was es zum Frühstück geben sollte, bis hin zu Politik und Religion.

Er verabscheute jedoch Walshs herablassendes Verhalten und die Art, wie er in seinen Angelegenheiten herumschnüffelte. Er hatte die offenkundige Verachtung in den Augen seines Arbeitgebers wahrgenommen, als dieser über seinen Vater und die Polizei gesprochen hatte.

Tierney biss die Zähne zusammen und warf eine weitere Schaufel Schnee in den Hof. Er schaufelte schneller, um mit der Aufgabe fertig zu werden. Zwischen ihm und seinem Vater gab es Meinungsverschiedenheiten – und um ehrlich zu sein, wurden es in der letzten Zeit immer mehr, aber das war noch lange kein Grund, dass ein abtrünniger Ire wie Patrick Walsh es wagen durfte, sich über sie lustig zu machen.

Tierney musste wieder an den Umschlag und seinen verlockenden Inhalt denken. Walsh hatte gesagt, er solle seinem Vater ein schönes Weihnachtsgeschenk machen, und das würde er auch tun. Mit der Summe, die er bereits in dem Socken unter seinem Kopfkissen versteckt hatte, würde es ihm diese Prämie ermöglichen, für alle, die ihm am Herzen lagen, Weihnachtsgeschenke zu kaufen.

Für seinen Vater hatte er bereits ein schönes Messer ausgesucht, und auch Daniel würde er etwas schenken.

Bei dem Gedanken an Daniel zuckte Tierney zusammen, weil er an den furchtbaren Krach denken musste, den sie an jenem Abend hatten, als sein Vater vor dem Opernhaus Nora und dem Engländer in die Arme gelaufen war.

Natürlich war das nicht Daniels Schuld, aber Tierney war immer noch wütend auf Nora. An jenem Abend hatte er die Fassung verloren und Daniel gegenüber einige ziemlich harte Dinge über seine Mutter gesagt. Was Daniel jedoch nicht einzusehen schien oder nicht einsehen wollte, war die Tatsache, dass Nora seinen Vater sehr verletzt hatte.

Jetzt wünschte er sich, er wäre nicht so aufgebraust, und war bemüht, die Sache zwischen ihnen noch vor Weihnachten wieder in Ordnung zu bringen. Vielleicht würde das richtige Weihnachtsgeschenk dazu beitragen, das Eis zu brechen.

Er würde auch noch einigen anderen Geschenke machen, beispielsweise dem kleinen Tom Fitzgerald, dem armen Bengel mit dem schmalen Gesicht. Offen gestanden mochte er die beiden Fitzgerald-Kinder sehr.

Besonders Johanna – Johanna mit den traurigen Augen und dem stummen Mund. Tierney brachte sie nicht nur zum Lächeln, sondern manchmal auch dazu, ein eigenes, gleichsam stummes Lachen von sich zu geben. Das gefiel ihm und gab ihm irgendwie das Gefühl, ein Mann zu sein.

Ja, für Johanna würde er einen Seidenschal kaufen, in leuchtenden Farben, die ihre traurigen Augen lächeln ließen.

„Hallo, Tierney."

Tierney verzog das Gesicht und stieß die Schaufel heftiger in den Schnee. Er schaute nicht hoch, stellte aber trotzdem ungehalten fest, dass Isabel Walsh neben ihm stand und ihn beobachtete.

Tierney wusste nur zu gut, dass die zwölfjährige Tochter seines Arbeitgebers furchtbar in ihn verliebt war. Tierney arbeitete nicht deshalb bei ihrem Vater, um sich mit ihr zu treffen – im Gegenteil, am liebsten wäre er ihr aus dem Weg gegangen. Das aber schien die dicke Isabel, die alle schlechten Züge ihrer Mutter geerbt zu haben schien, nicht im Geringsten zu stören.

Tierney konnte nur versuchen, sie nicht zu beleidigen. Etwas an dem Mädchen ließ ihn mit den Zähnen knirschen. Isabel brauchte tatsächlich nur seinen Namen zu nennen, und schon war ihm übel. Er bemühte sich, ihr möglichst aus dem Weg zu gehen.

Aber da stand sie, herausgeputzt in einem jener abscheulichen mit Pelz verbrämten Mäntel, in dem sie wie ein ausgestopfter Biber aussah. Auf ihren dicken Wurstlocken schwebte unsicher einer jener kleinen, mit Federn geschmückten Hüte, die Tierney stets an eine tote Gans erinnerten.

Das Mädchen war fast immer vornehm gekleidet und trug prunkvolle Kleider, die ihn an eine bestimmte Art europäischer Prinzessinnen erinnerten. Doch was immer sie trug, sie wirkte – wie ihre Mutter – stets rundlich, ohne Reiz und ohne jeden Schick.

Tierney versuchte, gegenüber beiden Walsh-Kindern höflich zu sein. Sie waren offenbar die Lieblinge ihrer Mutter. Doch ihm war auch Mr Walshs Ungeduld gegenüber seinen Kindern, und besonders gegenüber dem peniblen achtjährigen Henry, nicht entgangen.

Er warf Isabel einen flüchtigen Blick zu und gab vor, voll mit seiner Arbeit beschäftigt zu sein. Aus dem Augenwinkel sah er, dass sie ein Päckchen in der Hand hielt, das in glänzendes Papier eingewickelt und mit Schleifenband verziert war. Bestürzt war ihm sofort klar, dass es für ihn bestimmt war.

„Das ist für dich, Tierney“, sagte Isabel und hielt ihm das Paket entgegen. Ihre Stimme klang blechern, und sie sprach stets so abgehackt, dass man meinte, sie wäre außer Atem und gerade eine Treppe hochgerannt.

Zögernd richtete Tierney sich auf und lehnte sich auf seine

Schaufel, den Blick auf die zerzausten Federn gerichtet, die Isabels Hut zierten.

„Du solltest mir nichts zu Weihnachten schenken“, sagte er kühl. „Ich habe dir und Henry auch nichts geschenkt.“

Isabel kam näher und hielt ihm das Geschenk mit ihren kurzen Armen direkt unter die Nase. „Das macht nichts, Tierney. Henry und ich, wir werden eine Menge Weihnachtsgeschenke bekommen; du wahrscheinlich nicht, hat Mutti gesagt.“

„So ist es“, entgegnete Tierney und verzog keine Miene.

„Mutti hat mir geholfen, das Geschenk auszusuchen“, haspelte sie weiter. „Sie wusste, dass ich etwas Besonderes für dich haben wollte.“

„Das ist sehr nett von ihr“, antwortete er gleichgültig und fragte sich, mit was für einem Gerät man wohl die zigarrengroßen Locken herstellte, die überall von ihrem Kopf abstanden. Er griff nach dem in leuchtenden Farben verpackten Geschenk, als wäre es eine Kröte. „Vielen Dank und frohe Weihnachten für dich“, murmelte er. Er legte das Geschenk sofort auf dem Weg ab und griff wieder zur Schaufel. „Ich mache jetzt am besten weiter mit meiner Arbeit.“

Isabel blieb noch volle fünf Minuten stehen und starrte ihn an, einen bedeutungslosen Monolog plappernd, während sie ihn beobachtete. Tierney murmelte zwei- oder dreimal etwas als Antwort, schenkte ihr jedoch keinerlei Beachtung. Schließlich ging sie ins Haus zurück.

Tierney stieß einen langen Seufzer der Erleichterung aus. Patrick Walsh tat ihm beinahe Leid, obgleich sein Arbeitgeber sein Mitleid gewiss nicht begrüßen würde. Trotzdem war es Tatsache, dass die Familie weit hinter dem Mann zurückblieb. Mrs Walsh schien wirklich eine nette Frau zu sein, die ihrem Mann und den Kindern treu ergeben war, aber sie war kein bisschen attraktiv. Walshs Sohn war, gelinde gesagt, geistlos und albern. Und seine Tochter – oh, sie setzte wohl jedem Menschen zu!

Kein Wunder, dass Walsh kaum für etwas anderes Interesse zeigte, als Geld zu verdienen!

Ja, und war es nicht trotz allem schön, Geld in der Tasche zu haben? Tierney wusste dieses Gefühl zu schätzen. Und jetzt hatte er Aussicht auf einen Job, der ihm noch mehr Geld einbringen würde!

Er warf die nächste Schaufel Schnee hoch und begann zu pfeifen. Es war bald Weihnachten, er hatte Geld in der Tasche, die Schule war vorüber und die Ferien hatten begonnen. Tierney war so froh, dass er es sich sogar erlauben konnte, über den Inhalt von Isabel Walshs Paket zu spekulieren.

20. Mauern niederreißen

Haben wir nicht alle einen Vater?
Hat uns nicht ein Gott geschaffen?

Maleachi 2,10a

Arthur fragte sich langsam, ob es in New York überhaupt jemanden gab, der kein Ire war.

Er wohnte im Haus einer irischen Familie. Der Pastor sagte zwar, er sei in Amerika geboren, hatte aber doch sehr viel Irisches an sich. Die streikenden Arbeiter, die sich gegen ihn und die anderen schwarzen Jungs zusammengerottet hatten, waren Iren, und auch derjenige, der auf Arthur geschossen hatte. Sogar der Polizist, der in den Aufstand eingegriffen hatte, war Ire.

Und jetzt kam ein Arzt zu ihm – Dr. Grafton – mit einem Jungen als Gehilfen, den sie Daniel Kavanagh nannten. Der Arzt sprach ganz normal, aber bei dem Jungen klang es, als sei er noch nicht lange hier in Amerika.

Seitdem Arthur in New York war, hatte er gelernt, dass man den Iren aus dem Weg gehen müsse, dass sie Feinde und Konkurrenten waren. Aber außer den Streikenden, die sich auf ihn gestürzt hatten, waren diese seltsamen Iren alle so nett zu ihm! Das war schwer zu begreifen und sehr verwirrend für einen schwarzen Jungen aus Mississippi.

Noch nie in seinem Leben war Arthur mit einem Arzt in Berührung gekommen, bis er sich diese Schusswunde zugezogen hatte. Und es war ein Doktor der Reichen, das sah er genau. Er trug einen guten Anzug, und an seiner Weste hing eine Uhrkette. Und er hatte einen Assistenten – den irischen Jungen.

Arthur fragte sich einen kurzen Augenblick, ob die beiden ihn auch so anständig behandeln würden, wenn Mrs Dalton und Casey-Fitz das Zimmer verlassen hatten.

Der Doktor untersuchte jedoch Arthurs Wunde mit sanfter Hand, dann griff er die empfindlichen Stellen auf seinem Rücken und an den Rippen ab. Er lächelte viel, während er ihn untersuchte, als ob er wüsste, dass Arthur nervös war, und er ihn beruhigen wollte.

Der irische Junge grinste auch ab und an zu ihm herüber. Arthur wunderte sich, wie ein Ire, und noch dazu ein so junger, zu einem Job bei einem so wohlhabenden Arzt kam. Dieser Daniel Kavanagh mochte etwas älter sein als er, aber nicht viel. Doch er schien zu wissen, was er zu tun hatte. Er hatte alle Instrumente und Hilfsmittel bereit, beinahe bevor der Arzt ihm sagte, was er brauchte.

Er musste furchtbar klug sein. Doch wo hatte ein irischer Junge dieses Wissen her?

„Tief einatmen, Arthur. Noch einmal. Tut das weh?"

Es tat sehr weh, doch Arthur zuckte nur mit den Achseln. Sein Vater hatte ihm beigebracht, nicht über Schmerzen zu jammern.

Er musste sich im Bett aufsetzen, wodurch der Schmerz an beiden Seiten und in der Brust nur noch schlimmer wurde. Der Doktor drückte auf eine empfindliche Stelle, und Arthur schrie, ohne es zu wollen, auf.

„Mm-hm", war alles, was der Arzt sagte.

Das musste auch für den irischen Jungen etwas bedeutet haben, denn er runzelte ebenfalls die Stirn wie der Doktor. Als er Arthur anschaute, lächelte er jedoch wieder.

Arthur stieß einen langen Seufzer der Erleichterung aus, als ihm der Doktor schließlich half, sich wieder hinzulegen.

„Es wird noch eine Weile dauern, bis deine Lunge wieder geheilt ist", sagte der Arzt. „Ich fürchte, du wirst auch noch eine Zeit lang das Bett hüten müssen."

„Wie kommt es, dass auch meine Brust so weh tut, wenn mir in den Rücken geschossen wurde?"

Lächelnd klappte der Doktor seinen schwarzen Koffer zu.

„Weil ein Teil deiner Rippe ein Loch in deine Lunge gerammt hat. Du hast Glück gehabt, dass die Kugel nicht weiter bis in dein Herz vorgedrungen ist."

Arthur schluckte. Darüber mochte er gar nicht nachdenken.

Zwischen Arthur und dem irischen Jungen herrschte eine lange, unangenehme Stille, nachdem Dr. Grafton nach unten gegangen war, um mit Mrs Dalton zu sprechen.

Schließlich brach der irische Junge das Schweigen. „Gehst du zur Schule?", fragte er.

Arthur schüttelte den Kopf.

„Du arbeitest also?", fragte er, während er den Nachttisch in Ordnung brachte, den der Doktor während der Untersuchung benutzt hatte.

„Wenn es Arbeit für mich gibt, dann arbeite ich", gab Arthur zurück.

Nachdem er festgestellt hatte, dass der andere Junge wirklich einen freundlichen Eindruck machte, fragte er: „Wie kommst du zu diesem Job bei einem Doktor? Gehst du dafür in eine Schule?"

Daniel Kavanagh schüttelte den Kopf und kam an Arthurs Bett zurück. „Nein, das heißt, ich gehe zur Schule, aber in eine allgemeine Schule. Ich bekam diesen Job, weil Dr. Grafton gerade zu der Zeit einen Gehilfen suchte, als ich nach Arbeit Ausschau hielt."

Arthur sah ihn neugierig an. „Ich kann mir nicht vorstellen, dass ich so viel Zeit bei kranken Leuten zubringen möchte. Dir scheint das zu gefallen?"

„Ja, das stimmt. Weißt du, ich möchte selbst gern Arzt werden, also ist dies ein ausgezeichneter Job für mich."

Arthur nickte, als würde er es verstehen; trotzdem kam ihm dieser irische Junge immer noch etwas sonderbar vor. Die ganze Zeit mit einem Arzt und kranken Menschen zu verbringen – das musste furchtbar deprimierend sein.

„Wo wohnst du?“, fragte Daniel Kavanagh, beide Hände in den Taschen.

Arthur zuckte mit den Achseln. „Ich habe ein Zimmer in Five Points, gemeinsam mit ein paar anderen Burschen.“

Der Gesichtsausdruck des anderen Jungen veränderte sich.

„Es ist nicht schlecht“, murmelte Arthur grollend. Er wollte nicht, dass irgendein Ire Mitleid mit ihm hatte.

Daniel Kavanagh nickte versöhnlich. Einen Augenblick kam es Arthur so vor, als würde er durch ihn hindurchsehen, aber er sprach wenigstens nicht mehr über Five Points.

„Ich wohne noch nicht lange dort“, sagte Arthur gähnend. „Ich komme aus Mississippi.“

Daniel Kavanagh nickte wieder. „Mr Dalton hat es uns erzählt. Er sagte, du bist weglaufen. Du musst viel Mut gehabt haben.“

Verlegen stieß Arthur mit den Füßen gegen die Decke. „Nein, ich musste nur viel laufen, das ist alles.“

Daniel lächelte, und wieder herrschte Schweigen zwischen ihnen. Diesmal war es Arthur, der das Schweigen brach. „Ich kann Mundharmonika spielen“, bemerkte er. Doch sobald die Worte über seine Lippen waren, bereute er sie auch schon. Manche Jungs hielten einen für einen Waschlappen, wenn man ein Instrument spielte.

Doch Daniel Kavanaghs Gesicht hellte sich auf. „Wirklich? Das ist großartig. Ich spiele Harfe.“

Das war ein „weibisches“ Instrument, dachte Arthur, aber der Bursche schien sich kein bisschen zu schämen. Er war so ganz anders als all die anderen irischen Jungs, denen er in Five Points begegnet war!

„Vielleicht bringe ich meine Harfe einmal mit, wenn du wieder besser bei Kräften bist. Wir könnten zusammen ein paar Lieder spielen – wenn du möchtest, meine ich.“

Arthurs Augen weiteten sich. Was wäre das für ein Anblick! Ein farbiger und ein irischer Junge, die zusammen musizieren!

„Ich kenne sonst niemanden, der ein Instrument spielt", sagte Daniel Kavanagh leise. „Außer Morgan Fitzgerald, und der ist in Irland. Er hat mich gelehrt, Harfe zu spielen, weißt du, und manchmal spielten wir gemeinsam ein paar Lieder."

Arthur hätte es sich nie träumen lassen, jemals einen Iren zu mögen. Aber etwas in den Augen des Jungen zog Arthur zu ihm hin, ließ ihn auf die Freundschaft reagieren, die Daniel Kavanagh ihm anzubieten schien.

„Ich glaube, das könnte gut werden", sagte Arthur. „Aber ich weiß nicht, wie lang es dauern wird, bis ich wieder genug Luft habe. Das Atmen fällt mir noch sehr schwer."

„Oh, mach dir keine Sorgen! Wenn Dr. Grafton sich um dich kümmert, wirst du dich schon bald wieder wie neugeboren fühlen! Und ich werde für dich beten!"

Arthur starrte ihn an und wusste nicht, was er ihm antworten sollte.

Dann ging die Tür auf, und Mrs Dalton und Casey-Fitz betraten gemeinsam mit Dr. Grafton das Zimmer. Sie gingen miteinander um, als gehörten sie zu einer Familie, und auch ihn behandelten sie beinahe genauso nett. Auch wenn sie ständig über den Herrn und vom Beten sprachen, schien es ihnen allen ernst damit zu sein.

Zuweilen bereiteten ihm ihr Reden und ihr steifes Benehmen Unbehagen, doch er wusste, dass das nicht ihre Absicht war. Und keinem schien es etwas auszumachen, dass er schwarz war.

Das waren schon eigenartige Menschen. Und jetzt hatte er noch einen Jungen kennen gelernt, der Harfe spielte wie ein Engel!

Sonderbar wie sie waren, mochte er sie jedoch sehr. Sie schienen gute Menschen zu sein, besonders Casey-Fitz und Daniel Kavanagh.

Auch wenn es Iren waren.

* * *

An diesem Abend, bis zu den Ellbogen im Spülwasser, berichtete Daniel Tierney von seinem Gespräch mit Arthur Jackson. „Er ist völlig auf sich allein gestellt. Stell dir einmal vor, was das bedeutet, allein in Five Points zu leben!"

Sichtlich unbeeindruckt gab Tierney nur ein Grunzen zur Antwort.

„Er war verwundet, aber jetzt geht es ihm schon besser, dank Dr. Grafton." Daniel runzelte die Stirn, während er eine mit Fett verkrustete Bratpfanne schrubbte. „Weißt du, er ist der Junge, den Onkel Michael damals mit vor den Streikenden gerettet hat."

Tierney zog eine Augenbraue hoch. „Der schwarze Junge, der den Schuss abbekommen hat? Den die Daltons bei sich aufgenommen haben?"

Daniel nickte. „Er heißt Arthur Jackson. Er spielt Mundharmonika."

Tierneys Gleichgültigkeit war in Verachtung umgeschlagen. „Sie spielen alle Mundharmonika."

Daniel warf Tierney einen Blick zu. „Wie meinst du das?"

Tierney zuckte die Achseln und wischte weiter mit einem Geschirrtuch über einen Teller. „Die farbigen Jungs – sie scheinen alle irgendein Instrument zu spielen, meistens Urwaldtrommel." Er grinste, doch sein Gesicht spiegelte keine Spur von Humor, sondern nur Verachtung wider.

Daniel schluckte seinen Ärger hinunter. „Mir scheint, es ist dumm, so etwas zu sagen."

Tierney schaute ihn an, und in seinen Augen blitzte es drohend. „Du sagst, ich bin dumm, weil ich keine Schwarzen mag?"

„Nein, ich habe nur gesagt, dass es dumm klingt, wenn du so redest. Und besonders, weil ich glaube, dass du es auch gar nicht so meinst."

Tierney kniff die Augen zusammen, doch Daniel tat so, als hätte er es nicht bemerkt. Er widmete sich wieder der Bratpfanne und bearbeitete sie mit einer solchen Gewalt, als wollte er sich an ihr rächen. Tierney machte ständig bissige Bemerkungen über Schwarze oder Deutsche oder Polen – über jeden, der kein Ire war. Doch Daniel glaubte nicht, dass Tierney wirklich so voller Vorurteile war, wie er vorgab. Er vermutete bald, dass Tierney einiges von diesen Dingen sagte, weil er glaubte, dass man es von ihm erwartete.

In New York hassten die Iren die Schwarzen, und die Schwarzen hassten die Iren. Und Tierney war der Letzte, der gegen den Strom schwamm. Er hielt sich für einen harten Mann, für einen, der keinen Zweifel daran dulden würde, dass er unverkennbar und reinrassig *Ire* war.

Daniel konnte nicht umhin, sich zu fragen, ob Tierney nicht vielmehr damit beschäftig war, sich selbst zu überzeugen als irgendjemand anders. Das war nur einer der Züge an seinem Freund, die ihm in letzter Zeit Sorgen machten. Tierney veränderte sich, wurde zunehmend härter, ungeduldiger – manchmal sogar unfreundlich. Daniel war es jedoch noch nicht gelungen, herauszufinden, wie viel von dieser Härte echt und wie viel unecht – gleichsam eine Maske war, die Tierney, aus welchem Grund auch immer, zu tragen beschlossen hatte.

Voller Unbehagen stellte er fest, dass sich eine Mauer um seinen Freund herum aufbaute – eine selbst errichtete Mauer –, die allmählich alle um ihn herum ausschloss, einschließlich Daniel und Onkel Michael. Tierney errichtete um sich herum eine Festung – ob als Schutz oder zum Zweck der Isolation, vermochte Daniel nicht zu sagen. Er spürte nur, wie er mehr und mehr draußen gelassen, von seinem Freund getrennt wurde. Darüber war Daniel unglücklich und in zunehmendem Maße besorgt.

21. Ein Weihnachten wie kein zweites

Noch nie war so fröhlich der Flöten Gesang,
noch nie war so traurig ihr Klang ...
W. B. Yeats (1865–1939)

Der erste Weihnachtsfeiertag war ein überwiegend feierlicher und fröhlicher Anlass, der im Hause Farmington seine Schatten wochen-, ja monatelang vorauswarf.

Das Haus war kunstvoll geschmückt. Blüten und Blätter, im Herbst sorgfältig getrocknet, ergänzten die verschwenderische Fülle von Tannengrün in jedem Zimmer. Sogar die letzten Rosenknospen des Herbstes hatte man erhalten, indem man die Stiele in flüssiges Paraffin getaucht und die Knospen in Seidenpapier eingehüllt hatte. In Schubladen von Kleiderschränken waren sie kühl aufbewahrt worden und wurden nun hervorgeholt, zurechtgeschnitten und dann in warmes Wasser gestellt, um an diesem einen Tag den großen Speisesaal zu schmücken.

Das Weihnachtsessen überstieg Daniels Vorstellungsvermögen. Zum ersten Mal in seinem Leben erfasste er das Wort *Festessen* in seiner vollen Bedeutung – gebratener Truthahn und gefüllter Schinken, gedünstete Austern und kandierte Süßkartoffeln, geschmorter Sellerie, Zitronenpudding und Preiselbeerkuchen. Und außerdem gab es ein scheinbar endloses Angebot an Obst und Nüssen, verzierten Plätzchen und anderen Süßigkeiten!

Der gesamte Tag war wie ein Wunder. Von dem festlichen Schmuck in dem geräumigen Speisesaal bis hin zu der herrlichen Festtafel, die sich in ihrem vollen Glanz vor ihnen ausbreitete, war alles einfach zum Staunen!

Daniel schaute von seinem halbleeren Teller hoch und betrachtete den großen Kronleuchter über ihnen. Er fragte sich, ob er wohl gut genug befestigt war. Mit üppigem Tannengrün sowie leuchtend bunten Blättern und Beeren geschmückt, hing er wie ein großer, prächtig geschmückter Baum von der Decke herab.

Auf der anderen Seite des Zimmers lehnte Daniels Weihnachtsgeschenk für die Farmingtons stolz an der Wand. Auf Anregung seiner Mutter hatte er eine große Weihnachtsharfe angefertigt, wobei er als Rahmen dünne Holzstreifen und für die Saiten Draht verwendet hatte. Mit bunten Blättern, Tannengrün und Lametta geschmückt, stand sie in Mannesgröße da und zog von jedem Punkt des Zimmers aus die Aufmerksamkeit auf sich.

Sara Farmington hatte die Harfe zum „wunderbarsten Weihnachtsgeschenk" erklärt, das sie je erhalten hatte. Saras Begeisterung hatte Daniel wirklich sehr gefreut. Sowohl Miss Sara als auch ihr Vater schienen sichtlich beeindruckt, dass Daniel sich ihretwegen so viel Mühe gemacht hatte. Das half ihm, sich nicht so sehr als Außenseiter zu fühlen.

Als die Farmingtons zum ersten Mal darauf bestanden hatten, dass alle – Daniel und seine Mutter, Evan Whittaker und die Fitzgerald-Kinder – mit ihnen gemeinsam Weihnachten feiern sollten, hatte er zunächst befürchtet, er würde sich äußerst deplatziert vorkommen. Miss Sara war eine Dame und Mr Farmington ein Fürst, aber sein Sohn Gordon – „Gordie", wie er in der Familie genannt wurde – und seine Frau hatten unausstehliche Allüren.

Es ergab sich jedoch, dass Gordon Farmington und seine Familie Weihnachten bei den Eltern seiner Frau feierten. Das erleichterte Daniel sehr.

Während des ganzen Tages sparten Miss Sara und ihr Vater keine Mühe, damit ihre Gäste sich wohl fühlten. Alle wurden mit Geschenken überhäuft: ein Paar Schlittschuhe und Bücher für Daniel; ein Spiegel mit silbernem Griff und ein Schultertuch aus weicher Wolle für seine Mutter; ein großer Sack Murmeln und ein Spielzeugzug für den kleinen Tom; für Johanna eine Puppe und ein Teeservice für Puppen und für Evan Whittaker ein schönes ledergebundenes Tagebuch und ein Bild, auf dem eine englische Landschaft dargestellt war.

Daniel stocherte auf seinem Teller herum. Es missfiel ihm sehr, dass er angesichts einer solchen Fülle von Speisen kaum Appetit hatte. Die Kopf- und Halsschmerzen, die ihn bereits in der vergangenen Nacht geplagt hatten, waren im Laufe des Tages noch schlimmer geworden. Er brachte einfach nicht mehr als ein paar Bissen von dem Festessen hinunter.

Seine Mutter hatte das natürlich bemerkt und schalt ihn, weil er nicht mehr aß. Daniel schob das Essen auf seinem Teller herum und verschwieg, dass er sich nicht wohl fühlte. Sich um ihn sorgen zu müssen, würde ihr nur den ganzen Tag verderben, und er wollte nicht zulassen, dass irgendetwas den Weihnachtsglanz hinwegnahm, der sich in ihren Augen widerspiegelte.

Ihm wurde jedoch immer unbehaglicher. Im Speisezimmer war es warm, und die Luft war stickig. So wartete Daniel nur auf einen passenden Moment, um sich entschuldigen zu können.

Während er den rechten Augenblick abwartete, musste Daniel über den gewaltigen Unterschied zwischen diesem Weihnachtsfest und dem im vorigen Jahr nachdenken. Letztes Jahr zu Weihnachten waren sie noch in Irland gewesen; der Vater war gerade gestorben, Geld und Nahrungsmittel waren so knapp, dass dies zu einer Quelle ständiger Verzweiflung wurde. Der Weihnachtstag war fast unbeachtet vorübergegangen, bis auf den Gottesdienst im Versammlungshaus und die Spielsachen, die Großvater für die Kinder geschnitzt hatte. Mutter war still und traurig gewesen, während Tahg, Daniels älterer Bruder, und seine kleine Schwester Ellie zu krank waren, um überhaupt etwas von dem Tag wahrzunehmen. Das war ein furchtbares Weihnachten – das trostloseste, an das Daniel sich erinnern konnte.

Dieser Weihnachtstag heute war ganz anders. Das Einzige, was seine Freude beeinträchtige, war – außer, dass er sich nicht wohl fühlte – die Tatsache, dass Tierney und Onkel Michael beschlossen hatten, den Tag nicht mit ihnen zu feiern.

Miss Sara hatte sie eingeladen, aber Onkel Michael hatte abgelehnt – zu schnell abgelehnt, meinte Daniel. Er war offensichtlich immer noch sauer auf Mutter, und Tierney auch.

Tierney hatte Daniel erzählt, was sich an jenem Abend, Ende November, vor dem Opernhaus zugetragen hatte. Seine blauen Augen hatten vor Zorn geblitzt, und sein Ton war hart und kalt, als er ihm berichtete, wie Onkel Michael vor dem Opernhaus seiner Mutter und „dem Engländer" begegnet war, beide „herausgeputzt in geborgtem Staat".

Noch Tage danach hatte sich Tierney zurückgezogen und reserviert gegenüber Daniel verhalten, als wolle er ihn strafen. Auch Onkel Michael hatte einen sehr stillen und zerstreuten Eindruck gemacht. So war es keine Überraschung für ihn, dass sie die Einladung der Farmingtons ablehnten; trotzdem war es eine große Enttäuschung. Seit kurzem hatte Tierney wenigstens versucht, den Streit beizulegen, und seit zwei Tagen hatte er auch wieder begonnen, ihn mit den üblichen Bemerkungen und Streichen zu necken. Und hatte er ihm nicht auch ein schönes Taschenmesser geschenkt, beinahe das gleiche wie das, was er für Onkel Michael gekauft hatte?

Als Daniel über den Tisch schaute, begegnete er Johannas Blick. Ihre Hand glitt über den smaragdgrünen Schal, den sie um ihren Hals trug – Tierneys Geschenk. Daniel zwinkerte ihr zu, und sie lächelte zurück, während sie immer noch den Schal streichelte.

Als sich Daniel den letzten Bissen Preiselbeerkuchen hinunterquälte, verzog er vor Schmerz das Gesicht, so weh tat sein geschwollener Rachen. Inzwischen fühlte er sich ziemlich elend.

Er musste sofort an die frische Luft, sonst würde er sich mit seiner Übelkeit vor allen blamieren.

„Entschuldigt mich bitte“, murmelte er heiser, während er seinen Stuhl nach hinten schob. Schon halb aufgestanden, griff er schnell nach der Stuhllehne, als sich das Zimmer vor seinen Augen zu drehen begann. Er schwankte und schnappte nach Luft, in der Hoffnung, dass niemand etwas bemerkt hatte.

Er hätte es besser wissen müssen.

„Daniel John?“ Die Stimme seiner Mutter war scharf, ihr Ton fragend. Sie stand auf und eilte zu ihm.

„Mutter ... ich fühle mich – ich bin vielleicht ein bisschen krank ...“, stieß er noch hervor. Dann begann das Meer von Gesichtern an der Festtafel vor ihm zu verschwimmen, und er verlor die Kontrolle über sich.

* * *

Der Tag, der so strahlend begonnen hatte, endete als Alptraum für Nora, als Daniel John am Tisch halb tot in Ohnmacht fiel. Als sie ihn auffing, bemerkte Nora sofort, dass er hohes Fieber hatte. Noch mehr beunruhigten sie jedoch die scharlachroten Flecken auf seiner Haut.

Mr Farmington trug ihn auf die Chaiselongue im Wohnzimmer und schickte dann sofort Uria, um Dr. Grafton zu holen. Während sie auf den Arzt warteten, hielt Sara den kleinen Tom und Johanna von dem Salon fern. Evan blieb bei Nora, um ihr mit Daniel John zu helfen.

Der Junge war unruhig und warf sich ruhelos auf dem Sofa hin und her, während er bedeutungs- und zusammenhangslose Worte ausstieß. Es schien ihm so schlecht zu gehen, dass er kaum mehr als ein schwaches Kopfnicken zustande brachte, wenn sie ihn etwas fragten.

Nora war außer sich vor Angst. „Er redet irre, Evan!“

„Das macht das Fieber“, sagte er sanft, seine Stirn besorgt in Falten gelegt.

Nora blickte von ihm zu ihrem Sohn. „Er ist im Delirium, meinst du? Aber wie das ... bis zum Essen war er doch noch völlig in Ordnung! Ich verstehe nicht ...“ Sie beendete ihren Satz nicht. Als sie eine Hand auf Daniels Stirn legte, schrie sie leise auf vor Entsetzen über die Hitze, die sie in ihren Fingerspitzen spürte. „Er ist so heiß! Und der Ausschlag ...“ Sie zögerte und starrte ihren Sohn mit wachsendem Entsetzen an. „Herr, erbarme dich, diesen Ausschlag habe ich schon einmal gesehen!“

Evan legte seine Hand auf ihre Schulter. „Nora, der D-Doktor wird gewiss jeden M-Moment hier sein ...“

Nora starrte weiter hilflos auf ihren Jungen herab. „Es war in unserem Dorf, vor etlichen Jahren“, stieß sie mit zitternder Stimme hervor. „Ich erinnere mich genau ... wegen Johanna.“

„Nora, es m-muss nicht die gleiche Krankheit sein ...“

„Scharlach.“ Nora hielt inne und versuchte, Luft zu holen, was ihr aber nicht gelang. „Scharlach heißt diese Krankheit! Johanna hatte sie – davon ist sie taubstumm geworden!“

Sie wirbelte zu Evan herum, ihre Stimme schrill vor Entsetzen. „Das ist die gleiche Krankheit, Evan – Scharlach!“

Evan wollte etwas sagen, schien sich aber anders zu besinnen, während er ihre Schulter fester umfasst hielt.

* * *

„Scharlach“, sagte Nicholas Grafton wenige Augenblicke, nachdem er gekommen war. Er hätte seinen jungen Assistenten tatsächlich nicht einmal zu untersuchen brauchen. In all den Jahren als Arzt hatte er genug Scharlach in dieser Stadt gesehen – und besonders in letzter Zeit –, um die Krankheit auf den ersten Blick zu erkennen.

Schuld stieg in ihm auf, als er Daniel weiter untersuchte. Er hatte sich höchstwahrscheinlich bei anderen Patienten angesteckt; sie hatten in den letzten Wochen eine steigende Anzahl von Scharlachfällen zu Gesicht bekommen.

Der Junge fieberte, der Ausschlag hatte sich über den ganzen Körper ausgebreitet. Der Rachen war bereits entzündet und geschwollen – mit beginnender Geschwürbildung.

Dr. Grafton richtete sich auf und wandte sich an die Mutter. „Seit wann hat er den Ausschlag?"

„Seit wann?" Die Frau starrte ihn mit angstvollen Augen an und rang die ganze Zeit ihre Hände, bis die Knöchel weiß wurden.

Der einarmige Engländer an ihrer Seite antwortete für sie. „Seit einer reichlichen St-Stunde etwa; wir waren noch beim A-Abendessen. Daniel schien ohnmächtig zu werden, und als wir ihm zur Chaiselongue halfen, war er kaum noch in der Lage zu gehen. E-Er sagte, ihm sei schwindlig und ü-übel."

Grafton nickte kurz. „Der Ausschlag ist schon weit fortgeschritten – wahrscheinlich hat er heute schon früher auf der Brust oder auf dem Rücken begonnen." Er schaute zu der Mutter des Jungen. „Mir ist nicht wohl dabei zumute, Mrs Kavanagh. Zweifellos hat er sich bei Hausbesuchen angesteckt. Daniel gehört nicht zu denjenigen, die sich nicht an die Patienten heranwagen – er ist ein tüchtiger Gehilfe und bereit, alles zu tun, was nötig ist."

Mit einem tiefen Seufzer klappte er seinen Arztkoffer zu. „Er braucht viel Pflege und aufmerksame Beobachtung. Wird er hier bleiben?" Grafton fand die Wohnungssituation seines jungen Assistenten etwas sonderbar, doch der Junge schien gern getrennt von seiner Mutter zu wohnen – bei seinem „Onkel Michael", wie er ihn nannte.

Lewis Farmington stand direkt hinter der Mutter. „Ja, natürlich wird er hier bleiben! Nora will gewiss bei ihm sein. Gib uns Anweisung für die Pflege, die er braucht, und wir werden darauf achten, dass er alles bekommt, was nötig ist." Er hielt inne. „Außer Nora werden sich auch Ginger und Sara um ihn kümmern. Sie haben beide viel Erfahrung in der Krankenpflege."

„Ja, gut, das ist prima, aber die Schwierigkeit besteht darin, dass Scharlach äußerst ansteckend ist. Es sind noch zwei Kinder im Haus, nicht wahr?"

Lewis Farmington nickte.

„Johanna – Johanna hatte die Krankheit bereits", bemerkte Nora Kavanagh. Die Frau schien sich jetzt besser in der Gewalt zu haben, obgleich sie noch immer große Angst hatte.

Und sie hat auch Grund dazu, dachte Grafton. Scharlach war tatsächlich eine heimtückische Krankheit. Außer der allgemeinen Schwächung des gesamten Körpers griff er oft auch lebenswichtige Organe an, und manchmal entstanden irreparable Schäden. Und es gab sogar Todesfälle zu beklagen.

„Es war Scharlach, durch den Johanna – so geworden ist", fügte die Mutter hinzu.

Sie meinte natürlich, dass das Mädchen taubstumm war. Auf Lewis Farmingtons Bitte hatte Grafton die Kinder untersucht, als sie aus Irland gekommen waren, und er hatte die ältere Schwester behandelt, die schließlich gestorben war. Er konnte sich noch genau an die jüngere Schwester erinnern, an das taubstumme Mädchen mit dem ängstlichen Blick.

Nora Kavanagh wandte ihr schmerzerfülltes Gesicht dem Arzt zu. „Johanna – sie konnte nie wieder sprechen noch hören, seitdem sie diese Krankheit hatte."

Grafton biss sich auf die Lippe und nickte dann zögernd. „Das kommt vor." Er hielt inne. „Aber wir werden nicht zulassen, dass es bei Daniel so wird, Mrs Kavanagh. Wir werden ihn gut durchbringen. Ich werde sehr auf ihn achten, darauf können Sie sich verlassen."

Ihr unsicheres Lächeln kostete sie offensichtlich viel Kraft. Dem Arzt fiel auf, dass Daniels junge Mutter überraschend schön war für jemanden, der so viel Unglück erleiden musste. Obgleich ihre feinen Züge Spuren erduldeten Leidens aufwiesen, war diese Frau von einer stillen, liebenswerten Schönheit umgeben.

„Daniel sollte von den anderen Personen im Haushalt isoliert werden", sagte er, zu Lewis Farmington gewandt. „Mit Ausnahme derjenigen, die bestimmt wissen, dass sie diese Krankheit bereits durchgemacht haben. Natürlich waren heute alle der Ansteckungsgefahr ausgesetzt, so dass es möglicherweise nicht mehr sehr viel nützt."

Lewis Farmington runzelte die Stirn. „Ich weiß nicht, ob ich Scharlach hatte oder nicht, aber das spielt keine Rolle – ich werde nie krank. *Niemals*", fügte er selbstbewusst hinzu. Er sah seine Tochter an. „Nach meinem besten Wissen hat Sara die Krankheit noch nicht durchgemacht."

„Ich werde auch nie krank", sagte Sara Farmington ebenso selbstsicher. „Ich muss nach dir geraten sein, Vater."

Lewis Farmington sah seine Tochter mit zusammengekniffenen Augen forschend an, doch sie lächelte ihn nur fröhlich an.

„Der kleine Tom – Johannas Bruder – ich wüsste es, wenn er es gehabt hätte", sagte Nora Kavanagh. „Ich bin sicher, er hat noch keinen Scharlach gehabt."

Der Doktor sah sie prüfend an: „Und Sie?"

„Ich? Oh ... ja, wahrscheinlich hatte ich Scharlach", antwortete sie zaghaft. „Wahrscheinlich als Kind."

Grafton wusste, dass nichts die Frau von ihrem Sohn fern halten würde. Wie die meisten Mütter würde sie sich der Ansteckungsgefahr aussetzen, ohne überhaupt daran zu denken.

Als er gefragt wurde, erklärte der Engländer, dass er als Kind Scharlach hatte. „Ich erinnere mich immer noch an die Schmerzen in meinem Hals." Dann schlug er, zu Lewis Farmington gewandt, vor: „Warum b-bringen wir Daniel nicht zu mir hinüber in das kleine Häuschen? Dort wäre er von dem kleinen Tom und auch von M-Miss Sara getrennt."

Sara Farmington hob abwehrend die Hand. „Ich mache mir keine Sorgen um mich. Trotzdem ist das eine gute Idee, Evan, wenn es Ihnen wirklich nichts ausmacht. Es wäre sonst äußerst schwierig, den kleinen Tom von Daniel fern zu halten."

Wenige Augenblicke später half Grafton, den Jungen in das kleine Haus hinter der Villa zu bringen, und dann schrieb er genaue Anweisungen zu seiner Pflege nieder. Leider gab es kaum etwas an Medikamenten, was ihm helfen würde. Ein paar Tropfen Atropin morgens und abends; Salpeterlösung; ansonsten kühle Getränke, Bettruhe und warme Bäder.

„Wir müssen auf Ohreninfektionen und Wassersucht achten. Falls sein Körper anschwellen sollte, benachrichtigen Sie mich bitte sofort." Während er Daniels Mutter die Atropintropfen gab, sah der Arzt sie streng an. „Und übernehmen Sie sich nicht, Mrs Kavanagh", warnte er sie. „Es sind noch so viele andere hier, die Ihnen bei der Pflege Ihres Sohnes helfen werden."

Der Engländer trat einen Schritt näher. „W-Wir werden b-bestimmt alle helfen, D-Doktor."

Dr. Grafton sah, wie der Mann Daniels Mutter betrachtete, und er sah auch den dankbaren Blick Nora Kavanaghs.

So war das eben, nicht wahr? Ein seltsames Paar – ein Engländer und eine irische Witwe. Doch es war gut, wenn sie nicht allein war. Die nächsten Tage würden schwer werden für sie.

Und auch für Daniel, den armen Jungen. Nur wenige Dinge setzten dem Körper so zu wie diese hässliche Krankheit. Und es gab zum Verzweifeln wenig, was man dagegen tun konnte.

Den Kranken gut beobachten und beten, das war schon beinahe alles. Nicholas Grafton hatte die Erfahrung gemacht, dass bei Scharlach Gebet eigentlich das Einzige war, was wirklich helfen konnte.

22. Banges Wachen, bevor der Tag anbricht

Leben und Tod stehen in deinen Händen,
Herr, erbarme dich!
Richard d'Alton Williams (1822–1862)

Daniel wusste, dass es Nacht war, und er wusste auch, dass ihm furchtbar kalt war, denn er zitterte so sehr, dass er mit den Zähnen klapperte.

Er befand sich in einem fremden Zimmer, in einem fremden Bett. Nein ... nein, es war doch nicht fremd. Er war schon hier gewesen, in Evan Whittakers Wohnung. Das Bett war hoch und hatte eine breite tiefe Matratze. Es war ein schönes Bett. Das Zimmer schien sich im Kreis zu drehen – oder drehte sich das Bett? Verzweifelt wünschte er sich, das Drehen würde aufhören, denn dadurch wurden seine Kopfschmerzen nur noch schlimmer.

Das Fieber, das in seinem Körper wütete, war wie ein Sturm, der ihm erbarmungslos entgegenwehte und ihn gefangen hielt. Noch nie in seinem ganzen Leben war ihm so qualvoll heiß gewesen. Ein furchtbarer Durst plagte ihn, er war jedoch sicher, dass er auch nicht den kleinsten Tropfen Wasser seine geschwollene Kehle hinunterbringen würde. Allein das Schlucken war eine grausame Qual.

Das Zimmer verwirrte ihn, und das Fieber machte ihm Angst. Wenn er seine Augen schloss, nahm er nur noch Nebel wahr. Wenn er sie öffnete, sah er, wie seine Mutter sich über ihn beugte und mit ihrer Hand seine heiße Stirn kühlte. Auch Whittaker war da und beobachtete ihn, und manchmal Sara Farmington. Doch lächelte sie nicht, wie gewöhnlich, ihr Mund erschien schmal, und das dämmrige Licht des Zimmers zeichnete Schatten auf ihr Gesicht.

Er wollte schlafen, endlich dem erbarmungslosen Hämmern in seinem Kopf und dem Schmerz in seinem Hals entfliehen! Er sehnte sich nach dem wohligen Gefühl des Vergessens, das der Schlaf mit sich brachte, aber es kam nicht. Jedes Mal, wenn er die Augen schloss, um einzuschlummern, schreckte er wieder auf und fühlte sich nur noch elender als zuvor.

Warum legte Evan Whittaker seine Stirn in Falten, wenn er sich über ihn beugte? Und Mutter – Mutters Gesicht war so bleich. Sie sah aus wie ein Gespenst!

Bei ihrem Anblick fühlte sich Daniel irgendwie schuldig. Er machte ihr wieder Sorgen – und hatte sie nicht schon genug gehabt? Sie sollte sich nicht um ihn sorgen müssen ...

Er schloss die Augen wieder, und wie mit scharfen Messern schnitt der Schmerz in seinen Kopf, in seinen Hals.

Was war los mit ihm? War es das Fieber?

War er denn wieder in Killala? Oder an Bord des Todesschiffes, der *Green Flag* – und der Schwarze Tod war dabei, ihn wie alle anderen dahinzuraffen?

Nein! Er war weder in Irland noch auf dem Schiff. Er war in Amerika! Warum war er dann aber so krank? Hatte ihn die Krankheit verfolgt, bis nach New York?

Er durfte nicht denken. Durch die Anstrengung wurde das Hämmern in seinem Kopf nur noch lauter. Mit einem langen Seufzer drehte er sich zu Wand und sehnte sich danach, im Schlaf endlich alle Schmerzen vergessen zu können.

* * *

Evan spürte Noras Angst; das ganze Zimmer schien ihre Furcht zu atmen.

Während er neben ihr am Bett saß, sah er, wie ihr ganzer

Körper zitterte, als würde auch sie erbarmungslos vom Fieber gequält.

Er griff nach ihrer Hand – ihre Haut war heiß und feucht vor Schweiß. Die andere Hand hielt sie, fest zur Faust geballt, vor den Mund, als wolle sie einen Schrei der Verzweiflung ersticken.

Evans Augen wanderten zu dem Jungen. Daniel hatte nicht aufgehört, zu stöhnen und sich ruhelos hin und her zu wälzen, seitdem sie ihn in das Bett gelegt hatten. Inzwischen hatte sich der Ausschlag überall ausgebreitet. In dem flackernden Kerzenlicht des spärlich erleuchteten Zimmers erschien die Haut des Jungen wund und entzündet. Im Augenblick schien er vom Fieberwahn umnebelt zu sein und gab nur gelegentlich ein Stöhnen oder Seufzen von sich.

Evan drückte Nora aufmunternd die Hand und erhob sich, um nach dem Feuer zu schauen. Er hielt das Feuer klein, damit das Zimmer entsprechend den Anweisungen des Arztes kühl, aber nicht kalt war. Er bückte sich und schürte die Holzscheite nur so viel, dass sie die Flammen nicht erstickten. Nachdem er sich wieder aufgerichtet hatte, blieb er, den Rücken zum Feuer gewandt, stehen und betrachtete zuerst Daniel und dann Nora.

Sie hatte sich auf dem Stuhl nach vorn gebeugt, eine Hand ihres Sohnes zwischen ihren beiden Händen haltend. Ihre Augen waren weit aufgerissen und ihre Züge zu einer starren, angstvollen Maske fixiert.

Besorgnis überkam ihn, als er sich daran erinnerte, dieses Bild in ganz ähnlicher Weise schon einmal gesehen zu haben, und zwar in einer kleinen verfallenen Hütte drüben in Irland. Nora, mit kreidebleichem Gesicht und verzweifelt am Bett ihres ältesten Sohnes sitzend, seine Hand umklammernd, als wollte sie ihn festhalten, damit ihn der Tod ihr nicht entreißen könne, wie es am Ende doch geschah.

Erschaudernd versuchte Evan, diese Erinnerung abzuschütteln. Plötzlich spürte er ein Verlangen, das Zimmer zu verlassen, diesem Dunstkreis der Vorahnung, der sein Zimmer einzuhüllen schien, zu entfliehen.

Als in dem Augenblick Ginger leise mit dem Teetablett in das Zimmer huschte, ging er zu Nora und berührte sanft ihre Schulter. „Ich bin gleich z-zurück", flüsterte er. „Ich brauche ein bisschen frische Luft – und du brauchst deine Stola. Es ist sonst zu kühl für dich hier."

Sie schaute mit angstvollen Augen zu ihm auf, entgegnete aber nichts, als er zur Tür ging.

* * *

Evan zerrte ungeduldig an seinem Mantel, verzweifelt darüber, dass selbst die gewöhnlichste und einfachste Tätigkeit für einen Mann mit einem Arm zu einer Schwierigkeit wurde, ihm deutlich machte, wie unbeholfen er war.

Er zögerte, sich selbst Rechenschaft abzulegen über seinen plötzlichen Drang, die Hütte zu verlassen. Gott möge ihm verzeihen, es war mehr Feigheit als alles andere, fürchtete er. Sein Herz drohte zu zerbrechen, wenn er mit ansehen musste, wie Nora an Daniels Bett saß und grausam gequält der Möglichkeit ins Auge sah, ihren letzten Sohn verlieren zu müssen.

Als er die Tür öffnete, die nach draußen führte, empfing ihn eine Welt, die sich sauber und rein in eine sanfte weiße Schönheit gehüllt hatte. Während der letzten Stunden waren etwa dreißig Zentimeter Neuschnee gefallen. Die weichen Flocken tanzten anmutig, beinahe träumend schwebten sie zu Boden.

Evan warf einen Blick auf seine glänzenden schwarzen Halbschuhe, bevor er weiterging. Auf dem Weg war der Schnee nicht ganz so tief.

Die kalte Nachtluft wirkte belebend, und so verlangsamte Evan seinen Schritt, während er auf „das große Haus" zuging – wie Mrs Buckley die Villa nannte. In der Stille der Winternacht wirkte der helle Kalksteinbau eher wie ein Schloss als ein Wohnhaus. Im französischen Stil gehalten, wirkte das Gebäude unaufdringlich elegant: stabil und doch anmutig. Evan vermutete, dass die Villa mehr Miss Saras Persönlichkeit als die ihres Vaters widerspiegelte. Mr Farmingtons Geschmack, glaubte Evan, wäre eher ein massiver Sandsteinbau mit Kranzgesims, Türmchen und prunkvollen eisernen Zinnen.

Mitten auf dem Weg hielt er einen Moment inne und blickte in den dichten Kiefernbestand, der die Villa teilweise begrenzte. Sein Herz schmerzte, wenn er an Noras angsterfülltes Gesicht dachte. Daniel hatte als Einziger ihrer Familie überlebt, er war alles, was ihr noch geblieben war nach dem furchtbaren Wüten der Hungersnot und ihrer Reise über den Atlantik.

Lieber Gott, was soll aus ihr werden, wenn sie ihn auch noch verliert?

Evan erschauderte. Während er weiterging, wanderten seine Gedanken zu seiner Familie, die nur noch aus seinem Vater und Tante Winifred bestand.

Erst letzte Woche hatte er einen Brief von seinem Vater erhalten, einen Brief, der ihn immer tiefer beunruhigte, je öfter er darüber nachdachte. Obwohl sein Vater vorwiegend über weniger wichtige Neuigkeiten aus Portsmouth berichtet hatte, waren die Seiten doch ein Hinweis auf eine für seinen Vater ungewöhnliche Sentimentalität.

Evans Mutter war kurz nach seinem zwanzigsten Geburtstag gestorben, und sein Vater, ein Geistlicher, von jeher ein gelehrter und etwas distanzierter Mensch, war mit den Jahren immer reservierter geworden. Charles Whittakers hatte seinen einzigen Sohn stets geliebt, das wusste Evan, aber selten hatte er diese Liebe gezeigt oder darüber gesprochen.

In seinen letzten Briefen hatte sein Vater jedoch offen zugegeben, dass er Evan vermisste – sehr vermisste. Er war sogar so weit gegangen, einzugestehen, dass sowohl er als auch Tante

Winifred – Vaters jüngere Schwester – zutiefst betrübt waren darüber, dass Evan es nicht wagen konnte, nach England zurückzukehren. Als Evan sich seinem Arbeitgeber, dem berüchtigten Großgrundbesitzer Roger Gilpin, widersetzt hatte, hatte er damit gleichzeitig die Tür zu seinem Heimatland zugeschlagen. Gilpin war skrupellos, und er hatte ein gutes Gedächtnis; er würde weder Evans Verrat noch seinen eigenen Vergeltungsdrang vergessen.

Zu Evans Handlungsweise sagte der Vater nur: „Man muss nach dem Willen Gottes handeln, wie man ihn versteht." Er hoffte jedoch, dass Evan nicht voreilig sein eigenes Wohl zugunsten der Not leidenden Iren aufs Spiel gesetzt hatte. Gilpin war ein mächtiger Mann, und er war ohne jeden Zweifel sehr erbost darüber, wie Evan seine Pflichten vernachlässigt hatte. Der Ungehorsam eines einfachen Angestellten war zweifellos eine Tat, für die Gilpin uneingeschränkte Genugtuung fordern würde.

Zu Evans großer Überraschung hatte sein Vater dem Brief einen kleineren Geldbetrag beigelegt und Evan ermahnt, unter keinen Umständen zu versuchen, seine Ersparnisse abzuheben, die er früher auf einer Londoner Bank eingezahlt hatte. „Gib diesem schrecklichen Menschen keinen Hinweis über deinen Aufenthaltsort, mein Junge, auch nicht den geringsten."

Das Geld stellte für Evan immer noch ein Rätsel dar. Sein Vater wusste, dass er Arbeit hatte und als Assistent bei Lewis Farmington einen großzügigen Lohn erhielt.

Evan seufzte. Ja, er war tatsächlich der einzige Sohn seines Vaters – sein einziges Kind. Und Vater wurde langsam älter. Als Evan noch ein Junge war, schien sein Vater ein älterer Herr zu sein, obwohl er natürlich nicht wirklich *alt* war; nur ein wenig älter als die meisten Eltern seiner Altergenossen.

Jetzt, wo sie ein ganzer Ozean trennte, hatte Vater nur noch seine Schwester – Tante Winifred. Und die beiden waren so unterschiedlich wie ein Kanarienvogel und eine Schleiereule! Zweimal verwitwet und immer noch so attraktiv, dass sich die Männer nach ihr umdrehten, wo immer sie auftauchte, war Tante Winifred kontaktfreudig und überschäumend, während Vater verschlossen und wortkarg war. Zwölf Jahre jünger als er, konnte man sie manchmal eher für Charles Whittakers Tochter als für seine Schwester halten. Sie behauptete, ihren Bruder „stinklangweilig" zu finden, während er Winifred als „flatterhaft und extravagant" betrachtete.

Doch sie mochten einander sehr. Bei dieser Erinnerung musste Evan ein wenig lächeln, doch das Lächeln verließ ihn sehr schnell, denn er spürte, wie sehr er die beiden vermisste. In den letzten Monaten war ihm immer deutlicher geworden, dass man durch Menschen – und besonders durch seine Familie – seine Identität erhielt, dass man wusste, wo man hingehörte. Wie Daniel war auch er der einzige Sohn. Es war ernüchternd, aber auch beruhigend, zu wissen, dass sein Vater, der oft so reserviert erschien und seine Liebe so wenig zu zeigen vermochte, ihn vermisste.

Bei diesen Gedanken wurde er wieder von dem gewaltigen Verlust überwältigt, den Nora bereits erleiden musste.

Würde sie jetzt auch noch ihren Sohn verlieren, der als Einziger ihrer Familie mit ihr überlebt hatte?

Und so begann er mitten auf dem Weg, obwohl der Schnee sein Haar durchnässte und auf seiner Haut brannte, laut für Nora und ihren Sohn – ihren einzigen Sohn – zu beten.

„Herr, du Schöpfer des Lebens, es liegt in deiner Hand, deine Geschöpfe zu erhalten oder sie wieder zu dir zu nehmen. D-Daniel ist dein Kind. Doch er ist auch N-Noras Kind, und sie liebt den Jungen so sehr. Sie hat schon so viel v-verloren, Herr – ihre anderen Kinder, ihren Mann, ihre Heimat – die W-Wunden ihrer Trauer haben gerade zu heilen begonnen. Oh, Herr ... der du b-bereit warst, deinen eigenen Sohn dahinzugehen, bitte erbarme dich über diese geängstigte Mutter ... und v-ver-schone in deiner großen Barmherzigkeit das Leben ihres Sohnes. Bitte, Herr ... lass Daniel Kavanagh leben."

Evan öffnete die Augen und wischte die Tränen weg, die seine Augen gefüllt hatten, während er betete, und die sich nun mit dem nassen Schnee auf seinen Wangen vermischten. Er schlang seinen Mantel fester um sich und ging weiter auf dem Weg zur Villa.

23. Zwischen Fügung und Verzweiflung

Im Tanz sich drehn und fröhlich scherzen;
Lieder singen, lustig springen –
das ist vorbei – gebieret nichts als Schmerzen.
Doch ist das Herz auch schwer und trüb der Blick,
auf IHN wollen wir traun, in allem Geschick.

Aus „Balladen für Patrioten“,
herausg. von Samuel B. Oldham, Dublin (1848)

Belfast, Irland

Joseph Mahon, der Priester, kam zwei Tage nach Weihnachten in dem Krankenhaus in Belfast an. Dort fand er Morgan Fitzgerald zusammenkauert in einem Rollstuhl vor dem einzigen Fenster des Zimmers sitzen. Vage nahm Joseph wahr, dass man von dem Fenster aus auf eine Steinmauer blickte.

Morgan drehte sich um, als Joseph das Zimmer betrat. Die Veränderung an dem jungen Riesen traf Joseph wie ein Schlag. Die von Sonne und Wind gebräunte Haut des jüngeren Mannes war blass geworden, das ausdrucksstarke Gesicht verhärmt und eingefallen. Sein widerspenstiges kupferfarbenes Haar war noch länger geworden und umgab das schmerzgequälte Gesicht wie zornig lodernde Feuerflammen.

Doch es war die Kälte in Morgans Blick, die Joseph den Atem verschlug und ihm plötzlich Tränen in die Augen trieb.

Erbarme dich, Herr. Womit kann man einen so verzweifelten Geist noch trösten?

Das Zimmer war so trostlos wie eine Gefängniszelle, und das spärliche Licht des Nachmittags vermochte die düstere Stimmung kaum zu erhellen. Als Joseph näher trat, spiegelte sich in

Morgans Augen nur einen Augenblick lang Überraschung wider. Für einen kurzen Moment erschien ein imitiertes Lächeln auf seinem Gesicht, was aber seinem Blick nichts von seiner Kälte nahm.

„Ah, aber du kommst zu spät, Joseph. Ich habe zu leben beschlossen, wie du siehst."

Joseph blieb direkt vor ihm stehen. „Und freuen wir uns nicht alle darüber?", war alles, was er zu erwidern imstande war.

Nur mit Mühe gelang es dem Priester, seine Bestürzung über Morgans Anblick zu verbergen. Grau im Gesicht und zu sehr abgemagert, machte der Junge einen derart niedergeschlagenen und zerrütteten Eindruck, dass Joseph das Herz zu brechen drohte. Schon immer von einer gelegentlichen Schwermut – einer Geißel der Kelten – belastet, sah Morgan jetzt eher zerschmettert als verdrießlich, mehr bezwungen als untröstlich aus.

„Ich nehme an, Großvater hat nach dir geschickt." Morgans Stimme klang erschöpft und leblos.

„Ja, Gott sei es gedankt. Wie hätte ich sonst erfahren sollen, in welche Schwierigkeiten du diesmal geraten bist?"

„Und bist du als Priester gekommen, Joseph, oder als Freund?"

Oh Gott, so viel Schmerz ... so viel Bitterkeit! Wo soll ich anfangen, für den Jungen zu beten ... mit ihm zu sprechen?

„Ich möchte gern beides sein, Junge, aber das liegt an dir", entgegnete Joseph sanft.

Morgan hob träge die Hand. „Nur ein Priester macht eine so weite Reise, um einen Narren zu besuchen."

Joseph ließ sich von der ruhigen Stimme, dem leicht höhnischen Lächeln nicht täuschen. Morgan Fitzgerald litt – und der körperliche Schmerz war nicht der schlimmste. „Wer sein Leben für andere aufs Spiel setzt, ist kein Narr! Ich habe gehört, dass Smith O'Brien dir sein Leben verdankt."

Morgan wandte sein Gesicht zum Fenster. Die breiten Schultern im Rollstuhl zusammengesunken, seine langen, einst so kräftigen Beine unter einer Decke verborgen, sah er mindestens zehn Jahre älter aus, als er in Wirklichkeit war.

Ein alternder irischer Kriegsherr. Joseph hätte weinen mögen um die einst so mächtige Eiche, die nun gefällt war.

Doch er würde kein Mitleid zeigen. Der Himmel verhüte, dass ein Mann wie Morgan Fitzgerald sich jemals bemitleidet fühlte!

„Wo ist dein Großvater?“, fragte er beiläufig. „Und wie steht es um seine Gesundheit?“

„Er ist vor einiger Zeit in die Herberge gegangen, um sich auszuruhen.“ Ohne sich umzudrehen, fuhr Morgan fort: „Er hat sich völlig aufgezehrt, indem er die ganze Zeit hier bei mir saß. Auch jetzt glaubt er noch, mich keinen Augenblick allein lassen zu dürfen.“

„Er hat sich furchtbar geängstigt, Morgan, und gesorgt. Du weißt, wie sehr er dich liebt.“

„Ja“, sagte Morgan dumpf, „das stimmt.“ Jetzt drehte er sich um und wandte sich Joseph wieder zu. Seine Augen waren matt und irrten ruhelos im Zimmer umher. „Er hätte nicht nach dir schicken sollen, Joseph. Du siehst völlig erschöpft aus.“

Joseph zuckte mit den Achseln. „In meinem Alter gibt es Dinge, die schlimmer sind als Erschöpfung.“

„Du bist nicht alt, Joseph.“ Seine Worte klangen oberflächlich, abgestumpft. „Aber du musst müde sein. Wie bist du überhaupt hergekommen?“, fragte er einen Moment später, den Kopf gegen die Wand hinter seinem Rollstuhl gelehnt.

„Oh, dein Großvater hat mir eine feine Kutsche geschickt! Ich pflege vornehm zu reisen, weißt du das nicht?“

Kein Lächeln kam als Antwort auf diesen Versuch, ihn aufzuheitern, nur ein kaum wahrnehmbares Kopfnicken. Die grünen Augen, in denen einst spitzbübischer Humor tanzte, die funkelten, wenn er Ränke schmiedete, waren glanzlos geworden; der breite Mund, immer schnell zu einem Lächeln oder einem gutmütigen Scherz bereit, war schlaff geworden. Nur ein schwacher Schatten des einstigen Rebellen von Mayo schwebte über dem ausgezehrten Mann im Rollstuhl.

„Erzähl mir von dem Dorf", sagte Morgan tonlos.

Natürlich waren seine Gedanken überall, nur nicht in Killala. Doch Joseph ergriff auch die kleinste Gelegenheit, ihn von sich selbst abzulenken. „Nun, es hat sich nichts geändert, es ist nur schlimmer geworden. Jetzt, wo der Winter wieder Einzug gehalten hat, ist die Not groß. Wir werden alle zugrunde gehen, wenn wir nicht mehr Hilfe bekommen, und zwar bald." Er hielt inne. „Die großzügigen Geschenke von dir und deinem Großvater haben mehr als einer Familie das Leben gerettet, Morgan. Wir sind sehr dankbar. Du erhältst doch meine Briefe?"

Morgan nickte und presste dann die Finger einer Hand gegen seine Stirn, als wollte er einen dumpfen Schmerz lindern.

„Morgan?"

Morgan ließ seine Hand zurück in seinen Schoß fallen und schaute Joseph an.

„Was sagen die Ärzte?"

„Das weißt du doch bestimmt selbst, Joseph", entgegnete Morgan und sah ihm direkt ins Gesicht. „Ich glaube keinen Augenblick, dass Großvater dir eine Kutsche für die Reise geschickt hat, ohne auch einen Brief mitzusenden, in dem er dir alles erklärt hat. Man hat dir bereits mitgeteilt, dass ich nie wieder laufen werde."

Bekümmert ließ sich Joseph auf die Bettkante sinken. „Ich dachte, vielleicht gibt es in der Zwischenzeit etwas Neues", murmelte er. „Eine Veränderung ..."

Der Hauch eines Lächelns berührte Morgans Lippen, war jedoch sofort wieder verschwunden. „Typisch für einen Priester; immer auf ein Wunder hoffend. Oh Joseph, wissen wir nicht beide genau, dass das alte Belfast keine Stadt für Wunder ist!"

Joseph lehnte sich vor und sah die zerstörten Träume hinter

dieser versteinerten Maske. „Wann wirst du reisen können – nach Hause, nach Dublin?"

„Ich glaube, bald. Sie können hier kaum noch etwas für mich tun, außer mich mit Opium und ihren Ulsterwitzen voll zu stopfen." In dem Augenblick schien ihm aller Mut zu sinken. Er schaute zu Boden. „Das Problem ist nicht so sehr die Reise nach Dublin", sagte er angespannt, „sondern vielmehr die Frage, ... wie ich dort zurechtkomme. Ich werde ... Hilfe brauchen, weißt du."

Morgan schaute auf. Der Ausdruck qualvoller Erniedrigung in dem einst so stolzen, edlen Gesicht ging Joseph durchs Herz. Am liebsten hätte er geweint. „Ja ... ja, dein Großvater wird sich darum kümmern, Junge. Er wird gewiss dafür sorgen, dass du eine ausgezeichnete Pflege bekommst."

Morgan wandte sich ab. „Ja, aber trotzdem bin ich ein mächtiger Koloss, zu groß und unbeholfen, um leicht mit mir fertig werden zu können. Es wird zweifellos sehr schwierig sein, jemanden zu finden, der ... mit mir zurechtkommt."

Joseph glaubte, an unterdrücktem Mitleid ersticken zu müssen! Die Hände ringend, bis sie schmerzten, suchte er verzweifelt nach Worten. „Morgan? Die Schmerzen – hast du große Schmerzen?"

Die Maske schien immer mehr zu verrutschen. „Ich will dir die Wahrheit sagen, Joseph", spie Morgan mit heiserer Stimme aus, „an manchen Tagen denke ich, vor Schmerz *wahnsinnig* werden zu müssen."

Die unerwartet offene Antwort stach Joseph ins Herz. „Aber das Opium – hilft es denn gar nichts, mein Junge?"

Morgan sah ihm in die Augen. „Doch, es hilft." Morgan führte eine Hand zu seinem Kopf und strich sich dann mit seinen langen Fingern über den Bart. „Ich habe es eine kurze Zeit lang genommen, aber, weißt du, ich habe Angst, zu viel von diesem Zeug zu nehmen." Er hielt inne und starrte wieder aus dem

Fenster. „Ich habe Angst, den Punkt zu erreichen, wo ich davon abhängig bin."

Joseph schaute ihn an. Einen Augenblick lang sah er, was der andere bestimmt niemandem zu sehen gestattet hatte – nicht einmal seinem Großvater. Er sah die nackte, unkontrollierte Angst eines Mannes, der nur selten in seinem Leben seiner Kraft beraubt worden war, der Kraft einer robusten, guten Gesundheit und eines starken, mächtigen Körpers.

Plötzlich vermischten sich Bruchstücke aus einem von Morgans eigenen Gedichten mit Josephs traurigen Gedanken: Ich bin geworden wie ein Mann, dessen Seele – wie die Seele Irlands – ständig zwischen Fügung und Verzweiflung hin und her gerissen wird.

Joseph stand langsam auf, einen Moment vor Schwäche wankend. Er hielt sich am Bett fest, dann ging er zu Morgan.

Er wusste nicht, was er zu seinem gemarterten jungen Freund sagen sollte, und so legte er beide Arme um Morgans breite, eingefallene Schultern und drückte den großen Kopf an seine Brust und hielt ihn dort, dicht an seinem Herzen, fest, während er für ihn betete.

* * *

Draußen im Flur hatte Annie Delaney das Gespräch der beiden Männer belauscht. Offensichtlich waren der gebrechlich aussehende Priester und Morgan Fitzgerald alte Freunde, denn Fitzgerald hatte *Joseph* und nicht *Vater* zu ihm gesagt.

Als zwischen den beiden ein langes Schweigen eingetreten war, riskierte Annie einen Blick in das Zimmer. Sie schlich sich weiter an die Tür heran, die einen Spaltbreit offen stand, und steckte ihr Gesicht gerade so weit in die Öffnung, dass sie etwas sehen konnte.

Ein Klumpen bildete sich in ihrem Hals. Der Priester drückte den großen Kopf an seine Brust. Und er betete. Er betete für Morgan Fitzgerald.

Das war ein seltsamer Anblick! Obwohl sie es versuchte, konnte sich Annie nicht einmal vorstellen, dass der hakennasige Vater Daly einem kleinen Kind der Gemeinde solche zärtliche Zuwendung schenken könnte – geschweige denn einem erwachsenen Mann!

Sie fand es traurig, und doch auch seltsam tröstlich, zu sehen, dass der große Fitzgerald endlich seinem Schmerz nachgab. Während der vielen Wochen seines Krankenhausaufenthalts hatte Annie den Mann beschattet. Sie war geflissentlich den Krankenschwestern auf dem Flur aus dem Weg gegangen und hatte sich in den kleinen Alkoven neben seinem Zimmer geschlichen. Nicht einmal hatte sie Fitzgeralds unerschütterlichen Gleichmut weichen sehen, kein bisschen. Doch jetzt klammerte er sich an den alten Priester wie ein geängstigter Junge.

Wieder in ihr Versteck zurückgekehrt, presste Annie ihre Lippen aufeinander und dachte nach. Er machte sich Sorgen wegen seiner Rückkehr. Er war gedemütigt, weil er auf fremde Hilfe angewiesen sein würde. Ja, und konnte sie das nicht gut verstehen? Was war schlimmer, als sich in seiner eigenen Hilflosigkeit gefangen zu fühlen? Und war das nicht für einen Mann wie Morgan Fitzgerald noch schwerer zu ertragen als für sie? Er war ein großer, kräftiger Mann. Wahrscheinlich war er nie von irgendjemandem abhängig gewesen, bevor dieses Unheil geschah.

Und jetzt war er tatsächlich in der Klemme! Und der alte Herr – der Großvater – konnte ihm auch nicht helfen. Er hatte zu tun, sich selbst den Flur entlangzubewegen, ohne zu straucheln. Er schien schon sehr alt zu sein – und auch krank. Aber er war offensichtlich reich, und so würde er sich die beste Pflege für seinen Enkelsohn leisten können.

Seinen Enkelsohn. Wer hätte sich das vorstellen können?

Morgan Fitzgerald höchstpersönlich – der Enkel eines Engländers! Was hätte ihr Vater wohl dazu gesagt?

Annie saß ganz still und kaute an ihren Fingern. Das klang so, als würde er bald das Krankenhaus verlassen, um mit seinem Großvater nach Dublin zurückzukehren.

Sie seufzte. Es ließ sich nicht erklären, warum sie an dem großen Burschen hing. Sie hatte ihn erst vor ein paar Wochen zum ersten Mal gesehen. Aber seit jener furchtbaren Nacht vor der *Music Hall,* wo er mit einer Kugel im Rücken auf der Straße lag, hatte Annie auf seltsame, unerklärliche Weise gespürt, dass er zu ihrem Leben gehören würde – und sie zu seinem.

Vielleicht lag es daran, dass sie mit seinen Gedichten lesen gelernt hatte, von Kind auf mit seinen Worten, die sich ihr unauslöschlich eingeprägt hatten, aufgewachsen war.

Oder vielleicht, dachte sie mit einem schwachen Lächeln, hatte sie die Gabe des Hellsehens, wie ihre Großmutter Aine sie besaß. Manche waren der Meinung, sie sei einfach nur übergeschnappt, doch für Annie war sie ein Wunder. Noch immer vermisste Annie die Großmutter schmerzlich, obwohl sie nun schon vier Jahre tot war.

Großmutter Aine hatte es immer gewusst – wenn die *Banshee,* die Weiße Frau, ihr Klagelied anstimmen, wenn die Kuh trocken stehen würde, wenn ein Unheil unmittelbar vor der Tür stand.

Was immer auch die Erklärung war, Annie kannte Morgan Fitzgerald; und mehr noch als sie ihn kannte, brauchte sie ihn. Und er brauchte sie, obwohl er das natürlich jetzt noch nicht wissen konnte.

Sie würde ihn nicht einfach aus ihrem Leben davonlaufen lassen und ...

Annie presste bestürzt eine Hand vor den Mund. Fitzgerald konnte ebenso wenig aus ihrem Leben davonlaufen, wie er irgendwohin gehen konnte! Morgan Fitzgerald würde nie wieder laufen können – hatte sie es nicht selbst gehört?

Und doch würde er nach Dublin abreisen – ohne sie abreisen, wenn sie es nicht verhindern konnte. Sie hatte eine Idee – aber würde der alte Mann sie überhaupt anhören? Und wenn er es tat, würde er sie ernst nehmen?

Der Priester mit dem silbernen Haar trat aus dem Zimmer. Sie betrachtete ihn nur einen Augenblick, bevor sie aufstand.

Vielleicht war er derjenige, der ihrer Idee Auftrieb geben konnte.

24. Begegnung mit Annie Delaney

Oh, wer mag sagen, was sie gehört und gesehn –
welch' geheimnisvolle Dinge, aus dem Lande der Feen,
was ihre Augen von Tränen macht blind –
süßes, wanderndes, verzaubertes Kind!
Die Wangen so blass, die Augen so wild –
was wird aus ihrem Traum, dem verborgenen Bild!
Thomas Caulfield Irwin (1823–1892)

„Pass auf, Kind! Soll ein Priester deinetwegen auf die Nase fallen?“ Joseph Mahon streckte eine Hand aus, um sich an der Wand in dem düsteren Flur abzustützen. Der zerlumpte kleine Bengel war plötzlich aus dem Nichts aufgetaucht und hatte ihm den Weg versperrt, so dass er stolperte.

„Nein, bestimmt nicht, und es tut mir Leid, Vater!“, sagte das Kind atemlos. „Aber ich möchte Sie gern sprechen, wenn es möglich wäre. Es ist so wichtig.“

Joseph schaute in das schmale, elfenhafte Gesicht und versuchte herauszufinden, ob dieses Wesen ein Junge oder ein Mädchen war.

„Und wer möchte mit mir sprechen?“

„Annie Delaney, Euer Hochwürden.“ Sie hob das spitze Kinn, als wäre der Name allein schon ein Grund, stolz zu sein.

Das Gesicht machte einen munteren, wenn auch nicht ganz sauberen Eindruck, und es wurde von einer struppigen Mähne schwarzen Haars umgeben, das völlig wild in alle Richtungen zu wachsen schien. Unter dieser Mähne schauten zwei schwarze Marmoraugen hervor, die Joseph mit einem beunruhigenden, feierlichen Blick studierten. Die Kleidung war erbärmlich: eine Jungsmütze, ein viel zu großer Mantel, der aussah, als hätte er einem betrunkenen Matrosen gehört, sowie ein langes, zerrissenes Hemd über einem Paar Knabenschuhen und wollenen Socken.

Ein Straßenkind, eines der vielen Waisenkinder Belfasts, die auf sich selbst gestellt waren und von dem lebten, was sie erbetteln oder stehlen konnten.

Joseph bedauerte nun seinen scharfen Ton, und er sagte milder: „Und worüber genau hoffst du mit mir sprechen zu können, Annie Delaney?"

Die irritierenden schwarzen Augen musterten Joseph noch einen weiteren Augenblick. „Ich möchte über Ihren Freund mit Ihnen sprechen, Vater, über Morgan Fitzgerald. Ich dachte, Sie könnten vielleicht bei seinem Großvater ein Wort für mich einlegen."

Joseph runzelte die Stirn. „Ein Wort für dich einlegen? Ich fürchte, ich verstehe dich nicht, Mädchen."

Ihre schmalen Schultern strafften sich. „Ich bitte Sie, mir dabei zu helfen, den alten Herrn davon zu überzeugen, dass er mich mit nach Dublin nimmt, wenn sie abreisen." Sie zögerte und strich eine widerspenstige Haarsträhne aus den Augen. „Um ihm bei der Pflege seines Enkelsohnes zu helfen, verstehen Sie?"

Zuerst wollte Joseph lachen, doch dann spürte er, dass das ein großer Irrtum gewesen wäre. Das Kind war todernst. „Nun, Annie Delaney, ich fürchte, du bist noch ein bisschen zu jung, um einen Mann wie Morgan Fitzgerald pflegen zu können – und ein bisschen zu klein." Joseph überlegte, zog die Augenbrauen hoch und sagte streng: „Und außerdem, was würde deine Familie zu einer solchen absurden Idee sagen?"

Ihre schwarzen Augen begegneten den seinen, und Joseph tat einen flüchtigen Blick in die von grausamem Schmerz gequälte Kinderseele. „Es gibt keine Familie, die sich um mich sorgen würde, Vater. Und was mein Alter und meine Größe betrifft, so bin ich wahrscheinlich älter – und stärker –, als Sie glauben." Das Kind hielt inne. „Ich bin schon fast elf."

Joseph betrachtete das seltsame Mädchen mit wachsender Neugier. Sie war älter, als er gedacht hatte – wenn sie die Wahrheit sagte.

Und wieder schnellte das spitze kleine Kinn nach oben. „Falls Sie meinen, ich sei zu jung für eine solche Stellung, dann sollten Sie auch bedenken, dass ich eigentlich noch älter bin, als meine Jahre zählen – ich stehe schon lange auf eigenen Füßen. Und außerdem bin ich auch nicht ganz ohne Bildung, Vater – ich kann lesen und schreiben und auch ein bisschen rechnen. Ich bin nicht dumm."

Natürlich war sie nicht dumm. Welches Kind auf den elenden Straßen Belfasts könnte dumm sein? Aber wie sollte man dieses seltsame kleine Mädchen davon überzeugen, dass sich ihre Pläne nicht erfüllen ließen?

„Bitte, Vater, wenn Sie wenigstens versuchen würden, den alten Herrn davon zu überzeugen, mich mitzunehmen – er würde es nicht bereuen, das verspreche ich Ihnen."

Joseph wusste nicht, was er sagen sollte. Er fühlte sich zu dem Kind hingezogen, wollte nicht grob zu ihr sein. Sie war auf der falschen Fährte, aber er spürte, dass sie nicht auf eine so nebensächliche Angelegenheit wie die Vernunft hören würde. Einem Menschen, selbst einem Priester, würde es schwer gelingen, Annie Delaneys Pläne zu durchkreuzen, das war gewiss.

Während er sich am Kopf kratzte, stieß er einen langen Seufzer aus. Annie Delaneys Blick war unentwegt auf ihn gerichtet, während er nach einer akzeptablen Antwort auf ihren unerhörten Vorschlag suchte.

* * *

Als Joseph später an diesem Abend mit Richard Nelson im Wartezimmer des Krankenhauses zusammentraf, fiel es ihm schwer, jene bemerkenswerte Begegnung mit Annie Delaney zu beschreiben.

Was ihn überraschte, war, dass Sir Richard bereits von dem sonderbaren kleinen Mädchen wusste.

Der alte Engländer saß mit der Würde eines Monarchen auf dem wackligen Stuhl. Doch Joseph bemerkte auch, dass seine Hände auf dem Knauf seines Stockes zitterten und dass seine Stimme bebte, wenn er sprach.

„O du meine Güte, ja – das arme Kind hat sich Tag und Nacht im Krankenhaus herumgetrieben." Er schüttelte den Kopf. „Die Schwestern wollten sie einige Male wegschicken, aber ich habe ihnen gesagt, sie sollen sie in Ruhe lassen, solange sie Morgan nicht stört. Sie ist natürlich der Meinung, wir hätten sie nicht bemerkt."

Als er weitersprechen wollte, versagte seine Stimme. Schließlich hatte er neue Kraft gesammelt. Es fiel ihm offensichtlich schwer, über die Begebenheit zu sprechen, die seinen Enkel niedergestreckt hatte. „Smith O'Brien sagt, das Kind war mit auf der Straße, als ... auf Morgan geschossen wurde. Sie hat die Umstehenden angeschrien, Hilfe zu holen. Offenbar ist sie bei ihm geblieben, bis der Krankenwagen kam. Und seitdem ist sie beinahe jeden Tag hier im Krankenhaus gewesen, glaube ich." Sir Richard schüttelte traurig den Kopf. „Ich kann mir nicht vorstellen, was ihre Familie sich dabei denkt, ihr in dieser Stadt eine solche Freiheit einzuräumen!"

„Sie hat keine Familie – das hat sie zumindest gesagt", warf Joseph ein.

Der alte Mann sah Joseph mit traurigen und müden Augen an. „Ich fürchtete, dass es so sein könnte. Sie finden nicht, dass sie ein bisschen beschränkt ist, oder? Morgan so zu beschatten? Das ist sehr absonderlich."

Joseph musste beinahe lächeln bei dem Gedanken, dass Annie Delaney beschränkt sein sollte. Das Mädchen mochte so flatterhaft wie das Kind eines Kesselflickers sein – und ihr Benehmen war tatsächlich sonderbar. Aber beschränkt? Das war sie bestimmt nicht! Hatte sie nicht eine ganze Reihe von Argumenten vorgebracht – überraschend wohl geordnet –, um ihre Bitte, dass Joseph für sie bei Sir Richard Fürsprache leisten sollte, zu untermauern? Und hinter diesen glühenden schwarzen Augen hatte er noch mehr gesehen – den Schimmer einer klaren, hellen Wachsamkeit, die auf einen scharfen, wenn nicht überragenden Verstand hindeutete.

„Was auch immer der Grund sein mag, sie hat große Hoffnungen auf Morgan gesetzt", sagte Joseph seufzend. Unerklärlicherweise fiel es ihm schwer, das Kind nicht ernst zu nehmen. Der glühende Eifer und der feierliche Ernst in ihrer Bitte hatten ihn mehr bewegt, als er geglaubt hätte.

„Das Kind hat mich gebeten, mit Ihnen zu sprechen", sagte er zu Richard Nelson, „in der Hoffnung, dass ich Sie überzeugen könnte, sie mit nach Dublin zu nehmen, wenn Morgan sich so weit erholt hat, um die Heimreise antreten zu können."

Sir Richard starrte ihn ungläubig an und brach dann in ein kurzes Lachen aus. „Oh, das arme Kind! Glauben Sie, dass sie das ernst gemeint hat?"

Joseph nickte, immer noch von der Heftigkeit bewegt, mit der Annie Delaney ihre Bitte vorgetragen hatte. „O ja, sie hat es ernst gemeint. Das Mädchen scheint sich vorzustellen, irgendwie mit Morgans Leben verwoben zu sein. Sie ist entschlossen, mit nach Dublin zu kommen, um Morgan pflegen zu helfen."

„Du meine Güte! Als ob wir nicht schon genug Probleme hätten ..."

Nelsons Worte verklangen, er blickte in die Ferne, und es war, als hätte er Josephs Anwesenheit vollkommen vergessen.

Joseph fiel wieder auf, wie sehr sich Sir Richards Gesundheitszustand seit ihrer ersten Begegnung in Dublin verschlechtert hatte. Seine Hände zitterten ständig, und jede Bewegung schien ihm Mühe zu machen. Es schien, als wäre er in ein paar Monaten um Jahre gealtert.

Was konnte man nun für Morgan tun? Sein Großvater war offensichtlich nicht mehr in der Lage, ihm irgendwelche praktische Hilfe zu leisten, Ja, er würde wahrscheinlich selbst bald jemanden brauchen, der ihn pflegte!

Joseph erhob sich und stöhnte über die Steifheit seiner eigenen alten Knochen. Er ging zum Fenster und schaute hinaus. Die Abenddämmerung war hereingebrochen, und die von Kerzen erleuchteten Fenster der Geschäfte und Wohnhäuser Belfasts erhellten ein wenig die düstere Stimmung, die über dieser Stadt lag. Joseph spürte, wie sein Geist von der Trostlosigkeit seiner Umgebung angesteckt wurde.

„Das Kind hat anhand von Morgans Beiträgen in *The Nation* lesen gelernt", berichtete er Sir Richard in der Hoffnung, seine traurige Stimmung vertreiben zu können. „Das ist wahrscheinlich ein Grund, weshalb sie sich so zu ihm hingezogen fühlt. Er ist für sie zu einer Art Volksheld geworden. Man könnte meinen, sie kennt ihn, und zwar sehr gut, wenn man sie von ihm reden hört."

„Wie sonderbar", antwortete Sir Richard matt. „Aber natürlich ist das, worum sie bittet, einfach unmöglich. Sie ist ein kleines Mädchen und brächte uns nur noch mehr Schwierigkeiten, anstatt eine Hilfe zu sein."

Joseph wandte sich um und schaute ihn an. „Was haben Sie geplant, Sir Richard? Morgan wird viel Pflege brauchen, zumindest für eine längere Zeit, scheint es mir."

Der arme Mann schien von seinem Kummer völlig überwältigt zu sein. „Ich habe Leute beauftragt, jemanden zu suchen, der für Morgans Betreuung geeignet ist. Es muss natürlich jemand sein, der sehr stark ist und äußerst verlässlich." Nelsons Stimme versagte. „Bestimmt werde ich alles tun, was ich kann, aber ich fürchte, das wird herzlich wenig sein. Mir liegt sehr daran, Morgan gut versorgt zu wissen, ... so bald wie möglich. Wenn Sie uns dabei helfen könnten, jemanden zu finden, wäre ich Ihnen sehr dankbar."

Ihre Augen begegneten sich, und Joseph erschauderte bei dem, was er dort sah. Zu oft hatte er dem nahenden Tod schon in die Augen geschaut, um ihn nicht sofort zu erkennen, wenn er ihn anstarrte.

Im gleichen Augenblick schoss ihm ein Gedanke durch den Kopf, wer Morgan möglicherweise betreuen könnte. Er sagte nichts zu Richard Nelson, weil er erst noch einmal über diesen Gedanken nachdenken wollte. Aber vielleicht wäre das eine Möglichkeit, Morgans Großvater in seinem Dilemma zu helfen.

* * *

Morgan hatte bewusst auf das Opium verzichtet, um wach genug zu sein, das hinterhältige kleine „Gespenst" zu erwischen. Und, wie erwartet, da war sie! Einen Augenblick lang sah er das zottige, dunkle Haar und die merkwürdige Kleidung – dann war sie blitzschnell aus seinem Blickfeld verschwunden!

„Du! Komm hierher zurück!", befahl er und lehnte sich in seinem Rollstuhl nach vorn.

Er wartete. Als niemand in der Türöffnung erschien, schrie er noch einmal, diesmal noch lauter: „Ich weiß, dass du mich gehört hast! Hör auf, dich zu verkriechen und komm sofort hierher!"

Einen Augenblick später tauchte ein Gesicht auf und dann der Körper, der dazugehörte – ein winziger Körper, klein und erschreckend dünn.

Sie war ein verwahrlost aussehendes kleines Geschöpf – Dreck auf dem Kinn, auf dem Nasenbein einen Kratzer. „Hier herein!"

Sie rührte sich nicht, sondern stand einfach nur da und starrte ihn mit jenen unendlich tiefen dunklen Augen an.

„Du bist die Range, von der mein Großvater mir erzählt hat. Du hast gesehen, wie man auf mich geschossen hat."

Endlich gab sie ein Lebenszeichen von sich – ein kurzes, steifes Kopfnicken und ein Zucken um ihren Mund.

„Ich habe keine Kraft, dich von weitem anzuschreien. Komm näher“, befahl Morgan.

Sie zögerte lange Zeit. Schließlich betrat sie, beide Arme fest über ihrer Brust verschränkt, Morgans Krankenzimmer. Etwa in der Mitte des Zimmers blieb sie stehen und starrte ihn an.

„Also, wirst du mir jetzt deinen Namen sagen?“

Einen Augenblick lang schien sie über seine Frage nachzudenken.

„Annie Delaney. Annie Delaney ist mein Name, Sir.“

Morgan verzog den Mund über ihren schrillen Ulster-Dialekt und betrachtete sie abschätzend. Nicht ganz sauber, aber eher zerlumpt als schmutzig, erinnerte sie Morgan an ein hungriges kleines Kätzchen.

Wie alt? Acht? Neun? Vielleicht älter. „Nun, Annie Delaney, ich bin Morgan Fitzgerald. Sollte ich mich nicht freuen, dich endlich kennen zu lernen?“

Sie grinste über das ganze Gesicht, wodurch eine beträchtliche Lücke zwischen ihren beiden vorderen Zähnen sichtbar wurde. „Ja, Sir, ich hoffe es.“

Dreistes kleines Ding. „Also, man hat mir erzählt, du hättest dich in meinem Zimmer herumgetrieben, Annie Delaney. Würdest du mir bitte erklären, warum?“

„Ja ... nur um mich zu vergewissern, dass es Ihnen besser geht. Haben nicht alle geglaubt, Sie würden sterben?“ Sie riss ihre Augen auf. Sie hatte nicht die Absicht gehabt, so direkt zu sein.

Verwirrt über das kesse Gesicht und die kühne Dreistigkeit des obdachlosen Kindes, runzelte Morgan nachdenklich die Stirn. „Und jetzt, da du weißt, dass ich leben werde, Annie Delaney, warum belästigst du die Schwestern immer noch mit deiner Gegenwart?“

Und wieder erschien ein Grinsen, diesmal noch breiter. „Ihr

Großvater hat ihnen gesagt, dass sie mich in Ruhe lassen sollen, solange ich Sie nicht belästige. Außerdem", fügte sie keck hinzu, „würden sie mich gar nicht erwischen, oder?"

Wirklich mehr als kess; Morgan lächelte sie beinahe an. „Nein, das kann ich mir nicht vorstellen."

Nach einer langen Pause nahm das Gesicht des Mädchens wieder einen nüchternen Ausdruck an. „Ehrlich gesagt, habe ich auf einen passenden Zeitpunkt gewartet, um mit Ihrem Großvater reden zu können. Aber heute habe ich beschlossen, stattdessen mit Ihrem Freund, dem Priester, zu sprechen."

Die ramponierte Jungsmütze keck auf das zerzauste Haar gesetzt und beide Hände in den Taschen dieses abscheulichen Mantels, sah sie um alles in der Welt aus wie die Karikatur eines gewöhnlichen irischen Straßenkindes. Ihr fehlte nur noch ein Besen.

„Und über welche wichtige Angelegenheit musstest du mit meinem Freund, dem Priester, sprechen?"

Sie betrachtete ihn einen Moment. Dann strafften sich die schmalen Schultern ein wenig, und Morgan merkte, dass Annie Delaney doch nicht ganz so selbstbewusst war, wie sie ihm vorzuspielen versuchte.

Doch als sie ihm antwortete, hatte sie den Kopf wieder keck zur Seite geneigt und auch das freche Grinsen wieder aufgesetzt. „Nun, um Ihnen die Wahrheit zu sagen, Sir, hoffte ich, Ihren Großvater davon überzeugen zu können, mich mit nach Dublin zu nehmen, wenn Sie sich stark genug fühlen, um die Heimreise antreten zu können."

Morgan betrachtete das hagere Mädchen mit einer Mischung aus Unglauben und wachsendem Mitleid. Offensichtlich war sie ein bisschen verrückt. Und genauso offensichtlich war die Tatsache, dass sie ein Zuhause suchte. Es machte ihn traurig, einsehen zu müssen, dass er Annie Delaney in keiner Weise aus ihrem Dilemma helfen konnte.

25. Flüstern der Hoffnung – Seufzer des Bedauerns

Kommt! Kommt zu uns, ihr Engel der Hoffnung und des Heilens!
Mit einem Kranz von Schneeglöckchen und Federn der Taube ...
Richard d'Alton Williams (1822–1862)

New York

Am dritten Tag nach Weihnachten abends schien sich Daniels Zustand erheblich zu verschlechtern. Lewis Farmington sandte Uria zu Dr. Grafton, während Evan bei Nora blieb.

Den ganzen Tag hatte der Junge jegliche Nahrung abgelehnt und nur ab und zu einen Schluck Zitronenwasser zu sich genommen. Sein ganzer Körper war von dem Scharlachausschlag wund, und seine Haut fühlte sich feucht und klebrig an. Die meisten Schmerzen bereitete ihm offenbar sein geschwollener Rachen, und manchmal schien er vor Schmerz weinen zu müssen. Das Fieber schien jedoch zurückzugehen.

Nora war außer sich vor Sorge und taumelte vor Schwäche. Evan hielt sich stets in ihrer Nähe auf, wenn sie aufzustehen versuchte, für den Fall, dass sie ohnmächtig würde. In den letzten drei Tagen hatte sie nur sehr wenig geschlafen, und von den Mahlzeiten, die Ginger in Evans Wohnung brachte, hatte sie nur wenige Bissen gegessen. Sie sah furchtbar elend aus, und Evan betete genauso innig für sie wie für Daniel.

Er seufzte erleichtert, als Dr. Grafton endlich eintraf. Den Schnee von seinen Stiefeln klopfend, entschuldigte er sich, nicht früher gekommen zu sein.

Der Schneefall, der am Weihnachtsabend eingesetzt hatte, war zu einem heftigen Schneesturm geworden, der praktisch die ganze Stadt lahm legte. „Ich habe gestern mein Bestes getan, um hierher zu kommen", berichtete der Arzt, „aber es war hoffnungslos. Die Straßen waren einfach unpassierbar, und heute sind sie nicht viel besser."

Evan blieb dicht neben Nora stehen, während Dr. Grafton den Jungen untersuchte, in banger Erwartung dessen, was er ihnen zu sagen hatte. Doch als der Arzt sich ihnen wieder zuwandte, nickte er überraschenderweise zufrieden. „Ich glaube, das Schlimmste ist vorüber. Das Fieber geht zurück, sein Hals ist jedoch noch sehr entzündet", mahnte der Arzt, während er seinen Koffer zuklappte. „Ich sehe jedoch keinerlei Anzeichen für Geschwüre an den Mandeln. Und seine Ohren sind auch frei." Wieder nickte er hoffnungserweckend. „Ja, ich glaube, wir können getrost sein. Es sind Anzeichen für echte Fortschritte vorhanden."

„Oh, Gott sei gedankt!" Noras Stimme war heiser, und ihr ganzer Körper zitterte, als sie sich an Evans Arm festhielt.

„N-Nora, komm, setz dich", drängte Evan und half ihr auf einen Stuhl.

Als er sie berührte, wurde sein Herz von Angst erfasst. Ihr Kleid war warm und feucht von Schweiß; er spürte die Hitze in ihrem Körper durch den Stoff hindurch. *„Nora?"*

Ohne zu antworten, ließ sie sich auf den Stuhl fallen.

„Nora – ist alles i-in Ordnung?"

Langsam blickte sie zu ihm auf. Vor Bestürzung krampfte sich Evans Magen zusammen. Ihre Augen waren rot umrändert, ihr Gesicht geschwollen. Sie machte eine kurze abwehrende Handbewegung und schüttelte den Kopf. „Es ist nichts", sagte sie mühsam. „Ich bin ... einfach nur müde."

Evan schaute zu Dr. Grafton, der schnell um das Bett herumgeeilt kam. Die Stirn in Falten gelegt, betrachtete er Nora. „Mrs Kavanagh?"

Als wollte sie seinem Blick bewusst ausweichen, starrte Nora zu Boden. Die Stirn des Arztes legte sich noch tiefer in Falten.

Er fühlte ihren Puls und hob dann ihr Kinn hoch, so dass sie ihn ansehen musste.

In diesem Moment sah auch Evan die Scharlachröte auf ihrer feuchten Haut.

Dr. Grafton beugte sich über sie und fuhr mit seinen Fingerspitzen auf beiden Seiten ihres Halses entlang. „Das tut weh?"

Sie schloss die Augen und nickte dann zögernd.

Der Arzt warf Evan einen bedeutsamen Blick zu. „Ich fürchte, Mrs Kavanagh hat auch Scharlach."

Evan schloss die Augen und seufzte erschöpft. Auch sein Hals schien geschwollen zu sein; ihm drohte übel zu werden.

In seinem Fall war jedoch nicht der Scharlach daran schuld, sondern die Angst.

* * *

Seitdem sie am Weihnachtsabend die Nachricht erhalten hatten, dass Daniel an Scharlach erkrankt war, wurde Tierney von Schuldgefühlen verfolgt wie von einem hungrigen Wolf.

Sein Verhältnis zu Daniel war seit Wochen nicht mehr in Ordnung gewesen, seit jenem Abend, als Vater Nora mit dem Engländer an der Oper gesehen hatte. Oberflächlich betrachtet, kamen sie gut miteinander aus. Doch sein Groll hatte immer zwischen ihnen gestanden und eine Spannung und Beklemmung geschaffen, wie es sie vorher nicht zwischen ihnen gegeben hatte. Über einen Küchenstuhl gebeugt, zog Tierney seine Stiefel an und brütete dabei über seine Verdrießlichkeit, die er am liebsten weggefegt hätte.

In der Küche war es düster; draußen zogen sich schwere Wolken am Winterhimmel zusammen, die die Stadt in eine Dunkelheit hüllten, die seiner Stimmung entsprach.

Er hatte Daniel gleich am ersten Tag nach Weihnachten besuchen wollen, aber bei dem heftigen Schneesturm und der

Doppelschicht im Hotel bot sich ihm erst jetzt die Möglichkeit zu einem Besuch. Er sehnte sich danach, seinen Freund zu sehen, fürchtete auf der anderen Seite aber diese Begegnung. Er hatte versucht, mit seinem Weihnachtsgeschenk die Sache wieder in Ordnung zu bringen, aber er konnte seinen Zorn einfach nicht ablegen. Daniel war verletzt, und Tierney war daran schuld.

Aber auch sein Vater war verletzt. Tagelang war er verwirrt und von Demütigung und Ablehnung gezeichnet, so dass Tierney unmöglich vergessen konnte, was geschehen war.

Doch Vaters Verhalten war wesentlich barmherziger als sein eigenes. Wie Tierney geahnt hatte, hatte Vater die Farmingtons verteidigt und darauf bestanden, dass sie gute Leute waren, die nur den Fremden, die sie bei sich aufgenommen hatten, eine Freude machen wollten. Zu Tierneys bissigen Bemerkungen über Nora und den Engländer hatte er nur schwach die Achseln gezuckt und sie zu verteidigen versucht.

War es nicht verständlich, hatte er gesagt, dass Nora und Evan Whittaker Freunde wurden? Der Mann schien sehr nett zu sein, und sie lebten praktisch unter dem gleichen Dach – arbeiteten für dieselben Leute, nahmen die meisten Mahlzeiten gemeinsam ein und gingen in dieselbe Gemeinde. Warum sollten sie sich nicht zueinander hingezogen fühlen?

Obgleich Tierney die Toleranz seines Vaters ärgerte, hätte sie ihn zumindest nicht überraschen sollen. Vater hegte keinen wirklichen Groll gegen die Engländer, im Gegensatz zu den meisten Iren, die in New York lebten. Im Zweifelsfall entschied er stets zugunsten des anderen – selbst bei einem Engländer.

Tierney würde seinen Vater nie verstehen. Er gehörte nicht zu denjenigen, die sich schämten, Ire zu sein oder die ihre irische Abstammung verleugneten – wie Patrick Walsh beispielsweise. Im Gegenteil, Vater schien zufrieden zu sein mit dem, was er war und wo er herkam.

Aber ebenso wie es ihn auf der einen Seite in keiner Weise zu stören schien, Ire zu sein, besaß er auf der anderen Seite keinen echten Nationalstolz oder patriotischen Eifer für Irland. Wie er selbst sagte, war er sowohl Ire als auch Amerikaner und wüsste nicht, ob er mehr das eine als das andere sein wollte.

Das war der Teil, den Tierney nicht akzeptieren konnte. Für ihn war es ein reiner Zufall, dass er Amerikaner war. Solange er denken konnte, wusste er, dass er eines Tages Amerika verlassen und nach Irland gehen würde. Vielleicht war er, wie sein Vater ihm immer wieder einschärfte, ein irischer Amerikaner, aber in seinem Herzen war er viel mehr Ire als Amerikaner.

Der Vater verstand seine Gefühle nicht, nicht im Geringsten – auch Daniel nicht, obwohl er in Irland geboren und aufgewachsen war.

Als er nach Mantel und Mütze griff, wünschte sich Tierney, es wäre ihm nicht so wichtig, ob Daniel ihn verstand oder nicht. An den Widerstand seines Vaters hatte er sich im Laufe der Zeit gewöhnt; er war schließlich älter und in seinem Denken festgelegt. Aber Daniel müsste ihn doch verstehen, mehr als irgendjemand auf der Welt!

Die Tatsache, dass er ihn nicht verstand, bereitete Tierney mehr Kummer, als er sich selbst eingestehen wollte.

* * *

Auf den Stufen und auf dem Weg vor der Villa der Farmingtons war der Schnee weggefegt. Ein Wagen hielt vor dem Haus, und Tierney blieb einen Moment stehen, um die kastanienbraune Stute zu bewundern.

An der Eingangstür angekommen, nahm er den Messingtürklopfer in die Hand und klopfte heftig.

Nach einiger Zeit öffnete ihm der unnachgiebige alte Schwarze – Uria. Er lächelte, als er Tierney erkannte, doch sein Gesicht wurde sofort ernst, als Tierney nach Daniel fragte.

„Oh, der junge Herr hat immer noch Scharlach, fürchte ich. Er ist furchtbar krank."

Tierney trat unruhig von einem Bein auf das andere. „Meinen Sie, ich könnte ihn besuchen? Nur ganz kurz?"

Der alte Mann zog die Stirn in Falten. „Nun, Mr Tierney, hatten Sie schon Scharlach?"

Tierney wich aus. Er hatte noch keinen Scharlach gehabt. Deshalb hatte Vater darauf bestanden, dass er nicht zu Daniel gehen sollte.

Sein Zögern reichte, um den alten Diener aufmerksam zu machen. Er kniff die Augen zusammen, als er Tierney musterte. „Mr Daniel liegt in dem kleinen Häuschen hinter der Villa, und Dr. Grafton hat gesagt, dass niemand zu ihm darf, der noch keinen Scharlach hatte."

„In dem kleinen Häuschen hinter der Villa? Sie meinen dort, wo der Engländer wohnt?"

Uria nickte. „Ja, das stimmt, in der Wohnung von Mr Whittaker."

Tierney dachte nur einen Augenblick über die Worte des alten Mannes nach, bevor er sich von der Tür entfernte. „Ich schaue nur mal nach hinten", sagte er, während er sich umwandte. „Vielleicht kann ich wenigstens von dem Doktor etwas Neues erfahren."

Uria blieb keine Zeit, Einspruch zu erheben, so schnell war Tierney verschwunden. Er rutschte auf einem Stück Eis aus und fiel beinahe hin. Sobald er sein Gleichgewicht wiedergewonnen hatte, lief er weiter, sein Tempo kaum verlangsamend.

Sara Farmington öffnete die Tür von Evan Whittakers Wohnung. Ihre Augen wurden vor Überraschung groß, als sie ihn sah. „Oh – Tierney Burke! Was machst du denn hier? Du weißt doch, dass Daniel mit Scharlach im Bett liegt?"

Ungeduldig, dass er wieder aufgehalten wurde, nickte Tierney nur kurz. „Ich möchte ihn bitte sehen."

Er tat einen Schritt nach vorn und versuchte, an Sara Farmington vorbei einen Blick nach drinnen zu werfen. Sara stellte sich so hin, dass sie ihm den Eingang versperrte. „Tierney, hattest du schon Scharlach?“, fragte sie skeptisch.

Er zuckte mit den Achseln. „Ich kann mich nicht erinnern, und ich möchte Daniel auch nur guten Tag sagen, ich will gar nicht bleiben.“

Sie rührte sich nicht von der Stelle. „Der Arzt ist gerade bei Daniel, ich fürchte, du kannst nicht hereinkommen.“

„Ich werde ihn doch wohl sehen dürfen!“, gab Tierney, über ihr unnachgiebiges Verhalten verärgert, zurück. Er mochte diese Frau nicht oder vielmehr alles, was sie symbolisierte. Seiner Meinung nach repräsentierte Sara Farmington die Klasse der verwöhnten New Yorker Gesellschaft, welche die Iren nur aus einer Perspektive betrachteten: nämlich von oben herab. Sie war eine wohltätige alte Jungfer, die ihre Beschränktheit damit auszugleichen versuchte, dass sie in der Stadt herumrannte, um „gute Werke“ zu tun. Sie mochte alle beeindrucken – seinen eigenen Vater eingeschlossen –, aber ihn beeindruckte sie nicht. Ihre Freundlichkeit war nur zur Schau getragen, wie auch alles andere an ihr.

Einen Augenblick erwog Tierney, einfach an ihr vorbeizustürmen. Er war größer als sie und über die Schultern wesentlich breiter. Sie würde ihn nicht aufhalten können.

Aber schließlich befand er sich auf ihrem Eigentum, und er wollte nicht, dass sie sich bei seinem Vater darüber beklagte, dass er unhöflich gewesen sei.

Er atmete tief und versuchte zu lächeln. „Könnte ich nicht doch kurz hereinkommen und Daniel nur einmal zuwinken, damit er weiß, dass ich hier war, um nach ihm zu sehen?“

Als Tierney sah, wie ihr Gesichtsausdruck milder wurde, drängte er weiter. „Ich werde nicht zu ihm hingehen, ich verspreche es.“

Einen Augenblick später trat sie beiseite. „Nun gut", sagte sie mit einem reumütigen Lächeln. „Aber nur für einen Moment. Es tut mir Leid, Tierney – aber du verstehst das doch?"

Er nickte zaghaft und trat, ohne etwas zu erwidern, über die Schwelle.

Zuerst sah er Nora, die steif auf einem Stuhl mit einer hohen Lehne saß. Er wusste sofort, dass sie krank war. Der Doktor stand da, die Arme über der Brust verschränkt, und beobachtete sie, während er mit Evan Whittaker sprach. Der Engländer stand dicht neben Nora, sein bärtiges Gesicht vor Sorge angespannt.

Tierney starrte sie an. Einen Augenblick schien er in die Rolle seines Vaters zu schlüpfen. Als er dastand und Evan Whittaker und Nora beobachete, krampfte sich tief in seinem Inneren etwas zusammen und schmerzte ihn.

Er mochte Nora. Ja, er mochte sie sehr. Als er sie so krank und verstört sitzen sah – mit dem Engländer an ihrer Seite, als hätte er das Recht, dort zu stehen –, fühlte er zunächst, dass große Angst um Nora in ihm aufstieg und danach noch heftigere Empörung.

Vater sollte jetzt bei Nora sein. Er sollte derjenige sein, der sich um sie und Daniel kümmerte, nicht Evan Whittaker.

Als er sich zwang, wegzusehen, begegnete Tierneys Blick Daniel. Er lag auf der Seite in einem großen, sehr bequem aussehenden Bett. Bis an sein Kinn zugedeckt, lag er mit geschlossenen Augen da.

Er sah furchtbar aus – dünn und unheimlich krank! Sein Gesicht glühte von dem himbeerfarbenen Ausschlag, und er schien sich kein bisschen zu bewegen.

Doch während Tierney ihn anstarrte, zwinkerte er, um seine Augen ein wenig zu öffnen. Er schaute zu Tierney, und in seinem Blick spiegelte sich langsam Überraschung wider. Dann formte sich sein Mund zu einem schwachen, einseitigen Lächeln.

Erleichtert lächelte Tierney zurück und erhob eine Hand zum Gruß.

„Oh, du siehst toll aus, Danny-Boy! Und ein bisschen wie ein gebrühtes Schwein.“

Daniels Lächeln wurde breiter, aber er sagte nichts.

Klar, er war selbst für Späße zu schwach. Sara Farmington räusperte sich bedeutungsvoll, und Tierney nickte zum Zeichen, dass er verstanden hatte. Noch einmal winkte er Daniel zu und folgte ihr dann aus dem Zimmer.

Er war schon im Begriff, ohne ein weiteres Wort wegzugehen, überlegte es sich aber dann doch anders. Draußen vor der Tür drehte er sich um.

„Nora?“, sagte er unsicher. „Ist sie ...“

Sara Farmington wartete nicht, bis er seinen Satz zu Ende gesprochen hatte. Ihr Gesicht sah sehr traurig aus, als sie antwortete. „Ja, sie hat auch Scharlach. Der Doktor hat ihr wenige Minuten, bevor du kamst, Bettruhe verordnet.“ Sie hielt inne und blickte weg. Dann sah sie ihn wieder an. „Sag es deinem Vater. Er möchte es bestimmt wissen.“

Noch bekümmerter, als er gekommen war, wandte sich Tierney um. Er drückte seine Mütze fest auf dem Kopf und eilte den Weg hinab, ohne irgendetwas zu erwidern.

26. Eine große Sorge

Es ist schwer, Gottes Licht zu sehen, zu loben,
wenn um uns herum Wind und Wetter toben.
Es ist schwer, Gottes Wort der Liebe zu hören,
wenn Kampf und Streit die Seele empören.

Mark Kelly (1825–1910)

Sara Farmington saß unmittelbar neben der Tür des Krankenzimmers in einem wackligen hölzernen Schaukelstuhl. Mit einem Kloß in der Kehle beobachtete sie die beiden Männer in Noras Leben. Ob ihr Herz mehr schmerzte, wenn sie Evan Whittakers verzweifelte Wachsamkeit sah oder Michael Burkes trostlose Hilflosigkeit, vermochte sie nicht zu sagen. Wie zwei Statuen standen sie zu beiden Seiten an Noras Bett, jeder scheinbar die Gegenwart des anderen völlig ignorierend, während sie ihre stille Nachtwache hielten.

Wahrscheinlich verstärkte die offensichtliche Angst der beiden Männer ihre eigene Angst um Nora, die ihr eine Freundin geworden war. Bis sie Nora bei sich aufgenommen hatten, war Sara nie auf den Gedanken gekommen, unbedingt eine Freundin haben zu müssen. Im Laufe der Jahre war Ginger, die schon so lange in ihrem Haushalt lebte, wie Sara sich erinnern konnte, zu einer Art älteren Schwester und Vertrauten geworden. Doch die westindische Haushälterin hatte auch eine ausweichende Art, eine gewisse Verschlossenheit an sich, von der Sara schon als Kind gewusst hatte, dass sie undurchdringlich war.

Außerdem hatten Sara und ihr Bruder Gordie, als sie keine Mutter mehr hatten, gelernt, auch Gingers erzieherischen Einfluss zu akzeptieren. So war Ginger – obgleich stets liebevoll und fürsorgend – in ihrem Leben notwendigerweise auch eine Autorität.

Bei Nora Kavanagh hatte Sara schließlich die Art von Freundschaft entdeckt, die für andere Frauen in ihrem Alter selbstverständlich zu sein schien. Nora hatte sich mittlerweile so weit entspannt, dass sie in Saras Gegenwart lachte und ihr sogar von Zeit zu Zeit ein kleines Geheimnis anvertraute. Erst kürzlich hatten sie gemeinsam zahlreiche Weihnachtseinkaufe getätigt, und Sara hatte ihre neue Freundin sogar überreden können, sie zum Missionsbasar ihrer Gemeinde und den zweiwöchentlichen Besuchen bei Großmutter Platt – auch „Omi Klärchen" genannt – zu begleiten.

„Omi Klärchen" hatte es sich angewöhnt, ihnen am Ende eines jeden Besuchs ein kleines Geschenk mitzugeben – irgendeine Kleinigkeit. Mit großen Augen hatte Nora diese Geschenke stets so sorgsam nach Hause getragen, als seien sie kostbare, nicht zu ersetzende Schätze.

In ihrer wunderbaren Anspruchslosigkeit konnte sich Nora beinahe wie ein Kind auch über die kleinsten Dinge freuen, was Sara immer wieder gefiel. Trotz ihrer Witwenschaft und der Tragödie, die sie erleben musste, hatte sie sich irgendwie einen Hauch mädchenhafter Unschuld bewahrt, der sie, so vermutete Sara, wohl nie verlassen würde. Reichlich sieben Jahre jünger, kam sich Sara jedoch stets wie die Ältere vor.

Als sie sich erschöpft in dem Schaukelstuhl zurücklehnte, dachte Sara über die letzten Tage nach. Daniel ging es langsam besser. Seine Haut war noch fleckig und er selbst furchtbar schwach von den Tagen, an denen er so hohes Fieber gehabt hatte und kaum Nahrung zu sich nehmen konnte. Seit gestern hatte er jedoch begonnen, sich für kurze Zeit aufzusetzen, und war sogar ein- oder zweimal auf wackligen Beinen durch das Zimmer gegangen. Mit der wunderbaren Unverwüstlichkeit der Jugend hatte er bereits begonnen, wieder regelmäßig leichte Mahlzeiten zu sich zu nehmen und wies alle Anzeichen einer schnellen Genesung auf.

Saras Blick wanderte zurück zu dem Krankenhausbett. Vor Bestürzung biss sie sich auf die Lippen, als sie Noras schmale Gestalt regungslos liegen sah, eingerahmt von Evan und Michael Burke. Seit zwei Tagen lag Nora so da, unbeweglich und keinen Ton von sich gebend, außer einem gelegentlichen Wimmern oder einem plötzlichen Schmerzensschrei. Obwohl der Ausschlag, der ihre blasse Haut entstellte, nicht so entzündlich und verbreitet war wie bei Daniel, war das Fieber gefährlich hoch geblieben – so hoch, dass Nicholas Grafton Krämpfe nicht ausgeschlossen hatte. Er hatte nicht versucht, seine Besorgnis über die Wassersucht, die am Nachmittag eingesetzt hatte, zu verbergen. Noras Gesicht und Gliedmaßen waren stark angeschwollen.

Nach einer weiteren kurzen Untersuchung spät abends hatte er Sara beiseite genommen und ihr gesagt: „Sie kann kaum noch mehr Komplikationen haben und trotzdem weiter am Leben bleiben! Ihre Nieren arbeiten nicht mehr ordnungsgemäß, und das bedeutet eine enorme Belastung für ihr Herz. Ich meine, wir sollten sie sofort ins Krankenhaus einweisen."

Bestürzt und voller Angst war Sara aus dem Häuschen geeilt, um ihren Vater und Evan zu suchen. Jetzt, Stunden später, saß sie hier, ihr Taschentuch zu einem dünnen Seil wringend, wartend und betend, dass irgendeine Veränderung in Noras Zustand eintreten würde. Dies war eine der wenigen Situationen in Saras Leben, in denen sie sich geängstigt und vollkommen hilflos fühlte.

Ein Schatten fiel auf ihren Blick und sie schaute auf. Vor ihr stand Michael Burke. Seit kurzem hatte sie ihn nur noch stirnrunzelnd gesehen. Er hatte begonnen, zerstreut über seine Brust zu streichen, so dass Sara sich fragte, ob die Schusswunde, die er sich vor einigen Monaten zugezogen hatte, ihm immer noch Schmerzen bereitete.

„Hat der Arzt gesagt, wann er zurückkommt?", fragte er, eine Hand vor dem Mund, um ein Gähnen zu ersticken.

Sara schüttelte den Kopf. „Er hat nur gesagt, dass er zu einer Entbindung muss. Er ist bestimmt wieder hier, sobald er kann."

Er nickte zaghaft und erwiderte nichts.

Die Falten um seine Augen waren vor Müdigkeit tiefer geworden, fiel Sara auf; ebenso, dass sein normalerweise leichter irischer Akzent stärker geworden war. Der arme Mann hatte zwei Tage lang weder geschlafen noch sich rasiert. Seit er von Noras Krankheit gehört hatte, war er noch nicht wieder zu Hause gewesen. Er sah abgezehrt aus, beunruhigt und furchtbar traurig.

Er wandte sich ab und kehrte ohne ein weiteres Wort zu seiner Nachtwache an Noras Bett zurück. Als sie seine eingefallenen Schultern sah, musste Sara sich fragen, ob die Qualen der letzten beiden Tage in dem verwitweten Polizisten nicht die Erinnerung an den Todeskampf seiner Frau wieder wachgerufen hatten.

Eileen Burke war vor etlichen Jahren, als Tierney noch ein kleiner Junge war, an Krebs gestorben – einen langen, qualvollen Tod, wie Nora ihr erzählt hatte. Hatte Michael an ihrem Bett gewartet, wie er jetzt an Noras wartete?

Welch unerträglicher Schmerz musste das sein für einen Mann wie ihn – einen Mann, der es gewöhnt war, anderen zu helfen, einen Mann, der sich in seinem Leben größtenteils in einer Position der Macht und Autorität befand – einfach daneben stehen und zusehen zu müssen, wie die, die er am meisten liebte, langsam entschwand, sich seinem Einflussbereich entzog.

Sara hätte laut für ihn weinen mögen bei dem Gedanken, dass er diesen Weg durch das finstere Tal der Verzweiflung vermutlich schon einmal gehen musste. Sie litt seine Schmerzen, sehnte sich danach, ihn zu trösten.

Und wie sie im Stillen um Noras Qualen weinte, tat sie es auch für Michael Burkes.

* * *

Die Hände hinter seinem Rücken zusammengepresst, stand Michael an Noras Krankenbett, gegenüber von Whittaker. Außer die Gegenwart des anderen stillschweigend anzuerkennen, hatte keiner von beiden auch nur den Versuch unternommen, ein Gespräch zu beginnen, seitdem Nora ins Krankenhaus eingewiesen worden war. Sie unterhielten sich mit Sara Farmington und den Schwestern; sie sprachen mit dem Arzt. Untereinander tauschten die beiden Männer jedoch höchstens ein kurzes Nicken oder Kopfschütteln aus, während sie schweigend bei Nora wachten, machtlos ihren Todesqualen zusehen mussten.

Bei Eileen hatte er allein gewartet ...

Tierney war noch so klein, zu klein gewesen, um mehr als in größeren Abständen kurze Zeit in dem Krankenzimmer verbringen zu können. Auch zum Schluss, als Eileen schließlich verschied, hatte Michael allein an ihrem Bett gestanden, bis es vorüber war.

Sie hatte monatelang gelitten – Monate, in denen er zusehen musste, wie der Krebs sie langsam zerstörte, sie ihrer Würde, ihrer jugendlichen Schönheit und ihres Lebenswillens beraubte. Für Michael war es eine Ewigkeit.

Er hatte alles getan, was in seiner Macht lag, um sie bei sich zu behalten, hatte sie gedrängt zu kämpfen, lange nachdem sie schon keine Kraft mehr dazu hatte. Als sie schließlich aufgab, hatte er versucht, den Tod von ihr fern zu halten. Eileen hatte sogar noch versucht, einen schwachen Scherz darüber zu machen, was das wohl für eine törichte Krankheit sei, die es wagte, sich Michael Burke zu widersetzen.

Doch sie hatte gewusst – beide hatten sie gewusst –, wer den Kampf am Ende gewinnen würde. Ganz zum Schluss wollte sie sterben, hatte sie ihm zugeraunt, dass er sie gehen lassen sollte, dass er aufhören sollte, gegen das Unvermeidliche anzukämpfen und sie in Frieden dem Tod überlassen sollte, damit er sie von ihren Qualen erlöste.

Er war aus dem Zimmer geflohen, hatte sich in der Vorratskammer auf der anderen Seite des Flurs eingeschlossen, ein Handtuch vor den Mund gepresst, um den furchtbaren Aufschrei seines Zorns und seiner Qual ersticken zu können. Als er in das Zimmer zurückkehrte, hatte Eileen seine Gegenwart kaum noch wahrgenommen. Wenige Minuten später war sie entschlafen.

Noch nie zuvor und nie wieder seitdem hatte Michael so einen Zorn gekannt wie in den letzten Stunden ihres Leidens. Zorn auf die teuflische Krankheit, auf die ohnmächtigen Ärzte, auf Gott – doch vor allem Zorn über seine eigene, ihm ungewohnte Hilflosigkeit.

Als er spürte, wie unvergossene Tränen ihm den Hals zuschnürten, versuchte er, tief durchzuatmen und seine Schultern zu straffen. Für einen Moment begegnete er Evan Whittakers Blick und hielt ihm stand. Als er seine eigene Verzweiflung in den Augen des Engländers widergespiegelt sah, presste Michael hinter seinem Rücken die Hände nur noch fester zusammen und blickte weg.

Durch Willenskraft hatte er während der Zeit von Eileens Krankheit seine Gefühle unter Kontrolle gebracht, hatte das Bild ihres schmerzgequälten Gesichtes, ihres gemarterten, zerstörten Körpers ebenso beiseite geschoben wie den Klang ihrer Stimme, die seinen Namen rief.

Schließlich wandte er sich Nora wieder zu. Nora war noch am Leben. Soweit er es zu sagen vermochte, lag sie nicht im Sterben. Zumindest schien es ihr nicht schlechter zu gehen als zu dem Zeitpunkt, da man sie ins Krankenhaus eingeliefert hatte. Es gab noch Hoffnung für Nora.

In Michaels Herzen begann ein Gebet aufzusteigen, und er schloss die Augen, um den Worten in seinem Geist Raum zu geben.

* * *

Wieso war es für Evan seltsam, Michael Burke beten zu sehen? Der Mann war schließlich Christ. Warum sollte er nicht beten, besonders in einem Augenblick wie diesem?

Und dennoch überraschte es ihn; vielleicht weil der kräftige irische Polizist immer so selbstbewusst, so selbstsicher erschien – als hätte er jede Situation unter Kontrolle.

Evan selbst hatte den ganzen Abend gebetet. Es erschien ihm tatsächlich so, als hätte er seit Tagen nicht mehr aufgehört zu beten, erst für Daniel, als ihn diese furchtbare Krankheit grausam quälte, und jetzt für Nora.

Der Junge war furchtbar krank, sein Zustand war bedrohlich gewesen. Doch Nora ging es noch viel, viel schlechter. Die Tatsache, dass Dr. Grafton darauf bestanden hatte, sie noch zu so später Stunde ins Krankenhaus einzuweisen, ließ es zu einer ernüchternden Gewissheit werden, wie kritisch ihr Zustand sein musste.

In den ersten beiden Stunden nach ihrer Aufnahme waren in dem Privatzimmer Krankenschwestern stirnrunzelnd hin und her geeilt, und außer Dr. Grafton hatten sich noch zwei Ärzte mit besorgten Gesichtern um Nora gekümmert. Evan zweifelte keinen Augenblick daran, dass Lewis Farmington seinen gewaltigen Einfluss geltend gemacht hatte. Ein irischer Einwanderer würde sonst nie ein Privatzimmer bekommen, selbst wenn er durch irgendein Wunder das Geld dafür aufbringen konnte. Aber ein Privatzimmer und die allerbeste medizinische Fürsorge?

Das konnte nur ein Lewis Farmington in die Wege leiten.

Evan musste sich fragen, was die anderen irischen Einwanderer taten, die keinen Lewis Farmington hatten, der sich für sie einsetzte, wenn sie schwer krank wurden. Für sie gab es kein Krankenzimmer, keinen Arzt – nicht einmal einen Ort, wo sie vor der Kälte Schutz finden konnten.

Evan hatte selbst gesehen, was aus den armen mittellosen Einwanderern wurde, die „keine Leute in der Stadt“ hatten – keine Freunde, die ihnen Zuflucht oder Hoffnung gaben. Zweimal war er bisher mit Pastor Dalton in den katastrophalen Slums von Five Points gewesen. Er hatte in die Augen von Heimatlosen, Kranken und Sterbenden geblickt und war zutiefst erschüttert von der Qual und der äußersten Hoffnungslosigkeit, die ihm dort begegneten.

Er konnte sich nur wundern über den Mut und den Eifer eines Mannes wie Jess Dalton, der wirklich glaubte, inmitten dieses grenzenlosen Elends etwas erreichen zu können.

Während seines letzten Besuches in Five Points hatte ihn ein Gefühl erfasst, das später, in seinem warmen Zimmer bei den Farmingtons, zu einer Herausforderung geworden war. Damals war ihm mit nicht geringer Bestürzung zu Bewusstsein gekommen, dass Gott ihm begegnet war, dass er ihn aufforderte, dem Elend ins Auge zu sehen und ihn fragte, was er zu tun bereit war.

Bevor Daniel von dieser schrecklichen Krankheit niedergeworfen wurde, hatte er geplant, nach Weihnachten mit Jess Dalton darüber zu sprechen, wie er in der Missionsarbeit in Five Points mithelfen könne. Doch jetzt konnte er nicht weiter denken als bis zu diesem Zimmer, dieser Nacht – und bis zu Nora.

Schwach vor Erschöpfung und am Rande der Verzweiflung rieb sich Evan erst die eine Schläfe, dann die andere. Beinahe den ganzen Abend schon litt er an solchen Kopfschmerzen, die bis zur Übelkeit führten. Er konnte sich nicht mehr auf den Beinen halten und sank in den Stuhl neben Noras Bett.

Sara Farmington saß in der einzigen weiteren Sitzgelegenheit in dem Zimmer, einem wackligen, hölzernen Schaukelstuhl in der Nähe der Tür.

Michael Burke wandte ihm einen flüchtigen Blick zu und

schaute dann wieder weg. Evan seufzte. Er war zu schwach, um sich über die Gefühle des irischen Polizisten in Bezug auf seine Anwesenheit Gedanken machen zu können. Wenn Burke dachte, dass er zu weit gegangen war, dann sollte er es eben denken. Der Mann hatte keinen Anspruch auf Nora, zumindest noch nicht.

Evan würde so lange bleiben, wie Nora ihm nicht selbst sagte, dass er gehen sollte. Offen gestanden hatte er Angst, wegzugehen, Angst, dass sie einfach ... entschliefe.

Der Atem stockte ihm bei diesem Gedanken. Er schloss die Augen und schluckte. War es mangelndes Vertrauen, dass er so darauf versessen war, bei ihr zu wachen? War es seine Angst, oder drängte ihn der Herr, weiter für sie im Gebet zu ringen?

Oder ... war es die Tatsache, dass er sie so sehr liebte, dass er den Gedanken nicht ertragen konnte, irgendwo anders zu sein als in ihrer Nähe?

* * *

Ein Luftzug wehte durch das Zimmer, als plötzlich die Tür aufging. Alle schauten auf. Pastor Dalton trat ein.

Evan schien es, als würde es stets irgendwie ein bisschen heller, wenn der Pastor mit dem rosigen Gesicht einen Raum betrat. Es war beinahe, als trüge der Mann einen Mantel der Hoffnung über seinen kräftigen, breiten Schultern.

Ganz gleich unter welchen Umständen – Jess Dalton vermochte es, Licht in seine Umgebung zu bringen. Selbst Michael Burkes düstere Miene hellte sich beim Anblick des großen Pastors ein wenig auf.

Dalton hatte sowohl Daniel als auch Nora während ihrer Krankheit viele Male besucht, aber Evan hätte nicht erwartet, dass er zu so später Stunde ins Krankenhaus käme. Falls Lewis Farmington nach dem Pfarrer geschickt hatte, war Noras Zustand möglicherweise noch schlimmer, als er bereits fürchtete.

Evan versuchte diesen abscheulichen Gedanken zu verbannen, als der Geistliche Sara Farmington begrüßte und dann an Noras Bett trat. „Irgendwelche Veränderungen?“, fragte er, während er sowohl Evan als auch Michael Burke zur Begrüßung zunickte.

Der Polizist schüttelte den Kopf. „Sie haben ihr noch mehr Laudanum gegeben. Sie schläft ... seit langer Zeit.“

Evan stand auf. Wie immer freute er sich an Daltons Gegenwart, obgleich er sich bei seiner Größe stets wie ein Zwerg vorkam.

Der Blick des Pastors wanderte zu Nora, und seine sanften blauen Augen wurden von Mitleid erfüllt. „Sie musste schon so viel leiden – auf mannigfache Weise. Mein Frau sagte, dass Noras Leben voll von schwerer Sorgen gewesen ist.“

Während er sprach, kam er näher an Noras Bett heran und nahm Noras schmale Hand in die seine. Auf seinem Gesicht spiegelte sich ein Hauch traurigen Lächelns wider, während er ihre Hand hielt und sie betrachtete.

Schließlich ließ er ihre Hand los und schaute erst zu Evan und dann zu der Seite des Bettes, wo Michael Burke stand. „Ihr Männer seht erschöpft aus. Ich kann Sie wohl nicht überzeugen, ein wenig zu ruhen?“

Michael Burke schüttelte nur den Kopf.

„N-noch ... nicht“, murmelte Evan.

Das Pastor nickte, dann gab er Sara Farmington ein Zeichen, zu ihnen zu kommen. „Wir wollen zusammen beten“, sagte er schlicht und bedeutete ihnen, sich an den Händen zu fassen.

Es war Evan, der zuletzt Michael Burkes große, starke Hand ergriff, als die vier sich um Noras Bett versammelten.

„Vater, du weißt, wie wir, die wir hier in diesem Zimmer versammelt sind, Nora Kavanagh lieben“, begann Dalton. „Hilf uns jedoch, zu bedenken, dass Nora dein Kind ist und dass du sie mehr liebst, als wir uns jemals vorstellen können. Herr, wir beten zu dir in dem Glauben an diese Liebe, in völligem Vertrauen auf deine Güte und die Weisheit deiner Liebe.“

Wie immer stand seine sanfte Stimme im Widerspruch zu seiner gewaltigen Größe. „Wir erkennen, dass du das Recht hast, zu heilen oder nicht zu heilen, Vater. Doch wenn du *nicht* heilst, zweifeln wir oft, entweder an der Qualität unseres Glaubens oder an deiner Barmherzigkeit." Dalton hielt kurz inne, dann fuhr er fort. „Lass uns daran denken, dass dein souveräner Wille unabhängig ist von unserem Glauben und dass wir deine Barmherzigkeit mit unserem begrenzten Geist nie ganz erfassen werden. Wir müssen auf deine Barmherzigkeit vertrauen und dir das Recht zuerkennen, deinen Ratschluss auszuführen – auf deine Weise, zu einer Zeit. Das wollen wir tun, Vater. Wir vertrauen auf deine Barmherzigkeit ... und die Liebe ... eines Herrn, der für uns gestorben ist. *Wir vertrauen auf den Herrn, der für uns am Kreuz gestorben ist ...*"

Während Dalton betete, gab der Schmerz in Evans Herz langsam einem neuen wahren Frieden nach. Zum ersten Mal seitdem diese heimtückische Krankheit Nora befallen hatte, war er in der Lage, sie ohne Vorbehalte der Barmherzigkeit Gottes ... seiner völligen Liebe anzubefehlen.

Einen Augenblick konnte er sogar darüber lächeln, wie seine Hand, die im Vergleich zu Michael Burkes kräftiger Hand beinahe schwach erschien, von dieser großen Hand umfasst wurde.

Gleichzeitig erklang in seinem Geist eine alte, vertraute Weise. Vor langer Zeit hatte er an einem goldenen Herbsttag einen Gottesdienst in der *South Place Chapel* in London besucht. Dort hatte er zum ersten Mal jenes liebliche, herrliche Lied gehört, das in sein Herz eingedrungen und dort für immer Wohnung genommen hatte, gleich einem edlen, leuchtenden Geschenk des Glaubens.

Noch nie waren die Worte so deutlich in seiner Seele erklungen, noch nie hatten sie ihm so viel bedeutet wie jetzt.

„Näher, mein Gott, zu dir, näher zu dir, ... soll doch trotz Kreuz und Pein dies meine Losung sein ..."

Erst als die anderen, einer nach dem anderen, einstimmten, merkte Evan, dass er laut zu singen begonnen hatte. Einen Augenblick war es ihm peinlich, doch er sang weiter, und die Stimmen um ihn herum schwangen sich mit der seinen empor.

Als Jess Dalton betete und das Lied sanft von dem Krankenbett aufstieg, meinte Evan zu spüren, wie Engel sich in dem Zimmer versammelten und die Arme des Vaters sie alle umfingen.

27. Noras Traum

Wenn der Schlaf das Grab der Sorgen
wie mit Blütenzauber verschließt,
wenn der sanfte Schleier des Schweigens
über des Lebens Kämpfe sich ergießt,
dann wird im Traum vielleicht ein Blick
ins Paradies uns gewährt.
Lass deine Flügel weiter uns bedecken, Schlaf,
treuer Gefährt …

Mitternacht war längst vorüber, als Jess Dalton schweren Schrittes die Treppe hinaufstieg. Er hatte bereits den Türknopf des Schlafzimmers in seiner Hand, als er daran dachte, dass es im Augenblick von Arthur Jackson belegt war. Leise wandte er sich um und ging den Flur entlang zum Gästezimmer.

Drinnen blieb er vor der Tür stehen. In eine Decke gehüllt, saß Kerry in dem gewaltigen gepolsterten Schaukelstuhl am Fenster. Sie sah aus wie ein Kind und schien außerdem beunruhigt.

„Kerry? Was um alles in der Welt machst du noch um diese Zeit, Liebes?"

„Auf dich warten, ich konnte nicht schlafen."

Jess zog sein Jackett aus und ging zu ihr. „Und warum konntest du nicht schlafen?" Er hob sie hoch, setzte sich in den Schaukelstuhl und nahm sie dann auf seinen Schoß.

Wie so oft antwortete sie auf seine Frage, indem sie ihm eine andere Frage stellte. „Wie hast du den Kavanagh-Jungen vorgefunden, Jess? Und Nora?"

Er zögerte, weil er sie zu so später Stunde nicht beunruhigen wollte. „Nora geht es schlechter, nicht wahr?", beharrte Kerry.

Jess stieß einen tiefen erschöpften Seufzer aus und nickte.

„Daniel geht es besser, wirklich sehr viel besser. Aber Nora – Nora geht es bis jetzt nicht sehr gut."

Kerry nickte, als hätte sie bereits gewusst, was er zu sagen hatte. „Ich war schon beinahe eingenickt", sagte sie, „doch plötzlich war ich wieder hellwach und verspürte einen starken Drang, für Nora Kavanagh zu beten."

Jess war diese Art unberechenbaren Verhaltens bei seiner Frau gewöhnt. Im Laufe der Jahre hatte er erkannt, dass sie ungewöhnlich sensibel gegenüber dem Drängen des Heiligen Geistes war. Er hatte gelernt, dem zu vertrauen und das zu respektieren, was andere vielleicht als „Zufall" betrachteten.

Er küsste sie leicht auf die Wange und zog sie fester an sich heran. „Nora braucht heute Nacht unser aller Gebet", sagte er leise. „Ich muss auch wieder ins Krankenhaus zurück. Ich bin nur nach Hause gekommen, um dir eine Nachricht zu hinterlassen, damit du dir keine Sorgen machst, wenn du aufwachst."

Kerry richtete sich auf und sah ihn stirnrunzelnd an. „Aber Jess, du bist seit heute Morgen wach. Kannst du nicht wenigstens ein paar Stunden schlafen?"

„Nein", sagte er langsam, obwohl er sich nichts mehr wünschte, als auf Kerrys Vorschlag einzugehen, „ich denke, ich gehe lieber zurück."

Ihr Blick streifte sein Gesicht; in ihren Augen stand eine unausgesprochene Frage.

Seinen Kopf gegen den gepolsterten Stuhl gelehnt, begegnete Jess ihrem Blick. „Sie ist schwer krank, Kerry; sehr schwer krank."

Anstelle einer Antwort vergrub sie ihr Gesicht an seiner Schulter.

In den nächsten Minuten sprach keiner ein Wort; sie schaukelten vor und zurück, jeder seinen eigenen Gedanken nachhängend und sich gegenseitig durch ihre Gegenwart tröstend. Schließlich gab sich Jess einen Ruck. Widerstrebend stellte er

Kerry auf ihre Füße und stand auf. „Wenn ich noch länger hier sitze, schlafe ich ein."

Sie nickte und musterte ihn mit einem besorgten Blick.

„Nun gut, aber können wir nicht noch gemeinsam beten, bevor du gehst, Jess? Ich habe noch nicht genug für Nora gebetet heute Nacht."

* * *

In Evan Whittakers Wohnung schreckte Daniel plötzlich aus dem Schlaf und saß aufrecht in seinem Bett.

Durch die plötzliche Bewegung spürte er einen heftigen Schmerz im Kopf, dann wurde ihm schwindlig. Er stützte sich auf seinen Ellbogen ab, wartete und lauschte.

Worauf?

Mutter ist in Gefahr.

Die Angst packte ihn am Genick und lief ihm den Rücken hinunter. Er sah sich im Zimmer um. Die Kerze war niedergebrannt, fast vollständig abgebrannt. In dem Schaukelstuhl an der Tür saß Ginger, halb schlafend. Das Feuer im Kamin war fast ausgegangen. Daniel zitterte am ganzen Körper.

Mutter. Wo ist sie? Was ist passiert?

Dann fiel es ihm wieder ein. Man hatte sie ins Krankenhaus gebracht. Eine Welle der Furcht um seine Mutter stieg in ihm auf. Da er Ginger nicht wecken wollte und fürchtete, dass ihn wieder die übliche Schwäche überfiel, wenn er das Bett verließ, ging Daniel leise in Evans großem Bett auf seine Knie. Er schloss die Augen und begann zu beten.

* * *

Nora wusste, dass es ein Traum war. Sie begriff, dass sie mehr Zuschauer als Handelnde war, mehr schlief als wachte.

Und doch bewegte sie sich. Nein ... nur das Bett schien sich zu bewegen. Als es sich zu neigen und fortzutreiben begonnen hatte, stellte Nora fest, dass sie sich nicht von dem Bett loslösen konnte. Es war, als hätte sie keine Macht über sich selbst, keine Freiheit, sich zu bewegen.

Überall herrschte Dunkel und Schweigen. Es war nicht das Schweigen eines stillen Ortes, sondern eine Vorahnung des Unbekannten. Und sie war allein, so allein wie noch nie zuvor in ihrem Leben.

Zunächst war es Furcht einflößend. Sie fühlte sich der Dunkelheit, die sie umgab, völlig ausgeliefert, doch irgendwie wusste sie, dass dort ... nichts war. Die Dunkelheit, die sie umschloss, war feucht und kalt, die Luft war schwer, und es war totenstill.

Nach einer Zeit, die ihr wie eine Ewigkeit vorkam, nahm sie langsam ein schwaches Plätschern wahr, wie Wasser, das von einer Felswand rieselte.

Ich muss in einer Höhle sein.

Das Bett schwankte plötzlich. Aus Angst, in die unheimliche dunkle Leere zu fallen, krallte Nora ihre Finger in die Matratze.

Sie fühlte sich benommen, dann wurde ihr übel. Wieder schwankte das Bett, und sie wurde immer tiefer in die Höhle gedrängt. In ihrem Kopf hämmerte es wild – wie ein erbarmungsloser Hagel dröhnender Schläge, einer nach dem anderen. Das Blut in ihren Adern pulsierte in dem gleichen dröhnenden Rhythmus, und ihr Herz schlug rasend gegen ihre Brust.

Stimmen ... um sie herum waren Stimmen, flüsternd und murmelnd. Oder hörte sie nur, wie das Wasser gegen die Wände der Höhle plätscherte?

Plötzlich erschien in der Ferne eine Öffnung in der Höhlenwand. Langsam, ganz langsam wurde ein schmaler Lichtspalt sichtbar. Als Nora näher hinsah, wurde die Öffnung größer, der Lichtstrahl heller und breiter, wie ein Sternenschweif.

Was für ein wunderbarer Anblick ...

Sie versuchte, sich hinzusetzen, konnte sich aber nicht von der Stelle rühren. Der Lichtstrahl am Ende der Höhle wurde noch heller und breiter, so dass er bald die gesamte Wand ausfüllte. Das Licht kam auf sie zu und verschlang dabei gleichzeitig alle Dunkelheit.

Wieder strengte Nora alle ihre Kraft an, um sich von der Stelle zu bewegen, diesmal streckte sie sich nach dem Licht aus, das immer näher kam, wollte es ergreifen. Es schien ihr zu winken, sie zu grüßen.

Das Murmeln um sie herum wurde lauter, ebbte dann ab, bis es schließlich ganz verstummt war. Jetzt hörte sie einen neuen Klang, langsam und sanft stimmte man in der Ferne ein Lied an; es war ein wunderbarer Chor aus verschiedenen Stimmen, die sich, obwohl alle unterschiedlich, zu einem einzigen herrlichen Klang vereinten. Die Musik schwoll an, der Rhythmus donnerte, tausend Stimmen begrüßten das Licht mit einer Herrlichkeit, die die ganze Höhle erfüllte, wie auch Noras Herz und Sinne, um sie vorzubereiten.

Um sie darauf vorzubreiten, in das Licht zu treten ...

Die Dunkelheit war völlig verschwunden. Um sie herum waren nur noch das Licht mit seiner Wärme und der Gesang.

Oh, was für ein wunderbares Lied der Freude!

Nora spürte die Wärme, den süßen Schein des Lichts; sie wusste, dass das Licht sie jeden Augenblick aufnehmen würde. Sie sehnte sich nach seiner Umarmung, streckte ihre Hände aus, dem Licht entgegen, um es zu begrüßen – und merkte plötzlich, dass nicht das Licht sich bewegte, sondern sie selbst.

Auf der Höhe ihres Traumes ging sie, rannte sie dem Licht entgegen. Alles war jetzt Licht; es gab nichts anderes hinter ihr, vor ihr, neben ihr – als nur Licht. Sie befand sich mitten in dem Licht. Sie hob ihr Angesicht, um es von dem Licht bescheinen zu lassen, machte ihre Arme weit, um sich in dem Licht zu baden und in seine Herrlichkeit aufgenommen zu werden –

Plötzlich entstand eine Pause.

Der Gesang entschwand. Das Licht wich nicht zurück, verblasste auch nicht, doch es schien sanft zu atmen. Ohne sie wirklich zu berühren, drängte es sie vorwärts.

Sie wurde durch das engste Stück eines Tales geführt, bis es breiter wurde, immer breiter und schließlich auf ein strahlendes, sonnenbeschienenes Feld hinausführte.

Atemlos stand Nora da. Das Feld erfüllte ihren Blick, ja es schien das ganze Universum zu erfüllen. Es gab keine Berge, keine Flüsse, nicht einmal ein Himmel wölbte sich darüber! Nur das Feld, meilenweit nichts anderes als saftiges grünes Gras und ein endloses Meer von Blumen. Selbst Irland war in seiner sommerlichen Pracht nie so lieblich erschienen!

Überall waren Blumen – wilde Blumen – fein und zart durchwirkt; exotische Blumen mit üppigen Blüten von schwerem Duft; große Gartenblumen, die zu ihr herüberwinkten und kleine Blümchen, die strahlend zwischen einzelnen Grashalmen hervorlugten.

Und überall in dem Farbenmeer, das sich über das Feld ergoss, arbeiteten, spielten und tanzten Kinder und Erwachsene inmitten der Blumen! Einige pflanzten neue Blumen, andere sammelten Sträuße. Aus dem Munde der Kinder ertönten Lachen, fröhliche Lieder und glückliches Jauchzen. Reife Gesichter – reif und doch frisch und jung und wunderbar unschuldig – lächelten, tauschten ein herzliches Wort oder eine liebevolle Berührung aus, während sie arbeiteten und sangen.

Nora wurde näher zu ihnen geführt, noch näher. Ihre Augen weiteten sich vor freudigem Erstaunen. *Owen? Ist das wirklich Owen, mein Ehemann?*

Er blieb stehen, um Blumen zu pflücken, dann stand er auf und verteilte sie an eine kleine Gruppe lachender Kinder.

Ihre Kinder – ihre und Owens!

Nora hielt beide Hände vor den Mund und starrte zu den Kindern. Oh, war das nicht Tagh? Ihr Erstgeborener! Doch wie er jetzt aussah! Groß und stark – so stark, wie er in seinem kurzen, zerbrechlichen Leben nie gewesen war! Sie sah die Blüte der Jugend auf seinen Wangen und den Arm voller Blumen, die er auf den Weg streute für ein kleines schwarzhaariges Mädchen.

Ellie!

Ellie, ihr kleines Mädchen! Tränen rannen über Noras Wangen, als sie den Namen ihres jüngsten Kindes hauchte. Der Klang ihres Namens war wie eine Liebkosung auf ihren Lippen. Die süße kleine Ellie, mit ihren dicken, glänzenden schwarzen Locken, sprang und tanzte mit strahlendem Gesicht inmitten der Blumen, die ihr Vater vor ihren Füßen ausgestreut hatte.

Nora schrie vor Sehnsucht laut auf, wollte zu ihnen stürmen. Doch das Licht hielt sie zurück, mahnte sie sanft, noch zu warten.

Warten ...

Und so wartete sie und sehnte sich schmerzlich danach, zu Owen und den Kindern zu eilen, und doch war sie unfähig, sich dem sanften Griff zu widersetzen, der sie zurückhielt.

Dann erschien ein hoch gewachsener schlanker Mann in sauberen Arbeitshosen und einem ehrwürdigen weißen Bart. *Der alte Dan!* Der Großvater, der liebe alte Großvater! Er schritt über das Feld, stark, kräftig und gesund, als wäre die Kraft seiner Jugend zurückgekehrt! Auf einer Schulter trug er ein kleines Kind und ein zweites auf seinem Arm.

Nora ließ ihren Tränen freien Lauf und weinte laut. Das waren ja ihre Babys! Die armen winzigen Dinger, die während der Geburt gestorben waren. Doch jetzt lagen sie mollig und fröhlich in den Armen des Großvaters und gurrten wie zwei kleine Täubchen.

Der alte Dan wandte sich um, und Nora glaubte für einen Augenblick, er hätte sie gesehen. Doch nein, es war, als existierte sie für die anderen nicht; auch Owen schien nichts von ihrer Gegenwart wahrzunehmen.

Oh Herr ... Herr! Ich möchte, dass sie mich sehen! Ich möchte zu ihnen gehen und bei ihnen sein.

Als Nora weinte und ihr Herz sich nach ihren Lieben ausstreckte, kamen noch andere Menschen durch die Blumen gerannt. Sie sprangen und lachten, erfüllten das Feld mit Farbe und Wohlgeruch.

Einige erkannte sie, andere nicht. Viele hatte sie zuletzt tot in den Gräben von Killala liegen sehen, wo sie an Hunger und Krankheit gestorben waren. Jetzt lachten und tanzten sie in einem großen Feld voller Blumen.

Nora stockte der Atem, als sie inmitten der Kinder einen Mann und eine Frau erkannte. Thomas! Thomas und Catherine! Thomas war in eine einfache Bauerntracht gekleidet. Sein langes freundliches Gesicht war nicht mehr von Sorgen gequält, es strahlte von einer wunderbaren Freude, wie auch Catherines.

Thomas breitete seine Arme aus, und Dutzende von Kindern – eines von ihnen seine eigene Tochter Katie – wollten von ihm in die Luft geworfen und aufgefangen werden. Irgendwie gelang es ihm, sie alle zu erwischen, und er drückte und küsste sie, bevor er sie zwischen den Blumen niederließ.

Nora schluchzte, wollte zu den anderen gelangen, streckte sich aus und sehnte sich danach, von ihnen gesehen zu werden und an ihrer Freude teilhaben zu können. Doch sie wusste auch, dass es nicht sein konnte.

Widerwillig hielt sie sich zurück. Als sie am Rande des Feldes voller Herrlichkeit und Freude stand, schwoll das Singen, das zuerst wie klare Kinderstimmen geklungen hatte, allmählich zu einem Loblied der ganzen Gemeinde an, welches das ganze Tal mit einem großen, gewaltigen Brausen erfüllte.

Plötzlich spürte Nora, wie das Licht sie verließ. Frierend und traurig erschauderte sie, wollte dem Licht folgen. Doch wieder spürte sie eine Warnung, dort zu bleiben, wo sie war. Sie durfte zusehen, jedoch nicht teilnehmen.

So viel Kälte, solcher Kummer in meiner Seele ...

Das Licht glitt über das Feld und tauchte die Blumen und die Sänger in einen reinen, kristallklaren Schein.

Atemlos vor Staunen schloss Nora die Augen. Als sie wieder hinschaute, nahm sie das Licht am anderen Ende des Feldes wahr – am Horizont, wo die Blumen aufzuhören schienen, sie wusste jedoch, dass sie nirgends aufhörten.

Jetzt wandten alle ihr Gesicht dem Licht zu, und es begann ein regelrechter Ansturm: Füße flitzten und die Luft wurde von einem erwartungsfreudigen Lachen und lauten Jubelrufen erfüllt. Nora sah nur noch das Licht und die Scharen von glücklichen Menschen, die ihm entgegenrannten.

Erleichtert stellte sie fest, wie die Kälte aus ihrem Geist entwich, und sie spürte ein warmes Lächeln über ihrem Gesicht. Eine sanfte Hand schien ihr die Tränen abzuwischen, als ihre Lieben von dem goldenen Licht umfangen wurden.

Wieder streckte Nora ihre Arme aus und versuchte noch einmal, das Feld zu betreten, und wieder spürte sie die freundliche, aber ernste Ermahnung, dort zu bleiben, wo sie war.

Für jetzt ...

Plötzlich fühlte Nora, dass jemand sie umdrehte und dann von dem herrlichen, strahlenden Blumenfeld wegführte. Sie schrie auf, fuchtelte mit den Händen – und berührte die harte, unnachgiebige Bettkante.

Es war nur ein Traum ...

Nur ein Traum ... aber sie hatte Angst – Angst zu fallen, in die Dunkelheit der totenstillen Höhle zu fallen ... und wieder allein zu sein. Das Hämmern in ihrem Kopf kehrte zurück und wurde zu einem ohrenbetäubenden Dröhnen. Ihr Herz stolperte, dann begann es wie zu rasen.

Das Licht und die Blumen entwichen immer schneller, das Feld wurde in der Ferne kleiner und kleiner. Schneller und schneller fiel sie, halb wirbelnd und stürzend, in die unbekannte Dunkelheit zurück, weg von dem herrlichen Licht und den glücklichen Kindern.

Der Gesang hörte auf. Der Duft entwich. Das Feld verschwand. Sie fürchtete sich. Sie öffnete ihren Mund, um zu schreien und aus dem Traum zu erwachen. Sie hauchte den Namen „Jesus!“ und klammerte sich im Geist an sein Echo.

Wieder war das Flüstern und Murmeln neben ihr.

Das Singen war verstummt, aber die Worte klangen weiter.

Als Gebet ... jemand betete.

Evan ...

Nora spürte die Kraft und Wärme seiner Liebe zu ihr herüberströmen, während er betete.

Evan ...

„EVAN!“

28. Gefundene Liebe, verlorene Liebe

Bei einer, die ich liebe, saß ich gestern Nacht.
Ein Lied sang sie, aus alter Zeit,
was sonst mir stets Freude gebracht;
doch letzte Nacht – nur Leid.

George Darley (1795–1846)

Michael war, als hätte ihm jemand mit der Faust in den Magen geschlagen. Seine ursprüngliche Erleichterung darüber, dass Nora von dem zurückkehrte, was er für den Rand des Todes gehalten hatte, war jäh von schmerzlicher Enttäuschung abgelöst worden, als sie nach Evan Whittaker gerufen hatte.

Ich hatte geglaubt, sie müsse sterben ...

Lange qualvolle Augenblicke schien sie zwischen Bewusstlosigkeit und einer Art furchtbarem Alptraum zu schweben.

Sie hatte geweint und laut geschrien, wie wild auf dem Bett um sich geschlagen, als sei sie irgendwo. Tastend und fuchtelnd, hatte sie zunächst ihre Hände ausgestreckt und dann die Arme um ihren Körper geschlungen, als wolle sie sich wärmen.

Michael konnte nur stumm und hilflos zusehen und hatte tatsächlich geglaubt, dass dies ihr Todeskampf war. Einmal hatte er sich abgewandt, außerstande, die allzu vertraute Szene noch länger zu ertragen.

Whittaker hatte ihre Hand gehalten, seine bloße Gegenwart hatte sie auf dem Höhepunkt des Kampfes beruhigt. Und Whittakers Name lag auf ihren Lippen wie ein Hilfeschrei oder ein verzweifeltes Gebet, als sie schließlich erwachte.

Hatte er denn nicht schon lange gewusst, wie die Dinge standen? Hatte er es nicht zumindest vermutet? Der sanfte Schimmer, der stets in ihren Augen erschien, wenn sie von dem Engländer sprach, das Band der Vertrautheit, das er gespürt hatte, als er sie zusammen gesehen hatte, besonders an jenem Abend in der Oper?

Weil er nicht wie ein Schuljunge, dem man einen Strich durch die Rechnung gemacht hatte, aus dem Zimmer rennen konnte, presste er seine Hände zusammen und zwang sich zu einem Lächeln – das wohl eher einer Grimasse glich. Er beobachtete, wie sich der Engländer abmühte, Nora festzuhalten. Gott möge ihm verzeihen – Michael empfand sogar eine gewisse erbitterte Befriedigung über Whittakers einarmige Unbeholfenheit!

Danach stieg eine gewaltige Woge der Selbstverachtung in ihm auf, die ihm beinahe den Atem nahm. Irgendwie gelang es ihm, sich von dem Bett zu entfernen und ohne zu rennen aus dem Zimmer zu gehen.

Sara Farmington war von ihrem Stuhl aufgestanden und stand händeringend da, während sie ihn beobachtete.

Warum muss diese Frau stets Zeuge meiner Demütigung werden?

Einen Augenblick lang sahen sie sich in die Augen. Doch als Michael in Saras Augen Mitleid entdeckte, schluckte er seinen Schmerz hinunter und straffte die Schultern. „Die Schwester hat gesagt, man solle sie benachrichtigen, wenn irgendeine Veränderung eintritt“, brachte er hervor. „Ich werde gehen.“

Er schob sich an ihr vorbei und war zur Tür hinausgeeilt, noch ehe sie irgendetwas entgegnen konnte.

* * *

Mit wachsender Bestürzung beobachtete Sara, wie Michael steif aus dem Zimmer ging. Als sie sich wieder Evan und Nora zuwandte, sah sie, dass die beiden, zumindest im Augenblick, niemanden außer sich selbst wahrnahmen.

Sie wollte Michael folgen, zögerte jedoch bei dem Gedanken an sein angespanntes, unnachgiebiges Gesicht. Zweifellos würde er sich über jeden Versuch ihrerseits, seinen Schmerz zu lindern, ärgern – und ihn zurückweisen. Seine unerbittliche Entschlossenheit, keinerlei Gefühl zu zeigen, schmerzte sie jedoch noch mehr, als wenn er verzweifelt aus dem Zimmer gerannt wäre.

Michael Burke war ein stolzer Mann – stolz und unbeugsam, außer gelegentlichen Anzeichen einer unerwarteten Verletzlichkeit. Vielleicht wäre es am klügsten, den Schmerz, den sie in seinen Augen gesehen hatte, zu ignorieren, diesen brennenden Schmerz des Abgelehntseins. Das war zweifellos das, was er von ihr wollte.

Die Sorge um ihn stritt gegen die Vorsicht; die Sorge gewann, und Sara eilte aus dem Zimmer, ihm nach.

* * *

Evan hatte noch nie einen derartigen Aufruhr der Gefühle erlebt, wie er jetzt in ihm wütete. Erleichterung – selige, herzerwärmende Erleichterung – und Woge um Woge weiterer Gefühle schlug mit überwältigender Heftigkeit über ihm zusammen.

Als er Nora in seinem Arm hielt, ihre feuchte Schläfe an seiner Wange spürte, jubelte sein Herz vor Erleichterung und schickte ein Danklied empor.

Oh, wie sehr er sie liebte! Und sie war zu ihm zurückgekehrt – zurückgekehrt, wo immer sie auch gewesen sein mochte während der qualvollen Stunden dieser langen, furchtbaren Nacht.

„Oh, Nora ... ich hatte s-solche Angst! Du hast k-keine Ahnung, wie sehr ich mich – wie sehr w-wir uns alle um d-dich gesorgt haben!"

„Ging es mir wirklich so schlecht, Evan?" Ihre Stimme war schwach und ihre Hand schlaff, aber sie lebte – lebte!

Er näherte sein Gesicht noch weiter dem ihren. „Ja, und ich habe m-mich so geängstigt, halb z-zu Tode geängstigt!"

Tränen stiegen ihr in die Augen. „Ich hatte einen Traum, Evan; einen so seltsamen, wunderbaren Traum."

„Einen Traum? Was für einen Traum?"

Sie schaute zur Decke und antwortete nicht sofort.

Als sie ihn wieder anschaute, sprach Unsicherheit aus ihren Augen. „Es – es klingt vielleicht töricht, wenn ich es laut erzähle. Für mich schien es jedoch – zu jener Zeit – so herrlich und wunderbar ..."

„Er-erzähl es mir, Nora. Ich werde nicht denken, dass es t-töricht ist. Ich v-verspreche es dir", sagte er, als er sie sanft in das Kissen legte und ihre Hand hielt.

Sie weinte, während sie flüsternd sprach, nach ein paar Worten innehielt und vor Schmerz schluckte. Tränen rannen über ihre Wangen, als sie davon erzählte, wie sie ihre Familie, die sie verloren hatte, sehen konnte, das Feld der Herrlichkeit, alle diese Schönheit und den Glanz – und das Licht.

„Oh, was war das für ein Licht!", flüsterte sie, und in ihrer sanften Stimme klang noch immer ein Staunen, während sie den Traum zu Ende erzählte.

„Ich werde den Traum bestimmt nie vergessen! Irgendwie spüre ich, wie er noch immer da ist, in mir." Nora griff nach ihrem Herz. „Mir ist beinahe, als wäre ich von einem Stern berührt worden."

Sie legte die andere Hand auf seinen Arm. „Was, meinst du, hatte das alles zu bedeuten, Evan? Was war das für ein Traum?"

Evans Blick glitt über ihr Gesicht; er atmete ihr Staunen ein und machte es so zu seinem eigenen. Es fiel ihm schwer, in Worte zu fassen, was der Traum seiner Meinung nach bedeutete. „Nun ... ich glaube, d-du hast vielleicht vom Himmel geträumt, Nora."

Sie starrte ihn an. „Wirklich?"

Evan genoss es, wie sie sich an seinen Arm klammerte, und sagte nur: „Ja, wirklich."

Einen Augenblick später nickte sie. „Evan ... könnte es dann sein, dass es ein Geschenk war – vom Himmel zu träumen?"

„Ein G-Geschenk, Nora?"

„Ja", sagte sie und nickte wieder, als sie es ihm erklärte. „Ich durfte meine Familie sehen – alle, sogar die kleinen Babys, die bei der Geburt gestorben sind – ich durfte sehen, wie sie sich, gesund und fröhlich, gemeinsam an diesem herrlichen Ort freuten! Was könnte dieser Traum anders sein als ein Geschenk?"

Als er das Licht, das in ihren Augen glänzte, sah und das staunende Lächeln auf ihren Lippen, konnte Evan nur noch flüstern: „Tatsächlich, was sonst."

„Wie konnte so etwas geschehen?", fragte sie leise. „Wie?"

Vielleicht, weil du dem Himmel so nahe warst, mein Liebes ... näher als irgendjemand von uns geahnt hat ... näher als wir zuzugeben wagten ...

Als er nichts erwiderte, schien Nora anzunehmen, dass er ebenfalls keine Antwort wusste. Einen Augenblick später suchten ihre Augen plötzlich mit einem neuen Bewusstsein das Zimmer ab.

„Michael? Habe ich nicht Michael und Sara hier in dem Zimmer gesehen?"

Auch Evan sah sich um, und es war ihm plötzlich peinlich, dass er so unüberlegt seine Gefühle gezeigt hatte, nachdem Nora aufgewacht war. Zu seiner großen Erleichterung stellte er fest, dass sie allein waren. „Sie h-holen bestimmt die Schwester", sagte er, wieder zu Nora gewandt. „A-Aber sie waren alle hier, die ganze Zeit."

Ihre Augen glitten über sein Gesicht. „Du hast für mich gebetet, nicht wahr, Evan?"

„Ja, n-natürlich habe ich für dich gebetet, Nora! Die ganze Zeit!"

Nora schüttelte den Kopf und schloss dann für einen Moment die Augen, als kostete sie schon diese geringe Anstrengung viel Kraft. „Nein, ich meine, bevor ich aufgewacht bin", erklärte sie und öffnete die Augen wieder. „Da warst du neben mir und hast gebetet."

Er nickte langsam. „Nun ... ja. Aber n-nicht nur ich. Wir haben a-alle gebetet ... fast die ganze Nacht. M-Michael Burke, Miss Sara – und Pastor D-Dalton, er war auch hier ...“

Sie lächelte und schloss ihre Augen wieder. „Doch ich habe *dein* Gebet gehört, Evan.“

Evans Hals krampfte sich zusammen. Er hatte nicht einmal laut gebetet.

„Und du hast meine Hand gehalten“, sagte sie sanft, die Augen immer noch geschlossen.

„Ja“, flüsterte er. „Ja, das stimmt.“ Ohne nachzudenken führte er ihre Hand zu seinen Lippen und hielt sie dort fest. Als ihm bewusst wurde, was er getan hatte, war es ihm unangenehm. Aber Nora schien nichts dagegen zu haben. Ihre Augen waren geöffnet, als sie mit unsicherer Hand versuchte, ihre Tränen abzuwischen. Dann berührte sie ihr wirres Haar und brachte ihre Abscheu zum Ausdruck. „Wie hässlich ich aussehen muss!“

Evan schüttelte protestierend den Kopf. Es spielte wirklich nicht die geringste Rolle, dass ihr Gesicht von dem Ausschlag verquollen war und die Haut sich schälte, dass ihre Augen rot umrändert und darunter die Schatten der Krankheit waren. Sie war erwacht, war den Fesseln der Krankheit – ja, den Fesseln des Todes – entflohen! Sie war *wunderschön!*

„Du weißt nicht einmal, wie man hässlich aussieht, Nora! So etwas solltest du nicht einmal denken!“

Auf ihren Lippen erschien ein unschlüssiges Lächeln. „Ach, hört euch nur den Mann an!“

Einen Augenblick später nahm ihr Gesicht wieder einen nüchternen Ausdruck an. „Evan?“ Ihre Augen suchten Evans, als wollte sie seine Gedanken lesen. „Danke.“

Er starrte sie an. „Wofür, Nora?“

Sie zwinkerte, und er sah, dass ihre Augen sich wieder mit Tränen füllten. „Dass ich dir so viel bedeute, dass du so innig für mich gebetet hast, dass du ... zu mir gehalten hast, in deinem Herzen.“

„N-Nora!“, stieß er hervor. „Du bist mir so teuer! Ich k-könnte es nicht ertragen, dich zu verlieren!“ Bestürzt über sein unbesonnenes Geständnis, wandte Evan sich ab.

Als ihre Hand seine bärtige Wange sanft berührte, stockte ihm der Atem. „Ja, Evan, und du bist mir auch sehr teuer. Wusstest du das nicht?“

Evan war sich nicht sicher, ob er in der Lage war, die Worte, die er seit Monaten in seinem Herzen bewegte, über seine Lippen zu bringen. Das verhasste Stottern behinderte ihn. Er kam sich töricht vor, unzulänglich – und doch sehnte er sich verzweifelt danach, endlich das zu sagen, was sein Herz bewegte. Wenn er sie nun verloren hätte, ohne ihr jemals gesagt zu haben, was sie ihm bedeutete?

„N-Nora ... verzeih mir, wenn ich es l-lieber n-nicht sagen sollte, a-aber ... oh, Nora, ich liebe dich so sehr!“

Unglaublich, sie lächelte. Sie lächelte ihm direkt in die Augen, ein Lächeln, das erfüllt war von Zärtlichkeit und Verständnis ... und noch von etwas anderem: etwas, das Evan bis zu diesem Moment noch nie in den Augen einer Frau gesehen hatte.

„Und ich liebe dich, Evan, doch wirst du mich bestimmt für eine unverschämte Frau halten, so etwas zu sagen – an einem solchen Ort und so, wie ich aussehe.“ Sie schüttelte reumütig den Kopf. „Ja wirklich, eine unverschämte Frau.“

Evan schaute sie an, vor Ehrfurcht erstarrt von dem, was er in ihrem Gesicht sah und was er von ihren Lippen vernahm. „Du ... du liebst mich, Nora? Wirklich?“

Ihre Fingerspitzen berührten den Rand seiner Lippen und glitten über seinen Bart. „Ja, Evan, wirklich.“

Erschüttert vergrub Evan sein Gesicht in der feuchten Wärme ihres Haars, damit sie nicht sehen konnte, wie er gegen seine Tränen ankämpfte. „Ich habe nie zu hoffen gewagt“, stieß er hervor, „dass d-du mich lieben könntest. Nie!“

„Törichter Mann“, murmelte sie an seiner Schläfe. „Und wie

könnte ich dich *nicht* lieben?“ Nun hielt sie ihn, zog ihn fester an sich heran und presste ihre Wange an seine.

Nora flüsterte noch etwas, das er für Gälisch hielt. Er wagte es nicht, sie anzusehen oder noch etwas zu sagen und genoss stattdessen still, von ihren Armen umschlungen, das süße Wunder ihrer Nähe. Dies war seine tiefste Sehnsucht, sein geheimster Traum – ein Traum, über den er nur mit Gott gesprochen hatte.

Heute Nacht war in diesem Zimmer mehr als ein Wunder geschehen; mehr als ein unaussprechlich kostbares Geschenk war ihm gegeben worden. Er wagte nicht, über diese wunderbaren Dinge zu sprechen, bevor er nicht dem Geber gedankt hatte.

Als er schließlich den Kopf wieder hob, war Nora wieder eingeschlafen, auf ihren Lippen ein Lächeln.

Nun konnte Evan weinen, ohne dass sie es bemerkte.

* * *

Sara wusste, dass es töricht war, sich einzumischen; trotzdem ging sie entschlossenen Schrittes Michael Burke nach und holte ihn auf halber Höhe des Flurs ein.

Sie sah, wie sich seine Schultern strafften, als sie ihn rief. Er blieb stehen, und ohne zu denken legte sie ihre Hand auf seinen Arm. Seine Augen wanderten von ihrem Gesicht zu ihrer Hand, und einen Augenblick lang meinte Sara, er würde ihre Berührung tatsächlich abschütteln.

Stattdessen stand er nur regungslos schweigend da und vermied es, ihr in die Augen zu sehen. Nachdem sie einmal nach ihren Gefühlen gehandelt hatte, wusste Sara nun nicht mehr, was sie noch sagen sollte. Schnell zog sie ihre Hand zurück. Sie kannte diesen Mann ja gar nicht – eigentlich überhaupt nicht. Warum hatte sie nur geglaubt, ihm helfen, seinen Schmerz lindern zu können?

Schließlich schaute er sie an, und Sara zuckte zusammen, als sie den Groll sah, der aus seinen Augen sprühte. Verzweifelt suchte sie nach den rechten Worten – Worten, die nicht so töricht klangen, wie sie sich im Augenblick fühlte.

„Michael, ich …“ Sie stockte. „Ich weiß nicht genau, was ich sagen soll, aber –“

„Warum glauben Sie, etwas sagen zu müssen?“, entgegnete er ruhig.

Qualvoll war sich Sara der Tatsache bewusst, dass sie die Grenzen der allgemein üblichen Verhaltensregeln überschritten hatte; sie fühlte sich dessen schuldig, weswegen sie ihr Vater schon oft geneckt hatte: nämlich sich in die Angelegenheiten anderer einzumischen. Vermutlich war sie für Michael Burke eine lästige alte Jungfer, die sich in alles einmischen musste. Dennoch gelang es ihr nicht, seinen Schmerz zu ignorieren.

Schließlich machte er der Peinlichkeit zwischen ihnen ein Ende. „Ich glaube, wir fühlen beide das Gleiche“, sagte er und vermied es weiter, ihr in die Augen zu sehen. „Erleichterung darüber, dass das Schlimmste für Nora vorüber zu sein scheint – und auch für Daniel.“

Sara zögerte, dann nickte sie. „Ja, ja natürlich, aber …“

Sie sprach ihre Worte nicht zu Ende, als er sie endlich direkt anblickte. Sein Gesichtsausdruck war nicht unhöflich, jedoch auch alles andere als freundlich, und er forderte gewiss nicht zu weiterer Einmischung heraus.

„Nun, Sara Farmington“, sagte er schließlich und verzog den Mund, vermutlich in der Absicht zu lächeln, „meinen Sie nicht, Sie könnten ebenso gut fortfahren und mir sagen, was Sie denken? Ich sollte mich inzwischen daran gewöhnt haben, in Ihren Augen wie ein Tor dazustehen – Sie scheinen immer gerade dann zugegen zu sein, wenn ich auf die Nase falle.“ Sara öffnete den Mund, um etwas zu erwidern, hielt ihre Worte jedoch zurück. *Warum bin ich ihm bloß aus dem Zimmer gefolgt?*

„Jetzt fehlen Ihnen doch nicht etwa die Worte?“, stieß er bissig hervor und wollte sie damit offensichtlich treffen. „Das wäre wirklich sehr seltsam.“

Verletzt von dem, was wie Verachtung seinerseits erschien, sagte sich Sara, dass sie es ihm nicht übel nehmen dürfe und er nichts anderes tat, als seinen Zorn an der nächstbesten Zielscheibe zu entladen. Dennoch war sie nicht sicher, ob er seine Feindseligkeit nicht auch gegen sie richten würde, wenn sie ihn provozierte.

„Ich wollte nur sagen, dass – dass ich weiß, dass Sie enttäuscht sind ... wegen Nora und Evan Whittaker ... und dass ich das verstehe.“ Sie hatte nicht beabsichtigt, so direkt zu sein. Doch was *hatte* sie eigentlich beabsichtigt? „Was ich sagen wollte –“

Er seufzte tief und machte deutlich, dass seine Geduld jeden Augenblick erschöpft sein würde. „Ich glaube, Sie wollten sagen, dass ich über Nora und den Engländer in keiner Weise überrascht sein sollte. Und Sie haben völlig Recht. Ich bin in der Tat keineswegs überrascht, nachdem ich sie kürzlich bei bestimmten Gelegenheiten zusammen gesehen habe – und die Tatsache einberechnet, dass nahezu ideale Bedingungen geschaffen wurden, damit sich eine Beziehung zwischen ihnen entwickeln kann.“

Er schwieg einen Augenblick und musterte Sara mit einem wütenden, verletzten Blick. „Weil Sie jedoch behaupten“, fuhr er fort, wobei die Bitterkeit in seiner Stimme noch größer wurde und das Feuer in seinen Augen noch heftiger brannte, „dass Sie verstehen, wie ich mich fühle, werden Sie mir vielleicht ein wenig Zeit einräumen, um das, was von meinem Stolz noch übrig geblieben ist, wieder zu sammeln. Ich gebe zu, ich werde einige Zeit brauchen, um mich daran zu gewöhnen.“

Dann ließ er ihr nicht die geringste Chance, irgendetwas zu erwidern, drehte sich um und ging entschlossen auf eine Schwester zu, die gerade den Flur entlangkam.

Elend stand Sara da und sah zu, wie er davonging. Warum hatte sie ihn nicht in Ruhe gelassen? Es war ein Fehler, ihn anzusprechen, während die Wunde noch blutete. Sie hätte warten sollen.

Schweren Herzens ging sie in Noras Zimmer zurück. Bis zum heutigen Abend hätte sie sagen können, dass sie zumindest Michaels Freundschaft besaß. Jetzt, nach ihrer törichten Einmischung, fragte sie sich, ob selbst das noch zu retten wäre.

Es war die Wahrheit, als sie ihm sagte, dass sie seine Enttäuschung – seinen Schmerz – verstand. In ihrem Herzen schien auch jetzt noch der Klang seiner zerbrochenen Träume, seiner enttäuschten Hoffnung mit einer furchtbaren Endgültigkeit widerzuhallen.

29. Morgans Versprechen

Einer weißen Kerze gleich
an einem heiligen Ort
leuchtet die Schönheit auf einem
betagten Gesicht, immerfort.
Joseph Campbell (1879–1944)

Irland
Mitte Januar 1848

Eine Woche nach ihrer Rückkehr aus Belfast fühlte sich Morgans Großvater so schwach, dass er sich ins Bett legen musste.

Morgan wusste, dass der alte Mann sein Bett nicht mehr verlassen würde. „Der Körper Ihres Großvaters ist einfach verbraucht", erklärte der Arzt. „Sein Herz – und seine Lungen – sind den Anforderungen nicht mehr gewachsen. Man kann wirklich nichts mehr für ihn tun, als es ihm so bequem wie möglich zu machen."

Seit zwei Tagen schon hatte Sir Richard fast die ganze Zeit geschlafen; abwechselnd verlor er das Bewusstsein und erlangte es wieder zurück, wie jemand, der, von Ebbe und Flut auf und ab getrieben, langsam auf das Meer hinausdriftete.

In seinem Rollstuhl zusammengesunken, saß Morgan am Bett des Großvaters. Als er seinen Großvater schlafen sah, schloss er die Augen und wünschte sich, er könne mit dem alten Mann die Tage – oder wenigstens die Nächte – verschlafen. Fest entschlossen, nicht vom Opium abhängig zu werden, hatte er es abgelehnt, selbst die geringste Menge davon aus dem Krankenhaus mit nach Hause zu nehmen. Langsam bereute er diesen Entschluss; die vergangene Nacht war wieder eine der vielen schlaflosen Nächte gewesen, die seinen Körper schwächten, seine Nerven zum Zerreißen anspannten.

Als er seine Augen wieder öffnete, schaute er voller Abscheu an sich herunter. Er war zu einer Vogelscheuche abgemagert und fühlte sich nutzloser als eine solche. Bis er die Schussverletzung erlitten hatte, war Morgan nie aufgefallen, dass er seine Größe und Stärke stets als selbstverständlich betrachtet hatte. Er war immer schon ein großer Bursche gewesen, bereits als Junge, doch er hatte nie in irgendeiner Weise darüber nachgedacht. Das Bewusstsein seiner übermäßigen Größe hatte sich auf ihre praktischen Auswirkungen beschränkt: Betten waren gewöhnlich zu klein, Stühle nicht stabil genug und Türrahmen zu niedrig.

Seit kurzem war es ihm jedoch bewusst geworden, dass er sich tatsächlich an seiner Größe gefreut hatte, sie vielleicht manchmal sogar zu seinem Vorteil ausgenutzt hatte. Jetzt war er spindeldürr, und es erschütterte ihn, zu erkennen, wie schwach und wertlos er eigentlich war.

Morgan hasste seinen Körper, er hasste seine Schwachheit; und vor allem hasste er diesen verfluchten Rollstuhl. Er war klug genug, um zu erkennen, dass sich dieser Hass nach innen richtete, gegen ihn selbst wie auch gegen seine Umgebung, weil er ihn nicht gegen diejenigen richten konnte, die ihm das angetan hatten. Keiner war bereit, den Mund zu öffnen oder den Finger auf die Schuldigen zu richten. Es gab keinen Grund, anzunehmen, dass seine Angreifer jemals gefangen genommen würden.

Mittlerweile tat er sein Bestes, nicht an die Zukunft zu denken. In Wahrheit konnte er es nicht ertragen, darüber nachzudenken, was ihm bevorstand. Solange sein Großvater noch lebte, würde er eine tapfere Miene aufsetzen und vortäuschen, dass es ihm gut ging.

Ein bitteres Lächeln huschte über seine Lippen. Was konnte er sonst tun? Seine Aktivitäten beschränkten sich im Augenblick darauf, mit dem Rollstuhl von einem Zimmer zum anderen zu fahren und ein Buch auf seinen Schoß zu hieven.

Bis jetzt konnte er praktisch nichts allein tun. Seitdem er nach Dublin zurückgekehrt war, war er mehr oder weniger der Gnade eines mürrischen Pflegers aus dem Krankenhaus ausgeliefert. Für eine unverschämt hohe Summe kam dieser einmal pro Tag, um bei Morgans Bad und seinen „Übungen" zu helfen.

Sonst war keiner da. Selbst der alte Butler hatte sie verlassen. Eine Woche vor der Reise nach Belfast hatte Parkes' schlechter Gesundheitszustand, verbunden mit einer fortgeschrittenen Arthritis, ihn dazu gezwungen, in den Ruhestand zu treten und zu seiner Schwester aufs Land zu ziehen.

Mrs Ryan kochte und die Mägde, die tagsüber bei ihnen arbeiteten, hielten das Haus in Ordnung, aber für ihn gab es keine Hilfe. Bis zur Ankunft seines neu eingestellten Begleiters war er praktisch auf sich selbst gestellt.

Dieser Gedanke zermürbte ihn; er war nicht nur an den Rollstuhl gefesselt, er würde auch von einem anderen Menschen abhängig sein – einem schwarzen Diener, den sie, ohne ihn je gesehen zu haben, eingestellt hatten, noch bevor sie das Krankenhaus in Belfast verließen. Joseph Mahon, der Priester, hatte diesen Mann vorgeschlagen, und der Großvater hatte in seinem Bestreben, sofort Morgans Pflege sicherzustellen, Joseph gedrängt, unverzüglich die notwendigen Schritte zu veranlassen.

Der neue Pfleger hätte eigentlich schon bei ihnen sein müssen, aber bei dem hohen Schnee und den vereisten Straßen im ganzen Land konnte man nicht wissen, wann er eintreffen würde. *Falls* er überhaupt eintraf.

Sandemon hieß er. Als ehemaliger Sklave, dem die Krone bereits die Freiheit geschenkt hatte, als er noch in Barbados lebte, hatte er schließlich Zuflucht bei einer Mission gefunden, die von einem mit Joseph befreundeten Priester geleitet wurde. Als der Priester die Insel verließ, um nach Castlebar zurückzukehren, nahm er den freigesprochenen Sklaven Sandemon mit.

Nach Josephs Worten war der Mann intelligent, gebildet, stark und gesund. Als der Großvater die etwas heikle Frage stellte, ob der Mann auch „zivilisiert" sei, hatte Joseph nur gelächelt, und Morgan hatte das für das „schlaue Lächeln eines Priesters" gehalten. Dann hatte er geantwortet: „Oh ja, er ist recht zivilisiert, Sir Richard. Er hat die Vorzüge einer guten Erziehung genossen – und er ist sehr unterhaltsam, wie Sie sehen werden."

Joseph hatte ihnen dann noch erzählt, dass dieser Sandemon – ein Christ – sich aktiv an der Arbeit der Gemeinde in Castlebar beteiligte. „Er arbeitet gut mit den Händen und mit dem Kopf – und sein Rücken ist so stark wie Eisen", versicherte ihnen Joseph. Er hat am Rande von Castlebar eine Kapelle praktisch allein mit seinen beiden Händen errichtet.

Als Morgan kühl die Frage aussprach, warum die Stadt Castlebar daran dachte, sich von einem solchen Wunder zu trennen, hatte Joseph ihn ernst angeschaut. „Weil sein Schirmherr, mein Freund, vor kurzem gestorben ist", entgegnete er. „Dieses Schicksal ereilt in diesen Tagen große Scharen von Priestern", fügte er betont hinzu.

Durch den Tod des Priesters und die verheerenden Zustände in der Stadt war Sandemon arbeits- und mittellos geworden, hatte Joseph weiter erklärt. Er brauchte eine Arbeitsstelle. „Und er braucht ein Zuhause. Ich glaube, er ist bestimmt der richtige Mann für dich, Morgan. Er ist ein großer Bursche – mit einem breiten Kreuz und einem Rückgrat wie aus Stahl. Außerdem ist er klug, und sein Geist ist genauso unermüdlich wie deiner."

Morgan hatte „dem Großen" bewundernswerte Eigenschaften zugestanden und gemeint, dass so ein Wunder wie Sandemon gewiss auch kochen und nähen könne. „Wir schnappen ihn uns lieber, bevor die Königin von ihm erfährt."

Josephs abgezehrtes Gesicht war ernst geworden, und sein

strenger Blick hatte Morgan getadelt. „Morgan, ich möchte dir jetzt etwas sagen: Tatsache ist, dass du einen starken Mann brauchen wirst. Sandemon wird sich als ein guter Gefährte erweisen – du wirst es sehen. Du wirst nicht so leicht jemanden finden, der die Eigenschaften dieses Mannes besitzt."

Sein Großvater hatte es sehr eilig, ihn anzustellen. Die Sache war an jenem Tag im Wartezimmer des Krankenhauses so gut wie abgemacht. Sandemon sollte „Morgans Mann" werden.

Auf Probe natürlich, streng auf Probe.

Während er sich jetzt im Rollstuhl hochzog, stellte Morgan fest, dass er sich sehnlichst wünschte, der Mann würde so schnell wie möglich bei ihnen erscheinen. Ob er eine Plage oder ein Segen sein würde, blieb abzuwarten. Im Augenblick brauchte er nichts dringender als einen starken Mann.

Er schaute zu seinem schlafenden Großvater hinüber, und die Reue traf ihn wie ein Schlag. Natürlich hatte er gewusst, dass es bald so weit sein würde. Richard Nelson war hoch in den Achtzigern, und sein Gesundheitszustand hatte sich schon seit Monaten verschlechtert. Es zu wissen und zu erwarten, machte es jedoch nicht leichter, dieser unausweichlichen Tatsache ins Auge zu sehen.

Morgan lehnte sich in seinem Stuhl ein Stück nach vorn und betrachtete traurig den schlafenden alten Mann. Aus seinem von tiefen Falten gezeichneten Gesicht, das jetzt hager und eingefallen aussah, sprachen immer noch seine edle Gesinnung sowie sein freundliches und sanftmütiges Herz. Das weiße Haar war in letzter Zeit dünner geworden, dennoch umgab es die hohe Stirn, das hagere Gesicht mit einem feinen, akkuraten Bogen. Sein Körper war zusammengeschrumpft, die Hände verknöchert – dennoch war der scheidende Richard Nelson von einer Würde und Schönheit umgeben, die selbst die Zeit nicht hatte zerstören können.

So viele Jahre waren ihnen verloren gegangen, Jahre, die sie hätten gemeinsam verbringen können, wenn ...

Was – wenn? Wenn er früher von der Existenz seines Großvaters erfahren hätte? Wahrscheinlich nicht. Es war nur Joseph Mahon zu verdanken – der sich als kluger Priester eingeschaltet hatte –, dass Morgan entdeckte hatte, einen englischen Großvater zu haben. Und Joseph war es auch, der Richard Nelson die Nachricht gebracht hatte, dass sein irischer Enkelsohn bald hängen würde. Hätte der alte Mann nicht dafür gesorgt, dass er dem Galgen entrinnen konnte und als eine der Bedingungen für seinen Freispruch festgelegt, dass er in Dublin erscheinen musste, Morgan hätte nie eingewilligt, sich mit ihm zu treffen.

Selbst dann war er nur widerwillig gekommen, in der Absicht, die obligatorische Verbeugung zu machen und wieder entlassen zu werden, sobald die Neugier des alten Mannes gestillt sein würde. Stattdessen hatte Richard Nelson ihn gebeten zu bleiben.

Und so war Morgan geblieben. Er war geblieben und hatte während dieser Monate seinen alten englischen Großvater wirklich lieben gelernt. Er war Richard Nelson auf eine Weise näher gekommen, wie er es mit seinem Vater nie erlebt hatte.

Sanft ergriff Morgan die Hand seines Großvaters – eine Hand, die der seinen sehr ähnlich war. Während er die langen Finger mit den angeschwollenen Knöcheln betrachtete, ging ein trauriges Lächeln über sein Gesicht. Er würde den alten Mann vermissen, schmerzlich vermissen.

Es bestand kein Zweifel daran, dass sein Großvater bald sterben würde. Dann brauchte er nichts mehr vorzutäuschen, nicht mehr den starken Mann zu spielen, keine Hoffnung für ein Morgen vorzuspiegeln, das sich vorzustellen er nicht länger ertragen konnte.

Er wusste, dass er für seinen Großvater beten sollte – und für sich selbst. Er hatte es versucht – viele Male – seit der Schussverletzung. Er hatte die Augen geschlossen, die Hände gefaltet und versucht, dem Schmerz zu entrinnen, der Furcht zu entfliehen, der Angst vor der Zukunft und der unsagbaren Qual, nie wieder laufen zu können.

Wie ein Kind hatte er sich durch die Dunkelheit getastet und echte Tränen geweint – er hatte sogar versucht, in seinem Herzen im Glauben niederzuknien. In blinder Verzweiflung war er vor dem Thron niedergefallen ... und hatte dort nichts, nichts als Schweigen vorgefunden.

Joseph Mahon, der Priester, sagte gern, dass kein Mensch allein war, der auch nur das entfernteste Flüstern von Gott vernahm.

Morgan hatte gelauscht. Mit einem Geist, der noch von den offenen Wunden blutete, hatte er gegen den Schmerz angeschrien, dann gewartet, gelauscht.

Joseph Mahon, der Priester, hatte gesagt, dass Gott selbst im Schweigen sprach.

Als er keine Antwort vernahm, konnte Morgan sich nur in dunkler Verzweiflung fragen, ob der Rollstuhl Gottes endgültiges Wort für ihn sein würde.

* * *

Außerhalb von Drogheda machte Annie Delaney eine Pause, um sich auszuruhen. Sie hatte geglaubt, Dublin vor Einbruch der Nacht erreichen zu können. Sie hätte es auch geschafft, wenn sie nicht so viel Zeit damit zugebracht hätte, die Ruinen von Monasterboice zu bestaunen.

Ja, sie hatte eine Stunde oder mehr allein mit der Besichtigung des runden Turms verloren! Er musste dreißig Meter oder noch höher gewesen sein. Man konnte noch erkennen, wo seine Spitze und der obere Teil vor vielen Jahren zerstört worden waren, wahrscheinlich durch Blitzschlag. Dennoch war alles ein gewaltiges Wunder.

Das waren nur einige der heiligen Ruinen, die über ganz Irland verstreut waren und die Morgan Fitzgerald in einem kleinen Skizzenband beschrieben hatte, der vor einigen Jahren veröffentlicht worden war. Obwohl Annie Fitzgeralds Beschreibung von Monasterboice nahezu auswendig kannte, hatte sie das Büchlein zusammen mit den wenigen anderen kostbaren Büchern sorgfältig eingepackt. Das waren ihre Schätze, die sie hegte und pflegte.

Seit zwölf Tagen war sie nun schon unterwegs und wurde langsam ungeduldig, ihr Ziel zu erreichen. Auch der Schnee hatte sie etwas behindert. Ihre Schuhe waren dünn, und so musste sie immer wieder stehen bleiben und ihre Füße reiben, um sie vor dem Erfrieren zu schützen. Im Großen und Ganzen war ihre Reise jedoch ohne Hindernisse verlaufen. Die Nächte waren das Schlimmste von allem; ein- oder zweimal hatte sie Zuflucht in einem Nonnenkloster gefunden, meistens aber hatte sie die Nacht in Ställen oder Scheunen verbracht.

Heute Abend hatte sie Drogheda passiert, das Cromwell, der alte Teufel, vor zwei Jahrhunderten geplündert und dabei fast die gesamte Bevölkerung niedergemetzelt hatte. Jetzt, wo sie diese alte traurige Stadt hinter sich gelassen hatte, wünschte sie, sie wäre nicht so lange in Monasterboice herumgestreift.

Und trotzdem, hatte sie nun nicht bedeutende Sehenswürdigkeiten mit ihren eigenen Augen gesehen? Nun konnte sie noch besser verstehen, warum Morgan Fitzgerald so eine Vorliebe dafür hatte, das Land zu durchstreifen, wie er es in all den Jahren getan hatte, bevor ihn in Belfast dieser Schuss getroffen hatte.

Von diesem Gedanken ernüchtert, schlang Annie ihren Mantel fester um sich und erinnerte sich selbst an den Grund ihrer Reise. Und der bestand nicht darin, in alten Ruinen und Trümmern herumzustöbern.

Sie war auf dem Weg nach Dublin. Fitzgerald hatte es entschieden abgelehnt, sie mitzunehmen. Offensichtlich hatte er sie als ein bisschen verrückt eingestuft und sie nicht ernst genommen, und der alte Mann hatte ihr noch weniger Beachtung geschenkt.

Obwohl sie natürlich enttäuscht war, glaubte Annie sie verstehen zu können. Den alten Mann – Sir Richard – hatte die Sorge um die Genesung seines Enkelsohnes völlig aufgezehrt. Morgan Fitzgerald selbst war meist schläfrig durch das Opium oder von Schmerzen gequält.

Annie stellte sich vor, dass die beiden, wenn sie in Dublin ankommen würde, genug Zeit hatten, um die Sache in einem anderen Licht zu sehen.

Wenn nicht, dann würde sie einen Weg finden müssen, um ihren Widerstand zu überwinden; sie würde sich beiden auf irgendeine Art und Weise unentbehrlich machen müssen.

Sie zweifelte nicht daran, ihr Ziel erreichen zu können. Wenn Annie Delaney sich etwas in den Kopf gesetzt hatte, war es dann nicht so gut wie geschafft?

* * *

Sein Großvater starb kurz vor Mitternacht. Es geschah früher, als Morgan erwartet hatte, trotz des Hinweises, den der Arzt früh an diesem Abend gegeben hatte.

Morgan war allein mit ihm, als er zum letzten Mal erwachte. In seinem Rollstuhl neben dem Bett des Großvaters vor sich hin dösend, fuhr Morgan zusammen, als der alte Mann seinen Namen rief.

„Jawohl, Großvater", sagte er und nahm seine Hand, „ich bin hier." Sir Richards Augen waren überraschend klar, als er seinem Enkelsohn das Gesicht zuwandte. Doch seine Worte ließen Morgan in seinem Innersten erstarren. „Das ist das letzte Mal, dass ich mit dir sprechen werde, Morgan", sagte er schwach flüsternd.

Als Morgan seine Hand fester drückte und protestieren wollte, schüttete der alte Mann ungeduldig den Kopf. „Ich muss gehen, und ich bin bereit. Ich freue mich tatsächlich darauf, abzuscheiden. Deine Großmutter wartet auf mich, und ich sehne mich danach, bei ihr zu sein ... und bei meinem Herrn. Aber –" Seine Stimme versagte einen Moment, und Morgan meinte, er wäre bereits entschlafen.

Mit einem matten Atemzug sammelte sich der Mann erneut. „Meine einzige Sorge dreht sich um dich. Deinetwegen habe ich noch keinen Frieden, Morgan – einen Frieden, nach dem ich mich so sehr sehne, bevor ich gehe."

Morgan hielt die schwarze Hand des alten Mannes zwischen seinen beiden Händen, und er drohte, an der Trauer zu ersticken, die in seiner Seele aufwallte. „Mir wird es gut gehen, Großvater", versicherte er mit einem kläglichen Flüstern. „Ganz bestimmt."

Wieder schüttelte der alte Mann den Kopf. Er bewegte sich, als wollte er sich aufrichten, fiel jedoch erschöpft wieder zurück. „Hör mir zu, Morgan ... du musst versprechen ..."

„Was, Großvater?" Morgan schluckte, und die unvergossenen Tränen schnitten ihm in die Kehle.

„Du darfst nicht ... aufgeben." Die Augen des Großvaters flehten Morgan an, der zu verstehen versuchte, was der alte Mann von ihm wollte.

„Näher", flüsterte Sir Richard. „Komm ... näher ... damit du mich hören kannst."

Morgan lehnte sich in seinem Rollstuhl so weit wie möglich nach vorn und hielt die Hand des Großvaters weiter fest umklammert. „Ja, Großvater, ich kann dich hören."

„Zwei Dinge ... musst du mir versprechen."

Ein heftiger Schmerzanfall erschütterte Morgan mit solcher Stärke, dass er glaubte, sterben zu müssen – Schmerz in seinem Rücken ... Schmerz in seinem Herzen. Er vermochte nicht zu sagen, welcher ihn zuerst zerreißen würde.

Irgendwie gelang es ihm, die Worte hervorzubringen. „Was soll ich dir versprechen, Großvater?“

„Versprich mir ...“

„Was immer du sagst, Großvater ...“ Morgan presste die Zähne aufeinander, um nicht vor Schmerz zu schreien.

„Dass du deine Schule aufbaust.“

Morgan stockte auf dem Höhepunkt der Schmerzen der Atem. „Meine Schule?“

„Das ist ein Traum, der sich lohnt, Morgan ... junge Köpfe und junge Herzen ... dort muss man beginnen zu heilen ... versprich mir also, dass du deine Schule aufbauen wirst ...“

Benommen von dem Schmerz, der nun nachzulassen begonnen hatte, nickte Morgan.

„Morgan? Ich kann dich nicht sehen ... versprichst du ...“

Morgans Gesicht hatte sich zusammengekrampft, als er endgültig die Fassung verlor. Seine Tränen fielen auf die Hand des alten Mannes, und seiner Kehle entrann ein Schluchzen. „Jawohl ... ich verspreche es, Großvater ... ich verspreche es.“

„Und noch ein Versprechen, Morgan ...“

„Welches, Großvater?“

„Versprich mir ... dass nichts deine Stimme zum Schweigen bringen wird ...“

„Ich verstehe nicht ...“

„Hör zu ... hör mir zu, Morgan ... du bist eine Stimme Gottes in Irland ... du darfst niemals zulassen, dass irgendjemand diese Stimme zum Schweigen bringt.“

„Großvater ...“

„Es wird keine Hoffnung geben für unser armes, wunderbares Land und für sein Volk ... ohne die Stimme Gottes, Morgan ... verstehst du?“

Nein ... nein, das verstehe ich nicht, und das geht mich auch nichts an!

„Morgan!“

„Ja, ja, Großvater! Ich werde es versuchen."
„Wirst du Gottes Stimme für Irland sein?"
„Ich werde es versuchen –"
Sir Richard lächelte und schloss die Augen. „Ja ... du ... du wirst es versuchen. Sing jetzt für mich, Morgan ... bitte, würdest du für mich singen?"
Du meine Güte, ich kann nicht ... ich kann nicht ...
„Sing ein irisches Wiegenlied für deinen englischen Großvater, Morgan. Sing mich in den Schlaf, Sohn meines Herzens ..."
Morgan küsste die Hand des alten Mannes, die Hand seines englischen Großvaters, der ihn in einer so kurzen Zeit so sehr geliebt hatte. Dann trocknete er die Tränen an seinem Ärmel.
Er würde später noch Zeit haben, zu weinen. Jetzt wollte er ein irisches Wiegenlied singen. Er würde singen, bis sein Großvater eingeschlafen war.

Teil drei

Frühlingslied

Ausschau nach dem Regenbogen

Denn ich weiß wohl,
was ich für Gedanken über euch habe,
spricht der Herr;
Gedanken des Friedens
und nicht des Leides,
dass ich euch gebe Zukunft und Hoffnung.

Jeremia 29,11

30. Dublin: Dunkelheit und Tagesanbruch

Wenn sinnlos alles uns erscheint,
vor Einsamkeit die Seele weint,
wird göttliche Liebe heilen den Schmerz,
ein reiner Vorsatz trösten des Menschen Herz.
Morgan Fitzgerald

Februar 1848

Es war Annie Delaney nie in den Sinn gekommen, dass es auch in Dublin Elendsviertel gab.

Sie hatte sich stets vorgestellt, dass sich in dieser großen Stadt ein majestätisches Bild an das andere reihen würde – anmutige Brücken, prachtvolle Häuser, hoch aufragende Kirchtürme und einladende Schlösser, alle an dem malerischen Fluss Liffey und der Bucht von Dublin gelegen. Vielleicht gab es das alles – doch was sie bisher gesehen hatte, entsprach kaum dem Dublin ihrer Träume.

Sie hätte daran denken sollen, dass in dieser Stadt Schönes und Hässliches nebeneinander lagen. Von der Schönheit hatte sie jedoch noch nichts gesehen; stattdessen war sie in diesem schmutzigen Elendsviertel gelandet. Das musste wirklich der letzte Abschaum von Dublin sein!

Die Sonne war längst untergegangen, als sie die Stadt erreicht hatte. Zu ihrer großen Bestürzung hatte sie sich sofort verlaufen und irrte durch ein großes Labyrinth einsamer Straßen, die von verfallenen, alten Häusern gesäumt wurden. Die großen heruntergekommenen Gebäude sahen aus, als seien sie einst schöne Häuser gewesen. Jetzt schien es dort von Ausgestoßenen zu wimmeln, die verstohlen aus den kaputten Fensterscheiben spähten oder betrunken auf den Stufen oder Fluren umherschrien.

Annie hatte gemeint, die Slums von Belfast hätten sie auf die dunkle Seite Dublins vorbereitet. Sie musste jedoch feststellen, dass eine fremde Nacht, von Nebel und unbekannten Gefahren umhüllt, weitaus beängstigender war als der vertraute Schmutz von Belfast.

Klopfenden Herzens begutachtete sie ihre Umgebung. Sie befand sich offensichtlich in einer verrufenen – und vermutlich auch gefährlichen – Gegend. Sie hatte keine Ahnung, wo sie war, oder wie sie hier wieder herausfinden sollte.

Und sie würde es auf keinen Fall wagen, an einem solchen Ort einen der Bewohner nach dem Weg zu fragen! Sie musste so schnell wie möglich hier wegkommen in ein anständiges Viertel. Je länger sie jedoch durch diese elenden Straßen lief, umso mehr hatte sie das Gefühl, sich sinnlos im Kreis zu drehen. Es kam ihr vor, als irrte sie bereits stundenlang umher, und doch landete sie immer wieder am Hafen oder in einem Gewirr von dunklen Gassen.

Kalter Nebel umgab die verkommenen Gebäude und verhüllte ihre Vorderfronten und klaffenden Türöffnungen fast völlig. Bei dem dichten schweren Nebel, der sich über die Straßen ausgebreitet hatte, waren die Gaslaternen praktisch nutzlos. In der Dunkelheit konnte alles lauern, völlig unbemerkt.

Als von einer Stelle, an der ein verlassener Eingang zu sein schien, eine Stimme ertönte, fuhr Annie erschrocken zusammen. Sie hielt den Atem an und beschleunigte ihren Schritt.

„Heda – Mädchen! Wir haben einen guten Tropfen für dich! Komm herein aus der Kälte! Warum willst du dich nicht ein wenig bei uns wärmen?“

Die raue, höhnische Stimme ließ Annie die Haare zu Berge stehen. Ihre Absätze knallten auf das Pflaster, als sie in vollem Lauf davonrannte und betete, dass derjenige, dem die Stimme gehörte, zu betrunken war, um sie einholen zu können.

Während sie lief, schaute sie immer wieder über die Schulter zurück. In den nebelverhangenen Straßen wimmelte es von umherstreifenden Schatten, von unsichtbaren Verfolgern, die sich über ihren sinnlosen Versuch, ihnen zu entfliehen, lustig machten.

Verzweifelt bog Annie in eine Gasse ein. Vor ihr war nichts als Dunkelheit, und sie verlangsamte ihren Schritt. Gab es einen Ausweg?

Sie hielt den Atem an. Jedes Gebäude wurde zu einem Feind, jeder Eingang verbarg etwas Furchtbares, Unbekanntes, das sie beobachtete, sich über sie lustig machte.

Annie blieb stehen und lauschte. Sie wirbelte herum, dann drehte sie sich wieder um und rannte weiter.

Bitte, Herr ... Herr ... bitte, bring mich hier heraus! Ich scheine in eine Falle geraten zu sein, Herr! Bitte komm und hilf mir!

Alle Alpträume ihrer Kindheit, alle dunklen Ängste, die sie begraben glaubte, stiegen in ihr auf. Jemand ... *etwas* ... würde jeden Moment aus dem Dunkel auftauchen, finstere Eingänge würden sie festhalten und furchtbare Dinge mit ihr anrichten! Sie spürte beinahe die kalte Berührung des Bösen in ihrem Rücken.

Sie rannte noch schneller, betete stoßweise. Tränen brannten in ihren Augen, die sie zurückzudrängen versuchte. Einmal stolperte sie, richtete sich wieder auf, stürzte weiter. Die Angst hatte sich ihrer vollkommen bemächtigt, eine andere Angst, wie sie Annie vor dieser Nacht noch nicht begegnet war. Es war nicht jene Angst, die, von Zorn begleitet, ihr die Kraft und den Mut verliehen hatte, Tully zu widerstehen. Nein, diese Angst war so verzehrend und zerrüttend, dass sie nur atemlos und schwach zurückblieb.

Ihre Lungen schienen zu bersten, als sie um die Ecke raste,

zwischen zwei Lagerhäusern hindurch. Dann sah sie einen schwachen Lichtschein vor sich.

Sicherheit! Gott sei gedankt, jetzt würde alles gut werden!

Sie rang nach Luft und warf einen Blick hinter sich, bevor sie noch schneller zu laufen begann. Sie hatte beinahe das Ende der Straße erreicht und befand sich im vollen Schein der Gaslaterne, als zwei Gestalten aus dem Schatten hervorsprangen und ihr den Weg versperrten.

Annie stolperte und fiel nach vorn. Sie streckte ihren Arm aus und stützte sich mit einer Hand an einer Ziegelmauer ab. Ein Mann und ein Junge standen neben ihr und beobachteten sie. Im Schein der Gaslaterne erkannte sie den Spott auf ihren Gesichtern.

Annie schrie auf, dann wirbelte sie herum und rannte denselben Weg zurück, den sie gekommen war. Sie kreischte auf, als sie einen anderen, etwas älteren Jungen auf sich zukommen sah.

Ihre Beine zitterten, doch Annie nahm sich zusammen. Fieberhaft dachte sie darüber nach, wie sie den dreien entrinnen könnte, und ihre Gedanken jagten wild durcheinander. Jetzt kamen sie gemeinsam auf sie zu, drängten sie gegen die Ziegelmauer.

„Oh, das Mädchen hat Angst, Con“, sagte der Mann zu dem Jungen, der links neben ihm stand. „Wir sind ihr schließlich völlig unerwartet begegnet, so ist es ganz natürlich, dass sie denkt, wir wollen ihr etwas zuleide tun.“

Der Mann lächelte, und Annies Magen krampfte sich zusammen. Er war mit einem zerlumpten Matrosenmantel und einer Mütze bekleidet. Sein höhnisches Lachen gab seine verfaulten Zähne frei. Eine schlimme Schnittwunde, die genau über dem Mund von einem Ohr zum anderen verlief, teilte sein Gesicht in zwei Hälften – beinahe wie der Fluss Liffey, der Dublin in der Mitte teilte.

Der Junge, den er Con genannt hatte, sah nicht viel älter aus als Annie – bis sie die Bosheit in seinen Augen sah. Er gehörte zu denen, die alt geboren wurden – und gemein. Und doch stellte sie sich ihnen mit erhobenem Kopf entgegen und war wütend, weil ihr Körper sie durch seine Schwäche und ein heftiges Zittern im Stich ließ.

„Du brauchst keine Angst vor uns zu haben, kleines Mädchen“, sagte der Mann, immer noch das scheußliche Lächeln auf seinem Gesicht. „Wir sind nur gekommen, um dich sicher nach Hause zu bringen. Kein anständiges Mädchen, wie du es offensichtlich bist, sollte sich in den Liberties allein auf die Straße wagen. Das ist ein gemeiner, gefährlicher Ort, verstehst du?“

„Vielleicht hat sie kein Zuhause, Vater“, höhnte Con. „Vielleicht ist sie nur ein armes Waisenkind, das auf sich selbst gestellt ist.“

Was war er doch für ein hässlicher, brutaler Kerl! Sogar der Mann mit dem grauen, zerschnittenen Gesicht war noch ansehnlich gegen diesen da mit dem Vollmondgesicht und den wässrigen Augen. Wenn das eine Familie war, dann mussten sie in der Gosse aufgewachsen sein!

Annie bot allen Willen auf, damit ihre Lippen nicht zitterten, als sie die Schlägerbande ansah. Jetzt trat der andere Junge, zur Rechten des Mannes, nach vorn; zum ersten Mal konnte Annie sein Gesicht erkennen.

Erschüttert erkannte Annie den starren, leeren Blick, das einfältige Grinsen eines Schwachsinnigen. Dieser Kerl hatte wenig Verstand, wenn überhaupt. Sie erschauderte; er würde zweifellos alles tun, was sie ihm sagten.

„Vielleicht ist es so. Doch sie hat sich etwas gekauft.“ Er stieß mit einem Finger gegen Annies Rucksack. „Und sie hat auch noch einen Beutel. Gib doch diese Sachen Con, Mädchen, ja? Ein schwaches kleines Ding wie du sollte sich nicht mit solchen Lasten abschleppen.“

„Sollten wir sie nicht lieber mit zu uns nach Hause nehmen, Vater?“ Cons harte Augen verhöhnten sie. „Ich würde mich bestimmt freuen, eine kleine Schwester zu haben.“

Die drei lachten, als hätte er einen großartigen Witz gerissen. Annie wusste, dass sie eine Chance hatte, und nur diese eine. Als der Mann nach ihrem Rucksack griff, drückte sie ihm einen Haken so tief wie möglich in die Armbeuge und trat ihm gleichzeitig kräftig in die Genitalien.

Überrascht schrie der Mann auf und krümmte sich vor Schmerz. Blitzschnell zog Annie das Schnitzmesser ihres Vaters aus dem Strumpf hervor.

Das Messer durch die Luft schwingend, wich Annie in gehockter Stellung vor ihnen zurück. „Lasst mich in Ruhe, ihr Bande von Abschaum, oder ich gebrauche mein Messer, das schwöre ich euch! Wenn ich fertig bin, werdet ihr noch hässlicher aussehen als jetzt!“

Der Mann jammerte noch von dem Schlag, den sie ihm versetzt hatte, aber er kam auf sie zu, ebenso Con, mit zornigem Blick. Der Schwachsinnige mit der tropfenden Nase stand nur da und starrte sie an.

Das Messer schwingend, hieb Annie auf die beiden ein und fauchte ihre Angreifer die ganze Zeit wie rasend an. Der Mann fiel nach hinten, doch Con hielt sich auf den Beinen, duckte sich und torkelte, während er auf seine Chance wartete, sich auf sie zu stürzen.

„Ich werde dich umbringen, du hageres kleines ...“

Jetzt war er nah genug heran. Annie schwang ihr Messer gegen sein Ohr.

Er stieß einen grellen Schrei aus. Blut schoss aus der Wunde. Annie jagte davon und stöhnte, während sie die Straße entlangraste. Das Klappern ihrer Füße auf dem Kopfsteinpflaster hallte in den verlassenen Gebäuden wider.

Sie hörte Schritte hinter sich und Flüche.

Wie viele waren es? Alle drei? Oder nur Con mit den grausamen Augen?

Das Dröhnen ihres Pulses in ihren Ohren übertönte noch den Aufschlag ihrer Füße. Keuchend und nach Luft schnappend ignorierte Annie den brennenden Schmerz in ihrer Brust. Einmal wagte sie einen Blick über ihre Schulter. Nur Con schien sie zu verfolgen, aber das war genug, um sie noch schneller laufen zu lassen. Während sie rannte, hielt sie ihr Messer bereit.

Ohne es zu merken, hatte Annie während der Verfolgungsjagd die Straßen der elenden Slums verlassen. Die Häuser um sie herum sahen immer noch alt aus, aber die Gegend schien etwas anständiger und gepflegter.

Im Nebel ragte ein Kirchturm empor, und Annie glaubte zuerst, es sei eine Vision. Als sie jedoch nahe genug war, um die Kirchturmspitze aus Granitstein erkennen zu können, betete sie innig, dass dies kein Traum, sondern ihre Rettung wäre.

* * *

Kurz nach Tagesanbruch saß Morgan beim Frühstück, vor sich hatte er Zeitungen ausgebreitet.

Er hatte den Fehler begangen, zur Londoner *Times* zu greifen, nachdem er *The Nation* ausgelesen hatte. In seinem Kopf dröhnte es vor zunehmender Empörung. In *The Nation* hatte er gelesen, dass zwei Leute von *Young Ireland* erschossen und zwei andere inhaftiert worden waren, während sie einen Nahrungsmittelkonvoi auf dem Weg zu einem Verladehafen überfallen hatten. Vor ihrer Gefangennahme hatten die Soldaten die Übeltäter erbarmungslos geschlagen.

Die *Times* berichtete natürlich in leicht abgewandelter Form über die „Gräueltaten der irischen Verbrecher“, und außerdem fand man wie gewöhnlich die Bemerkungen über die „Ziellosigkeit und Faulheit“ der Iren.

Mit wachsendem Zorn vergaß Morgan sein Frühstück vollkommen, während er weiterlas. Wie vorauszusehen, wurde natürlich mit keinem Wort erwähnt, dass man diese wertlosen Iren selbst der grundlegendsten Rechte freier menschlicher Wesen beraubt hatte und dass sie jetzt den Hungertod starben in einem Land, das rechtmäßig ihnen gehörte und auf dem eine Fülle von Nahrung wuchs, die England exportierte.

Hand an diese „bezeichneten" Lebensmittel zu legen, bedeutete automatisch Gefängnis, Exil oder sogar Hinrichtung. Vor kurzem hatte man zwei junge Burschen für sieben Jahre nach Australien deportiert, nur weil sie ein bisschen Getreide für ihren hungrigen Magen gestohlen hatten.

Zumindest konnte die *Times* die Not Irlands nicht mehr völlig verschweigen. Die Tatsache, dass es weit über die Britischen Inseln hinaus bekannt geworden war, dass die Hungersnot in Irland kein Gerücht, sondern bittere Wirklichkeit war – und durch die zunehmenden Proteste sowohl von der Geistlichkeit als auch von Laien, dass die Haltung Englands im Hinblick auf die Katastrophe einem Verbrechen glich –, sah sich die *Times* seit kurzem gezwungen, sich mit der Lage zu befassen.

Es genügte nicht mehr, die Feststellung der Königin zu bestätigen, dass in Irland tatsächlich „ein Mangel an Lebensmitteln" zu bestehen schien. In England hatten die Arbeiter – und sogar einige Angehörige des Adels – begonnen, sich den internationalen Protesten anzuschließen. Die Welt hatte von Irlands Not Kenntnis genommen. Gemeinsam mit Spenden aus einer Vielzahl von Ländern kam die Forderung, dass England Hilfsmaßnahmen einleiten solle, wie es einer christlichen Nation gebührt, die England zu sein behauptete.

Morgan wusste jedoch mit trauriger Bestimmtheit, dass es noch sehr lange dauern würde, bis eine weltweite Hilfe, ganz gleich wie umfangreich sie war, so weitergeleitet und verteilt werden konnte, dass dem irischen Volk wirklich geholfen wurde.

Inzwischen starben die Menschen weiter.

Er stieß einen tiefen Seufzer der Verachtung aus, zerknüllte die *Times* und warf sie zu Boden. Als er aufblickte, sah er, dass Artegal, der neue Diener, das Zimmer betreten hatte.

Morgan beobachtete den Mann mit einer Mischung aus milder Verachtung und Ärger. Artegal sortierte leise und geschickt Visitenkarten und Korrespondenz, wobei er sich bemühte, solche, die Morgans Aufmerksamkeit zu verdienen schienen, von dem Rest zu trennen.

Mit O'Briens Hilfe hatte Morgan den neuen Diener eine Woche nach dem Tod des Großvaters eingestellt. Der Mann war zuvor bei zwei Parlamentsabgeordneten und einem Rechtsanwalt in Diensten gewesen. Von dem Anwalt sprach er nur, wenn er gefragt wurde, und dann mit kaum verhohlener Verachtung. Artegal war ein Mann, dessen Alter sich schwer schätzen ließ und in dessen Adern sowohl englisches als auch irisches Blut floss, wobei er auch nur gezwungenermaßen über seine irische Abstammung sprach. Smith O'Brien hatte offenbar geglaubt, dass durch seine irische Abstammung sofort eine Beziehung zwischen ihm und Morgan entstünde – ein schwer wiegendes Fehlurteil seinerseits.

Obwohl er bereit war, die guten Eigenschaften seines neuen Dieners einzugestehen – er war durchaus fleißig, still und gewissenhaft –, vermochte Morgan jedoch nicht, die weniger guten Seiten des Mannes zu ignorieren.

Artegal war, nach Morgans Einschätzung, ein kraft- und saftloser Typ von Mensch, der noch nie herausgefunden hatte, dass es durchaus akzeptabel war, seine Stimme zu heben und zu senken oder gar einmal zu lächeln.

Artegal war ein weißes Gespenst mit glattem weißem Haar, auffallend weißer Wäsche, aschgrauer Haut sowie blassen, ziemlich zarten Fingern. Ein Geist war er, wenn auch zugegebenermaßen ein nützlicher.

Der Mann reizte Morgan. Doch was reizte Morgan im Augenblick *nicht?* Es schien, als würde ihn selbst die geringste Kleinigkeit aufregen. Morgan war klug genug, um zu wissen, dass sein ständiges Verärgertsein nur ein Symptom war, ein Symptom dessen, was unter der Oberfläche seiner anfälligen Selbstbeherrschung brodelte.

Es war bitter, seine Hilflosigkeit einzugestehen. Und doch musste er sie eingestehen. Selbst den einfachsten körperlichen Bedürfnissen konnte er ohne Hilfe nicht oder nur unter Schwierigkeiten nachkommen. Baden, anziehen, sich vor das Haus und wieder zurück ins Haus begeben – das konnte er wieder tun, aber nicht allein.

Gewiss war der schlanke, zart gebaute Artegal keine Hilfe, wenn es darum ging, Morgans schweren Körper zu befördern. Smith O'Brien bot bei jedem Besuch seine Hilfe an, die Morgan jedoch trotz ihrer Freundschaft nicht anzunehmen imstande war.

Glücklicherweise hatte sein Großvater aufgrund seiner eigenen Schwäche und aus Angst, auf der Treppe zu fallen, ein Gästezimmer in der unteren Etage einrichten lassen, das Morgan zur Verfügung stand. So konnte er wenigstens ohne fremde Hilfe sein Schlafzimmer aufsuchen.

Die Falten in Morgans Stirn wurden tiefer, wenn er an seine Abhängigkeit dachte, und er fragte sich, wann der Mann aus Castlebar – Sandemon –, den Joseph Mahon vermutlich für ihn angeheuert hatte, eintreffen würde.

Erst gestern hatte er eine Nachricht an Joseph gekritzelt und sich ungeduldig nach dem Verbleib dieses Sandemons erkundigt. Der Mann müsste nun wirklich da sein, selbst wenn er über Rom kam!

Artegal stahl sich aus dem Speisezimmer. Seufzend schob sich Morgan von dem Tisch ab und fuhr zum Fenster hinüber. Im Frühnebel sah es draußen genauso trüb aus wie in seinem Gemüt.

So weit er blicken konnte, war der Boden kahl und öde, und die Bäume hatten ihre farbige Blätterpracht abgelegt. Von dieser Seite des Hauses gab es weit und breit nichts Interessantes zu sehen – nur Winter, der noch nicht zu Ende zu gehen schien.

Ein trauriges Lächeln berührte seine Lippen, als er an die Leute von *Young Ireland* dachte, die kürzlich bei ihrem Diebstahl gefangen genommen worden waren. Er vermisste die Jungs, vermisste die Kameradschaft, das Lachen, das gemeinsame Ziel, das sie vereinte – und er vermisste auch den Hauch der Gefahr und des Abenteuers.

Natürlich hatte er noch einige Freunde. Smith O'Brien und einige andere besuchten ihn regelmäßig, damit er nicht zu einem absonderlichen Einsiedler würde. Doch eine Reihe derjenigen, die dem militanteren Flügel von *Young Ireland* angehörten, hatte sich schon vor der Schussverletzung von ihm distanziert, weil er sich gegen ihr Gerede von einem Aufstand gewandt und zu mehr Vernunft und Nüchternheit gemahnt hatte.

Er nahm es ihnen nicht übel. Vielleicht *war* ein Aufstand die Antwort für das Volk – wenn sie genug Kraft aufbringen konnten, ausgehungert, wie sie waren. War es denn schlimmer, bei einer Niederlage zu sterben als in Verzweiflung zu leben? Vielleicht war das Einzige, was noch zählte, etwas – irgendetwas – zu tun, anstatt einfach aufzugeben und gar nichts mehr zu tun, wie er es getan hatte.

Sinnlosigkeit – das war es, was einen Menschen wirklich umbringen konnte, dachte Morgan; Sinnlosigkeit und Einsamkeit. Seltsam, dass er vor der Schussverletzung nie daran gedacht hatte, einsam zu sein. Er hatte stets seine Eigenständigkeit geschätzt und sich nie nach Lärm oder Massen gesehnt; er hatte es geliebt, seine eigenen Wege zu gehen. Doch jetzt – jetzt gab es Zeiten, wo er glaubte, an dem Schmerz seiner unerwünschten Abgeschiedenheit sterben zu müssen.

Er stöhnte und streckte seine Arme über seinen Kopf. Joseph

Mahon, der Priester, würde ihn wahrscheinlich des Selbstmitleids beschuldigen.

Doch Joseph Mahon hatte keine Zukunft im Rollstuhl vor sich.

Als Artegal sich diskret räusperte, wandte Morgan sich um. Der Diener stand in der Tür, das Gesicht wie gewöhnlich zu einer unergründlichen Maske erstarrt.

„Verzeihen Sie, Sir, aber hatten Sie nicht gesagt, dass wir eine ... äh ... eine *farbige* Person erwarten?“ Die schmalen Nasenflügel des Mannes bewegten sich, als wären sie von einem unangenehmen Geruch berührt worden.

Morgan starrte ihn an, dann nickte er ungeduldig und wartete.

„Ja, nun ... äh ... er scheint eingetroffen zu sein.“ Artegal runzelte bei diesen Worten beunruhigt die Stirn – die erste Veränderung in seinem Gesichtsausdruck, die Morgan wahrnahm, seitdem er ihn angestellt hatte.

„Ja, es wird mehr als Zeit! Schicken Sie ihn herein!“

Der Diener wandte sich zum Gehen, als eine große dunkle Gestalt auftauchte, die den Eingang blockierte. Nachdem er Morgan einen unsicheren Blick zugeworfen hatte, rümpfte Artegal die Nase und schob sich seitlich an dem schwarzen Mann vorbei.

Während er seinen Rollstuhl vollständig herumdrehte, bekam Morgan große Augen über das, was er in der Türöffnung sah. Der Mann war groß, wie Joseph es behauptet hatte – groß und kräftig mit Schultern, die den Türrahmen beinahe auf beiden Seiten streiften. Sein Gesicht, lang und breit, schien sorgfältig geformt: akkurat herausgemeißelte Wangenknochen, eine breite Nase und eine großzügige Mundpartie. Der Backen- und Kinnbart waren kurz geschnitten und vereinzelt von grauen Streifen durchzogen. Über seine Schultern hing ein grauer Umhang, der den Blick auf ein purpurrotes Hemd mit weiten Ärmeln freigab. Als der Fremde das Zimmer trat, setzte er seine schwarze Schirmfilzmütze ab.

Morgan starrte ihn an. Es schien fast, als hätte der Priester einen Stammeshäuptling als seinen neuen Begleiter angestellt!

„Ich bin Sandemon, Sir." Die letzte Silbe kam tanzend über seine Lippen. „Sanda-*mohn*" hatte er seinen Namen ausgesprochen. Der schwarze Mann hatte eine volltönende kräftige Stimme, in der ein bestimmter eleganter Unterton mitschwang – eine Mischung aus englischer Genauigkeit und dem singenden westindischen Tonfall.

Die tief braunen Augen waren ein Meer der Ruhe, als sie Morgans Blick begegneten. Und dann lächelte Sandemon plötzlich. Ein strahlend weißer Bogen, ein Hauch von Gold zeichnete sich gegen den dunklen Samtschimmer seiner Haut ab.

„Es freut mich, Irlands größten Dichter kennen zu lernen."

Morgan erwiderte weder sein Lächeln noch ging er auf das Kompliment ein. „Warum haben Sie sich nicht beeilt, um schneller hier zu sein ... Sandemon?", schnaubte er missmutig. „Oder hat Sie Joseph Mahon nicht darauf hingewiesen, dass Sie sofort gebraucht werden?"

Der Blick des schwarzen Mannes blieb fest, als sein Gesicht wieder einen nüchternen Ausdruck annahm. „Doch, Sir, aber es gab eine unvermeidliche Verzögerung."

„Tatsächlich?"

Sandemon neigte seinen Kopf, während er seine Mütze vor seine breite Brust hielt. „Ja, Sir, leider wurde ich in Castlebar länger gebraucht, als ich geglaubt hatte."

„Wozu wurden Sie gebraucht? Ich erwarte Sie bereits seit mehr als drei Wochen!"

Der schwarze Mann zog seine wohl geformten Augenbrauen hoch, als wollte er Morgans Unfreundlichkeit in Frage stellen. „Und es tut mir wirklich Leid, Sir, aber ich bin so schnell gekommen, wie ich irgend konnte."

„Was war so dringlich, dass Sie Ihre Verpflichtung mir gegenüber nicht einhalten konnten?“, drängte Morgan weiter.

„Ich wurde gebraucht, um dabei zu helfen, die Kranken zu pflegen und die Toten zu begraben. Ihr Freund, Vater Joseph, sagte, Sie würden es verstehen.“

Morgan stieß einen verächtlichen Laut aus, den Sandemon zu ignorieren schien. „Lassen Sie sich von Artegal Ihr Zimmer zeigen und richten Sie sich ein. Ich werde Sie bald brauchen.“

„Natürlich, Sir, aber da ist zunächst noch eine Angelegenheit, die Ihrer Aufmerksamkeit bedarf, fürchte ich.“

Morgan starrte ihn finster an. „Ich dachte, Joseph hat mit Ihnen über die Gehaltsabmachungen gesprochen. Sie werden einen großzügigen Lohn erhalten, Sie brauchen sich nicht zu beunruhigen ...“

„Nein, Sir“, sagte Sandemon und hatte seine große Hand erhoben, um Morgan zu unterbrechen. „Es hat nichts mit meiner Bezahlung zu tun.“

„Was dann?“, schnaubte Morgan. Er war schon lange vor Morgengrauen wach gewesen und sein Kopf rächte sich mit heftigen Schmerzen. Er spürte bereits wieder die gefürchtete Schwäche, und es war noch nicht einmal mitten am Vormittag.

„Es ... steht eine Frau draußen, Sir“, sagte Sandemon. „Sie hat ein kleines Mädchen bei sich und behauptet, das Kind spät in der Nacht in der Nähe der St. Patricks-Kathedrale gefunden zu haben.“ Sandemon hielt inne. „Das Kind scheint darauf zu bestehen, mit Ihnen sprechen zu dürfen.“

Als Morgan ihn anstarrte, fügte der schwarze Mann hinzu: „Das Kind sagte, ich solle Ihnen sagen, dass Annie Delaney hier sei, Annie Delaney aus Belfast.“

31. Ein verrücktes Kind in Dublin

Ich wünsche dir Freunde, deren Weisheit sie liebenswürdig macht,
wirklich gute Freunde, mit denen du die Abende genießen kannst,
Freunde, die ihre Weisheit mit Humor zu würzen verstehen ...
Kinder, ganz gleich, zu wem sie gehören, die mit glühendem
Gesicht am Gartentor nach dir Ausschau halten,
jemanden, der mit erwartungsvollen Augen auf die Uhr schaut
und spricht:
„Er kommt heut' spät – er kommt heut' spät."

Winifred M. Letts (um 1882)

Morgan wartete nicht, bis man Annie Delaney hereinführte. Er winkte ab, als Sandemon ihm helfen wollte, und raste wie wild mit seinem Rollstuhl durch die marmorne Eingangshalle.

Artegal hielt an der Eingangstür Wache, die so weit offen stand, dass man die bleiche, nasse und schmutzige Gestalt Annie Delaneys erkennen konnte. Das Mädchen war verdreckt: schlammige Schuhe, herunterhängende Strümpfe, rußschwarzer Mantel und ein verschmiertes Gesicht. Ihr Haar sah unter der Mütze wie ein kaputtes Vogelnest aus.

Morgan gelang es, seinen Rollstuhl kurz vor der Tür anzuhalten. Als Annie Delaney ihn sah, leuchtete in ihren marmorschwarzen Augen eine Mischung aus Begeisterung und Besorgnis auf.

Ohne ein Wort zu sagen, betrachtete Morgan das Mädchen, das seine schmutzige Hand hob, um ruckartig über ihr noch verdreckteres Gesicht zu wischen, als wolle sie sich säubern.

Sie bot das traurige Bild eines verlassenen Waisenkindes: schmutzig, zerlumpt und verwahrlost. Als sie jedoch ihren Kopf hob und ihn ansprach, lag eine seltsame Würde über ihrer Erscheinung.

„Guten Morgen, Euer Ehren“, sagte sie mit kaum wahrnehmbarem Zögern. „Es tut mir Leid, dass ich so plötzlich hereinschneie.“

Während er sie verblüfft anstarrte, nahm Morgan nur am Rande Artegals missbilligendes Stirnrunzeln und Sandemons neugieriges Lächeln wahr. Das verwahrloste Mädchen hätte ebenso gut aus einem Schornstein gekrochen sein können, so verdreckt sah sie aus, und doch nahm sie die Manieren einer Herzogin an!

„Ich hoffe, Sie fühlen sich inzwischen etwas besser, Sir, jetzt, wo Sie wieder zu Hause sind“, sagte sie. Ihre großen Augen und die arglose Miene würden Morgan nicht täuschen, nicht einen Augenblick. Dieser schwarzäugige Schlingel war, wie die meisten Straßenkinder, höchstwahrscheinlich eine vollendete kleine Betrügerin.

Morgan holte tief Luft und schaute sie an, so böse er konnte. „Was machst du hier?“ Und ohne ihr Zeit für eine Antwort zu lassen, fügte er hinzu: „Und wie bist du überhaupt hierher gekommen?“

Annie Delaney begegnete seinem wütenden Blick, ohne auch nur einmal zu zwinkern. „Nun, sehen Sie, Sir, ich dachte, dass Sie inzwischen vielleicht Zeit hatten, unser Gespräch in Belfast noch einmal zu überdenken und Sie möglicherweise zu dem Schluss gekommen sind, dass ich Ihnen doch hilfreich sein könnte.“ Sie schluckte hastig. „Und zu Ihrer Frage, wie ich hierher gekommen bin, Sir – nun, ich bin natürlich gelaufen.“

Aus dem Augenwinkel sah Morgan, wie Sandemons Lächeln immer breiter wurde. Gleichzeitig verwandelte sich Artegals zarte Blässe in Zornesröte.

„Du bist verrückt“, sagte Morgan und versuchte nicht einmal, seinen Ton zu beherrschen. „Du bist ein verrücktes Kind.“

„Bitte, Sir, darf ich reinkommen?“

Dieses freche Biest! „Nein, du darfst *nicht* hereinkommen!“, schnaubte Morgan und hielt mit seinen Händen die Armstützen seines Rollstuhls umklammert. „Was du tun kannst, ist, deine raffinierte kleine Haut wieder zurück nach Belfast zu befördern."

„Bitte, Sir ..." Das Kind biss sich auf die Lippen und trat von einem Fuß auf den anderen.

„Nein!"

Verblüfft sah Morgan, wie die großen marmorschwarzen Augen feucht wurden. Oh, wie gut sie ihr Handwerk verstand! Jetzt war also das Weinen an der Reihe.

Anstelle von Tränen ergoss sich ein Wortschwall aus dem Mund des Kindes, so unerwartet wie ein Hagelschauer an einem Sommertag. „Bitte, Sir, könnte ich nur für einen Moment hereinkommen? Ich muss die Toilette benutzen und kann keinen Augenblick länger warten!"

* * *

Nachdem Morgan Mrs Ryan, die Köchin, angewiesen hatte, Annie Delaney zur Toilette zu begleiten, entließ er Artegal zu seinen Pflichten.

Dann wandte er sich Sandemon zu. „Ich dachte, Sie hätten gesagt, dass eine Frau bei ihr war."

Der schwarze Mann nickte. „Ja, es war eine Frau bei ihr. Nach den Worten des Kindes war es die Frau, die sie letzte Nacht vor einem furchtbaren Schicksal bewahrt und sie sicher hierher geführt hat."

„Und hat Ihnen das Kind zufällig erklärt, was sie mit dieser Geschichte bezweckt?"

Sandemon ließ sich keinerlei Reaktion auf Morgans Sarkasmus anmerken. Stattdessen lag ein Lächeln in seinen sanften braunen Augen, als er entgegnete: „Noch einmal: Nach dem, was das kleine Mädchen erzählt hat, sollte sie gerade von drei hinterhältigen, gemeinen Burschen entführt werden – von Räubern und vielleicht noch schlimmer."

Morgan rollte mit den Augen. „Sie ist verrückt." Er schaute Sandemon wieder an. „Was ist nun mit der Frau?"

Sandemon blickte zur Tür. „Sie eilte davon, sobald sie das Kind bis zur Tür gebracht hatte. Sie schien ... es eilig zu haben, wieder wegzukommen."

„Das sollte ich meinen! Einem völlig Fremden ein Waisenkind aufzudrängen! Wie sah die Frau aus?"

Sandemon verschränkte die Arme vor seiner Brust und senkte den Kopf, als müsse er angestrengt nachdenken. „Die Frau schien noch sehr jung zu sein, Sir. Sie trug ein Tuch über dem Kopf, aber man sah trotzdem, dass ihr Haar sehr hell war. Und sie war ... auffallend geschminkt, beinahe wie die so genannten Straßenmädchen."

„Eine Prostituierte?"

Sandemon nickte stirnrunzelnd. „Ihren Zügen fehlte jedoch die Härte, wie man sie gewöhnlich bei Prostituierten findet."

„Hat sie irgendetwas zu Ihnen gesagt? Über das Kind?"

Sandemon schüttelte den Kopf. „Kein einziges Wort. Nur das Kind hat gesprochen."

Morgan murmelte etwas dazwischen, was Sandemon jedoch ignorierte. Er fuhr fort: „Das Kind scheint sich verlaufen zu haben und von verkommenen Männern furchtbar geängstigt worden zu sein. Die junge Frau hat ihr offenbar Zuflucht gewährt, bis die Verfolger des Kindes ihre Verfolgungsjagd aufgaben. Sie hat sie bis zum Morgen in ihrer Wohnung behalten und sie dann hierher begleitet." Er hielt inne. „Das Kind besteht darauf, dass die Frau ihm das Leben gerettet hat."

„Tatsächlich." Morgan dachte einen Augenblick nach. „Und warum meinen Sie, hatte es dieser Schutzengel so eilig, hier wegzukommen?" Er glaubte die Geschichte keinen Augenblick. Trotzdem faszinierte ihn der Einfallsreichtum des Kindes. Sandemon zuckte nur mit den Achseln. „Ich fürchte, ich weiß es nicht, Sir."

Morgan hatte bereits eine gereizte Antwort auf den Lippen, krümmte sich jedoch in seinem Rollstuhl, weil ihn ein heftiger Schmerz überfiel.

Sandemon trat auf ihn zu, machte aber keine Anstalten, ihn zu berühren. „Kann ich irgendetwas tun, Sir?"

Morgan schüttelte den Kopf, das Gesicht vor Schmerz verzerrt. „Es geht vorüber", murmelte er.

Einen Moment später ließ der Schmerz schon nach. Morgan atmete tief durch und ballte seine Hände zu Fäusten, um ihr Zittern zu verbergen. „Ich weiß nicht, was ich zu diesem verrückten Kind sagen soll", erklärte er Sandemon. „Sie ist mit vernünftigen Gründen nicht zu überzeugen, nicht im Geringsten."

Der schwarze Mann betrachtete Morgan mit einem nachdenklichen Blick. „Sie sind dem Kind schon früher begegnet, Sir?"

„Jawohl, in Belfast. Man könnte sagen, sie hat mich besucht, während ich im Krankenhaus lag. Sie hat versucht, mich zu überzeugen, sie mit nach Dublin zu nehmen." Morgan lächelte bitter, als er daran zurückdachte. „Der kleine Kobold hat sich sogar an den Priester gewandt mit der Bitte, bei mir Fürsprache für sie einzulegen."

„Ein kluges Kind", bemerkte Sandemon.

„Ein verschlagenes Kind", korrigierte Morgan.

„Wissen Sie, was das Kind von Ihnen will, Sir?"

Morgan schaute Sandemon an. „Das Kind", sagte er mit einem schalkhaften Lächeln, „scheint Ihre Stelle zu wollen, Sandemon."

Als der Mann nicht reagierte – Morgan begann sich zu fragen, wann der Mann sich eigentlich einmal widersetzen würde –, erläuterte er weiter, dass Annie Delaney der festen Überzeugung war, dass sie ihm „wirklich nützlich" sein könnte.

„Sie ist so sonderbar, dass sie mich tatsächlich fasziniert", räumte Morgan ein, „aber natürlich kann ich sie nicht hier behalten."

„Vielleicht wäre sie wirklich irgendwie nützlich“, wandte Sandemon behutsam ein, „für Sie und für Ihren Großvater. Wenn sie schon nichts anderes tun könnte, kann ich mir vorstellen, dass sie von Zeit zu Zeit für gute Unterhaltung sorgen würde. Außerdem braucht das Mädchen gewiss dringend ein Zuhause, wenn sie Ihnen einen solchen unverschämten Vorschlag unterbreitet.“

„Mein Großvater ist tot“, entgegnete Morgan kurz angebunden und ignorierte Sandemons Versuch, sein Beileid auszudrücken. „Und wie Sie sehen, komme ich nicht einmal mit mir selbst zurecht. Noch viel weniger könnte ich die Verantwortung für ein Kind übernehmen – ganz gleich, wie ... unterhaltsam sie sein mag oder“, fügte er spitz hinzu, „wie dringend sie zufällig ein Zuhause braucht.“

„Natürlich, *Seanchai.* Falls Sie dem Kind aber trotzdem Barmherzigkeit erweisen wollen, wäre ich bereit, die Verantwortung für sie zu übernehmen; zumindest so lange, bis Ihre Gesundheit wiederhergestellt ist.“

„Meine Gesundheit wird höchstwahrscheinlich nie wiederhergestellt werden können, und Sie werden genug zu tun haben, auch ohne sich noch um ein verrücktes Kind zu kümmern.“ Er hielt plötzlich inne. „Wie haben Sie mich genannt?“

„Sir?“

„Jetzt eben haben Sie mich *Seanchai* genannt.“

„Ich wollte Sie nicht beleidigen, Sir. Ich dachte, das sei ein Titel, mit dem man jemanden ehrt. In dieser Absicht habe ich ihn auch gebraucht, das versichere ich Ihnen.“

Morgan winkte ab, als er sich entschuldigte. „Sie haben mich nicht beleidigt – ich wusste nur nicht, dass Ihre umfassende Bildung auch das Studium der irischen Sprache einschloss.“

Sandemon lächelte. „Nein, keineswegs, doch ich finde, diese Sprache klingt angenehm im Ohr. Viele Leute in Castlebar und überall in der Grafschaft Mayo gebrauchen dieses Wort, wenn sie liebevoll von Ihnen reden; besonders oft hört man es aus dem Mund von Kindern: Fitzgerald, der Dichter und der *Seanchai* – der Geschichtenerzähler – sagen sie zu Ihnen."

Morgan zwinkerte überrascht. „Ich habe nur ein paar Geschichten geschrieben. Die meisten Kindergeschichten erzählen einfach die alten Sagen und Märchen nach."

„Ja, aber das sind vortreffliche heldenhafte Geschichten", betonte Sandemon. „Und Menschen müssen an Helden glauben, meinen Sie nicht auch, *Seanchai?* Und ganz besonders in Zeiten wie diesen."

Morgan wandte seinen Blick ab und entgegnete nichts. Es hatte ihm tatsächlich gefallen, dass der schwarze Mann ihn *Seanchai* genannt hatte, und noch mehr hatte es ihn bewegt, zu hören, dass die Kinder von Mayo liebevoll von ihm sprachen.

„Was soll ich dem Kind sagen, Sir?"

Morgan seufzte tief. Seinen Kopf auf eine Faust gestützt, dachte er einen Augenblick nach. „Sie würden die volle Verantwortung tragen – und auch nur so lange, bis wir einen geeigneten Platz für sie finden."

Sandemon neigte den Kopf zum Zeichen dafür, dass er mit den Bedingungen einverstanden war, doch Morgan entging das kurze Leuchten in seinen Augen nicht. „Sie wissen, dass Sie sich eine große Last auferlegen – und wahrscheinlich auch großen Schmerz. Das Kind ist verrückt."

Sandemon hob den Kopf und sah Morgan direkt in die Augen. „Das Kind", sagte er sanft, „ist Gottes *Seanchai.* Deshalb tragen wir Verantwortung für sie. Und wer mag sagen", fügte er schnell hinzu, bevor Morgan ihn unterbrechen konnte, „ob dieses verrückte Kind sich nicht am Ende doch mehr als ein Segen denn als eine Last erweist? Hm?"

Während er Sandemon anstarrte, fragte sich Morgan, ob er seine Einsamkeit nicht vielleicht ein bisschen zu früh beklagt hatte. Wäre Einsamkeit nicht immer noch besser, als mit einem verrückten Mystiker und einem wahnsinnigen Kind zusammenzuleben?

Seufzend begann er, sich in Richtung Bibliothek zu rollen, hielt jedoch noch einmal inne. „Die Frau“, sagte er nachdenklich, „sehen Sie zu, dass man sie findet.“

Sandemon schaute ihn an, dann nickte er. „Sie möchten ihr danken, dass sie das Kind gerettet hat, *Seanchai?*“

„Nein“, sagte Morgan mit einem schwachen Lächeln, „ich möchte ihre Seite der Geschichte hören. Irgendwie, glaube ich, könnte das sehr interessant sein.“

32. Freunde und Liebende

Wenn du in deinen besten Tagen bist,
Stimmen neuer Freunde stets dich loben,
lass weder Stolz noch Hochmut toben,
und denk daran, dass du die
alten Freunde nicht vergisst.
Des Lebens Stürme werden wehn,
und deine Schönheit wird vergehn –
nur in den Augen der alten Freunde nicht.

W. B. Yeats (1865–1939)

New York City

Sobald sie sich auf dem Heimweg nach der Schule von den anderen Jungs getrennt hatten, begann Tierney Daniel wegen der Hochzeit zu attackieren.

Es war beinahe jeden Nachmittag das Gleiche. Daniel verbrachte den ganzen Heimweg damit, Fragen abzuwehren, auf die er keine Antwort wusste – oder die er aufgrund von Tierneys Art, die, wenn nicht gehässig, dann doch zumindest sehr unangenehm war, am liebsten überhaupt nicht beantwortet hätte.

„Wenn sie in dieses Verwalterhäuschen ziehen wollen, dann weiß ich nicht, wie dort für dich Platz sein soll."

Tierney hatte dieses Thema schon einmal angesprochen, und Daniel war sich nicht sicher, was er von ihm wollte. Er glaubte, dass Tierney und Onkel Michael ihn nicht mehr bei sich haben wollten, wenn seine Mutter und Evan verheiratet waren. Warum kam Tierney dann nicht mit der Sprache heraus und sagte es ihm offen?

„Sie beharren darauf, dass sie Platz machen werden", antwortete er kurz und bündig. Mit gesenktem Kopf, die Schulbücher fest an sein Brust gedrückt, begann Daniel etwas schneller zu laufen.

Es war ein stürmischer Februartag und so kalt wie im Dezember vor jenem Schneesturm. Doch heute schneite es nicht. Der Himmel war grau und wolkenverhangen und kündigte weiterhin Winterwetter in der einen oder anderen Form an.

Keiner von ihnen sprach ein Wort, bis sie zu dem Laden kamen, wo der alte John Jacob Astor einst als Bäckergehilfe gearbeitet hatte. Hier brach Tierney das Schweigen. „Möchtest du das?“, fragte er unvermittelt.

„Was will ich?“ Dem prüfenden Blick des anderen ausweichend, stieß Daniel gegen einen Stein und ließ ihn über die Reste einer zerbrochenen Milchflasche springen. Eines der beiden Schweine, die sich auf der Straßenmitte befanden, starrte ihn verdutzt an, bevor es sich mit seinem Gefährten zum nächsten Abfallhaufen begab.

Auch Tierney schaute geradeaus. „Ich meine, ob du bei ihnen in dieser engen Hütte wohnen willst?“

Inzwischen hatten sie O'Rourkes Saloon in der Pearl Street erreicht. Drinnen hämmerte jemand auf dem verstimmten Klavier ein raues Lied. Die Jungen blieben davor stehen und hörten zu.

Daniel suchte nach den rechten Worten, um Tierneys Frage zu beantworten. Die Wahrheit war, dass er glaubte, dass es für Mutter und Evan das Beste sei, wenn sie eine Zeit lang allein wohnen könnten – ohne ihn und die Fitzgerald-Kinder, die dann auch zu ihrem Haushalt gehören sollten.

Tierney sagte noch etwas, was Daniel nicht verstand wegen des Lärms, der aus dem Saloon kam. „Was?“

Sie gingen weiter, langsamer als vorher. „Ich sagte, du musst nicht, verstehst du? Du musst nicht zu ihnen ziehen, zumindest noch nicht. Vater und ich haben darüber gesprochen, und wir möchten, dass du bei uns bleibst – wenn du willst.“

Daniel hielt den Atem an. Nachdem er seine Lippen befeuchtet hatte, entgegnete er: „Stimmt das wirklich?"

„Jawohl, ganz bestimmt." Plötzlich blieb Tierney stehen und schaute ihm ins Gesicht. „Schau – ich möchte dir etwas sagen."

Daniel wartete und betete in seinem Herzen, dass dies nicht der Anfang zu einem weiteren Streit zwischen ihnen wäre. Sie standen mitten auf der Pearl Street, inmitten von viel frequentierten Textilläden und anderen Geschäftshäusern. Geschäftsleute und Händler gingen aus und ein, eilten in ihre Geschäfte oder Büros. Doch Daniel achtete kaum auf die vorbeieilenden Passanten. Er spürte, dass dies ein wichtiger Augenblick zwischen ihm und Tierney war, ein Augenblick, der für beide viel bedeuten könnte, je nachdem, was Tierney sagen würde.

„Ich werde nicht um den heißen Brei herumreden", sagte Tierney, und um seinen Mund erschien ein hartnäckiger Zug. „Ich hatte die ganze Zeit gehofft, dass mein Vater und deine Mutter heiraten würden – das weißt du bereits."

Daniel nickte und erwiderte: „Ja, das hatte ich mir auch gewünscht."

„Ich mag den Engländer nicht", stieß Tierney hervor, als hätte er Daniel gar nicht gehört, „kein bisschen, und es ist mir unverständlich, was deine Mutter an einem Menschen wie ihm finden kann."

Als Daniel etwas erwidern wollte, sprach Tierney lauter und fuhr in seiner Rede fort. „Ich weiß, du hältst ihn für einen großartigen Burschen – und das ist wahrscheinlich auch das Beste für dich. Tatsache ist, dass deine Mutter ihre Wahl getroffen hat, und das hat in meinen Augen nichts mit mir und dir zu tun."

Sein Gesichtsausdruck entspannte sich, und sein Ton wurde etwas milder, als er weitersprach. „Was ich damit sagen will, ist, dass ihre Ehe unser Verhältnis nicht beeinträchtigen sollte. Warum solltest du nicht weiter bei Vater und mir wohnen? Du bist trotzdem noch mein bester Freund – und mein Vater findet dich toll." Er machte eine Pause und grinste Daniel an. „Natürlich kennt er dich nicht so gut wie ich."

Das war bestimmt die längste Rede, die Tierney jemals gehalten hatte. Daniel wusste, wie schwierig es für seinen Freund war, solche Dinge zu sagen. Tierneys direkte Art, zu sagen, was er dachte, reichte nur selten über das Oberflächliche hinaus. Mit dem, was er jetzt gesagt hatte, hatte ihm Tierney einen seltenen Einblick in seine wahren Gefühle gestattet. Das war ein großer Vertrauensbeweis.

Er sah Tierney in die Augen. „Du bist auch mein bester Freund. Und ich möchte auch nicht, dass es anders zwischen uns wäre", sagte er aufrichtig. „Ich möchte bei dir und Onkel Michael wohnen bleiben. Bist du sicher, dass es ihm auch wirklich recht ist?"

„Ihm recht?", stieß Tierney hervor. „Ja, wenn Vater es könnte, würde er uns zusammenbinden!" Er klopfte Daniel kurz auf die Schulter und fügte hinzu: „Er hat die verrückte Vorstellung, dass du einen guten Einfluss auf mich hast. Aber wie gesagt, er kennt dich nicht so gut wie ich."

* * *

Am gleichen Abend saßen Evan Whittaker und Nora Kavanagh in der Küche der Farmingtons, hielten sich an den Händen und versuchten, ernsthaft Pläne für ihre Zukunft zu machen. Es war eine fruchtlose Anstrengung. Zumindest Evan schien die Fähigkeit verloren zu haben, sich auf etwas anderes als auf Noras Augen und ihr sanftes scheues Lächeln konzentrieren zu können.

Letzte Woche hatten sie das Datum festgelegt – den 15. Mai. Noch am selben Abend hatte Evan seinem Vater einen begeisterten Brief geschrieben, in dem er ihn dringend bat, zu seiner Hochzeit nach New York zu kommen und auch Tante Winnie mitzubringen. Natürlich hatte er Nora in seinen Briefen schon seit langem erwähnt, sich dabei aber stets bemüht, nichts von seinen Gefühlen ihr gegenüber durchscheinen zu lassen. Es war ein berauschendes Gefühl, nun endlich seine Liebe eingestehen zu dürfen – und von ihrer Hochzeit zu schreiben!

Seitdem waren sie jedoch mit der Planung kaum vorangekommen. Evan war noch zu sehr von der unglaublichen Tatsache gefangen, dass Nora ihn liebte und eingewilligt hatte, seine Frau zu werden. Nichts wäre ihm lieber gewesen, als alle Regeln über Bord zu werfen und am nächsten Tag Hochzeit zu halten. Nora wollte natürlich nichts davon wissen und hatte verstört und errötend behauptet, dass er sie mit seiner Ungeduld blamieren würde.

„Das stimmt n-nicht", sagte er entschlossen. „Das ist d-das erste Mal in meinem ganzen Leben, d-dass ich mich verliebt habe. Warum wäre es ungeduldig, d-dich zu meiner Frau zu machen? Ich bin ein M-Mann, d-der sich vor Liebe verzehrt!"

„Evan, sei doch bitte ernst. Du weißt, dass wir so viel zu entscheiden haben." Sie griff sich mit einer Hand an den Nacken, um den dicken Knoten zu richten, der von einer blauen Samtschleife zusammengehalten wurde. Als sie Evan ansah, musste sie lachen. Jeder freute sich an der Gegenwart des anderen; Evan lehnte sich noch weiter nach vorn und küsste sie auf die Wange.

Sie war bezaubernd. Auf ihrer zarten weißen Haut war nicht mehr das Geringste von dem Scharlach zu sehen, und ihr dunkles Haar glänzte, auch dort, wo es von grauen Streifen durchzogen war. Sie war eine Prinzessin in ihrer hübschen weißen Bluse, ein Geschenk für sein Herz, ein Schatz, und sie war sein!

Aber Nora hatte Recht. Sie mussten wirklich so vieles entscheiden, so viele Fragen besprechen. Da war zum Beispiel die Frage des Geldes; eigentlich hatte keiner von ihnen Geld. Evan hatte den kleineren Betrag, den sein Vater ihm im Dezember geschickt hatte, beiseite gelegt. An die beachtliche Summe, die er im Laufe der Jahre, während er für Roger Gilpin gearbeitet hatte, gespart und auf einer Bank in London eingezahlt hatte, konnte er jedoch nicht heran. Der Versuch, das Geld abzuheben, könnte seinen ehemaligen Arbeitgeber direkt auf seine Spur bringen – das durfte er nicht riskieren! Er würde nichts wagen, wodurch er das, was er mit Nora gewonnen hatte, aufs Spiel setzte.

Sie hatte ihm zugestimmt und versicherte ihm jedes Mal, wenn er das Thema anschnitt, dass sie gut auskommen würden mit dem Lohn, den sie von den Farmingtons erhielten. Trotzdem beabsichtigte Evan, auf den Tag hinzuarbeiten, wo sie von der großzügigen Unterstützung Lewis Farmingtons unabhängig wären.

Sowohl Mr Farmington als auch seine Tochter Sara waren über alle Maßen gütig zu ihnen, und Evan war von Herzen dankbar dafür. Er konnte jedoch diese Hilfe nicht unbegrenzt annehmen.

Um Noras willen hatte er dem Ansinnen seines Arbeitgebers nachgegeben, ihnen bei der Hochzeit „helfen" zu dürfen – was natürlich bedeutete, dass er die gesamte Hochzeitsfeier bezahlen würde.

Weil Evan eine richtige Feier für Nora wollte, hatte er das angenommen, was den Farmingtons offensichtlich ein aufrichtiges Bedürfnis war, nämlich ihnen die Hochzeit zu schenken. Doch sowohl er als auch Nora hatten das Angebot einer großen teuren Feier in der Kirche in der Fifth Avenue abgelehnt. Sie hatten stattdessen darum gebeten, dass Pastor Dalton einen Traugottesdienst im engeren Kreis in der Gebetskapelle hielt, die zur Villa der Farmingtons gehörte.

Ihr Vorschlag schien Sara Farmington ausgesprochen zu gefallen. Die kleine Kapelle war auf Wunsch von Saras Mutter am Ostflügel des Hauses angebaut worden. Es könnte keinen besseren Anlass als eine Hochzeit geben, behauptete sie, um die kleine Kapelle recht zu nutzen.

Von der Hochzeitsfeier abgesehen, hatte Evan beschlossen, um finanzielle Unabhängigkeit für Nora und ihn zu ringen. Er wurde schließlich bald Ehemann – und wenn Gott es schenkte, vielleicht sogar Vater! Er wollte das Haupt seiner Familie und nicht von der Wohltätigkeit anderer abhängig sein.

„Werden wir K-Kinder haben, Nora?", stieß er unvermittelt hervor.

Nora blickte ihn bestürzt an, und ihr Gesicht lief rot an. Schnell ergriff Evan ihre Hand. „Oh, es tut mir Leid, L-Liebling! Ich tue e-es immer noch, n-nicht wahr?"

„Was tust du, Evan?", brachte sie hervor, während sie ihn immer noch ziemlich entsetzt anschaute.

„Dich mit m-meiner Dummheit in Verlegenheit bringen."

Sie lächelte ihn an, und sein Herz schmolz unter ihrem Blick. „Oh, Evan ... ich glaube, ich bin die Dumme, mich von der Liebe eines guten Mannes in Verlegenheit bringen zu lassen."

Strahlend schob Evan seinen Stuhl ein bisschen näher an ihren heran.

„Möchtest du Kinder, Evan?", fragte Nora leise und senkte ihren Blick. „Ich meine, du hast bereits die Verantwortung für den kleinen Tom und Johanna übernommen. Auch an Daniel müssen wir denken, obwohl er bald erwachsen sein wird."

Evan zögerte und überlegte, wie er am besten antworten sollte. Nora hatte schließlich schon vier Kinder verloren – ihren ältesten Sohn und die kleine Tochter und die beiden Babys, die bei der Geburt gestorben waren. Vielleicht wollte sie es nicht wagen, noch ein Kind zu bekommen.

Er wartete, bis sie seinem Blick begegnete. Als sie es tat, legte er seine Hand zart an ihre Wange. „Ich m-möchte ... was du willst, Nora. Das ist alles, was ich jemals möchte."

Nora forschte in seinen Augen, und schließlich lächelte sie. „Dann werden wir eine große Familie sein, so Gott will", sagte sie leise. „Denn ich möchte dir eigene Söhne schenken, Evan Whittaker. Gott weiß, dass die Welt mehr solche Männer braucht wie dich."

Er lehnte sich zu ihr hinüber, und wie so oft in diesen Tagen waren ihre Versuche, etwas zu erledigen, völlig vergessen in dem süßen Zauber eines Kusses.

* * *

Grinsend zog sich Sara Farmington wieder aus der Küche zurück, bevor die beiden sie bemerkten.

Sie hatte vor, mit Nora über ein bestimmtes Problem bezüglich der Gästeliste zu sprechen. Doch sie wollte ihre Zweisamkeit nicht stören, und so schlich sie sich auf Zehenspitzen in die Diele, um ihren Vater zu suchen.

Zu ihrer Überraschung fand sie ihn schließlich in der Kapelle. Er ging selten in dieses kleine Heiligtum; es erinnerte ihn zu schmerzlich an Saras Mutter. Meistens zog er sich in die Abgeschiedenheit der Bibliothek zurück, wenn er beten und mit Gott allein sein wollte.

Heute Abend saß er jedoch hinten in der Kapelle. Er hatte seine Arme über der Brust verschränkt und blickte auf das einfache kleine Kreuz, den einzigen Schmuck im vorderen Teil des Raumes.

Sein Gesicht war von dem trüben Licht der beiden flackernden Kerzen überschattet. Einen Augenblick dachte Sara, ihr Vater würde beten, und wandte sich zum Gehen, um ihn nicht zu stören.

Als er leise ihren Namen rief, setzte sie sich zu ihm. „Wenn du lieber allein sein möchtest, Vater ..."

„Überhaupt nicht", sagte er, während er ihre Hand ergriff. „Ich saß hier und habe an deine Mutter gedacht."

Überrascht betrachtete Sara sein Profil. „Fühlst du dich einsam heute Abend, Vater?", fragte sie besorgt.

Er schüttelte den Kopf und wandte sich ihr zu. „Nein, nicht einsam. Manchmal möchte ich einfach hier sitzen und an Clarissa denken und an das, was wir gemeinsam erlebt haben."

„Ihr wart sehr glücklich zusammen, du und Mutter“, sagte Sara und drückte seine Hand.

Ein schwaches Lächeln huschte über seine Lippen. „Ja, das waren wir tatsächlich. Deine Mutter war eine wunderbare Ehegattin – eine hervorragende Frau. Unsere Ehe war das Beste, was mir in meinem Leben begegnet ist.“

„Du hast sie in all den Jahren schrecklich vermisst, nicht wahr, Vater?“

Er seufzte. „Ich werde sie immer vermissen, Sara. Doch ich habe Erinnerungen, die mir auch die Zeit nicht rauben kann.“

Sara wandte sich ab. Auf unerklärliche Weise war sie plötzlich sehr traurig, als sie den gedankenverlorenen Ausdruck auf dem Gesicht ihres Vaters sah. Manchmal schien es ihr, als hätten alle anderen jemanden in ihrem Leben, der zu ihnen gehörte – oder zumindest die unvergessliche Erfahrung gemacht, was es bedeutet, zu lieben und geliebt zu werden. Sie freute sich an ihrer Freude, konnte aber nicht daran teilhaben. Sie wusste, dass Gott sie liebte, und sie wusste, dass sie gute Freunde hatte, denen sie am Herzen lag – ihren Vater, Nora und Evan, die Daltons. Doch irgendwie schien das heute Abend alles nicht zu zählen. Wenn sie in ihr Zimmer gegangen war und sich schlafen legen wollte, spürte sie immer den unaussprechlichen Schmerz ihres Alleinseins, der nicht einmal durch Erinnerungen gestillt werden konnte.

Die Hand ihres Vaters umfasste die ihre. „Sara? Ist irgendetwas nicht in Ordnung?“

Sie wandte sich ihm zu. Zu ihrer Bestürzung bewirkte etwas in seinem liebevollen, väterlich sorgendem Blick, dass ihre Einsamkeit an die Oberfläche durchbrach. Sie spürte, wie Tränen in ihren Augen aufstiegen, und versuchte verzweifelt, dagegen anzukämpfen, damit es der Vater nicht sah.

„Nun, Sara“, sagte der Vater und fasste sie am Kinn, damit sie seinem Blick nicht ausweichen konnte, „was ist los? Was macht dich so unglücklich?“

Plötzlich fühlte sie sich wieder wie ein kleines Mädchen, und einen Augenblick wünschte sie sich beinahe, sie könnte es wieder sein. Damals war alles noch viel einfacher. Sie hatte sich niemals einsam oder unerwünscht gefühlt, hatte sich keine Sorgen darüber gemacht, älter zu werden und allein ohne einen Mann und Kinder zu leben, ohne die Erfüllung, jemanden zu lieben, der auch sie liebte. Damals konnte sie einfach auf den Schoß ihres Vaters klettern; er hatte sie in seinen Armen gewiegt und ihre Welt war wieder in Ordnung.

„Sara?“, drängte er sanft.

Sie schaute ihn an und brachte ein schwaches Lächeln zustande.

„Entschuldige, Vater. Ich bin nicht unglücklich, wirklich nicht. Ich glaube, ich bin nur sehr von Gefühlen bewegt wegen der Hochzeit von Evan und Nora. Sie sind so verliebt, nicht wahr? Und einen Moment hat es mich traurig gemacht, als ich an Mutter und dich dachte, wie ihr euch geliebt haben müsst. Ich fürchte, ich bin heute Abend einfach sehr sentimental.“

Die dunklen Augen ihres Vater glitten wissend und verstehend über ihr Gesicht. Langsam nickte er, dann zog er ihren Kopf an seine Schulter. „Ich verstehe, Liebes“, sagte er leise, während er sie in seinen Armen hielt. „Ich kann dich verstehen.“

Sara schloss die Augen, lehnte sich an ihren Vater und nahm alle ihre Kraft zusammen, um der Versuchung zu widerstehen, sich gehen zu lassen, endlich die seit Jahren unvergossenen Tränen zu weinen. Sie wollte – konnte – ihrem Vater nicht sagen, wie sehr sie sich danach sehnte, geliebt zu werden, wie etwas in ihrem Innersten danach schrie, aufzuhören, stark und unabhängig zu sein, nur für einen Augenblick. Es gab niemanden, an den sie sich wenden konnte, bei dem sie sich anlehnen konnte, niemanden, zu dem sie gehörte.

* * *

Sara begegnete Nora später doch noch allein im Flur der oberen Etage. Offenbar hatte sie Evan gerade erst verlassen, denn sie strahlte über das ganze Gesicht.

Sara konnte nicht widerstehen, sie zu necken. „Obwohl ich weiß, dass dieses strahlende Lächeln nicht für mich ist, freut es mich trotzdem, dich so glücklich zu sehen."

Nora errötete, lächelte aber weiter.

„Komm mit auf mein Zimmer", schlug Sara vor. „Ich habe einige Fragen in Bezug auf die Gästeliste für die Hochzeit, die nur du beantworten kannst."

Als sie auf dem Sofa in Saras Zimmer Platz genommen hatten, forschte Sara einen Augenblick im Gesicht der angehenden Braut. „Du bist wirklich glücklich, Nora, nicht wahr?"

„Oh ja, natürlich bin ich das!", versicherte ihr Nora, ohne zu zögern.

Doch schon während sie noch sprach, veränderte sich ihr Gesichtsausdruck, so dass Sara die Stirn runzelte und Noras Arm berührte. „Was ist los?"

Noras Lächeln war schwach und unsicher. „Es ist völlig töricht. Ich glaube, ich kann es nicht einmal erklären." Sie schaute weg und wandte sich Sara schließlich wieder zu mit einem Lachen, das nicht gerade überzeugend klang. „Es ist gewiss nicht mehr als irischer Aberglaube. Manchmal, wenn ich am glücklichsten bin, ist es, als würde sich ein kalter dunkler Schatten über meine Seele legen. Beinahe, als ... wollte er mich warnen, nicht zu glücklich zu sein."

Wieder lachte sie. „Wie gesagt, es ist nicht mehr als abergläubischer Unsinn. ‚Zu viel Freude macht den Teufel neidisch', pflegte der alte Dan zu sagen." Sie wurde ernst. „Vielleicht habe ich einfach Angst vor zu viel Freude, Sara."

Nora saß einen Moment still da, die Augen in die Ferne schweifend. Dann zwang sie sich offensichtlich, wieder fröhlicher zu sein. „Nun“, sagte sie, „du wolltest etwas mit mir besprechen?“

Sara forschte kurz in Noras Gesicht und zog dann die Gästeliste aus ihrer Rocktasche. „Ich habe nur ein paar Fragen. Ich möchte nicht, dass ich irgendjemanden vergesse, den du gern zur Hochzeit einladen möchtest.“

„Oh, Sara, das solltest du nicht tun!“, protestierte Nora. „Wir wollen wirklich niemanden einladen außer den Kindern und dir und deinem Vater ...“

„Evans Vater, falls er kommt ...“

„Ja, natürlich, und seine Tante.“

„Und was ist mit Michael Burke und Tierney?“

Der Glanz in Noras Augen verschwand. „Ich glaube nicht, dass einer von beiden kommen würde.“

„Nora, hast du mit Michael gesprochen? Ich meine, dich mit ihm wirklich ausgesprochen, seitdem du krank warst?“

Nora schüttelte den Kopf und blickte weg.

„Solltest du das nicht tun?“

Als Nora sie anschaute, sagte Sara zögernd: „Ich möchte mich nicht einmischen, aber ich glaube, Michael würde gern kommen. Und ich bin sicher, dass Daniel ihn und Tierney dabeihaben möchte.“

„Ich habe versucht, mit Michael zu sprechen“, sagte Nora, „einmal, als ich noch im Krankenhaus war und auch später. Er war – er schien es schrecklich eilig zu haben, von mir wegzukommen. Ich glaube nicht, dass er irgendetwas von dem gehört hat, was ich gesagt habe. Ich glaube nicht, dass er es hören wollte.“

„Er war noch verletzt“, sagte Sara sanft. „Vielleicht könntest du es noch einmal versuchen, jetzt, nachdem er Zeit hatte, sich mit den Tatsachen abzufinden.“

Nora blickte von ihren Händen auf. „Meinst du wirklich? Ich bin mir nicht sicher ... und Tierney ...“

„Tierney wird möglicherweise länger brauchen. Doch vielleicht kann Michael ihn überzeugen, wenigstens mit zur Hochzeit zu kommen. Ich glaube, das wäre auch für Daniel wichtig."

Nora nickte langsam und erwiderte: „Ja, du hast Recht, Daniel hätte sie bestimmt gern dabei. Sie sind so gute Freunde."

„Das sind auch Michael und du", erinnerte Sara sie behutsam.

Nora schaute sie nachdenklich lächelnd an. „Ja, und du bist auch eine gute Freundin, Sara; wirklich eine sehr gute Freundin." Sie hielt inne. „Du hast Recht in Bezug auf Michael. Ich werde bald noch einmal versuchen, mit ihm zu sprechen."

„Gibt es noch jemanden, den du gern einladen möchtest, Nora? Wie steht es mit Verwandten oder Freunden, die noch in Irland sind?"

Der letzte glückselige Schein in Noras Augen erlosch, und sie wandte sich ab. „Es gibt keine Verwandten oder Freunde mehr in Irland", sagte sie leise. „Nur noch einen, aber ... der würde nicht zu meiner Hochzeit kommen wollen."

33. Trauer um einen gefallenen Freund

Das Tal, wo ich sie kürzlich ließ zurück,
lieblich und friedvoll lag es vor mir.
Und doch – etwas wollt' trüben meinen Blick,
rauben Frieden und Freude mir.
Thomas Moore (1779–1852)

New York City
Anfang März

Als sie sich für den Besuch bei Michael anzog, zitterte Nora so heftig, dass sie Mühe hatte, ihre Bluse zuzuknöpfen. Sie brauchte einige Minuten, nur um ihre Haarnadeln festzustecken, weil sie jede, die sie in die Hand nahm, fallen ließ.

Während sie mit zitternden Fingern ihren Kragen glatt strich, blieb sie vor dem Spiegel stehen, ohne sich zu sehen. Sie wusste, dass ihre Besorgnis töricht war. Es war trotzdem noch Michael. Er würde sie weder schlagen noch sie verletzen. Wahrscheinlich würde sie wieder jenem starren, undurchdringlichen Gesichtsausdruck begegnen wie auch bei ihren vorausgegangenen Versuchen, die Dinge zwischen ihnen in Ordnung zu bringen.

Doch diesmal musste sie einen Weg finden, um diese unerbittliche Kälte zu durchdringen. Sie musste es um ihrer Freundschaft willen – und um Daniel Johns willen, der ihr schließlich gestanden hatte, dass er gern weiter bei Michael und Tierney wohnen würde. Sie betete, dass der Herr heute Abend Michaels Herz für sie öffnen würde, dass er zuhören und wenigstens versuchen würde zu verstehen.

Michael liebte sie nicht. Nora hatte das schon lange gewusst. Er mochte sie, hätte alles getan, was in seiner Macht stand, um ihr zu helfen – dabei wäre er sogar so weit gegangen, sie zu heiraten. Doch er liebte sie nicht, liebte sie nicht so, wie ein Mann seine Frau lieben sollte. Auch ihre Gefühle für ihn würden nie über eine Freundschaft hinausreichen.

Gott hatte es gewusst. Mehr als einmal hatte sie gespürt, dass etwas sie zurückhielt, sie mahnte, keine voreilige Verbindung mit Michael einzugehen.

Und jetzt wusste sie warum. Evan war Gottes Plan für sie, nicht Michael. In ihrem Herzen sah sie Evans liebes, freundliches Gesicht vor sich, als er ihr an jenem Tag auf der *Green Flag* seinen „Schutz“ angeboten hatte, für die Dauer jener furchtbaren Überfahrt und so lange, wie sie ihn brauchen würde. Er war damals sogar krank gewesen und hatte Fieber, weil sich die Wunde von seinem Arm bereits zu entzünden begonnen hatte. Doch während er bleich und furchtbar schüchtern dasaß, hatte er sie mit einer unverkennbaren Würde gefragt, ob sie bereit wäre, ihn wenigstens als Freund zu akzeptieren.

Sie wusste selbst nicht genau, wann ihre Liebe zu Evan ihren Anfang genommen hatte. Es war ein verborgenes allmähliches Erwachen; es schien tatsächlich so, als ließe sich kein Anfang feststellen. Doch Gott hatte es gewusst, dass er ihre Herzen eines Tages zusammenfügen, ihnen eine wunderbare Liebe füreinander schenken würde. Und dafür würde sie ewig dankbar sein!

Doch genauso wie Nora wusste, dass sie Evan heiraten sollte, wusste sie auch, dass sie ihre Freundschaft mit Michael nicht leichtfertig wegwerfen durfte, als hätte sie keinen Wert. Michael bedeutete ihr viel – und auch ihrem Sohn. Eine solche Freundschaft war ein Geschenk, das es zu erhalten galt. Und das wollte sie tun, wenn sie nur den richtigen Weg finden könnte!

Wenn ihr Leben weiter verflochten bleiben sollte, wenn sie gemeinsam Verantwortung für ihren Sohn tragen und das Band der Zuneigung, das seit ihrer Jugend existiert hatte, weiter fortbestehen sollte, dann musste sie irgendwie die Kluft überbrücken, die sich zwischen ihnen aufgetan hatte. Viel würde von dem heutigen Abend abhängen, und ihr eigener Seelenfriede war nur ein kleiner Teil davon.

Seufzend riss Nora sich von dem Spiegel los und ging zur Tür. Sie durfte es nicht mehr länger aufschieben. Obgleich sie immer noch nicht wusste, was sie zu Michael sagen sollte, war sie entschlossen, ihr Bestes zu tun und alles Weitere in Gottes Hände zu legen.

* * *

Der Brief von Joseph Mahon hatte Michael zwei Wochen, nachdem er seinen Brief an Morgan Fitzgerald nach Dublin abgeschickt hatte, erreicht.

Als er an jenem Abend im trüben Licht der Küche stand, musste Michael die Worte des Priesters zweimal lesen, bevor sein Verstand das Ausmaß der Tragödie erfassen konnte, die den Freund seiner Kindheit und Jugend überfallen hatte. Selbst dann wollte – konnte – es ein Teil von ihm nicht begreifen.

Erschüttert setzte er sich an den Küchentisch und starrte auf den Brief, den er in seiner Hand hielt. Er fühlte sich ohnmächtig, als wäre alles Blut aus seinem Körper gewichen.

Wieder lasen seine Augen die Worte. Morgan ... gelähmt? An den Rollstuhl gefesselt ... zeitlebens Invalide?

Großer Gott, wie konnte so etwas geschehen? Und wie sollte ein Mann das ertragen können, der den größten Teil seines Lebens auf seinen Beinen verbracht und ein ganzes Land durchstreift hatte, nur weil er es so liebte?

Eine schmerzliche Erinnerung erschien in Michaels Geist – ein jüngerer Morgan, mit langen Armen und langen Beinen, ging beschwingten Schrittes die Straße entlang, seine Harfe über die Schulter gehängt und mit den Augen in die Ferne blickend, um zu entdecken, was sich hinter den Grenzen ihres kleinen Dorfes verbarg.

Und noch ein Gedanke quälte ihn, er schloss die Augen und seufzte laut. Der Brief, den er geschrieben hatte, der Brief, in dem er Morgan über Nora und Whittaker geschrieben hatte – würde er für Morgan alles nur noch schlimmer machen?

Unerklärlicherweise schien sich Morgan damit abgefunden zu haben, dass Nora seinen besten Freund heiratete – höchstwahrscheinlich, weil das die einzige Möglichkeit war, ihr Leben zu retten. Aber erfahren zu müssen, dass sie nicht Michael, sondern den Engländer Whittaker heiraten würde – ganz gleich, wie sehr er den Mann geschätzt und geachtet hat –, wie würde er diese Nachricht aufnehmen, nach all dem, was er bereits verlieren musste?

Hätte er doch bloß mit dem Brief gewartet! Michael war der Meinung gewesen, dass er es sein müsste, der es Morgan mitteilte. Er wollte ihn wissen lassen, dass er zumindest seinen Teil des Versprechens eingelöst hatte, dass er Nora einen Heiratsantrag gemacht und monatelang auf ihre Entscheidung gewartet hatte – nur um sie an einen anderen Mann zu verlieren. Er hatte alles getan, was in seiner Macht lag, und er wollte, dass Morgan das von ihm erfuhr.

Nun traf Michael der Gedanke, dass dieser Brief die Qualen seines Freundes nur noch vermehrte, wie ein vernichtender Schlag. Er schlang die Arme um seinen Körper, um den Schmerz zu lindern, der wie ein scharfes Messer in seinen Körper schnitt.

Oh, Morgan, du großer, großer Narr! Habe ich dich nicht gewarnt, dass diese furchtbare wilde Insel dich eines Tages zerstören würde? Warum hast du sie nicht mit uns verlassen? Warum hast du dich nicht selbst gerettet, der du ständig versucht hast, alle anderen zu retten?

Noch nie hatte Michael sich so weit von Irland entfernt gefühlt. Noch nie hatte er die gewaltige Entfernung, die ihn von dem einen Mann in seinem Leben trennte, den er wie einen Bruder geliebt hatte, als so schmerzlich empfunden.

Er schlang seine Arme noch fester um sich und starrte auf den Brief, der vor ihm ausgebreitet lag. Ein erschütterndes Schluchzen entrann seiner Kehle, und zum ersten Mal seit dem Tod seiner Frau weinte Michael.

* * *

Nachdem sie Uria gebeten hatte, mit dem Wagen zu warten, ging Nora auf die Eingangstür zu. Sie blieb stehen, um zu den Fenstern von Michaels Wohnung im zweiten Stock hinaufzuschauen, wo hinter den Gardinen ein schwacher Lichtschein zu sehen war. Sie atmete tief durch und betrat das Haus.

Es war ihr unangenehm bewusst, dass ihr Verhalten ungehörig war – als einzelne Frau einen Mann in seiner Wohnung aufzusuchen. Doch sie achtete ihre Freundschaft mit Michael höher als Konventionen. Sie hatte tatsächlich bewusst diesen Abend gewählt, weil sie wusste, dass sowohl Daniel als auch Tierney an diesem Abend nicht zu Hause waren. Tierney würde wie jeden Freitag bis spät in die Nacht in dem Hotel arbeiten, und Daniel John war eingeladen worden, den Abend bei den Daltons zu verbringen, mit Casey-Fitz und Arthur Jackson. Ihre Abwesenheit würde ihr und Michael Zeit geben, allein miteinander zu sprechen.

Vorausgesetzt natürlich, dass er bereit war, mit ihr zu reden.

Sie musste zweimal klopfen, bevor er öffnete.

„Michael, ich weiß, du hast mich nicht erwartet, aber ..."

Sie hielt inne und starrte ihn an. Seine Augen waren rot und von dunklen Rändern umgeben, das Gesicht abgehärmt. Er sah aus, als ob er entweder krank oder völlig erschöpft war.

Er starrte sie einen Moment mit leerem Blick an und trat dann zur Seite, damit sie hereinkommen konnte. Langsam schloss er die Tür, dann sah er sie an.

„Nora“, sagte er gequält, „Daniel John ist nicht hier.“

„Ja, ich weiß“, antwortete sie unsicher. „Ich – ich bin gekommen, um mit dir zu sprechen, Michael. Aber wenn es heute unpassend ist ...“

Wieder starrte er sie an. Schließlich zog er mit einer steifen und abgehackten Bewegung einen Stuhl unter dem Tisch hervor und hielt ihn, dass sie sich setzen konnte.

Ein Brief schien offen auf dem Tisch zu liegen, den Michael zusammenfaltete und in den Umschlag zurücksteckte.

„Michael, ich ... wir müssen unbedingt miteinander sprechen. Ich weiß, dass du es bisher nicht gewollt hast, aber wenn du mir wenigstens zuhören würdest ...“

Ihre Worte verhallten. Er war so sonderbar, so zerstreut; sie begann den Mut zu verlieren.

Als hätte er sie gar nicht gehört, ging Michael ans Fenster und drehte ihr den Rücken zu.

Nora biss sich auf die Lippen und betrachtete ihn einen Augenblick nervös, bevor sie tief Luft holte. „Michael – ich dachte ... ich weiß, du bist unglücklich über mich, und du hast ein Recht darauf. Aber ich kann diese Bitterkeit zwischen uns nicht ertragen! Ich hatte nie die Absicht, dich zu verletzen, Michael! Ich würde dich niemals bewusst verletzen!“

Er wandte sich um und schaute sie an, und Nora sah zu ihrer Bestürzung, dass eine große Trauer aus seinen Augen sprach. *Lieber Gott, es ist schlimmer, als ich gedacht hatte!*

„Michael“, stieß sie hervor. „Bitte ... setz dich zu mir. Bitte, um unserer Freundschaft – und um unserer Söhne willen – müssen wir miteinander sprechen.“

Schließlich nickte er und entfernte sich vom Fenster. „Jawohl“, sagte er, geistesabwesend zum Ofen starrend, „du hast Recht, wie müssen miteinander sprechen. Ich mache uns nur schnell Tee.“

Vielleicht würde er jetzt doch vernünftig werden. Etwas erleichtert wartete Nora, bis er den Teekessel und die Tassen brachte und sich an den Tisch setzte.

Sie begann, indem sie daran erinnerte, wie viel er ihr immer bedeutet hatte, seitdem sie als Freunde in dem gleichen Dorf aufgewachsen waren. Sein Schweigen ermutigte sie, und sie erzählte ihm weiter aufrichtig, wie sehr sie es schätzte, dass er bei ihrer Ankunft in Amerika Daniel John bei sich aufgenommen – und ihr einen Heiratsantrag gemacht hatte.

„Doch, Michael", fuhr sie leise fort, „ich glaube, ich wusste schon damals, dass es nicht sein konnte. Es war nicht aus Liebe, dass du mich heiraten wolltest, sondern um unserer alten Freundschaft willen – deiner und meiner – und wegen deines Versprechens gegenüber Morgan."

Ratlos sah Nora, wie ihn ein plötzlicher Schmerz quälte. Er nickte jedoch nur und starrte weiter auf seine Hände, die er vor sich auf dem Tisch gefaltet hatte.

„Michael ... es war nicht meine Absicht ... mich in Evan zu verlieben. Ich habe tatsächlich nie geglaubt, nach Owen jemals wieder einen Mann zu lieben. Ich kann es nicht erklären – was zwischen Evan und mir geschehen ist."

Zum ersten Mal, seitdem sie ihren Appell begonnen hatte, sprach Michael. Ohne von seinen Händen aufzublicken, sagte er ruhig: „Nora, du schuldest mir keinerlei Erklärungen. Ich weiß, dass es keine Erklärung dafür gibt, warum eine Frau den einen Mann liebt und den anderen nicht."

Nora griff nach seinen Händen, und er blickte auf. Seine Augen suchten Noras, doch es war kein Zorn in seinem Blick. Erleichtert drückte Nora seine Hand. „Michael, an jenem Tag im Krankenhaus, als ich gerade in Amerika angekommen war und du mich gebeten hast, dich zu heiraten ..."

Unglaublich, er lächelte ein wenig; es war ein trauriges, betrübtes Lächeln. „Und du mich zum zweiten Mal abgewiesen hast?"

„Oh, Michael! Erinnerst du dich noch an das Versprechen, das du mir an jenem Tag abgenommen hast?“

Er sah sie verdutzt an.

„Du sagtest, wenn jemals die Zeit kommen würde, wo mein Herz wieder ein Liebeslied sänge für einen Mann, dann dürfte ich nicht zulassen, dass Unsicherheit oder Stolz das Lied zum Schweigen bringen. Ich musste dir versprechen, dass ich – dem Liebeslied eine Stimme gebe –, das hast du damals gesagt. Auch ...“ Sie stockte, sprach aber dann weiter, „Auch, wenn das Lied nicht für dich wäre, sondern für einen anderen.“

Sein tief trauriger Blick traf Noras Gesicht. Er nickte und lächelte wieder das gleiche herzzerreißende, traurige Lächeln. „Ja, das habe ich gesagt, nicht wahr? Ich großer Narr, ich.“

„Oh, Michael!“, stieß Nora hervor und spürte, wie Tränen aus ihren Augen traten. „Es tut mir Leid, aber ich liebe Evan!“

Er nahm ihre Hand zwischen seine beiden Hände. „Ach Nora, es ist alles in Ordnung, Mädchen. Weine jetzt nicht. Ich war wirklich ein großer Tor, das ist die Wahrheit. Ich habe es kommen sehen, glaube ich, war aber einfach nicht bereit, es anzunehmen. Ich war einsam, das war es, und ich dachte, du würdest meiner Einsamkeit ein Ende bereiten. Ich dachte, du würdest mich brauchen ... und ich dich. Aber es wäre nicht richtig gewesen, nicht für dich ... und vielleicht auch nicht für mich. Es sollte einfach nicht sein, nicht wahr? Es tut mir nur Leid, dass ich dich mit meiner Sturheit so verletzt habe.“

Über Nora schlug eine solche Welle der Erleichterung zusammen, dass sie ihre Tränen nicht länger zurückhalten konnte. Sie schluchzte, und Michael rückte mit seinem Stuhl neben sie. Sanft legte er ihren Kopf an seine Schulter und versuchte, sie zu beruhigen. „Aber nicht doch, Nora Ellen, weine nicht mehr deswegen. Wir sind immer noch die besten Freunde. Wir vergessen, dass das jemals passiert ist und setzen unsere Freundschaft einfach fort; du wirst es sehen.“

„Oh, Michael, ich bin so erleichtert! Ich konnte es nicht ertragen, dass du böse auf mich warst!“

„Ach, Mädchen, es darf nichts Böses mehr zwischen uns stehen, weder jetzt noch in Zukunft.“

Etwas in seiner Stimme ließ Nora durch ihre Tränen zu ihm aufblicken. Erstaunt sah sie, dass auch seine Augen feucht waren. „Michael?“

Er schloss die Augen.

„Michael?“, sagte sie wieder. „Was ist los?“

Sie legte ihre Hand auf seinen Arm und spürte, wie er zitterte. Er öffnete die Augen; sein Blick war voller Qual.

Nora hielt seinen Arm weiter fest und schaute ihm in die Augen. „Sag es mir.“

Mühsam holte er Luft. Dann erzählte er ihr das Furchtbare, was mit Morgan geschehen war.

Je länger Michael sprach, umso lauter wurde das Dröhnen in Noras Kopf. Manchmal wurde sogar Michaels Rede davon verschluckt. Doch sie hatte die furchtbaren Worte mit grausamer Deutlichkeit vernommen: *„angeschossen ... gelähmt ... Rollstuhl ...“*

„Für den Rest seines Lebens?“, flüsterte sie, wobei sie Michael mit ihren Augen anflehte, ihr zu sagen, dass es nicht stimmte. „Kann man denn nichts tun?“

Michael schüttelte den Kopf, dann schloss er wieder die Augen, als wolle er dem Anblick ihrer Qual entrinnen.

Ihre anfängliche Skepsis wurde von einem rasenden Schmerz abgelöst, der ihren ganzen Körper erfasste. Das Zimmer drehte sich, als Nora sich mit beiden Händen an der Tischkante festklammerte.

„Das wird ihn umbringen!“, flüsterte sie. „Das kann er nicht ertragen!“

Nora hörte kaum etwas von Michaels Worten, als er sie zu trösten versuchte. Der Schock hatte sie benommen gemacht, der Schmerz war betäubend. Irgendwann merkte sie, dass ihr Kopf noch an Michaels Schulter ruhte; sie trauerte still, wie um jemanden, der gestorben war.

Sie hatte keine Vorstellung, wie lange sie so dagesessen hatten. Michael hielt sie noch immer, und schließlich hatten sie beide gemeinsam um ihren alten Freund geweint ... um den langbeinigen fahrenden Sänger, der nun nicht mehr auf den Straßen Irlands wandern würde, die Harfe über seine Schulter geschwungen, das Gesicht von der Sonne beschienen.

* * *

Nachdem er mit den Fitzgerald-Kindern das Abendgebet gesprochen hatte, hatte Evan noch für eine Stunde mit Mr Farmington in der Bibliothek gearbeitet.

Kurz vor neun ging er in die Küche, um auf Nora zu warten. Als sie um halb zehn noch nicht zurück war, begann er, sich Sorgen zu machen; um zehn bekam er panische Angst.

In der Küche auf- und ablaufend, malte er sich das Schlimmste aus. Burke hat es ihr nicht leicht gemacht. Sie haben sich gestritten, und er ist ausfallend geworden. Sie haben sich nicht gestritten, und Nora hat ihre Meinung doch noch geändert und beschlossen, den Polizisten zu heiraten. Der Wagen ist überfallen worden, und Nora liegt auf irgendeiner Straße in der Stadt, verletzt und hilflos.

Als er sie ein paar Minuten nach zehn am Hintereingang hörte, flog er zur Tür, riss sie auf und zog Nora herein, bevor sie irgendetwas sagen konnte.

„G-Gott sei Dank! Ich habe mich halb zu Tode geängstigt!"

Während er ihr aus dem Mantel half, erzählte er weiter, wie erleichtert er war. „Ich dachte, du würdest viel früher wieder zurück sein."

Erst als er ihren Mantel aufgehängt hatte und in ihr Gesicht blickte, stellte er fest, wie furchtbar erschöpft und bleich sie aussah.

„Nora?"

„Es tut mir Leid, dass ich dich geängstigt habe", sagte sie mit leiser Stimme. „Ich hatte auch nicht vor, so spät zurückzukommen."

Etwas in dem schwachen Ton ihrer Stimme und die Tatsache, dass sie seinem Blick weiter auswich, löste ein Warnsignal in Evan aus.

Er versuchte, seine zunehmende Angst zu ignorieren und nahm ihre Hand. „Du b-bist gewiss erschöpft. Möchtest d-du lieber heute Abend nichts m-mehr erzählen, Liebling?"

„Oh ... nein, ich ..." Endlich begegnete sie seinem Blick. Die endlose Qual in ihren wunderschönen grauen Augen ließ Evan auf seinen Füßen schwanken.

Waren seine schlimmsten Befürchtungen doch eingetroffen? Hatte sie sich für Michael Burke anstatt für ihn entschieden? Sollte er sie verlieren, bevor sie wirklich sein war?

„Nora, was ... was ist los?" Seine Stimme zitterte, als er die Worte herauspresste und sich auf das Schlimmste gefasst machte.

Nora schaute ihn mit schmerzerfüllten Augen an. Unerwartet ließ sie sich an Evans Brust fallen und schluchzte. „Oh, Evan!", stieß sie hervor. „Das ist das Furchtbarste auf der Welt!"

Hilflos nahm Evan sie fester in seine Arme und hörte mit wachsendem Entsetzen zu, als sie ihm von dem Unheil erzählte, das Morgan Fitzgerald zugestoßen war.

Gequält von Verzweiflung und der Erinnerung an den großen, stattlichen, heldenhaften Mann, den sie in Irland zurückgelassen hatten, beugte sich Evans Herz unter der Last von Noras Qual ... und seiner eigenen.

34. Die Welt und Nelson Hall

Ich habe keine Schätze aus Gold gesammelt,
und der Ruhm, den ich einst besaß, ist verweht.
In der Liebe fand ich nichts als Kummer;
so ist mein Leben verblüht.
An Reichtum und Ruhm werde ich nichts zurücklassen
– als meinen Namen im Herzen eines Kindes.
(Und das, mein Gott, ist, glaube ich, genug!)

Padraic Pearse (1879–1916)

Dublin

Drei Wochen nach Sandemons Ankunft in Nelson Hall kam es Morgan vor, als lebte er in zwei Welten.

Außerhalb ihres Anwesens wurde die Welt von einem noch nie da gewesenen Durcheinander und Aufruhr geschüttelt. In Frankreich war eine Revolution der Arbeiter ausgebrochen, so dass der französische König ins Exil nach England fliehen musste. Wie ein Waldbrand hatte die Revolution in Frankreich überall in Europa den Funken des Aufstands entfacht. Die Flammen der Rebellion hatten Deutschland erfasst, Wien und Italien; sie sorgten auf dem gesamten Kontinent für ein Klima der Unordnung und des Aufruhrs.

Die Nachricht von diesen Revolutionen erfüllte das irische Blut mit neuem Eifer, und es wurde noch mehr von einem Aufstand gesprochen. Man sah in diesem Jahr einer guten Ernte entgegen, die der Hungersnot ein Ende machen würde. Wäre das nicht – so meinten eifernde Nationalisten – der richtige Zeitpunkt, einen Aufstand zu planen? Diejenigen, die mahnten, dass Irland einige Jahre lang gute Ernten brauchte, um wieder zu erstarken, wurden entweder von vornherein ignoriert oder durch Spott zum Schweigen gebracht.

Gruppierungen innerhalb der Young-Ireland-Bewegung, die sich über der Frage eines Aufstandes entzweit hatten, fanden sich wieder zusammen, als hätte die Revolution in Frankreich mit einem Mal alles verändert. Es war davon die Rede, Spieße und Gewehre zu schultern, und es wurde aufwiegelnde Literatur geschrieben, um den Patriotismus der jungen Männer anzufachen. Sogar eine neue irische Flagge wurde gehisst, zunächst mit den französischen Farben blau-weiß-rot – zu Ehren der neu gegründeten Französischen Republik. Doch bald tauchte ein orange-grün-weißes Banner auf, um die Einheit der Parteien zu symbolisieren.

Inmitten der immer lauter werdenden Rufe nach einem Aufstand mahnten Smith O'Brien und einige andere zur Zurückhaltung, weil nach ihrer Überzeugung eine Erhebung der Bauern inmitten der Wirren der Hungersnot die völlige Vernichtung der Insel bedeuten könnte. Vor einigen Wochen hatte sich jedoch der einflussreiche John Mitchel, der Warnungen Smith O'Briens und der anderen überdrüssig, von *Young Ireland* abgespalten. Mit seinem brennenden Wunsch nach einem Volksaufstand und seinem Talent, die Massen zu begeistern, rief er eine neue Bewegung ins Leben – die einen bewaffneten Aufstand zum Ziel hatte.

Als Sprachrohr brachte er seine eigene Zeitung heraus, den dreisten, giftigen *United Irishman.* Schon bald zitierten auch früher eher vorsichtige Young-Irland-Anhänger Mitchels glühende Reden, in denen auch der Ruf nach einem bewaffneten Aufstand laut wurde.

Schließlich schien sich sogar Smith O'Brien der Stimmung im Volk zu beugen. Auf einer großen Versammlung der Konföderation forderte er eine irische Armee mit einer Stärke von wenigstens 300 000 Mann, welche die „gesellschaftliche Ordnung schützen und das Land verteidigen sollte".

Als Morgan in *The Nation* Auszüge aus O'Briens Rede las, schüttelte er bestürzt den Kopf. Alter Freund, du hast dich selbst zerstört, dachte er. Und wahrscheinlich auch die gesamte Young-Ireland-Bewegung.

Die britische Regierung hatte bereits gegen O'Brien, Mitchel und Meagher Klage wegen Anstiftung zum Aufruhr erhoben. Noch waren die drei gegen Kaution auf freiem Fuß, aber nicht mehr lange, fürchtete Morgan – nicht mehr lange.

Doch mitten in all diesem Durcheinander auf der ganzen Welt hatte sich das alltägliche Leben in Nelson Hall erstaunlich gut eingespielt. Widerwillig musste Morgan zugeben, dass alle Verbesserungen allein auf Sandemons Einfluss zurückzuführen waren. Unglaublicherweise schien sein neuer Betreuer wirklich das Wunder zu sein, als das Joseph Mahon ihn geschildert hatte.

Sandemon hatte sofort damit begonnen, Ordnung und Sinn in Morgans Alltag zu bringen, einschließlich eines neuen Programms täglicher Therapie und Übungen. Er behauptete, dass ein solches Programm unabdingbar war, um auf lange Sicht Morgans Gesundheit und Kraft wiederherzustellen.

Der Pfleger aus dem Krankenhaus wurde sofort entlassen. Die Mägde wurden besser beaufsichtigt und das ganze Haus wirkte insgesamt ordentlicher und fröhlicher.

Zu Morgans Erstaunen war selbst das Essen besser geworden, nicht so sehr, was die Abwechslung betraf, aber in Bezug auf den Geschmack und die Würze. Weil er sich ziemlich sicher war, dass die träge Mrs Ryan – die Königin von welkem Kohl und ungesalzenen Kohlrüben – sich zu nichts zwingen ließ, konnte sich Morgan nur wundern, mit welcher List der schlaue Sandemon die Köchin inspiriert hatte.

Die einzige Ausnahme in dieser sich neu entwickelnden Ordnung stellte Annie Delaney dar. Trotz Sandemons strenger Aufsicht sorgte das verrückte Kind aus Belfast ständig für Unruhe und Aufregung.

Offensichtlich hatte bei Annie Delaney selbst Sandemon, das Wunder, seine Grenzen erreicht. Um Morgans Anweisung nachzukommen, von dem Kind in Ruhe gelassen zu werden, hatte Sandemon eine Liste täglicher Pflichten für Annie zusammengestellt. Leider misslang ihr alles, was sie anfasste.

Das Klirren von zerbrochenem Geschirr übertönte Mrs Ryans Schimpfen, wenn Annie in der Küche helfen sollte. Unter ihrer Pflege verwelkten die Blumen. Das Feuer loderte gefährlich, wenn sie es schürte. Das Kristall vibrierte, wenn sie – keineswegs wie eine Lady – durch das Speisezimmer jagte, und Artegal, der arme bleiche Geist, erstarrte jedes Mal vor Schreck, wenn sie in die Diele gerast kam, nachdem sie drei Stufen auf einmal genommen hatte.

Die Alten hätten sie für ein Feenkind gehalten. Sandemon sagte, sie sei ein Kind Gottes. Morgan bestand darauf, dass sie verrückt war.

Was immer Sandemon auch unternahm, das Kind sah verwahrlost aus. Sie behauptete, ihr Haar jeden Morgen zu kämmen, doch wenn sie zum Frühstück erschien, sah es wie ein verfilztes Nest aus. Sie schwor, dass sie bestimmt jeden zweiten Tag ein Bad nahm, aber der Dreck auf ihren Wangen war nie völlig verschwunden. Mrs Ryan hatte einige anständige Kleider für das Mädchen besorgt, die jedoch an ihrem knochigen Körper herumhingen; außerdem fehlte ständig die Hälfte der Knöpfe.

Ihr fröhliches Grinsen drang jedoch irgendwie durch Morgans finstere Stimmungen hindurch und entlockte ihm ein Lächeln, ganz gleich, wie sehr er sich dagegen sträubte.

Er gab zu, dass es unmöglich war, das Kind ständig unter Kontrolle zu halten, doch wenn er daran dachte, sie wegzuschicken, wusste er nicht, wohin.

Vielleicht wäre es anders, wenn das Mädchen wirklich helfen könnte. Das würde zumindest ihre Anwesenheit in Nelson Hall rechtfertigen. Doch Annie Delaney schien tatsächlich zu nichts nütze zu sein – außer Lärm zu machen und Geschirr zu zerbrechen.

Als Morgan Sandemon darauf hinwies, nickte der große Mann nur ruhig und gelassen und erinnerte Morgan daran, dass christliche Nächstenliebe keiner Rechtfertigung bedurfte. Außerdem, sagte er zuversichtlich, würden sie im Laufe der Zeit schon noch den richtigen „Dienst" für Annie Delaney finden. Das Mädchen würde am Ende bestimmt mehr für sie tun als nur ihre Geduld auf die Probe zu stellen, dessen war er gewiss.

Morgan glaubte keinen Augenblick daran. Sandemon verhätschelte das Kind, das war es. Die wachsende Vertrautheit zwischen den beiden war ihm nicht entgangen. Das Kind schien zu versuchen, dem schwarzen Mann Freude zu bereiten, doch die Tatsache, dass es ihr nie gelang, schien Sandemon nicht im Geringsten zu beeinträchtigen. Er lobte sie für nichts, ermutigte sie in allen Dingen und stand ihrem Versagen mit einer beinahe väterlichen, vergebenden Haltung gegenüber. Selbst wenn durch ihren Ulster-Dialekt aus seinem Namen „Sand-Mann" wurde, schien er sich über alle Maßen über das nervtötende Kind zu freuen.

Morgan hatte inzwischen gelernt, dass es sich nicht lohnte, mit Sandemon über Annie Delaney zu streiten. Überhaupt begriff er, dass es sinnlos war, mit Sandemon über irgendetwas streiten zu wollen.

Außerdem kostete Streiten Kraft, und Kraft zählte zu den Dingen, die Morgan nicht mehr besaß. Er zweifelte ehrlich daran, dass er sich jemals wieder stark fühlen würde. Trotz Sandemons hartem Therapie- und Trainingsprogramm war er nicht viel – wenn überhaupt etwas – kräftiger geworden. Auf seinen Knochen war zwar wieder etwas Fleisch und durch Sandemons hartnäckiges Training wurden auch seine Muskeln wieder stärker, weil er sie gebrauchen musste. Allzu oft fühlte er sich jedoch noch unendlich schwach, und auch die Schmerzen, die ihn jeden Tag heimsuchten, waren beinahe genauso stark wie immer.

Er war davon überzeugt, dass die Schmerzen seine Kräfte raubten. Jedes Mal, wenn er glaubte, Fortschritte gemacht zu haben, wurde er erneut von qualvollen Schmerzen heimgesucht, die stundenlang anhielten und ihn für Tage wieder völlig erschöpft und passiv zurückließen.

Der Schmerz war es auch, der Morgan zur Flasche zurückgebracht hatte. Die Kugel befand sich noch immer in seinem Rücken – und musste wohl auch dort bleiben. Kein Chirurg würde sie anrühren, hatte man ihm in Belfast gesagt und auch in Dublin. Man befürchtete, dass durch das Entfernen der Kugel die Lähmung in seinem Körper noch weiter nach oben fortschreiten könnte – oder dass eine Operation sogar seinen Tod bedeuten könnte. Morgan fragte sich, ob der Schmerz, wie die Kugel, sein ständiger Begleiter bleiben würde.

Aus Angst, zu sehr von dem Laudanum – in Alkohol gelöstem Opium – abhängig zu werden, hatte er beschlossen, keinen Vorrat davon mit nach Hause zu nehmen. Doch als er eines Abends vor Schmerz fast den Verstand zu verlieren glaubte, beschloss er, sich Whisky bringen zu lassen.

Sein Großvater hatte „den Tröster", wie die Leute sagten, nie angerührt, und so war kein Whisky im Haus. Smith O'Brien konnte er nicht fragen, denn der Mann war als Abstinenzler bekannt und wäre sicher durch die Frage beleidigt gewesen. Auch Sandemon würde er bestimmt nicht fragen. Zweifellos würde das westindische Wunder seiner Bitte nachkommen, doch Morgan würde sich wie ein Versager und ein Narr fühlen.

Schließlich war es Artegal, an den er sich wandte. Er wusste sehr wohl, dass sein steifer blasser Diener ab und zu einen Tropfen nahm – ja, Morgan hatte es an seinem Atem gerochen. Als Morgan seinen Verdacht äußerte, hatte Artegal erst beleidigt, dann ängstlich reagiert.

Am Ende bekam Morgan seine eigene Flasche, die er unbemerkt in seinem Schlafzimmer versteckte. Jeden Abend nahm er sich ein kleines Whiskyglas voll und trank es schnell aus, damit er keinen Gefallen an dem Geschmack finden würde. Er achtete darauf, nur sehr wenig zu trinken, nur so viel, wie er brauchte, um einschlafen zu können.

Er war erleichtert über die Wirkung, die der Whisky ihm brachte. Ein paar Stunden guten ungestörten Schlafs wären bestimmt besser für ihn, dachte er bei sich selbst, als jene langen, furchtbaren, schlaflosen Nächte, die er in qualvollen Schmerzen verbrachte. Wenn er gelegentlich vor dem ersten Tropfen innehielt, weil er daran denken musste, was „der Tröster" aus seinem Vater gemacht hatte, waren diese Gedanken jedoch schnell wieder vergessen.

Tatsächlich hatte das Trinken Aidan Fitzgerald gelähmt, hatte die Zuwendung und Liebe geraubt, die rechtmäßig seinen Söhnen gehörte und aus einem verbitterten und unglücklichen Mann einen verdrießlichen gescheiterten Trinker gemacht. Mit einem bitteren Lächeln dachte Morgan daran, dass er ja bereits gelähmt war, und er hatte auch keine Söhne oder sonst irgendjemanden, der seine Liebe oder Zuwendung brauchte. Außerdem glaubte er nicht daran, dass er wie sein Vater enden würde. Er hatte den Whisky schon im Griff gehabt, als er noch als junger Bursche durch das Land streifte, und er würde ihn auch jetzt im Griff behalten. Er sollte ihm als Medizin dienen, als nichts weiter, bis die Zeit kommen würde, da er ihn nicht mehr brauchte. Falls diese Zeit tatsächlich einmal kommen sollte.

* * *

Sandemon hatte fast den ganzen Vormittag am Hafen von Dublin verbracht und wurde immer mutloser in dieser Umgebung.

Der junge *Seanchai* hatte immer noch Interesse daran, mehr über die junge Frau herauszufinden, die Annie Delaney angeblich in jener Nacht, als sie in Dublin angekommen war, gerettet hatte. Er schien davon überzeugt, dass die Geschichte des Kindes zu grausam war, um etwas anderes als erfunden zu sein.

Sandemon selbst glaubte dem Kind, und er wollte der Frau nur danken, die sie gerettet hatte. Er hatte seinem unschlüssigen jungen Herrn vorgeschlagen, das Gleiche zu tun, falls es ihnen tatsächlich gelingen sollte, Annie Delaneys „Schutzengel" zu finden.

Ob es Morgan Fitzgerald merkte oder nicht, Sandemon war davon überzeugt, dass der starrköpfige Riese im Begriff war, sein „verrücktes Kind" lieb zu gewinnen.

Es war so, wie er gehofft hatte: Annie Delaney war, mit all ihren sonderbaren Eigenschaften und scheinbaren Fehlern, tatsächlich von Gott gesandt worden, und würde eine wesentliche Rolle bei der Heilung des *Seanchai* spielen.

Morgan Fitzgerald vermochte es nicht, sich ihr genauso zu widersetzen wie allen anderen Beweisen von Gottes Barmherzigkeit bisher. Wie es so oft geschah, wenn jemand von Unheil heimgesucht wurde, wandte sich auch der junge Morgan von seinem Gott ab, anstatt sich noch fester an ihn zu klammern.

Sandemon verstand ihn. Er hatte genauso gehandelt, vor langer Zeit. Von der Angst gequält, dass Gott sich von ihm abgewandt hatte – und war seine persönliche Tragödie nicht Beweis genug dafür? –, hatte er sich immer weiter von Gott entfernt.

Was seinen jungen Herrn betraf, so wandte er sich nicht nur von Gott ab; er rannte förmlich vor ihm davon, zumindest im Geist; und das nicht zum ersten Mal, nach dem zu urteilen, was ihm der Priester Joseph Mahon erzählt hatte. Man hatte die Liebe des alten Priesters gespürt, als er Sandemon ein wenig über die Vergangenheit seines neuen Arbeitgebers erzählte hatte, einschließlich der langen Jahre seiner geistlichen Rebellion.

Erst in den letzten Monaten hatte der verlorene Sohn wieder nach Hause gefunden zu seinem himmlischen Vater. Die Freude der Heimkehr währte nur kurze Zeit und wurde jäh unterbrochen durch die Schussverletzung in Belfast, die ihn zu dem gemacht hatte, was er jetzt war – ein verbitterter Mann im Rollstuhl, der sich verlassen und furchtbar nutzlos fühlte.

Natürlich gab es viel Hoffnung für den *Seanchai.* Er war ein Kind Gottes, und er hatte Freunde, die für ihn im Gebet einstanden. Doch Sandemon konnte seine zunehmende Sorge um den gemarterten jungen Dichter nicht verbergen, der begonnen hatte, seinen Schmerz mit dem Betrug des Whiskys zu betäuben.

Er glaubte, von den anderen im Haus unentdeckt zu bleiben, wenn er abends allein in seinem Zimmer trank. Damit betrog er sich nur selbst. Wahrscheinlich gebrauchte er die fortwährenden Schmerzen seiner Verletzung nur dazu, seine Abhängigkeit von der Flasche zu rechtfertigen. Sandemon spürte jedoch, dass die geistlichen Qualen seines jungen Herrn noch weitaus schlimmer waren als die körperlichen. Und dieser Schmerz konnte durch nichts anderes als das Wasser des Lebens gestillt werden.

Seufzend riss Sandemon seine Gedanken von Morgan Fitzgerald los und schaute sich um. Es schien, als litte dieses ganze Land Todesqualen. Hier, unter dem trüben, wolkenverhangenen Himmel am Hafen von Dublin, warteten viele hundert Menschen auf Schiffe, die sie aus Irland fortbringen sollten.

Das Leid und Elend schienen hier in der Stadt das gleiche Ausmaß angenommen zu haben wie in den entlegenen Dörfern der Grafschaft Mayo. Hungrig und krank, von Fieber und Kälte geschwächt, kampierten die Menschen in dem Hafengelände und beteten, dass sie so lange leben würden, bis sie das Schiff besteigen konnten, von dem sie sich Rettung versprachen.

Sandemon weinte im Geist um die fast nackten hungernden Kinder, die geängstigten kranken Alten, die bleiche junge Mutter mit den hohlen Augen. Eine Zeit lang versäumte er seine

Aufgabe, die Frau zu suchen, die Annie Delaney gerettet hatte, und schloss sich drei Priestern an, die durch die Menge gingen und versuchten, die Leidenden zu ermutigen und zu trösten. Er betete für die Lebenden und trauerte um die Sterbenden, betrübt, aber nicht überrascht darüber, was die Unmenschlichkeit des Menschen wieder einmal in Gottes Welt angerichtet hatte.

* * *

Drei Tage lang hatte Sandemon in der Hafengegend Besitzer von Kneipen und Herbergen befragt sowie armselige Gestalten, die in dem verrufenen Gebiet, das man die *Liberties* nannte, herumlungerten. Er hatte nur noch sehr vage Erinnerungen an die Frau, die bei Annie gewesen war – sowie die theatralische Beschreibung des Kindes: „War sie nicht eine große, schlanke Frau mit herrlichem goldenen Haar? Sie hatte einen tollen Mantel, erinnerst du dich? Und sie war schön, so schön wie eine Schauspielerin! Sie sprach jedoch nicht, kein Wort hat sie gesprochen, Sand-Mann!"

Am vierten Tag glaubte Sandemon, dass seine Suche vielleicht erfolgreich gewesen sein könnte. Eine junge Prostituierte hatte sofort auf die Beschreibung reagiert, die Sandemon ihr gab. Argwöhnisch und unverhohlen feindseilig musterte sie Sandemon mit kaltem Blick vom Scheitel bis zur Sohle. „Was soll das für jemanden wie dich? Eine schnelle Art, die Kehle durchgeschnitten zu bekommen, falls du das noch nicht gewusst haben solltest – an einem Ort wie diesem nach einer weißen Frau zu fragen!"

Mit übertrieben demütiger Miene umschrieb Sandemon den Grund für seine Frage, soweit er konnte, ohne lügen zu müssen. „Sie hat einem Kind einen Gefallen getan, das – meinem jungen Herrn wichtig ist", erklärte er der Prostituierten. „Er möchte sie unbedingt finden, um – ihr für ihre Tapferkeit zu danken."

„Tapferkeit?" Die junge Frau kniff ihre harten Augen spekulierend zusammen. „Meint er eine Belohnung?"

Sandemon zuckte nur mit den Achseln und lächelte unverbindlich.

Sie musterte ihn noch einen weiteren Augenblick. „Es könnte sein, dass er Finola sucht. Ich sage nicht, dass sie es ist, ja – nur, dass sie es sein könnte."

„Und könnten Sie mir sagen, wo ich diese ... Finola finden kann?"

Die Frau zuckte mit den Achseln. „Meist ist sie bei Gemma's."

„Gemma's?"

Sie warf ihm einen ungeduldigen Blick zu. „Gemma Malone's. Sie wohnt dort mit einigen anderen Mädchen in Healy's Wirtshaus; nicht weit von St. Patrick, der Kathedrale. Um diese Tageszeit", fügte sie spöttisch hinzu, „findet man die meisten von ihnen gewöhnlich zu Hause."

Sie war nicht viel mehr als ein Kind, stellte Sandemon traurig fest, und fragte sich, wie man schon so jung an einen solchen Ort geraten konnte. Welches tragische Schicksal hatte sie wohl auf die Straße getrieben? Welche Einsamkeit und Verzweiflung verbargen sich hinter der geschminkten Maske?

Sandemon begegnete ihrem Blick, und für einen Augenblick flimmerte hinter ihrer harten Schale etwas anderes auf. Sandemon verbeugte sich höflich und lächelte direkt in ihre Augen. „Gott liebt dich, Kind", sagte er sanft.

Dann wandte er sich um und ging weiter, um seine Suche fortzusetzen.

35. Finola

Macht dem Barden keinen Vorwurf, wenn er – im süßen Traum der Freude – zu vergessen sucht, was nie mehr heilen wird.
Thomas Moore (1779–1852)

Healy's Inn befand sich am Rande der Liberties und war leicht zu finden. Wie das Straßenmädchen gesagt hatte, war das Wirtshaus nicht weit von St. Patricks entfernt, der aus dem zwölften Jahrhundert stammenden Kathedrale, die dem Schutzheiligen Irlands geweiht ist.

Sandemon war überrascht, die alte Kathedrale inmitten von drittklassigen Straßen und engen schmutzigen Gassen zu finden. Was das Wirtshaus betraf, so war es in Wirklichkeit eine heruntergekommene Kneipe – düstere Räume, wacklige Stühle, zwei oder drei erschöpft aussehende Frauen, die an einem Tisch neben der Bar etwas tranken.

Als Sandemon nach einer Frau namens Finola fragte, traf ihn ein feindseliger Blick des Mannes, der an der Bar bediente. In der Annahme, dass seine schwarze Hautfarbe der Grund für die Unfreundlichkeit des Mannes war, beeilte sich Sandemon zu erklären, dass er im Auftrag seines Herrn gekommen war. „Ich versichere Ihnen, dass er der Frau nur danken möchte", sagte er mit respektvollem Lächeln. „Hatte ich bereits erwähnt, dass mein Arbeitgeber der Enkel von Sir Richard Nelson ist?"

„Ja, und die Queen ist meine Großmutter", spottete der Mann an der Bar.

Sandemon war nicht völlig unvorbereitet in die Liberties gekommen. Er zog zwei Visitenkarten aus seiner Hemdentasche; eine mit Morgans Namen, die andere mit Sir Richards. Während er dem Mann die Karten reichte, sagte er ruhig, aber eindringlich: „Es könnte für die junge Frau wichtig sein, meinen

Herrn zu treffen. Er möchte ihr für eine Freundlichkeit danken."

Der Mann mit dem roten Gesicht blieb sichtlich unbeeindruckt. Er nahm ein gebrauchtes Glas und wischte es für den nächsten Kunden trocken. „Dann sagen Sie Ihrem Herrn", entgegnete er, wieder zu Sandemon gewandt, „dass er hierher kommen soll."

Sandemon nahm seine Geduld zusammen und versuchte, zu erklären: „Ich glaube, das ist im Augenblick nicht möglich. Der junge Herr ist an den Rollstuhl gefesselt, während er sich von einer schweren Verletzung erholt."

Die Ire musterte Sandemon noch einen Augenblick. Schließlich rief er, ohne sich umzudrehen, einen Befehl über seine Schulter. „Lucy – geh und hol Finola hoch. Sag ihr, ich habe gesagt, sie soll kommen."

Eine kleine rundliche Frau, das Gesicht auffallend geschminkt, quälte sich von ihrem Stuhl hoch und stieg dann die Stufen neben der Bar hinunter. Als sie zurückkam, erkannte Sandemon die große, schlanke junge Frau sofort.

Heute war ihr Haar nicht von einem Tuch verdeckt, und es fiel in anmutig glänzenden Wellen über ihren Rücken wie fein gesponnenes Gold. Ihr grell geschminktes Gesicht schien ihrer Schönheit und ihrer sonst sittsamen Erscheinung in grausamer Weise zu widersprechen. Sich an die Hand der Frau mit Namen Lucy klammernd, machte sie auf Sandemon einen sehr scheuen, wenn nicht sogar ängstlichen Eindruck.

Er sah, dass sie ihn wiedererkannte, als sie ihn anschaute. Er verneigte sich und erklärte noch einmal, weshalb er gekommen war. Als er geendet hatte, stand die junge Frau mit dem blonden Haar einfach da, Lucys Hand haltend, und schaute Sandemon mit ihren klaren blauen Augen an, die eine unerwartete Unschuld widerspiegelten.

„Sie kann Ihnen nicht antworten!", fauchte der Mann an der Bar.

Sandemon sah ihn an, und der Mann tippte sich mit seinem schmutzigen Zeigefinger an die Stirn. „Sie ist ein bisschen zurückgeblieben, unsere Finola. Sie kann Sie hören, aber kein Wort sprechen."

Sandemon wandte sich wieder an die Frau mit dem goldenen Haar und den erstaunlich blauen Augen. Er schaute sie einen Augenblick lang an, dann sagte er: „Bitte, Miss, wenn Sie mit mir kommen würden, der Wagen würde Sie heute Nachmittag wieder zurückbringen. Mr Fitzgerald ist ein netter Mann, und das kleine Mädchen, dem Sie geholfen haben, kann es kaum erwarten, Sie wiederzusehen. Sie werden herzlich willkommen geheißen in Nelson Hall, das verspreche ich Ihnen."

Wie ein Kind schaute Finola zuerst zu der Frau, Lucy, und dann zu Healy, bevor sie sich Sandemon wieder zuwandte. Schließlich ließ sie Lucys schützende Hand los und nickte zum Zeichen, dass sie einverstanden war, Sandemon nach Nelson Hall zu begleiten.

Doch Healy wollte davon nichts wissen. „Wenn Ihr Herr eine Frau sucht, dann kann er da oben seine Wahl treffen! Unsere Finola ist unverkäuflich!"

Sandemon richtete sich zu seiner vollen, beachtlichen Größe auf und betrachtete den Wirt mit einem unerschütterlichen Blick. „Mein Arbeitgeber", sagte er langsam und betont, „suchte keine Frau von ‚da oben'. Wie ich Ihnen bereits zu erläutern versucht habe, möchte er nur mit der jungen Frau sprechen, die ... jemandem, der zu seinem Haushalt gehört, einen Gefallen erwiesen hat. Vielleicht", fügte er geduldig hinzu, „wäre es sowohl für Sie als auch für Miss Finola beruhigender, wenn eine dieser ... Damen ... uns nach Nelson Hall begleiten würde?"

* * *

„Sie kann kein Wort sprechen, sagten Sie?", wiederholte Morgan, während er Sandemon verärgert anstarrte.

Als sein Betreuer kurz den Kopf schüttelte, knallte Morgan mit einer Hand hart auf die Armstütze seines Rollstuhls. „Warum, bitte schön, haben Sie sie dann überhaupt hierher gebracht? Der einzige Grund, weshalb ich sie finden wollte, war, die Geschichte des Mädchens zu überprüfen!"

Sandemon neigte seinen Kopf, als wollte er damit andeuten, dass Morgans Frage durchaus berechtigt war. „Weil ich Ihr Kommunikationstalent kenne, Sir, dachte ich, Sie würden vielleicht eine andere Möglichkeit finden, sich mit ihr zu verständigen. Sie kann, wie gesagt, alles hören."

Morgan warf ihm einen zweifelnden Blick zu. Ja, er erinnerte sich noch teilweise an die Handzeichen, die er erfunden hatte, um sich mit seiner Nichte Johanna zu verständigen, die weder hören noch sprechen konnte. Das hatte jedoch nur funktioniert, weil er genügend Zeit dafür verwandt hatte, um ihr die Zeichen beizubringen.

„Außerdem, *Seanchai*", bemerkte Sandemon, „dachte ich, das Kind sollte die Möglichkeit haben, ihre mysteriöse Retterin noch einmal wiederzusehen. Wie Sie wissen, war sie von der jungen Frau sehr angetan."

„Oh ja", zischte Morgan und äffte Annie nach: „‚Wie eine Prinzessin sah sie aus. Und aus dem Nichts tauchte sie auf!'"

Sandemon lächelte nur.

„Bringen Sie sie herein! Und holen Sie auch das Kind!"

Während er zusah, wie Sandemon kurz nickte und dann schwungvoll das Zimmer verließ, fragte sich Morgan bitter, ob es das purpurrote Hemd war, das dem schwarzen Mann einen Hauch von königlicher Würde verlieh, oder die Mütze, die er ständig trug, so stolz wie eine Krone.

* * *

Annie hatte in einem der beiden Stühle am Kamin Platz genommen und beobachtete mit großer Freude und völlig fasziniert die eigenartige Kommunikation zwischen Morgan Fitzgerald und Finola.

Finolas Freundin Lucy saß auf der Kante eines Stuhles an der Tür und beobachtete das Geschehen mit argwöhnischen Blicken. Neben Annie am Kamin stand Sandemon; die Hände hinter dem Rücken verschränkt, beobachtete er die beiden taktvoll interessiert.

Annie freute sich, dass Finola mit dem goldenen Haar, die wirklich wie eine Prinzessin aussah, ihre anfängliche Scheu gegenüber Morgan Fitzgerald überwunden hatte. Und obgleich er von Finolas Schönheit immer noch etwas benommen zu sein schien, starrte er sie nicht mehr nur an, sondern unterhielt sich mit ihr.

Die beiden schienen tatsächlich eine eigene Methode entwickelt zu haben, um sich unterhalten zu können, auch wenn die arme Finola nicht laut sprechen konnte. Sie hatten den Punkt erreicht, wo der *Seanchai* – Annie hatte begonnen, den gleichen Begriff für ihn zu gebrauchen wie Sandemon – eines seiner lustigen kleinen Handzeichen gebrauchte und die reizende Finola als Antwort entweder lächelte oder heftig den Kopf schüttelte und dann ihre Finger in gleicher Weise bewegte wie er.

Es war einfach großartig anzuschauen, und Annie freute sich besonders über das Lächeln in den Augen des *Seanchai,* wenn er Prinzessin Finola ansah.

Annie suchte Sandemons Blick, zwinkerte ihm zu und grinste. Er schaute sie leicht tadelnd an, dann zwinkerte er zurück.

* * *

Es war schon Abend, und Finola und Lucy waren sicher längst in das Wirtshaus zurückgekehrt, als Sandemon seinem Arbeitgeber ein Tablett mit der eingegangenen Post brachte. Dieser winkte ihn heran und sagte: „Ich bekomme nichts anderes mehr als Spendenaufrufe. Ich werde mir die Post später anschauen. Bleiben Sie aber hier, ich möchte mit Ihnen sprechen."

Morgan, der nicht mehr auf Sandemons Hilfe beim An- und Ausziehen angewiesen war, hatte bereits seine Nachtkleidung angezogen. Er rollte sich zum Kamin. „Was sie mit dem Mädchen gemacht haben, ist ein Verbrechen!", stieß er hervor, während er seinen Rollstuhl herumdrehte, um Sandemon anschauen zu können.

Offensichtlich erstaunt, runzelte Sandemon die Stirn. „Ein Verbrechen, *Seanchai?*"

„Ja, ein Verbrechen! Sie ist beinahe noch ein Kind und außerdem stumm! Dieser Healy muss tatsächlich ein gemeiner und niederträchtiger Kerl sein, so ein unschuldiges Wesen zu einer Prostituierten zu machen!"

Sandemon dachte einen Augenblick über Morgans Zornesausbruch nach, bevor er den Kopf schüttelte. „Nein", sagte er langsam, „ich glaube, das ist nicht der Fall, *Seanchai.*"

„Was, meinen Sie, sei nicht der Fall?", zischte der junge Herr und seine Augen funkelten. „Das Mädchen wohnt mit Dirnen zusammen, ist geschminkt wie eine Dirne – und sie haben sie mit Ihnen, einem völlig Fremden, mitgehen lassen – in das Haus eines anderen Fremden!"

„Sie haben eine Freundin mitgeschickt, die auf sie aufpassen sollte", erinnerte ihn Sandemon zurückhaltend.

„Ebenfalls eine Dirne!"

„Man hat mir gesagt, dass Miss Finola ... unverkäuflich sei", erklärte Sandemon. „Ich bin überzeugt, dass das Mädchen keine Dirne ist."

Und so war es auch. In den klaren blauen Augen des Mädchens lagen eine Tugend und eine Reinheit, die sie als unschuldig kennzeichneten.

Der junge Herr schwieg für einen Moment. „Ich gebe zu, dass ich mir sie auch schwerlich in einer solchen Rolle vorstellen kann. Aber was sollte sie sonst machen, wo sie mitten unter Dirnen lebt? Und wie sie angemalt war, wie ein loses Mädchen!“, fügte er hinzu, und sein Mund zuckte verächtlich.

Sandemon lächelte nur weiter, denn er wusste auch keine Erklärung. „Es schien, Sie konnten sich gut mit der jungen Frau verständigen. Haben Sie den Bericht unserer Annie über jene Nacht überprüft?“

Morgan sah Sandemon scharf an, dann machte er eine abweisende Handbewegung. „Offenbar hat unsere Annie die Wahrheit erzählt“, bemerkte er bissig. „Das wird Sie zweifellos freuen.“

Sandemon konnte ein leichtes Lächeln nicht verbergen. „Ganz bestimmt, junger Herr.“

„Ich habe Ihnen bereits gesagt, dass Sie mich nicht so nennen sollen! Sie sind ein freier Mann, kein Sklave!“

„Trotzdem bin ich ein Schwarzer“, bemerkte Sandemon, immer noch lächelnd.

„Eine Tatsache, die hinreichend bekannt und nicht von besonderem Interesse für mich ist. Hören Sie mir zu: Ich möchte, dass Sie mehr über das Mädchen herausfinden.“

„Welches Mädchen, Sir?“

„Finola natürlich! Über das verrückte Kind aus Belfast weiß ich bereits mehr, als ich wissen möchte! Ich möchte wissen, ob man sie auf irgendeine Weise missbraucht ...“

„Sie meinen damit, ob man sie prostituiert?“

Der junge Herr warf Sandemon einen langen, bissigen Blick zu. „Ich sagte, auf irgendeine Weise, oder? Finden Sie heraus, unter welchen Bedingungen sie lebt.“ Er machte eine Pause. „Und wir werden ihr ein Geschenk machen, weil sie dieses kleine Biest da unten in der Diele gerettet hat“, sagte er trocken. „Sie können es morgen abgeben.“

Sandemon betrachtete ihn einen Moment. „Vielleicht möchten Sie mitkommen? Wir kommen mit dem Wagen bestimmt gut zurecht."

Mit einem Mal waren der ironische Unterton in Morgans Stimme, der Glanz der Freude in seinen Augen verschwunden. Die Antwort klang matt und verdrießlich. „Ich fühle mich noch nicht stark genug, um das Haus verlassen zu können."

Sein Ton duldete keinen Widerspruch. Sandemon zögerte, wollte noch einen Vorstoß wagen, spürte jedoch, dass die Zeit dafür noch nicht reif war. Schließlich verneigte er sich und fragte: „Benötigen Sie noch irgendetwas, bevor Sie schlafen gehen, *Seanchai?* Falls nicht, wünsche ich Ihnen eine gute Nacht."

Morgan entließ ihn mit einer Handbewegung, und Sandemon verließ das Zimmer. Während er sich in sein Schlafzimmer begab, war er über den plötzlichen Stimmungsumschwung seines jungen Herrn leicht beunruhigt. Doch er war auch ermutigt durch das Interesse, das der junge Riese der reizenden Finola entgegengebracht hatte.

Vielleicht ... ja, vielleicht würde ein junges Mädchen dabei helfen, den traurigen *Seanchai* zu heilen.

* * *

Morgan musste immerzu an die außergewöhnliche – und schmerzlich schöne – junge Frau denken, die ihm erst vor wenigen Stunden begegnet war.

Finola. Sie zählte bestimmt zu den lieblichsten Wesen, die seine Augen jemals erblickt hatten. Und dieser schmutzige Wirt, der zu Sandemon gesagt hatte, sie sei ein bisschen zurückgeblieben – er war derjenige, bei dem es nicht ganz stimmte! Das Mädchen hatte sich praktisch sofort auf seine abgekürzte, vereinfachte Form der Zeichensprache eingestellt. Sie war voll bei Verstand und außerdem sehr geistreich, das war mehr als offenkundig!

Diese Augen würden ihn für den Rest der Nacht verfolgen, das wusste er. Das klarste Blau, das er jemals gesehen hatte, und eine Tiefe der Unschuld, die unmöglich vorgetäuscht sein konnte! Er spürte, dass Sandemon Recht hatte mit seiner Behauptung, sie sei kein Straßenmädchen. Er konnte sich jedoch nicht vorstellen, wie sie an den Ort geraten war, wo sie jetzt lebte.

Eine Kurzfassung von Annies Geschichte von „den Räubern" war beinahe alles, was er von ihr erfahren konnte. Finola hatte das Kind schreien hören, als sie gerade auf der Veranda im zweiten Stock des Wirtshauses die Katze füttern wollte; und dann hatte sie sie die Gasse entlang in Richtung St. Patrick's rennen sehen. Sie war die Stufen hinabgeeilt und hatte Annie mit auf die Veranda gezogen. Dort hatten sie gewartet, bis die Verfolger des Mädchens schließlich aufgegeben und sich entfernt hatten. Dann hatte sie Annie nach Nelson Hall geführt.

Finola hatte bei Morgan den Eindruck erweckt, dass sie Dublin gut kannte. Leider – und möglicherweise zu ihrem eigenen Schaden – schien die schöne Finola keine Angst zu haben, allein durch die Stadt zu streifen. Die Bande, bei der sie jetzt wohnte, hatte wahrscheinlich größtenteils nicht die leiseste Ahnung, wo sie sich aufhielt.

Es war ihm nicht gelungen, viel über sie herauszufinden. Sie schien weder einen Familiennamen zu haben noch ihr Alter zu kennen. Doch Morgan war davon überzeugt, dass sie alles andere als dumm war.

Bei dem Gedanken an die junge Frau mit dem goldenen Haar musste er lächeln. Die Erinnerung an sie war eine willkommene Ablenkung von den Gedanken, die ihm gewöhnlich abends um diese Zeit in den Sinn kamen.

Morgan gähnte und reckte sich; er wurde langsam schläfrig. Er beschloss, heute Abend auf den Whisky zu verzichten. Der nächtliche Schluck war schnell zu einer Gewohnheit geworden. Heute war er beinahe den ganzen Tag schmerzfrei gewesen;

vielleicht würde er durchschlafen können, wenn er jetzt noch ein bisschen las.

Auf Morgans Drängen hatte ihm Joseph Mahon Teile des Tagebuchs zugesandt, das der Priester führte. Morgan las jeden Abschnitt durch und machte am Rand einige wenige redaktionelle Anmerkungen. Er hatte mit Joseph noch nicht ausführlich darüber gesprochen, hatte jedoch die feste Absicht, das Tagebuch zu veröffentlichen. Es war ein offenkundig wahrheitsgetreuer, grausamer Bericht über das Elend Irlands – der unbedingt gelesen werden musste.

Als ihm einfiel, dass er die letzten Seiten in der Bibliothek gelassen hatte, stöhnte Morgan. Er hatte heute Abend nicht mehr die Kraft, sich noch einmal aus dem Zimmer zu begeben ...

Er würde stattdessen ein Buch lesen und rollte zu dem Tisch neben seinem Bett. Er hielt jedoch abrupt inne und fuhr zu dem kleinen Ständer an der Tür zurück, wo Sandemon die Post abgelegt hatte und begann, lustlos den Stapel zu sichten. Da fiel sein Blick auf einen Umschlag aus den Vereinigten Staaten, und er nahm ihn auf.

Er erkannte Michaels Handschrift sofort. Gespannt, zu hören, wie es ihnen allen ging, riss Morgan den Umschlag auf und begann zu lesen. Während er die ersten Zeilen überflog, fiel ihm schuldbewusst ein, dass er seit Monaten weder an Michael noch an Daniel John geschrieben hatte. Sie wussten nichts von der Kugel in seinem Rücken und der schwierigen Lage, in der er sich befand.

Er verdrängte den Gedanken. Schließlich würde er es ihnen doch schreiben müssen; er würde es nicht ewig verschweigen können, aber er war jetzt noch nicht dazu bereit, sein Elend in Worte zu fassen.

Er überflog schnell die erste Seite und lächelte ein wenig über die Worte, die Michael über die Freundschaft seines Sohnes mit Daniel John gekritzelt hatte. Während er weiterlas, blieben seine Augen im ersten Abschnitt der nächsten Seite haften. Er spürte ein Brennen in den Augen und ein Messer in seinem Herzen, als er die Worte immer wieder las und noch einmal las.

Vielleicht hast du erwartet, irgendwann von der bevorstehenden Hochzeit von Nora und mir zu hören. Ich bin sicher, du wirst – ebenso wie ich es war – überrascht sein, zu hören, dass Nora zwar tatsächlich bald heiraten wird, jedoch Evan Whittaker und nicht mich.

Bestürzt befeuchtete Morgan seine Lippen und versuchte zu schlucken. Seine Kehle fühlte sich trocken und geschwollen an, und er spürte nichts anderes als Bitterkeit, während er weiterlas.

Ich hoffe, dass diese Veränderung, die nicht dem entspricht, was wir beide erwartet hatten, nicht zu einer Quelle allzu großer Enttäuschung für dich wird, alter Freund. Ich glaube, man wird niemals ergründen können, warum ein Herz den einen liebt und nicht den andern. Anfangs war es hart für mich, das zu akzeptieren, doch es scheint, ich muss es so annehmen, wie es ist. Ich glaube, ich war nicht allzu nachsichtig, denn ich hatte mein Herz tatsächlich an das Mädchen verloren.

Morgans Herz hatte ebenfalls wie wild zu hämmern begonnen. Ein leichter Schmerz im Genick drohte bald zu einem furchtbaren Migräneanfall zu werden.

Der Trost scheint für uns beide darin zu liegen, dass sie glücklich ist und dass Whittaker, wie du auch selbst zugegeben hast, ein feiner Bursche, ein anständiger Mann ist. Wer hätte jemals gedacht, dass sie sich für einen Engländer entscheiden würde, wenn sie Männer wie uns haben könnte, was?!

Wer, tatsächlich, wer? Morgan biss die Zähne zusammen über Michaels schwachen Versuch, humorvoll zu sein.

Er las nicht weiter, sondern schleuderte die Blätter auf den Fußboden und starrte in das Feuer.

Schließlich raffte er sich auf. Was sollte das alles noch? Sie hätte schließlich ohnehin irgendjemanden geheiratet. Und nun sollte es nicht Michael sein, sondern der Engländer. Welchen Unterschied machte das schon?

Sie gehörte ihm nicht; deshalb durfte er ihre Wahl nicht in Frage stellen. Und musste nicht auch Michael widerwillig einsehen, dass ihr Glück das Wichtigste war?

Noras Glück – das war das, was jetzt entscheidend war, sagte er bestimmt zu sich selbst. Das war das Einzige, was jetzt zählte.

Er wirbelte den Rollstuhl herum und kreiste einmal durch das Zimmer. Schließlich fuhr er zu dem großen, reich verzierten Schrank hinüber, aus dem er eine Flasche Whisky und ein Glas herausnahm.

Er goss sich reichlich ein. Für einen Augenblick wanderte sein Blick von dem vollen Whiskyglas zu den am Boden verstreuten Blättern von Michaels Brief.

Dann trank er – das Glas in einem bitteren, stillen Toast erhebend – auf die Erinnerung an Nora und auf ihre Hochzeit.

Sein Blick fiel auf sein Abbild in dem Spiegel auf der gegenüberliegenden Wand, und er schleuderte sein Glas gegen den ruinierten Mann im Rollstuhl. Das Whiskyglas splitterte und der Spiegel zersprang; zurück blieb ein verzerrtes Spinnenwebenmuster in dem silbernen Glas. Als Morgan sein entstelltes, in dem Spinnennetz verfangenes Spiegelbild sah, brachte er noch einen Toast aus – und diesmal hob er die ganze Flasche.

36. Nachtwind

Salomo, wo ist dein Thron? – Verweht mit dem Wind!
Babylon, wo ist deine Macht? – Verweht mit dem Wind!
Alles, was des Menschen Geist ersonnen,
wartet auf die Stunde, wo es wie Staub verweht im Wind …
Wer ist wirklich glücklich? Wer im Kummer zerronnen!
Der wird sich freuen, wenn seine sterblichen Reste
verwehen als Staub im Wind …
Glücklich im Tod sind nur die,
deren Herzen alles irdische Lieben, Sehnen und
Sorgen verwehen ließen mit dem Wind …
James Clarence Mangan (1803–1849)

Tierney Burke lehnte nach der Schule an der Rezeption des Hotels über die *Tribune* gebeugt und las darin den Bericht über den Tod John Jacob Astors, der im Alter von vierundachtzig Jahren verstorben war.

Astor sollte am folgenden Tag begraben werden – zweifellos in einem Stil, dachte Tierney voller Abscheu, wie es sich für den reichsten Mann Amerikas gebührte. Es hieß, dass sechs Geistliche an dem Trauergottesdienst beteiligt seien und Polizisten aus allen Teilen der Stadt für die Sicherheit sorgen würden. Vermutlich war auch sein Vater einer von ihnen.

Tierney unterdrückte ein verächtliches Stöhnen. Was nützten ihm nun seine zwanzig Millionen Dollar noch?

Jedermann wusste, dass sein ältester Sohn geistig unfähig war, und von seinem zweiten Sohn sagte man, dass er dem gewaltigen Reichtum seines Vaters gleichgültig gegenüberstand.

Vater hatte Astor ein- oder zweimal bei Sondereinsätzen gesehen. Als er ihn als wirren, geifernden alten Mann beschrieben hatte, reichten seine Worte aus, um Tierney den Magen umzudrehen.

Die gesamte Stadt hatte Ehrfurcht vor Astors Reichtum, seinem Herrensitz am Lafayette Place und seinen umfangreichen Besitztümern. Doch der alte Mann konnte sich offenbar, zumindest während seiner letzten Jahre, kein bisschen an dem Geld freuen, das er sein ganzes Leben lang zusammengerafft hatte. Es gab Gerüchte, dass er in den letzten Jahren zu schwach gewesen sei, um selbst essen zu können, aber gleichzeitig so fett, dass seine gealterte Haut an ihm herunterhing wie geschmolzenes Wachs.

Der alte Astor hatte selbst zugegeben, dass er das Geld mehr als alles andere auf der Welt geliebt hatte. Vater hielt das für traurig und fand die Geschichten, die über den alten Millionär kursierten, Mitleid erregend; für Tierney waren sie widerlich. Ein Reporter des *Herald* hatte es am besten ausgedrückt, als er Astor eine „Geldraffmaschine" genannt und erklärt hatte, dass die Hälfte des Reichtums dieses Millionärs rechtmäßig der Bevölkerung von New York gehörte.

In Tierneys Denken war es eine abscheulich nutzlose Beschäftigung, Geld anzuhäufen, nur um reich zu werden. Als er einmal den Fehler beging, Lewis Farmington mit dem alten Astor zu vergleichen, war sein Vater in die Luft gegangen.

„Es ist keine Schande für einen Christen, wohlhabend zu sein, Tierney!", hatte er gesagt und dabei seinen Zeigefinger erhoben, wie es seine Art war, wenn er aufgebracht war. „Lewis Farmington setzt sein Geld zum Wohl anderer ein! Er und seine Tochter haben gewiss mehr für die Unterprivilegierten in New York getan, als wir jemals erfahren werden."

Tierney war der Meinung, dass die Farmingtons nicht so viel getan haben konnten, sonst wären sie nicht so reich, wie sie es offensichtlich waren. Doch er behielt seine Gefühle für sich, denn sein Vater hatte, wie auch Daniel, eine besondere Vorliebe für die Farmingtons.

Für Tierney war Geld etwas Schönes, und er hatte die Absicht, einiges davon für sich zu erwerben. Er würde jedoch das Geld gebrauchen, um Dinge in Ordnung zu bringen, die falsch gelaufen waren; um der Tyrannei ein Ende zu setzen und der Gerechtigkeit zum Sieg zu verhelfen; um Irland zu befreien.

Das war einer der Gründe, weswegen er Morgan Fitzgerald, Vaters alten Freund in Irland, so hoch schätzte. Morgan und seine Jungs hatten einfach denen, die mehr hatten, als sie brauchten, einen Teil ihrer Güter abgenommen und sie denjenigen gegeben, die nichts hatten – gerade wie bei Robin Hood. Natürlich wollten die Engländer Morgan für seine „Untaten" hängen sehen. Aber er hatte wenigstens seine Abscheu gegenüber den untätigen Reichen zum Ausdruck gebracht – und mit ihrem Geld etwas Gutes getan, bevor sie ihn zur Strecke brachten.

Der Gedanke an Morgan Fitzgerald und das, was ihm in Belfast zugefügt worden war, rief in Tierney eine neue Welle des Zorns hervor. Vater war auch noch immer sehr traurig über diese Nachricht von seinem Freund. Daniel hatte es ebenfalls schwer mitgenommen. Seit Tagen hatte er kaum gesprochen und nur wie benommen herumgesessen. Manchmal hatte er zu seiner Harfe gegriffen, doch meistens starrte er einfach ins Leere. Mehr als einmal hatte Tierney Daniel nachts leise weinen hören, wenn er glaubte, dass alle anderen schliefen.

Die hohe, unangenehme Stimme Hubert Rossiters, des Buchhalters, riss Tierney jäh aus seinen Gedanken.

Er blickte auf. „Mr Walsh hat eine zusätzliche Aufgabe für dich, morgen Abend", sagte der Buchhalter. „Es handelt sich um einen besonderen Auftrag."

Tierney nahm sich Zeit für seine Antwort. „Ich habe morgen Abend Dienst an der Rezeption", entgegnete er unbeteiligt und schaute wieder in die *Tribune*.

„Barry wird für dich einspringen. Mr. Walsh möchte, dass du lieber den anderen Auftrag übernimmst."

Langsam wandte Tierney seine Augen von der Zeitung ab und blickte Rossiter ins Gesicht. „Um welchen Auftrag handelt es sich denn?“

Der Buchhalter mit der stark gewölbten Stirn rückte seine dicken runden Brillengläser zurecht. „Es wird nicht lange dauern. Mr Walsh dachte, du würdest vielleicht gern einmal von der Rezeption wegkommen.“

Die Angewohnheit des Mannes, die Person, mit der er sprach, nicht anzusehen, ärgerte Tierney stets von Neuem. Absichtlich lehnte sich Tierney weiter nach vorn, um mit seinem Gesicht Rossiter noch näher zu kommen.

„Wie weit von der Rezeption weg ... Sir?“

Tierney hatte keinerlei Respekt vor dem affektierten Buchhalter. Er kannte Rossiter als das, was er war – ein Unterhändler, ein besserer Botengänger für Patrick Walsh und seine zahlreichen „Unternehmungen“. Tierney war ebenso wenig die Tatsache entgangen, dass er dem Mann Unbehagen bereitete.

Rossiter heftete seinen Blick an die Rechnungsbücher, die geöffnet vor ihm lagen. „Ich glaube, es handelt sich nur darum, zwei oder drei Dinge abzuholen und dann etwas abzugeben. Es wird kaum länger als anderthalb Stunden dauern.“

„Was muss abgeholt werden?“

Der Buchhalter hob schließlich seine trüben, haselnussbraunen Augen auf und schaute Tierney an. „Du müsstest nur bei den Adressen in der Water Street, die ich dir geben werde, vorbeigehen und ... das Material, das du bekommst, dort abgeben, wo man es dir sagen wird.“

Tierney forschte einen Augenblick im Gesicht des Mannes. *Water Street.* Gewiss sollte er einen Teil des Umsatzes in den Bordells abholen und irgendwo abgeben?

„Ich glaube nicht“, sagte er gleichgültig. Er ignorierte die Röte in Rossiters glänzendem, ovalem Gesicht und lehnte sich wieder über die Zeitung.

„Du sagst, du wirst es nicht tun?“ Der Ton des Buchhalters klang ungläubig.

Tierney blickte auf. „Jawohl, das habe ich gesagt.“

Der Buchhalter murmelte etwas davon, dass Tierney seinen Job nicht schätzen würde, dann verschwand er im Tresorraum des Hotels.

Tierney hatte bereits das Interesse an dem Artikel in der *Tribune* verloren. Auf seine Ellbogen gestützt, fragte er sich, was sein verschlagener Chef wohl im Sinn hatte. Walsh hatte auch ohne ihn genug Laufburschen.

Natürlich verdienten die Jungs bei diesen „Zwischenlieferungen“, wie Tierney es nannte, wahrscheinlich weit mehr als bei der Arbeit an der Rezeption im Hotel.

Das Angebot reizte ihn. Je schneller er genügend Geld hatte, umso schneller könnte er New York verlassen. Er hatte sich vorgenommen, nach Irland auszureisen, sobald er sechzehn war – in einem Jahr also. Der Vater würde ihn natürlich drängen, weiter die Schule zu besuchen, aber wem würde es in Irland etwas ausmachen, wenn er kein Gelehrter war?

Er sträubte sich jedoch dagegen, sich in Walshs illegale Geschäfte verwickeln zu lassen. Vater war Polizist – und obendrein ein ehrlicher. Wenn er jemals erfahren würde, dass sein eigener Sohn auf der falschen Seite des Gesetzes arbeitete, wäre es nicht auszudenken, was er tun würde.

Meist verstanden sie sich nicht, aber ein Teil von Tierney brachte seinem strengen Vater weiterhin widerwillig Respekt entgegen. Es war bei allen Polizeikräften bekannt – und manchmal gereichte das seinem Vater sogar zum Nachteil –, dass Michael Burke unbestechlich war und nichts als Verachtung für diejenigen übrig hatte, die sich bestechen ließen.

Tierney fühlte sich nicht wohl bei dem Gedanken, dass die gleiche Verachtung auch ihn treffen würde. Falls er überhaupt jemals von der unnachgiebigen Haltung seines Vaters abweichen sollte, dann würde er es nicht riskieren, sich in Schwierigkeiten zu bringen – oder seinen Vater zu verletzen –, nur um ein paar Dollars zusätzlich für die Zustellung gewisser Lieferungen zu verdienen.

Außerdem war er sich nicht sicher, ob Patrick Walsh ihn nur testen wollte – einen Köder ausgelegt hatte, um zu sehen, ob Tierney anbiss. Walsh hatte eine Art an sich, die an ein böses Spiel grenzte: einem Menschen zuzusetzen, nur um herauszufinden, wie er reagierte.

Wenn das der Fall war, dann sollte er sofort wissen, dass Tierney Burke sich nicht auf seine Spiele einließ.

Es sei denn, Tierney wusste todsicher, dass er gewinnen würde.

* * *

Es war mitten in der Nacht. Daniel lag schlaflos in seinem Bett und dachte nach, während er in die Dunkelheit starrte.

Seit jener Nacht im Spätsommer vorigen Jahres, als Katie gestorben war, war es ihm noch nicht wieder so schwer ums Herz gewesen.

In der Schule, zu Hause, selbst wenn er mit Dr. Grafton Patienten besuchte, schien er an nichts anderes mehr denken zu können als an Morgan – Morgan im Rollstuhl; Morgan mit gelähmten Beinen.

Er hatte Dr. Grafton endlose Fragen gestellt, und der freundliche Arzt hatte sein Bestes getan, diese Fragen zu beantworten. Was er dabei erfahren hatte, war alles andere als ermutigend.

Wenn die Kugel in der Nähe der Wirbelsäule saß, hatte der Arzt gesagt, dann konnte man möglicherweise nicht operieren – und es würde äußerst schmerzhaft sein.

Falls am Rückenmark ein dauerhafter Schaden zurückgeblieben war, bestand keine Hoffnung für Morgan, dass er jemals wieder laufen konnte. Der Priester hatte in seinem Brief berichtet, dass dies der Fall war.

Die Vorstellung, dass Morgan an einen Rollstuhl gefesselt war, überstieg beinahe die Grenze dessen, was Daniel ertragen konnte. Eine der deutlichsten Erinnerungen, die Daniel an seinen Freund und Lehrer hatte, war, wie er gemeinsam mit Morgan zum Pier ihres Dorfes ging, Morgan war auf seinen stämmigen Beinen – beinahe so stark wie Baumstämme – daher geschritten, die Harfe über den Rücken geschwungen, während Daniel versucht hatte, mit ihm Schritt zu halten.

Er wünschte sich sehnsüchtig, an Morgan zu schreiben, hatte es aber bis jetzt aufgeschoben, weil er nicht wusste, was er ihm sagen sollte. Ja, was konnte er ihm sagen?

Seine Gedanken wanderten zu seiner Mutter, und der Schmerz in seinem Herzen wurde nur noch größer. Die Nachricht von Morgan schien ihr alle neu gefundene Freude mit Evan zu rauben. Oh doch, sie sprach noch von der Hochzeit, und in ihren Augen erschien noch immer jener besondere Glanz, wenn sie Evans Namen nannte. Meistens schien sie jedoch furchtbar traurig zu sein, still, zurückgezogen und weit entfernt.

Daniel glaubte zu verstehen, was in ihr vorgehen musste. Wie auch er wünschte sie sich bestimmt sehnlichst, irgendetwas unternehmen zu können. Er hatte sogar daran gedacht, nach Irland zurückzukehren, einfach um bei Morgan zu sein. Er würde sehr viel Hilfe brauchen. Wo sollte sie herkommen? Sollten nicht diejenigen ihm helfen, die ihn am meisten liebten?

Wenn das seine Gefühle waren, würden die seiner Mutter viel anders aussehen?

Denn meine Mutter liebt Morgan auch.

Daniel hatte seit langem gewusst, wie die Dinge zwischen ihnen standen; er hatte gewusst, dass die Zuneigung zwischen seiner Mutter und Morgan über eine alte Freundschaft aus der Kindheit hinausreichte.

Es war jedoch unmöglich, zurückzukehren. Sie hatten kein Geld, und sie würden keine Arbeit haben, selbst wenn sie einen Weg finden sollten ...

Er hatte aufgehört, darüber nachzudenken. Nach Irland zurückzukehren, war nicht einmal eine entfernte Möglichkeit; wenigstens im Augenblick. Vielleicht würde es später noch einmal anders aussehen.

Er würde das tun, was er tun konnte. Er würde an Morgan schreiben, oft würde er schreiben, um ihm zu versichern, dass sie ihn noch liebten und an ihn dachten. Und er würde für ihn beten.

Auch für seine Mutter würde er beten ... und für Evan.

* * *

Mitten in der Nacht wurde Evan plötzlich hellwach. Seitdem sie die Nachricht von Morgan Fitzgerald erhalten hatten, war jede Nacht lang und angsterfüllt, von unruhigen, Besorgnis erregenden Träumen und plötzlichem Erwachen unterbrochen gewesen, so dass er den ganzen folgenden Tag nervös und erschöpft war.

Er griff nach seinem Morgenmantel, dann nach seiner Brille und stand auf. Er zündete eine Kerze an und setzte sich auf die Bettkante. Müde und matt strich er mit der Hand über sein Gesicht und dachte nach.

Er war sehr traurig über das Unheil, das Fitzgerald zugestoßen war, doch er war genauso betrübt über das, was mit Nora geschehen war. Tag um Tag sah er ihre Trauer und war außerstande, sie zu trösten. Er betete, dass es nur seine Einbildung war, aber es schien ihm, als würde sie ihm in ihrer Trauer entgleiten, Stück für Stück.

Er glaubte, sterben zu müssen, wenn er sie verlor, konnte jedoch auch ihre Verzweiflung verstehen. Er wusste, dass sie

Morgan Fitzgerald sehr geliebt hatte. Er hatte selbst das Band zwischen den beiden gesehen. Ein ganzer Ozean und Monate voll einschneidender Veränderungen trennten sie, aber die Bande waren noch nicht völlig zerbrochen.

Evan spürte, dass Nora hin und her gerissen war zwischen der Trauer über das Unglück, das Fitzgerald ereilt hatte, und einem Gefühl der Hilflosigkeit, weil sie nichts für ihn tun konnte. Evan verstand diese Hilflosigkeit, denn auch er wünschte sich, irgendetwas für diesen Mann tun zu können.

Dem großen irischen Dichter würde immer ein besonderer Platz in Evans Herzen gehören. Noch nie war er einem so heldenhaften Geist begegnet, noch nie hatte er den Mut eines anderen Menschen so bewundert wie bei Morgan Fitzgerald.

Doch der Respekt und die Bewunderung für diesen Mann konnten ihm nicht die Angst nehmen, die ihn jetzt erbarmungslos Tag und Nacht plagte. Er hatte Angst, dass Noras Erinnerung an Morgan Fitzgerald – und ihr Mitleid für ihn – sie von ihm wegziehen, ja sogar ihre Liebe zerstören könnte.

Es lag nicht an dem, was sie sagte oder tat; vielmehr ängstigte das, was sie nicht sagte oder tat, sein Herz. Sie war noch zärtlich und verliebt, aber zerstreut; sie dachte noch an ihn, war jedoch weit entfernt. Sie berührte noch seine Hand, wenn sie seinen Namen aussprach, sie gab ihm einen Gutenachtkuss, bevor sie sich am Ende eines Tages trennten, doch Morgan Fitzgerald war zu einem stummen Eindringling in ihrer Beziehung geworden.

Seitdem sie die Nachricht über Fitzgerald erhalten hatten, hatte Evan nicht versucht, über die Hochzeit zu sprechen, weil er sich sagte, dass Nora zu besorgt und abgelenkt war, um überhaupt Pläne machen zu können. Außerdem befürchtete er, sie könnte Zweifel äußern, wenn er sie drängte, oder sie gar dazu bringen, ihre Pläne völlig aufzugeben.

Deshalb betete er inständig um das Vertrauen und die Geduld, ihr Zeit zu geben, die Zeit, die sie brauchen würde, um ihre Wunden heilen zu lassen und ihre Liebe für ihn zurückzugewinnen.

Du hast sie bereits verloren ...

Wie aus dem Nichts kam das hässliche Flüstern des Zweifels und nistete sich mit seinem kalten, brutalen Dröhnen in seinen Gedanken ein. Evan schluckte und schlang seinen Arm um sich, als ein kalter Schauer seinen gesamten Körper erfasste.

Hast du wirklich geglaubt, du hättest eine Chance gegen einen Mann wie Fitzgerald? Du mit deinem fehlenden Arm und deinen schwachen Augen und dem blöden Stottern? Selbst wenn er seine Beine nicht mehr gebrauchen kann, ist er mehr als du ...

Evan fasste an seine Stirn, versuchte, dieses furchtbare Flüstern aus seinem Geist zu verbannen. Von Kindheit an war er von solchen kräftezehrenden Anfällen der Selbstverachtung und Unsicherheit geplagt worden. Er hatte geglaubt, den letzten Kampf ausgefochten zu haben, kurz nachdem er seinen Arm verloren hatte und schließlich sowohl die körperlichen als auch die seelischen Qualen, die dem Verlust des Arms folgten, überlebt hatte.

Doch da war er wieder, dieser schleichende Zweifel, genauso widerwärtig und quälend wie immer.

Mit einem zornigen Aufschrei stand Evan auf und ging auf seine Knie. Er nahm seine Brille ab und stützte seinen Arm auf seinem Bett ab. Den Kopf auf seine Hand gelegt, suchte er Stille.

„Oh, Herr, b-bitte ... Ich habe mein ganzes Leben auf sie g-gewartet! B-Bitte, lass nicht zu, dass ich sie verliere ... nicht jetzt, Herr, b-bitte ... nicht jetzt ... und niemals ..."

Nora liebt dich nicht, du armer Narr. Sie hat dich nie geliebt. Du tust ihr nur Leid ...

Evan seufzte und kniff die Augen zusammen, bis sie schmerzten.

„Herr, ich v-v-vertraue deiner Liebe ... und ich v-vertraue Noras Liebe."

Während Evan wartete und kaum zu atmen wagte, spürte er, wie ihn das kalte, lästerliche Flüstern widerstrebend verließ. Befreit flüsterte er den Namen, an den er sich von Kindheit an gehalten hatte: „Jesus ... Jesus ..."

Plötzlich kam ihm Abraham in den Sinn; Abraham – der große, unvollkommene Heilige; Abraham – der sein Liebstes opfern sollte. *Sei bereit, alles hinzugeben* ... Ein neues Flüstern erfüllte Evans Geist und durchdrang die Dunkelheit.

Abraham erhob das Messer in seiner Hand, bereit, damit das Kind zu durchbohren, dem seine ganze Liebe und Hoffnung galt.

Auch diejenigen, die du am meisten liebst ...

Abraham war bereit, seinen eigenen Sohn den allmächtigen Armen zu übergeben.

Vertrau mir ... und sei gehorsam ... ich werde dich nicht verlassen ... Die Stimme in Evans Geist wurde stärker, und er seufzte tief.

Abrahams Glaube hatte sich bewährt. Er wurde gesegnet; er hatte zahlreiche Nachkommen und wurde zum Vater aller Nationen.

Weil er vertraut hat und weil er bereit war zu opfern ... weil er gehorsam war. Vertrau mir, Evan ... vertrau meiner Liebe ...

Matt schluchzend ließ Evan seinen Kopf auf seinen Arm sinken. „Ja, Herr! Ich v-vertraue dir! Hilf mir, dir noch mehr zu vertrauen. M-Mach mich stark genug, um sie loslassen zu können ... wenn ich muss. Mach mich w-willig und fähig, dir zu gehorchen, was immer auch geschieht."

In der Stille, noch vor seinem Bett kniend, spürte Evan einen flüchtigen Augenblick, wie das sanfte, warme Licht eines himmlischen Lächelns auf ihm ruhte.

37. Verschwörung aus Liebe

Sie weckte neue Kräfte dir,
ein Traum, wie ihn ein Löwe träumte,
bis laut der Wildnis Ruf sich bäumte –
ein Geheimnis zwischen dir und ihr
– ein Geheimnis zwischen zwei Stolzen.

W. B. Yeats (1865–1939)

Sara hatte Michael seit Noras Krankheit nicht mehr gesehen und wurde verlegen, als sie sich schließlich am Tag von Astors Beerdigung wiedersahen.

Sie hatte sich gerade von Kerry und Jess Dalton verabschiedet und wartete draußen vor der Kirche auf ihren Vater, der sich mit Horace Greely, dem Verleger der *Tribune,* unterhielt. Sara kannte Mr Greelys Vorliebe für lange Gespräche und seufzte. Sie würde sicher noch warten, wenn alle anderen Trauergäste sich bereits zerstreut hatten.

„Sara?"

Sara schreckte auf und wirbelte herum, als jemand genau hinter ihr ihren Namen rief. „Sergeant Burke! Ich meine ... Captain ..." Verstört trat Sara automatisch einen Schritt zurück.

Er betrachtete sie mit einer Spur von Heiterkeit. „Haben wir uns schon so lange nicht mehr gesehen, dass Sie meinen Vornamen vergessen haben?"

„O nein ... nein, natürlich nicht!" Wie immer fühlte sich Sara in seiner Gegenwart unbeholfen und töricht. Über sich selbst verärgert, zwang sie sich zu einem Lächeln. „Wie geht es Ihnen, Michael?" Er hatte sich einen dunklen Schnurrbart wachsen lassen, fiel Sara auf, und sie bemühte sich, ihn nicht zu auffällig zu betrachten. Immer gut aussehend, wirkte er jetzt noch gefährlicher.

„Besser als beim letzten Mal“, entgegnete er und lächelte ungezwungen. „Und wie geht es Ihnen?“

Sie unterhielten sich ein paar Minuten über Belanglosigkeiten; dann erkundigte er sich nach Nora.

Sara runzelte die Stirn. „Ich weiß nicht recht. Wenn ich ehrlich sein soll, ich mache mir Sorgen um sie.“

Er wurde sofort ernst. „Sie ist doch nicht wieder krank?“

„O nein“, versicherte Sara ihm schnell. „Das ist es nicht. Nora scheint nur in letzter Zeit nicht mehr sie selbst zu sein. Eine Zeit lang war sie so glücklich, machte Pläne für die Hochzeit und ...“ Sie hielt inne, weil sie ihn nicht damit betrüben wollte, von Noras und Evans Verlobung zu sprechen.

„Und was?“, forschte er stirnrunzelnd.

Sara biss sich auf die Lippe. „Seitdem sie die Nachricht über Ihren Freund aus Irland erhalten hat, der in Belfast verwundet wurde ...“

Er nickte: „Morgan.“

„Ja, seitdem scheint sie so zerstreut und besorgt zu sein. Es ist beinahe, als würde sie ... trauern.“

Als er nichts erwiderte, sondern nur verständnisvoll nickte, fuhr Sara fort. „Nora hat mir ein wenig von dem Leben in Ihrem Dorf berichtet. Ihr drei müsst gut zusammengehalten haben.“

Um seinen Mund erschien ein Zucken, und er blickte einen Augenblick auf die Pflastersteine. „Ja, das stimmt, und es überrascht mich nicht, dass Morgans Unheil ihr Kummer bereitet. Auch ich habe lange gebraucht, um mit dieser Nachricht fertig zu werden.“

Er blickte wieder auf und schaute ihr offen in die Augen. „Sie haben sich lange Zeit geliebt, und sie waren auch Freunde. So ein Band, wie es zwischen ihnen bestand, habe ich nie wieder gesehen. Und was Morgan betrifft ...“, ein trauriges Lächeln erschien auf seinen Lippen, „müssten Sie ihn kennen, um zu verstehen, warum man ihn nicht so leicht vergisst. Sie haben zweifellos Recht: Ich nehme an, Nora trauert um den Mann. Und weil ich sie kenne, fürchte ich ebenso, dass sie irgendeine irrige Vorstellung hegt, wie sie versuchen will, ihm zu helfen."

„Ihm helfen", wiederholte Sara. „Wollen Sie damit sagen, dass sie daran denkt, nach Irland zurückzukehren?"

Ein Auge zugekniffen, nickte er langsam. „Es ging mir durch den Sinn", sagte er mit angespannter Miene.

Sara starrte ihn entsetzt an. „Oh, Michael, nein! Das darf sie nicht tun. Sie ist gerade erst wieder gesund geworden." Sie hielt inne, dann fügte sie besonnen hinzu: „Sie und Evan waren so glücklich ... bis das passierte. Ich weiß, dass Noras Gefühle für ihn echt sind!"

Erleichtert stellte sie fest, dass es Michael nicht störte, wenn sie Evan erwähnte. Er nickte nur und sagte: „Jawohl, das stimmt. Ich fürchte nur, sie denkt an törichte Dinge."

„Wäre es hilfreich, wenn Sie mit ihr sprechen?" Er zuckte mit den Achseln. „Ich könnte es zumindest versuchen."

„Bitte tun Sie es! Wenn Nora auf irgendjemanden hört, dann sind Sie es!"

Michael zog die Augenbrauen hoch. „Erwarten Sie jedoch nicht zu viel, Sara. Mitleid ist eine starke Kraft – die man nicht unterschätzen darf. Und es ist nicht nur Mitleid, was Nora mit Morgan verbindet, das ist es."

„Aber Liebe ist stärker als Mitleid", sagte Sara bestimmt. „Und Nora liebt Evan Whittaker – ich weiß, dass sie ihn liebt."

„Sie hat auch Morgan Fitzgerald geliebt", sagte er leise.

„Das war jedoch vor langer Zeit", beharrte Sara. „Und ich kann nicht glauben, dass ihr diese Erinnerung mehr bedeutet als Evan. Nora gehört nicht zu den Frauen, die zwei Männer gleichzeitig lieben!"

Michaels ironisches Lächeln ließ Sara erröten. „Ja, weiß ich das nicht selbst gut genug?"

Sara biss sich auf die Lippen. „Es tut mir Leid ...“

Er winkte ab, als sie sich entschuldigen wollte. „Nein, Sie haben Recht. Wenn Morgan das Problem ist, dann ist es mehr die Erinnerung an den Mann, würde ich meinen. Morgan ist nicht das Beste für Nora im Augenblick, und ich bezweifle, ob er es jemals gewesen ist. Mir kam es immer so vor, als hätte die Liebe der beiden etwas Zerstörendes an sich.“

Sichtlich erleichtert, drängte Sara ihn noch einmal: „Dann werden Sie mit ihr sprechen?“

Als er nickte, dachte Sara einen Augenblick nach. „Ich habe eine Idee: Warum kommen Sie nicht einmal zum Abendessen zu uns? Wir könnten es dann so einrichten, dass sich eine Gelegenheit ergibt, allein mit Nora zu sprechen – ohne dass es zu sehr auffällt.“

Er betrachtete sie mit einem seltsamen Lächeln. „Ich glaube, wenn ich zum Abendessen komme, dann ist das schon mehr als auffallend.“

„Wie meinen Sie das?“, fragte Sara offensichtlich ratlos.

Er neigte seinen Kopf ein wenig und lächelte immer noch. „Haben die Farmingtons denn die Gewohnheit, irische Polizisten zum Abendessen einzuladen?“

Sie starrte ihn mit zunehmender Verwirrung an. „Nein“, entgegnete sie scharf, „das haben wir tatsächlich nicht. Aber wir haben die Gewohnheit, gelegentlich Freunde zum Essen einzuladen – und ich dachte, das hätte ich soeben getan!“

Er zog überrascht die Augenbrauen hoch, sagte aber nichts.

„Wenn es Ihnen angenehmer ist“, fuhr Sara in einem weniger sarkastischen Ton fort, „dann bringen Sie doch die Jungs mit – Ihren Sohn und Daniel. Auf diese Weise könnte es niemand missverstehen. Daniel hätte Gelegenheit, mit seiner Mutter zusammen zu sein, und wir würden uns bestimmt alle freuen, Tierney näher kennen zu lernen.“

„Das ist nett von Ihnen. Ich bezweifle jedoch, dass Tierney ...“

Er wandte seinen Blick von ihr ab, als ihr Vater auf sie zukam und ihren Arm berührte. „Sara, meine Liebe, es tut mir Leid, dass du warten musstest. Captain Burke“, sagte er freundlich und reichte Michael die Hand. „Es freut mich, Sie wiederzusehen!“

Sara fühlte sich zunehmend unbehaglich, während die Männer Höflichkeiten austauschten. Sie nahm ihren Vater am Arm und sagte: „Wir sollten jetzt wirklich gehen. Ich habe heute Nachmittag noch eine Versammlung des Missionsvorstandes, und ich fürchte, wir halten Captain Burke von seinem Dienst ab.“

Ihr Vater blickte von einem zum anderen.

„Einen Augenblick bitte, Miss Farmington ... Sara.“

Sara sah Michael misstrauisch an.

„Ich fürchte, ich habe mir den Tag und die Zeit nicht gemerkt.“

Als Sara ihn nur verdutzt anschaute, wandte er sich an ihren Vater. „Ihre Tochter hat mich soeben zum Abendessen eingeladen. Wenn Sie nichts dagegen haben ...“

Sara musste schlucken, als ihr Vater freudig zustimmte. „Ausgezeichnet! Ich hoffe, bald? Wie wäre es heute Abend?“

„Heute Abend?“, stieß Sara hervor.

„Warum nicht? Hast du Mrs Buckley heute Morgen nicht gesagt, dass ich heute Abend Brathähnchen essen möchte?“

„Ja, aber ...“

„Also dann“, fuhr er fort, und wie immer kamen die Worte aus seinem Mund gesprungen wie Murmeln aus einem offenen Säckchen. „Es wird für uns alle mehr als genug sein – und eine Mahlzeit, wie sie einem Mann schmeckt; nicht einer von diesen abscheulichen Eintöpfen, die sie uns manchmal unterzujubeln versucht.“ Er unterbrach sich. „Sieben Uhr, das wäre in Ordnung, nicht wahr, Sara?“

Sara hatte den Mund geöffnet, um etwas zu sagen, verschluckte es aber wieder, als ihr Vater, sie völlig ignorierend, hinzufügte:

„Und bringen Sie doch die Jungs mit, Captain! Wir würden uns freuen, sie bei uns zu haben!"

Michael Burke lächelte Sara zögernd zu, und in seinen Augen blitzte es. „Sieben, das wäre großartig, vielen Dank, Sir."

* * *

Lewis Farmington wusste noch nicht recht, was er von seiner Tochter und Captain Burke halten sollte.

Die Spannung zwischen ihnen war unverkennbar und die gegenseitige Anziehung nicht zu leugnen.

Während er Sara in den Wagen half, betrachtete Lewis Farmington den breiten Rücken des irischen Polizisten, der sich auf die andere Straßenseite begeben hatte und mit zwei von seinen Männern sprach. Burke war ein stämmiger Mann, der nicht so leicht umzuwerfen war – ein Mann, der im Laufe der Jahre sicher einiges einstecken musste, es aber gut verkraftet hatte. Anständig und einfühlsam, wie er war, würde sich der starke Mann bestimmt als guter Ehemann erweisen, wenn er vielleicht zuweilen auch etwas unbeweglich war. Aber das machte nichts. Clarissa hatte ihn auch oft beschuldigt, stur zu sein, und sie hatte ihn trotzdem sehr geliebt.

Er wandte sich wieder seiner Tochter zu, die ihn fragend anlächelte. Ein gerader Rücken, ein entschlossenes Kinn und klare Augen – ein wunderbares Mädchen. Ein bisschen zu nüchtern, zu ihrem Besten vielleicht. Auf jeden Fall viel zu willensstark, um bei den wenigen verbliebenen Junggesellen ihres Standes als gute Partie zu gelten.

Lewis hatte einst Hoffnungen auf Richter Worthingtons Sohn Isaak gesetzt – ein großer, strammer Bursche mit viel Verstand für die Gesetze und, wie Lewis stets geglaubt hatte, mit einem ausgeprägten Sinn für ethische Werte. Eines Abends hatte der junge Tor jedoch in Saras Gegenwart die Einwanderer New Yorks als „schmutzige Krankheitskeime“ bezeichnet. Unter dem Blick, den Sara ihm zuwarf, wäre selbst ein Kaktus verwelkt.

Doch dieser Michael Burke, dieser muskulöse Kelte – vermutete Lewis –, würde sich nicht so schnell abweisen lassen. Ob es Sara bewusst war oder nicht, dieser irische Polizist könnte der richtige Partner für sie sein. Was einen dabei zur Verzweiflung bringen konnte, war, dass jeder der beiden sein Interesse an dem anderen zu leugnen versuchte.

Nun gut. Die Zeit und Gottes Wille würden Wege finden, mit menschlichen Torheit fertig zu werden. Lewis war gespannt, wie sich die Dinge weiterentwickeln würden. Seltsam, dass es ihm nicht im Geringsten Sorge bereitete, dass seine einzige Tochter an einem Mann wie Burke Gefallen finden könnte; „gewöhnlich“ würden ihre Bekannten ihn nennen.

Lewis glaubte, dass er Michael Burke richtig einzuschätzen vermochte. Er besaß größtenteils eine sehr gute Menschenkenntnis, zumindest was Männer betraf. Kein Mann, der auch nur ein bisschen Verstand hatte, würde versuchen, eine Frau zu berechnen ... Frauen waren unberechenbar, und dass sie stets ein Rätsel blieben, gehörte zu ihrer Anziehungskraft.

Jedenfalls glaubte er, in Bezug auf den irischen Polizisten seinem Gefühl vertrauen zu können – und dieses schien bis jetzt dem Mann Mut zu machen.

* * *

Tierney war sprachlos, als er merkte, dass sein Vater tatsächlich entschlossen war, seine falsche Entscheidung in die Tat umzusetzen. Außer sich vor Wut, gab er sich keine Mühe, seinen Zorn zu beherrschen.

Sie hatten schon mindestens zehn Minuten gestritten, und Tierney behauptete, dass der ganze Abend nicht mehr als ein geschmackloser Spaß für die Farmingtons war.

„Warum hast du dich darauf eingelassen? Ich hätte nie geglaubt, dass du wirklich hingehen würdest!“

Er stand in der Tür zum Schlafzimmer seines Vaters und sah zu, wie er sein einziges gutes weißes Hemd bügelte. „Siehst du denn nicht ein, dass sie dich nur zum Narren halten?“

Der Vater richtete sich auf und setzte das Bügeleisen hart auf dem Bügelbrett ab. Ohne Hemd, seine besten Hosenträger lose herabhängend, starrte er Tierney mit brennenden Augen an. „Das reicht, Tierney!“ Die Worte platzten aus seinem Mund wie Schüsse aus einer Pistole.

Einen Augenblick lang schämte sich Tierney beinahe. Das dichte dunkle Haar ungekämmt und zerzaust, die schlimme Narbe von seiner Verletzung auf seiner Brust immer noch deutlich sichtbar, sah der Vater in dem Moment mehr wie ein Junge und nicht wie ein Mann aus. Der Schmerz in seinen Augen stand im Widerspruch zu dem Zorn in seiner Stimme, und Tierney wusste, dass er ihn mit seinen Worten verletzt hatte.

Doch trotzdem stimmte das, was er sagte. Warum konnte der Mann das bloß nicht einsehen? Ihn zum Abendessen in ihre vornehme Villa einzuladen – als ob sie Vater wie einen ihresgleichen behandeln wollten! Und er war zu gutgläubig, um zu sehen, was sich dahinter verbarg!

Nun, er sah zumindest, wie die Dinge wirklich lagen! Dahinter steckte diese lächerliche alte Jungfer, Sara Farmington! Für Tierney war es völlig klar: Sein Vater gefiel ihr, und sie würde sich damit amüsieren, für diesen dummen Iren die feine Dame zu spielen. Selbst trotz ihres Geldes war es ihr offensichtlich nicht gelungen, einen Mann zu finden. So hatte sie beschlossen, ein wenig mit dem armen, nichts ahnenden irischen Polizisten zu flirten.

Und Vater fällt darauf herein!

„Ich habe dir bereits gesagt“, wiederholte sein Vater betont geduldig, „dass wir alle drei für heute Abend eingeladen sind –

du und auch Daniel und ich. Bei der Einladung geht es hauptsächlich darum, mir Gelegenheit zu geben, mit Nora zu sprechen. Sara macht sich Sorgen um sie."

„‚Sara macht sich Sorgen um sie'", äffte Tierney ihn nach. „Sara hat es auf dich abgesehen – das käme der Wahrheit näher!"

Der Mund seines Vaters war nur noch ein Strich, und seine Hand fasste das Bügeleisen so fest, dass seine Knöchel weiß hervortraten. „Tierney, ich warne dich", stieß er mit schriller Stimme hervor, in der ein gefährlich harter Ton lag, „du bist mein Sohn, und du denkst vielleicht, du bist ein erwachsener Mann. Wenn du jedoch nicht mit deinen ekelhaften Anschuldigungen und gehässigen Bemerkungen aufhörst, werde ich dir zeigen, was für ein Kerl du eigentlich bist!"

Tierney stand breitbeinig da; die Hand zur Faust geballt, starrte er seinen Vater mit einer Mischung von Zorn und Enttäuschung an.

„Ich glaube", fuhr sein Vater fort, das Gesicht weiß vor Zorn, aber offensichtlich versucht, sich zu beherrschen, „es wäre am besten, wenn wir beide erst einmal schweigen. Vielleicht solltest du mich einfach ... erst einmal in Ruhe lassen."

„Das werde ich auch tun", schoss Tierney mit zorniger Stimme zurück. „Ich möchte nicht, dass deine feine Freundin warten muss!" Damit wandte er sich um und rannte aus dem Zimmer.

„Arbeitest du heute Abend?", rief ihm der Vater nach.

Tierney zögerte, dann sagte er mit einem bitteren Unterton: „Jawohl, ich werde heute Abend arbeiten, ganz gewiss!"

In der Küche stand Daniel über einen Stuhl gebeugt und war dabei, seine Schuhe zu polieren. Er richtete sich auf, das Gesicht besorgt in Falten gelegt. „Was gibt es denn für Ärger?"

Tierney schaute ihn verdrießlich an. „Du gehst natürlich."

„Warum sollte ich nicht gehen?"

Tierneys Kinnlade klappte herunter. „Ja", stieß er zornig hervor, „wirklich, warum solltest du nicht gehen!"

Er eilte durch das Zimmer und stieß die Tür so heftig auf, dass sie gegen die Wand knallte und wieder zurückprallte. Er raste, zwei Stufen auf einmal nehmend, die Treppe hinunter und warf keinen Blick mehr zurück.

38. Die Wunden eines Freundes

Danke Gott, wenn du einen guten Freund hast,
dessen Gesicht das Licht der Wahrheit widerspiegelt.
John Boyle O'Reilly (1844–1890)

Als Daniel und Michael eintrafen, jeder mit einem Blumenstrauß in der Hand, war Sara tief bewegt. Dass ein Junge in Daniels Alter seiner Mutter Blumen brachte – und sogar ohne einen besonderen Anlass –, fand sie einfach wundervoll.

Michael erklärte, dass sein Strauß für sie war. Dabei schien er sich in seinem gestärkten weißen Hemd und dem leicht abgetragenen Anzug steif und unbehaglich zu fühlen. Nicht dass Sara noch nie von einem Mann Blumen bekommen hätte. Im Laufe der Jahre hatte sie gewiss hin und wieder einen Strauß erhalten.

Jedoch nicht in letzter Zeit.

Vielleicht war es auch der Anblick der beiden, der sie so bewegte: Daniel mit seinem frischen Gesicht, der sich darauf freute, seine Mutter zu sehen, und ein sorgfältig gepflegter Michael, der offensichtlich verlegen, jedoch nicht weniger offensichtlich mit sich selbst zufrieden war, weil er daran gedacht hatte, Blumen mitzubringen. Noch nie hatte Sara so viel Aufhebens um die Aufmerksamkeit eines Mannes gemacht, und noch nie hatte sie sich so sehr darüber gefreut.

Nachdem die anfängliche Befangenheit verflogen war, wurde das Abendessen zu einem vollen Erfolg. Vater hatte sie in seiner fröhlichen, geselligen Art – gepriesen sei er dafür – mit Geschichten über seine ersten Versuche im Schiffsbau unterhalten, besonders mit heiteren Episoden über mancherlei Fehlschläge. Irgendwie gelang es ihm auch, die richtigen Fragen zu stellen, die Michael anregten, von seiner Arbeit zu erzählen.

Sara stellte mit großer Erleichterung fest, dass Evan und

Michael im Laufe des Abends immer besser miteinander umzugehen lernten. Sie lachten sogar ein- oder zweimal zusammen.

Ein wenig besorgt fiel Sara auf, dass Nora die Stillste am Tisch war. Natürlich war Nora immer still, besonders wenn sie mit mehr als ein oder zwei Leuten zusammen war. Heute schien der Grund für ihr Schweigen jedoch eher in ihrer Verwirrung als in ihrer Zurückhaltung oder Melancholie zu liegen. Sie verfolgte die heiteren Spötteleien zwischen Sara und ihrem Vater und hörte aufmerksam und mit einem leicht verstörten Blick zu, wie sich Evan und Michael schließlich über Probleme der Einwanderer unterhielten.

Außer dass sie hin und wieder ein freundliches Wort mit ihrem Sohn wechselte, schien Nora das Geschehen eher vom Rande zu beobachten als selbst beteiligt zu sein.

* * *

Als der Augenblick gekommen war, Michael Gelegenheit zu geben, allein mit Nora zu sprechen, spielte Lewis Farmington seine Rolle, so wie ihn seine Tochter vorher angewiesen hatte.

„Evan, ich werde Sie bestimmt nicht lange aufhalten, aber ich fürchte, ich werde Sie für ein paar Minuten in der Bibliothek brauchen, wenn es Ihnen nichts ausmacht“, erklärte Lewis Farmington, während er sich vom Tisch erhob. „Abraham Ware wird morgen früh als Erstes auf die Werft kommen, wenn es bei unserer Vereinbarung bleibt, und ich muss noch den letzten Teil unseres Angebots diktieren. Würde es Ihnen viel ausmachen?“

Evan war bereits aufgestanden, während Lewis Farmington noch sprach. Als perfekter Mitarbeiter war er stets auf die Bedürfnisse seines Chefs eingestellt. „Ich habe schon daran gedacht, dass Sie das Angebot gewiss nach dem Essen fertig stellen möchten, Sir.“

Die beiden Männer entschuldigten sich – Evan mit einem etwas unsicheren Blick zu Nora und Michael.

„Daniel, ich möchte dich für einen Augenblick entführen, falls deine Mutter und Michael nichts dagegen haben", sagte Sara. „Ich habe den Schmuck an der Weihnachtsharfe, die du gebaut hast, ausgetauscht, so dass ich sie das ganze Jahr über als Dekoration verwenden kann. Es würde mich interessieren, was du dazu meinst."

Der Junge stutzte ein wenig, folgte aber bereitwillig. Als sie das Speisezimmer verließen, betete Sara im Stillen, dass der Herr die Situation in seine Hände nehmen möge.

* * *

„Nun, Nora – ich nehme an, du hattest viel zu tun", sagte Michael, sobald sie allein waren, „mit den Vorbereitungen für die Hochzeit und allem, was dazugehört."

Nora schien von seiner Direktheit peinlich berührt und nickte unsicher. Da Michael spürte, dass er, ohne direkt zu sein, überhaupt nichts erreichen würde, fuhr er in der gleichen Art fort.

„Ich hoffe, du kommst gut voran", sagte er und erlaubte sich jetzt, da die Farmingtons nicht mehr im Zimmer waren, einen kräftigen Schluck aus seiner Teetasse. „Es ist nicht mehr viel Zeit bis Mai."

Nora vermied es weiter, ihm in die Augen zu schauen. Auf ihren halb leeren Teller starrend, nickte sie wieder zaghaft. „Nein ... tatsächlich nicht."

„Mir ist aufgefallen, dass du heute Abend nicht sehr viel gegessen hast. Macht das schon die Aufregung wegen der Hochzeit?"

Den Blick noch immer gesenkt, zwang sie sich zu einem Lächeln. „Höchstwahrscheinlich."

„Was ist los, Nora Ellen?“

Schließlich begegnete sie seinem Blick. In ihrem Gesicht waren Unsicherheit und Vorsicht zu lesen. „Ich weiß nicht, was du meinst.“

„Du trauerst noch immer um Morgan“, sagte Michael, diese Tatsache bewusst als Aussage und nicht als Frage formulierend.

„Und du nicht?“, entgegnete sie scharf. „Macht dir der Zustand, in dem er sich befindet, keine Sorgen?“

Michael nickte langsam. „Doch, natürlich mache ich mir auch Sorgen, ebenso wie es mir Sorge bereitet, dich in einem solchen Zustand zu sehen.“

Wieder starrte sie auf die Tischplatte und schwieg.

Michael verlor langsam die Geduld; er stand auf und ging um den Tisch herum zu ihr. „Als wir vor kurzem auseinander gegangen sind“, sagte er, als er sich neben sie setzte, „haben wir uns als Freunde verabschiedet, oder?“

Sie nickte, und er fuhr fort. „Dann sprich jetzt mit mir wie mit einem Freund, Nora Ellen. Sag mir, was dir auf dem Herzen liegt, obgleich ich es vermutlich ohnehin schon weiß.“

Sie hob den Kopf, und Michael freute sich beinahe, einen Schimmer von Ärger in ihren Augen aufblitzen zu sehen. Wahrscheinlich würde sie offener mit ihm sprechen, wenn sie wütend war.

„Und warum sollte ich nicht um Morgan trauern? Ich kann nicht glauben, dass du nicht auch seinetwegen betrübt bist!“, fügte sie anklagend hinzu.

Michael wählte seine Worte sorgfältig. „Natürlich bin ich bekümmert wegen Morgan. Aber ich habe mich mit der Tatsache abgefunden, dass ich nichts anderes für den Mann tun kann als für ihn zu beten und ihm zu schreiben, wie ich mich um ihn sorge und wie er mir am Herzen liegt. Wüsstest du noch etwas, was ich für ihn tun könnte – etwas, das mir noch nicht eingefallen ist?“

Ihre Schultern fielen zusammen, und auf ihrem Gesicht stand eine Mattigkeit, wie er sie schon lange nicht mehr gesehen hatte. „Es muss etwas geben“, sagte sie wie benommen. „Eine Möglichkeit, wie wir ihm helfen können.“

Michael schüttelte den Kopf und schaute ihr in die Augen, während er ihre Hand nahm. „Es gibt keine solche Möglichkeit, Nora. Und ich glaube, du weißt, dass ich damit Recht habe. Du tust dir nur selbst weh, wenn du dich nicht der Wahrheit stellst.“

Sie schaute ihm einen Moment in die Augen. „Wir könnten zu ihm gehen“, sagte sie leise. „Das könnten wir tun.“

Das war es also; genau das, was er befürchtet hatte. „Von all den törichten Dingen, die du in deinem Leben gesagt hast, ist das bestimmt die größte Torheit!“, stieß er mit harter Stimme hervor. „Ich kann kaum glauben, dass dir so eine verrückte Idee überhaupt in den Sinn kommt.“

Sie zog ihre Hand weg und schaute ihn mit einem anklagenden Blick an. „Willst du damit sagen, dass du nicht daran gedacht hast? Morgan braucht seine Freunde jetzt dringender als je zuvor!“

Es würde nicht leicht werden. Michael holte tief Luft, dann streckte er seine Hand noch einmal aus, um sie auf ihre zu legen. Dabei ignorierte er einfach, dass sie versuchte, ihre Hand wegzuziehen. Er näherte sich ihr mit seinem Gesicht und sagte bestimmt: „Morgan hat noch andere Freunde, Nora. Freunde, die in Irland sind – in Dublin –, nahe genug, um ihm helfen zu können.“

„Das kannst du nicht wissen! Außerdem war Morgan mit keinem anderen so eng verbunden wie mit uns!“

Michael stöhnte, aber gab nicht nach. „Selbst wenn das so war, Mädchen, das ist jetzt vorbei.“

Als er den Schmerz in ihren Augen sah, schämte er sich dessen, was er sagen wollte. Doch es musste gesagt werden, und kein anderer außer ihm konnte es tun. „Was zwischen uns dreien war, Nora, das ist jetzt Vergangenheit", sagte er leise. „Wir können jetzt wirklich nichts anderes für Morgan tun, als ihn mit unseren Gedanken und Gebeten zu begleiten und zu unterstützen. Er erwartet auch nicht mehr von uns, und wir sollten uns selbst auch nicht mehr auferlegen."

„Wie kannst du so gefühllos von ihm sprechen?", schrie sie und wand ihre Hand frei. „Ja, und ihr beide wart wie Brüder!"

Sein Augen wanderten über ihr Gesicht – so schön, so zart ... und so gequält. „Und so werden wir auch immer sein, im Innersten unseres Herzens. Aber ich kann jetzt nicht nach Irland fahren, um Morgan oder mir das zu beweisen. Und du kannst es ebenso wenig, Mädchen."

„Ich könnte das Geld für die Überfahrt aufbringen, falls du daran denkst!"

Er hätte sie am liebsten durchgeschüttelt. „Es hat nichts mit dem Geld zu tun. Natürlich könntest du es aufbringen! Sara Farmington würde dir geben, was immer du bittest! Sie ist auch deine Freundin, falls du das noch nicht gewusst hast." Michael hielt inne und atmete noch einmal tief durch, bevor er weiter auf sie einredete: „Du kannst nicht zurück, Nora Ellen, weil der Mann, den du liebst, hier ist, in New York. Und du hast dich ihm versprochen, Evan Whittaker. Oder hast du so schnell vergessen, warum du mir einen Korb gegeben hast?"

Er sah Tränen in ihren Augen aufsteigen und verachtete sich für einen Augenblick selbst, weil er so grob gegen sie vorgegangen war. Er würde jedoch zu Ende bringen, was er begonnen hatte. „Du hast es wegen Whittaker abgelehnt, mich zu heiraten. Jetzt erinnere ich dich daran, dass du keinen Grund hast, seine Liebe zurückzuweisen wegen eines Mannes, der dich nie wollte! Das kannst du nicht tun, Nora!"

Michael musste wegschauen, weil er den Schmerz in ihren Augen nicht länger ertragen konnte.

„Was hast du gesagt?“ Ihre Worte waren mehr ein ersticktes Flüstern, und Michael verachtete sich noch mehr.

Doch er wandte sich ihr wieder zu und zwang sich, das Zittern ihrer Lippen und die Tränen, die über das reizende Gesicht rollten, zu ignorieren.

„Ich sagte, dass Morgan dich nie gewollt hat, Nora. Und er will dich auch jetzt nicht. Er braucht *dich* auch nicht. Das ist die Wahrheit, und ich glaube, dass du das in deinem Herzen immer gewusst hast. Morgan war stets mit Irland verheiratet – einer starken, eifersüchtigen Frau, die es niemals dulden würde, dass ein Mann seine Liebe noch jemandem schenkt außer ihr. Du hast es vor vielen Jahren gewusst, dass es so ist, und du weißt es auch jetzt. Doch das Mitleid hat dich zum Narren gehalten und dir einzureden versucht, dass es anders sei. Ich sage dir, dass sich in dieser Beziehung nichts geändert hat und dass sich niemals etwas daran ändern wird.“

Schwankend richtete sie sich auf und stand mit funkelnden Augen vor ihm. „Du hast kein Recht, so etwas zu mir zu sagen!“, schrie sie wütend.

Michael warf seine Serviette auf den Tisch und sprang ebenfalls auf. „Ich habe alles Recht dazu! Ich kenne Morgan Fitzgerald genauso gut, wie du ihn gekannt hast, vielleicht sogar noch besser! Er hat mir manchmal das Herz gebrochen – nicht nur dir! Und er würde es wieder tun, mit beiden von uns; daran solltest du keinen Augenblick zweifeln!“

Mit aufgerissenen Augen trat Nora zurück und wollte das Zimmer verlassen. Doch Michael fasste sie an den Schultern, so dass sie stehen bleiben und ihm zuhören musste.

„Du wirst jetzt nicht weglaufen, Nora; du wirst mir zuhören! Weil Morgan dieses Unheil zugestoßen ist, hast du begonnen, dir in deiner Erinnerung ein so romantisches Bild von ihm zu malen, dass du den Blick für die Wirklichkeit verloren hast; für die Wirklichkeit, wie sie war – und wie sie noch immer ist!

Morgan ist Morgan, und er wird irgendwie mit seinen Schwierigkeiten fertig werden. Du musst jetzt einfach abwarten. Doch in der Zwischenzeit musst du der Wahrheit ins Auge sehen: Wenn der Mann dich jemals in seinem Leben gewollt hätte, dann hätte er dich längst haben können. Die Wahrheit ist, dass er dich nie genug geliebt hat, um die größte Leidenschaft seines Lebens aufzugeben, seine *Dark Rosaleen* – sein Irland! Und", fuhr Michael rücksichtslos fort, indem er einfach ignorierte, dass sie protestierend schluchzte, „und er liebt dich auch jetzt nicht genug! Mach die Augen auf, Frau! Du hast die Liebe eines guten Mannes, der selbst sein Leben für dich geben würde! Sei nicht so töricht, diese Liebe wegzuwerfen! Lass Morgan in Irland und in Gottes Händen und leb' das neue Leben, das Gott dir geschenkt hat!"

Erschöpft ließ er ihre Schultern los, blieb stehen und betrachtete sie. Nora hatte ihre Arme um ihren Körper geschlungen, als wollte sie sich selbst festhalten, um nicht zerbrechen zu müssen. Sie weinte jedoch nicht, sondern stand nur zitternd da und starrte ihn an, als hätte er sie geschlagen.

Michael wusste, dass er alles getan hatte, was er konnte. Vielleicht hatte sie ihre Freundschaft um der Wahrheit willen für immer weggeworfen. Er konnte diesen verwundeten Blick aus ihren Augen, der ihn des Verrats beschuldigte, nicht mehr länger ertragen. „Entschuldige uns bitte bei den Farmingtons", sagte er kurz. „Teile Daniel mit, dass ich draußen auf ihn warte. Wir müssen jetzt gehen."

Damit wandte sich Michael um und verließ das Speisezimmer, ohne sich noch einmal umzusehen. Die Erinnerung an Noras gequältes Gesicht hatte sich jedoch in sein Herz eingegraben.

* * *

Tierney Burke fand Rossiter, kurz nachdem er im Hotel angekommen war, im hinteren Büro über seine Bücher gebeugt. Er blätterte so sorgfältig in dem Buch, als fände er dort an seinen Fingerspitzen die Antworten auf die größten Geheimnisse des Lebens.

Rossiter schaute auf, als Tierney eintrat. „Du kommst zu spät. Zehn Minuten war niemand an der Rezeption."

„Und es ist niemand in der Halle, der einen Angestellten an der Rezeption braucht", konterte Daniel.

„Mr Walsh erwartet von seinen Angestellten, dass sie pünktlich sind."

„Ich werde es nacharbeiten. Ich wollte fragen, ob Sie noch jemanden für diese Lieferungen heute Abend brauchen."

Rossiter runzelte die Stirn. „Lieferungen?"

„Sie hatten mich gefragt, ob ich etwas in der Water Street abholen könnte", erinnerte ihn Tierney ungeduldig.

Der Buchhalter musterte ihn. „Zufälligerweise brauchen wir noch jemanden. Aber warum fragst du?"

Tierney zuckte die Achseln. „Ich könnte die Aufgabe doch übernehmen", sagte er beiläufig, „falls Sie möchten."

Rossiter kniff die Augen zusammen. „Warum dieser Sinneswandel?"

Tierney sah den Mann mit kalten Augen an. „Warum nicht?"

* * *

Michael zog sich sofort, nachdem er mit Daniel nach Hause gekommen war, in die Stille seines Schlafzimmer zurück. Matt und ausgelaugt von dem Streit mit Tierney und der Auseinandersetzung mit Nora sank er in seinen Schaukelstuhl und schloss die Augen.

Der Widerstand, den Nora seinen Worten entgegengebracht hatte, bereitete ihm immer noch Sorgen, aber noch mehr sorgte er sich jetzt um Tierney. Er konnte nur beten, dass die Bitterkeit und auflehnende Art des Jungen ihm nicht zum Verhängnis wurden.

Tierney hatte ihm mehr als einmal vorgeworfen, dass er ihn nicht verstand. Heute Abend gestand Michael sich zum ersten Mal ein, dass der Junge möglicherweise Recht hatte.

In dem Jungen war so eine Auflehnung, so ein tief sitzender Groll, die Michael vor ein Rätsel stellten und ihm gleichzeitig Sorgen machten. So sehr er es versuchte, konnte er Tierneys impulsives Temperament, seine unerklärliche Bitterkeit nicht verstehen. Ebenso wenig begreifen konnte er Tierneys unverhohlenen Hass gegenüber Leuten wie den Farmingtons.

Michael spürte, dass es dabei nicht nur um ihren Reichtum ging, obwohl dieser seinen Teil dazu beitrug, dass Tierney sie ablehnte; noch mehr aber war es das, was sie repräsentierten. Tierney ging davon aus, dass Lewis Farmington – und auch Sara – ihren Erfolg und ihre gesellschaftliche Stellung auf Kosten der weniger Privilegierten errungen hatten.

Der Junge hatte eine simple Gleichung aufgestellt – die in Michaels Augen falsch und gefährlich war –, indem er Reichtum mit dem bösen Unterdrücker und Armut mit dem unschuldigen Opfer gleichsetzte. Michael war lange genug Polizist, um zu wissen, dass Tierneys Sicht mehr als naiv war. Das Unrecht wucherte zu beiden Seiten des Dollars, und er wollte sich gar nicht erst auszumalen versuchen, auf welcher Seite es besser gedieh.

Während er langsam vor- und zurückschaukelte, seufzte er. Er wusste nicht, was er mit Tierney machen sollte. Der Junge hatte zweifellos viele gute Seiten. Hatten die Lehrer in der Schule nicht oft genug seinen scharfen Verstand und seine natürliche Leitungsverantwortung gelobt – und dass er sich schützend vor kleinere und weniger selbstbewusste Kinder stellte?

Er hatte jedoch auch Fehler, einige davon herausragender als andere: seine unberechenbaren Gefühlsausbrüche, eine gehässige Ader und sogar eine Spur von Fanatismus, dachte Michael verzweifelt.

Außerdem waren Tierneys Ansichten oft ungerecht und kurzsichtig – wie seine Verachtung gegenüber den Farmingtons. Dabei waren Lewis Farmingtons Werke christlicher Nächstenliebe weithin bekannt, bis in die dunkelsten Winkel der Slums von Five Points. Und was Sara betraf, so war sie eine Frau, die allen Respekt verdiente. Zum ersten Mal, seitdem sie sich kannten, erlaubte sich Michael, offen und ehrlich über Sara Farmington nachzudenken. Monatelang war er darauf festgelegt gewesen, Nora zu heiraten, ihr ein Zuhause und seinen Namen zu geben, wie er es Morgan versprochen hatte. Doch durch Noras eigene Entscheidung war er jetzt von dieser Verpflichtung entbunden.

Wenn er darüber nachdachte, musste er zugeben, dass Sara Farmington ihn schon bei ihrer ersten Begegnung fasziniert hatte. Er hatte sie gesehen, als sie sich im Schmutz und Dreck des Flurs einer Mietskaserne zu einem verdreckten, vernachlässigten Kind herabgebeugt hatte, um ihm Zuwendung zu schenken. Die Monate, in denen er sie dann noch besser kennen gelernt hatte, hatten seine Bewunderung für sie nur wachsen lassen.

Sara strahlte Kraft und gleichzeitig eine unerwartete Sanftheit aus, was Michael sehr gefiel. Außerdem wusste er, dass sie einen schier unerschütterlichen Glauben besaß – und einen unbeugsamen Willen. Und trotzdem wirkte sie stets anziehend weiblich. Das leichte Hinken beeinträchtigte ihre anmutige Gestalt ebenso wenig, wie ihr reger Geist ihrem Charme Abbruch tat.

Plötzlich musste Michael über Tierneys Anschuldigung nachdenken, dass Sara ... es auf ihn abgesehen hätte. So wütend ihn die Anspielungen des Jungen auch gemacht hatten, konnte er jedoch nicht leugnen, dass er sich halb wünschte, der Junge hätte Recht.

Während er sich aus dem Schaukelstuhl erhob und sich ausstreckte, lachte er über seine eigene Torheit. Lewis Farmington wäre höchstwahrscheinlich geschockt bei dem Gedanken, dass sich ein irischer Polizist Hoffnungen auf seine Tochter machte. Der Mann war jedoch stets herzlich, wann immer sie sich auch begegnet waren, und heute Abend, während des Essens, war er überaus freundlich gewesen. Michael mochte den Millionär und Werftbesitzer tatsächlich sehr – und er spürte, dass auch er Farmingtons Wertschätzung besaß.

Das bedeutet jedoch nicht, dass er es begrüßen würde, wenn du um seine einzige Tochter wirbst ...

Bei diesem Gedanken verzog Michael den Mund. Und was machte es eigentlich aus, was Farmington dachte? Einer Millionärstochter den Hof zu machen, war ein Luxus, den man sich mit dem Lohn eines eingewanderten Polizisten schwerlich leisten konnte. Und was gab ihm außerdem das Recht, anzunehmen, dass Sara sein Werben begrüßen könnte! Sie war schließlich die Erbin eines Vermögens und lebte in einer gesellschaftlichen Schicht, die er als irischer Polizist niemals erreichen würde.

Und außerdem, erstarrte die Frau nicht jedes Mal, wenn er in ihre Nähe kam? Es schien, als brauchte er nur ihren Namen zu nennen, und sie verlor beinahe die Sprache. Es war jedoch einoder zweimal vorgekommen, dass sie in seiner Gegenwart so errötete, dass er beinahe gemeint hatte ...

Was war er doch für ein Narr! Über sich selbst empört, riss Michael wütend sein Bettzeug herunter. Als er sich wieder aufrichtete, schüttelte er den Kopf über sein Spiegelbild.

* * *

Nachdem Michael und Daniel gegangen waren, hatte sich Nora mühsam bei den Farmingtons entschuldigt und sich auf ihr Zimmer zurückgezogen; zusammengerollt lag sie auf ihrem Bett.

Es gelang ihr nicht, Michaels Worte aus ihrem Gedächtnis zu verbannen. Sie waren bis in ihr Innerstes vorgedrungen und quälten sie weiter mit dem, was er die Wahrheit genannt hatte.

Evan war mindestens zweimal an ihrer Tür gewesen, hatte geklopft und nach ihr gerufen. Schließlich war er jedoch gegangen, nachdem sie ihn gebeten hatte, sie in Ruhe zu lassen. Später hatte sie bemerkt, wie Sara an ihrer Tür war, aber auch sie war schließlich wieder nach unten gegangen.

Nora glaubte, endlos so gelegen zu haben. Während Michaels Worte in ihrem Geist stets von neuem widerhallten, verflogen langsam ihr Zorn und ihre Empörung. Stattdessen wurde ihr allmählich schmerzlich bewusst, wie wahr diese Worte waren. Es war eine Wahrheit, die sie längst kannte, der sie sich vor Jahren schon gestellt hatte. Doch wie Michael gesagt hatte, war durch Morgans Unglück ihr Bild von der Wirklichkeit verzerrt worden. Sie hatte ihre alte Freundschaft und Liebe idealisiert und romantisiert, hatte sie zu etwas gemacht, was sie niemals war und niemals sein würde.

Und damit hatte sie das Geschenk von Evans Liebe aufs Spiel gesetzt!

Langsam richtete Nora sich auf und rieb ihr Gesicht zwischen beiden Händen, bevor sie ein Taschentuch nahm, um die restlichen Tränen zu trocknen. Plötzlich wurde ihr bewusst, was Michael heute Abend für sie getan hatte – einen schweren Dienst, zu dem sich nur ein echter Freund überwinden konnte.

Er hatte sie befreit, ja, das hatte Michael getan. Er war mutig genug gewesen, um sie mit einer schmerzlichen Wahrheit zu konfrontieren, die sie beinahe vergessen hatte. Ihre Freundschaft hatte er aufs Spiel gesetzt, um sie aus einer tödlichen Falle zu befreien, die sie sich selbst gestellt hatte.

Und, dachte sie reumütig, das war nicht das erste Mal, dass Michael das für sie getan hatte! Wie oft hatte sie Michael, als sie noch in ihrem Dorf lebten, vor einer Gefahr errettet, in die sie sich selbst begeben hatte, und sie dann an den Schultern gerüttelt und getadelt, wie töricht sie war!

Auch damals schon, als sie noch so jung war, hatte sie gespürt, dass Michaels zornige Vorwürfe in seiner Sorge und Zuneigung für sie begründet waren. Und so war es auch jetzt. Niemand außer Michael konnte so mit ihr sprechen, konnte ihren Zorn und ihr Verwundetsein durchbrechen und bis zu ihrem Herzen vordringen.

Michael, ihr Freund und ihr Bruder – ihr Beschützer Michael, der zuweilen auch ihr Gewissen war.

Während sie aufstand, tastete Nora nach dem Knoten in ihrem Nacken und fragte sich, ob sie so spät noch zu Evan gehen konnte.

Natürlich konnte sie! Er würde bestimmt warten; warten und sich sorgen.

Plötzlich sehnte sie sich verzweifelt danach, dass Evan sie in seinen Arm nahm, seine Wange sanft an ihre legte und ihr scheu seine Zärtlichkeiten zuflüsterte.

Sie eilte aus ihrem Zimmer, raste die Treppe hinunter und nahm ihr Umschlagtuch von dem Kleiderständer. Draußen angekommen, rannte sie das ganze Stück bis zu Evans Häuschen.

Während er die Tür öffnete, wurde sein besorgtes Stirnrunzeln von Erstaunen abgelöst, als Nora sich in seinen Arm fallen ließ.

39. Herzenswünsche

Die Harfe, die einst im Festsaal erklang,
jeden Raum mit Musik beseelte und erfüllt',
verhallt ist ihr Lied, verstummt ihr Gesang,
als sei ihre Seele geflohen – verhüllt.
So schläft nun der Stolz vergangener Tage,
das Prickeln des Ruhms ist so weit,
und Herzen, die einst höher schlugen, halten nur vage
die Erinnerung vergangenen Lobs, verflossener Zeit.
Thomas Moore (1779–1852)

Dublin
Anfang April

Mit einem Anflug von Heiterkeit beobachtete Morgan das Geschehen vor seinem Schlafzimmerfenster.

Wie Sandemon vorausgesagt hatte, war es ihm schließlich gelungen, einen „Dienst" für ihr verrücktes Kind aus Belfast zu finden. Ein zusätzlicher Segen war, dass dieser Dienst außerhalb des Hauses lag.

Annie Delaney war zum offiziellen Stallknecht für Morgans Pferd Pilgrim ernannt worden. Heute Morgen stand sie mit Sandemon an dem Fluss, der an der Westseite des Anwesens vorbeiführte. Der große rote Hengst schmiegte seine Schnauze an die Hand des Mädchens, als sie mit gespannter Miene seinen Kopf streichelte.

Dass der launische Pilgrim das Mädchen mochte, war tatsächlich ein Wunder. Doch während er sie beobachtete, konnte Morgan sich selbst davon überzeugen, dass das Kind, wie Sandemon behauptet hatte, fast alles mit dem Pferd anstellen konnte, was es wollte.

Diese Freundschaft konnte nur im Himmel geschlossen worden sein, dachte Morgan ironisch. Der leicht reizbare Hengst duldete keine Autorität; außer Morgan und ein oder zwei Burschen in Mayo hatte kaum jemand sein Zaumzeug in den Händen gehabt, und noch weniger Menschen hatten je auf seinem Rücken gesessen. Aus irgendwelchen rätselhaften Gründen schien er jedoch Annie Delaney zu lieben und zu verehren. Sandemon behauptete, der große Kerl schnurrte schon bei der leisesten Berührung des Mädchens wie eine zufriedene Katze.

Das Gesicht des Kindes erstarrte plötzlich, während sie finster zu Sandemon hochblickte. Morgan lächelte und schüttelte den Kopf. Höchstwahrscheinlich hatte Sandemon ihr einen Auftrag gegeben, der ihr missfiel. Wie immer reagierte der große schwarze Mann unnachgiebig gegenüber der Sturheit des Kindes. Er stand abwartend da, eine Hand ausgestreckt, bis Annie endlich Pilgrims Zügel losließ.

Sie entfernten sich von dem Fluss, und Sandemon führte den Hengst zu den Ställen. Annie lief hinterher und hob Papier und andere Abfälle auf, die der Nachtwind herübergeweht hatte.

Morgan reckte seinen Hals, um sie so lange sehen zu können, bis sie außer Sichtweite waren. Dann lehnte er sich in seinem Rollstuhl zurück und schloss die Augen. Was würde er nicht darum geben, einmal wieder die Kraft Pilgrims unter sich zu spüren! Wie sehr vermisste er die Freiheit, das Hochgefühl, auf der großen Bestie über die Berge von Mayo zu reiten! Erst jetzt, da ihm dieses Erleben verwehrt war, gestand er sich ein, dass es auf ursprüngliche, unerklärliche Weise eine Art Ritus seiner Männlichkeit war, auf dem breiten Rücken dieses Hengstes zu sitzen. Niemals hatte er sich so frei und erwachsen gefühlt wie in den Augenblicken, wenn er und Pilgrim über das Land jagten, den Wind im Gesicht und die Sonne im Rücken, Morgans Geist von einem hohen Lebensgefühl beflügelt. In dem Wissen, dieses Gefühl nie mehr schmecken zu dürfen, drohte ihn diese Erinnerung schmerzlich zu überwältigen.

Als Morgan die Augen wieder öffnete, wischte er sich mit dem Handrücken den Schweiß von der Stirn. Der heftige Schmerz in seinem Rücken plagte ihn bereits wieder, und es war gerade erst mitten am Vormittag. Obwohl die Schmerzanfälle in letzter Zeit seltener auftraten, hatten sie nichts von ihrer Heftigkeit verloren.

Er brauchte einen Schluck aus der Flasche, aber es war noch früh am Tag, zu früh. Wenn er jetzt schon zu trinken begann, würde er den ganzen Tag nicht zu gebrauchen sein.

Ein bitteres Lachen drang aus seinem Mund. Als ob er noch nutzloser werden konnte, als er es ohnehin schon war!

Was sollte er überhaupt noch tun? Größtenteils hatte er das Interesse am Lesen verloren. Außer den Tagebüchern Joseph Mahons waren es stets die gleichen schwachsinnigen politischen Reden, die Morgan in die Hände bekam. Inzwischen kannte er das meiste auswendig: *Der Aufstand wird kommen. Das Volk wird sich erheben. Young Ireland wird die Führung übernehmen. Irland wird frei sein.*

Früher hatte er dazugehört; doch jetzt nicht mehr. Smith O'Brien und ein oder zwei andere bedrängten ihn noch immer, doch wieder zur Feder zu greifen. Er hatte noch eine Stimme, behaupteten sie.

Er hatte noch eine Stimme, ja, aber keine Worte mehr. Sie begriffen nicht, dass es für ihn nichts mehr zu schreiben gab. Er hatte nichts, wogegen er protestieren wollte, nichts zu verteidigen, nichts zu sagen. Seine Tagebücher blieben leer, unbeschriebene Blätter auf einem aufgeräumten Schreibtisch. Seine Harfe schwieg – wie ein toter, stummer Gegenstand, der in der Ecke seines Zimmers stand und ihn anklagte.

Die Tage vergingen in sinnloser Routine. Morgan nahm seine Mahlzeiten ein, las seine Post, erduldete die Übungen, die Sandemon ihm auferlegte. Er saß in dem teuflischen Rollstuhl, und während dank Sandemons Therapie sein Oberkörper und seine Arme stärker und kräftiger wurden, hingen seine Beine schwer und nutzlos an ihm herab, und sein Geist war so trübe wie das Wetter an einem nebligen Novembertag.

Wenn er Lust hatte, arbeitete er ein bisschen an Josephs Tagebuch oder erzählte dem Mädchen nach dem Abendessen in der Bibliothek eine Geschichte. Annie bettelte stets um eine Geschichte; sie hörte so gern die alten Sagen und Märchen: die Abenteuer von *Cuchulain* und *Finn Mac Coul,* die ruhmreichen Heldentaten der *Alten Fenier,* die tragische Liebesgeschichte von *Deirdre und Naisi.* Es spielte keine Rolle, wie oft sie die Geschichten schon gehört hatte. Das Kind war wie ein Schwamm, der alles aufsog, was Morgan zu bieten bereit war.

Und das war wenig genug, wie er sich schuldbewusst eingestand. Hatte er nicht ihren Hunger gesehen, ihr Verlangen nach Büchern und ihren Wissensdurst? Er zweifelte nicht daran, dass sie klug genug war und schnell begreifen würde. Doch er spürte auch, dass Annie mehr brauchte – mehr wollte. Das Mädchen sehnte sich nach Kameradschaft, danach, angenommen und einbezogen zu werden. Sie forderte mehr von ihm, als er zu geben in der Lage war, sowohl mehr körperliche als auch seelische Kraft, als er aufbringen konnte. Es lag einfach nicht in seiner Macht, dem Madchen all das zu sein, was sie brauchte.

Abends trank er. Der Whisky half ihm insofern, dass er seinen Schmerz linderte und dafür sorgte, dass er schlafen und vergessen konnte – wenigstens für ein paar Stunden.

Zuweilen versuchte er noch zu beten, aber seine Gebete waren ebenso leblos wie seine Beine. Er schickte sie aus einem bangen Herzen empor, und es erschien ihm, als würden sie von einem leeren Himmelsgewölbe zurückprallen.

Mehr als einmal hatte er um ein Zeichen von Gottes Gegenwart gebeten, einen Hinweis, dass er Morgan Fitzgerald nicht gänzlich verlassen hatte. Manchmal meinte er, dass er – wenn er auch nur den geringsten Hinweis darauf entdecken könnte, dass Gott trotz allem Unheil die Herrschaft über sein Leben in der Hand behalten hatte – vielleicht die Kraft aufbringen könnte, um durchzuhalten, ohne wahnsinnig zu werden.

Doch das Echo des Schweigens war die einzige Antwort, und seine Verzweiflung sowie das Gefühl äußerster Hilf- und Hoffnungslosigkeit wurden immer größer.

Immer seltener unternahm er den Versuch, vor Gottes Thron zu treten. Er war sich ziemlich sicher, dass Gott ihn nicht hörte. Oder dass er, falls er ihn hörte, ihm gleichgültig war.

* * *

Annie Delaney und Sandemon arbeiteten fast den ganzen Tag in den Ställen. Wie immer passte Sandemon auf, wie Annie Pilgrim pflegte. Im Moment hatte er Annie ihrer Arbeit überlassen und sich auf die andere Seite des Stalls begeben, wo er sich mit Colm O'Grady, dem Stallknecht, unterhielt.

Sorgfältig striegelte Annie Pilgrims Mähne und genoss es besonders, dass sie so seidig war. Sie liebte alles, was zu ihrer Aufgabe als „Stallbursche" gehörte: den durchdringenden Geruch von Heu und warmen Tieren in dem Stall, wie die Pferde sie erkannten und begrüßten – und besonders, dass sie mit Morgan Fitzgeralds großem edlem Hengst Freundschaft schließen konnte.

Sie erfüllte ihre neue Aufgabe sorgfältig und gewissenhaft. Der große rote Hengst war das erste Tier, für das sie Verantwortung übernommen hatte, und sie war fest entschlossen, bei dieser Arbeit – im Gegensatz zu den anderen Aufgaben, bei denen sie jämmerlich versagt hatte – keinen Anlass zur Klage zu geben.

Bisher schien Sandemon mit ihren Leistungen zufrieden zu sein, worüber sich Annie sehr freute. Sie waren gute Freunde geworden, sie und der schwarze Mann. Er führte sie mit straffer Hand, und es gab kein Pardon für ihre Streiche. Doch er war auch sehr nett; nett und hilfsbereit und ehrlich an ihr als Person interessiert. Annie konnte beinahe über alles mit ihm sprechen, und er hatte immer eine Antwort, eine Ergänzung oder wenigstens eine Frage dazu bereit.

Sie hatte noch nicht entschieden, wer von beiden der Klügste oder der Weiseste war – Sandemon oder der *Seanchai.* Sie nahm an, dass der *Seanchai* die bessere Schulbildung besaß. Gewiss wusste er auf den Gebieten der Kultur und Geschichte besser Bescheid.

Sie vermutete jedoch, dass Sandemon sehr viel Weisheit besaß – eine Art Weisheit, die wenig mit Bücherwissen zu tun hatte, obgleich auch er ein gebildeter Mann war. Sandemon kannte die Natur, die Zeit und Gott; er verstand etwas von Gezeiten und Jahreszeiten, von Tieren und Bäumen.

Und er verstand sie. Was den *Seanchai* betraf, so war er zwar auch nett, auf seine eigene raue Art, für ihn war sie jedoch nicht viel mehr als eine Art Unterhaltung in seinem Leben – und zuweilen sogar Ärgernis. Offenbar hatte er kein wirkliches Interesse daran, sie als Mensch kennen zu lernen. Er hörte zu, wenn sie erzählte, verzog sein Gesicht über ihre Streiche, und manchmal erzählte er ihr sogar Geschichten und ließ dabei die alten Krieger und Feengestalten der alten Sagen für sie lebendig werden.

Doch obwohl er sie duldete, schien ihm nichts daran zu liegen, die *wirkliche* Annie Delaney kennen zu lernen. Diese Gleichgültigkeit betrübte Annie. Der *Seanchai* war ein wahrer Held, ein großartiger Mann; sie verehrte ihn und war ihm sehr verbunden. Am Anfang hatte sie noch geglaubt, er würde an ihr hängen und sogar ihre Freundschaft suchen. Im Laufe der Zeit war eine solche Möglichkeit jedoch in immer weitere Ferne gerückt.

Vielleicht wäre es anders, wenn ihm nicht dieses furchtbare

Unheil zugestoßen wäre. Sandemon hatte ihr erklärt, dass Unheil sich bei verschiedenen Menschen verschieden auswirkte. Bei manchen bewirkte es Trennung – von ihrer Familie, ihren Freunden und auch von Gott. Andere wiederum schien es ihrem Schöpfer und denen, die sie liebten, näher zu bringen.

Sandemon sagte, dass er die Erfahrung gemacht hatte, dass Leute, die körperlich stark und selbstbewusst waren, sich eher zurückzogen, wenn sie ein Unglück ereilte. Vielleicht hatten sie sich so sehr auf ihre eigene Kraft und Stärke verlassen, dass es ihnen furchtbar schwer wurde, von anderen abhängig sein zu müssen.

So gesehen war es mehr als verständlich, dass es dem *Seanchai* unheimlich schwer fiel, sich in sein Schicksal zu fügen. Annie trauerte um alles, was er verloren hatte, und sehnte sich danach, ihn zu trösten. Doch wie sollte sie ihn trösten können, wenn er sie nicht ernst nahm?

Trotzdem hatte sie keinen Grund, sich zu beklagen. Hatte der Mann sie nicht aufgenommen, ihr eine Unterkunft und Arbeit gegeben? Beide, der *Seanchai* und Sandemon, waren nett zu ihr. Durch ihre Freundlichkeit hatten tatsächlich auch Annies Wunden zu heilen begonnen – die Wunden von der Hartherzigkeit ihrer Mutter und Tullys Brutalität.

Zum ersten Mal seit sehr langer Zeit lebte Annie ohne Angst. Sie lernte wieder zu vertrauen.

„Du wirst dem armen Pferd noch eine Glatze verpassen, wenn du nicht aufhörst, seine Mähne zu striegeln“, tadelte Sandemon sie mild, nachdem er wieder zu ihr gekommen war und sie beobachtete.

Annie schaute ihn einen Augenblick verdutzt an und betrachtete dann Pilgrims Mähne, die sie tatsächlich lange Zeit unablässig gebürstet hatte. Grinsend streichelte sie dem großen Hengst die Nase und steckte den Striegel weg.

„Was ist mit Old Scratch los?“, fragte sie, während sie auf den schwarzen Vollblüter auf der anderen Seite des Stalls zeigte. Annie mochte dieses Pferd nicht, das laut Colm O'Grady in dem Stall stand, um einem einflussreichen Freund Sir Roger Nelsons einen Gefallen zu erweisen. Das nervöse Tier schien sich unablässig dagegen aufzulehnen, eingesperrt zu sein. Als Annie ein- oder zweimal versucht hatte, es zurechtzuweisen, hatte es sie völlig ignoriert.

Sandemons Blick wanderte zu dem Pferd und dann wieder zurück zu Annie. „In ihm steckt böses Blut", sagte er ernst. „Du hältst dich von ihm fern, hörst du?"

„Ja, gewiss", sagte Annie. „Er mag mich genauso wenig wie ich ihn."

Sandemon nickte. „Wir müssen zurück; vielleicht braucht mich der *Seanchai.*"

„Ja, aber noch ein letztes Stück Zucker für Pilgrim, bevor wir gehen", sagte Annie und kramte in ihrer Tasche.

„Du verwöhnst den Hengst schrecklich", bemerkte Sandemon, während sie die Stallungen verließen und ins Haus zurückgingen.

„Ich denke, er fühlt sich vielleicht einsam", entgegnete Annie. „Er muss den *Seanchai* furchtbar vermissen."

Sandemon betrachtete sie nachdenklich. „Ja", sagte er sanft, „ich glaube, er vermisst ihn sehr."

Einen Augenblick später erschien ein geheimnisvolles Lächeln auf seinem Gesicht. „Vielleicht weiß ich ein Geheimnis", sagte er.

Annie lauschte gespannt und starrte Sandemon an. „Was für ein Geheimnis?"

Der schwarze Mann zuckte die Achseln. „Vielleicht ist es ein besonderer Tag."

„Ein besonderer Tag? Welcher besondere Tag? Sag es mir, Sand-Mann!"

„Was wäre, wenn ich wüsste, wann der *Seanchai* Geburtstag hat, hmm?"

Annie blieb stehen und zog Sandemon am Ärmel, damit auch er innehielt.

„Woher weißt du das?", fragte sie gespannt.

„Sein Freund, der Priester, hat mir einige wichtige Informationen mitgegeben, als er mich angestellt hat."

„Wann hat der *Seanchai* Geburtstag?"

„Bald, nächsten Monat schon. Wir sollten überlegen, was wir ihm schenken. Meinst du nicht auch?"

„Aber ja, und es sollte ein ganz besonderes Geschenk sein, Sand-Mann! Wirklich etwas ganz Besonderes!" Annie Geist arbeitete, und sie dachte nach, was den *Seanchai* wirklich glücklich machen könnte.

„Vielleicht habe ich bereits eine Idee", sagte Sandemon. „Es würde jedoch viel Arbeit machen, und wir haben wenig Zeit. Aber wenn du fleißig hilfst, könnten wir es wahrscheinlich noch rechtzeitig schaffen."

Annie trat aufgeregt von einem Fuß auf den anderen und strahlte den schwarzen Mann an. „Ganz bestimmt möchte ich helfen! Was hast du für eine Idee, Sand-Mann? Bitte, sag es mir!"

Er legte seinen Finger auf den Mund. „Still jetzt, Kind, oder der *Seanchai* merkt noch, dass wir etwas im Schilde führen. Das bleibt unser Geheimnis, meins und deins. Auch Artegal darf nichts davon erfahren."

„Besonders Artegal." Annie rümpfte die Nase. „Er würde alles absichtlich verderben, wenn er davon Wind bekäme. Nur, weil es unsere Idee ist. Er kann uns beide nicht ausstehen." Sie hielt inne. „Und er mag nicht einmal den *Seanchai*."

Sandemon schaute sie an. „Ich fürchte, du hast Recht. Er scheint ein unglücklicher Mensch zu sein."

Wieder verzog Annie das Gesicht. „Ein abscheulicher Mensch ist er, und so furchtbar kalt." Wieder zupfte sie Sandemon am Ärmel und bohrte weiter. „Jetzt sag mir schon, was wir dem *Seanchai* schenken wollen, Sand-Mann!"

„Du versprichst mir, so viel zu helfen, wie es nötig sein wird?"
„Darauf gebe ich dir meine Hand! Ich werde nicht eher ruhen, bis das Geschenk fertig ist!", gelobte Annie feierlich.
Sandemon lächelte sie an. „Sehr gut, Kind. Ich habe mir Folgendes ausgedacht."

* * *

Nach dem Abendessen begleitete Sandemon Annie in die Bibliothek, um ein Buch auszusuchen.
Außer dem Hinweis an Annie, sorgsam mit den Büchern umzugehen, hatte der *Seanchai* ihnen beiden freien Zugang zu den Regalen gewährt, die Tausende von Büchern aller Art bargen.
Wie fast immer wählte das Kind für sich irische Volksmärchen aus. Auf Sandemons Bitte begann sie, die Märchen laut vorzulesen, während er noch in den Regalen stöberte, um die richtige Lektüre für sich zu finden.
Sie las gerade eine Geschichte über die Heldentaten des *Oisin* im Lande der Ewigen Jugend vor, als der *Seanchai* in die Bibliothek gerollt kam und an der Tür sitzen blieb und zuhörte.
Das Kind hielt inne und blickte auf, doch der *Seanchai* bedeutete ihr, fortzufahren. „Lies die Geschichte zu Ende", sagte er, leise vor sich hinlächelnd.
Annies Gesicht strahlte wie die helle Morgensonne, als sie weiterlas. Sie las schnell und fließend, fast als würde sie die Geschichte auswendig erzählen. Als sie fertig war, bedeutete der *Seanchai* dem Mädchen, ihm das Buch zu bringen.
Er schaute in das Buch und dann zu dem Kind. „Wie ich gedacht habe", sagte er. „Diese Geschichten sind in Irisch geschrieben."
Annie nickte. „Ja, Sir, aber Sand-Mann versteht kein Irisch."
Er betrachtete sie immer noch mit einem neugierigen Blick

und sagte: „Und so übersetzt du sie ins Englische, während du liest." Sandemon bemerkte den überraschten Unterton in der Stimme des jungen Herrn. „Du kannst gut Irisch, Mädchen. Wer hat es dich gelehrt?"

„Mein Vater", erwiderte das Kind mit offensichtlichem Stolz. „Größtenteils anhand von Ihren Gedichten und anderen Schriften von Ihnen, Sir."

Der *Seanchai* starrte sie an. „Anhand meiner Schriften?" Sandemon hätte singen mögen vor Freude über die Wärme in diesen Augen, die so oft von Schmerz gequält oder von Bitterkeit verdunkelt waren.

Die beiden Männer tauschten über Annies Kopf hinweg einen Blick aus. „Sie ist ein kluges Kind", sagte der *Seanchai* trocken. „Sie liest Irisch und übersetzt es wie ein Gelehrter. Das findet man heutzutage nicht mehr oft in Irland."

Sandemon warf dem Kind von der Seite einen Blick zu und freute sich über ihr strahlendes Gesicht. „Ich frage mich, warum das so ist, Sir – warum nicht mehr Kinder die Sprache ihrer Vorfahren sprechen?"

Der *Seanchai* stieß einen harten, verächtlichen Laut aus. „Vielleicht weil die Engländer sich vorgenommen haben, diese Sprache systematisch auszurotten! Seit Generationen war es entweder verboten oder unmöglich, die irische Sprache zu lehren. Wenn man nicht dafür eingesperrt wurde, weil man es versuchte, wurde man verprügelt oder lächerlich gemacht! So sind nur noch wenige übrig geblieben, die fähig waren, die Sprache zu lehren."

Sandemon dachte über Morgans Worte nach. „Die Sprache eines Volkes zu vernichten – diente das nicht dazu, die nationale Einheit dieses Volkes zu zerstören und ihre Kultur zu vernichten?"

„Ah ... Sie schauen hinter die Kulissen", erwiderte der *Seanchai* zynisch.

Sandemon warf seinem Arbeitgeber einen unerschütterlichen Blick zu. „Dann", sagte er behutsam, „wäre es an der Zeit, dass die wenigen Gelehrten, die diese Sprache noch lehren können – dies auch tun." Er hielt kurz inne. „Meinen Sie nicht auch, *Seanchai?*"

Der Mann im Rollstuhl warf Sandemon einen vernichtenden Blick zu, erwiderte jedoch nichts.

Sandemon musste an etwas denken, was ihm der Priester aus Mayo anvertraut hatte. „Ich glaube", sagte er beiläufig, „dass eine gute Schule unter der Leitung eines gelehrten Mannes viel dazu beitragen könnte, die Kultur Irlands für zukünftige Generationen zu bewahren."

Der *Seanchai* betrachtete Sandemon mit zusammengekniffenen Augen. „Vielleicht", stieß er hervor. „Doch ich habe vorerst nicht die Kraft, eine solche Schule zu leiten." Ein Schatten huschte über das Gesicht des jungen Herrn, und sein Blick war für einen flüchtigen Augenblick so gequält, als hätte ihn die Kälte einer geisterhaften Gegenwart berührt.

Sandemon war nicht bereit, das Thema fallen zu lassen. „Vielleicht werden Sie weiter darüber nachdenken wollen, wenn Sie sich wieder stärker fühlen. In der Zwischenzeit müssen wir umso härter an Ihrer Therapie arbeiten."

Er erwartete halb, dass sein Herr wutentbrannt aus dem Zimmer rollte. Inzwischen nahm er auch die ersten Anzeichen von Erregung und Ruhelosigkeit wahr, die seinen Herrn jeden Abend überkamen. Er erkannte diese Zeichen als das, was sie waren, und er machte sich große Sorgen. Der Mann erinnerte ihn an Old Scratch, den hitzigen Vollblüter, der ständig die schützenden Wände des Stalls niederzureißen drohte. Doch für seinen jungen Herrn gäbe es, selbst wenn er sich losreißen könnte, keinen Ort, an den er fliehen und keine Beine, die ihn tragen würden. Er war gefangen, und diese Sinnlosigkeit quälte die große Seele des Mannes wie ein Fluch. Unfähig zu laufen, ergriff er mit anderen Mitteln die Flucht.

Doch diesmal raste der *Seanchai* nicht aus dem Zimmer. Stattdessen drehte er sich um und betrachtete das Mädchen mit einem prüfenden Blick.

„Vielleicht", sagte er zerstreut. „Im Augenblick denke ich jedoch nur daran, einen einzigen Schüler zu unterrichten. Es müsste jedoch ein kluges Kind sein – das wirklich lernen will. Und", fügte er hinzu, während er Annie weiter beobachtete, „ein Kind, das bereit ist, in Nelson Hall zu wohnen, weil meine Möglichkeiten, das Haus zu verlassen, im Augenblick begrenzt sind." Er hielt inne und ließ seine Worte wie eine Herausforderung verhallen.

Überrascht und hocherfreut warf Sandemon dem Kind einen Blick zu. Sie starrte den Mann im Rollstuhl aufs Äußerste erstaunt und mit offenem Mund an.

„Sagen Sie, Sir, Sie meinen – ich könnte das Kind ..."

Der *Seanchai* stützte seine großen Hände auf die Armlehnen des Rollstuhls und beugte sich leicht nach vorn. Einen Moment später sagte er etwas auf Irisch. Die Augen weit aufgerissen und vor Begeisterung funkelnd, wischte sich das Kind erst die Hände an ihrem Rock ab, bevor es ihm antwortete – auf Irisch.

Langsam nickte der *Seanchai* und wandte sich dann Sandemon zu. „Dieses Kind", sagte er, „behauptet, dass sie gern mein Schüler sein möchte. Was meinen Sie? Wird sie neben ihren täglichen Pflichten genug Zeit finden?"

Sandemon neigte seinen Kopf. „Gewiss, Sir", sagte er und bezwang seinen Wunsch, laut zu jubeln. „Wir werden sofort einen Zeitplan erarbeiten."

* * *

Viel später an diesem Abend saß Sandemon an dem kleinen Tisch in seinem Zimmer, und vor ihm lag aufgeschlagen seine

Bibel. Zuvor hatte er dem Kind einen Abschnitt aus der Bibel vorgelesen und ihr von der Liebe des Heilands erzählt.

Seine Beine waren viel zu lang für den kleinen Tisch, und er stieß unweigerlich bei jeder Bewegung mit den Knien an. Doch es war still in dem Zimmer, das Feuer wärmte ihn, und der Geist Gottes war ihm heute Abend besonders nahe. Er spürte den Frieden des Herrn und war glücklich.

Seine Gedanken wanderten zu seinem jungen Herrn, dessen Zimmer auf der anderen Seite des Flurs lag. Der *Seanchai* brauchte dringend, sehr dringend viel Gebet. Und er wusste, das war ein Grund, weshalb der Herr Sandemon nach Nelson Hall geschickt hatte. Für diesen gefallenen Riesen, diese gequälte, heroische Seele zu beten, war ein Wagnis des Glaubens und eine Herausforderung. Er konnte es kaum erwarten, zu sehen, was der Herr mit seinem verwundeten Krieger vorhatte.

Dann wanderten seine Gedanken zu dem Kind. Er musste lächeln, als er an den Ausdruck reiner Freude und äußersten Erstaunens dachte, den er heute Abend in der Bibliothek auf dem elfenhaften Gesicht gesehen hatte. Vielleicht war der erste Schritt zu jener tiefen Beziehung getan, auf die er so sehr hoffte.

Sein Lächeln wurde noch breiter, als er an das Geburtstagsgeschenk dachte, das er – er und das Kind – für den nichts ahnenden *Seanchai* vorbereiten würden. Er konnte seine Freude nicht länger zurückhalten und stand auf. Er streckte seine Arme aus und ließ seinem Geist freie Bahn, während er sich ausstreckte und aus reiner Freude über die Gegenwart des Herrn laut lachte.

Einen Augenblick später ebbte diese überschwängliche Freude jedoch wieder ab, und Sandemon faltete die Hände. Den Kopf geneigt vor dem Feuer stehend, begann er wieder zu beten.

Er betete für den einsamen, geängstigten Mann auf der anderen Seite des Flurs, der glaubte, niemanden zu haben, der sein

Leben teilen, seine Welt wieder wärmer machen könnte; der glaubte, dass ihn niemand brauchte, während sich gleichzeitig eine junge, zarte Seele verzweifelt nach seiner Zuwendung sehnte, die noch dazu greifbar nahe war.

Sandemon kannte Annies Geschichte, und sie betrübte ihn sehr. Sie hatte ihm anvertraut, wie ihr Stiefvater sie missbraucht und ihre Mutter ihr die Schuld gegeben und sie abgewiesen hatte. Es war ihr schwer gefallen, ihm das alles zu erzählen, und sie hatte sich geschämt – aber es schienen kein wirklicher Groll oder Bitterkeit in ihr zu sein.

Sandemon hatte erwogen, dem *Seanchai* zu erzählen, was er über Annies Vergangenheit erfahren hatte, doch er behielt es in der Hoffnung für sich, dass die beiden sich so nahe kommen würden, dass das Mädchen es ihm eines Tages selbst erzählte.

In der Zwischenzeit tat er alles, was in seiner Macht lag, um das Mädchen näher zu Jesus zu führen. Sie glaubte an Gott und hatte Ehrfurcht vor ihm und allen heiligen Dingen. Doch sie wusste noch nichts von der Liebe von Jesus. Es war eine große Freude und ein wahres Vergnügen für Sandemon, einen jungen Menschen, der sich so verzweifelt danach sehnte, angenommen und geliebt zu werden, in die offenen Arme des Heilands zu führen.

Wie er es jeden Abend tat, bestürmte er auch jetzt des Himmels Pforten für seinen untröstlichen jungen Herrn, den gefallenen Kämpfer, der sich von seinem Schöpfer verlassen glaubte. Er trat fürbittend für den traurigen zornigen Poeten ein, der dachte, dass seine Worte nie mehr erklingen würden.

Er brachte auch das Trinken des *Seanchai* vor den Herrn, das, so befürchtete er, zu einer allabendlichen Gewohnheit geworden war. Sandemon vermutete, dass der Whisky für ihn inzwischen mehr als ein Schmerzmittel war; wahrscheinlich war er zu einem Mittel geworden, der Wirklichkeit zu entfliehen. Es musste bald etwas geschehen, um den *Seanchai* aus dem Griff des Alkohols zu befreien, oder er würde vielleicht genauso enden wie der arme, traurige Mann, der sein Vater gewesen war – der Mann, den ihm der Priester mit so viel Mitgefühl beschrieben und der seine beiden Söhne auf so traurige Art und Weise vernachlässigt hatte.

Noch einmal betete Sandemon um das Heil für das mutige kleine Mädchen mit den dunklen Augen, das Gott ihm anvertraut hatte; für das Kind, das vielleicht – *oh bitte, Herr Jesus* – zur Heilung seines jungen Herrn beitragen konnte.

Plötzlich musste Sandemon noch an ein anderes junges Mädchen denken. Er war bereit, weiter zu hören und wartete. Vor seinem inneren Auge erschien die Erinnerung an jenes lange goldene Haar und den klaren unschuldigen Blick.

Die stumme Finola; die Prinzessin, die keine Stimme hatte.

„Was meinst du, Herr?", fragte Sandemon. „Was ist mit der reizenden Finola?"

Während er wartete, lauschte, bereit war zu hören, spürte er, wie sein Geist von einer sanften Wärme und einem hellen Licht erfüllt wurde. Im selben Augenblick brachte er die junge stumme Frau mit dem goldenen Haar vor Gottes Thron und war fest davon überzeugt, dass auch sie, ebenso wie Annie Delaney, eine Rolle im Leben Morgan Fitzgeralds spielen und zu seiner Heilung beitragen würde.

40. Keine Hoffnung ohne Gott

Seiner Lieder bescheidener Klang
sang von der Ewigkeit.
Laut übertönt der Balladen Gesang
sie mit Worten, nur aus dieser Zeit.
Seine Tat war nur ein einziges Wort,
und er rief es hinaus in die Nacht –
allein an einem einsamen Ort,
wo das Echo weder Lachen noch Weinen zurückgebracht.
Thomas MacDonagh (1878–1916)

Die nächsten Tage waren für Annie Delaney eine sehr glückliche Zeit. Die Vormittage verbrachte sie in den Ställen, wo sie sich entweder um Pilgrim kümmerte oder Sandemon half, das wundersame Geburtstagsgeschenk für den *Seanchai* anzufertigen. Sie arbeitete sehr fleißig an der Seite des schwarzen Mannes. Jetzt, da sie wusste, wozu es dienen sollte, konnte sie es kaum erwarten, das Geschenk fertig zu sehen.

Die Nachmittage vergingen mit Aufgaben im Haus, wovon sie, zu ihrer großen Erleichterung, jedoch nur sehr wenige übertragen bekam – sowohl wegen ihrer Ungeschicklichkeit als auch, weil sie anderweitig beschäftigt war, zumeist mit ihrem Unterricht bei dem *Seanchai.*

Abends war sie meist allein, es sei denn, es wurden Geschichten in der Bibliothek erzählt.

Selbst wenn sie ihre Tage hätte selbst einteilen können, hätte sie es sich nicht anders gewünscht. Am meisten, und sogar noch mehr als die Zeit, die sie bei Pilgrim verbrachte, liebte sie ihren Unterricht. Die volle Aufmerksamkeit des *Seanchai* zu genießen, während er sie unterrichtete, und ab und zu ein Lob von ihm zu hören, wenn sie etwas besonders gut gemacht hatte, war schnell zur glücklichsten Zeit in Annies Tagesablauf geworden. Ein Wort der Ermutigung von dem *Seanchai* oder ein Lächeln, das ihr deutlich sagte, dass er sich über ihre Fortschritte freute, ließ Annie auf ihr Zimmer fliegen, wo sie sich sofort ihren Hausaufgaben mit noch größerem Eifer widmete.

Sandemon neckte sie, dass sie noch zu einem Bücherwurm würde, der sich in einem Loch im Stall verkriechen könnte. Doch Annie wusste, dass er sich darüber freute, wie die Dinge sich entwickelt hatten. Er schien sich tatsächlich ebenso über die Aufmerksamkeit zu freuen, die der *Seanchai* ihr widmete, wie darüber, dass sie als gute Schülerin gelobt wurde.

Annie glaubte, kaum noch mehr Freude ertragen zu können. Heute Morgen hatte ihr Sandemon jedoch einen Vorschlag gemacht, so dass sie sich vor Freude kaum zu halten wusste.

„Eine Geburtstagsfeier! Wirklich, Sand-Mann? Eine richtige Feier?"

Er hob warnend die Hand. „Eine kleine Feier. Der *Seanchai* kann, wie du selbst weißt, viele Menschen und Lärm noch nicht gut verkraften. Falls Mr Smith O'Brien bis dahin nicht aus Paris zurückgekehrt ist, werden wir nur zu dritt feiern."

Annie schürzte ihre Lippen und dachte nach. „Ich weiß, wen wir noch einladen könnten, Sandemon, jemanden, den der *Seanchai* gewiss auch gern als Gast bei seiner Geburtstagsfeier begrüßen würde."

Sandemon runzelte die Stirn. Bevor er jedoch etwas erwidern konnte, fuhr Annie fort. „Ja, und Finola würde bestimmt auch kommen, wenn wir sie einladen. Und meinst du nicht auch, dass der *Seanchai* Finola gern wiedersehen würde? Wenn ich mich recht besinne, schien er sie zu mögen."

Sandemon schwieg einen Augenblick, und obwohl Annie seine Antwort kaum erwarten konnte, zwang sie sich, den Mund zu halten. Sie lernte es allmählich, Sandemon nicht zu bedrängen, wenn er nachdachte.

Die Arme über der Brust verschränkt, schien er ihren Vorschlag zu überdenken. Schließlich lächelte er. „Vielleicht hast du Recht, Kind", sagte er langsam. Dann nickte er. „Ja, das ist wahrscheinlich eine gute Idee. Wir werden also Folgendes tun: Heute Nachmittag, während du Unterricht hast, werde ich in die Stadt gehen und Miss Finola besuchen."

Annie schaute ihn verdrossen an. „Ich wollte gern mitkommen!"

„Du hast Unterricht", sagte er bestimmt. „Außerdem geht es nicht, dass wir beide den *Seanchai* zu lang allein lassen. Wenn er nun Hilfe braucht, und keiner von uns wäre da? Und", fügte er Annies Einwände vollends entkräftend hinzu, „die Gegend, in der Miss Finola wohnt, ist nicht der richtige Ort für ein Kind."

„Ich bin kein Kind mehr!", erwiderte Annie scharf. Doch als sie seine hochgezogenen Augenbrauen und den entschlossenen Zug um seinen Mund sah, wusste sie, dass jeder Einwand die reinste Zeitverschwendung wäre.

* * *

Je mehr Sandemon über Annies Vorschlag, Finola einzuladen, nachdachte, umso mehr Gewicht bekam dieser. Auf dem Weg nach Dublin dachte er über mögliche Folgen nach; dabei fiel ihm nur eine unangenehme Möglichkeit ein: Was wäre, wenn der *Seanchai* es als Einmischung in sein Leben empfand und wütend wurde?

Sandemon war an die Zornesausbrüche des jungen Riesen gewöhnt und ignorierte sie gewöhnlich. Er durfte jedoch nicht zulassen, dass irgendetwas die wachsende Vertrautheit zwischen dem *Seanchai* und dem Kind störte. Man konnte nicht wissen, wer davon am Ende den größeren Nutzen haben würde, doch er zweifelte keinen Augenblick daran, dass es für beide ein großer Segen war.

Irgendwie glaubte er aber zu wissen, dass der *Seanchai* nichts dagegen hätte, wenn sie Finola einluden. Als er an die ungewöhnliche Wärme dachte, die sich während seiner ersten Begegnung mit der rätselhaften jungen Frau in den Augen seines jungen Herrn widergespiegelt hatte und daran, wie er erst kürzlich für Finola beten musste, begann sich Sandemon zu fragen, ob die Idee des Kindes nicht tatsächlich eine Eingebung war.

* * *

Annie hatte gehofft, dass der *Seanchai* in der Stimmung wäre, ihr nach dem Abendessen Geschichten zu erzählen. Seitdem Sandemon mit der Nachricht zurückgekehrt war, dass Finola die Einladung zu der Geburtstagsfeier angenommen hatte, war Annie viel zu aufgeregt, um noch an irgendetwas anderes denken zu können. Vielleicht könnte eine Geschichte vom *Seanchai* dazu beitragen, ihre Gedanken von der Geburtstagsfeier und dem wunderbaren Geschenk, das Sandemon und sie herstellten, abzulenken.

Ihre Hoffnungen wurden jedoch schon bald während des Essens zunichte gemacht. Tatsächlich wagte sie es nicht einmal, nach einer Geschichte zu fragen, als sie merkte, wie es dem *Seanchai* ging. Während der gesamten Mahlzeit war er reizbar und kurz angebunden. Er hatte noch nicht einmal seinen Tee richtig ausgetrunken, als er, irgendeine Entschuldigung murmelnd, aus dem Zimmer rollte.

Sandemon nahm Annie in der Bibliothek auf die Seite. „Er hat darum gebeten, in Ruhe gelassen zu werden“, erklärte er ihr. „Ich werde noch einmal nach ihm schauen, und wenn er mich für den Rest des Abends immer noch nicht braucht, werde ich in den Stall gehen, um an dem Geschenk weiterzuarbeiten.“

„Ich komme mit.“

Er schüttelte den Kopf. „Nein, Kind", sagte er. „Er könnte Verdacht schöpfen, wenn wir abends um diese Zeit gemeinsam weggehen. Ich werde nicht zu lange arbeiten – vielleicht noch eine Stunde oder zwei. Ich möchte, dass du im Haus bist, so dass du mich holen kannst, falls er nach mir rufen sollte. Bleib in deinem Zimmer, damit du ihn hören kannst."

Nachdem Annie zustimmend genickt hatte, folgte ihr Sandemon aus der Bibliothek. „Und bleib oben in deinem Zimmer", ermahnte er sie noch einmal, bevor er das Haus verließ.

* * *

In seinem Zimmer angekommen, begab sich Morgan zu dem Tisch, auf dem Joseph Mahons Tagebuch geöffnet lag, die Seiten durcheinander, ihn anklagend.

Er hatte schon einige Tage nicht mehr in dem Tagebuch gelesen, weil er sich nicht mehr mit dem Elend in Mayo befassen konnte – oder wollte. Er wusste jedoch, dass er heute Abend zu ruhelos war, um schlafen zu können. Ein Gewitter lag in der Luft; in der Ferne hörte er bereits den Donner rollen. Seine Haut schien mit einer Energie geladen zu sein, für die es keinen Ausgang gab. Jeder Nerv seines Körpers schrie nach Befreiung und Entspannung. Er würde sich nur im Bett herumwälzen, und so konnte er sich ebenso gut den bedrückenden Abhandlungen des Priesters widmen.

Er würde heute Abend seinen Whisky bitter nötig haben. So stellte er die Flasche und ein Glas bereit, bevor er in dem Tagebuch zu lesen begann. Er befahl sich, mit dem Trinken noch etwa eine halbe Stunde zu warten und so lange zu lesen.

Erst vor wenigen Tagen war ihm aufgefallen, dass er jeden Abend früher zu trinken anfing und von Tag zu Tag mehr Whisky trank. Gestern hatte er sich selbst mit wilder Entschlossenheit gelobt, weniger zu trinken.

Er war von dem Zeug abhängig geworden, genau wie sein Vater. Er war allmählich zu einem Trinker geworden – einem heimlichen Trinker zwar, doch das änderte nichts an dieser fürchterlichen Tatsache.

Für Sandemon war es natürlich kein Geheimnis; der schwarze Mann wusste es, musste es wissen durch den Geruch, den Morgan jeden Morgen an sich hatte. Er sagte jedoch nichts, deutete auch nie an, dass er es bemerkt hatte. Morgan fragte sich, warum er das tat.

Bevor er zu lesen begann, umfasste er mit seinen Händen die Armstützen des Rollstuhls und erhob sich ein Stück, um die Muskeln in seinem Körper zu strecken. Zu schnell versagten wiederum seine Beine und ließen ihn mit der schon allzu vertrauten Enttäuschung zurück.

Der Rücken tat ihm heute Abend weh. Die Schmerzen waren nicht unerträglich, aber heftig genug, um sich sofort einen Tropfen genehmigen zu können.

Nein, er würde warten.

Seine Augen glitten zu der Flasche neben dem Tagebuch. Gleichzeitig bemerkte er voller Abscheu, wie seine Hände auf den Seiten zitterten. Wie oft hatte er die Hände seines Vaters so zittern sehen!

Sein Mund war trocken, die Kehle brannte, doch er zwang sich, die Flasche zu ignorieren.

Er konnte sich Joseph Mahon, den Priester, lebhaft vorstellen, wie er, das silbergraue Haupt über die Seiten gebeugt, die Feder in seiner schwachen, zittrigen Hand, spät in der Nacht diese Zeilen unter Schmerzen, aber mit ebenso viel Hingabe geschrieben hatte.

Wann hätte der Mann sonst Zeit finden sollen? Er verbrachte seine Tage und den größten Teil der Abende bei seinen Leuten, den Dorfbewohnern von Killala.

Der Priester opferte weiter sein Leben für sie, als hoffte er, etwas für sie tun zu können, indem er sich selbst hingab.

Doch in seinem Herzen wusste Morgan, dass Joseph tatsächlich etwas erreichte hatte – in manchen Fällen sogar Leben retten konnte. Wenn sich Menschen jemals als Helden erwiesen hatten, dann waren es zahllose Priester und protestantische Geistliche in Irland. Viele hatten ihr eigenes Leben drangegeben, indem sie Kranke gepflegt, Hungrige gespeist und Sterbende getröstet hatten. Morgan hatte von vielen Fällen gehört, wo nur noch der Priester oder der Pfarrer zwischen den Menschen und dem Friedhof stand.

Er selbst hatte keinen anderen Menschen kennen gelernt, der sich so selbstlos aufopferte wie Joseph Mahon und dessen Worte sein Herz mit Trauer erfüllten, während er sie las:

Trotz ihres unsagbaren Leidens habe ich nie erlebt, dass sie sich in Bitterkeit oder Groll gegen Gott auflehnten. Diese Armen begreifen, dass nicht Gott dieses Unheil über sie gebracht hat, sondern skrupellose, böse Menschen. Sie sind sich dessen ganz gewiss, dass nicht göttliche Vorsehung unser Land ruiniert hat, sondern die Habgier und Lieblosigkeit von Menschen. Ihr stilles Dulden übersteigt jegliches menschliche Verstehen …

Ebenso wenig suchen sie übernatürliche Zeichen für die Gegenwart Gottes und Wunder, die seine Macht beweisen. Sie versuchen nicht, wie Jakob in der Bibel, sich Gottes Gunst zu erkämpfen, sie ringen nicht mit ihm, bis er sie segnet oder ihnen ein Zeichen seines Schutzes inmitten ihren furchtbaren Qualen gibt. Selbst diejenigen, die alles zu verlieren drohen und die einst so stark und selbstbewusst waren, geben sich nicht der Hoffnungslosigkeit und Verzweiflung hin. Tatsächlich ist aus ihrer Schwachheit, aus ihrer bitteren Demütigung der größte Triumph des Glaubens erwachsen, den ich je gesehen habe …

Morgans Herz begann wie wild zu hämmern, als er die Seiten noch näher an seine Augen brachte. Die Worte schienen vor seinen Augen deutlicher hervorzutreten, als er weiterlas:

Es ist wundersam, was diese Erniedrigten und Verachteten tun ... Die Trostlosen spenden Trost ... die Leidenden richten andere auf ... die Sterbenden ermutigen die Lebenden mit siegreichen Worten in der Gewissheit von Gottes Liebe!
Vielleicht haben sie in ihrem Todeskampf schließlich die Wahrheit erkannt, dass nur derjenige, der ohne Gott lebt, wirklich hilflos ist und nur der in Wahrheit ohne Hoffnung ist, der getrennt ist von der Liebe Gottes.
Das Maß an Abhängigkeit von Gott, der unerschütterliche Glaube an ihn, wie sie mir im vergangenen Jahr als Priester begegnet sind, haben mich zu der Überzeugung geführt, dass es keine Kraft ohne die Gegenwart des Herrn gibt, keine Hoffnung ohne seine Verheißungen und keinen Frieden ohne seine Liebe. Im Leben dieser Menschen liegt ein Sieg, den man nicht mit sterblichen Worten beschreiben kann. Mir als einfachem Priester will es scheinen, als würden sie selbst die Gnade des Heils erfahren, indem sie anderen Barmherzigkeit erweisen.

Wenn Joseph Mahon den Seiten des Tagebuchs entstiegen wäre und Morgan die Worte persönlich ins Gesicht geschleudert hätte, hätten sie in seinem Geist nicht lauter klingen und nicht mit solcher Wucht in sein Herz eindringen können.

Seine Augen klammerten sich an den Worten, die vor ihm lagen, fest, und er las sie wieder und wieder, und jedes Mal drangen sie lauter und tiefer in seine Seele ein.

Tiefe Scham überkam Morgan. Sein ganzes Leben hatte er die Kraft seiner Gegenwart und die Macht seiner Feder dazu benutzt, anderen zu helfen – und versucht, das Schicksal des sterbenden Irland zu wenden. Doch plötzlich, durch den Verlust seiner Beine, hatte er sich einfach nach innen gekehrt und sich in Elend und Selbstmitleid gewälzt wie ein Schwein im Dreck. Er hatte *die Sache* fallen lassen und zur Flasche gegriffen, weil er nur noch vergessen wollte. Ja, Morgan Fitzgerald hatte aufgegeben und wollte sterben, nicht wahr?

Und die ganze Zeit hatte hier in seinem Haus ein kleines Stück seines geliebten Irlands gewartet und sich nach seiner Hilfe, seiner Liebe und seinem Schutz gesehnt. Es gab etwas, das er tun konnte – tun sollte! Er hatte seinem Großvater ein Versprechen gegeben – und hatte sein Möglichstes getan, um dieses Versprechen zu ignorieren. Doch hier war es wieder; es trat ihm in Gestalt des kleinen verrückten Mädchens aus Belfast entgegen und forderte ihn heraus, das Versprechen zu halten, das er seinem Großvater, sich selbst, seinem Land und seinem Gott gegeben hatte.

Morgan fing an zu weinen – nicht weil er seine Beine, sondern weil er sein Mitgefühl, das Erbarmen mit seinem Nächsten verloren hatte.

Durch seine Tränen hindurch starrte er die Whiskyflasche und das Glas an. Mit beinahe brutaler Gewalt und einem verzweifelten Aufschrei holte Morgan mit einem Arm aus und stieß die Flasche und das Glas auf den Fußboden.

Er verspürte einen starken Drang, auf die Knie zu gehen. Halb blind von den Tränen, die er vergossen hatte und der Reue, die in ihm brannte, klammerte er sich am Tisch fest und befreite seinen Körper aus dem Rollstuhl. Er versuchte sich hinzuknien, rutschte jedoch aus und verlor völlig sein Gleichgewicht. Es gelang ihm, bis an sein Bett zu kriechen, wo er innehielt. Zusammengekauert lehnte er sich wie ein verzweifeltes Kind gegen sein Bett.

So betete er – ein Gebet, wie es noch nie zuvor über seine Lippen gekommen war. Er ließ sich in der Liebe seines Heilands bergen und bekannte, dass er tatsächlich hilflos war – doch nicht ohne

Hoffnung. Er bat den Einen, der einst Jakob das Gelenk seiner Hüfte verrenkte, damit es ihn ständig daran erinnern sollte, dass er selbst schwach war und Gott brauchte, diese seine leblosen Beine dazu zu gebrauchen, um ihn ständig darin zu erinnern, dass auch er völlig abhängig war von demselben Gott.

„Lass mich nie vergessen, dass ich, wie die leidgeprüften Menschen in Joseph Mahons Tagebuch, keine Kraft habe ohne deine Gegenwart ... keine Hoffnung ohne deine Verheißungen ... und keinen Frieden ohne deine Liebe ..."

* * *

Die unerklärliche Unruhe, die Sandemon schon früher am Tag befallen hatte, plagte ihn weiter, während er im Stall arbeitete. Mit dem herannahenden Gewitter hatte sich auch auf ihn eine undefinierbare Schwere gelegt, die ihm den Frieden raubte und ihn drängte – wozu?

Er hatte viel länger gearbeitet als ursprünglich geplant. Als er einen Blick auf die billige Taschenuhr warf, die ihm die Priester von Barbados vor vielen Jahren geschenkt hatten, bemerkte er, dass er das Haus bereits vor mehr als zwei Stunden verlassen hatte.

Das war zu lang. Er verspürte einen Drang, sofort ins Haus zurückzukehren. Sandemon fürchtete, dass der *Seanchai,* in seinem Zimmer eingeschlossen, den ganzen Abend getrunken hatte.

Er richtete sich auf und warf ein Stück Leder zu Boden. Er musste den Stall verlassen – sofort. Er wischte sich die Hände an den Hosen ab, nahm die Laterne und wandte sich zum Gehen.

Der reizbare Vollblüter – „Old Scratch", wie ihn das Kind nannte – hatte diesen Augenblick auserkoren, um Ärger zu machen. Er schnaubte und fauchte wie ein wahnsinniger Dämon und begann, gegen die Tür seiner Box zu treten und mit den Hufen wie wild auf den Fußboden zu stampfen.

Sandemon tat mit einem ungeduldigen Laut seine Abscheu kund.

„Ich glaube, du bist ein Biest“, murmelte er, während er sich dem Pferd näherte, das seine Mähne schüttelte und aufgeregt schnaubte.

„Du wirst von mir heute Abend kein Mitgefühl erheischen, Old Scratch“, sagte er, als er sich weiter in die vordere Stallhälfte begab. „Ich verwöhne keine Pferde, und schon gar nicht solche, die so übel gelaunt sind wie du.“

Die Worte, die er sagte, waren alles andere als freundlich, aber Sandemon sprach sie in einem sanften Ton und hoffte, das Tier damit etwas beruhigen zu können. Seine Gegenwart schien das Tier jedoch noch mehr aufzuwiegeln.

Plötzlich begann das Pferd wie wild zu schnauben und bäumte sich auf. Sandemon sah, wie an dem linken Vorderhuf des Vollblüters etwas hell, rot und feucht leuchtete. Er hängte die Laterne an die Stallwand und versuchte weiter, das Pferd mit sanften Worten zu beruhigen, das Tier scharf im Auge behaltend, je näher er kam.

Wieder bäumte sich der Vollblüter auf, und diesmal sah Sandemon das Blut an seinem Huf ganz deutlich – so viel Blut, dass man auf eine ernsthafte Verletzung schließen musste.

Kein Wunder, dass das arme Tier noch aufgebrachter war als gewöhnlich! Hinter der üblen Laune verbarg sich nichts anderes als ein geängstigtes Tier, das Schmerzen litt.

Sofort empfand Sandemon Mitleid für den Vollblüter und ging ruhig bis zu seiner Box.

„Armer Junge ... armer Junge“, murmelte er und riegelte vorsichtig die Tür zu seiner Box auf. „Sandemon wird dir helfen. Ganz ruhig jetzt ...“

Wider Erwarten beruhigte sich das Pferd, betrachtete Sandemon jedoch unablässig mit wilden Augen. Auch als Sandemon die Tür zu seiner Box öffnete und einen Fuß hineinsetzte, folgte der Vollblüter seinen Bewegungen in völligem Schweigen.

Sandemon redete weiter unablässig beruhigend auf das Pferd ein, während sein Blick vom Kopf des Pferdes zu dem Huf glitt, der behandelt werden musste.

Langsam und vorsichtig streckte er seine Hand aus, um das Pferd zu besänftigen. Schon im nächsten Augenblick später wusste er, dass er einen törichten Fehler begangen hatte. Der Vollblüter bäumte sich unter seiner Berührung auf und wieherte, als hätte ihn die Hölle losgelassen.

Instinktiv hob Sandemon die Arme, um seinen Kopf zu schützen, und drängte seinen Körper dicht gegen die Box. Er fiel gegen das Holz, prallte wieder zurück. Er sprang in eine Ecke der Box und versuchte verzweifelt, den fliegenden Hufen des Pferdes zu entgehen.

Doch er strauchelte und landete genau in der Reichweite der Pferdehufe. Ein ungeheurer Schlag, der ihm den Atem nahm, beförderte ihn durch die offene Tür der Box.

Ausgestreckt auf dem Rücken liegend, starrte er nach oben. Das Letzte, was er sah, war der Bauch des wilden Pferdes, als es sich über seinem Kopf aufbäumte und wild schnaufte.

41. Geheimnisse eines einsamen Herzens

Einsam und verlassen
wie nach einem langen Schlaf
mitten in der Ewigkeit
erwachte ein Kind – weinend ...
Finst'rer nur wurde die Dunkelheit,
und das Kind lag weinend
zwischen Zeit und Ewigkeit
ohne tröstenden Schlaf ...
einsam und verlassen.
George William Russell (A. E.) (1867–1935)

Annie richtete sich auf und nahm wie aus der Ferne den Lärm wahr, der sie geweckt hatte. Es waren sonderbare Geräusche; irgendetwas stimmte nicht.

Als Sandemon nach mehr als einer Stunde noch nicht zurückgekommen war, war Annie, das Buch noch in ihrer Hand, eingeschlafen. Als sie sich jetzt in ihrem spärlich beleuchteten Schlafzimmer umsah, schob sie das Buch beiseite und wartete, bis ihre Augen sich an das Licht gewöhnt hatten.

Die Kerzen waren heruntergebrannt. Draußen hörte sie, wie in der Ferne der Donner rollte und ein sanfter Regen niederging.

Was hatte sie eigentlich gehört? Nur das herannahende Gewitter?

Immer noch schlaftrunken, lag sie still da und lauschte. Sie glaubte, einen Aufprall gehört zu haben, als sie erwachte. War es nur ein Donner gewesen?

Vielleicht hatte sie auch geträumt. Sie rollte sich zusammen und lauschte auf den Regen. Das Fallen des Regens war ein Geräusch, das sie stets traurig stimmte, und doch wirkte es einschläfernd, wie ein trauriges Lied, das man nicht überhören konnte.

Dann hörte sie einen gedämpften Schrei, als würde jemand weinen, und dann ein dumpfer Aufschlag! War es im Haus oder draußen? Sie wusste es nicht zu sagen.

Jetzt ein Knall – diesmal noch lauter. Es musste draußen sein, dachte sie.

Sie sprang aus ihrem Bett, rannte zum Fenster und schob die Vorhänge zur Seite. Das Fenster war verquollen, und sie musste sich anstrengen, um es öffnen zu können.

Der regenschwere Wind trug ein lautes Wiehern herüber und den Aufschrei eines geängstigten Pferdes. In den Ställen stimmte etwas nicht!

Sandemon! Sandemon und Pilgrim!

Annie ließ das Fenster offen und raste aus dem Zimmer. Im Flur blieb sie stehen und runzelte die Stirn. Aus Morgan Fitzgeralds Schlafzimmer drangen seltsame Laute an ihr Ohr. Gedämpfte Töne, als würde jemand mit sich selbst sprechen, dann ein Knall, und noch einer.

Annies Augen schweiften vom Flur zur Treppe und dann zurück zum Zimmer des *Seanchai.* Sie hatte Sandemon versprochen, in der Nähe zu bleiben, für den Fall, dass der *Seanchai* Hilfe brauchte. So musste sie zuerst nach ihm schauen!

Sie rannte den Flur entlang zum Schlafzimmer des *Seanchai.* Den Türgriff noch in der Hand, blieb sie stehen, und ihre Augen weiteten sich vor Entsetzen.

Das Zimmer roch nach Whisky. Der *Seanchai* hockte auf dem Fußboden und versuchte, sich hochzuziehen und wieder in den Rollstuhl zu gelangen. Auf dem Teppich vor dem Tisch waren eine Whiskypfütze und ein zerbrochenes Glas.

Beide Hände auf dem Sitz des Rollstuhls abgestützt, starrte der *Seanchai* zu ihr hoch. Seine Augen waren rot, das kupferfarbene Haar zerzaust und die Kleidung durcheinander.

„Annie!“ Er lachte vor Überraschung kurz auf. „Gott sei Dank! Hilf mir, Mädchen! Halte den Stuhl, dass ich mich hineinsetzen kann!“

Er ist betrunken!

Annies Beine waren bleischwer. Sie konnte sich nicht von der Stelle rühren und starrte nur mit zunehmendem Entsetzen auf den Mann, der auf dem Fußboden lag.

Wie Tully!

„Annie? Es ist alles in Ordnung, Mädchen; du brauchst nur den Stuhl zu halten. Ich bin nicht gefallen, ich bin nur ...“

Betrunken ... betrunken, wie Tully ... die Kleidung liederlich. Ich darf mich nicht in seine Nähe wagen ... er ist betrunken ... er wird mir wehtun ...

Abgestoßen von dem Anblick, wie er sich an dem Rollstuhl festkrallte, und von dem altvertrauten, süßlich verräucherten Geruch des Whiskys angewidert, rannte Annie schreiend aus dem Zimmer. Die Hilferufe des *Seanchai* hallten hinter ihr her, als sie die Treppe hinunterraste und aus dem Haus jagte.

„Annie! Komm zurück! Komm zurück, Annie!“

* * *

So schnell sie konnte, rannte sie zu den Ställen, und sie weinte noch die ganze Zeit, während sie durch das Gelände lief. Kalter Regen peitschte in ihr Gesicht; ein Blitz erhellte den Himmel in schaurigem Blau.

„Sand-Mann!“ Sie musste Sandemon finden! Er würde ihr helfen! Er würde ihr den betrunkenen *Seanchai* vom Leibe halten!

Als sie in den Stall gerannt kam, sah sie zuerst Pilgrim. Der große rote Hengst war wütend, er fauchte und stampfte wie wild in seiner Box auf den Boden.

Sie besänftigte ihn, hielt sich jedoch nicht lange auf. Ihre Augen wanderten zu der leeren Box, wo eigentlich Old Scratch stehen musste.

Er ist durchgegangen! Annie lief auf die Box zu und blieb entsetzt stehen, als sie Sandemon auf dem Boden liegen sah.

Annie schrie laut seinen Namen und stürzte zu ihm. Sie kniete sich neben ihn und begann, ihn zu schütteln. Der Mann hatte die Augen geschlossen. An seinem Gesicht rann Blut herunter.

Schluchzend fuhr Annie fort, ihn zu schütteln und seinen Namen zu rufen.

„Sand-Mann! Wach auf! Wach auf, Sand-Mann! Ich brauche dich!"

* * *

Jemand schüttelte ihn und rief seinen Namen. Stöhnend öffnete Sandemon die Augen. Vor seinen Augen drehte sich alles.

Er streckte eine Hand aus, um dem Drehen Einhalt zu gebieten.

„Sand-Mann!"

Das Kind schrie auf ihn ein, weinte und zog ihn am Arm. „Oh, Sand-Mann! Du lebst! Gott sei Dank ... dass du nicht tot bist!"

Er stöhnte, presste seine Augen wieder zu, um sich vor dem Lärm der geängstigten Pferde und dem schrillen Kreischen des Kindes zu schützen.

„Still, Kind! Natürlich lebe ich noch! Doch sei jetzt still, sonst sterbe ich noch an dem Höllenlärm!" Er nahm ihre Hand. „Und hör auf, mich zu schütteln, dummes Kind!"

Langsam hörte das Drehen auf, und Sandemon konnte wieder klar sehen. Seine Rippen schmerzten bei jedem Atemzug, und er glaubte, sein Kopf müsse zerspringen. Er versuchte, sich aufzurichten, doch der Stall schwankte vor seinen Augen.

Als er das Kind anschaute, legte er ihr eine Hand auf den

Kopf. „Was ist mit dir los, Kind? Hör auf, so zu kreischen! Mit mir ist alles in Ordnung, habe ich dir das nicht gesagt? Jedenfalls wird alles in Ordnung sein, sobald ich wieder einen klaren Kopf habe."

Sie schluchzte untröstlich und klammerte sich an seinen Arm. „Was ist mit dir geschehen, Sand-Mann? Ich dachte, du wärst tot! Old Scratch ist verschwunden und Pilgrim war total in Panik! Und der *Seanchai* ist betrunken und ..."

Sandemon fasste sie am Arm. „Was ist mit dem *Seanchai?* Was sagst du, Kind? Ist alles in Ordnung mit ihm?"

Sie schaute ihn an, dann stieß sie weinend hervor: „Er ist *betrunken!* Er hockt auf dem Fußboden! Er bat mich, ihm zu helfen, doch ich konnte nicht ..."

Sandemon starrte das Kind mit zunehmender Furcht an. „Auf dem *Fußboden* ..." Er rollte sich auf die Seite und ergriff ihren Arm. „Hilf mir auf!"

Er taumelte auf seine Füße, schwankte, zog seinen Kopf ein, bis er wieder Halt unter seinen Füßen hatte.

„Wir müssen sofort ins Haus zurück! Komm, Kind! Schnell!"

* * *

In seinem Zimmer war es Morgan schließlich gelungen, selbst wieder in den Rollstuhl zu gelangen. Er wich dem zerbrochenen Glas und der Whiskypfütze aus, gerade auf die Tür zu, als diese aufgerissen wurde.

Da stand Sandemon, vom trüben Licht des Flurs beschienen. Doch es war ein anderer Sandemon, der in der Tür stand – das Gesicht von Dreck und Schweiß verschmiert, über einem Auge eine Schnittwunde, seines rotes Hemd über und über schmutzig.

„Ist alles Ordnung, *Seanchai?*" Der Blick des schwarzen Mannes wanderte von Morgan zu den Scherben auf dem Fußboden. „Was ist passiert?"

„Ein kleiner Unfall, das ist alles!“, fauchte Morgan. „Was ist mit Ihnen passiert? Was ist das für ein Durcheinander?“ Er hielt inne, als er Annie sah, die sich hinter Sandemon verkroch. Sie starrte Morgan an, und aus ihren Augen sprachen Angst und Abscheu.

„Annie?“ Morgan streckte ihr seine Hand entgegen. „Komm her, Mädchen. Was ist bloß in dich gefahren?“

Das Kind kam keinen Schritt näher, und ihre dunklen Augen funkelten.

„Sie sind nicht verletzt, *Seanchai?*“, fragte Sandemon.

Morgan schaute ihn an. „Verletzt? Nein, ich bin nicht verletzt, warum ...“ Morgans Blick wanderte zu dem Kind zurück, und er begann, langsam zu verstehen. „Ich habe gerade versucht, wieder in meinen Stuhl zu kommen. Es muss sie geängstigt haben, mich zu sehen, wie ...“ Gedemütigt ließ er seinen Satz unvollendet verklingen.

Sandemon musterte ihn einen Augenblick. „Sie sind nicht betrunken“, flüsterte er. Er kniff die Augen zusammen, und man sah deutlich, dass es ihm bewusst war, die üblichen Grenzen überschritten zu haben.

„Nein, ich bin nicht *betrunken!*“, schoss Morgan zurück. „Ich habe noch nicht einmal einen Tropfen getrunken!“

Er folgte dem Blick des schwarzen Mannes, der zu dem zerbrochenen Glas und dem Whisky glitt.

„Ich habe es hingeworfen!“, knurrte Morgan.

„Sie haben es *hingeworfen?*“, erwiderte Sandemon skeptisch.

„Jawohl, ich habe es hingeworfen“, wiederholte Morgan in einem sanfteren Ton. Er sank in seinem Rollstuhl zusammen und fügte hinzu: „Ich möchte keinen Alkohol mehr im Haus haben.“

Als er aufsah, erblickte er ein Leuchten in den Augen des schwarzen Mannes. Die beiden Männer tauschten einen langen Blick aus. Schließlich nickte Sandemon und wandte sich für einen Augenblick dem Mädchen zu. „Geh in dein Zimmer", sagte er sanft. „Sobald ich hier aufgeräumt habe, komme ich zu dir."

Annie blieb reglos stehen. Ihre Augen wanderten von Sandemon zu Morgan und dann zu dem schwarzen Mann zurück.

„Gehen Sie mit ihr", sagte Morgan schnell. „Sie können später hier sauber machen."

„Seanchai ..."

Morgan schüttelte den Kopf und machte eine Handbewegung, die keinen Widerspruch duldete. „Es ist in Ordnung. Kümmern Sie sich um das Kind."

Sandemon nickte und legte einen Arm um Annies Schulter. „Komm, Kind", sagte er zärtlich. „Nun wird alles wieder gut. Komm mit Sandemon. Du musst jetzt schlafen."

* * *

Nachdem er die Wunde über seinem Auge verbunden hatte, kam Sandemon zurück. Er machte sich sofort daran, den Whisky und das zerbrochene Glas wegzuräumen.

„Ist alles in Ordnung mit ihr?", fragte Morgan barsch, während er durch das Fenster in die regenverhangene Nacht hinausblickte.

„Es wird alles wieder gut werden. Sie war schon beinahe eingeschlafen, als ich sie verließ." Sandemons Worte wurden von einem lauten Donner verschluckt.

Über den Ställen entluden sich Blitze, und das Gewitter zog weiter in Richtung Fluss. Morgan wendete seinen Stuhl, so dass er, mit dem Rücken zum Fenster, Sandemon zuschauen konnte.

„Was ist passiert – warum ist sie so von hier weggerannt? Sie schien furchtbare Angst zu haben!"

Auf ein Knie gestützt, den Scheuerlappen in der Hand, blickte Sandemon auf. „Das hier kann erst einmal warten, denke ich.

Ich muss Ihnen zuvor von Annie Delaney erzählen, und ich glaube, ich hätte es schon früher tun sollen." Er hielt inne und blickte Morgan fest in die Augen. „Vielleicht werden Sie mir dann auch erzählen, warum Sie den Whisky durch das Zimmer geworfen haben, anstatt ihn zu trinken, hmm?"

* * *

Sie unterhielten sich eine lange Zeit. Nachdem Morgan die Geschichte von Annies betrunkenem Stiefvater und ihrer lieblosen Mutter gehört hatte, hielt er, über alle Maßen betrübt, seinen Kopf zwischen beiden Händen.

„Kein Wunder, dass sie weggerannt ist ... kein Wunder." Er schaute zu Sandemon, der in der Zwischenzeit an dem kleinen Tisch ihm gegenüber Platz genommen hatte. „Ich war ein großer Tor, Sandemon, und das nicht zum ersten Mal in meinem Leben."

Sandemon stand auf und ging zum Fenster. Er wandte Morgan den Rücken zu und schaute in die Nacht hinaus. „Alle Menschen sind zuweilen Toren, *Seanchai*", sagte er leise. „Das ist einfach ein Teil unserer menschlichen Natur, denke ich."

Morgan schaute den breiten Rücken an und den majestätischen Kopf. „Ich kann mir nicht vorstellen, dass Sie jemals ein Narr gewesen sind, mein Freund."

Der schwarze Mann wandte sich um, und sah Morgan mit einem tieftraurigen Blick an. „Ich war der größte Narr, den es je gegeben hat, *Seanchai.* Ich bekenne, dass nie ein größerer Narr über diese Erde gegangen ist."

Morgan betrachtete ihn neugierig. „Was ist Ihre Geschichte, Sandemon?", fragte er behutsam. „Sie engagieren sich – und ich meine das positiv. Sie verbringen Ihr Leben damit, für andere zu *wirken,* für sie zu sorgen, aber Sie sprechen nie über sich. Warum, Sandemon?"

„Vielleicht, weil meine Vergangenheit eine schmerzliche Angelegenheit ist, *Seanchai.* Außerdem würde es niemandem nützen, wenn ich darüber spräche."

Weil Morgan nicht in die Privatsphäre des Mannes eindringen wollte, schwieg er. Doch er fragte sich, was wohl das Geheimnis dieses Mannes war, und er wusste, dass dies ein Geheimnis bleiben würde.

„Ich möchte das Kind sehen", sagte er. „Würden Sie bitte mitkommen?"

„Sie schläft wahrscheinlich", warnte Sandemon.

Morgan nickte. „Das macht nichts. Ich muss zu ihr gehen, aber ich möchte sie nicht noch einmal ängstigen. Deshalb kommen Sie am besten mit."

„Es war nur eine vorübergehende Angst, *Seanchai*", bemerkte Sandemon. „Morgen früh wird alles vergessen sein."

„Nicht für mich", sagte Morgan mit leiser Stimme. „Ich werde diese Nacht nie vergessen, das verspreche ich Ihnen."

* * *

Als sie Annies Zimmer betraten, fanden sie das Kind schlafend. Der *Seanchai* fuhr mit seinem Rollstuhl neben ihr Bett und betrachtete das schmale, elfenhafte Gesicht, das zerzauste dunkle Haar und die langen Wimpern, die ihre Wangen berührten, während sie schlief.

Einen Augenblick begegneten die Augen des Mannes im Rollstuhl Sandemons Blick, der auf der anderen Seite des Bettes stand. Dann fasste er behutsam die Hand des Kindes und nahm sie in seine große Hand, während er sie an seine Lippen führte.

„Ich werde es wieder gutmachen, Annie", flüsterte er. „Wenn du mir nur meine Torheit verzeihen kannst, verspreche ich dir, dass ich dich dafür entschädigen werde; für die Schmerzen deiner Vergangenheit ... dafür, wie ich dich vernachlässigt habe ...

für alles. Du brauchst nie mehr Angst zu haben – weder vor diesem großen Toren, noch vor irgendetwas anderem. Darauf gebe ich dir mein Wort, Kind."

Das Mädchen seufzte im Schlaf, und der *Seanchai* beugte sich nach vorn, um eine widerspenstige dunkle Haarsträhne aus ihrer Stirn zu streichen.

Ihre Hand weiter in der seinen haltend, lehnte er sich in seinem Rollstuhl zurück und blickte zu Sandemon. „Ich werde Ihre Hilfe brauchen", sagte er matt. „Das Trinken aufzugeben – und Vater zu werden: das ist eine gewaltige Aufgabe für jeden Mann."

Sandemon lächelte. „Es wird mir eine große Freude sein, *Seanchai.*"

Er ließ die beiden allein. Nachdem er die Tür leise hinter sich geschlossen hatte, blieb er im Flur stehen. Einen Augenblick später war die schöne Stimme des *Seanchai* zu hören, als er sanft ein Lied in irischer Sprache sang.

Sandemon lächelte und ging weiter. Auch wenn er die Sprache nicht kannte, wusste er, dass der *Seanchai* für Annie ein Wiegenlied sang.

42. Hochzeitsgeschenke

Hätte ich des Himmels reich verzierte Kleider,
durchwoben mit Gold und silbernem Licht,
die blauen, die gedeckten und die dunklen Kleider
des Tags und der Nacht und von dem dämmernden Licht,
ich breitete sie alle aus zu deinen Füßen;
doch weil ich arm bin, habe ich nichts als meine Träume,
und die habe ich dir zu Füßen gelegt.

W. B. Yeats (1865–1939)

New York City
Im Mai

Evans Vater und Tante kamen erst einen Tag vor der Hochzeit in New York an.

Während sie mit Evan und Lewis Farmington am Hafen wartete, vermochte Nora nicht zu sagen, was sie mehr durcheinander brachte – der Gedanke, dass sie heute Evans Familie kennen lernen sollte oder die Tatsache, dass sie morgen seine Frau sein würde.

Zu dem Aufruhr ihrer Gefühle kamen noch die Erinnerungen hinzu, die der Hafen in ihr wachrief. Er bot nahezu das gleiche Bild wie bei ihrer Ankunft – es wimmelte von Einwanderern, und man hatte den Eindruck, als schrien Menschen in allen Sprachen der Welt durcheinander – eine Fülle von Farben und Flaggen. Schiffe wurden be- und entladen – schreiende Kinder, geängstigte Mütter, furchtsame ältere Menschen; Lachen und Weinen, Schrecken und Durcheinander.

Es war beinahe ein Jahr her, seitdem sie die *Green Flag* verlassen hatte. Bei dem Gedanken, was seitdem alles passiert war, schwirrte Nora der Kopf: Krankheit und Tod; Glück und Unglück; neue Freunde; Liebe; und bald – eine Hochzeit!

Viele Veränderungen hatten sie in dem neuen Land erwartet, doch heute konnte Nora aus vollem Herzen sagen: *„Danket dem Herrn, denn er ist freundlich."* Er war da – inmitten aller Freude und allem Leid, er hatte sie hindurchgeliebt und alles zum Besten gewendet.

Und jetzt stand sie hier und versuchte, sich für das nächste Erlebnis zu wappnen – Evans Familie kennen zu lernen. Sie betete, dass sie sie nicht gänzlich ablehnen möchten. Wie würden sie darüber denken, dass Evan eine irische Witwe heiratete, die er an Bord des Schiffes kennen gelernt hatte?

Selbst mit ihrem künftigen Ehemann auf der einen und Lewis Farmington auf der anderen Seite fühlte sich Nora furchtbar schutzlos und verletzlich. Nervös strich sie über ihr Haar und fingerte an der Schleife, die sie am Hals trug.

„Nora? Was ist los? Du zitterst ja!"

Sie blickte zu Evan und sah, wie er sie mit einem besorgten Stirnrunzeln betrachtete.

„Du brauchst k-keine Angst zu haben, Liebling! Ich habe d-dir doch gesagt, dass mein V-Vater ein freundlicher und stiller Mann ist. Und du wirst Tante Winnie lieben – alle lieben sie!"

Nora brachte ein schwaches Lächeln zustande. Wie oft hatte der arme Evan in der vergangenen Woche versucht, sie zu beruhigen. „Es tut mir Leid", sagte sie mit leiser Stimme. „Ich kann einfach nicht anders. Ich wünsche mir so, dass sie mich mögen!"

„N-Natürlich werden sie dich mögen, Nora! Sie werden dich lieben – wie sollten sie dich auch nicht lieben können! Und jetzt", sagte er bestimmt, „wirst du aufhören, dich zu sorgen! Du machst dich noch krank!"

„Das stimmt, Nora; er hat Recht", wandte Lewis Farmington von der anderen Seite ein. „Sie werden sie sofort begeistern, warten Sie es nur ab!"

„Da sind sie!“, rief Evan und drängte Nora durch die Menschenmassen vorwärts. „V-Vater! Tante Winnie! Hier sind wir!“

Ihre Angst niederkämpfend, erlaubte Nora Evan und Mr Farmington, sie mit sich durch die Menschenmassen zu ziehen, die sich am Dock an der Laufplanke drängten. Als er Evans Stimme hörte, hob ein älterer Mann mit silbergrauem Haar die Hand, während die außergewöhnlich attraktive Frau an seiner Seite beinahe zu rennen anfing, während sie mit der einen Hand den Mann hinter sich herzog und mit der anderen immerfort winkte.

Evan unterdrückte einen Aufschrei. Nora blieb stehen; Tränen brannten in ihren Augen, während sie zusah, wie sich die kleine Familie wiederfand. Seine Tante, ein kleiner Wirbelwind in rosa und weiß, kam ihm entgegengeflogen und schlang ihre Arme um Evan; dabei schluchzte und lachte sie gleichzeitig. Dann wandte sich Evan seinem Vater zu. Der Blick, den die beiden Männer austauschten, raubte Nora den Atem.

Evans Vater, ein schlanker Mann wie Evan, sah wesentlich älter aus als neunundsechzig. Als er dastand und seinen Sohn mit Tränen in den Augen betrachtete, schien eine Welle von Emotionen sein feines, von tiefen Falten durchzogenes Gesicht zu überfluten. Sein Blick verweilte nur einen kurzen Augenblick auf Evans leerem Ärmel, bevor er seinen Sohn mit einem erstickten Aufschrei in die Arme schloss.

Lewis Farmington nahm Saras Arm, und sie sahen zu, wie sich die beiden Männer umarmten. Wieder flüsterte Nora: *„Danket dem Herrn.“*

Neben ihr fügte ihr Arbeitgeber ein leises *„Amen“* hinzu.

Inzwischen führte Evans Tante beinahe einen Freudentanz um die beiden Männer auf, während sie sich fest umschlungen hielten. Einen Augenblick später wandte sich Evan um, und seine Augen suchten Nora. Nachdem sie sich alle gefunden hatten, war wohl kaum ein Auge trocken geblieben.

Nora fiel auf, dass Lewis Farmingtons Blick nicht von der zierlichen, lebhaften Tante Winifred zu weichen schien.

* * *

An diesem Abend gab Lewis Farmington in seinem Haus ein festliches Abendessen für die Hochzeitsgäste. Sara bemerkte mit Interesse, dass, während sie auf der einen Seite ihres Vaters saß, Winifred Whittaker Coates den Platz auf der anderen Seite ihres Vaters eingenommen hatte. Mit noch größerem Interesse nahm sie zur Kenntnis, dass sich ihr Vater und Evans Tante praktisch sofort ausgezeichnet verstanden.

Als sie die attraktive Witwe näher betrachtete, war Sara beeindruckt. Evan hatte angedeutet, dass seine Tante Ende Fünfzig war, doch man hätte sie gut für viel jünger halten können, mit ihren lebhaften blauen Augen, dem blonden, leicht von Silber durchzogenem Haar und ihrer beinahe mädchenhaften Figur. Im Augenblick diskutierten sie und ihr Vater gerade über die Annehmlichkeiten und Unannehmlichkeiten einer Schiffsreise. Vaters aufmerksamer Gesichtsausdruck, dachte Sara amüsiert, schien darauf hinzuweisen, dass er jedes einzelne Wort der Witwe für einen wahren Schatz hielt.

Zu Saras Linken saß Michael Burke, ein überraschender Gast, der erst am Tag zuvor – sowohl auf Noras als auch Evans Bitte hin – von ihrem Vater eingeladen worden war. Er schien angespannt und nervös zu sein, obgleich er während der gesamten Mahlzeit auffallend aufmerksam war. Sara war froh, dass sie ihr blaues Samtkleid gewählt hatte, denn Michael hatte ihr heute Abend mindestens schon dreimal ein Kompliment gemacht. Trotzdem konnte sie die Tatsache nicht ignorieren, dass er vielmehr daran interessiert schien, ihren Vater zu beobachten, als sich mit ihr zu unterhalten.

* * *

In der Bibliothek kam sich Lewis Farmington vor, als würde er Hof halten. Nicht, dass es ihm etwas ausmachte, im Gegenteil, es bereitete ihm überaus große Freude!

Zuerst traf er mit Nora und Evan zusammen – es war nur eine kurze Begegnung, für ihn jedoch ein großes Vergnügen. „Das ist ein Hochzeitsgeschenk", sagte er, während er Evan einen Umschlag überreichte. „Von Sara und mir."

Als die beiden versuchten, ihren Dank zum Ausdruck zu bringen, winkte er nur ab. Nachdem er sich geräuspert hatte, sagte er: „Ihr beide – und natürlich auch die Kinder – seid uns sehr lieb geworden. So möchten wir euch natürlich gern etwas schenken."

Er wies auf den Umschlag in Evans Hand und sagte: „Ihr könnt ihn später öffnen, wenn ihr allein seid. Ich muss euch jedoch etwas dazu erklären, deshalb wollte ich euch für einen Augenblick sprechen. Ihr werdet darin eine Übertragungsurkunde finden", erläuterte er, wieder auf den Umschlag zeigend, „eine Übertragungsurkunde für ein Haus, das mir in Brooklyn gehört hat. Es ist nicht groß, aber sehr gut erhalten, und es befindet sich in einer angenehmen Umgebung. Es gehört euch. Ich möchte, dass es euer Haus ist."

Du meine Güte – Nora sah aus, als würde sie jeden Augenblick ohnmächtig werden! Auch Evan sah nicht viel besser aus!

„Ihr braucht euch nicht aufzuregen. Ich verstehe, dass ihr noch nicht so weit seid, die finanzielle Belastung eines eigenen Anwesens und die Sorge für die Kinder zu übernehmen. Ihr dürft so lange in dem Häuschen hier bei uns wohnen, wie ihr möchtet, und wir werden euch mit den Kindern weiterhin unterstützen. Die Übertragungsurkunde ist nur eine Art Gutschein, damit ihr wisst, dass auf euch ein eigenes Heim wartet, wenn ihr dafür bereit seid. Bis jetzt wird es von einem netten ruhigen Mann bewohnt, der auf der Werft arbeitet. Er wird es in Ordnung halten, bis ihr einzieht."

Als er innehielt, um Luft zu holen, begannen Nora und Evan gemeinsam zu protestieren. Er ignorierte sie einfach. „Jetzt schaut her", sagte er bestimmt, „wenn es euch ernst damit ist, dem kleinen Tom und Johanna ein Zuhause zu schenken, dann braucht ihr etwas mehr Platz, als das kleine Häuschen bieten kann. Dies ist unser Hochzeitsgeschenk für euch – Saras und meins –, und ihr würdet uns sehr verletzen, wenn ihr es nicht annähmt. Es ist auch keine Villa – nur ein ordentliches kleines Haus, was euch allen Platz und ein Stück Privatsphäre bieten kann. Es ist gleichzeitig auch ein Geschenk für die Kinder."

Er hielt inne und stellte zu seiner Bestürzung fest, dass Tränen in seinen Augen brannten. *Du meine Güte, ich bin aufgeregt wie ein Vater!*

Wieder räusperte sich Lewis Farmington und straffte seine Schultern. „Ihr sollt wissen, dass ich euch von Herzen alles Gute wünsche und dass Sara und ich immer für euch da sein werden, wenn ihr irgendetwas braucht – was es auch sei. Wir wären stolz, wenn ihr uns als eure Verwandten hier in Amerika betrachten würdet."

Gott segne sie beide. Ich muss sie aus dem Zimmer bekommen, bevor ich richtig zu weinen beginne!

* * *

Als Nächster betrat Michael Burke die Bibliothek. Lewis war kein bisschen überrascht, als ihn Burke nach dem Essen um eine Privataudienz gebeten hatte.

Er hatte es erwartet. Die Funken, die bei ihren letzten beiden Begegnungen zwischen Sara und dem irischen Polizisten hin- und hergeflogen waren, hätten selbst einen Eisberg in Flammen gesetzt!

Nachdem er Michael Burke in die Bibliothek geführt hatte, bedeutete er ihm, Platz zu nehmen. Als der jüngere Mann ablehnte, blieb auch Lewis Farmington stehen. Gegen den kalten Kamin gelehnt, lächelte er dem Polizisten ermutigend zu. „Nun, Captain, morgen ist nun der große Tag! Ich hoffe, Sie und Ihren Sohn bei uns zu sehen."

Michael Burke stand am Schreibtisch, in aufrechter Haltung, die Hände hinter dem Rücken. „Ich werde natürlich hier sein. Was Tierney betrifft – glaube ich nicht, dass er es einrichten kann."

„Das ist zu dumm. Daniel wird ihn bestimmt vermissen." Als er den angespannten Gesichtsausdruck des anderen sah, beeilte sich Lewis, das Thema zu wechseln. „Ich glaube, Sie wollten mit mir über etwas Wichtiges sprechen, Michael – ich darf Sie doch Michael nennen?"

Einen Augenblick schien Dankbarkeit aus Michaels Augen zu leuchten, doch sein Gesichtsausdruck wurde sofort wieder ernst.

„Es würde mich freuen, Sir."

Lewis Farmington wartete und spürte, dass der Polizist unter unheimlichem Druck stehen musste. „Nun, also – was kann ich für Sie tun ... Michael?"

Burkes auffallender Adamsapfel bewegte sich mühsam auf und ab, als er sich räusperte. „Wenn Sie hören, was ich Sie fragen will, werden Sie mich für mehr als unverschämt halten, Sir."

Lewis Farmington zog die Augenbrauen hoch. „Wirklich? Meinen Sie, ich würde unverschämte Leute in unser Haus einladen?"

Der Polizist rang sich ein Lächeln ab. „Trotzdem – was ich sagen wollte – Sie fragen wollte, betrifft Ihre Tochter."

Lewis Farmington kämpfte darum, sich weiter zurückzuhalten.

„Ich ... äh ..." Wieder musste Michael sich räuspern. „Ich möchte sagen, ich bin mir darüber im Klaren, dass meine Frage sehr kühn ist und ich eigentlich nicht das Recht habe, eine solche Bitte vorzubringen."

Armer Junge. Offensichtlich befand er sich ganz und gar auf unbekanntem Boden. Lewis bezweifelte, dass dieser stramme Ire sich jemals gedemütigt hatte. Er seufzte. Es schien, als könne nur eine Frau einen starken Mann auf die Knie zwingen.

„Sehen Sie, Mr Farmington, Sir, es ist mir bewusst, dass Sie meine Bitte als Beleidigung auffassen könnten – weil ich, äh ..."

„Ire bin?", brachte Lewis Farmington, dem jungen Mann Hilfestellung gebend, den Satz zu Ende.

Michael riss die Augen auf. „Sir?"

Bei einem anderen Mann hätte Lewis Farmington vermutlich nichts dazu beigetragen, seinen Kampf zu beenden – möglicherweise hätte er die Qualen noch verlängert, um den Charakter des Mannes zu testen. Doch er fand es beinahe abscheulich, dass ein solcher Mann, wie es Burke offensichtlich war, sich mit der Frage quälen musste, ob er als zukünftiger Schwiegersohn akzeptabel sei.

Deshalb beschloss er, dass der Captain sich lang genug gequält hatte. „Sie möchten wissen, was ich dazu meine, wenn ein irischer Polizist um meine Tochter werben möchte, nicht wahr, mein Sohn?"

Burke wurde kreidebleich; zu seiner Ehre sei jedoch gesagt, dass er seine Haltung wahrte. „Jawohl, Sir, genau das wollte ich Sie fragen. Und ich kann Sie verstehen, wenn Sie mich für halb verrückt halten, so eine Frage zu stellen."

Lewis betrachtete den kräftigen Iren mit Interesse – und mit nicht geringer Bewunderung. „Vielleicht sagen Sie mir am Besten, welcher Art Ihre Absichten sind."

Wieder schluckte Michael schwer. „Die volle Wahrheit, Sir?"

„Genau, mein Sohn. Sagen Sie mir ohne Umschweife die Wahrheit."

„Ich suche eine Frau, Sir. Jede Frau, der ich den Hof mache, befindet sich mit einem Fuß im Hafen der Ehe."

„Ich verstehe." Lewis musterte die kräftige Kieferpartie, die dunklen Augen, das ausgeprägte Kinn. „Sie sind etwas älter als Sara, nehme ich an?"

„Ja, Sir, ich glaube, ich bin einige Jahre älter. Ich bin sechsunddreißig."

Lewis nickte. „Das wären beinahe zehn Jahre; ein beträchtlicher Altersunterschied."

Der Mund des Polizisten verzog sich leicht nach unten.

„Was aber nicht unbedingt ein Problem sein muss", fügte Lewis hinzu. „Zwischen Saras Mutter und mir lag ein Altersunterschied von acht Jahren, und wir haben eine wunderbare Ehe geführt. Dann fallen mir die Daltons ein – sie muss fast noch ein Kind gewesen sein, als er sie geheiratet hat, und es kann bestimmt niemand bestreiten, dass sie glücklich sind. Sie waren jedoch schon einmal verheiratet und haben einen beinahe erwachsenen Sohn."

„Ja", erwiderte Michael Burke, und seine Lippen formten sich zu einem dünnen Strich. „Ich möchte Sie nicht täuschen, Mr Farmington. Tierney macht mir in letzter Zeit manchmal Probleme."

Ein ehrlicher Mann, aufrichtig und direkt. „Nun, zeigen Sie mir einen Jungen in seinem Alter, der nicht zuweilen Probleme macht. Trotzdem, es hätte keinen Sinn, zu hoffen, dass eine Frau in Bezug auf den Jungen eine große Hilfe wäre; er ist beinahe erwachsen."

Michael Burke neigte den Kopf, und auf seinem Gesicht erschien eine Spur von Bitterkeit. „Ja, das weiß ich sehr wohl, Sir." Er hielt inne. „Verzeihen Sie, Mr Farmington, aber Tierney hat nichts damit zu tun, dass ich um Ihre Tochter werben möchte. Sara hat es mir angetan, das ist die Wahrheit."

„Sie haben also in Bezug auf Nora wieder Frieden?" Der Polizist nickte, und er brachte ein Lächeln zustande. „Ich freue mich für sie und Whittaker. Ich glaube, dass es so am besten ist."

Lewis betrachtete ihn nachdenklich. „Ich nehme nicht an, dass Sie wissen, ob Sara an Ihrer Werbung Interesse hat?"

Michael zögerte. „Ich wünschte, es wäre so, Sir. Aber ich kann es nicht mit Bestimmtheit sagen, nein."

„Hmm." Lewis Farmington legte die Hand in seine Seite. „Nun, ich meine, es gibt nur eine Möglichkeit, das herauszufinden, nicht wahr?"

Michaels dunkle Augen funkelten. „Sir?"

Lewis' Finger glitten über seine Uhrentasche, dann sah er Michael Burke in die Augen.

„Ich möchte nur noch dieses eine sagen, Michael: Sara ist meine einzige Tochter, und verständlicherweise liegt mir ihr Wohl sehr am Herzen. Ich hätte keine Skrupel, es jedem Mann heimzuzahlen, der auch nur daran denkt, sich durch sie Vorteile zu verschaffen."

Als der Captain, rot im Gesicht, protestieren wollte, winkte Lewis Farmington ab.

„Ich habe keine Bedenken, dass dies bei Ihnen der Fall sein könnte. Ich wollte Ihnen nur sagen, dass Sie mich nicht unterschätzen dürfen, wenn es um meine Tochter geht. Und im Hinblick darauf, ob Sara Ihre Aufmerksamkeit begrüßen würde oder nicht, müssen Sie es einfach auf einen Versuch ankommen lassen, nicht wahr?"

Die Jahre schienen von Michael Burke abzufallen. „Mit Ihrem Segen, Sir?"

Lewis grinste ihn an. „Viel Glück, mein Junge. Viel Glück!"

Offen gestanden konnte Lewis Farmington es kaum erwarten, dieses Gespräch zu beenden und wieder zu Winifred Whittaker Coates zurückzukehren.

* * *

Später an diesem Abend, als sich Evans Vater und Tante Winifred in ihre Zimmer in der Villa zurückgezogen hatten, bat Evan Nora und die Kinder, mit hinüber zu ihm in das kleine Häuschen zu kommen.

Obgleich Nora keinesfalls entspannt war – morgen war schließlich ihre Hochzeit –, waren ihr wenigstens die Ängste in Bezug auf Evans Familie genommen. Sein Vater war reizend, beinahe scheu in seiner Freundlichkeit ihr gegenüber gewesen. Und Tante Winnie – nun, es war genauso wie Evan gesagt hatte: Nora liebte sie!

Während Nora sich fragte, was Evan an diesem letzten Abend, den sie getrennt verbrachten, denken mochte, suchte sie seinen Blick, als er vor Daniel John und den anderen Kindern ihre Hand ergriff. Er lächelte sie an, und sein Blick glitt voll zärtlicher Liebe über ihr Gesicht.

„Ich m-möchte euch gern etwas sagen", begann er ruhig und wandte sich Johanna zu, während er langsam sprach, damit sie seine Worte besser verstehen konnte. „Bevor w-wir Irland verließen, habe ich Morgan Fitzgerald, d-der uns allen ein teurer Freund ist, versprochen, d-dass ich für euch sorgen werde – f-für jeden Einzelnen – als gehörtet ihr zu mir."

Er hielt inne und drückte sanft Noras Hand. „Jetzt, da Nora und ich heiraten w-werden, gehört ihr auf g-ganz besondere W-Weise zu mir. Ihr seid m-meine Familie geworden ... und ich liebe euch alle. Ich weiß, dass ich nie deinen V-Vater ersetzen kann, Daniel – oder euren, Tom und Johanna, aber ich hoffe, ihr w-werdet mir wenigstens erlauben, euer Freund zu sein."

Noras Herz floss von Stolz und Dankbarkeit über, als Evan fortfuhr: „Morgen werden Nora und ich v-vor Gott geloben, uns für unser ganzes Leben zu lieben und füreinander zu sorgen. Doch heute A-Abend möchte ich vor euch und vor Gott das Versprechen erneuern, das ich vor vielen M-Monaten für euch abgelegt habe. Ich gelobe euch allen, dass ich euch lieben und für euch sorgen will, als wärt ihr m-meine eigenen Kinder. Denn ihr gehört tatsächlich z-zu mir ... und dafür bin ich über alle Maßen dankbar."

* * *

Als Evan dann allein in seinem Zimmer war – die *letzte* Nacht, die er allein in seinem Zimmer verbringen würde, erinnerte er sich selbst dankbar –, las er den Brief, den Daniel John ihm gegeben hatte, bevor er mit Nora und den anderen Kinder das kleine Häuschen verlassen hatte.

„Er ist von Morgan", hatte der Junge gesagt, als er Evan den Brief übergab. „Er hat auch ein Geschenk geschickt, hat mich aber darum gebeten, es euch erst am Hochzeitstag zu überreichen."

Als er nun in seinem Zimmer am Tisch saß, zögerte Evan zunächst, bevor er den Brief öffnete, denn er war nicht sicher, was er von dem Mann zu erwarten hatte, der Nora so sehr geliebt hatte.

Er hätte nichts zu befürchten brauchen; schon die ersten Zeilen machten Morgan Fitzgeralds Anliegen unmissverständlich deutlich.

> *Und so sind Sie, Evan Whittaker, ein Engländer, der sein Wort hält. Haben Sie nicht gelobt, für meine Lieben zu sorgen, als wäre es Ihre eigene Familie? Und es scheint, als seien Sie tatsächlich dabei, sie zu Ihrer eigenen Familie zu machen!*

Der Brief war kurz, aber beruhigend herzlich und enthielt die guten Wünsche des großen Iren für ihre Hochzeit und die gemeinsame Zukunft.

Als Evan bei Morgan Fitzgeralds letzten Worten angelangt war, musste er lächeln und konnte sich lebhaft den Funken vorstellen, der in jenen durchdringenden grünen Augen aufgeleuchtet haben musste, als der Mann seinen letzten „Streich“ zu Papier gebracht hatte:

Dass Sie ein Ehrenmann sind, Whittaker, daran habe ich nie gezweifelt. Ich war davon überzeugt, als ich Ihnen in Irland meine Lieben anvertraut habe, und ich bin auch jetzt davon überzeugt. Ich weiß auch, dass Sie in Liebe für Nora sorgen werden und ihr der treue und liebevolle Ehemann sein werden, den sie verdient. Vergessen Sie das nie, mein englischer Freund, denn kein Ozean ist zu breit, um Sie vor mir zu schützen, falls Sie jemals weniger für sie tun sollten.
Mit diesen Gedanken umarme ich euch beide und bete, dass Gott eure Liebe und euren Hochzeitstag segnen möge.

Evan legte den Brief vor sich auf den Tisch. Seine Augen füllten sich mit Tränen, als er den Brief betrachtete. „Gott segne ihn“, flüsterte er schließlich, während er den Brief mit sanfter Hand berührte. „Gott segne uns alle.“

43. Der Hochzeitstag

Haltet diese Gabe ehrfurchtsvoll fest,
denn sie ist heilig ...

Morgan Fitzgerald (1848)

Der Hochzeitstag begann im warmen, lieblichen Licht der Maisonne.

In der Villa der Farmingtons herrschte große Aufregung. Daniel John, der dort übernachtet hatte, tat sein Bestes, um den kleinen Tom im Zaum zu halten, doch mittags war der kleine Kerl außer Rand und Band. Selbst Sara Farmington war ein einziges Nervenbündel; sie rannte von einem Zimmer ins andere, half Nora beim Ankleiden, kümmerte sich um die Blumen, gab ihrem Vater Anweisungen und hörte zu, wie Evans Tante Winifred das Dienstmädchen mit Geschichten über die letzten Neuigkeiten des eigenwilligen englischen Adels unterhielt.

Am frühen Nachmittag war Sara völlig erschöpft und zu der Ansicht gelangt, dass sie, falls sie jemals heiraten sollte, den Skandal riskieren würde, davonzulaufen.

* * *

Noras Finger waren taub und ihre Knie weich. Dass sie nicht völlig die Nerven verlor, war nur der Tatsache zu verdanken, dass Sara zur rechten Zeit in ihrem Zimmer erschien. Gemeinsam gelang es ihnen schließlich, die unzähligen Perlenknöpfe an Noras Hochzeitskleid zuzuknöpfen und noch genügend Zeit für den Schleier zu haben.

„Ich hätte nicht einwilligen dürfen, einen Schleier zu tragen", jammerte Nora. „Ich bin schließlich keine junge Braut und Jungfrau."

„Trotzdem bist du noch ziemlich jung“, sagte Sara bestimmt, während sie den Schleier und Noras Frisur noch einmal kritisch betrachtete. „Und du bist Evans Braut. So ist es völlig richtig, dass du einen Schleier trägst.“

„Und das viele Geld für den Schleier“, seufzte Nora.

„Ein zusätzlicher Schmuck, der sein Geld wert ist.“

„Mir wird übel“, warnte Nora.

„Unsinn, du wirst Hochzeit feiern.“

„Hörst du mir überhaupt nicht zu, Sara? Ich habe wirklich furchtbare Angst!“

Eine perlenbesetzte Nadel im Mund, trat Sara einen Schritt zurück, um ihr Kunstwerk besser betrachten zu können, bevor sie die letzte Nadel an der richtigen Stelle einsteckte. „Du siehst bezaubernd aus!“

Während sie Nora eine widerspenstige Strähne aus der Stirn strich, sah Sara ihr in die Augen. „Du wirst doch nicht ohnmächtig werden?“

„Doch, vielleicht. Ich fühle mich furchtbar elend.“

Sara schüttelte den Kopf. „Das geht nicht. Wenn dein Bräutigam nur halb so aufgeregt ist, wie man unten erzählt, wird er dich brauchen, um ihn zu stützen. Nun atme noch ein paar Mal schön tief durch, und dann gehen wir.“

„Gehen?“ Nora starrte sie an.

Sara strich über ihren Arm. „Ja, meine Liebe, nach unten, in die Kapelle. Es ist so weit.“

Nora versuchte, tief durchzuatmen, wie Sara ihr geraten hatte. Ein stechender Schmerz nahm ihr den Atem. „Es ist, wie ich dir gesagt habe.“ Sie fasste mit der Hand an ihr Herz. „Ich bin sterbenskrank.“

Sara lachte sie an. „Du bist unmöglich!“, schalt sie, während sie Noras Arm fest in den ihren zog. „Jetzt komm schon. Wir können nicht gut Hochzeit feiern ohne die Braut, oder?“

* * *

Während sie neben der Kapelle warteten, inspizierte Lewis Farmington noch einmal Evans seidene Fliege. „Ich fürchte, wir haben sie noch nicht richtig hinbekommen", sagte er stirnrunzelnd. „Versuchen wir es noch einmal."

Zitternd hob Evan das Kinn, und ließ es über sich ergehen, dass sein Chef mit seinen dicken Fingern die Fliege richtete.

„Ja, immer schön durchatmen, Evan", sagte der Chef, während er ein Stück zurücktrat, um sein Werk zu betrachten. „Ah, so ist es ausgezeichnet!"

„Mir ist ziemlich übel."

„Unsinn! Ihnen kann jetzt nicht übel sein. Sie heiraten heute!"

Plötzlich kam Evan ein Gedanke in den Sinn. „Vater – und Tante Winifred?"

„Sie haben bereits Platz genommen. Ihrem Vater geht es wieder besser. Winifred sagt, dass es ihm gut geht. Es war gewiss nur eine Art Erschöpfung nach der langen Reise."

„Der Ring?"

„Daniel hat ihn sicher in seiner Hand. Wirklich, Evan, Sie müssen sich entspannen. Sie sollten Ihre eigene Hochzeit genießen, mein Sohn! Und außerdem, wenn Nora Sie so sieht, denkt Sie am Ende noch, dass Ihnen Zweifel gekommen sind."

Evan biss die Zähne zusammen. „Ja, ... S-Sie haben Recht, n-natürlich darf ich ihr nicht zeigen, wie bange m-mir ist. Sie könnte es missverstehen."

„So ist es!"

Evan befeuchtete seine Lippen. „D-Daniel?"

„Er ist unterwegs mit dem Ring. Tief durchatmen jetzt, Evan. Ich möchte Sie lächeln und entspannt sehen, bevor wir hineingehen."

„Hineingehen?"

„In die Kapelle, Evan – in die Kapelle! Gleich wird Ihre Hochzeit sein, erinnern Sie sich?"

Lewis Farmington klopfte Evan auf den Rücken. Evans Knie drohten zu versagen, doch sein Chef stützte ihn rechtzeitig und drängte ihn zur Tür.

* * *

Vorn in der Kapelle stand Jess Dalton und sah der Trauung mit großer Freude entgegen. Jede Trauung, die er hielt, war für ihn etwas ganz Besonderes, denn er war vom Segen des Ehestandes überzeugt. Doch diese Hochzeit war eine übergroße Freude für sein Herz. Evan Whittaker war ein feiner gottesfürchtiger Mann, der Nora Kavanagh über alle Maßen liebte. Und Nora – sie war eine wunderbare Frau. Die beiden hatten zusammen schon vieles durchlitten, was ihre Freude nur umso reicher machen würde.

Er strahlte in die gemütliche Kapelle, wo die kleine Schar der geladenen Gäste Platz genommen hatte. In der dritten Reihe saß seine Frau, die bemerkenswerte Kerry, neben einem erstaunten, aber lächelnden Arthur Jackson. Der Junge schien durch all den Glanz um ihn herum etwas verwirrt zu sein, doch der „Vorgang", wie er sagte, schien ihm zu gefallen.

Jess warf einen Blick auf den kreidebleichen Bräutigam, um sich zu vergewissern, dass er sich noch auf den Beinen halten konnte. Eingerahmt von Lewis Farmington auf der einen und Daniel Kavanagh auf der anderen Seite, schien er, wenigstens im Augenblick, noch Haltung zu bewahren.

Von der Orgel ertönte die Einzugsmusik, und die Gäste wurden von freudiger Erregung erfasst.

Jess ließ seinen Blick zum Eingang der Kapelle wandern, wo der Hochzeitszug bereits zu sehen war. Sara Farmington trat herein, elegant und reizend in zartem Blau, und ihr leichtes Hinken ließ sie nur noch charmanter erscheinen.

Hinter ihr ging die lächelnde Johanna Fitzgerald, wunderbar jung und hübsch in cremefarbener und blauer Spitze, das dunkelrote Haar in sanften Locken über die Schulter fallend. Der „kleine Tom", wie sie ihn nannten, sprang fröhlich neben seiner Schwester her, und in seinem Anzug sah er wie ein kleiner Herr aus, was zweifellos Sara Farmingtons Werk war.

Noch lauter tönte der Klang der Orgel, wieder ging ein Raunen durch die Gäste, und schließlich erschien die Braut. Nora Kavanagh war ein Traum in Eisblau und Perlen, und der Schleier verdeckte ihre großen ängstlichen Augen kaum.

Begleitet wurde sie von dem muskulösen, kräftigen Michael Burke. Aufrecht und stolz in einem schwarzen Anzug und gestärktem Leinen, strahlte er den bleichen Bräutigam mit einem echt irischen Lächeln an, als er ihm seine Braut übergab.

* * *

Nora hielt sich während der gesamten Trauung erstaunlich tapfer und sprach ihr Gelübde beinahe ohne zu stocken.

Sie weinte auch nicht, bis Daniel John sich gegen Ende der Feier von Evans Seite erhob und aus einer kleinen Nische vorn in der Kapelle die Harfe der Kavanaghs hervorholte. Erst ihren und dann Evans Arm berührend, sagte der Junge leise: „Das ist Morgans Geschenk für euch; er schickt es euch mit seiner Liebe. Ich möchte es euch übergeben, wie er mich gebeten hat."

Noras Augen begannen sich bereits mit Tränen zu füllen, als ihr Sohn sich die Harfe umhängte und leise darauf zu spielen begann. Evans Hand umfasste die ihre, als Daniel John Morgans Zeilen erst auf Irisch vorlas und dann auf Englisch zu singen begann:

„Denn Liebe und Liebe allein wird für ewig das Band sein, das euch zusammenhält … Haltet diese Gabe ehrfurchtsvoll fest,

denn sie ist heilig ... Seid so innig verbunden, dass ihr die Tränen und auch den lieblichen Geruch der Freude aus einem Kelch schmecket, einem goldenen Kelch, der überfließen möge ...“

Schließlich übergab Michael Nora in Evans Hände. Einen kurzen Augenblick ruhte seine starke Hand auf ihrem Arm, und ihre Blicke trafen sich. In diesem Moment überspannte das Wunder der Freundschaft einen Ozean, als sich drei Herzen berührten, verbunden durch die Erinnerung und das immer währende Vermächtnis der Liebe.

* * *

Draußen vor der Villa schien die Maisonne golden und warm. Es war ein ruhiger sonniger Nachmittag, und die Luft war von einem lieblichen Duft erfüllt. Sara Farmington stand an Michael Burkes Seite, während sie darauf warteten, dass das neuvermählte Paar erschien.

Als die Türen der Kapelle aufgingen, traten Evan und Nora heraus, die vor aller Augen in ihrem übergroßen Glück erstrahlten. Sie sonnten sich in der goldenen Wärme der Maisonne und in ihrer Freude und blickten scheu zu ihren Gästen.

Plötzlich ertönte von dem sanften Hügel, der sich auf der Ostseite des Grundstücks befand, ein leises Summen, das zunächst ein wenig lauter wurde, immer mehr anschwoll und sich schließlich zu einer fröhlichen keltischen Weise erhob. Die gesamte Hochzeitsgesellschaft, das Brautpaar eingeschlossen, drehte sich um.

Über den grünen Rasen kam stolz und erhobenen Hauptes ein Dudelsackpfeifer daherstolziert – in voller Tracht mit Kilt. Kurz vor der Villa blieb er stehen und blies einen alten Lobgesang auf das Hochzeitspaar.

Saras Blick wanderte von dem Dudelsackpfeifer zu Nora, deren Gesicht in einem wunderbaren Glanz erstrahlte; verblüfft und zu Tränen gerührt, hielt sie sich am Arm ihres lächelnden Bräutigams fest.

Von dem Wunder dieses Augenblicks überwältigt, sah Sara, wie Nora ihre strahlenden, aber fragenden Augen auf Michael Burke richtete. Er begegnete ihrem Blick mit einem lang gezogenen Grinsen und einem kecken Augenzwinkern.

Als der Klang des Dudelsacks in der lauen Luft des Nachmittags verhallte, spürte Sara, wie Michaels Augen auf ihr ruhten und wandte sich ihm zu, um seinem Blick zu begegnen.

„Wie haben Sie das bloß gemacht ..." Sie hielt inne. „Natürlich, er ist auch ein Polizist, nicht wahr? Der Dudelsackpfeifer?"

„Ja, noch ein irischer Polizist", gab Michael zu, während er sie mit einem äußerst seltsamen Lächeln betrachtete.

„Das war wirklich fantastisch", stammelte Sara unbeholfen.

Michael Burke begegnete ihr mit einem Lächeln – einem gefährlichen Lächeln unter dem kräftigen dunklen Schnurrbart. „Sara, Mädchen", sagte er sanft, „es gibt wenig, was ein Ire nicht schafft, wenn er es sich einmal in den Kopf gesetzt hat." Er hielt kurz inne, um noch einmal in ihrem Gesicht zu forschen. „Sie tun gut daran, das in den kommenden Tagen zu beherzigen."

Er nahm ihren Arm und legte ihn fest in seinen, bevor sie gemeinsam der Braut und dem Bräutigam gratulierten.

* * *

Evan und Nora hatten beschlossen, ihre Hochzeitsnacht in dem kleinen Häuschen zu verbringen. Vielleicht würden sie eines Tages das Angebot Lewis Farmingtons, eine Hochzeitsreise zu machen, annehmen, aber im Augenblick waren sie beide der Meinung, dass sie bei den Kindern bleiben und ihnen das Gefühl der Familienzusammengehörigkeit vermitteln sollten.

Noch in das Glück und die Freude ihres Hochzeitstages eingehüllt, erreichten sie das Häuschen. Jemand war vor ihnen hier gewesen und hatte aus den kleinen Zimmern ein warmes und einladendes „Liebesnest“ gezaubert. Kerzen leuchteten neben dem Bett und ließen mollige Kissen und weiche Decken erkennen. Durch das geöffnete Fenster erfüllte die milde Nacht das Zimmer mit einem lieblichen Duft.

Als sie an der Schwelle der geöffneten Tür standen, schaute Evan zuerst nach drinnen und dann zu Nora und hoffte, sie würde nicht merken, wie er immer aufgeregter wurde. „Ich ... es tut mir Leid, d-dass ich dich nicht über die Schwelle tragen kann, Mrs Whittaker“, sagte er und forschte in ihrem Gesicht.

Nora lächelte ihm in die Augen, dann nahm sie seinen Arm. „Das macht gar nichts, und du bist doch nicht abergläubisch, Evan, nicht wahr? Du bist ja auch kein Ire!“

Im Zimmer angekommen, nahm Evan ihren Schleier und hängte ihn sorgfältig auf den Kleiderständer. Als er sich umdrehte, sah er, wie Nora an das geöffnete Fenster getreten war. Die Vorhänge bauschten sich auf, als ein leichtes Lüftchen wehte; das flackernde Kerzenlicht malte lange Schatten.

„Das ist eine wunderbare Nacht“, sagte Nora zärtlich.

„Ein wunderschöner Tag“, warf Evan unbeholfen ein. Plötzlich hatten ihn Angst und Schrecken erfasst, dass er sie enttäuschen könnte.

Was wäre, wenn sie seinen Anblick nicht ertragen konnte? Der fehlende Arm, die schlimme Narbe – was war, wenn er sie abstieß?

Als hätte sie die Angst in seiner Stimme gehört, wandte sich Nora um und schaute ihn an. Er wich ihrem Blick aus und ging zum Tisch, wo er ein kleines Päckchen aufhob.

„Evan?“ Noras Stimme klang zärtlich und fragend.

Ihrem Blick immer noch ausweichend, drückte ihr Evan das Päckchen in die Hand. „Ich ... das ist f-für d-dich ... ein Hochzeitsgeschenk“, stotterte er.

Nora schaute von ihm zu dem Paket in ihrer Hand. „Was ist es, Evan?"

„Öffne es", sagte er und zeigte auf das Päckchen. „Bitte."

Nora ließ ihre Augen noch einen Augenblick auf seinem Gesicht ruhen und wickelte dann das Päckchen aus. Zum Vorschein kam ein kleines Schmuckkästchen. Sie schaute es an, und als sie vorsichtig den Deckel anhob, schrie sie vor Freude auf. Unendlich behutsam nahm sie die zarte Perlenbrosche heraus. „Oh, Evan, sie ist einfach reizend!"

„Sie hat meiner Mutter gehört", erklärte Evan. „Vater hat sie für dich mitgebracht."

„Hilf mir", sagte sie, während sie die Brosche an den Halsausschnitt ihres Hochzeitskleides hielt. Mit den Fingern nestelnd, hielt Evan mit seiner einen Hand den Stoff, während Nora die Brosche ansteckte.

„Ich fühle mich so vornehm damit", sagte sie und lächelte ihm wieder in die Augen.

„Du siehst einfach ... f-fantastisch aus", stieß Evan hervor und konnte seine Augen nicht von ihr wenden. Er sehnte sich danach, sie zu umarmen, war jedoch außerstande, sich von der Stelle zu rühren.

Sie kam zu ihm und liebkoste seine weiche bärtige Wange mit ihrer und schmiegte sich an ihn.

„Nora ..."

Nora hob ihr Gesicht. So nahe war sie; seine Sinne drohten zu schwinden. In ihren Augen versunken, zog er sie noch näher an sich heran. „Nora ... Liebste ..."

Nora suchte seinen Blick, während sie mit den Fingerspitzen zärtlich die Konturen seiner Lippen umfuhr. Evan glaubte, sein Herz müsse zerspringen von ihrer Nähe, dem Duft ihres Haars, der süßen Wärme ihres Atems an seiner Wange. „Oh, Nora ... ich glaube, i-ich sterbe noch vor lauter Liebe zu dir!"

Sie hob ihr Gesicht und küsste seinen Mund. Er konnte nicht mehr denken und küsste sie, bis er außer Atem war.

„Ich liebe dich, Evan", flüsterte sie schließlich. „Ich werde dich immer lieben." Eine Hand auf seinem Unterarm, löste sie sich aus seiner Umarmung. „Ich werde die Vorhänge zuziehen", sagte sie leise.

Evan blies die eine Kerze auf dem Nachtschränkchen aus und ging dann zu der zweiten.

„Nein, Evan", sagte Nora sanft, während sie sich am Fenster umdrehte, um ihm ins Gesicht schauen zu können.

Er starrte sie an. „Ich dachte – ich dachte, du w-wolltest lieber kein Licht haben ... damit du nicht meinen ..."

Die Augen niedergeschlagen, ließ er seinen Satz unvollendet verklingen.

„Oh, Evan ... Evan, du törichter Mann." Nora kam zu ihm, schmiegte sich wieder an seinen Körper und hielt seine Schultern fest umfasst. „Hast du geglaubt, dein Arm würde meine Liebe zu dir beeinträchtigen?"

Er hob seine Augen auf und war von der Wärme und Zärtlichkeit in ihren Augen überwältigt. „Ich hatte Angst, dass du es mir nur nicht sagen wolltest. Ich kann ihn bedeckt lassen, Nora – ich könnte dich verstehen ..."

Sie legte ihre Hand auf seinen Mund. „Und jetzt sei still, mein lieber törichter Ehemann! Ganz still ..." Ihre Lippen nahmen den Platz ihrer Hand ein, und sie küssten sich wieder.

„Lass die Kerze brennen", flüsterte sie an seiner Wange. Einen Augenblick später befreite sie sich noch einmal sanft aus seiner Umarmung und half ihm, sein Jackett auszuziehen, dann das Hemd.

Als ihre Lippen mit unendlicher Zärtlichkeit jene furchtbare Narbe berührten, schloss Evan die Augen und sog die heilende Wärme ihrer Liebe in sich ein.

Als seine Frau begann, die Brosche zu entfernen und die unzähligen kleinen Perlenknöpfe vorn an ihrem Hochzeitskleid aufzuknöpfen, nahm Evan sie in den Arm. Er führte ihre Hand an seine Lippen und küsste zart ihre Fingerspitzen.

„Ich bin nicht … vollkommen hilflos“, sagte er sanft und knöpfte einen Knopf, dann den nächsten mit einer überraschend ruhigen, wenn auch etwas unbeholfenen Handbewegung auf. Nora lächelte, und er sah, wie sich seine Liebe und sein Verlangen in ihren Augen widerspiegelten.

Zum ersten Mal seit der Operation, die ihm seinen verwundeten Arm gekostet hatte – vielleicht zum ersten Mal in seinem Leben –, wusste Evan Whittaker, dass er ein ganzer Mann war.

Epilog

Reite mit dem Wind!

Dem aber, der euch vor dem Straucheln behüten kann und euch untadelig stellen kann vor das Angesicht seiner Herrlichkeit mit Freuden, dem alleinigen Gott, unserem Heiland, sei durch Jesus Christus, unseren Herrn, Ehre und Majestät und Gewalt und Macht vor aller Zeit, jetzt und in alle Ewigkeit! Amen.

Judas 24-25

Dublin

Morgan ging schnell die restlichen Unterlagen durch und unterschrieb sie mit einer schwungvollen Bewegung; dabei benutzte er den neuen Federhalter – sein Geburtstagsgeschenk von Smith O'Brien.

Während er die Papiere, die vor ihm ausgebreitet waren, auf einen Stapel legte, überflog er noch einmal die beiden Blätter, die obenauf lagen. Eine Vollmacht für Cursack, einen Rechtsanwalt aus Dublin, um die notwendigen rechtlichen Schritte für die Adoption Annies einzuleiten. Das endgültige Angebot von O'Toole Bros, nächsten Monat mit den Renovierungsarbeiten im Ostflügel zu beginnen – für die Schule.

Im Augenblick würde er nur die Dinge erledigen, die keinen Aufschub duldeten. Auf Sandemons und Annies Bitte hatte er sich den Rest des Tages freigehalten. Es schien, als hätten die beiden eine Überraschung für seinen Geburtstag vorbereitet.

Als er im Haus eine Tür schlagen und dann jemanden rennen hörte, legte er den Federhalter auf seinem Messingständer ab und wartete. Wie vorausgesehen, kam Annie in das Zimmer gestürmt, völlig außer Atem und mit funkelnden Augen.

„Es ist so weit, *Seanchai!* Kannst du jetzt kommen?"

„Werde ich auch heil zurückkommen?", fragte Morgan und lächelte das aufgeregte Kind an.

„Oh, es wird großartig!", rief sie völlig aufgeregt. Sie rannte um ihn herum und packte den Rollstuhl. „Wir sind schneller, wenn ich dich schiebe!"

Da Morgan wusste, dass jeder Einwand nutzlos war, biss er die Zähne zusammen, und schon rasten sie aus der Bibliothek. Er schüttelte den Kopf, während sie den Flur entlang ins Speisezimmer sausten.

Quietschend kamen sie genau in der Tür zum Halten. Sandemon stand lächelnd neben dem mit Speisen beladenen Tisch, und neben ihm stand die reizende junge Frau namens Finola. Obgleich er sie seit zwei Monaten nicht mehr gesehen hatte, hatte Morgan die wunderschöne Frau mit dem goldenen Haar nicht vergessen. Er freute sich außerordentlich, dass sie zu seinem Geburtstag gekommen war.

Inmitten von Annies Geplapper, Sandemons Lachen und Finolas scheuem Lächeln lehnte sich Morgan zurück und bereitete sich darauf vor, sich über die Tatsache zu freuen, dass er älter geworden war.

* * *

Eine ganze Zeit später wurde Morgan, der sich, wie er selbst sagte, „wie zum Schlachten gemästet" fühlte, von der furchtbar aufgeregten Annie Delaney zu einer weiteren Fahrt eingeladen. Glücklicherweise stand Sandemon bereit, die Steuerung des Stuhls zu übernehmen, bevor das Kind auch nur die geringste Chance hatte, ihn die Rampe an der Hintertreppe hinunterzustürzen.

Annie rannte voraus und war schnell verschwunden. Ein Teil der Überraschung schien einen Besuch bei Pilgrim einzuschließen, denn sie fuhren in Richtung der Stallungen. Erfreut setzte sich Morgan etwas aufrechter in seinem Stuhl zurecht und hielt nach Annie Ausschau.

Er warf einen verstohlenen Blick auf Finola, die neben ihm ging. Was mochte wohl ihre Geschichte sein?, fragte er sich. Was verbarg sich hinter diesen unergründlichen blauen Augen? Was hat sie stumm gemacht und ihr ein Lächeln verliehen, das so charmant war, dass es das Herz eines Mannes schmelzen konnte?

Als hätte sie seine Blicke gespürt, schaute sie Morgan fragend an. Dabei ertappt, sie gemustert zu haben, wollte Morgan am liebsten wegschauen. Doch Finola lächelte und nahm ihn mit hinein in den warmen und sanften Schein, den sie auszustrahlen schien.

Im Stall angekommen, wandte sich Morgan zur Box des Hengstes, fand sie jedoch leer. „Wo ist er?“, fragte er Sandemon. „Wo ist Pilgrim?“

„Er wartet auf den *Seanchai.*“

Sandemon hielt den Stuhl an. „Einen Moment bitte, *Seanchai,* wenn Sie gestatten“, bemerkte er und verschwand in der mittleren Reihe der Boxen.

„Was machen sie denn? Wissen Sie es?“, fragte Morgan Finola.

Sie zuckte die Achseln, drehte beide Handteller nach oben und lächelte.

Morgan sah deutlich genug, dass sie Bescheid wusste.

„Können Sie hierher gerollt kommen, *Seanchai?*“, rief Sandemon.

„Natürlich kann ich dorthin gerollt kommen!“, erwiderte Morgan scharf. „Ich brauche nur Hilfe, wenn ein verschlagener Begleiter oder ein verrücktes Kind irgendwelchen Unfug auf meine Kosten im Sinn haben.“

Von Finola gefolgt, blieb Morgan mit dem Rollstuhl stehen, sobald er um die Ecke gebogen war. Vor ihm, an einer Stelle, wo keine Box war, stand ein Sandemon, der offensichtlich mit sich selbst sehr zufrieden war. Über ihm hing, an einem Dachsparren verschraubt, ein Flaschenzug mit einem starken Seil. Zu der gesamten Vorrichtung gehörten auch zwei Rollen und ein breiter Ledersitz, an dem beide Enden des Seils befestigt waren. Das Ganze sah aus wie eine Kinderschaukel, nur stabiler.

Erst jetzt erblickte Morgan Annie. Sie grinste über das ganze Gesicht, stand an der Seite und hielt Pilgrims Zügel. Sobald er Morgan erblickte, schüttelte der große Hengst sein Haupt und schnaubte zur Begrüßung.

Morgan saß da und starrte die kleine Gesellschaft an – das Pferd, das Kind und Sandemon. „Ihr scheint viel Spaß zu haben, wie ich sehe. Soll ich einfach wie ein großer Koloss hier sitzen bleiben, oder werdet ihr mir sagen, was ihr vorhabt?"

Annie kicherte und hüpfte von einem Fuß auf den anderen. Sandemon und Finola lächelten breit.

Morgan, der sich sehr benachteiligt fühlte, warf ihnen allen einen vernichtenden Blick zu.

„Das ist unser Geschenk für Sie, *Seanchai*", sagte Sandemon schließlich und zeigte auf das seltsame Gerät.

Glaubten sie etwa, er wüsste, was das sein sollte? Weil Morgan sie nicht verletzen wollte, rang er sich ein Lächeln ab. „Es scheint ein schönes Geschenk zu sein", sagte er unsicher. „Ihr habt es selbst gebaut, nicht wahr?"

„Sand-Mann und ich!", rief Annie. „Wir haben wochenlang daran gearbeitet!"

Morgan nickte verstehend. „Ich zweifle nicht daran, und ich – ich bin beeindruckt; und natürlich danke ich euch."

Annie kicherte wieder, diesmal jedoch lauter. „Er weiß nicht, was es ist, Sand-Mann", sagte sie. Sandemon nickte lächelnd.

Morgan blickte misstrauisch von einem zum anderen. „Das stimmt", gab er zu. „Ich weiß nicht, was es ist."

Niemand schien ihn aufklären zu wollen. Schließlich trat

Sandemon vor, beugte sich nach vorn, um Morgan direkt in die Augen zu schauen. „Was das ist, *Seanchai*", sagte er sanft, „nun, es ist ein Gerät, das wieder Beine unter Sie bringen soll."

Morgan kniff die Augen zusammen, dann hob er den Kopf. „Beine?", wiederholte er skeptisch.

„Vier Beine", erwiderte Sandemon, während er sich aufrichtete. Ohne weitere Erklärungen abzugeben, schob Sandemon Morgan zum Sitz der Schaukel. Dort hielt er an und legte einen Stein unter ein Rad des Rollstuhls, damit er nicht wegrollen konnte.

Nun wandte er sich um und streckte Morgan seine Arme entgegen. „Wenn Sie mir vertrauen, *Seanchai,* können Sie wieder auf Ihrem schönen Hengst reiten", sagte er leise.

Verblüfft starrte Morgan auf die Arme des schwarzen Mannes, die sich ihm entgegenstreckten, bevor er seinen Blick auf Sandemons Gesicht richtete. Die dunklen Augen betrachteten ihn aufmerksam.

„Wenn ich Ihnen vertraue?", wiederholte Morgan leise.

Sandemon nickte und wartete.

Morgan befeuchtete seine Lippen, dann streckte er Sandemon seine Hände entgegen – wie ein Kind.

Ein Lächeln glitt über Sandemons Gesicht. Mit starken Armen hob er Morgan aus dem Rollstuhl und setzte ihn in den Ledersitz der Vorrichtung, die bald wie eine Schaukel aussah. „Halten Sie sich an den Seilen fest, *Seanchai.* Wir werden Sie hochziehen, gerade so weit, dass Annie Pilgrim unter Sie führen kann. Dann lasse ich Sie in den Sattel herunter. Sehen Sie, Pilgrim ist bereit und wartet auf seinen Herrn."

Einen Kloß im Hals, blickte Morgan zu Annie, die ihn mit großen Augen anschaute, dann zu Pilgrim und schließlich wieder zurück zu Sandemon. „Ja", sagte er und ergriff die Seile. „Das könnte funktionieren."

Die Ärmel von Sandemons purpurrotem Hemd bauschten

sich auf, als er – langsam und vorsichtig – an den Seilen zog, Handbreit um Handbreit. Morgan spürte, wie er nach oben gezogen wurde, und schaute nervös auf seine lahmen Beine, die nutzlos über dem Stallfußboden schwebten. In diesem Augenblick begann Annie sich zu bewegen, ihren Blick auf Morgan gerichtet, der ein Stück weit über dem Boden hing.

Als er herabschaute, musste Morgan hart schlucken. „Ja, es gab immer Leute, die gesagt haben, ich würde eines Tages hängen", sagte er mit gebrochener Stimme.

Sandemon wickelte nun das Seil um den Mast und hielt es fest, bis Annie den Hengst zum Stehen gebracht hatte – direkt unter Morgan.

Als das Pferd an der richtigen Stelle stand, ließ Sandemon Morgan langsam, ganz langsam in den Sattel herab.

Morgans Arme zitterten, als er den Ledersattel berührte, den starken Rücken mit den kräftigen Muskeln unter sich spürte. Pilgrim wieherte kurz, als wollte er ihn begrüßen.

So lange ist es her ...

Als er die vertraute Kraft des großen roten Hengstes unter sich spürte, war Morgan überwältigt. Um sich nicht vor Finola, die ihn mit strahlenden Augen beobachtete, mit Tränen blamieren zu müssen, rang er sich ein Lächeln ab.

Sandemon kam an seine Seite und legte eine Hand auf Pilgrims Nacken.

„Sie wissen, dass Sie nicht allein reiten können", flüsterte er.

Morgan nickte widerwillig.

Ein dunkles Augenpaar erforschte seinen Blick. „Werden Sie dann mit einem schwarzen Mann reiten, *Seanchai?*"

Morgan sah ihm in die Augen. „Ich würde mit dem schwarzen Cromwell persönlich reiten", sagte er mit sanfter Stimme, „um für einen Tag diesem Rollstuhl entfliehen zu können!"

Sandemon warf den Kopf zurück und lachte aus vollem Herzen. „Kind!", rief er. „Bring die Stute!"

Er saß hinter Morgan auf und schlang seine Arme fest um Morgans Taille. „Heute werden wir fliegen, *Seanchai!* Sie und ich, wir werden gemeinsam fliegen!"

Sie warteten, bis Annie und Finola eine braune Stute mit sanften Augen bestiegen hatten; dann führten sie die Pferde aus dem Stall. Annie schaute zu Morgan, und ihr Gesicht schien vor reiner Freude zerspringen zu wollen. „Haben wir dich glücklich gemacht, *Seanchai?*", fragte sie strahlend.

Morgan schaute zu ihr und dann zu Finola, die scheu hinter Annie saß. „Und wie glücklich ihr mich gemacht habt, Kind!", stieß er hervor.

Seine muskulösen Arme um Morgan geschlungen, grub Sandemon seine Fersen in Pilgrims Flanken, und sie kamen zuerst in Trab und dann in einen leichten Galopp. Üppig grüne Bäume, die schon Knospen trieben, flogen an ihnen vorbei, und Morgan lächelte bei dem Gezwitscher der Vögel, das von der lieblichen Maienluft fortgetragen wurde.

Lachend rief er: „Ich möchte schneller reiten, Sandemon!"

„Dann reiten Sie, *Seanchai!*", rief Sandemon und brachte den Hengst in vollen Galopp. „Reiten Sie, so schnell Sie wollen! Reiten Sie mit dem Wind! Ich werde Sie nicht fallen lassen."

Die Schultern von der warmen Frühlingssonne Dublins beschienen und einen sanften Wind im Rücken, ritt Morgan weg von Nelson Hall in das Land hinaus. Sandemons starke Arme hielten ihn fest im Sattel, als sie weiter und immer weiter über die grünen Wiesen und Felder flogen, die Morgan so liebte.

Während sie so dahinritten, begann eine Stimme in Morgans Herzen zu singen. Wie das Echo aus einer anderen Welt flüsterte sie:

Reite, Morgan! Reite mit dem Wind!
Ich werde dich nicht fallen lassen ...

Eine Anmerkung der Autorin

Als ich begann, für mein erstes Buch in dieser Serie „*Und niemand hört mein Lied*" Nachforschungen anzustellen, fand ich heraus, dass sich durch die gesamte Geschichte Irlands ein starker religiöser Faden zieht. Ich hoffe, dass es mir gelungen ist, meinen Lesern deutlich zu machen, wie das Christentum das Leben mancher irischer Einwanderer Amerikas geprägt hat.

Während der Jahre meiner Nachforschungen und während des Schreibens wurde mir bewusst, dass es faktisch unmöglich ist, die Vergangenheit von der Gegenwart zu trennen. Die Kämpfe und Erfolge, die Versuchungen und Siege unserer Vorfahren bilden nicht nur ein reiches Erbe, sondern sie tragen auch auf unschätzbare Weise zu dem bei, was wir – und unsere Welt – heute sind. Wie der junge Daniel Kavanagh glaube auch ich, dass aus Gottes Sicht das Gestern, Heute und Morgen ein großes *Panorama* darstellen, eine fortlaufende Geschichte, die unser Schöpfer in ihrer Gesamtheit betrachtet, vom Anbeginn der Zeit über die Gegenwart bis hin zur Ewigkeit.

Außerdem wiederholt sich Geschichte tatsächlich. Viele Ereignisse kehren immer wieder. Die Schrecken der Hungersnot und die Hoffnungslosigkeit, wie sie vielen Personen dieser beiden Bände begegnet sind, gibt es immer noch. Monat um Monat, Jahr um Jahr leiden und sterben weiterhin unschuldige Opfer von Kriegen und Katastrophen, von politischer Gleichgültigkeit und Unterdrückung, wie einst die Menschen in Irland während der großen Hungersnot.

Regierungsprogramme und private Hilfsorganisationen sind kaum mehr als ein Anfang im Hinblick auf die Hilfe, die weltweit immer nötiger wird. Ich bin der Überzeugung, dass die christliche Kirche in der vordersten Reihen internationaler Hilfsmaßnahmen stehen sollte, denn die Gemeinde hat die Aufgabe

– und das Vorrecht –, einer Welt Liebe zu spenden, die sie dringend braucht.

Ich möchte Sie einladen, wie ich nach Wegen zu suchen, praktische Hilfe leisten zu können. Es gibt viele Organisationen, die Möglichkeiten bieten, Glaube und Liebe in die Tat umzusetzen. Auf jeden Einzelnen kommt es an.

B. J. Hoff

Irland-Saga

B. J. Hoff
Und niemand hört mein Lied
Irland-Saga – Band 1
ISBN 978-3-86122-663-5
608 Seiten, Taschenbuch

Nora Kavanaghs Heimat, das alte Irland, das sie so sehr liebt, versinkt im Elend der verheerenden Hungersnot von 1847. Der Fiebertod wütet auch unter ihren Lieben, einzig ihr kleiner Sohn Daniel bleibt ihr.
Sie ist eine leichte Beute für die skrupellosen englischen Landherren, die ihr den letzten Besitz entreißen wollen, der ihr verblieben ist: ihr Land.
So richtet sie ihre letzte Hoffnung auf Morgan Fitzgerald, die große Liebe ihrer Jugend. Der Dichter, Naturbursche und Freischärler führt ein wildes und gefährliches Leben im Kampf gegen die englischen Unterdrücker. Er meint es gut mit den Kavanaghs, doch können seine ehrbaren Absichten das retten, was von dieser Familie am Leben blieb?

B. J. Hoff
Im Land der tausend Träume
Irland-Saga – Band 3
ISBN 978-3-86122-797-7
560 Seiten, Taschenbuch

Irland 1848: Morgan Fitzgerald ist ein angesehener Dichter und ein Patriot. Nach einem feigen Attentat an den Rollstuhl gefesselt, muss er sein Leben neu ordnen. Da seine Hoffnung ganz der jungen Generation gilt, richtet er in Nelson Hall eine Schule ein. Doch als die Gewalt auch hier zuschlägt, muss Morgan sich dem Kampf mit den finsteren Mächten stellen.
Auf der anderen Seite des Ozeans entdecken Morgans Freunde Michael und Nora die hässliche Seite des Landes der unbegrenzten Möglichkeiten: Armut, Korruption und Rassenhass. Michael bekommt den Würgegriff zu spüren, mit dem das organisierte Verbrechen seiner Stadt New York die Luft abdrückt ...

B. J. Hoff
Doch vergesst die Heimat nicht
Irland-Saga – Band 4
ISBN 978-3-86122-879-0
500 Seiten, Taschenbuch

Irland hungert. Das Volk wandert aus oder stemmt sich mit letzter Kraft gegen den Untergang. Ebenso unverdrossen liefert Michael Burke den Bossen der New Yorker Unterwelt ein ungleiches Ringen. So wie seine Frau Sara, die gegen Armut und Unterdrückung in den Slums von New York angeht. Morgan Fitzgerald dagegen würde der Auseinandersetzung lieber aus dem Weg gehen, in die er mit dem rebellischen Sohn seines Freundes gerät. Doch der Heißsporn hat das Herz seiner Adoptivtochter erobert. Eines aber verbindet alle diese Menschen: der Glaube an Gott und die Hoffnung auf eine glückliche Zukunft.

B. J. Hoff
Im Morgenglanz seiner Verheißung
Irland-Saga – Band 5
ISBN 978-3-86122-988-9
480 Seiten, Taschenbuch

Morgan Fitzgerald muss eine Entscheidung treffen, die ihn alles kosten kann: Die Frau, die er liebt, seine Familie, ja sogar sein Leben ... Auch für seine Frau Finola bricht die Stunde der Wahrheit an, als sie mit den dunklen Geheimnissen ihrer Vergangenheit konfrontiert wird. Währenddessen gerät Michael Burke, der New Yorker Polizist, in einen Konflikt, der ihn zu zerreißen droht: Seinem Glauben steht seine Besessenheit gegenüber, endlich Patrick Walsh zur Strecke zu bringen.

Weitere spannende historische Romane

Patricia Hickman
Reise ohne Wiederkehr
Australien-Saga, Band 1
ISBN 978-3-86122-664-2
368 Seiten, Taschenbuch

Als Taschendieb verurteilt, entgeht George Prentice nur knapp dem Tod am Galgen. Stattdessen erwarten ihn Jahre der Zwangsarbeit in der Strafkolonie Australien. Was er nicht weiß – auch seine Frau teilt sein Schicksal!
Tapfer macht sich ihre Tochter Katy auf den Weg über das weite Meer, einen Herzschlag weit weg von ihren Lieben und doch so unendlich fern ...

Patricia Hickman
Engel in der Wildnis
Australien-Saga, Band 2
ISBN 978-3-86122-699-4
384 Seiten, Taschenbuch

Sieben Jahre Verbannung in der Wildnis Australiens gehen zu Ende und Rachel Langley ist frei.
Doch ihr Start in eine bessere Zukunft droht zu scheitern, als ihre einzige Freundin ermordet wird. Rachel findet Unterschlupf bei Pfarrer Whitely und Arbeit auf der ärmlichen Farm der Prentices. Bald aber lockt man sie in eine Falle, die auch die Familie Prentice in ihrer Existenz bedroht ...

Patricia Hickman
Flammen der Sehnsucht
Australien-Saga, Band 3
ISBN 978-3-86122-941-4
352 Seiten, Taschenbuch

Kelsey MacBride, die junge irische Verbannte, verzehrt sich vor Sehnsucht nach ihrer Heimat. Um jeden Preis will sie die Strafkolonie Australien verlassen. Doch zuerst muss sie den Vater des Kindes finden, das sie erwartet. Da taucht mit dem ersten Donnergrollen eines irischen Aufstandes ein sympathischer junger Mann auf, der Hilfe verspricht. Nun muss sie sich entscheiden: Für ihre Heimat oder für eine neue Liebe...

Patricia Hickman
An stürmischen Ufern
Australien-Saga, Band 4
ISBN 978-3-86827-026-6
384 Seiten, Taschenbuch

Die junge Lehrerin Bailey Templeton kommt nach Sydney Cove, um eine Stelle an einer kleinen Schule anzutreten. Schnell zeigt sich, dass sie irrtümlich nach Australien gerufen wurde, war die Stelle doch für einen Mann vorgesehen. Aber Bailey stellt sich der Herausforderung. Ihre Entschlossenheit ruft allerdings den Widerstand einiger Eltern hervor, und bald sieht sie sich üblen Drohungen ausgesetzt. Welche Rolle spielt dabei der attraktive Marineoffizier Grant Hogan?

Patricia Hickman
Auf der Suche nach dem Glück
Australien-Saga, Band 5
ISBN 978-3-86122-840-0
608 Seiten, Taschenbuch

Rogan Farell ist auf dem besten Weg, ein guter Architekt zu werden, als man ihn grundlos einer Unterschlagung bezichtigt. Da er seine Unschuld nicht beweisen kann, ist er auf Gedeih und Verderb einem tyrannischen Richter ausgeliefert. Doch Annie, die Nichte des Richters, stellt sich auf seine Seite. Grund genug für ihn, mit dem Tod vor Augen den Kampf ums Überleben aufzunehmen. Erst als der Goldrausch in Australien ausbricht, dringt ein Hoffnungsschimmer in das Gefängnis ihrer verzweifelten Lage ...